Le sang de la haine

Michel PHAL

Le sang de la haine

Thriller

éditions Les Nouveaux Auteurs

Éditions Les Nouveaux Auteurs

16, rue d'Orchampt 75018 Paris
www.lesnouveauxauteurs.com

ÉDITIONS PRISMA

13, rue Henri-Barbusse 92624 Gennevilliers Cedex
www.prismamedia.com

ISBN : 978-2-8195-02890

… mais une exhalaison s'élevait de la terre et humectait toute la surface du sol. L'Eternel Dieu façonna l'homme – poussière détachée du sol – fit pénétrer dans ses narines un souffle de vie et l'homme devint un être vivant.

La Bible. Genèse. 2 (6-7)

Avec cette création, la méchanceté et le crime sortirent des ténèbres des profondeurs de la terre…

Avertissement

Ce roman, né de mon imagination, n'est pas à mettre entre des mains d'enfants ou de personnes sensibles. Il comporte de nombreuses scènes de torture, de sexe et de viol. Les personnages sont fictifs, mais malheureusement les actions qu'ils commettent existent, sont bien réelles et présentent des similitudes avec le déroulement de mon histoire. Malgré tout, toute ressemblance avec des personnes existantes ou ayant existé ne serait que pure coïncidence.

PROLOGUE
Naissance d'une haine
20 décembre 1986

Il ne vit pas venir le coup. Ou plutôt si, il vit l'ombre géante de la main de son père qui se relevait. Le nez plongé dans sa soupe, il avait commis une faute impardonnable. Il avait eu —mon Dieu quelle honte ! —l'impudence de tremper sa cuillère dans l'assiette —oh, juste le bout de la cuillère —ce qui n'était pas grave en soi. Mais, voilà, l'homme à la main gigantesque faisait la prière du soir « Seigneur nous Te remercions pour le pain que Tu nous as donné etc. etc. ».

C'est à ce moment-là que le jeune garçon eut le geste fatal. La main de l'homme se leva, recouvrant de son ombre le maigre visage de l'enfant, les longs doigts noirs comme imprimés sur sa joue. Sans lever le nez de son assiette, machinalement, pour se protéger, il souleva son bras et l'avant-bras vint se positionner devant le front bombé et intelligent recouvert d'une mèche noire de cheveux rebelles.

Lorsque la main tentaculaire s'abaissa, le coup toucha le poignet et, par ricochet, celui-ci heurta violemment la tempe de Saül. Le garçon fut soulevé de sa chaise et projeté au sol où il resta recroquevillé dans la position fœtale, la tête cachée dans ses bras. Ses yeux, malgré tout, regardaient son père et distillaient de la haine. Il devint rouge de colère contenue. « Salaud, disait-il entre ses dents, salaud, un jour je te tuerai ». Il lui sembla que cette phrase le soulageait. Il savait qu'il le ferait, pas aujourd'hui, pas demain ni après-demain. Il était trop jeune. À 9 ans, on ne se sent pas capable de tuer un homme gigantesque, toujours sous l'emprise de l'alcool, toujours à lever le bras pour cogner, soit lui, soit sa mère, Déborah, soit son frère, Loth.

—Je te tuerai, répéta-t-il à mi-voix, sourdement, comme un grondement de bête fauve sortant de sa gorge.

Pourquoi leur faisait-il ça au nom de Jésus ? Pourquoi trouvait-il cette excuse pour les frapper ? Quand Saül, Déborah ou Loth ne faisait pas les choses correctement et que le père avait bu un coup de trop, ce qui arrivait tous les jours : vlan ! Une gifle tombait et si, par malheur, on essayait de l'éviter, le monstre se déchaînait en citant Jésus comme référence et justification à cette colère qu'on le forçait d'avoir.

Par malheur, Saül avait esquivé le coup, même si celui-ci l'avait envoyé valser au sol. Il vit son père se lever, grande carcasse tyrannique et énorme. En prévision d'un repas pantagruélique, il avait déjà dégrafé les deux premiers boutons de sa braguette. Son tricot de corps grisâtre, auréolé de taches de transpiration et de graisse, était à moitié sorti du pantalon et un pan de tissu flottait sur sa hanche gauche. Les longs poils frisés de ses épaules étaient collés par la sueur.

Machinalement, il introduisit ses pouces dans la ceinture et remonta le pantalon sur sa panse proéminente. Saül le regarda faire et l'imagina mort, couché sur le dos, le gros couteau de cuisine planté dans son ventre, les intestins grouillants, sortant par la blessure en glissant mollement le long de la peau huileuse de son abdomen, jusqu'à former un tas fumant d'où s'échappaient des gargouillis et des borborygmes écœurants.

Saül se dit qu'il aurait plaisir à voir mourir son père à petit feu. Mais, pour l'instant, celui-ci avait placé ses grands pieds, chaussés de pantoufles à carreaux puantes, de chaque côté de sa tête. L'ongle de son gros orteil y avait, à la longue, fait un trou et la première phalange dépassait, laissant voir la corne démesurément longue et noire de crasse accumulée. Saül respirait les remugles dégagés par les charentaises déformées.

Le premier coup de ceinture l'atteignit sur les fesses. Il crispa ses mâchoires mais ne put retenir un gémissement.

— Tais-toi, lui dit son père, serre les dents. Plus tu te plaindras, plus tu auras de coups. Jésus ne s'est pas plaint sur la croix.

Il leva à nouveau son bras armé de la lanière de cuir. Plus maintenu, son pantalon glissa sous l'estomac et commença à descendre insensiblement. De sa main droite, il le remonta sèchement et le maintint en place.

Avant le deuxième coup, le jeune garçon songea que Jésus avait dit : « Mon Père, pourquoi m'as-Tu abandonné ? » Et aussi : « Pardonne-leur car ils ne savent pas ce qu'ils font ». *Pardonne-lui, mon Dieu, car il ne sait pas qu'il me bat ! Voilà ce qu'il faudrait dire ? Il ne sait pas qu'il me bat ? Mon cul, oui !* Lui, serait incapable de pardonner. Jamais ! Son regard, chargé de haine, fit le tour de la pièce et s'arrêta sur le vieux fusil accroché au mur. Il savait s'en servir mais arriverait-il à l'attraper ? Non, il était trop petit et même en montant sur le tabouret...

Il s'imagina pourtant, attendant son père, caché derrière le buffet de la cuisine, le lourd fusil dans les mains. Il se vit tirant une volée de chevrotines en plein dans sa poitrine et celle-ci éclater sous l'impact et s'ouvrir comme une pastèque trop mûre, en projetant du sang et des fragments de poumons dans toute la pièce et inondant d'une marée écarlate le sol de la cuisine.

Un claquement de langue désapprobateur de sa mère le tira de sa brève vision, mais le père n'en tint pas compte.

Le deuxième coup tomba sur les mollets ; il serra les dents, rentrant en lui la haine indicible qui le tenaillait.

Bizarrement, il n'y eut pas d'autres coups, mais il sentit subitement son oreille tirée vers le haut. Il se leva rapidement pour la suivre. Le monstre, non content de la tirer, la tordait en même temps.

—Maintenant, va te coucher. Tu ne mangeras rien ce soir. Comme Jésus sur sa croix. Va-t'en, enfant débile ! Je viendrai te voir tout à l'heure.

Saül ne se le fit pas dire deux fois. Il partit en courant, trop heureux de s'en tirer à si bon compte. Peut-être que sa mère, pour une fois, lui avait été bénéfique.

L'apprentissage
8 juillet 1991

La police avait envahi toute la maison. Pas un endroit pour s'isoler. Un groupe d'hommes et de femmes en combinaison blanche prenaient des photos, mettaient de la poudre, ramassaient des objets pour les introduire dans des sachets en plastique.

Saül avait cru pouvoir se réfugier dans sa chambre, mais non, là aussi il y avait deux agents en tenue qui bavardaient de la pluie et du beau temps. Il ne pouvait tout de même pas aller au garage : c'est là qu'il était, le monstre. Enfin mort ! Proprement découpé en morceaux, à la hache.

— T'as vu le garage ? demanda un des deux agents.

— Non, pas encore et je ne souhaite pas y aller.

— J'avais jamais vu ça, j'ai failli dégueuler. Il y a du sang jusqu'au plafond et il est découpé en six morceaux. L'assassin lui a même coupé les couilles pour lui fourrer dans la bouche. Pour moi c'est une vengeance.

— Tais-toi ! fit l'autre agent, un doigt devant la bouche en montrant Saül d'un signe de tête. Il y a le gosse.

Saül fit comme s'il n'avait pas entendu. Il se dirigea vers son grand placard, fit coulisser la porte et pénétra à l'intérieur. Puis, il la referma et, quand il se trouva dans le noir, se recroquevilla sur le sol, près des chaussures qui dégageaient une mauvaise odeur et lui rappelaient son père. Il aimait bien s'y enfermer après avoir été frappé. Les odeurs de vêtements empreints de naphtaline et celles des chaussures se mêlaient et formaient comme un cocon dans lequel il se sentait protégé. Il était bien dans le noir.

Depuis quelques mois déjà, il s'entraînait à la hache : bien avant le début des grandes vacances. Il s'était dit qu'il avait maintenant plus de treize ans et qu'un travail de force lui donnerait du muscle, aussi fendait-il des bûches à longueur de journée, inlassablement. Le premier soir, il avait souffert le martyre, ses bras et ses épaules étaient paralysés par la douleur et le lendemain matin il lui avait fallu un certain temps avant que la mécanique ne s'échauffe. Les jours passant, petit à petit, il prenait de l'adresse, de la souplesse et de la force. Il mettait un rondin sur le gros tronc coupé servant de billot, levait la hache au-dessus de sa tête et l'abaissait violemment avec un « han » de bûcheron. Les deux morceaux de la bûche s'envolaient de chaque côté du garage. Il allait alors les chercher avec un sourire de contentement pour les placer sous l'appentis. Il était prêt. Il se sentait léger, capable de surmonter les pires difficultés, rien ne pourrait l'arrêter ; il avait pris sa décision et accomplirait sa tâche jusqu'au bout.

On était mercredi et il savait que son père ne travaillait pas cet après-midi-là. Il avait commencé à réparer son fusil de chasse, sa passion, et viendrait immanquablement au garage pour continuer le travail entrepris. Il serait forcément étonné de voir toutes ces bûches et, le soir, demanderait des explications. Mais, le pourrait-il ?

Dans le garage, il y avait la vieille voiture, une Renault 14 toute éraflée. Ils ne s'en servaient pas souvent, son père préférant rester enfermé le dimanche devant la télé et ses canettes de bière. Il y avait aussi un établi en désordre où les outils étaient jetés et pris au rythme des besoins. Environ un mètre cinquante séparaient la voiture de l'établi. Il se cacherait donc derrière la R14 et la contournerait par l'arrière pour surprendre le monstre.

Quand son père entra dans le local, un tremblement le saisit de la tête aux pieds. *Allons, mon vieux*, se dit-il, *tu ne vas pas craquer. Tu t'entraînes pour ça depuis deux semaines. Il ne faut pas hésiter.*

Il était accroupi et tenait fermement le manche de la hache à deux mains. Coincé entre l'angle du mur et le pare-choc du vieux véhicule, il retenait sa respiration. De grosses gouttes de sueur dégoulinaient le long de son visage. Il faisait chaud en ce mois de juillet, une chaleur lourde, tenace, étouffante, une véritable chaleur du sud. Il faillit crier quand une araignée, dérangée dans sa solitude, passa entre ses jambes et le frôla avec ses longues pattes, mais il se retint à temps et elle disparut derrière une roue.

Son père s'était mis devant l'établi, avait démonté le fusil, bloqué la crosse entre les mâchoires d'un étau de menuisier et saisi un ciseau à froid. Il comptait faire des sculptures sur la crosse pour l'enjoliver. À côté de l'étau, il avait posé une canette de bière et, de temps en temps, la saisissait pour en boire une gorgée pendant qu'elle était encore glacée et embuée.

Une légère pénombre régnait dans le garage, éclairé seulement par un fenestron poussiéreux et envahi de toiles d'araignées qui l'obstruaient en formant des nappes grisâtres. Il alluma une petite ampoule nue, vissée simplement dans une douille accrochée au bout d'un fil électrique sortant du plafond. La lumière blafarde projeta l'ombre du monstre sur la voiture. Une ombre déformée, avec les bras comme cassés, la tête de travers.

Cela donna du courage à Saül et le confirma dans son projet. Il avait eu une sorte de prémonition quant au déroulement de son plan. Il était sûr, à présent, de ce qu'il devait faire. Il se rapprocha légèrement de son père qui ne l'entendit pas. Le frottement du ciseau à bois taraudant la crosse avait couvert le son de ses pas ; de toute façon le sol était de terre battue et assourdissait tous les bruits. Il tourna la hache dans l'autre sens et la souleva à bout de bras. Il y avait maintenant le côté opposé au tranchant, dirigé vers le crâne du monstre. Il fallait abattre la hache mais pas trop fort, juste pour l'assommer, pas pour le tuer. On verrait après… Il jeta un coup d'œil rapide sur les copeaux de bois qui tombaient sur le sol et prit, silencieusement, plusieurs fois, sa respiration.

Puis, il se décida d'un coup et abattit ses bras violemment. La hache vint percuter le sommet de la tête de son père qui se retourna, les yeux ronds, étonné, fixant son fils et il s'écroula sur le sol, inanimé. Un filet de sang commença à se frayer un chemin sur son visage pour aller se perdre dans le cou.

Saül avait tout calculé. Rapidement, il posa sa hache contre la voiture, ouvrit la portière et en sortit une combinaison en plastique qu'il enfila rapidement. Elle faisait un bruit de papier froissé. Il vérifia les gants qu'il avait mis dès le début de son guet. Il n'y avait pas de sang : très bien ! Il entoura ses pieds dans des sacs en plastique du supermarché d'à côté et les ficela au niveau des mollets pour les fixer. Puis, il revint vers son père avec un gros rouleau de ruban adhésif. Il en déchira un morceau et le bâillonna. Il pensa, en souriant, que le temps passé devant les feuilletons télé allait lui servir à quelque chose. Puis, il enserra fortement les chevilles. Autour de chaque poignet, il enroula du fil électrique et fixa les autres extrémités, l'une au pied de l'établi, l'autre à un piton planté dans le mur d'en face. Ensuite, il regarda le monstre. Il était dans la position de Jésus sur la croix. Il allait être content. Il aurait sûrement aimé mourir comme ça.

Il se mit à réfléchir. Voyons ! Comment a-t-on cloué Jésus ? Les romains ont commencé par la main gauche ou peut-être la droite ? Il ne savait pas, tant pis, il commencerait lui, par la gauche : son père était gaucher. Il pensa à toutes ses années durant lesquelles il avait peaufiné sont projet, élaboré des plans, calculé, repris de zéro. Puis, il s'était décidé sur ce qu'il allait faire, il l'avait tourné et retourné mille fois dans sa tête depuis six mois. Bizarrement, les coups avaient redoublé durant cette période comme si le monstre pressentait ce que son fils avait en tête et, bizarrement, plus les coups tombaient, plus Saül était content. Cela le confortait dans son projet qu'il peaufinait tous les jours. Il était encore bien plus content quand il voyait son père frapper Loth ou sa mère. Pas parce qu'ils recevaient des coups mais parce que ça l'affermissait encore plus dans sa décision.

Une grosse mouche verte virevoltait dans le garage, prisonnière, affolée et se cognant sans cesse contre la vitre poussiéreuse, évitant de justesse les toiles enchevêtrées. Finalement, elle tournoya au-dessus du visage du monstre et vint se poser sur son nez. Un nez en boule creusé de petits trous, piqueté de points noirs et parcouru d'un réseau de veinules rougeoyantes donnant l'impression qu'il était allumé : *comme un nez de clown*, pensa Saül. Il se mit à rire en voyant l'image et laissa la mouche se balader sur le visage congestionné et pas rasé. Elle se dirigea vers une narine et introduisit sa tête dans le trou sombre, mais de longs poils noirs lui barrèrent le passage. Elle fit demi-tour et pénétra dans l'oreille. Cela dut chatouiller l'homme car il secoua la tête et grogna. Saül fut content. Il attendait que son père se réveille pour commencer. Il voulait qu'il soit en pleine possession de ses esprits. Quand il le vit ouvrir les yeux et tourner la tête dans tous les sens, son cœur fit un bond dans sa poitrine. Le regard du monstre se fixa enfin sur son fils et ses yeux eurent un air surpris, mais heureux. Il allait être délivré. Il ne savait pas qui l'avait mis dans cet état, mais son fils allait le sortir de cette position embarrassante. Il essaya de parler mais aucun son ne sortit de sa bouche. Saül s'approcha et arracha sèchement le ruban adhésif. Son père écarta les commissures de ses lèvres et ouvrit grand sa bouche. La bande collante qui devait avoir des années lui avait laissé une matière poisseuse sur la peau.

—Viens me détacher, petit, dit-il à l'attention de l'adolescent.

Cette simple phrase déclencha des douleurs lancinantes derrière son crâne.

—Mais, qu'est-ce que j'ai ? dit-il à haute voix. Et alors, tu te bouges ou quoi ? Tu crois pas que je vais rester comme ça toute la journée, putain de merde !

Mais, Saül ne bronchait pas. Au contraire, un léger sourire flottait sur ses lèvres et il y avait dans son regard une intense satisfaction jubilatoire.

Il s'approcha du monstre et son visage n'en fut plus qu'à cinquante centimètres. Il sentit l'haleine, puante de l'odeur de bière, sortir de sa bouche et lui envelopper la tête. Il était quinze heures et, déjà, l'homme avait ingurgité ses six canettes, sans compter les pastis et le litre de vin au repas de midi. Le mélange avait un remugle de vomi.

Il s'approcha un peu plus et sa bouche s'agrandit en un sourire de satisfaction : il avait lu la peur dans les yeux du prisonnier. Enfin il était le maître, le plus fort, c'est lui qui dirigeait les opérations, qui dominait.

—Tu ne crois pas que je vais te détacher après tout le mal que j'ai eu pour te ligoter ? On va un peu s'amuser, mon petit papa chéri.

—Que veux-tu ? Allez ! Viens ! Déconne pas.

—Mais, rien, je ne veux rien. J'ai eu tout ce que je pouvais désirer dans ma vie. De la haine, des gifles, des coups, des viols, des nuits dans le cagibi à trembler de peur. Maintenant, c'est fini !

Son père eut un rictus jaune, contraint.

— Bien sûr que c'est fini, mon petit, tenta-t-il d'amadouer d'un ton conciliant.

La mouche était revenue se poser sur le filet de sang et circulait sur le front en le chatouillant. C'était désagréable et il secoua la tête violemment, déclenchant des douleurs atroces. Il poussa un cri.

— Bordel de merde ! Mais, qu'est-ce que tu m'as fait ?

Puis, il se reprit et dit, doucereux :

— Enfin, fiston, arrête cette connerie. Il faut que je prenne une aspirine. J'ai mal.

— Tu n'en auras pas besoin, mon petit papa chéri. Tu ne vas plus en avoir besoin. Tu n'auras plus jamais mal. Et moi non plus.

— Pourquoi ? Qu'est-ce que tu veux faire ?

Il devenait livide et la peur commençait à s'insinuer dans sa tête. Elle descendait tout doucement dans son cou, ses bras, ses jambes et remontait lentement, comme une énorme limace gluante qui l'aurait inexorablement recouvert de sa bave glauque. La sueur qui le submergeait devint glacée et dégoulina dans son dos.

— Tu te souviens, petit papa chéri, quand tu venais le soir dans ma chambre. Tu te souviens qu'il fallait que je mette ton sexe dans ma bouche pour te faire une pipe. Et je ne devais pas en parler à maman, ni à personne d'ailleurs car tu aurais tué Loth. C'est ce que tu m'avais dit. Maintenant, il m'a remplacé, c'est lui qui te tripote et maman le sait, comme elle le savait pour moi. Elle paiera en son temps, elle aussi, la salope !

— Mais, qu'est ce que tu racontes ? C'est faux ! C'est toi qui, un jour, a frôlé par hasard mon entrejambe quand je venais te border et ta main y est restée.

— Salaud ! Et en plus tu oses mentir. C'est Jésus qui t'a appris ça, hypocrite ? Tu t'es bien fait pardonner tous les dimanches à la messe, hein ? Tu l'as dit, au curé, ce que tu nous faisais ? Répète après moi.

—Quoi ? Ce que tu veux, mais détache-moi.

—Répète : je hais Jésus ! Jésus est un hypocrite, comme moi ! Jésus est un pédé et je l'encule !

Son père ouvrit des yeux ronds, surpris et horrifié.

—Jamais, hurla-t-il, jamais. Plutôt mourir.

—Mais, de toute façon, c'est ce qui va t'arriver, dit Saül, d'un ton suave. Tout ce que tu y gagneras, c'est de moins souffrir. Répète ! hurla-t-il d'un seul coup, les yeux exorbités, répète après moi !

Surpris, le monstre eut un sursaut et sa tête se tourna vers la porte du garage. Saül devina les pensées de son père.

—Maman n'est pas là. Loth non plus. Nous sommes seuls. Alors répète ! Je hais Jésus !

Son père hésita un instant et commença à ânonner des borborygmes sans suite.

—Tu te paies ma tête, là, hein ! Tant pis pour toi.

Saül se tourna vers la portière de la voiture et saisit la hache.

Le visage rubicond de son père devint livide comme un cadavre ayant séjourné vingt-quatre heures dans un tiroir de la morgue.

—Arrête, hurla-t-il, qu'est-ce que tu vas faire ?

—Te faire un peu souffrir comme tu nous as fait souffrir pendant des années.

—Arrête, arrête. Je vais le dire.

—Vas-y !

—Je hais Jésus, hurla le monstre, et je le baise.

Saül leva les bras et la hache suivit le mouvement. Bien aiguisé, son tranchant se mit à lancer des éclats sous l'éclairage de l'ampoule. Le monstre ouvrit des yeux horrifiés et serra les dents, mais la lame ne s'abattit pas.

— Tu n'as pas dit exactement ce que je t'ai demandé. Tu te souviens de l'histoire de Jésus, sur la croix ? Tu te souviens que tu nous obligeais à t'écouter tous les soirs et que tu nous posais des questions, sanctionnées par une gifle si on répondait mal ? Eh bien ! C'est moi qui vais t'en poser une. Par quelle main les romains ont-ils commencé à le clouer ? D'ailleurs, c'était pas la main, c'était le poignet.

— Pourquoi ? Je ne sais pas moi !

— Oui, tu le sais. Ne mens pas !

La hache s'abaissa de dix centimètres.

— Arrête ! Arrête ! Pas la main gauche !

Il n'avait pas plutôt dit ça que la hache, dans un éclair lumineux, s'abattit sur son poignet gauche. Saül avait bien visé : juste à la base de la main, entre le fil électrique et la première articulation. La main, plus maintenue, fit un bond d'un mètre et retomba derrière la tête de l'homme. Celui-ci se mit à hurler.

— Au secours ! Quelqu'un ! Venez ! J'ai mal.

Le sang sortait à gros bouillon du poignet tranché et s'enfonçait dans le sol de terre.

— Bien sûr qu'ils vont venir, dit Saül ironiquement. Comme ils sont venus pour nous. Tu sais très bien que chacun se moque de son voisin.

Il avait un air diabolique, ses yeux brillaient et lançaient des éclairs, sa bouche était tordue par un rictus figé. Sans prévenir, il releva la hache et l'abattit sur le poignet droit. Un autre hurlement retentit. La main, cette fois, retomba sur le ventre du monstre et roula par terre, laissant une traînée sanglante sur le tricot de corps crasseux.

Les bras libérés, son père les souleva et regarda ses deux moignons où apparaissaient les os, les artères et les veines au milieu du sang qui sourdait et se déversait sur lui. Des échardes d'os, pointues, étaient plantées dans les chairs rouges. Le monstre fixait ses blessures, l'air incrédule. Bizarrement il ne souffrait pas. La douleur était encore endormie par la violence et la rapidité du choc.

—Après les mains, où ont-ils planté les clous ? Tu le sais, ça ? Hein !

—Pas les pieds, je t'en supplie, pas les pieds. Je ferai tout ce que tu voudras, je le jure sur la bible.

—Tu ne peux déjà plus nous donner des coups de poings, continua Saül, imperturbable. C'est positif, ça. Mais, les coups de pieds au cul, qu'est-ce que j'en ai reçu ! Pied gauche ou droit ?

—Tu vas pas faire ça, fiston. T'es pas sérieux ?

La hache se leva, menaçante. Elle ne brillait plus. Du sang maculait son tranchant.

—C'est pas vrai ! Dis-moi que je rêve ! Arrête ! Nonnnnnnn !

La lame venait de s'abattre sur la cheville gauche la sectionnant d'un seul coup, comme une baguette de bois mort.

Incrédule, il essaya de se relever sur les coudes, mais ne put tenir longtemps. Il vit son tibia tranché comme un os chez le boucher et le sang qui sortait en jets saccadés. Deux secondes plus tard, une douleur fulgurante le fit hurler. Son deuxième pied venait de sauter.

Peu à peu son sang s'échappait. Son visage devenait exsangue.

Saül s'accroupit près du faciès du monstre et s'approcha de son oreille. Il voulait finir avant qu'il ne meure, saigné comme un goret.

—Et après, chuchota-t-il, que lui ont-ils fait. Une blessure au flanc, je crois, non ?

De plus en plus faible, son père ne répondit pas. Saül souleva le tricot et le remonta par-dessus la bosse que formait son énorme ventre. Il posa la hache dessus et regarda son père. Il n'avait presque plus de réaction. Il fallait faire vite.

— Tu te souviens quand on allait vers notre chambre ? Pas assez vite à ton gré… Tu nous poussais avec ton gros ventre graisseux, tu t'en souviens ?

Quelques mots incompréhensibles sortirent de la bouche de l'homme. Saül appuya sur le manche de la hache et la graisse de l'abdomen s'enfonça sous la pression de la lame, sans entailler la peau. Il jouissait du moindre instant. Il avait trop attendu ce moment pour tout bâcler.

Subitement, il retira la hache dans un mouvement sec et rapide, en appuyant de toutes ses forces. Une longue balafre sanguinolente apparut à sa place laissant deviner la graisse jaunâtre, striée de rouge. L'artère abdominale sectionnée, un jet se sang jaillit jusqu'à la voiture et Saül eut juste le temps de l'éviter. Le ventre était ouvert profondément, jusqu'aux boyaux que Saül vit grouiller en une masse informe et gélatineuse. Une odeur nauséabonde s'en dégagea. Le monstre n'eut pas de réaction.

Saül ouvrit la portière de la voiture et s'assit sur le siège, un rictus sur les lèvres, le regard diabolique. Le sang avait giclé sur le pare-brise et la portière. Il dégoulinait en longs filets gluants. Le jeune garçon voulait déguster la mort lente de celui qui l'avait tant martyrisé. Mais, elle ne fut pas longue à venir. Au bout de deux minutes, vidé de son sang comme un poulet, le monstre rendit son dernier soupir. Alors, seulement, Saül se leva. Il lui semblait planer de joie, de satisfaction d'être allé au bout de ses rêves. Il était debout à ses pieds et son père lui parut immense. Il lui vint à l'esprit une phrase apprise en classe d'histoire et prêtée à Henri III lors de l'assassinat du Duc de Guise : « Même mort, il est grand ».

Mais, il y avait une dernière chose qu'il voulait faire. Son père l'avait violé, l'avait obligé à le sucer.

Il s'accroupit et tira sèchement la fermeture éclair du pantalon. Ses gants étaient rouges de sang. Il baissa le slip crasseux, orné d'auréoles jaunâtres et mit au grand jour son sexe ratatiné sous l'effet de la peur.

— Tu fais moins le fier, là, hein ! dit l'adolescent en parlant au pénis de son père.

Il se releva, alla vers l'établi et prit un couteau que son père aiguisait souvent. Puis, il saisit les parties génitales dans sa main gauche et d'un coup sec, il trancha tout l'ensemble à la base des bourses. Il regarda d'un air dégoûté ce qu'il venait de couper, cracha dessus et le planta dans la bouche du mort.

Attirées par l'odeur du sang, quatre mouches tourbillonnaient au-dessus du cadavre mutilé.

Saül se sentait bien, apaisé. Son travail était terminé. Son frère et lui ne seraient plus jamais battus. Maintenant, il allait falloir régler le problème de sa mère, mais ce n'était pas encore à l'ordre du jour. Pour l'instant, il devait enlever sa tenue, la faire disparaître et aller à sa leçon de violon.

Première partie

Une âme noire

CHAPITRE I
Samedi 18 avril 2009, 22h00

Le commissaire Gabriel-Moïse Darmon était à un mariage. Le sien.

Trente-deux ans, un mètre quatre-vingts et quatre-vingt-deux kilos, il était doté d'une chevelure noir corbeau, légèrement frisée. Ses yeux, également noirs, avaient un éclat charbonneux insoutenable quand il se mettait en colère ou quand il voulait montrer sa volonté à dominer les autres. Les autres, c'étaient ses subalternes et les voyous et criminels qu'il était amené à côtoyer chaque jour. Son nez imperceptiblement busqué lui donnait un charme apprécié des femmes et non dédaigné par les hommes.

Il venait de faire un petit discours et, tout en buvant sa coupe de champagne, il observait d'un œil critique la grande salle qu'il avait louée à cette occasion et qui était pleine à craquer d'invités.

Il avait tenu à recevoir sa famille et ses amis dans un local proche de la mer, celle-ci venant s'écraser dans une gerbe d'écume sur les rochers, en contrebas de la Corniche Kennedy.

Tout le commissariat était là : Jeremy et Ariane, ses deux lieutenants, ainsi que tous ceux qui n'étaient pas d'astreinte et qui avaient pu venir. Il reposa son verre et se tourna vers sa femme, Johanne, qui finissait sa coupe. Il sourit en la voyant faire la grimace. Elle n'appréciait pas le champagne et ses bulles lui piquaient désagréablement le nez. Il passa une main caressante sur sa joue et s'assit. Ses oncles et tantes étaient là, tous endimanchés, son père, sa mère avec sa grande capeline qu'elle ne se décidait pas à ôter, ses cousins, cousines, habillés de costumes et de robes de grande marque. Les amis : commerçants, avocats, docteurs avaient mis, eux aussi, leurs plus beaux atours.

Une pensée lui traversa d'un seul coup le cerveau. On se serait cru à la synagogue, un jour de Yom Kippour ou de Roch Hachana, quand celle-ci était pleine à craquer de ces juifs de Marseille qui n'y venaient que lors des grandes occasions, habillés comme des princes et qui faisaient leur offrande pécuniaire, espérant ainsi être pardonnés de tous les péchés qu'ils avaient commis dans l'année. Il avait toujours honni cette hypocrisie religieuse qui les faisait manger casher chez eux et se gaver de porc à l'extérieur. Cela lui faisait aussi penser au jésuitisme de ces bigotes, grenouilles de bénitiers qui se confessaient le dimanche pour avoir toute latitude de recommencer en semaine leurs *gros péchés*.

Il constata que ses invités avaient tout de même enlevé leur kippa, sauf quelques vieux de la vieille qui la conservaient précieusement au sommet de leur crâne dégarni, fixée par une petite pince à quelques cheveux survivants et grisonnants qui ne servaient probablement plus qu'à ça.

Dans le fond de la salle, l'orchestre, durant le petit discours, avait fait le silence mais, à présent, quelques notes timides se faisaient entendre. Des musiciens accordaient leur guitare, d'autres leur luth et en tiraient quelques accords orientaux.

Son costume blanc aux revers satinés était en harmonie avec la longue robe de taffetas blanc de Johanne et il prenait garde à ne pas le salir. Le brouhaha recommençait et chacun reprenait le cours de la discussion entamée avec son voisin de table. Les débats portaient surtout sur le commerce, l'argent et la fructification de cet argent. Quant aux femmes, habillées de pied en cap par un grand faiseur, elles parlaient de couscous, de tafina, de skhina, plat traditionnel du shabbat qui se ferait demain vendredi et serait maintenu au chaud pour samedi, de hasban et de tous ces plats orientaux, succulents, goûteux mais gras et lourds pour l'estomac et qui arrondissaient les hanches et plombaient les fesses.

Gabriel était juif séfarade. Toute sa famille avait émigré en mars 62 lors du grand départ d'Algérie, alors qu'il n'était pas encore né. Il avait été élevé dans cette atmosphère nimbée de pratiques religieuses, avait fait sa bar mitzva et avait, lui aussi, porté la kippa jusqu'à seize ans. Puis, un jour il avait décidé de devenir flic. Commissaire, pourquoi pas ? Ses parents l'avaient mal pris sur le coup. Ils imaginaient leur rejeton faire des études pour devenir docteur, peut-être cardiologue ou psychiatre. Une galéjade juive raconte que toute mère juive garde dans le cœur l'espoir impossible qu'un jour son fils deviendra Pape. Puis, ils avaient digéré leur déception et s'étaient fait à l'idée qu'il allait entrer dans la police. Mais, quand ils en parlaient, il y avait toujours dans leur voix une expression de dégoût : ils disaient « entrer dans la police » comme ils auraient dit « entrer dans les ordres », du bout des lèvres.

Il avait envoyé la kippa aux orties, supprimé la viande casher de sa vie et s'était mis à manger du porc. Mais, malgré tout, il gardait une âme juive et était fier de ses origines ancestrales qu'il ne renierait jamais. C'était viscéral, dans ses tripes et dans son cœur !

Il aimait à baigner de temps à autre dans cette atmosphère, empreinte de pratiques religieuses et de traditions transmises oralement. Toutes ces femmes, aux formes arrondies et plantureuses, tous ces hommes chics précédés de leur ventre proéminent, tous ces cris, ces exclamations, ces youyou, hurlements d'excitation des femmes arabes et repris par la population pied noire juive, poussés de temps à autre par quelque tante ou cousine ayant bu un verre de trop, lui plaisaient et le replongeaient dans l'immersion de son enfance.

Mais, il était marseillais avant tout. Il aimait plaisanter sur ses origines en disant : « Je suis juif et marseillais » et il ajoutait, paraphrasant Golda Meir :

« Mais, n'oubliez pas qu'en hébreu, on lit de droite à gauche ».

De ce fait il avait l'accent du sud, cher à Pagnol, mêlé d'une pointe d'accent pied-noir et son langage était truffé d'expressions provençales qu'il ne cherchait en aucune façon à supprimer de son vocabulaire.

Le repas touchait à sa fin et l'orchestre qui avait joué en sourdine, avec juste un petit arrêt au moment du discours, s'apprêtait à attaquer ses airs orientaux entraînants et de la musique disco qui ferait se lever et danser tous les invités.

Gabriel se leva et s'approcha de Johanne. Il se pencha par-dessus son épaule en entourant son cou d'un bras enjôleur et lui fit quelques petits bisous dans le cou. Johanne avait vingt-cinq ans, était grande et brune comme Gabriel. Deux grands yeux noirs, mobiles et vifs, aux longs sourcils ourlés, au regard acéré, éclairaient une physionomie intelligente. Sa bouche bien dessinée et pulpeuse, maquillée avec discrétion, s'ouvrait sur des dents éclatantes et son sourire illuminait un visage ovale entouré de longs cheveux frisés.

Elle avait eu un premier prix de piano au conservatoire de Marseille et, depuis, enchaînait concerts et galas dans la région. Ses professeurs disaient qu'un brillant avenir de concertiste l'attendait.

Gabriel l'avait rencontrée lors d'un récital auquel il avait été amené de force par ses amis. La musique classique et lui ne faisaient pas bon ménage. Il avait alors été subjugué par la beauté de Johanne et n'avait eu de cesse de lui être présenté, chose qui fut faite à la fin du spectacle durant lequel elle avait fait se succéder des concertos de Mozart, de Beethoven et des études de Bach.

Johanne Maréchal était tombée sous le charme de Gabriel Darmon. Ce fut le coup de foudre mutuel.

Les parents de Gabriel, sa grand-mère Baia, appelée Berthe et son grand-père Michaël, avaient été atterrés que leur fils et petit-fils veuille épouser une goy.

—Tu te rends compte que nous t'avons élevé dans les plus pures traditions juives, lui avait dit son père, Adam. Non seulement maintenant tu ne pratiques plus mais tu veux épouser une catholique. Hitler a tué six millions de juifs en croyant avoir trouvé la « solution finale » pour nous exterminer. Mais, la véritable « solution finale » est là : dans les mariages mixtes. Peu à peu la race va dépérir et disparaître si tous les juifs se marient avec des goyim.

Sa mère s'était mise à hurler, pleurer, taper des pieds, prendre le ciel à témoin.

—Mais, qu'est-ce que nous avons fait au bon Dieu pour qu'il nous envoie une telle punition ? Avec toutes les belles filles juives qu'il y a dans la communauté marseillaise, tu vas nous dénicher une non juive. Mais, pourquoi, mon Dieu, pourquoi ?

Elle levait les bras au plafond puis, faisait mine, dans un geste de désespoir, de s'arracher les cheveux, mais Gabriel fut intraitable et ses parents finirent par céder, puis, tombèrent eux aussi sous le charme de Johanne. Ils furent convaincus du futur bonheur de leur fils. Ensuite, elle jouait si bien du piano que leurs petits enfants seraient, peut-être, eux aussi concertistes et grands musiciens.

—Ils seront plus forts que Gould, Rubinstein, Isaac Stern ou André Rieu, ajoutait Aurore Darmon sans se douter que les deux derniers cités étaient violonistes.

—Barouh hachem[1], mon fils, avait dit Adam Darmon à Gabriel. Épouse-la et sois heureux ! Mazel Tov[2] !

Les deux frères de Gabriel avaient été des partisans convaincus de la première heure. Sacha, plus âgé que le commissaire, l'avait soutenu auprès de ses parents et Gad, le cadet, avait travaillé sa mère au corps pour la décider. C'était elle la plus farouchement opposée à ce mariage ; il avait fini par la convaincre quand elle avait enfin rencontré Johanne Maréchal.

Sacha Darmon était marié depuis de longues années à Sarah Sultan et avait trois enfants : deux filles et un garçon, David, qui n'allait pas tarder à faire sa bar mitzva. Quant à Gad, il n'était pas encore prêt à s'engager dans des liens qu'il qualifiait de définitifs. Il préférait passer d'une fleur à l'autre : « je suis une abeille, disait-il, laissez-moi butiner ». Tant qu'il butinait dans la communauté, ses parents n'y voyaient aucun inconvénient. Il secondait efficacement son père, Adam, dans la gestion des magasins que celui-ci

1. Dieu soit loué.

2. Félicitations, bonne chance.

possédait : deux grands dans la rue de Rome, trois dans la rue St Ferréol et deux boutiques dans la rue de la Palud. Des commerces de vêtements, de chaussures. Il avait aussi des parts majoritaires dans deux importantes pharmacies du centre ville.

Gabriel s'approcha de ses deux frères pour les embrasser.

— Merci pour tout, leur dit-il.

— Merci de rien du tout ! dit Gad. C'est normal qu'entre frères nous nous entraidions. J'espère que tu penseras à nous quand nous aurons des PV à faire sauter.

Gabriel le regarda en fronçant les sourcils, mi-figue mi-raisin.

— Ne crois pas ça, mon vieux ! Je ne compte absolument pas faire de passe-droit. Tu n'as qu'à conduire prudemment.

Gad, peu convaincu du sérieux de son frère, lui donna un coup de poing dans les côtes et lui fit un doigt d'honneur.

— Salaud !

— Il a raison, intervint Sacha. Tu n'as qu'à être prudent et respecter le code.

— Tous des pourris, vous êtes ! C'est beau de se soutenir en famille, dit Gad ironiquement.

— En attendant trinquons à notre union et à ton futur mariage, Gad.

Celui-ci avait déjà porté la coupe à ses lèvres. Il faillit s'étrangler quand il entendit les mots de Gabriel.

— Ça va pas non ! Mon futur mariage ? Tu veux ma mort ou quoi, couillon ? Il y a tant de femmes que je ne vois pas pourquoi je n'en prendrais qu'une seule.

— Oh je sais, va, espèce de calamantran[3], dit Gabriel.

3. Pitre.

Commence par arranger ta cravate qui est de biscanti[1], si tu veux draguer. Mais, n'oublie pas qu'ici tu n'as que des cousines.

— Il y a bien quelques amies et même des clientes de papa, ajouta Sacha pour défendre son frère. Laisse-le baiser, va, c'est de son âge.

L'orchestre avait attaqué un air juif traditionnel, entraînant et gai. Aussitôt toutes les femmes, jeunes et moins jeunes, s'étaient levées pour danser en bougeant de droite à gauche et vice versa, leur fessier, opulent pour certaines. Les poitrines sautaient en cadence et les coiffures bien laquées commençaient à se défaire. La grand-mère de Gabriel, Berthe qui avait vécu une grande partie de sa vie en Algérie, était imprégnée de cette culture orientale. Malgré son âge, elle s'était levée et tout en faisant voltiger son foulard tentait de faire la danse du ventre. Son mari, Michaël, l'observait, un sourire aux lèvres et le regard indulgent.

Puis, vinrent les inoxydables chansons de mariage et fêtes familiales, celles qui faisaient lever, danser et chanter tout le monde. La piste fut bientôt pleine d'invités se trémoussant et se déhanchant au rythme syncopé de la musique.

Gabriel s'était rassis à côté de Johanne et lui tenait la main, amoureusement.

— Nous irons danser quand il y aura un slow, mon amour.

— Bien volontiers, répondit-elle, à condition que tu ne me marches pas sur les pieds, comme d'habitude.

— Garce, dit-il en riant aux éclats. Je ne suis pas musicien comme toi et je n'ai pas le rythme dans le sang.

— Pourtant ton origine orientale devrait te prédisposer à la danse.

1. De travers.

Elle le regardait de ses grands yeux noirs, attendant une réponse qui ne vint pas. Au lieu de ça Gabriel se leva et la tira par les bras.

—Viens faire ce zouk, tu verras si je ne sais pas danser.

—Tu parles d'une danse, il suffit de marcher en se déhanchant.

—Je vais te montrer s'il suffit de marcher. Allez, viens !

La piste était pleine à craquer d'invités qui se démenaient sur un air de Frankie Vincent : *Fruits de la passion*. Les nouveaux mariés se faufilèrent au milieu de la foule et se serrèrent dans les bras, collés l'un à l'autre. L'orchestre enchaîna avec une samba brésilienne puis, un cha-cha. Enfin arriva un slow que Sacha avait demandé aux musiciens : *When a man loves a woman*.

Les couples qui s'étaient séparés le temps du cha-cha, se reformèrent ; Gabriel et Johanne s'enlacèrent à nouveau étroitement.

Malheureusement leur danse ne dura pas longtemps. Gabriel sentit qu'on lui tapait sur l'épaule et il sortit de la langueur induite par le slow. Il se retourna et vit Jeremy, son adjoint, qui le regardait d'un air désolé. Gabriel hocha la tête et releva le menton en signe d'interrogation. Jeremy fit une moue et désigna l'entrée de la salle d'un mouvement de tête, lui aussi.

Un agent s'y tenait, regardant d'un œil curieux tout ce beau monde qui se trémoussait.

Gabriel prit un air furieux et s'exclama :

—Ah non ! Pas le jour de mon mariage ! Ils ne vont pas me les briser ce jour-là. Qu'est-ce qui se passe ? Encore une bagarre ou un rodéo à la Cayolle ?

—Pire, Gabriel !

—Quoi ?

—Viens voir l'agent, il va t'expliquer.

Avec un soupir résigné, Gabriel raccompagna Johanne jusqu'à sa chaise, devant la pièce montée qui n'avait pas encore été coupée. Il la regarda tristement.

—Encore des casse-burnes, ma chérie. Je vais voir, je n'en aurai pas pour longtemps. Fais remettre le gâteau au frais.

Elle le regarda s'éloigner avec un air désolé en pensant que le métier de femme de flic commençait bien.

Elle vit Gabriel parlementer avec l'agent en tenue. Celui-ci, presque au garde-à-vous, expliquait la raison de sa venue au commissaire. Après quelques minutes, le marié se retourna et fit un geste apaisant de la main à l'attention de sa femme. Il semblait lui dire qu'il n'en avait pas pour longtemps et qu'elle prenne patience. Puis, il disparut dans l'entrée, suivi de Jeremy et d'Ariane, les deux lieutenants qui le secondaient efficacement dans ses enquêtes.

La 407 gris anthracite roulait à toute allure, sirène hurlante. Le gyrophare tournait, éclairant fugacement les gens qui suivaient la police des yeux. Il était 22h30 et la promenade de la plage était encombrée de flâneurs qui déambulaient lentement en profitant de la douceur de cette soirée de printemps.

La voiture passa en trombe devant les fesses dénudées de la statue de David et continua vers le quartier de la Vieille Chapelle, animé et grouillant de jeunes attablés aux terrasses des cafés. Puis, elle dépassa la Pointe Rouge et roula encore quelques centaines de mètres. Arrivée devant un portail noir, elle ralentit et tourna à gauche pour emprunter une longue allée, éclairée de lampadaires, rectiligne sur neuf cents mètres environ, qui s'enfonçait dans l'obscurité vers les collines de la campagne Pastré et de Marseilleveyre.

La 407 monta lentement l'allée parsemée de petits

caniveaux servant de coupe vitesse et de drains aux eaux pluviales. Bien qu'elle soit interdite à la circulation, quelques voitures de fonction y roulaient dans la journée car elle donnait sur le château Pastré abritant le musée de la faïence.

Arrivé en haut de la montée, le véhicule s'arrêta sous un lampadaire éclairant chichement les lieux d'une flaque de lumière. À cet endroit, l'allée formait une placette et était traversée par un petit canal d'une soixantaine de centimètres de large. Une eau sombre et parcimonieuse s'y écoulait lentement. Tout autour une forêt de pins maritimes abritait, par grosses chaleurs, des myriades de cigales chantant dans la journée leur ritournelle lancinante. Cinq voitures étaient garées sur cette petite esplanade.

—On y est ? demanda Gabriel en ouvrant la portière et en s'adressant au chauffeur, un jeune inspecteur fraîchement nommé au commissariat.

—Oui commissaire ! C'est au bout du canal.

—Il fait nuit noire, grommela Gabriel de mauvaise humeur.

—Suivez-moi, j'ai une torche.

Le canal s'enfonçait dans la forêt. L'inspecteur passa en premier, éclairant la terre noire de sa grosse torche.

Un sentier, tracé par des générations de promeneurs et de joggers, l'accompagnait jusqu'à son extrémité. Gabriel, Jeremy et Ariane, précédés de l'inspecteur, marchaient rapidement, pressés d'en finir avec cette histoire qui les perturbait en pleine fête.

—On arrive, commissaire. C'est au bout du canal, juste après le petit étang.

Effectivement, le groupe avait, à sa droite, un étang dont la surface noire miroitait sous la lune. Au loin, un gros projecteur éclairait quelques ombres mouvantes tenant des torches.

À l'arrivée de Gabriel, un homme se détacha du groupe et s'approcha.

— Bonsoir commissaire. Je suis désolé de vous avoir dérangé ce soir, mais les circonstances me l'imposaient.

— Que se passe-t-il ?

Gabriel avait son air furieux des mauvais jours et il ne faisait pas bon de le contrarier dans ces moments-là. Deux rides se dessinaient au-dessus de son nez.

— Un cadavre !

— Et alors ? On en voit tous les jours, grommela-t-il. C'était nécessaire de me déranger pour ça ?

— Dans le canal…

— En plein mariage…

— Commissaire…

L'inspecteur avait l'air gêné et se dandinait d'un pied sur l'autre. Il aurait certainement préféré se trouver à cent kilomètres de là ou plus simplement dans son cabanon de la calanque de Morgiou.

— Quoi ? Merde ! Quoi ? Qu'y a-t-il de si important pour me déranger ce soir ? Un cadavre… et dans le canal en plus. Qu'est-ce que c'est, un gosse ?

— Un adulte, commissaire.

— Un adulte là-dedans ? Vous avez vu la largeur du canal.

— On l'a rentré de force.

Gabriel leva les yeux au ciel d'un air excédé et poussa un soupir. Tout ça ne lui disait rien de bon et lui laissait entrevoir des tas d'ennuis en perspective.

— Bon, allons voir ! J'espère que ce n'est pas pour rien.

— Le maire…

— Je me fiche du maire, hurla Gabriel.

Et il fila devant l'inspecteur. Dix mètres plus loin, il se trouva devant le petit groupe de personnes dont il avait aperçu les ombres. Il y avait trois femmes et deux hommes en tenue, deux civils et 3 policiers de la brigade scientifique, en combinaison blanche de la tête aux pieds.

—Et le périmètre de sécurité ? Il n'est pas encore fait ? Qu'est-ce que vous attendez ?

—Nous allons le délimiter, commissaire, répondit une policière.

—Vous avez eu le temps de faire prévenir le maire mais pas d'interdire l'accès au cadavre !

Le jeune inspecteur s'approcha.

—Le maire est au courant car ça touche la tranquillité des marseillais. Il a tout de suite été informé de la situation et c'est lui qui a demandé de vous appeler, personnellement. Demain, c'est dimanche, il fait beau et il va y avoir des milliers de promeneurs avec des enfants.

—Où est-il ?

—Il doit être chez lui.

—Chez lui ?

—Oui, le maire.

—Mais, non, le cadavre, imbécile ! J'en ai rien à cirer du maire.

L'inspecteur eut un geste d'excuse.

—Au bout du canal. À l'endroit où il y a une grille pour arrêter les saloperies que les gens pourraient jeter dedans.

—En tout cas on en a jeté une belle de saloperie. Envoyez le projecteur par ici ! On n'y voit rien, cria-t-il à la ronde.

Aussitôt, le faisceau lumineux se dirigea vers l'eau noire, peu profonde. Il le remonta et s'arrêta sur une masse tassée contre les barreaux. L'eau, à cet endroit, entrait dans la dernière partie du canal, protégée jusqu'à sa résurgence par du béton.

Sous la lumière du projecteur, Gabriel, qui n'avait pas

quitté son costume de mariage, paraissait encore plus blanc. Il se pencha vers le cadavre et s'accroupit.

—Mais, il est à poil...

—Complètement.

L'homme était sur le dos, face vers le ciel. L'assassin avait dû forcer pour le rentrer dans le canal car ses épaules étaient coincées entre les parois. Il avait les jambes et le bassin dans l'eau qui serpentait le long de son corps en créant des vaguelettes à la rencontre des pieds, faisant tressauter son sexe dénudé. Sa tête, légèrement inclinée, était bloquée contre les barreaux de la grille rouillée et l'extrémité de ses longs cheveux était aspirée par le courant.

—Une torche ! demanda Gabriel en tendant sa main en arrière, toujours accroupi.

Aussitôt exaucé, il en dirigea le rayon vers le visage du cadavre et constata que l'homme était jeune. *Pas plus de trente-cinq ans*, se dit-il.

Puis, il se releva, surpris, horrifié.

—Je rêve ou quoi ?

—Non commissaire. Malheureusement ! Vous avez bien vu.

Gabriel s'accroupit à nouveau et éclaira plus directement le visage qui commençait à prendre une teinte cadavéreuse accentuée par l'éclairage blafard de la torche. Sur le menton des traînées de sang avaient séché, formant une croûte marron se perdant dans le cou. Elles provenaient de la bouche, dont les lèvres, projetées en avant dans une moue sanglante, avaient été cousues et serrées fortement. Le ventre était énorme, gonflé comme une outre prête à exploser, les chairs distendues.

Gabriel se remit debout.

—Ça pue le vinaigre, dit-il. D'où ça vient ?

—Du cadavre, commissaire.

Gabriel le regarda puis, tourna sa tête dans tous les sens. Autour de lui les agents s'activaient pour délimiter le périmètre de sécurité en entourant de bandes jaunes les pins les plus proches. La scène, sous l'éclairage du projecteur et dans la lumière lactescente de la lune, paraissait irréelle.

— C'est lui qui empeste ? Il a bu du vinaigre ou quoi ?

Il n'en revenait pas. Il avait déjà vu pas mal de cadavres malgré sa récente nomination mais jamais comme celui-là : lèvres cousues, ventre gonflé à mort et puant le vinaigre. Il regarda à nouveau le visage et constata que le mort avait les yeux grands ouverts et dégageait une impression de peur immense, d'horreur et de douleur.

Gabriel s'adressa à un homme vêtu d'une combinaison blanche de la police scientifique.

— Les photos ont été prises ? Tout a été ratissé ?

— Oui, commandant. On a fait tout le nécessaire.

— Qui l'a découvert ?

— C'est un couple de promeneurs qui l'a trouvé et a téléphoné tout de suite à la police.

— À quelle heure ?

— À vingt et une heures.

— Si tout a été fait, sortez-le de là et emmenez-le. Je ne pense pas que d'autres personnes flânent par ici maintenant mais il vaut mieux assainir l'endroit. Où sont les promeneurs ?

— Ils étaient choqués. On a pris leur nom, leur adresse et on les a laissé partir.

— C'est bien. Laissez les bandes de délimitation et enlevez tout le reste. Lundi, je veux déjà un début de rapport dans mon bureau. Désignez aussi deux gardes qu'on remplacera dans la nuit. Il ne faut pas affoler la population, mais je ne veux pas, malgré tout, qu'on me souille les lieux par des piétinements.

—Bien, commissaire. On va faire un roulement pour sécuriser le secteur. On rentre au labo et on se met tout de suite à travailler.

—Moi, je retourne au mariage. Je pense que ça ne gênera personne ? demanda Gabriel en souriant, content d'en avoir terminé aussi rapidement.

—Absolument pas. Profitez bien. Nous avons de quoi faire jusqu'à lundi. Il faut déjà transporter le cadavre jusqu'au bout du canal car ce n'est pas accessible en voiture. Elles sont toutes à l'extrémité de la grande allée centrale.

—Oui. Je les ai vues en arrivant.

Il se tourna vers Jeremy et Ariane et leur fit un signe de la main.

—On s'en va, dit-il.

CHAPITRE II
Lundi 20 avril 2009, 5h00

La voûte de la galerie était enfin consolidée. Derrière lui, la terre s'amoncelait en un volumineux tas de pierres et de boue. Il avait plu ces derniers jours et l'eau de ruissellement s'était infiltrée assez profondément. Il pataugeait dans le sol détrempé et ses bottes en caoutchouc vert produisaient un écoeurant bruit de succion quand il soulevait ses pieds : schlouf ! schlouf !

Il avait été alerté par les craquements sinistres des grosses poutres formant l'étayage et des fissures apparaissant dans le conglomérat de pierres, de terre et de mortier constituant le plafond de cette galerie. C'est ce bruit qui l'avait décidé à renforcer la voûte.

Il devait, maintenant, sortir cet amas de terre. Il était maniaque et ne voulait pas conserver ces détritus dans un endroit où, malgré tout, il revenait souvent, un endroit mystique pour lui.

Il avait déjà effectué une quinzaine de séjours dans cette champignonnière abandonnée depuis des années. Quinze longs séjours à vivre dans l'obscurité, éclairé seulement par des lampes à pétrole dont la fumée âcre venait lui piquer les yeux et le faisait tousser. Il se disait souvent qu'il lui faudrait en arriver à rénover le réseau de fils électriques et d'ampoules.

Il essuya son front trempé d'un revers de main, évitant de mettre de la terre sur son visage. Ses longs cheveux noirs et raides, humides de transpiration, pendaient devant ses yeux. D'un mouvement brusque de la tête, il les rejeta en arrière puis, il se retourna pour voir le travail accompli. Sa pelle était plantée dans le sol meuble et servait d'appui à ses deux mains posées sur l'extrémité du manche. Il avait mis sa tête sur le revers de ses mains et regardait, d'un air satisfait, la corvée terminée.

Il avait mieux étayé le dernier tronçon de cette galerie qui risquait de s'effondrer. Il se fichait de cette partie de la champignonnière, mais si une seule des voûtes s'écroulait, cela risquait d'affaiblir tout le réseau de galeries et de provoquer la disparition de ce lieu qu'il venait vénérer régulièrement.

Il avait déniché cette champignonnière sur internet laissée à l'abandon depuis vingt ans, et en avait fait son lieu d'idolâtrie, son refuge, la chapelle où il venait se recueillir après chaque purification qu'il effectuait là-haut. Il y stagnait encore une vague odeur douceâtre de champignons, mêlée à celle plus agressive du fumier sur lequel on cultivait les souches.

L'entrée normale en avait été murée mais il avait trouvé un moyen d'y pénétrer. Toujours grâce à ses recherches sur internet, il avait constaté que les galeries s'étendaient en une ramification de toile d'araignée assez loin dans le sous-sol, sur des kilomètres. Elles arrivaient sous le cimetière de cette petite ville où les gens vivaient pour eux et ne s'occupaient pas de leur voisin. Cela lui convenait parfaitement.

Il suivait des yeux la voûte faite de lourds madriers supportés par des poutres verticales fichées dans le sol par un bétonnage sommaire. Il aurait de quoi fixer son câble électrique. *De petites ampoules, très faibles, de quinze watts*, se dit-il. *Ça suffira amplement*. Il aimait la nuit, il la lui fallait et il avait trouvé sa tanière, son antre dans ce labyrinthe de couloirs. Il avait toujours été bien dans le noir. Il en éprouvait une intense satisfaction, un sentiment de protection, de sécurité, le sentiment que toute cette obscurité qui régnait le protégeait des nuisances de la civilisation, des impurs, des incroyants qui, eux, aimaient le grand jour. Tout petit, déjà, il aimait s'enfermer dans des placards, des pièces sombres et s'isoler pendant des heures. Il en arrivait à envier les aveugles qui vivaient en permanence dans le noir. Comme eux, il y voyait presque avec ses mains tant il avait cultivé son amour de l'obscurité et n'avait presque pas besoin de clarté, aussi infime soit-elle.

Les séjours forcés qu'il effectuait à l'extérieur, à la lumière du soleil, pour les purifications, lui étaient durs à supporter. Mais, il le fallait. Jésus lui dictait sa route et il ne devait pas en dévier. Il devait obéir, fusse au prix de grands sacrifices.

Il prit un sac de toile de jute, un de ces sacs qui sert à transporter les courriers de la poste et commença à le remplir de terre. Il travaillait avec la régularité d'un métronome, prenant de lourdes pelletées sur le tas et les jetant dans le sac. De temps en temps, il s'arrêtait pour tasser la terre en soulevant les bords renforcés de la toile et remplir le sac au maximum, prenait une gourde et buvait. Malgré l'humidité des lieux, ce travail de force lui asséchait la gorge. Puis, il recommençait à lancer des pelletées avec des « han » de bûcheron en plein effort.

Quand le sac fut plein, il le ficela et, sans effort apparent, l'arracha du sol, le mit sur ses épaules puissantes et se dirigea vers l'extrémité de la galerie. Il avait trois cents mètres à faire avant d'arriver à l'extérieur et il marchait d'un bon pas, infatigable. Toute la route était éclairée par des lampes fixées, tous les cinquante mètres, aux poutres de la voûte par des crochets de fil de fer. Certaines commençaient à montrer des signes de faiblesse : le pétrole diminuait et les mèches se mettaient à fumer. Son ombre gigantesque et déformée était projetée sur les parois de terre, cassée par les étais.

Il tourna deux fois à gauche, sans poser une seule fois le lourd sac et, au bout de la dernière galerie, il aperçut enfin la légère montée qui lui permettrait d'arriver au jour.

Au jour ! pensa-t-il, *façon de parler car il doit faire nuit.*

Au sommet de la pente d'une dizaine de mètres, il posa enfin son sac. À cet endroit cela formait un espace plus large que le tunnel, comme une placette de trois mètres de diamètre. Tout autour, le sol était étayé avec des solives et le plafond de la galerie était presque au niveau du sommet de son crâne.

Il releva la tête et vit une trappe en bois en prolongement de la cloison terminale. Il était tellement passé par cette ouverture, qu'elle n'opposa aucune résistance quand il la souleva. Une petite échelle de bois, appuyée contre le mur, lui permit de monter pour passer par l'orifice avec le sac qu'il avait repris. Il déboucha dans une construction de béton, rectangulaire et étroite, sentant la poussière et la résine. C'était le fond d'une tombe. Il jeta sa charge sur le sol recouvert d'aiguilles de pins, de feuilles mortes et de gravas puis, se retourna et referma la trappe, fit un rétablissement et se hissa hors de la fosse. Devant lui, une petite étagère de pierre prenait toute la largeur de l'abri. Il y avait, bien rangés côte à côte, un bougeoir contenant une bougie en fin de vie, dégoulinante de coulées de cire durcie, une photo jaunie dans un cadre métallique et un autre bougeoir, vide celui-là. Il s'agenouilla devant la photo, marmonna quelques mots qui avaient l'air d'être une prière et se signa. Puis, il se releva, épousseta ses genoux d'un revers de main pour chasser les aiguilles de résineux plantées dans son pantalon et fit demi-tour. Devant lui, à deux mètres, il y avait une porte en fer forgé, noire, envahie par la rouille. La moitié supérieure de cette entrée était formée de volutes et la vitre qui les recouvrait, à l'origine, était brisée depuis longtemps. Les rayons de la lune entraient par cet orifice et éclairaient l'intérieur de l'abri d'une lueur chlorotique.

Il s'approcha de la poignée de fer et déchira de la main une toile d'araignée en nappe s'étalant jusqu'à une torsade. Il ne l'avait pas remarquée en entrant. À travers l'espèce de moucharabieh qui constituait l'évidement de la porte, il observa, calmement, l'extérieur.

Pas un bruit, le silence le plus complet régnait. L'air était calme, tiède et venait frôler son visage aux traits réguliers. Un sourire de satisfaction se dessina sur sa bouche : il allait être tranquille. Comment pouvait-il en être autrement ? Ce n'était pas les morts qui pourraient le déranger dans son œuvre de salubrité. Il tourna la poignée et poussa l'huis qui s'ouvrit sans un grincement. Il entretenait régulièrement les gonds, les huilant avec précaution et essuyant les tâches de graisse sur le sol pour ne pas susciter de curiosité malsaine. L'endroit devait avoir l'air de ce qu'il était : abandonné depuis fort longtemps.

Il fit un pas à l'extérieur et regarda de droite à gauche : des tombes de tous les côtés, des tombes aux stèles de marbre, de granit, des mausolées… Puis, il jeta un coup d'œil rapide à son poignet : six heures. Il faisait encore sombre et personne ne devait rôder dans le coin. D'ailleurs le cimetière était encore fermé. L'employé municipal ne venait ouvrir le portail qu'à huit heures. Il avait encore du temps devant lui pour disperser la terre d'extraction dans les allées où elle aurait vite fait de se tasser et de se fondre dans la masse. Il reprit sa marche, le sac sur les épaules. Il devait le vider dans un endroit éloigné de sa sortie pour ne pas que la terre fraîche attire l'attention. Il fit cent mètres en contournant des tombes luxueuses et d'autres à l'abandon, évitant de marcher sur les stèles horizontales et respectant la sainteté de ce qu'il imaginait à l'intérieur. Du moment que le mort était là, c'est qu'il était purifié, sanctifié.

Il profita d'un trou, creusé la veille pour un enterrement, pour se débarrasser de la terre sur le monticule boueux. Le sac enfin vide, il retourna vers son allée. Le cimetière de ce gros bourg du centre de la France était assez étendu en superficie, beaucoup plus grand qu'un cimetière de village. Il regarda avec amour son petit édifice : c'était un mausolée de pierres taillées, usées par le vent balayant les allées et corrodées par le sable soulevé qui tournoyait et les vérolait de petits trous au fil des ans. Il n'avait pas repeint la porte en ferraille malgré la grande envie qu'il en avait : toujours pour ne pas attirer l'attention. Ce mausolée était abandonné depuis une cinquantaine d'années et il se l'était approprié, l'avait fait sien, n'y entrant et n'en sortant que la nuit. Il en avait fait disparaître, depuis longtemps, les signes d'appartenance à une autre famille. Les cadres, les inscriptions sur des plaques de marbre, les couronnes d'immortelles desséchées et fossilisées avaient pris le chemin de la poubelle municipale qui trônait à l'entrée du cimetière. Il avait gardé uniquement les bougeoirs et y avait intercalé un cadre métallique contenant une photo dont les bords étaient usés par les manipulations.

Il ouvrit la trappe. Une odeur de moisi et de renfermé l'enveloppa de la tête aux pieds. Cette odeur lui plaisait, elle signifiait qu'il allait être tranquille, que personne n'oserait venir le troubler dans ses ablutions purificatrices.

Il sauta agilement, comme un félin, dans le trou qui l'attirait et referma l'ouverture derrière lui. L'excavation qu'il avait creusée au début du tunnel lui avait servi à mettre, les uns sur les autres, trois cercueils : les cercueils contenus dans la tombe qu'il avait profanée. Il y en avait deux grands et un petit, probablement celui d'un enfant. Tous trois avaient les mêmes dates de décès. Seules les dates de naissance changeaient. Il s'agissait sans doute d'un père, d'une mère et de leur enfant ayant trouvé la mort dans un accident.

Mais, il s'en fichait, ils étaient là et il les laissa tranquille. Seuls lui importaient les ossements de ses parents entreposés au fond de la dernière galerie, *sa* galerie, sur un étal où l'on faisait, autrefois, pousser les champignons.

Il avait à présent une purification à préparer et il ne devait pas perdre de temps. Il devait faire quelques centaines de kilomètres avant de rejoindre la ville élue.

Il s'enfonça dans le souterrain et son ombre s'allongeait alternativement derrière et devant lui, selon la distance à laquelle il se trouvait d'une source de lumière. Puis, il disparut à un tournant, silencieusement, comme un chat.

CHAPITRE III
Lundi 20 avril 2009, 6h30

Gabriel ouvrit les yeux dans la douce tiédeur de son lit. Il jeta un coup d'œil au plafond sur la projection lumineuse de son réveil. Les chiffres rouges indiquaient six heures trente.

Les rayons de soleil, passant au travers des interstices du volet roulant, annonçaient une journée printanière. Dans la pénombre du petit matin, il entrevit la valise ouverte sur le sol et un soutien-gorge mauve dépassant de la pile de vêtements qui y étaient rangés minutieusement.

Il sentit contre sa hanche la peau veloutée et chaude de la hanche de Johanne. Elle était sur le ventre et le drap épousait minutieusement ses formes, s'insinuant entre les deux sphères de ses fesses en un sillon suggestif.

Il glissa son bras sous le tissu coloré et passa une main caressante dans le creux de ses reins. Johanne grogna, entrouvrit un œil et le referma aussitôt.

— Tu pars plus tôt que d'habitude, non ? articula-t-elle d'une voix pâteuse et encore endormie.

Cette phrase fit l'effet d'une douche froide à Gabriel. Il eut d'un seul coup, devant les yeux, la vision du cadavre de la Campagne Pastré et retomba sur terre. Il se voyait déjà au volant de sa voiture, Johanne à ses côtés, en route pour une destination indéterminée, au hasard de l'aventure. La réflexion de sa femme le projeta subitement dans la réalité et il prit conscience qu'ils ne partaient plus, tout au moins pour quelques jours. Il grommela des mots incompréhensibles et sortit une jambe du lit.

— Qu'est-ce que tu dis ? demanda Johanne.

Elle avait la tête cachée dans son bras replié et ses longs cheveux noirs s'étalaient sur son dos, ruisselant jusqu'à l'épaule de Gabriel, qu'ils chatouillaient agréablement.

— Que c'est une journée de merde qui s'annonce !

Il sortit sa deuxième jambe et s'assit sur le lit en étirant ses longs bras.

— Pourquoi, mon chéri ?

— Tu ne te souviens pas ?

Il y eut un moment de silence. Peu à peu la lumière se fit dans le cerveau endormi de Johanne et, d'un seul coup, elle aussi se retrouva dans la dure réalité de la vie.

— Oh nonnnnn ! C'est pas vrai.

Elle était bien réveillée à présent.

— Eh oui ! dit-il, écœuré.

— Il a fallu qu'un psychopathe nous gâche notre lune de miel.

— Comme tu dis. Mais, je te garantis que ça ne va pas traîner et que nous l'aurons notre voyage de noces.

Elle s'était retournée et, assise, le dos calé par un coussin, le regardait amoureusement.

Gabriel se leva, nu et elle admira ses fesses musclées et bronzées, se retenant avec peine d'y poser une main gourmande. Il fit un pas dans la chambre sombre et faillit tomber sur la moquette en s'empêtrant les pieds dans sa chemise jetée sur le sol.

—Et merde, la journée commence bien !

Loin de le faire sourire, la pensée qu'ils avaient, tous deux, arrachés leurs habits pour se jeter sur le lit, le mit encore plus de mauvaise humeur.

La porte de la salle de bains n'était pas fermée et il s'y dirigea rapidement. Il se coupa deux ou trois fois en se rasant, se brûla avec l'eau trop chaude de la douche, s'envoya du shampooing dans les yeux. Quand il sortit de la petite pièce, accompagné d'un nuage de vapeur d'eau, son humeur exécrable s'était élevée d'un cran. Johanne s'était rallongée et le regardait se démener avec ses habits, un sourire aux lèvres.

—Calme-toi, mon chéri. Ça ne t'avance à rien de t'énerver.

—Et comment veux-tu que je ne m'énerve pas ! répondit-il abruptement. Ils nous ont presque gâché notre repas de noces et maintenant c'est notre voyage qui est foutu en l'air. Fait chier !

—Il n'est pas fichu, essaya de temporiser la jeune femme. Il est seulement remis.

—Aux calendes grecques ! À la saint glin-glin ! Voilà où il est notre voyage.

—Tu as dit que ça n'allait pas traîner.

—Je veux que ça va pas traîner ! À cause de ce chapacan[1], de ce cinglé, je dois me pointer au commissariat. Quelle merde ! Il va falloir que je me boulègue[2], si je veux le trouver rapidos.

Il allait remonter la fermeture à glissière de son pantalon quand Johanne l'arrêta d'une interjection.

—Stop ! dit-elle. Attention de ne pas te la coincer.

Elle le regardait en pinçant les lèvres pour retenir avec

1. Voyou.

2. Que je me bouge.

difficulté un gloussement qui voulait s'échapper de sa bouche pulpeuse. Tête penchée en avant, il la dévisagea en fronçant les sourcils, amusé.

Le zip sec de la fermeture retentit dans la semi obscurité. Gabriel serra sa ceinture en constatant qu'il la mettait à un trou de plus que d'habitude, résultat des agapes de tout le week-end.

En chemise, pantalon et chaussettes, il s'assit sur le bord du lit et se pencha pour embrasser sa femme. Dans le mouvement qu'il fit pour mettre sa main sur son épaule, elle rencontra un sein et s'y attarda.

—Ah non ! fit Johanne, émoustillée. Ou tu vas au commissariat ou tu restes ici. Il faut choisir, mon cœur. Tu ne crois pas que…

Il accentua sa pression et lui coupa la parole en l'embrassant. Puis, il se leva d'un bond et regarda son poignet.

—Sept heures et demi, dit-il. Si je veux éviter les embouteillages de huit heures, il faut que j'y aille. Reste encore au lit, mon cœur. Tu as tout ton temps.

—Que tu dis ! Ce n'est pas parce qu'on s'est mariés que je ne dois plus jouer du piano. Je vais m'y mettre dès neuf heures, jusqu'à midi.

—Bon courage, alors. Je m'en vais, ma chérie. À ce soir. J'espère que j'aurai déjà un début de solution.

Il attrapa sa veste et sortit de la chambre pour enfiler ses chaussures qui l'attendaient devant la porte d'entrée.

***

Le commissariat n'était pas de première jeunesse. C'était une ancienne école primaire dont la cour de récréation avait été transformée en parking. La façade avait été recrépie et un petit coup de peinture avait suffi à raviver les couleurs intérieures des murs défraîchis et parsemés de dessins malhabiles faits par des mains d'enfants.

Quand il y arriva, Ariane était déjà là et l'attendait impatiemment.

Dans un couinement de pneus malmenés, il gara sa 407 et se dirigea en trombe vers l'entrée du bâtiment.

À voir son allure, Ariane comprit que la journée débutait mal et qu'il ne serait pas à prendre avec des pincettes.

Elle constata que ces quarante-huit heures passées à faire la fête et les nuits, qui avaient dues être torrides, avaient laissé quelques traces sur son visage. Ses yeux étaient légèrement bouffis, ses traits un peu avachis et son nez paraissait plus busqué que d'habitude. *Mais, c'est une impression,* se dit-elle. *En fait, il est aussi beau qu'à l'accoutumée. Je me demande si Johanne se rend compte de la chance qu'elle a de l'avoir dans son lit.*

—Dans mon bureau, en vitesse !

Gabriel était passé en trombe devant son adjointe. D'ordinaire il l'embrassait volontiers de deux baisers sonores et avait un geste amical, mais là... Elle ne l'avait jamais vu dans cet état. Parfois il s'emportait, oui ! Parfois, il voulait imposer sa volonté et savait le faire sans élever le ton, mais là...

—Jeremy est arrivé ? demanda-t-il d'un ton sec en continuant sa marche rapide.

—Pas encore. Je pense qu'il ne va pas tar... Ah le voilà !

La Laguna vert olive du lieutenant franchissait le portail.

Ariane ferma le poing et activa rapidement son avant-bras droit de haut en bas pour faire presser le pas à Jeremy. Puis, elle fit une grimace en montrant le commissaire dont la silhouette disparaissait dans l'embrasure de la porte, pour lui faire comprendre qu'il était de mauvaise humeur.

Jeremy fit un sourire et s'approcha pour l'embrasser.

—Ça se comprend, non ? Moi à sa place, ce serait pire.

Elle émit un sifflement contradicteur.

—Je ne crois pas, dit-elle. Si tu l'avais vu. Il n'a jamais été dans cet état.

—Eh bien ! Ça nous promet une bonne journée. Allons-y vite.

Le bureau était vaste et bien rangé. La fenêtre, à laquelle on avait ajouté des barreaux de sécurité en cas d'interrogatoire, donnait sur la cour et laissait entrer les rayons de soleil. Gabriel était assis à son bureau, farfouillant dans la pile de documents accumulés devant lui. Il releva rapidement la tête quand il entendit le bruit de la porte. Ariane entra la première.

—Asseyez-vous, lieutenant ! ordonna-t-il, sèchement.

Ariane haussa les sourcils, surprise. Puis, elle prit une chaise posée contre le mur et s'assit.

—Bien, commandant, dit-elle d'un ton ironique.

Jeremy l'avait imité et tous deux attendaient que leur chef se mette à parler. Devant ce silence inhabituel, Gabriel, tout en gardant la tête penchée sur les papiers, dirigea son regard vers ses deux adjoints. Il vit dans leur expression un air malicieux et frondeur. Ils patientaient, sagement assis, jambes croisées, mains jointes sur les genoux.

Bon, se dit-il. *Ils ont raison. Je déconne et il faut que je me calme. Plus nous mènerons l'enquête dans de bonnes conditions, plus nous irons vite.*

Il regarda par la fenêtre et son esprit s'envola vers son appartement où l'attendait sa femme. *Que faisait-elle, maintenant ? Elle déjeunait probablement, puis, en robe de chambre irait se mettre au piano.*

Il avait consacré une grande pièce pour l'entraînement de Johanne. C'était un salon qui lui servait de bibliothèque ; les murs recouverts de rayonnages de livres étouffaient les sons. Il n'avait fait faire que quelques travaux complémentaires d'insonorisation pour que sa femme puisse jouer sans incommoder les voisins. Elle pouvait ainsi faire courir ses longs doigts fuselés et rapides sur le clavier du piano à queue qu'il avait acheté spécialement pour elle. C'était un beau piano ancien, de marque *Kriegelstein*, à la boiserie patinée et aux touches d'ivoire légèrement jaunies par le temps et le passage de centaines de mains de pianistes confirmés ou débutants. Il avait un son magnifique, clair, limpide et même Gabriel, qui n'appréciait pas extrêmement la musique classique, ne pouvait s'empêcher de faire le silence et de rester béat quand elle jouait sur le clavier avec une rapidité déconcertante.

Quand il le lui faisait remarquer, elle lui rétorquait que c'était son métier et qu'elle serait incapable de résoudre les enquêtes qu'il menait, lui, tambour battant.

En songeant à cela, il revint sur terre. Le plus important, pour l'instant, était de trouver ce psychopathe, cet assassin qui rôdait quelque part dans Marseille.

Gabriel n'était pas profileur mais il se doutait de ce que lui dirait un spécialiste sur ce crime.

Il regarda ces deux complices qui attendaient sagement la fin des cogitations de leur chef.

—OK, concéda-t-il, j'étais de mauvaise humeur. Mais, reconnaissez qu'il y a de quoi !

—Nous n'avons rien dit, rétorqua Ariane, ironique.

—Mais, vos regards parlent pour vous. Ceci dit, que pensez-vous de cette affaire qui nous tombe sur les bras ?

—Et le jour de ton mariage qui plus est, s'écria Jeremy.

Gabriel le regarda d'un oeil charbonneux.

—Je m'abstiendrai de tout commentaire. Je répète ma

question : qu'en pensez-vous ?

—J'ai l'impression, dit Ariane, que nous avons affaire à un assassin rituel. Cette façon d'avoir cousu les lèvres de la victime, de l'avoir mise dans le canal… Il doit y avoir une raison à tout ça.

—C'est ce que je pense aussi, dit Jeremy.

—Je me trompe peut-être, rétorqua Gabriel, mais nous ne sommes qu'au début d'une affaire qui s'annonce difficile. Qu'avons-nous de concret ? Est-ce que Julien nous a déjà donné un début de rapport ?

Julien Bréhal était le médecin légiste à qui avait été confié l'autopsie du cadavre de Pastré. Il avait l'habitude de tous ces commissaires qui réclamaient à cor et à cris des résultats, des rapports. Ils ne se rendaient pas compte du temps qu'il fallait pour découper un cadavre et avoir une réponse aux analyses effectuées sur les prélèvements d'organes ou sur le contenu d'un estomac.

—Pas encore, dit Ariane, mais il fallait s'y attendre. Nous ne sommes que lundi.

—Nous avons un cadavre, trouvé dans un parc public, baignant dans un canal. Il avait les lèvres cousues et était apparemment plein de vinaigre. Je doute fort qu'il l'ait bu de son plein gré. Pourquoi l'assassin lui a-t-il fait ingurgiter tout ça ?

—That is the question ! dit Jeremy qui se tut aussitôt sous le regard foudroyant de Gabriel.

—Est-ce qu'il avait une raison précise de le faire ou était-ce un message qu'il voulait nous envoyer ? demanda Ariane.

—Est-ce que ce sera le seul cadavre ou est-ce le premier d'une série ? ajouta Gabriel.

Les deux lieutenants se regardèrent, étonnés. Où voulaient en venir leur chef ?

— Tu veux dire que nous aurions affaire à un tueur en série ? s'inquiéta Jeremy.

— Je ne sais pas. Il est encore trop tôt pour le dire. Quoi qu'il en soit, ce meurtre ne me plaît pas. Ce n'est pas ce que nous avons l'habitude de trouver. Ce n'est pas une mort due à une rixe, ni à un crime crapuleux. C'est ce qui me fait dire que, malgré mon désir de partir rapidement en voyage de noces, nous avons sur les bras une sale affaire. Tueur en série ? Je ne le souhaite pas, car alors les politiques s'en mêleraient et j'ai horreur de les voir traîner dans mes jambes. Ils s'imaginent qu'il n'y a qu'à claquer des doigts pour résoudre une affaire. Un assassin jaloux qui aurait surpris sa femme dans les bras d'un autre ? Impossible ! Dans ces cas-là, c'est un coup de poing malheureux ou de couteau qui règle l'affaire. Il n'y a pas de torture.

— Qu'on le veuille ou non, dit Ariane, j'ai l'impression que nous avons affaire à un meurtre rituel. Cette façon de procéder est peu courante.

— C'est pour ça que nous allons commencer notre enquête dans le quartier où a été trouvée la victime. Vous allez vous rendre chez les deux promeneurs qui ont appelé la police et ensuite, avec une photo du mort, faire une enquête de voisinage ; vous connaissez votre boulot, n'est-ce pas ? Essayez de voir si quelqu'un sait qui il est, s'il est du quartier, etc. etc.

— Et où nous prenons la photo ?

— Je pense qu'on a assez flashé samedi soir pour que vous en ayez une, correcte et retouchée. N'allez pas montrer les photos du crime aux bonnes petites ménagères de la Grotte Rolland.

— C'est évident. Bon, nous y allons, chef.

— Moi je vais voir le légiste. Il me tarde d'avoir les premiers résultats. Ah, une dernière chose : pas un mot aux journalistes, hein ! Je ne voudrais pas déjà les avoir sur le dos. Ensuite, il est inutile d'affoler la population. La Campagne Pastré est le lieu de promenade préféré des marseillais et je ne veux pas qu'ils se mettent à la déserter à cause d'une indiscrétion qui leur ferait croire qu'un tueur s'y balade.

Une fois ses deux adjoints partis, Gabriel se replongea dans ses pensées. Il revit la scène de ce crime si bizarre et le décor fantomatique, dû à la nuit, de la Campagne Pastré.

Face à son bureau, sur tout un pan de mur, il y avait une grande carte représentant Marseille. Il fit courir distraitement ses yeux dessus, trouva le canal aux environs du quartier de Saint Barnabé et le suivit jusqu'à l'entrée dans Pastré, au-dessus de l'école de la Marine. À cet endroit, il longeait une tour de seize étages, la résidence *Sainte Catherine*, et ensuite serpentait sous les frondaisons des pins maritimes jusqu'à la grille métallique où il disparaissait sous terre.

Pris d'un sombre pressentiment, Gabriel se leva. Il saisit une punaise rouge dans un gros cendrier posé sur son bureau, où se mélangeaient, en vrac, des élastiques, des trombones et des épingles. Il se dirigea vers la carte qu'il regarda un long moment sans la voir, pensif. Puis, il leva la main et piqua la punaise à l'endroit où le corps avait été trouvé.

Espérons que ce soit la seule et unique marque que j'aurai à y mettre, se dit-il.

CHAPITRE IV
Lundi 20 avril 2009, 9h30

Tout le long du trajet, Gabriel pensa à cette affaire. La vision du cadavre gonflé de vinaigre revenait sans cesse le hanter. Il lui tardait d'arriver à l'institut médico-légal pour avoir les premières impressions du docteur Bréhal. Qu'avait-il trouvé ? Il le saurait dans peu de temps. En effet, à cette heure de la matinée, la Corniche n'était pas encombrée par les embouteillages. Il n'y avait que les travaux au niveau de la plage du Prophète qui posaient problème dans l'autre sens. Mais, malheureusement, les habitants du quartier commençaient à en avoir l'habitude : depuis le passage à l'an 2000, il n'y avait que ça sur ce front de mer. Circulation réduite à deux voies, feux tricolores provisoires, embouteillages etc. et la fin des travaux était prévue pour 2010. Espérons qu'après, une autre entreprise n'allait pas arriver pour bloquer une nouvelle portion, pensa Gabriel.

Il refoula ses ressentiments et accéléra au passage du vert. Quand il n'avait pas d'urgence, il n'aimait pas mettre la sirène ni le gyrophare : c'était une prérogative qu'il jugeait insultante pour les autres chauffeurs coincés. Il avait en horreur tous ses collègues, en civil ou en tenue, qui profitaient de leur avantage en doublant, toute sirène hurlante, les files de voitures au risque de provoquer des accidents et ceci parfois, simplement pour rentrer tôt chez eux ou pour aller boire un café au bar du coin.

Il passa rapidement devant le *Ruhl*, restaurant réputé de la Corniche et vit, à l'extrémité de l'anse formée par le vallon des Auffes, le *Passedat* qui avait obtenu sa troisième étoile depuis un an.

Après un rapide passage au commissariat du septième arrondissement où il avait un dossier à retirer, il reprit le chemin de la ville pour se diriger vers l'institut médico-légal de l'hôpital de la Timone.

Les bouchons de milieu de matinée commençaient à ralentir sérieusement la circulation. Il arriva vers dix heures, se gara et se dirigea vers l'institut où il savait trouver Julien.

Julien Bréhal était un médecin légiste de cinquante-cinq ans. C'était un vieux de la vieille à qui il ne fallait pas en conter. Les colères des inspecteurs, les mises en demeure des commissaires et des politiciens le laissaient de glace. Il était hors de question qu'il bâcle son travail. Un travail de fourmi qu'il accomplissait avec une conscience professionnelle que beaucoup lui reprochaient, car disaient-ils, il mettait énormément de temps à disséquer un cadavre et faire son rapport. Il donnait aussi des cours à la faculté de médecine et à l'école de police où Gabriel avait suivi sa formation. Il avait pu ainsi apprécier sa valeur tant professionnelle que morale.

Le couloir conduisant à la salle d'autopsie ressemblait à tous les couloirs de ce genre. Long, blanc et éclairé d'une lumière blanche et froide provenant de néons encastrés dans des dalles de polystyrène.

Gabriel se dirigea vers le bureau de Julien, non loin de l'endroit où il officiait avec ses scalpels, ses fraises et ses scies circulaires lui servant à découper les os et ouvrir les crânes comme des noix de coco.

Il le trouva, assis derrière une longue table, disparaissant presque sous un amas de dossiers, en train de tapoter sur le clavier d'un antique ordinateur.

— Tu n'as pas encore d'écran plat ? lui demanda-t-il, étonné.

Julien releva la tête et reconnut son ancien élève.

— Comment ça va depuis samedi ? dit-il. Ta soirée s'est bien terminée ? Non, comme tu le vois, malgré mes nombreuses demandes, l'administration ne juge toujours pas utile de m'octroyer un ordinateur récent.

Il s'était arrêté de taper et se leva pour tendre la main au commissaire.

— Je suis en train de finir le rapport de l'autopsie du jeune Ibrahim Maklouf et je suis à toi.

— Celui de *La Castellane ?*

— Oui.

— De quoi est-il mort en fin de compte ?

— Trois coups de couteau. Un seul aurait suffit puisqu'il a touché le cœur.

Sa poignée de main était énergique et Gabriel appréciait ce genre de manifestation qui dénotait de la franchise. Il abhorrait ces serrements de mains molles et transpirantes désignant des personnages pusillanimes et fuyants.

— Pas d'autres sévices, d'autres causes qui auraient pu donner la mort ?

— Rien. Je vais envoyer le rapport au commissaire Léandri. Je pense qu'il va vite arrêter le ou les coupables qui doivent graviter dans le milieu de la cité de *La Castellane*.

— Comme quoi il n'en sort pas que de grands footballeurs !

— S'ils étaient tous comme Zidane, nous aurions une paix royale.

— Et mon mort de Pastré ? Est-ce que tu as commencé ?

— J'ai déjà examiné son visage et ai vidé son estomac de tout le vinaigre qu'on lui avait fait ingurgiter. Cinq litres. Sans compter celui qui commençait à descendre dans l'intestin grêle… Voilà, j'ai terminé, conclut Bréhal en repoussant le clavier sur le côté. Nous allons pouvoir y aller.

Gabriel fit une légère grimace. Il s'attendait à ce que Julien l'amène dans la salle d'autopsie et il en avait une certaine appréhension. Pas qu'il ne supportât pas la vue des cadavres — il en avait assez vu pour que ça ne lui fasse plus d'effet — mais il avait une boule au creux de l'estomac de savoir que tous les hommes et les femmes passant dans les mains des médecins légistes étaient découpés, bien proprement, en petits morceaux avant d'être recousus.

Julien se leva en repoussant vivement la chaise contre le mur puis, il se dirigea vers la porte, suivi de Gabriel. Dans le couloir une odeur de formol, qu'il n'avait pas sentie en arrivant, vint agresser ses narines. *Probablement,* se dit-il, *suis-je plus perceptible aux odeurs car j'appréhende ce que je vais voir.*

La salle n'était pas bien loin du bureau de Bréhal. Après avoir tourné une fois à droite, ils se trouvèrent rapidement devant la porte blanche de cet univers fantasmagorique post-mortem.

Quand ils y entrèrent, Gabriel fut saisi à la gorge par l'odeur de mort et de sang qui y régnait : c'était une odeur douçâtre et pénétrante. Bien que surnagent des effluves de chlore, la pièce était angoissante pour qui n'avait pas l'habitude d'y pénétrer.

Toute blanche elle aussi, glaciale comme le couloir qu'ils venaient de quitter, elle était assez vaste et cinq tables d'autopsie étaient alignées à trois mètres d'intervalle les unes des autres. Sur deux d'entre-elles, des cadavres, recouverts d'une bâche en plastique, étaient allongés ; il faisait froid et l'atmosphère était pesante.

Sur le mur du fond, des poignées donnaient accès à des tiroirs. Bréhal s'approcha de l'une d'entre elles et tira. Le caisson coulissa souplement, sans bruit et découvrit un corps recouvert lui aussi de plastique. Les deux pieds dépassaient mais il n'y avait aucune étiquette attachée au gros orteil. *Normal*, se dit Gabriel, *on ne l'a pas encore identifié*. Il fit une grimace mais resta de marbre.

— Il est de type européen et doit avoir entre trente et trente-cinq ans, annonça de but en blanc Julien.

— C'est ce que je pensais, dit Gabriel. Est-ce que tu as pu déterminer la cause exacte de la mort ?

— Mort par asphyxie !

— Il a été étouffé par un rejet de vinaigre ? Il a fait une fausse route ?

— Absolument pas ! Il est mort étouffé par manque d'air, volontairement.

— Hein ! Comment ça ?

— Regarde...

Le cadavre était maintenant sur une table d'examen. Tout en parlant, le docteur l'avait fait glisser du caisson. Il souleva le plastique.

Gabriel s'approcha. Le visage du mort était crayeux. Les lèvres, décousues, n'avaient plus cette moue sanglante qui avait choqué le commissaire. Elles avaient repris leur place et étaient débarrassées de toutes traces de sang. Seuls les petits trous formés par l'aiguille apparaissaient, symétriques, cerclés d'une auréole bleuâtre.

— Le psychopathe s'est appliqué pour lui coudre les lèvres, dit Bréhal. Regarde les trous, bien espacés régulièrement.

— Est-ce qu'il les a cousues après la mort ?

— Penses-tu ! Le pauvre a dû souffrir le martyre. C'est une véritable torture que l'assassin lui a infligée.

— Il les a cousues de son vivant ? s'écria Gabriel.

Bien qu'il ait l'habitude de la méchanceté de l'homme, il était toujours étonné devant la cruauté de son comportement vis-à-vis des autres êtres vivants.

— Bien sûr.

— Tu en es certain ?

— Absolument. Sinon il n'aurait pas autant saigné.

— Comment ça ? répéta Gabriel.

— S'il l'avait cousu post-mortem, il y aurait eu seulement quelques gouttes de sang ; alors que là, ça été des rigoles. Approche.

Le docteur était penché sur le visage du cadavre, près de sa bouche. Il approcha son index du nez pincé.

— Là, dit-il, regarde.

Gabriel colla presque sa tête contre celle du docteur. L'odeur de mort lui parvenait encore plus distinctement.

De son index droit, Julien effleura l'aile gauche du nez.

— Tu vois cette marque ?

Effectivement une trace ronde et brunâtre apparaissait.

— De l'autre côté aussi, dit Bréhal.

— On dirait qu'on l'a pincé assez fort, pour faire ces marques.

— Tu as tout compris, Gabriel. Je n'ai pas fini l'autopsie mais la première investigation ne me laisse aucun doute. Il l'a forcé à boire du vinaigre, espérant le tuer de cette façon. Voyant qu'il n'y arrivait pas, il lui a cousu la bouche pour empêcher toute régurgitation.

— J'imagine ce qu'il a dû souffrir.

— Ça a dû être horrible. Après l'avoir cousu, l'assassin, voulant accélérer le processus, lui a pincé le nez entre le pouce et l'index pour l'étouffer. Ça n'a pas dû être bien long. Le malheureux n'avait sans doute plus beaucoup d'énergie. Il a été tué avec barbarie et cruauté.

Cela confirmait Gabriel dans sa première impression. Ils avaient bien affaire à un tueur en série, « un serial killer » pour parler comme les américains. Il se releva, oreilles bourdonnantes. Cette odeur flottant dans l'air commençait sérieusement à l'indisposer. Tous ces tiroirs, ces tables en zinc sur lesquelles les cadavres se succédaient, les fioles contenant de drôles de morceaux de foie, de cerveau, d'intestin, tout cela lui semblait irréel. Il n'était pas là, dans cette pièce, en train de parler à un légiste, devant un mort qui semblait être le début d'une série d'ennuis, mais près de Johanne, en train de rouler joyeusement vers un pays non déterminé.

—Et ce n'est pas tout !

La voix de Julien le ramena sur terre. Celui-ci le regardait, attendant vraisemblablement une réaction.

—Quoi de plus ?

—Tu vas voir.

Le docteur se dirigea vers la porte sur laquelle une blouse blanche était accrochée à une patère. Il la prit et l'endossa rapidement tout en revenant vers la table. Il enfila des gants avec un claquement sec et, seulement alors, il passa ses mains l'une sous le dos du mort, l'autre sous la cuisse gauche pour le faire basculer sur le flanc droit.

—Regarde ! dit-il à Gabriel.

Un rectangle de chair découpé et rouge apparaissait au début de la raie des fesses et semblait descendre jusqu'à l'anus.

—Qu'est ce qu'il lui a fait encore ?

—Ce n'est pas l'assassin, c'est moi qui ai été obligé de lui séparer les fesses.

—Mais, pourquoi ? Ce n'est pas une pratique d'autopsie, si je me souviens bien de tes cours.

Julien eut un sourire au rappel de cette période déjà lointaine.

—Évidemment ! dit-il. Mais, il avait la raie des fesses collées tout le long à la cyanolite.

—Quoi ! Qu'est ce que c'est que ce micmac ?

—Oui, tu peux le dire. Et il y avait dans cette raie, bien plié en long, un papier plastifié.

—Et tu me dis ça à peine maintenant !

—Il faut bien ménager ses effets, dit le docteur avec un sourire énigmatique.

—Fais-moi voir ça.

Bréhal lâcha le cadavre qui reprit sa position sur le dos avec un bruit mat. Il se dirigea vers une table sur laquelle des instruments, bien rangés, étaient prêts à l'emploi et saisit entre le pouce et l'index, du bout de ses doigts gantés, un papier blanc brillant qu'il tendit à Gabriel. Celui-ci ne le prit pas tout de suite. Il cherchait autour de lui quelque chose.

—Derrière toi, dit le docteur.

Gabriel se retourna et vit sur une table d'autopsie une boîte rectangulaire, bleu ciel. Il s'en approcha et par l'ouverture ovale en tira deux gants en caoutchouc qu'il enfila d'un geste sec. Puis, il revint vers le docteur et saisit le papier.

Il allait le déplier quand il entendit des pas résonner dans le couloir. Un claquement de talon suivi d'un raclement puis, un nouveau claquement et ainsi de suite. Il jeta un regard interrogateur vers Bréhal. Celui-ci fit une moue rassurante.

—Ce n'est rien, dit-il. C'est le professeur D'Auriol. Il rapplique tous les jours à la même heure pour contresigner les autopsies que nous avons pratiquées la veille.

—Sans blague. Et lui n'en fait pas ?

—Il a presque quatre-vingts ans et ça doit faire quinze ans qu'il n'a plus touché un scalpel. Il écrit un livre *Mémoires d'autopsies* et tous les jours, cahin-caha, il porte quelques feuillets à la secrétaire pour qu'elle les lui tape au propre.

La porte s'ouvrit et un vieillard apparut en traînant la patte. Il avait une petite barbichette pointue paraissant collée au menton et lui donnant un air de nain de jardin ;

—Alors, mon petit, quoi de neuf ? demanda-t-il d'une voix faible à Bréhal. Il semblait avoir quatre-vingt-quinze ans tant il se tenait courbé.

—Rien de spécial, professeur. Trois nouveaux cadavres, c'est tout. Les rapports de vendredi sont sur mon bureau.

—C'est bien, Bréhal, c'est bien. Je vais les signer. Je crois que la secrétaire a pris un peu de retard dans mes feuillets. Demande-lui de se presser.

—OK, professeur, mais elle doit taper les comptes-rendus en priorité.

—Je sais, je sais, coco ! dit-il d'un air agacé avec un accent marseillais teinté de parisien. Mais, dis-lui quand même d'aller plus vite.

Puis, il se retourna et disparut comme il était venu.

—Il est bizarre, dit Gabriel qui n'avait même pas eu droit à un coup d'œil.

—Ouais ! Il est bizarre. C'est le moins qu'on puisse dire.

Gabriel tenait toujours le bout de papier qui reprenait sa forme aux pliures. Il le posa sur la table et l'aplatit du plat de la main. Délicatement il le plia dans l'autre sens pour que le plastique garde une forme plane et se décida à le lire.

Une phrase était tapée en italique, probablement avec un ordinateur. Gabriel inclina la feuille pour couper les reflets du néon sur la surface brillante et put lire cette phrase :

« J'ai accompli mes desseins sur cette ville pour son malheur et non pour son bien.

I.N.F. »

S'il lui avait fallu une preuve de plus, il l'avait sous les yeux. Cette « menace » était annonciatrice de soucis et d'ennuis et elle semblait bien écrite par un détraqué qui avait trop regardé les feuilletons américains. Gabriel prit un sachet de plastique qui traînait sur la table, mit le papier dedans et glissa le tout dans sa poche.

« Voilà du travail pour la police scientifique », dit-il.

CHAPITRE V
Lundi 20 avril 2009, 11h30

Après être sorti de la morgue, Gabriel alla directement à la campagne Pastré pour revoir en plein jour la scène du crime.

C'est toujours moins impressionnant quand le soleil brille et éclaire les choses sous un jour nouveau. Effectivement le caractère glauque de la nuit du samedi au dimanche avait disparu pour faire place à un paysage ensoleillé et chaud. L'eau noire du petit canal paraissait à présent transparente et l'on se rendait compte qu'il n'y avait pas plus de cinquante centimètres de profondeur. Le courant charriait des feuilles mortes et des brindilles de paille.

La saison n'était pas avancée et il ne faisait pas encore assez chaud pour que l'on entende le concert des cigales. Malgré tout, les résineux, filtrant les rayons solaires, dégageaient une chaleur lourde en ce début d'avril.

En longeant le canal, Gabriel laissa à sa droite un bâtiment d'un étage qui servait, il y a de nombreuses années, à réinsérer les prisonniers en fin de peine, dans la vie active. Ils faisaient toutes sortes de travaux forestiers : des TUC en quelque sorte. Combien de ces taulards avaient replongé, une fois libérés ?

Quelques joggers le croisèrent et lui laissèrent le passage en sautant de l'autre côté du canal où un autre sentier sillonnait.

Un peu plus loin, presque arrivé, il vit le petit étang qui brillait l'autre nuit sous la lune. C'était maintenant le soleil qui le rendait éblouissant. Quelques dizaines de tortues d'eau glissaient lentement laissant un sillage derrière elles.

Il arriva devant le ruban orange fluo délimitant le pourtour de la scène du crime : POLICE NATIONALE. NE PAS FRANCHIR. Il le souleva et se baissa légèrement pour accéder à l'extrémité du canal. Le gardien de la paix, assis sur une vieille souche d'arbre, se leva d'un bond en voyant le commissaire et salua.

« Rien à signaler ? » demanda Gabriel.

—Non commissaire, R.A.S. Ça a été plus dur hier car le bruit a vite couru qu'il y avait eu un meurtre. Alors, vous pensez, c'était dimanche, il faisait beau et les badauds s'accumulaient. Il a fallu demander du renfort pour les tenir à distance. Il y en a même qui ont pris des photos avec leur portable.

Gabriel fit une grimace de contrariété. Avec toute cette publicité, il était étonnant que les journalistes ne soient pas encore sur le coup. Mais, il fallait s'y attendre, le secret ne pouvait être gardé bien longtemps, le lieu était trop public.

Il tourna le dos au policier et chercha du regard autour de lui. Il eut beau fureter, il ne trouva rien d'intéressant. Tout avait été passé au peigne fin par la police scientifique et il aurait certainement le rapport dans la journée sur son bureau.

Une question, cependant, se posait à son esprit critique : comment le cadavre avait-il été transporté ? En se baissant, il refranchit la bande orange et continua sur la terre sablonneuse au-dessus de l'endroit supposé où le canal devait continuer son chemin sous terre.

Gabriel connaissait par cœur la campagne Pastré. Quand il était gamin, de longues promenades avec ses parents, les dimanches de beau temps, lui en avaient fait connaître les moindres recoins. Plus tard, il y avait fait son jogging bihebdomadaire et cela avait contribué à compléter sa connaissance du terrain. Il savait donc où ce chemin menait, mais il se devait d'y aller. Il se doutait que ce ne pouvait être que par là que l'assassin était venu. En effet l'accès à la campagne du côté de la tour Ste Catherine était trop éloigné ; quant au portail de l'entrée normale, il eut fallu être fou pour envisager le transport d'un cadavre à une heure où tous les promeneurs flânaient encore. En admettant qu'il soit monté en voiture jusqu'à l'endroit où le canal traverse le chemin goudronné, il aurait certainement attiré l'attention des badauds : chose qu'il faudrait tout de même vérifier.

Gabriel était persuadé que le corps avait été transporté en véhicule jusqu'en haut du boulevard de la Grotte Rolland. À cet endroit, il y a une barrière relevable qu'on peu aisément franchir, ensuite la forêt. Il était donc fort probable que le psychopathe ait sorti le corps de sa voiture et l'ait transporté à l'endroit où il avait été trouvé. Il devait commencer à faire sombre et peu de promeneurs venaient jusqu'ici. Quant aux maisons bordant le boulevard, il ne devait pas y avoir de curieux aux fenêtres, en effet ce samedi il y avait eu un match de foot : OM-Lyon, retransmis à la télé et tout le monde devait être devant le poste.

Il espéra, tout de même, que quelqu'un ait remarqué une voiture peu habituelle car dans ces quartiers éloignés du centre, tout le monde se connaissait et était au courant des faits et gestes des voisins.

Gabriel marchait rapidement sur le sentier formé par des générations de flâneurs. Derrière des murs, à sa droite, il vit les toits de quelques villas apparaître. Il réalisa que le chemin menant à la barrière était assez long et que l'assassin devait être robuste pour avoir trimbalé un cadavre sur ses épaules jusque là-bas. Mais, peut-être avait-il employé un autre moyen !

Il maudit le ciel de lui avoir envoyé cette histoire juste avant son voyage de noce. Elle s'annonçait difficile à élucider dès le départ.

À ce moment-là, une voix le fit sursauter.

—Hé ! Gabriel ! Par ici !

Il se retourna vers le haut de la colline. À une centaine de mètres, il aperçut Jeremy lui faisant de grands signes et lui demandant de monter.

—J'arrive, cria-t-il en s'exécutant aussitôt. Il franchit quelques buissons épineux lui barrant la route et, perdant deux ou trois fois l'équilibre sur des pierres branlantes, arriva un peu plus haut, à l'endroit où se trouvait Jeremy.

—Qu'est-ce que tu fiches, ici ? demanda-t-il. Tu es sensé enquêter auprès de la population.

—Ariane s'en occupe et je vais aller la rejoindre dans un moment.

—Qu'est-ce que tu as trouvé ?

—En montant le boulevard j'ai pensé que l'assassin n'avait pu passer que par là.

—Jusque là j'ai fait le même raisonnement. Tu n'as pas attrapé la méningite au moins ?

Jeremy ne tint pas compte de la remarque ironique de son chef. Il le connaissait trop bien pour se vexer de ses réflexions mi-figue, mi-raisin.

—Il s'est garé devant la barrière et a sorti le cadavre de son coffre.

— Oui ! Ensuite ?

— Il a également sorti une brouette et a transporté le corps jusqu'au canal.

— Qu'est-ce qui te fait dire ça ?

Jeremy écarta les bras en signe d'évidence.

— Juste après la barrière, il y a un sillon tracé dans le sable. Ça indique qu'il y est passé un engin à une seule roue.

— Pourquoi pas deux roues ? Un vélo !

— Parce que les traces des deux pneus se recouperaient alors qu'ici il n'y a rien. Un seul sillon et quelques empreintes de chaussures de chaque côté. Regarde !

Gabriel tourna son regard vers le lieu indiqué par le doigt de Jeremy. Effectivement, il y avait bien ce que son adjoint lui avait décrit : une ligne ondulante encadrée de quelques traces ovales de semelles de tennis.

Ils étaient sur un deuxième sentier, prenant un peu plus haut que celui que Gabriel suivait auparavant, celui qui, logiquement, aurait dû être pris par le criminel. À la réflexion le commissaire songea que si le corps avait été transporté sur une brouette, il n'avait pu passer que par le chemin où ils se trouvaient tous deux. L'autre était beaucoup trop étroit et jalonné de buissons de genêts et d'épineux qui auraient empêché le passage. Celui-ci était effectivement plus large et le sol constitué de sable avait gardé le souvenir du trajet macabre.

— Ce qui me paraît étrange, dit Jeremy, c'est qu'avec les promeneurs d'hier tout n'ait pas été effacé.

— Ton raisonnement du début est logique et si on fait travailler sa matière grise on comprend la suite. Si tu as trouvé le sillon juste après la barrière, c'est que les promeneurs d'hier sont passés de chaque côté et non dessous comme a dû le faire notre homme. Ainsi, les traces sont restées. Ensuite, ils ont emprunté le premier sentier et ont négligé celui-ci car il ne mène que dans la colline et s'il redescend vers le canal, il est inutile pour des gens de monter pour redescendre. D'ailleurs…

Gabriel s'arrêta de parler en fixant le sol. Il s'accroupit et observa un moment quelques tâches brunes jalonnant le sable sur trois à quatre mètres. Jeremy se pencha à son tour.

—Du sang ? demanda-t-il.

—Je ne crois pas, répondit Gabriel. Ça aurait formé une croûte. Non on dirait plutôt… Attends…

Il saisit une pincée de sable et la porta à son nez. L'odeur avait presque disparu en quarante-huit heures mais quelques reniflements lui suffirent à percevoir les émanations qui se dégageaient de ses doigts : un vague relent acide, évanescent.

—Vinaigre, dit-il laconiquement.

—Du vinaigre ?

—Oui. Le mort a dû en rejeter malgré ses lèvres cousues. Il a ainsi marqué son passage.

—Ah ! C'est vrai qu'il puait le vinaigre, bon sang ! Je l'avais oublié.

—Tu as donc bien raison. L'assassin est passé par là. Il a déposé le corps où nous l'avons trouvé et est reparti, probablement avec la brouette sur le dos pour aller plus vite. Il va falloir sécuriser tout le pourtour de la barrière. Je pense qu'il a mis la victime dessus avant de la basculer dans son engin. On devrait pouvoir y trouver des traces d'ADN. Il faut faire revenir les scientifiques avant que tout ne soit pollué. Les journalistes, avec leurs mains de pàti[1], ne vont pas tarder à nous tomber dessus comme des

1. Mains malhabiles, fouille-merde.

mouches. Ils vont foutre leur nez partout.

—J'appelle tout de suite.

—Rejoins-moi sur le boulevard de la Grotte Rolland. Je vais voir où en est Ariane. Ah ! Autre chose : prends une poignée de ce sable. J'irai voir si Bréhal peut l'analyser et le comparer avec le vinaigre qu'il a recueilli dans l'estomac de la victime. Ça nous permettra d'attendre le résultat de la scientifique.

Sur ces mots il fit demi-tour et partit en courant. Jeremy, lui, sortit le téléphone et constata que la batterie était vide.

—Hé ! Gabriel, attends-moi !

Mais, le commissaire était déjà loin. Il franchit d'un bond la barrière et se retrouva sur le boulevard de la Grotte Rolland. Aucun immeuble, mais des villas et des murs pour les protéger.

Il haussa les épaules en faisant une moue de désappointement.

Je ne pense pas que quelqu'un ait vu quoi que ce soit, se dit-il. Les gens devaient être devant leur télé et même s'ils profitaient de la tiédeur de la soirée dans leur jardin, avec toutes ces haies et ces clôtures, il est impossible de voir la rue. L'assassin jouait sur du velours.

À deux cents mètres, il reconnut Ariane devant une villa. Elle avait l'air de parler avec une personne que Gabriel ne vit pas. Le temps qu'il arrive à son niveau, elle avait fini et se retournait. Le grincement d'un portail mal graissé qu'on referme et un claquement sec lui parvinrent. Ariane se dirigeait vers une autre villa, une photo à la main, quand elle vit son chef qui l'avait presque rejointe.

—Ils sont durs à manipuler, dans ce quartier, dit-elle.

—Ça se comprend, répondit-il. Les cambriolages n'arrêtent pas et ils ont une certaine méfiance envers les flics. Est-ce que tu as quelque chose de positif ?

— Pas grand-chose. Un homme a vu une camionnette Peugeot, un Trafic, roder dans le quartier toute la journée. Il a eu l'impression que c'était quelqu'un qui repérait les lieux. Il s'est montré ostensiblement et la voiture est partie. C'était vers quinze heures. Il ne l'a plus revue ensuite.

— Est-ce qu'il a noté le numéro ?

— Non. Il n'y a pas pensé. Il a simplement voulu montrer que le quartier était surveillé. C'était peut-être un cambrioleur. Tout ce qu'il m'a dit c'est que le Trafic était bleu marine. On aurait pu croire que c'était une voiture de la gendarmerie.

— Rien d'autre ? Il n'a pas vu le chauffeur ?

Gabriel était dépité par le peu de renseignements récoltés.

— Non, le pare-brise était teinté et il n'a rien vu.

— Le cadavre était, probablement, en train de passer sous son nez, bien caché sous une bâche.

— C'est pratiquement sûr ! Quant aux autres propriétaires, seulement trois m'ont ouvert et n'ont rien remarqué.

— La photo de la victime ?

— Inconnue au bataillon. Personne ne l'a vu dans les parages. J'ai même questionné les patrons d'une alimentation et d'un bar : négatif. Rien sur toute la ligne.

Gabriel était de plus en plus déçu. L'affaire débutait mal. *Cet assassin est quand même de la région*, pensa-t-il, car il fallait connaître les lieux pour pénétrer dans la campagne Pastré sans passer par les entrées habituelles.

Le tueur n'avait pas été vu, la victime était inconnue : il avait peu d'indices pour débuter. Heureusement que l'autopsie et le résultat de l'examen minutieux des lieux lui en diraient un peu plus.

— Ma batterie est vide !

Jeremy arrivait, montrant son portable d'un air désolé.

Gabriel hocha la tête en signe de mécontentement. Décidément ce Jeremy était un distrait.

—Prends le mien, dit-il en lui tendant son IPhone. Mais, dis-leur de se grouiller car les traces vont bientôt disparaître.

—Et vous, vous avez trouvé quelque chose ? demanda Ariane.

—Oui. L'assassin est incontestablement passé par là, répondit Gabriel. La camionnette bleue était certainement à lui ou volée. Continue tes investigations auprès des gens du coin. À deux, avec Jeremy, ça ira plus vite. Je retourne à la voiture. À tout à l'heure.

CHAPITRE VI
Lundi 20 avril, 12h00

Dans le commissariat, c'était l'agitation habituelle d'une journée normale. Le vaste hall, servant d'accueil pour la réception des plaignants, était plein à craquer. Les huit chaises, disposées contre le mur, étaient toutes occupées et plusieurs personnes attendaient debout. Derrière une table, un agent en tenue, proche de la retraite, enregistrait les mains courantes, distribuait des imprimés et orientait les gens vers les bureaux adéquats. Le téléphone sonnait sans arrêt, l'interrompant à tout bout de champ.

Gabriel se faufila à travers la foule pour rejoindre son bureau, au premier étage.

—Rien de spécial ? demanda-t-il au passage, à l'agent de permanence.

—Non commissaire, rien.

—Les rapports ne sont pas encore arrivés ?

—Non. Mais, il y a eu un coup de fil de la scientifique. Je vous ai mis une note sur le bureau.

— Bien ! Merci.

Gabriel grimpa rapidement l'escalier. La rampe de bois était poisseuse de crasse accumulée par des générations d'enfants y passant leurs mains, bien souvent entachées d'encre et collantes de chocolat ou de confiture qu'ils avaient mangés à la récréation de dix heures. Il se fit la réflexion qu'il devait en demander le ponçage et le vernissage depuis longtemps mais il y avait toujours quelque chose pour l'en empêcher.

Dans son bureau, il vit la note que lui avait mis l'agent. Il la saisit et lut le texte, fleuri de quelques fautes d'orthographe qui le firent sourire.

« La police sientifique a téléphoné. Ils enverront le rapport demain matin. D'après eux il n'ont rien de concret pour ses premières investigations. Mais, ils ont dit…

Gabriel jeta le papier sur son bureau. *Rien de concret !* pensa-t-il. Il essaya de se remémorer ce qui avait bien pu être récolté sur les lieux du crime. Il n'y avait pas grand-chose, c'était certain. Quelques mégots, un bout de tissu, deux ou trois traces de pas…

Après les premières investigations qu'il avait effectuées, il se rendait compte que l'assassin était intelligent, calculateur et qu'il n'avait pas laissé d'indices pouvant amener la police sur sa piste. Les seules traces qu'ils auraient pu éventuellement trouver étaient celles qu'il aurait déposées intentionnellement.

Pour l'instant, il n'avait rien de rien : une camionnette bleue mais pas de numéro d'immatriculation, une silhouette aperçue au volant dudit véhicule, un bout de papier collé entre les fesses de la victime et c'était tout. Ah, oui ! Du sable imbibé de vinaigre… pas de quoi sauter au plafond.

Il lui tardait que ses adjoints reviennent pour savoir s'ils avaient enfin pu récolter quelque chose d'intéressant :

le nom du mort ou quelqu'un qui aurait bien vu l'assassin… mais il ne se faisait pas trop d'illusions.

Il sortit le sachet en plastique de sa poche et en tira le bout de papier plastifié qu'il avait eu à l'institut médico-légal. Cette phrase l'intriguait. Qu'est-ce que le psychopathe avait bien pu vouloir communiquer ?

« J'ai accompli mes desseins sur cette ville pour son malheur et non pour son bien

I.N.F. »

Que signifiait également cette signature ? Est-ce que c'était ses initiales ou voulait-elle donner un message de plus ?

Est-ce qu'il allait recommencer à tuer à Marseille ? Est-ce que ce meurtre était un coup de semonce et est-ce qu'il allait être suivi de plusieurs autres ? Pourquoi voulait-il le malheur de Marseille ? Quels étaient les mobiles qui le faisaient agir et qui dirigeaient son cerveau ? Autant de questions sans réponse pour l'instant.

Cette affaire commençait à l'envahir complètement et il en oubliait qu'il n'était pas parti en voyage de noces à cause d'elle. Mais, il en était ainsi à chaque fois qu'il avait un nouveau meurtre sur les bras. Il n'avait de cesse de l'avoir élucidé et ne pensait plus qu'à ça.

Il regarda sa montre : 12h30 déjà ; il n'avait pas vu le temps passer ce matin. Il prit le téléphone et composa le numéro de son appartement. Johanne était peut-être à la maison, à moins qu'elle ne soit sortie pour manger quelque part avec des amies du milieu musical. Effectivement, il eut beau laisser sonner personne ne répondit. Seul le répondeur se déclencha. Il laissa un message, raccrocha et se leva. Un tiraillement au creux de l'estomac lui disait qu'il était temps d'aller manger un morceau quelque part.

Il ressortit donc de son bureau et s'apprêtait à descendre l'étage quand il vit ses deux acolytes monter.

Il les stoppa d'un geste.

—Je descends, dit-il. Vous venez au resto ? C'est moi qui régale.

—Dans ce cas, c'est volontiers, répondirent d'une seule voix les deux lieutenants.

***

Ils étaient attablés dans un petit restaurant familial du quartier du Cabot dans lequel Gabriel savait qu'ils auraient la paix et pourraient discuter en toute tranquillité de leur affaire.

Dans leur assiette, une tête de veau ravigote dégageait une appétissante odeur d'échalote. Il y avait pas mal de monde mais les tables étaient éloignées les unes des autres et les gens relativement bruyants. Gabriel, Jeremy et Ariane pouvaient ainsi parler sans souci d'être entendu.

—Nous n'avons aucun indice pour l'instant. Ça débute vraiment mal ! dit Ariane.

—Ne soyons pas pessimistes, répondit Gabriel. Même si nous n'avons presque rien à nous mettre sous la dent, tu sais très bien que ça peut démarrer d'un coup. Jeremy a trouvé quelqu'un qui a vu un promeneur isolé, samedi à vingt heures, sur le boulevard de la Grotte Rolland. Il vient cet après-midi au commissariat pour un portrait robot. Espérons qu'on en tirera quelque chose. Maintenant, il faut se focaliser sur la brouette, le vinaigre, le papier plastifié. L'assassin a bien dû acheter tout ça quelque part. Il va falloir enquêter et retrouver les commerçants.

Jeremy fit une grimace significative.

— C'est pas encore dans la poche ! Tu te rends compte de ce que tu nous demandes ? C'est comme rechercher une aiguille dans une…

— Botte de foin, intervint Ariane. Jeremy a raison, Gabriel. Il doit se vendre des dizaines de brouettes, quant aux plastifieuses…

Gabriel leva la main pour les interrompre.

— C'est le seul moyen. Nous commençons avec ce que nous avons et au fur à mesure nous débroussaillons. Vous verrez que les choses vont vite se décanter.

— On va y passer des journées entières, surenchérit Ariane, le visage fermé. Et nous ne nous sommes pas encore plongés dans le déchiffrage de la signature : INF.

Elle avait commencé sa carrière dans la police en tant que simple flic. Elle estima vite que le terme de gardien de la paix était impropre aux fonctions qu'on lui attribuait. Passer ses journées à piéger des automobilistes, surtout ceux qui ne le méritaient pas car c'étaient eux que l'on prenait plus facilement, n'était pas agréable ni motivant. Pour elle la paix ne se résumait pas à un simple morceau de bristol qu'on collait sous un essuie-glace. Elle passa donc des examens et sortit première de sa promotion, ce qui lui donna le choix de la ville. De Bordeaux, où elle avait commencé sa carrière, elle se retrouva donc à Marseille et eut la chance d'être rapidement mutée dans son commissariat actuel des quartiers sud, où elle était épanouie.

— C'est le travail, que veux-tu ? dit Gabriel. Quant à la signature nous allons en parler au service de codage. Ils nous trouverons bien une explication à ces trois initiales.

Il avait attaqué sa tête de veau et appréciait la sauce ravigote, bien préparée, en sentant sous sa langue les bouts de persil, de ciboulette, de cornichon et les petits morceaux d'échalotes.

—Nous n'avons que ça comme éléments, ajouta-t-il. Il faut nous en contenter en attendant les rapports de Julien et de la scientifique. Espérons qu'ils ont trouvé quelques indices qui pourront nous servir pour avancer. Dans cette attente vous allez faire ce que je vous ai demandé. Prenez l'aide qu'il vous faut et essayez d'aller vite. Dans ce genre d'affaire la vitesse est un atout majeur. Il faut prendre le monstre de court.

—Espérons qu'il ne va pas y avoir d'autres meurtres, dit Jeremy.

Le lieutenant de Gabriel était né en 1980. Il avait commencé des études de droit à la faculté de Lyon qu'il avait interrompues au bout de deux ans, ne se sentant pas prêt à se plonger dans des paperasses et le fouillis administratif des codes et des lois. Il avait passé le concours de l'école de la police et en était sorti troisième de sa promotion. En décembre 2007, il avait été muté au commissariat de Gabriel, deux mois avant Ariane. Ils avaient vite formé un trio inséparable, réussissant de nombreuses enquêtes, grâce à leur sagacité et leur cohésion.

—C'est un risque que nous ne pouvons pas éliminer. Malheureusement, il faut attendre et voir venir. Nous n'avons pas assez d'éléments pour devancer l'assassin. Nous n'avons même pas son profil psychologique. Que pensez-vous de ce petit vin rosé ?

Gabriel avait levé son verre et le faisait tourner devant un rayon de soleil pour en apprécier la robe limpide, rose saumonée. Jeremy tourna la bouteille, qui baignait dans un seau rempli d'eau et de glaçons, pour voir l'étiquette.

—Il est très bon, dit-il. C'est un petit rosé d'Anjou, à peine moelleux et bien frais.

—Finissons rapidement notre repas, dit Gabriel. Ensuite, je dois retourner voir Bréhal. Jeremy, tu iras au commissariat pour recevoir le témoin, si j'ai fini assez tôt, je viendrais également. Espérons qu'on en tirera un portrait robot ressemblant. Ça pourrait sérieusement nous aider. Ariane, tu t'occupes de la brouette.

Autour d'eux, il y avait un léger bruissement de voix, des tintements de fourchettes et le claquement des talons de la serveuse.

Ils se plongèrent dans la dégustation de leur assiette.

CHAPITRE VII
Lundi 20 avril 2009, 14h00

Au bout de la galerie, il y avait une grande cavité, une excavation creusée de la main de l'homme et largement étayée pour éviter les effondrements.

C'était la salle d'entrée condamnée de l'interminable labyrinthe de la champignonnière, devenue le repaire du fauve, l'antre du démon.

Assis sur un sommaire tabouret bancal de bois, il finissait de manger un sandwich, calmement, mâchant bien chaque bouchée consciencieusement et prenant, de temps à autre, au goulot d'une gourde, une gorgée d'eau fraîche.

Il était revenu de sa corvée matinale, légèrement fatigué mais pas harassé par le long travail de terrassement qu'il avait effectué. Poussiéreux et sale, il s'était sommairement lavé dans la vasque qui recueillait l'eau sortant, en léger filet, du plafond de la voûte. C'était une eau limpide et claire, fraîche et désaltérante, qui avait franchi des couches de strates sur des dizaines de mètres avant de s'écouler, le long de la paroi, comme une petite source, abondante ou presque tarie selon la saison.

Il s'était ensuite habillé de vêtements propres et avait mangé son frugal repas.

Devant lui, il n'y avait que des étals vides qui recevaient autrefois le fumier servant de terreau aux champignons. Quatre lampes tempête peinaient à éclairer cette vaste crypte.

Il s'était installé contre l'extrême mur du fond, celui qui murait l'entrée de la champignonnière et qui avait été bâti voilà vingt ans pour éviter que des promeneurs curieux ne se perdent dans le dédale de galeries.

Il avait exploré le site, la toute première fois, en utilisant la tactique du mur de gauche. Ainsi, il ne pouvait pas se perdre. Si deux ou trois galeries se présentaient à lui, il prenait toujours celle de gauche. De cette façon, pas de problème pour le retour. Il n'avait qu'à toujours emprunter la droite, dans l'autre sens.

L'endroit, bien qu'abandonné depuis fort longtemps, dégageait encore une vague odeur de champignons et de purin, mais cela ne l'incommodait pas. Il se sentait bien dans ce lieu. Protégé et immortel. À sa gauche et à sa droite deux étals l'encadraient. Sur l'un d'eux, des ossements reconstituaient un squelette. Le crâne, dont la face anguleuse souriait, bouche grande ouverte, figée pour l'éternité, était posé sur une couche de sable. Il était prolongé par tout le reste des ossements. Seuls les quatre membres étaient incomplets. À l'extrémité de chacun des os des bras et des jambes, il manquait les mains et les pieds. Les poignets et les chevilles étaient coupés net et les moignons étaient recouverts d'une couche de plâtre grisâtre.

De l'autre côté du monstre troglodyte, un second étal supportait également les ossements d'un corps humain plus petit et menu que le premier.

Il était ainsi entouré des deux squelettes représentant les membres de sa famille disparue et leur vouait, quand il était dans son repaire, un culte journalier.

Pour l'instant, les bougies entourant les ossements étaient éteintes, mais son premier soin, le matin, était de les allumer. Ainsi, les os blanchis brillaient dans la semi-obscurité de la crypte. Il faisait une longue prière, en hommage à Jésus Christ, et terminait en envoyant, sur les ossements, de l'eau bénite, subtilisée directement dans la vasque des églises qu'il visitait.

Il avait apporté les os de son père en vrac, dans une valise, du cimetière où ils étaient enterrés. Il se souvint du mal qu'il avait eu à reconstituer le corps. Tout était mélangé et certains os, comme les vertèbres, étaient difficiles à placer dans le bon ordre. Mais, à force de patience, il y était parvenu car cela lui rappelait les puzzles qu'il faisait le soir dans sa chambre, en cachette de son père. Plusieurs fois, il avait été surpris à cette occupation et ça lui avait valu de sacrées raclées.

Enfin, maintenant c'était fini. Son père avait été purifié par la mort et il lui avait pardonné. C'est pour ça qu'il avait voulu prendre son squelette et le laisser exposé devant lui, jour et nuit.

Tout était calculé depuis longtemps… Son père fréquentait les bars et jouait beaucoup au loto et au tiercé. Avec ses amis de comptoir il faisait des pronostics entre deux tournées de pastis et gagnait souvent de petites sommes. Cet argent, il l'avait placé et, quand il était mort, son fils avait pu le faire enterrer au cimetière de Mont de Marsan. Il avait insisté auprès de sa mère pour qu'elle lui fasse édifier un mausolée et elle avait fini par céder. Toute cette manne lui tombant du ciel lui avait un peu tourné la tête et elle était prête à toutes les concessions.

Le mausolée avait donc été construit et son père enterré sous une dalle. Il n'eut aucun mal à le récupérer quand le moment fut arrivé...

13 février 2004, 2h00

... La porte du mausolée s'ouvrit en grinçant sur ses gonds.

La nuit était froide, glaciale. Le peu de neige qui était tombée avait fondu, la pluie lui avait succédé puis, un brouillard givrant avait recouvert de glace tous les arbres de la région ainsi transformés en fantômes blancs et grimaçants.

Les oiseaux de nuit se taisaient et un grand silence spectral planait sur le cimetière. Seule, de temps à autre, une branche de cyprès craquait sous l'effet du gel et du poids de la glace. Elle pétait comme une fusée de feu d'artifice puis, le silence reprenait possession des lieux, oppressant, encore plus lourd à supporter.

Il posa sa valise sur la pierre tombale et l'ouvrit pour en retirer une lourde barre de fer, aplatie à une extrémité.

Il était grand, ses épaules larges et ses trapèzes épais dégageaient une impression de force bestiale. Depuis de nombreuses années, il avait tout fait pour devenir un athlète. Durant ses longues études médicales, qu'il avait effectuées studieusement, il s'était entraîné méthodiquement à de nombreux sports. La natation, le VTT, le judo, la course et la musculation avaient été ses loisirs favoris, des loisirs individuels, solitaires. Il était devenu compétitif dans toutes ces disciplines dans le seul but de servir Jésus le plus consciencieusement possible. Il était capable de battre de grands champions et se félicitait d'avoir réussi à devenir ce qu'il était ; il pourrait ainsi accomplir l'oeuvre de purification commencée par Jésus sur le parvis du temple de Salomon à Jérusalem. Il devait chasser les marchands du temple.

Il referma soigneusement la valise et la posa sur le côté, contre le mur intérieur du tombeau. Ses mouvements soulevaient des odeurs mélangées, stagnantes à cause du froid, de résine d'aiguilles de pin et de moisi. Ses pieds écrasèrent quelques boules de cyprès. Il enfonça sans effort sa barre à mine dans un interstice du sol, sous la dalle et s'empara d'une grosse pierre anguleuse qu'il avait apportée lors d'une visite précédente ; il la glissa sous le levier, prit sa respiration et appuya de toutes ses forces. Le lourd bloc de granit se souleva légèrement sous la pression et avança sur le sol libérant ainsi un orifice triangulaire noir, une ouverture sur la mort.

Il se releva et tendit l'oreille. Le raclement de la dalle sur le sol bétonné avait résonné lugubrement dans la nuit. Malgré le froid, une chouette, perturbée dans sa chasse nocturne, se mit à hululer et s'envola vers une plus haute branche d'un vol feutré.

Subitement, des images du clip de Michael Jackson défilèrent devant les yeux du fossoyeur, sur le mur du mausolée. Il se vit au milieu du cimetière, entouré de cadavres en loques sortant de leur tombe et dansant autour de lui, de longs vers grouillants dans leurs orbites. Ils avançaient lentement, comme au ralenti. Son père et sa mère étaient là, le regardant sans faire un geste, les bras ballants et, planant au-dessus de cette sarabande infernale, une tête paisible, légèrement barbue et translucide, comme une projection lumineuse, un hologramme, observait ce spectacle d'un regard doux et compréhensif. Il comprit, dans son brouillard schizophrène, que c'était la tête de Jésus qui se montrait et se découpait dans le ciel pour lui rappeler ses ordres.

Il tomba à genoux, mains jointes, yeux clos, face au mur.

« Seigneur, dit-il, je vais exécuter Tes ordres. C'est pour ça que je vais sortir les ossements de mon père. Aujourd'hui est le premier jour de la délivrance du temple, de la purification de tous les démons de la terre qui vont enfin être punis. Je vais mettre en pratique les instructions de La Voix. La sentence a commencé il y a treize ans, elle doit s'accomplir, se pérenniser au nom de tous les fils. Amen »

Il se signa, se redressa, reprit la barre qu'il avait jetée par terre dans son délire et alla de l'autre côté de la dalle, en face de la première ouverture. En peu de temps, l'accès à la fosse fut dégagé. Il saisit la stèle à deux mains et en s'arc-boutant, il poussa de toutes ses forces pour voir apparaître, enfin, le cercueil en entier. Des cailloux et de la terre tombèrent sur la bière en résonnant sinistrement.

Il rouvrit sa valise et s'empara d'un tournevis avec lequel il entreprit de dévisser les tire-fonds fermant le couvercle de la caisse mortuaire. Avec beaucoup de mal, il arriva à les retirer pour les jeter sur le sol de la fosse. Puis, se redressant, il frotta ses reins endoloris par la position incommode qu'il avait dû garder, essuya son front où, malgré le froid, perlaient quelques gouttes de sueur et se pencha pour saisir le couvercle.

Aucune appréhension dans son regard. Ses gestes étaient toujours aussi déterminés, méthodiques. Sa mission était enfin dans sa phase presque terminale. Elle avait commencé treize ans plus tôt et avait traîné en longueur, mais il fallait bien passer par toutes les différentes phases de son projet s'il voulait le mener à terme.

Maintenant, il devait récupérer les ossements de son père et les transporter dans un endroit où il pourrait les protéger, un endroit qu'il avait creusé de ses propres mains et où il pourrait leur rendre visite après chaque purification, après chaque punition qu'il allait infliger aux marchands du temple.

Malgré les années écoulées, le couvercle n'occasionna aucune difficulté et se souleva sans effort.

Il sourit en voyant les ossements de son père.

« Quand je pense qu'il me faisait peur, dit-il d'un ton dédaigneux, qu'il était si impressionnant et que, maintenant, il ne reste plus que ça. Tu ne pourrais plus faire de mal à une mouche, hein, mon salaud ! Tu n'es plus qu'une immonde pourriture ».

Les os étaient bien alignés et reposaient au milieu des vêtements presque réduits en poussière. Il remarqua quelques lambeaux de chair momifiée encore accrochés aux tibias.

Rapidement, avec des gestes tellement calculés et pensés mille fois qu'il agit sans hésiter, il rassembla la carcasse mortuaire et, un par un, le plus rapidement possible, il jeta les os en vrac dans la valise où ils tombaient avec un bruit sinistre. En deux minutes, il récupéra l'ensemble du squelette. Seuls les pieds et les mains restèrent sur le plancher de la caisse. *Ils m'ont trop fait de mal,* se dit-il, *ils ne pourront jamais être purifiés.*

Il lança dans le cercueil capitonné, presque vide à présent, sa barre à mine, le tournevis et les tire-fonds, replaça le couvercle et se redressa. Après avoir repositionné la dalle, il ferma la valise à clé et, saisissant la poignée, il fit deux pas pour se retrouver devant la porte du mausolée qu'il ouvrit.

Ce n'est pas la peine que je revienne graisser les gonds, pensa-t-il. *Je ne mettrai plus les pieds ici. Ce lieu redevient maudit.*

Il parcourut rapidement les allées du cimetière silencieux, éclairées par la lueur chlorotique de la lune. À part ses chaussures, crissant sur le gravier gelé, aucun bruit ne venait troubler le silence lourd et angoissant de ce lieu de repos éternel.

Il franchit agilement le petit mur d'enceinte et retrouva sa voiture l'attendant sur le chemin.

Il jeta la valise à l'arrière, revint à l'avant et se mit au volant. La montre de bord indiquait 3h15. Il lui restait du temps pour rejoindre le cimetière du village de Chabagnac-Le-Château près de Sarlat la Caneda où il comptait déposer les ossements de son père avant l'ouverture des grilles.

Il avait encore pas mal de choses à faire et, ensuite, devait rejoindre Quimper où commençait sa série de purification. Tout était prévu et programmé dans sa tête.

Quimper serait la première ville d'une longue série qui devait purifier le pays de tous ses monstres, une vague qui allait submerger la France.

Il ne fit pas de pause en cours de route et arriva assez tôt à Chabagnac.

Quand il eut réussi à reconstituer l'ensemble du squelette de son père, Saül fit une courte prière et regarda sa montre : 11 heures ! Il devait se dépêcher s'il voulait arriver au Puy en Velay avant la nuit. Il n'avait pas tellement de route à faire mais la neige était tombée en permanence depuis la veille et, si les communes n'avaient pas fait passer le chasse-neige ni salé le sol, il serait obligé d'aller lentement.

Il devait, à présent, récupérer sa mère enterrée au cimetière du Puy, revenir à Chabagnac et déposer les ossements près de ceux de son père. Ainsi, il aurait accompli la première partie de son plan et aurait l'esprit tranquille pour partir à Quimper faire ses recherches.

CHAPITRE VIII
Lundi 20 avril 2009, 15h30

Gabriel était debout et regardait les images défiler sur l'ordinateur. Assis à côté de lui, le témoin fixait attentivement les photos apparaissant sur la surface brillante de l'écran. D'un signe de tête, il faisait simplement oui ou non quand un détail correspondait ou non à son souvenir.

—Je vous l'avais dit, monsieur le commissaire, je ne me souviens plus de sa tête. C'est une vague image. Vous savez, c'était samedi en fin de journée. Il n'y avait presque plus de soleil et le boulevard était dans l'ombre. Il me semble qu'il était jeune, pas plus de trente-cinq ans. Il avait les cheveux longs et… ah, oui ! Ce qui m'a le plus frappé ce sont ses épaules.

—Qu'est-ce qu'elles avaient de particulier ? demanda Gabriel.

—Massives, oui, c'est ça. Elles étaient massives et il avait un cou de taureau, épais à la base.

Aussitôt Jeremy, qui se tenait devant le clavier, dirigea le pointeur de la souris sur une icône et la silhouette qui commençait à se profiler sur l'écran, changea d'aspect.

Pour l'instant, le visage était ovale et rien n'était encore positionné à l'intérieur. Le corps, assez longiligne, se modifia et les épaules se structurèrent progressivement jusqu'à devenir larges et épaisses. Ainsi, le dessin formé, ressemblait à un gorille.

—Moins massif à la base ! dit le témoin. Il avait l'air trapu mais ne formait pas un bloc monolithique.

Jeremy rectifia le tir et l'image s'affina, devint plus longue.

—Attaquons-nous au visage, à présent, dit Gabriel. Comment était-il ? Ovale ? Rond ? Carré ?

—Ordinaire, normal.

—C'est-à-dire ? Précisez ! À moins d'être Elephantman, tous les visages sont normaux.

Le témoin inclina la tête avec une moue d'approbation.

—Je le revois ovale, mais vous savez, je ne peux jurer de rien.

—On verra ça. Les yeux ?

—Je présume qu'ils étaient noirs, comme les cheveux. J'ai pas pu les voir de loin.

—Non ! Leur forme, Mr Antonetti. Allongés, petits ?

—Fuyants ! C'est ça, s'exclama le témoin. Ils étaient furtifs. Ils regardaient de tous les côtés. Et puis, comme je vous ai dit, il avait les cheveux assez longs qui tombaient presque sur les épaules. Je ne me souviens plus de ses sourcils.

—Le nez ?

Gabriel essayait de contenir son impatience, mais il bouillait intérieurement. Habituellement, il laissait le soin d'établir les portraits robots à ses subalternes, mais dans ce cas, il s'impliquait personnellement. L'affaire semblait trop sérieuse et il ne devait rien négliger.

—Le nez était droit… il me semble. Dans mes souvenirs, je ne vois pas de nez tordu ou bossu, ni en boule.

Peu à peu, avec bien des difficultés, le visage commençait à prendre tournure. Un visage… pas obligatoirement celui de l'assassin. Un visage au nez droit, aux yeux furtifs, encadré de longs cheveux noirs. La bouche avait des lèvres bien marquées et dessinées et le menton était normal, ni en galoche, ni fuyant.

Gabriel s'éloigna d'un pas pour visionner le portrait ainsi établi.

—En somme, c'est monsieur tout le monde. Qu'est-ce que vous voulez qu'on fiche avec ça ? fit-il, agacé.

—C'est pas de ma faute, M. le commissaire.

Le témoin avait un air désolé et contrit. Gabriel, pour le rassurer, lui posa la main sur l'épaule.

—Je le sais, M. Antonetti. Je le sais. Vous n'y êtes pour rien.

Son regard se tourna vers Jeremy.

—La seule indication vraiment utile, ce sont les épaules. Larges et massives. L'assassin est donc grand, costaud…

—Ah oui ! coupa le témoin, et puis, il avait des baskets et marchait souplement. Ça, je m'en souviens très bien.

—Où étiez-vous quand vous l'avez vu ?

—En bas du boulevard. Je suis sorti du bar pour fumer une cigarette sur le pas de la porte. Il faisait beau et, de toute façon, c'est interdit à l'intérieur.

—C'est à ce moment que vous l'avez remarqué ? Pourquoi ? Que faisait-il ?

—Rien de spécial. Je l'ai remarqué justement à cause de son allure sportive. Il était en survêtement et descendait le boulevard sur le trottoir d'en face. Il marchait les mains dans les poches, en regardant à droite et à gauche, comme s'il cherchait quelqu'un.

—Quelle couleur, le survêtement ?

—Bleu foncé, je crois. Peut-être noir.

— Ensuite ?

— Il s'est dirigé vers un utilitaire bleu foncé également qui était garé à l'emplacement de l'arrêt de bus, sur l'avenue de la Madrague. Il a pris un papier sur le pare-brise, probablement une publicité, et l'a déchiré. Il a jeté les morceaux en l'air puis, a sauté dans…

Gabriel l'interrompit subitement. Un mot venait de faire tilt dans son crâne.

— Qu'est-ce que vous avez dit ? Qu'est-ce qu'il a déchiré ?

— Une publicité. Il y en avait plein, ce jour-là, sur les pare-brises. Des pubs pour un nouveau restaurant à la Vieille-Chapelle…

Gabriel négligea la suggestion et tourna son regard vers son lieutenant.

— Et si c'était un PV ? Qu'en penses-tu, Jeremy ?

— On ne peut rien négliger. D'autant plus qu'il était garé à l'arrêt du bus de la Madrague. Je vais faire des recherches.

— C'est ça. Fais-le tout de suite, qu'on sache à quoi s'en tenir.

Puis, il se tourna vers le témoin.

— Vous voyez, M. Antonetti, que votre témoignage servira, peut-être, à quelque chose.

— J'espère, dit le témoin. Je peux y aller, maintenant ?

— Passez à côté. Vous signerez votre déposition et vous pourrez partir. Merci, ajouta Gabriel en lui tendant la main.

19h45

Il conduisait prudemment. La pluie qui tombait drue lui donnait une mauvaise visibilité malgré le va-et-vient rapide et crispant des essuie-glaces. Il n'avait pas trop l'habitude d'être au volant de cette fourgonnette Ford Transit qu'il avait « empruntée » dans une rue de Sarlat la Caneda. Il s'était débarrassé de la Peugeot dans laquelle il roulait depuis quelque temps déjà. Il avait dû être repéré à Marseille par les habitués de ce bar de la Grotte Rolland et, peut-être, déjà signalé à la police. Le PV qu'il avait eu ne l'inquiétait pas outre mesure. Il avait volé la Transit la veille et il roulait avec depuis, avalant les kilomètres. Dieu seul connaissait les distances qu'il était obligé de parcourir pour ses purifications. Les « marchands du temple » étaient beaucoup plus nombreux que ce qu'on aurait pu croire. Il y en avait de partout, dans toute la France, de ces démons diaboliques ; ça grouillait comme des pucerons sur un bourgeon de rosier.

Il était déjà venu à Nantes pour les repérages. Les repérages, c'est comme ça qu'il trouvait ses proies. Un mois plus tôt, il avait fréquenté tous les commissariats de la ville vers laquelle il se dirigeait actuellement. Il y avait bien observé toutes les personnes qui venaient porter plainte. C'est incroyable le nombre de gens qui arrivent au commissariat le visage en sang. Il avait aussi suivi les fourgonnettes de la police quand celles-ci démarraient en trombe suite à un appel de particulier. Bizarrement les flics n'allaient pas que dans les zones à risques, les HLM réputés mal famés. Ils allaient souvent dans les quartiers riches, dans les immeubles bourgeois où, derrière les murs épais, se passaient des choses inavouables. Là aussi, il y avait des marchands du temple. Des hommes qui battaient leur femme, violaient leurs enfants. Il avait ainsi pu sélectionner celui pour lequel il se déplaçait aujourd'hui. Il savait ce qu'il devait faire et son plan était bien établi et mémorisé.

On n'était pas loin du 1er mai et la périphérie de Nantes était jalonnée de serres. L'odeur du muguet, qui était la spécialité de la région, se faisait sentir jusque dans la voiture et commençait à l'entêter désagréablement. Il appuya rageusement sur un bouton de la portière et sa vitre se ferma avec un petit ronronnement presque couvert par le bruit du diesel.

Il avait dépassé, depuis quelques kilomètres, La Haie-Fouassière et se dirigeait vers la E62. Il était déjà venu assez souvent pour les repérages et connaissait le chemin par cœur. Il devait traverser la Loire et, juste après, sortir de l'autoroute par la voie de décélération qui lui ferait faire un demi-tour complet. Là, il longerait la rue des Roches qui l'amènerait à la Promenade Bellevue, le long de la Loire. Ensuite, il n'avait qu'à rouler pour s'enfoncer dans la campagne nantaise. Les horticulteurs et les serres ne manquaient pas, mais il savait vers laquelle se diriger. Il était capable d'y aller les yeux fermés. Il avait son plan tout tracé et savait à quel endroit précis il allait s'arrêter pour ne pas être repéré.

Il jeta un coup d'œil dans le rétroviseur. Phares éclairés, sirène hurlante, une voiture bleue de la gendarmerie grossissait à vue d'œil dans le miroir. Il était serein. Qu'avait-il à se reprocher ? Rien ! Tout ce qu'il faisait lui était dicté par La Voix. Depuis sa plus tendre enfance il l'entendait : en fait deux ans après que son père fut venu dans sa chambre pour la première fois.

C'est quand il se réfugiait dans le placard, au milieu des chaussures et des vêtements, qu'il l'entendait le plus distinctement. *Ne te laisse pas faire,* disait-elle. *Révolte-toi. Tu en as le pouvoir.*

La Voix lui avait parlé une nuit. Il était recroquevillé dans la penderie-placard aux portes coulissantes. Il aimait bien être dans le noir.

Bonsoir, Saül, avait-il entendu.

Il n'avait pas réagi, sur le coup, croyant qu'il s'était endormi et avait rêvé. Il ouvrit les yeux et secoua la tête. Ses longs cheveux noirs, dans le bref mouvement, vinrent lui balayer le visage. Non, il ne dormait pas. Alors ?

Oui, tu m'as bien entendu, Saül.

C'était bizarre ! Il entendait parler mais il n'y avait aucun son. C'était dans sa tête que La Voix résonnait.

Il pensa que les deux coups que son père lui avait donné, au sommet du crâne, poing fermé, l'avaient perturbé. Et pourtant il avait bien entendu.

Oui, oui ! Saül, répéta La Voix. *Je te parle.*

— Qui es-tu ? demanda-t-il.

— *TA VENGEANCE* !

Non, il devait rêver tout éveillé, ou alors, il avait des hallucinations. Oui c'était bien ça… à cause des coups de poing de son salaud de père. Il remonta ses genoux sous son menton et y appuya sa tête. Puis, il les encercla de ses deux bras. Ainsi, dans la position du fœtus, il ne devrait plus rien entendre. Effectivement, durant cinq minutes, le silence se fit dans le placard. Seuls les cris de son père, saoul comme d'habitude, lui parvinrent. Il criait maintenant après sa mère et, bien que les paroles ne fussent pas distinctes, il savait d'avance comment ça allait se terminer. Des coups, toujours des coups ! Sa mère allait hurler, puis, pleurer, ce qui allait exciter encore plus le monstre. Une fois par terre, il allait se jeter sur elle et la violer devant son frère. Puis, en remontant son pantalon tâché de cette bizarre sauce qu'il mettait de partout quand il se couchait sur sa mère, il attraperait Loth par l'oreille et le tirerait ainsi jusqu'à sa chambre.

— *Tu vois,* reprit La Voix. *Maintenant, c'est le silence, en bas. Il est en train de lui fourrer sa queue entre les jambes. Tu le sais, tu l'as assez vu faire. À présent c'est ton frère qui a pris la relève et qui assiste à tout.*

Saül se rendit compte qu'il tremblait des pieds à la tête. Il serra ses genoux le plus fort possible mais les tremblements ne cessèrent pas.

—*Calme-toi, mon petit Saül,* dit La Voix. *Je ne te veux pas de mal. Au contraire. Je viens pour t'apprendre à te défendre.*

—Qui es-tu ? redemanda-t-il.

—*Je te l'ai dit : TA VEANGEANCE* !

Un frisson subit le parcourut des pieds à la tête. Il mit ses mains contre ses oreilles et appuya le plus fort possible.

—*Inutile ! Je suis toujours là. Tu n'arriveras pas à me faire taire. Désormais je vais t'accompagner, être avec toi, te protéger.*

Il ne pouvait pas croire ce qu'il entendait. Ce n'était pas possible. Il n'avait que huit ans, se disait-il. Pourquoi cette voix le harcelait-elle ? Ne souffrait-il pas assez des coups et des attouchements de son monstre de père ?

—*Justement, Saül. Je viens pour ça,* reprit La Voix. *Tant que tu te laisseras faire, tu souffriras. Il faut te défendre.*

Le petit garçon n'en croyait pas ses oreilles. Où était-elle ? D'où lui parlait-elle ?

—*Je suis dans ta tête. Tu ne pourras jamais me faire taire ; je viens pour la vengeance, TA VENGEANCE.*

Devant lui, il y avait les pans du grand manteau bleu marine qui lui servait pour aller à l'école, les jours de grand froid, en hiver. Il était pendu sur un cintre et Saül le tira pour le faire tomber sur son crâne, peut-être qu'ainsi il n'entendrait plus rien. Mais, La Voix résonna de nouveau.

—*Inutile* !

Elle était toujours là. Entouré du grand manteau de laine, il se calma et ses tremblements diminuèrent d'intensité.

—Comment t'appelles-tu ? demanda-t-il.

—*Je ne m'appelle pas. Je n'ai pas de nom, mais si tu y tiens tu peux dire : La Voix.*

—Pourquoi viens-tu maintenant ? Ça fait deux ans que le monstre me frappe.

—*Parce que maintenant tu es en âge de comprendre. À six ans, tu étais trop jeune. J'attendais mon heure.*

Saül se découvrit la tête car il commençait à manquer d'air frais sous ce lourd manteau. Il se dit que le son de ses paroles allait attirer quelqu'un. Lentement, il fit coulisser la porte de la penderie de quelques centimètres. La lampe de chevet éclairait toujours une chambre vide. En bas, c'était le silence. Il savait ce que le monstre était en train de faire. Il referma tout doucement la porte et se remit le manteau sur la tête.

—Qu'est-ce que vous voulez ? demanda-t-il enfin.

—*T'apprendre à te venger. Je viens pour t'insuffler le désir de vengeance. Tu ne dois plus te laisser faire.*

—Mais, je suis trop petit ! s'exclama-t-il. Le son de sa voix était étouffé dans cette penderie pleine de vêtements mais il avait presque crié et, soudain, il eut peur que son père l'entende. Il se tut durant cinq minutes. La Voix aussi s'était tue. Plus de bruit. Il pensa de nouveau qu'il avait rêvé, que c'était son imagination qui lui jouait des tours. Il se découvrit complètement le visage, ainsi il respirait mieux. Une bouffée d'air frais, qu'il inspira goulûment, lui gonfla les poumons.

—*Tu n'as pas besoin de parler à haute voix, tu sais.*

Il ne s'y attendait pas et il fit un bond de surprise, faisant tomber sur ses épaules une veste et un imper mal positionnés sur leur cintre. Il repoussa le tout d'un geste nerveux.

—*Je t'entends même si tu parles dans ta tête. Inutile de crier.*

—Qu'est-ce que vous voulez ?

—*Je te l'ai dit, tu dois te venger. Tu ne dois plus te laisser faire.*

—Mais, je suis petit. Vous avez vu comme il est gros et grand ?

—*Je n'ai pas dit que tu devais rendre coup pour coup, maintenant. Je vois bien que tu es trop petit et que tu ne fais pas le poids.*

—Alors ?

—*Je viens pour t'aider à tout supporter jusqu'à ce que tu aies la force et le courage de le saigner, ce salaud, cet enculé. Que le diable l'étripe ! Que la vérole le bouffe !*

Surpris par ces paroles brusques, Saül se raidit. Son visage se ferma et il ne dit plus rien.

—*Tu n'es pas d'accord* ? demanda la voix.

—Oooh oui ! Comme je voudrais le saigner comme un porc !

À cette pensée ses traits s'apaisèrent, un sourire illumina son visage enfantin.

—*Eh bien, voilà ! Tu deviens raisonnable. Maintenant, répète après moi ces mots. Tu verras qu'après tu te sentiras encore mieux et tu supporteras plus facilement la situation.*

—Oui !

—*Alors répète : Je vais me venger ! Je vais me venger ! Mon père n'est qu'une pourriture, un monstre sorti de l'enfer.*

Lentement, Saül ânonna les phrases. Mot après mot, il répéta, à la lettre, ce qu'il venait d'entendre.

—*Encore* !

Il recommença.

—*Encore ! Encore ! Dis-le cinq fois de suite, avec conviction.*

Saül répéta en boucle les trois phrases. Maintenant, il tremblait comme une feuille et s'était à nouveau raidi. De sa bouche un filet de salive sortait et s'étirait de plus en plus, descendant jusqu'à la poitrine.

—*Je le tuerai ! Je le tuerai, cet enculé ! Répète* !

La Voix était de plus en plus forte. Il avait l'impression que sa tête allait éclater.

—*C'est un salaud ! C'est une raclure de l'enfer ! Répète !*

Les yeux révulsés, le jeune garçon répéta les deux phrases. Puis, il y eut le silence. Un long silence oppressant et lourd après l'excitation qu'il venait d'avoir. Peu à peu il se calma et sa tension retomba. Ses muscles contractés se détendirent. Il essuya sa bouche d'un revers de manche et le long filet de bave se colla sur le coton de son pyjama. Il renifla, faisant remonter dans son nez la morve qui allait sortir.

—*Calme-toi, Saül. Calme-toi. Voilà, détends-toi. Tu prendras l'habitude de m'entendre. Je vais t'accompagner, maintenant. Je vais être près de toi, à chaque minute de ton existence. Tu n'auras qu'à m'appeler pour que j'arrive aussitôt.*

Le gamin était apaisé et détendu.

—Qu'est-ce que je dois faire ? s'enquit-il.

—*Pour l'instant rien. Tu l'as dit, tu es trop petit. Tu te contenteras de répéter ce que je vais t'enseigner. Tu devras le dire et le redire, jour après jour, même quand je ne serai pas là. Plus tard, dans cinq ou six ans, je t'apprendrai à devenir fort et à te muscler. Tu verras ! C'est facile et tu ne feras qu'une bouchée de ton père.*

—Pourquoi voulez-vous m'aider ? Je ne vous connais pas. Je ne vous ai rien demandé.

—*Oui, tu m'as demandé. C'est ton subconscient qui m'appelle depuis deux ans.*

—Pourquoi maintenant ?

—*Tu étais trop jeune pour que j'intervienne. Maintenant, tu sais lire et tu as commencé à lire la bible. Hein, que tu la lis, la bible ?*

—Oui ! Oui, je la lis ! C'est mon père qui m'y oblige.

—*Pour une fois, il n'a pas tort. Mais, puisqu'il la connait par cœur, il devrait l'appliquer. Au lieu de ça il est violent et tortionnaire.*

— Il dit que Jésus aussi a été violent quand il a chassé les marchands du temple.

— *Parlons-en des marchands ! Le monde en est plein de ces hypocrites qui prêchent la bonne parole et qui ne la pratiquent pas. À commencer par ton monstre de père. C'est un menteur, un violent, un violeur.*

Petit à petit, La Voix recommençait à s'exciter. Il se remit à trembler.

— *Quand tu en auras fini avec ton père il faudra que tu t'attaques à eux. Tu dois tous les tuer, les tuer, les tuer…* ! *Au nom des fils martyrisés, tu dois le faire.*

Saül était maintenant pris de convulsions. Il avait des gestes brusques et saccadés. Il s'accrocha à une veste et tira de toutes ses forces. La tringle céda sous la traction et tous les vêtements tombèrent en accompagnant la barre métallique qui dégringola avec un bruit d'enfer dans l'obscurité du placard.

Le tintement des cintres métalliques et de la tringle se transforma en sirène stridente et le fit sursauter. Il ouvrit les yeux.

La voiture de la gendarmerie était en train de le doubler. Il secoua sa tête et réalisa que la fatigue lui avait fait fermer les yeux et qu'il s'était endormi deux ou trois secondes. Heureusement qu'il n'allait pas vite, il aurait pu franchir le parapet et tomber dans la Loire.

Les tuer… les tuer… les tuer… les tuer… Lancinante, la phrase qu'il entendit cette nuit dans la penderie, revenait le harceler comme un leitmotiv. C'est pour ça qu'il était en route. Il devait le tuer… le tuer… le tuer…

16h00

— Nous avons un assassin au visage de M. Tout le monde, avec des cheveux noirs et longs. Il a des épaules massives, est assez grand et a une allure sportive.

Gabriel faisait le récapitulatif des éléments de l'enquête. Ce n'était pas bien lourd et il attendait d'une minute à l'autre le rapport du médecin légiste ainsi que celui de l'INPS[1].

Il se leva en poussant son fauteuil brutalement de l'arrière de ses cuisses et s'approcha de la fenêtre à barreaux. La vue ne donnait pas bien loin : quatre platanes et huit voitures garées dans la cour, devant la façade face à lui qui limitait l'horizon.

—Nom d'un chien ! Ce n'est pas beaucoup. J'espère qu'on va avoir autre chose à se mettre sous la dent.

Puis, il se tourna subitement vers Ariane en la pointant du doigt.

—La brouette ? s'enquit-il, est-ce que tu as quelque chose ? Une brouette avec une roue à l'ancienne, en bois, ça ne doit pas se vendre tous les jours, surtout en ville ! On doit pouvoir trouver le commerçant.

Pendant qu'il parlait, Ariane approuvait d'un hochement de tête machinal.

—Arrête de faire ça ! jeta Gabriel, excédé. On dirait un chien en peluche qui dodeline de la tête derrière la lunette arrière d'une voiture. Est-ce que tu as un résultat ?

Un grand sourire illumina le visage d'Ariane.

—Qu'est-ce que tu as à te fendre la poire ?

—Si tu me laissais parler, je t'en dirais un peu plus. Tu me rappelles ma grand-mère qui ne s'arrêtait pas. Elle te posait une question et enchaînait sur un autre sujet sans attendre la réponse.

—Bon ! Vas-y !

—J'ai fait toutes les grandes surfaces de bricolage de Marseille ainsi que les jardineries. Makach ! Rien du tout ! Ils ne vendent plus que des brouettes avec des roues

1. Institut National de la Police Scientifique.

pneumatiques. Par contre, le coup de bol... à Aubagne. J'ai trouvé un petit commerçant qui vend des outils de jardinage, entre autres. Il se souvient très bien d'avoir vendu une brouette ancienne avec une roue en bois. C'est d'ailleurs la dernière qui lui restait. Les autres sont toutes en Kit, métalliques et avec des pneus.

— Et alors ?

— Il se souvient parfaitement du type qui la lui a achetée. Il me l'a bien décrit.

— Comment est-il ?

— Petit, assez dodu. Le visage rond. Pantalon de velours côtelé marron, des chaussures de marche et un blouson en velours vert.

Gabriel eut l'air déçu.

— Il fallait s'y attendre. Si c'est là qu'il l'a achetée, il a envoyé un intermédiaire. Il a payé comment ?

— En liquide.

— Évidemment. Donc la piste s'arrête là.

À ce moment le téléphone se mit à sonner et trois secondes après, un ronronnement se fit entendre. Une feuille se déroulait et sortait du fax. Gabriel se précipita et commença à lire avant même que le message soit complètement imprimé.

Ses deux lieutenants virent son visage se transformer petit à petit et s'approchèrent pour lire par-dessus son épaule.

Les deux fax étaient envoyés par le Dr Bréhal et l'INPS. C'était un résumé succinct mais significatif des rapports complets qui suivaient par la voix hiérarchique.

Gabriel découpa d'un coup sec les deux longues pages et s'assit à son bureau. Il commençait à être satisfait. D'après ce qu'il avait brièvement lu, quelques éléments s'ajoutaient à ceux qu'ils avaient déjà et feraient, peut-être, progresser l'enquête.

Il lut en silence le fax complet et redressa la tête pour regarder ses amis qui étaient retournés sur leur chaise. Il sentait qu'ils étaient suspendus à ses lèvres et il prenait un malin plaisir à les faire languir.

—Alors ! se décida Ariane. Quelque chose de bon ?

—C'est pas mal, répondit Gabriel. Je crois qu'on a enfin une piste pour orienter nos recherches.

—Eh bien, dis-nous ! Qu'est-ce que tu attends, s'emporta Jeremy.

Gabriel jeta à nouveau un coup d'œil rapide sur les documents et se décida. Il posa les feuillets sur son bureau et posa ses mains à plat dessus.

—Voilà ! dit-il. Le cadavre a été identifié. Il s'agit d'un dénommé Noël Réveillon, né le 15 décembre 1976.

—C'est une plaisanterie, ou quoi ?

Jeremy et Ariane étaient tous deux interloqués. Leurs yeux étaient ronds de surprise.

—Noël Réveillon ? dit le jeune homme. Autant dire Réveillon de Noël, non ?

—Les parents qui l'ont appelé Noël sont inconscients.

—Heureusement qu'il n'est pas né le 24 décembre.

—Qu'est-ce qu'il a dû entendre à l'école, le pauvre.

Gabriel attendait patiemment que ses acolytes aient fini leurs moqueries pour se remettre à parler. Un petit sourire moqueur flottait sur sa bouche.

—C'est fini ? demanda-t-il. Je peux parler, oui ?

—C'est bon, vas-y, dit Jeremy.

—Donc il est né…

—Le divin enfant, le coupa Ariane.

Jeremy pouffa de rire mais stoppa net quand il reçut en plein visage le regard noir de Gabriel.

—Je répète, reprit celui-ci en scandant sa phrase. Il est né en 1976 à Aubagne, s'est marié en 1996 avec…

—Joyeuse Pâque, intervint, cette fois, Jeremy.

Gabriel ne put s'empêcher de rire. La bonne humeur de ses compagnons finissait par être communicative.

Il prit un ton conciliant.

—Arrêtez, à présent ! On n'en finira jamais. Laissez-moi aller jusqu'au bout. Après vous ferez vos réflexions.

—Tu as raison, continue.

—Donc, je disais qu'il s'était marié en 1996 à Aubagne et avait eu deux enfants, qui ont maintenant 8 et 11 ans. Les inspecteurs qui ont enquêté ont trouvé à la gendarmerie d'Aubagne deux mains courantes de la part de ses voisins et une de sa femme. Enfin, il y a eu une plainte, toujours de sa femme, pour coups et blessures mais elle l'a retirée quarante-huit heures plus tard.

—À Aubagne, comme le commerçant de la brouette, dit Ariane. Ça se recoupe.

—Des mains courantes, pourquoi ?

—Apparemment, les voisins sont venus signaler qu'il y avait des cris dans l'appartement de la victime. Les enfants pleuraient et il leur a semblé entendre des coups.

—Et les gendarmes n'ont rien fait.

—C'était seulement des mains courantes.

—Et sa femme ?

—Eh bien ! Elle aussi en a déposé une et quatre semaines plus tard une plainte en bonne et due forme. Elle avait des ecchymoses sur le visage et les bras. Deux jours plus tard, elle est venue la retirer. Donc pas d'enquête.

—Si je comprends bien, la mort de ce mec n'est pas une grosse perte ?

—Non. Mais, il faut quand même retrouver l'assassin, même si c'est un crime d'utilité publique.

— Est-ce que ce ne serait pas une vengeance ? demanda Jeremy. La femme ou un membre de sa famille, que sais-je !

— Non, c'est impossible. Il n'aurait pas été torturé comme il l'a été. De plus, il a disparu une semaine avant le crime et sa femme est venue le signaler. Il va falloir fouiller dans sa vie, faire une enquête de voisinage, voir s'il n'était pas dans une secte, s'il n'y avait pas d'autres plaintes ailleurs, le concernant.

— Le boulot habituel, quoi, dit Ariane.

— Il y a autre chose, ajouta Gabriel.

— Quoi ?

— Sur la main courante d'un voisin, celui-ci aurait laissé entendre que les petits étaient souvent couverts de bleus mais qu'en plus, il soupçonnait des violences sexuelles à leur encontre.

À ces mots Jeremy devint blanc et sembla paralysé sur sa chaise. Il avait croisé ses jambes et son pied, qu'il balançait comme un métronome, stoppa net sa course.

— Tu... tu... veux dire, qu'il les violait.

— Je ne veux rien dire du tout, je ne fais que lire... qu'est-ce que tu as, tu es fatigué ?

Gabriel avait remarqué la pâleur subite de son ami. Il en était étonné, n'ayant pas l'habitude de voir celui-ci perturbé par les agissements des criminels ou des gens violents.

— Rien... non, rien... du tout ! balbutia le lieutenant de police. Simplement, ces gens me dégoûtent.

— Moi aussi, compléta Ariane. On devrait leur couper les couilles aux violeurs et aux pédophiles.

Jeremy s'était repris et ne voulait pas s'étendre sur le sujet.

— Ensuite, demanda-t-il, qu'est-ce qu'il y a d'autre ?

— L'ADN trouvé sur la barrière du boulevard de la Grotte Rolland est le même que celui du cadavre, dit Gabriel qui continuait de regarder son inspecteur, les sourcils froncés.

— Donc, dit Ariane, nos suppositions étaient bonnes. Il est bien passé par là.

— Oui. Mais, nous en étions sûrs à cent pour cent. Ensuite c'est bien sur une brouette qu'il a été transporté, nu. Tu avais raison, Jeremy.

— Comment Bréhal l'a-t-il compris ?

— Réveillon avait des grains de sable incrustés dans les callosités de ses talons, malgré son séjour dans le canal. Sous les ongles également. Donc, il a été transporté dans la brouette, face vers le criminel, les jambes et les bras pendants au dehors et traînants par terre.

— Ça ne nous avance pas à grand-chose, mais c'est toujours ça.

Jeremy avait retrouvé ses couleurs et sa fougue.

— Ariane a raison, dit-il. Moi aussi, si j'avais à condamner ces fous, je leur couperais les couilles après leur avoir fait subir le même genre de supplice qu'ils imposent à leurs gosses. Toutes ces simagrées de condamnation ne servent à rien. Ils recommencent en sortant de prison et notre travail est fichu en l'air.

— On n'y peut rien, malheureusement. Contentons-nous de les arrêter et de les remettre à la justice. Si elle fait mal son travail, c'est son problème. La castration chimique ne sert à rien s'il n'y a pas de suivi médical.

— Ouais ! Surtout qu'il y en a de plus en plus. Finalement, celui qui l'a tué a fait du bon travail. La famille est débarrassée de ce monstre.

— Nous n'avons pas à entrer dans ces considérations, Jeremy, interrompit Gabriel. Contentons-nous de le trouver et de l'arrêter.

— On va tout faire pour ça, dit Ariane.

— En attendant, tu retournes à Aubagne avec Jeremy, puisque le point de départ est là. Vous interrogerez la famille Réveillon et les voisins.

17h00

Route de Gémenos. La villa n'était pas bien grande et un jardin clôturé en faisait le tour. Jeremy et Ariane s'approchèrent du portillon métallique.

— C'est là, dit Jeremy après avoir jeté un coup d'œil sur la sonnette. Réveillon N.

Un « ding dong » retentit. Trente secondes plus tard, une tête d'enfant se montra derrière le rideau de la fenêtre. Le jeune garçon jeta un bref coup d'œil et se tourna vers l'intérieur pour crier quelque chose ; aussitôt la porte s'ouvrit et une femme apparut en essuyant ses mains sur un torchon.

— Oui ? questionna-t-elle. C'est pour quoi ?

— Police, dit Ariane en montrant sa carte à travers les volutes de fer forgé du portillon.

— Ah, oui ! Je vous ouvre.

Elle appuya sur un bouton contre le chambranle.

— Entrez, je vous en prie.

Elle avait à peine trente ans, mais les stigmates d'une vie pénible et douloureuse se faisaient déjà sentir sur son visage aux traits las.

— Nous sommes désolés de venir vous déranger dans un moment si pénible, s'excusa Ariane, mais l'enquête suit son cours et nous avons quelques questions à vous poser.

— Asseyez-vous.

La veuve Réveillon n'avait pas l'air particulièrement touchée par son veuvage et elle semblait ne pas vouloir donner l'impression qu'elle l'était. Elle ne cachait pas ses sentiments.

— Je vous remercie, mais nous ferons vite, dit Jeremy. Vous n'avez certainement pas envie qu'on remue le couteau dans la plaie.

— Vous savez, commissaire…

— Lieutenant, la reprit Jeremy.

— Oui, bon ! Mon mari s'est chargé durant ses dernières années d'agir en sorte que je n'ai aucun regret de…

Elle s'arrêta subitement de parler et jeta un coup d'œil rapide vers le petit garçon qui la regardait fixement.

— Jérôme, va dans ta chambre, dit-elle d'un ton sec en montrant du doigt la porte du salon.

— Maman…

— Va dans ta chambre, ça ne te concerne pas.

Jérôme céda aux ordres de sa mère et s'en alla lentement en traînant les pieds, donnant un coup, au passage, sur un ballon se trouvant sur son chemin.

— J'ai déjà été questionnée par vos collègues, reprit la femme quand son fils eut disparu.

— Il s'agit juste de quelques questions de routine pour cerner au mieux les circonstances du…décès de votre mari.

— Tout d'abord, nous vous présentons toutes nos condol…

— Si nous passions directement aux questions, coupa sèchement la veuve. Vous devez savoir que mon mari n'était pas un modèle du genre et que sa mort soulage bien des personnes.

Ariane et Jeremy ne furent ni choqués, ni étonnés de cette réaction. Ils se regardèrent rapidement et Ariane enchaîna :

— Dites-nous ce que vous savez. Pour l'instant nous n'avons rien de précis.

— Il a disparu le 13 avril. C'était le lundi de Pâques.

— Que s'est-il passé ?

— Rien de spécial. Il n'était pas très en forme ces derniers temps et il buvait de plus en plus.

La veuve poussa un soupir écœuré.

— Il n'arrêtait pas de boire. Il trouvait toutes sortes d'excuses pour sortir et aller lever le coude avec ses copains de comptoir.

— Avait-il des motifs pour ça ?

— Il a toujours bu. Mais… il faut vous dire que nous avons une petite exploitation vinicole du côté de Cassis. Du vin blanc. Il y a deux ans, il n'a pas plu au bon moment. Le raisin n'a presque rien donné. L'an dernier, lors de la floraison, nous avons eu un passage de grêle. Deux hectares foutus en l'air. Nous avions déjà pas mal de dettes. Ça n'a fait qu'amplifier la situation. Dépôt de bilan et tout le saint-frusquin… Le patrimoine était fichu et il en a fait une maladie.

— Je pense qu'il n'y a pas que ça, demanda Ariane, tentant de pousser la femme sur le terrain de la violence de son mari.

— Que voulez-vous dire ?

— Quelques plaintes sont parvenues à la gendarmerie.

— Ah, bien sûr, il y a ça ! C'était un monstre et son état n'a fait qu'empirer quand tout est allé mal. Plus il buvait, plus il était violent.

— Avec vous ?

— Avec moi… et les gosses.

— Que leur faisait-il ?

— Il les battait.

— Il y a eu des mains courantes déposées par quelques voisins. Étaient-ils tous au courant ?

— Certains seulement. Vous avez vu que les maisons ne sont pas très proches l'une de l'autre. Ils n'entendaient pas les cris et les disputes et les enfants ne parlaient pas, la honte…, mais les bleus se voyaient sur les bras et les jambes.

— Et vous ?

— C'était la même chose. Des coups, toujours des coups…

— Rien d'autre ? Je crois que vous aviez déposé une plainte que vous avez retirée quelques jours plus tard ? Pourquoi ? C'était pourtant le seul moyen pour vous d'avoir la paix.

— J'ai eu peur pour les enfants. Il m'avait dit que le temps que la DDASS les lui enlève, il leur ferait subir le martyre. Il m'a violée, frappée jusqu'à ce que je cède.

— Rien aux gosses ?

— Il allait souvent dans leur chambre, le soir, pour voir s'ils étaient endormis, surtout celle de Noémie et il y restait longtemps. Il me disait qu'il lui racontait des histoires. Mais, à onze ans, la petite ne croyait plus aux contes de fée depuis longtemps.

— Donc le 13, il a disparu ? Qu'avez-vous fait ?

— Comme d'habitude, nous venions de nous disputer. Il est parti en claquant la porte et en disant qu'il allait boire un coup à Aubagne. Je savais qu'il allait rentrer saoul et que les coups allaient recommencer.

— Mais, il n'est pas revenu ?

— Non ! Et grand bien lui fasse. J'espère que d'où il est, il voit que personne ne le regrette.

— Vous êtes allée à la gendarmerie ?

— J'ai attendu le mardi soir. Je pensais qu'il allait revenir, et puis, avoir quarante-huit heures de paix, ça fait pas de mal.

Machinalement, elle passa sa main sur un coin du buffet pour effacer un voile de poussière. De la cuisine parvenaient des odeurs du reliquat du repas de midi.

Jeremy regardait autour de lui. Le salon était meublé sobrement. Il s'approcha du buffet et saisit une photo montrant un homme tenant dans ses bras une fillette en riant aux éclats. Au bout d'un instant, il la tendit en avant.

— C'est lui ? demanda-t-il.

— C'était lui, oui. Il donnait l'impression d'être sympa et gentil, pour qui ne le connaissait pas. Mais, c'était tout le contraire.

Ariane prit elle aussi la photo, puis, demanda :

— Est-ce que vous avez remarqué quelque chose de bizarre, les jours précédant sa disparition ?

La femme réfléchit, plissant le front en dodelinant de la tête.

— Non, je ne vois pas. Rien de spécial. Il s'est disputé avec un voisin car il avait appris que Georges, c'est le voisin, avait déposé une main courante contre lui. Vous ne croyez quand même pas que...

— Nous ne croyons rien, Madame Réveillon, nous enquêtons. Tous les éléments sont bons à prendre. Il s'est disputé et puis...

— Comme toutes les fois qu'il se disputait. Ça a gueulé un bon coup puis, il est rentré, a bu un verre, puis, un autre et a fini par se saouler.

— Rien d'autre ?

— Non ! Je ne vois pas.

— Le moindre détail peut-être important. Réfléchissez bien.

— Non. Ou... Attendez, vendredi, il est venu un représentant et ils sont restés deux heures à parler et boire dans le salon.

— Représentant en quoi ?

— En appareils de chauffage convertible. Il proposait des pompes à chaleur.

— Comment était-il ?

— Je ne l'ai pas vu de face. Quand mon mari discutait affaire, il ne voulait pas que je m'en mêle. Mais, de dos, il paraissait immense.

— Il était grand ?

—Oui et costaud, les épaules larges, les cheveux noirs et longs. Il me semblait bizarre pour un représentant. Il n'en avait pas l'allure.

—Est-ce qu'il a laissé une carte de visite ?

—Je ne sais pas. Il a donné de la documentation et… mais elle est là, tenez.

Elle se dirigea vers le meuble télé et se pencha pour saisir deux ou trois documents posés à côté d'un hebdomadaire de programmes. Jeremy les prit et, avidement, regarda si les documents ne comportaient pas de tampons. Il les passa à Ariane.

—Regarde, dit-il. En haut à droite.

Dans le coin droit, un tampon indiquait un nom et prénom. Probablement celui du représentant.

—Nous allons y aller. Est-ce que vous avez une enveloppe, s'il vous plaît. Inutile de mettre d'autres empreintes sur le papier glacé.

—Pour les empreintes, dit la veuve Réveillon, ça m'étonnerait que vous en trouviez, vu que le type a gardé des gants durant toute la discussion. Ça m'a même paru bizarre. C'étaient des gants très fins et il manipulait facilement les papiers.

—Vous ne l'avez jamais vu de face, mais vous avez tout de même remarqué ça !

—Vous savez, quand il ne montrait pas ses documents, il gardait les mains toujours bien à plat sur la table, comme s'il se forçait à se dominer.

Ariane caressait son menton en réfléchissant et en faisant promener son regard sur la pièce. L'assassin, si c'était bien le représentant, prenait apparemment beaucoup de précautions.

—Je crois que nous n'avons plus, pour l'instant, de questions. Mais, restez à notre disposition, il se peut que nous revenions.

—Je ne bouge pas d'ici.

—Très bien ! On y va Jeremy.

Une fois dans la Laguna, Ariane montra les documents à Jeremy.

—Qu'est-ce qu'on fait ? lui demanda-t-elle. On va le voir ?

—Tu y crois beaucoup, toi, à ce représentant ? Ce serait trop beau.

—Probablement pas plus que toi. Mais, il ne faut rien négliger. Regarde, il y a le nom et l'adresse sur le tampon. C'est ici, à Aubagne, allons-y.

—C'est parti, répliqua Jeremy en actionnant la clé du démarreur.

***

—Bonjour Madame. SRPJ de Marseille. Nous voulons voir votre mari.

Après avoir cherché cinq minutes dans les rues d'Aubagne, Jeremy et Ariane avaient enfin trouvé la résidence où habitait la famille Lemaire. La femme qui leur ouvrit la porte était grande, habillée simplement, mais dégageait une prestance naturelle qui en imposait par l'expression d'autorité qui émanait de sa personne. Elle eut un air attristé et ne fit pas un geste pour ouvrir en grand la porte de l'appartement.

—Vous plaisantez ou quoi ? dit-elle d'un ton hautain.

Ariane, surprise, coula un œil interrogateur vers son collègue et prit la parole.

—Absolument pas, Madame. Il n'est pas là ?

Mme Lemaire prit un air méprisant en mettant sa bouche en arc de cercle, les commissures vers le bas.

—Ça fait deux mois qu'il n'est plus là, inspecteur.

—Lieutenant, Madame, reprit Ariane.

—Peu importe. Vous êtes de la police et vous venez réclamer mon mari ?

—Vous nous dites qu'il n'est plus là depuis deux mois, pour quelle raison ?

La femme avait l'air tellement choqué que Jeremy avança subrepticement son pied devant le chambranle. Ainsi, si la femme leur fermait la porte au nez, elle serait bloquée.

—Nous avons une enquête et nous sommes de Marseille. Nous ne sommes pas obligés de savoir tout ce qu'il se passe à Aubagne, Mme Lemaire. Répondez à nos questions, c'est tout ce que nous voulons, dit-il d'un ton cassant.

Mme Lemaire fronça les sourcils, mais se contint.

—Mon mari a été tué voilà deux mois. Proprement assassiné dans sa voiture. Et le meurtrier court toujours. Il semble fort que la gendarmerie ait d'autres chats à fouetter que de trouver l'assassin d'un simple commercial. Mais, je vous garantis que j'ai assez patienté et mon père, le sénateur Dupont-Granjean, que je freine depuis un mois, va mettre son nez dans vos affaires.

—Madame Lemaire, excusez notre ignorance, mais nous sommes sur une autre enquête qui, coïncidence, nous amène chez vous. Il semble qu'il y ait un lien entre les deux affaires.

Mme Lemaire reprit un air radouci. Elle ouvrit la porte en grand et invita d'un geste les deux lieutenants à entrer.

—Je vous en prie. Excusez-moi pour cette sortie, mais l'enquête traîne tellement…

—Je vous comprends, Madame.

Ils se trouvaient dans un hall richement décoré. Des vases chinois trônaient sur de petits guéridons de laque noire, sur les murs, des tableaux qui semblaient être de maître étaient mis en valeur par des spots lumineux. Jeremy se fit la réflexion que les revenus d'un simple commercial ne devaient pas être assez conséquents pour acquérir tous ces objets de luxe. M. Dupont-Granjean, sénateur et père de la veuve, devait être derrière tout ça.

— Que s'est-il passé ? demanda Ariane.

Mme Lemaire passa la main sur son front, dans un geste de lassitude.

— Ce n'est pas compliqué. Il a été tué de trois coups de couteau dans sa voiture, sans raison.

— Avait-il des ennemis ?

— Vous pensez bien que j'ai déjà répondu à ce genre de question. Il semble fort que la gendarmerie soit dans une impasse. Ils ont exploré toutes les pistes possibles. Mon mari n'avait pas d'ennemi connu, ne buvait pas, était sérieux dans son travail, ne s'est jamais disputé avec qui que ce soit. Apparemment, il a été tué pour le plaisir. La piste d'un vagabond n'a rien donné.

— Est-ce qu'on lui a volé de l'argent, quelque chose de valeur ?

— Rien. Il n'emportait jamais beaucoup de billets, sa montre ne valait rien et on lui a laissé sa chevalière avec un diamant. La seule chose qu'on lui ait volée, c'est la documentation sur les pompes à chaleur qu'il emportait toujours dans une serviette que l'assassin a laissée également.

— Nous y voilà, glissa Jeremy à Ariane, entre ses dents. Madame, sans vouloir trop m'avancer, ni vous laisser d'espoirs vains, je pense qu'il n'a été tué que pour ses documents, et nous sommes sur une enquête collatérale qui nous a conduit jusqu'ici. C'est tout ce que nous voulions savoir. Mais, quand nous attraperons l'assassin que nous recherchons, nous aurons, par la même occasion, celui de votre mari.

CHAPITRE IX
Jeudi 23 avril 2009, 13h00

Dans son antre, il avait profité du début d'une galerie en cul-de-sac pour monter une cloison. Il avait ainsi une grande pièce aménagée, véritable capharnaüm où il entreposait tout ce qu'il rapportait de ses expéditions de purification. Pour l'heure, il regardait la télé qu'il avait installée. Dans la pièce, la lumière était faible et, dans la pénombre, l'écran jetait une clarté blafarde qui éclairait un petit périmètre et laissait le reste dans une semi-obscurité.

—*Mesdames, messieurs, bonjour.*

Après le générique, le visage de Jean-Pierre Pernaud venait d'apparaître à l'écran :

—*Voici la météo d'Evelyne Dhéliat : aujourd'hui grand beau temps sur toute la France. Le soleil est revenu pour les vacances de Pâques.*

Après un reportage sur des baignades à Cassis il annonça :

—*Des vacances, du soleil mais des informations toujours aussi sombres. Puisque nous parlons de Cassis, restons dans la région. L'assassin de la campagne Pastré, à Marseille, est toujours en fuite. Il est activement recherché par la police qui vient de découvrir l'identité de la victime. C'était un homme d'une trentaine d'années, domicilié à Aubagne, apprécié et estimé de ses voisins. C'est un reportage de…*

Suivait l'interview de deux voisins tout heureux de se montrer à la télé et qui étaient prêt à dire n'importe quoi du moment qu'ils étaient filmés.

—Les salauds ! Ils vont en faire un martyre. Je m'occuperai d'eux plus tard. Non, mais regardez moi ça ! Un homme bien, je t'en foutrai moi, d'un homme bien ! Honnête et travailleur, tu parles ! Et aimant ses enfants, par-dessus le marché, tu parles qu'il les aimait…

Il se tourna vers une ombre dont seule une tache blanchâtre laissait deviner un visage dans le noir. La télé n'éclairait pas jusqu'au fond.

—Toi aussi, tu les aimes, hein, tes enfants ? Tu les aimes au point de rentrer dans leur lit, le soir. Bâtard, salaud !

Il s'était levé et s'approchait. Il marchait en crachant des insultes et en le vilipendant, persiflant et envoyant des postillons.

L'homme était jeune, pas plus de trente-cinq ans et paraissait terrorisé. Il était assis dans un fauteuil à accoudoirs. Ses avant-bras y étaient attachés solidement avec un ruban adhésif d'emballage. Ses mains étaient d'un rouge violacé car le sang n'y circulait presque plus. Ses pieds étaient également attachés au fauteuil par le même genre de lien. Il ne pouvait pas bouger d'un poil. Ses yeux étaient grand ouverts et regardaient fixement l'homme s'approcher de lui, un petit couteau dans la main.

L'homme était presque sur lui, maintenant.

—Pitié, arriva-t-il à dire d'une voix mourante. Pitié. Je ne vous ai rien fait.

Saül éclata de rire. Un rire violent, fort, qui envahit brusquement toute la pièce. Un rire forcé et volontairement effrayant.

— Tu ne m'as rien fait, charogne ? Non, TOI tu ne m'as rien fait. Mais, TOI tu fais à d'autres. Jésus a dit : « Ne fais pas aux autres ce que tu ne voudrais pas que l'on te fît ». Tu le sais ça ? Charogne ! Tu le sais ce qu'il a dit ? Et vous, tous les marchands du temple, vous vous empressez de faire du mal. Mais, tu vas être puni.

L'homme tremblait de tous ses membres. Il jeta un regard suppliant au tortionnaire.

— Ah ! Ah ! Aaah ! Tu as peur, hein ? Et tu crois que tes enfants n'avaient pas peur, le soir, dans leur lit. Tu crois qu'ils ne tremblaient pas, eux aussi, quand ils t'entendaient monter pour entrer dans leur chambre ?

— Je ne leur faisais rien, pitié. C'est eux qui me provoquaient.

— Aaaah ! Je le savais que tu dirais ça, espèce de bordille.

Saül était au bord de l'hystérie. Il agitait dans tous les sens sa main porteuse du couteau. Celui-ci passait et repassait devant le visage du prisonnier, le frôlant chaque fois et l'évitant de justesse.

— Tu ne leur faisais rien ? Qu'est-ce que tu entends par rien ? Hein, dis-moi ce que tu entends ! C'était rien de te faire tripoter tous les soirs par ton fils ? Ou de t'envoyer ta fille ? Sans compter les coups que tu leur donnais, les menaces et tout le reste.

— Mais…

— Ne discute pas, saloperie !

— Je vous jure que…

— Ne jure pas, immonde vicieux. Je vais te faire comprendre ce que tes enfants ont enduré. Jésus a dit qu'il ne fallait pas blasphémer et toi, tu veux jurer. Jurer quoi, d'ailleurs ?

Au comble de l'excitation, Saül allait et venait dans la petite pièce. Il donnait des coups de pied dans les objets se trouvant sur son chemin, tournait, retournait sur lui-même. Puis il s'arrêta et sembla réfléchir un instant. Quand il se remit à marcher, ce fut lentement, très lentement, comme au ralenti, le couteau en avant, au bout de son bras.

Le prisonnier suait de grosses gouttes. Celles-ci naissaient sur son front et dégoulinaient le long de son visage blême. Il tremblait, tendu à l'extrême. Ses bras tiraient sur les liens le retenant aux accoudoirs et devenaient de plus en plus violets. Sous le fauteuil une flaque de liquide s'agrandissait.

Constatant le fait, Saül se mit à rire aux éclats.

—Tu te pisses dessus, hein, mon salaud ! Il est temps que tu saches que le jour de la vengeance divine vient d'arriver pour toi. Tu vas périr petit à petit, douuucement... lennnntement... Je vais te détruire comme tu as détruit le cerveau fragile de tes enfants en les menaçant de tuer leur mère s'ils racontaient ce que tu leur faisais.

L'homme pleurait en silence. Sa poitrine était soulevée par des spasmes qu'il n'arrivait pas à contenir.

Saül s'en aperçut et lui remit le couteau sous le nez puis, il rentra la pointe dans une narine.

—Tu pleures, tu pisses ! Il ne manque plus que tu te chies dessus, espèce de larve.

L'homme n'osait plus bouger la tête. La pointe du couteau, enfoncée dans sa narine gauche, le titillait et il avait peur de faire le moindre geste. Saül fit tourner la lame et une goutte de sang glissa sur l'acier brillant, laissant une trace rouge et luisante.

—Je vous en prie ! Par pitié !

—Il n'y a plus de pitié. Ça n'existe plus. Tu vas subir le sort que tu mérites. Tu n'es qu'un marchand du temple.

Jésus a dit : « N'est-il pas écrit : Ma maison sera appelée une maison de prière pour toutes les nations ? Mais, vous, vous en avez fait une caverne de voleurs. ». Sais-tu à qui il s'adressait ?

Le prisonnier secoua la tête pour indiquer qu'il ne savait pas. Ses lectures n'étaient certainement pas bibliques.

—Bien sûr que tu ne le sais pas. Ça te passe bien au-dessus de la tête. Il s'adressait aux marchands du temple, aux vendeurs de pigeons, de bœufs, de brebis, aux changeurs et à toute cette racaille qui s'enrichissait, qui mentait, qui blasphémait. Mais, ce n'était pas l'homme qu'il voulait chasser, c'était l'hypocrisie, le mensonge, le vol, la violence. Exactement ce que tu as fait, toi, avec tes enfants. Mais, Moi, La Voix, je vais les venger. Je vais extirper de ta tête le démon du mal, je vais t'exorciser. Tu as été un faux jeton, un menteur, un voleur d'innocence, un violent.

Il tapait du pied, crachait des postillons. Son visage était cramoisi et sa voix emplissait le petit local.

—Je ne leur ai jamais fait de mal… tenta de plaider le prisonnier.

—Stooop… arrête. Si tu continues de mentir, je t'arrache la langue. Tu ne pourras même plus crier quand je vais te couper les couilles, quand je vais te découper le dos en lanières.

Brusquement, Saül qui maintenait toujours le couteau dans le nez, tira brusquement sur la lame et la narine s'ouvrit en deux. L'homme poussa un hurlement tandis qu'un flot de sang coulait sur sa poitrine. Puis, vaincu par la terreur et la souffrance, il sombra dans l'inconscience.

Saül constatant son état, trancha rapidement les liens et le coucha sur le sol de la caverne. Il se pencha et commença à le déshabiller. Le blessé ne donnait toujours pas signe de vie. Peu à peu, sa poitrine fut dénudée et

Saül, pour aller plus vite fit sauter tous les boutons du pantalon avec le couteau. Une fois nu, il le tourna sur le ventre, sans effort et lui écarta les bras et les jambes. Il se dirigea ensuite vers une vieille commode branlante et ouvrit un tiroir d'où il sortit un rouleau de corde.

Deux minutes plus tard, le blessé était attaché, écartelé, face contre terre. Sa narine continuait de saigner et une petite flaque de sang s'étalait sur le sol de terre battue. Malgré son évanouissement, il était secoué par des spasmes violents et Saül mit un pied sur son dos pour le maintenir. Les bras et les jambes, attachés, étaient reliés à quatre barres de fer enfoncées dans le sol.

Saül, sans se presser, retourna vers la commode ; il en sortit un sachet de cellophane scellé, deux gants de latex et retourna vers son prisonnier.

Il s'accroupit face au visage de l'homme et ricana lugubrement.

—Tu dors toujours ? Mais, je vais te réveiller. Ne crois pas que tu vas échapper à la souffrance. Tu vas ressentir jusqu'au moindre coup de scalpel. Regarde !

Il avança sa main et secoua violemment l'homme évanoui. Celui-ci sous la secousse ouvrit les yeux et réalisa d'un coup qu'il ne rêvait pas.

—Mon Dieu, dit-il.

Le sang avait dégouliné sur sa joue et sa bouche. Un filet de bave rougeâtre et gluant le reliait au sol.

—Tu vois ce sachet ? cracha Saül en le lui mettant sous le nez. Tu le vois ? Tu ne sais pas encore ce qu'il y a dedans ? Eh bien regarde ! Ouvre grand tes yeux et regarde.

L'homme gémissait et des bulles rouges se formaient devant sa bouche. Il suivait des yeux le moindre mouvement de son tortionnaire, l'air éperdu.

—Tu vois, tu fais comme chez le dentiste. Tu ne peux pas bouger la tête alors tu bouges les yeux, jusqu'à loucher, pour voir ce que je fais. Regarde, j'ouvre le sachet et qu'est-ce que j'en sors ? Un scalpel, mais ne t'inquiète pas, il n'est pas contaminé, il n'a jamais servi. Je vais te découper le dos proprement. J'ai quatre ans d'études de médecine et je sais le faire.

Il posa le scalpel sur la fesse du prisonnier qui frémit sous le contact froid, puis il enfila sèchement ses gants.

Il était au comble de l'hystérie, sa bouche se tordait et bavait. Il approcha la main du bas du dos de son prisonnier, reprit la lame entre deux doigts et posa le tranchant en haut de la raie des fesses. Le captif se raidit et son fessier se durcit. Malgré tout, la lame s'enfonça comme dans du beurre, faisant éclater la peau et laissant apparaître l'épaisseur d'une couche de graisse. Le sang commença à couler et se répandre sur le sol.

— Putain, mon cochon, tu saignes comme un goret !

Un hurlement répondit à ces mots. Un hurlement de terreur, de souffrance, d'angoisse. L'homme était passé par plusieurs stades. Il avait d'abord eu une terreur sans nom, puis, il avait un instant repris espoir, croyant que l'homme ne mettrait pas sa menace à exécution. Ça paraissait énorme, incroyable. Ça ne se voyait que dans les films. Puis, nu sur le sol, la peur, insidieuse, était remontée le long de son corps, avait envahi son cerveau, le noyant sous une décharge d'adrénaline. Il ne savait plus où il était, il ne se rendait plus compte de rien. La lame qui s'enfonça dans sa chair le surprit tout d'abord, puis vint la douleur qui lui arracha une longue plainte, un hurlement affolé. C'était donc vrai, il mettait sa menace à exécution.

Saül, maintenant, remontait tout doucement la lame le long de la colonne vertébrale et la chair éclatait et se fendait en deux au passage du tranchant. Les lombaires étaient rouges du sang qui coulait en rigoles et s'étalait en une large flaque sous les flancs du supplicié.

Il s'était à nouveau évanoui. Sa peau était sectionnée jusqu'au milieu du dos, entre les omoplates.

Saül se redressa et se dirigea à nouveau vers la commode sur laquelle il prit un paquet de gros sel.

Un sourire sardonique aux lèvres, il revint vers l'homme évanoui.

— C'est maintenant qu'on va rire, dit-il.

Sa voix, brusquement changea d'intonation. Elle devint caverneuse et retentit lugubrement dans le petit local.

— *Maintenant, je vais continuer à t'ouvrir jusqu'au sommet du crâne, pauvre idiot. Jusqu'au sommet du crâne et au bout des bras. Puis, je vais fendre la peau de tes couilles et les couper. Je suis La Voix et je l'ordonne à Saül. Après il va te recouvrir de gros sel et tu n'as pas fini de souffrir. Nous allons nous amuser tous les deux, au nom du fils !*

CHAPITRE X
Samedi 25 avril 2009, 7h30

Gabriel referma en douceur la porte blindée de son appartement. Il ne voulait pas réveiller Johanne par le claquement sec et sonore de la serrure.

Normalement, il aurait dû rester chez lui ce samedi. Normalement, il devrait même être en voyage de noces, mais rien n'était normal dans cette histoire.

L'ascenseur arriva à son étage avec un chuintement feutré et la porte s'ouvrit. Gabriel y pénétra et appuya sur le bouton : Parking.

Son commissariat était fermé le samedi et il comptait se rendre à l'Evêché, le central de la police de Marseille, pour glaner des informations. Machinalement, il consulta son bracelet-montre. 7h35. Il n'y avait pas beaucoup de circulation et il arriverait vite à l'évêché, ce qui lui permettrait de ne pas rencontrer d'anciens collègues. Il n'avait pas envie de perdre du temps en discussions stériles.

—Tiens, Darmon, comment ça va ?

—Ça se passe bien à ton nouveau poste ?

—Et ton mariage ? On attend toujours les dragées.

Ce serait ce genre de questions réponses tout le long des couloirs et il tenait à les éviter.

À cette heure, la première moitié de la Corniche fut vite franchie et il passa par l'avenue des Roches et la colline Saint Victor pour éviter les ralentissements du quartier du Petit Nice. À mi-chemin de l'avenue de la Corse, il tourna à droite pour emprunter le tunnel sous le Vieux-Port. Au bout de celui-ci, la bâtisse majestueuse et imposante de la cathédrale de la Major apparut dans toute la splendeur de ses pierres zébrées.

Le commissariat central était juste en face, à l'entrée du plus ancien quartier de Marseille : Le Panier. C'est là qu'était censé se passer le feuilleton populaire *Plus belle la vie* qui n'avait absolument rien à voir avec Marseille et la vie des Marseillais. La place des treize cantons était, en effet, loin de ressembler à l'image qu'on en donnait dans la série.

Gabriel songea à Jeremy, grand râleur devant l'éternel, qui lui disait souvent :

« Je ne suis pas de Marseille et je n'ai vu de ce feuilleton, en zappant, que des images rapides, mais le peu que j'ai vu ne me rappelle pas Marseille. Ça donne une mauvaise impression d'une ville qui, somme toute, est magnifique et n'a pas besoin de bâtiments et de belles constructions, pour ressortir comme un diamant dans l'écrin de la méditerranée.

— Tè, bien sûr, lui répondait-il alors, ils parlent tous le parigot ou alors avec un « assent » marseillais qui sort tout droit de chez un professeur de diction ».

— Hé, Darmon, qu'est-ce que tu fabriques, à traîner dans nos couloirs, un samedi. C'est pas shabbat chez toi ?

Gabriel ce retourna et vit un copain de promotion qui avait échoué à l'examen de commissaire. Il était inspecteur à l'évêché et semblait s'en contenter.

— Bonjour Espéranza. Bien sûr que c'est shabbat mais le travail avant tout. Je suis sur une sacrée enquête et ça débute mal.

— Crénom ! Tu changeras pas, toi ! Venir le samedi pour travailler. Putaing ! Je te garantis que si j'étais pas de permanence, le commissariat il pourrait toujours se brosser.

— J'ai un super crime sur les bras. Probablement un tueur en série.

— Oh ! Coquin de sort ! Y manquait plus que ça, tè. Et c'est quoi, ce crime ?

Gabriel qui s'était arrêté pour lui serrer la main, lui donna deux tapes amicales sur l'épaule. Il savait qu'Espéranza, sous ses faux airs de « je m'enfichiste » et « d'amuseur de galerie », était consciencieux et travaillait dur pour se représenter au concours.

— On a trouvé un cadavre à la campagne Pastré, tout nu, dans le canal, la bouche cousue avec du fil à coudre et un message dans le cul.

— « Putaing » ! explosa Espéranza, rien que ça, tè. Et qu'est-ce qui disait, ton message ?

— « J'ai accompli mes desseins sur cette ville pour son malheur et non pour son bien », voilà ce qu'il disait. Si tu as une explication, je suis preneur.

Espéranza mit sa bouche en cul de poule et fit vibrer ses lèvres pour émettre un pet en signe d'ignorance.

— Ma foi ! dit-il, je ne vois pas ce qu'il veut dire. Mais, tu sais, il y a un proverbe qui dit « Lorsque le sage pointe la lune du doigt, l'imbécile regarde le doigt », ça doit être un truc chinois ou « quèque chôse » comme ça.

— Oui ! C'est peut-être de Confucius. Et alors ?

Gabriel ne voyait pas où il voulait en venir.

— Ça veut dire que toi tu cherches une « esplication » à ta phrase, mais cherche plutôt d'où il l'a tirée.

— Tu penses qu'il cite quelque chose ?

— Bê tiens ! C'est clair. Y faut faire attention à tout.

— « L'attention aux petites choses est l'économie de la vertu », dit en souriant Gabriel.

— Poil au cul, répondit Espéranza du tac au tac en se mettant à rire d'un rire gras. Avoue que c'est de circonstance, non !

— Quoi donc ?

— Le cul ! On a retrouvé un message dans son cul. Poil au cul...

Gabriel ne put s'empêcher d'éclater de rire, lui aussi.

— Tu as raison, il vaut mieux en rire, dit-il.

— « L'humour, c'est de savoir que tout, absolument tout, est drôle. Du moment que c'est aux autres que ça arrive ».

— D'où tu sors ça, encore ?

— Je sais pas. Je l'ai lu « quèque » part.

— Probablement sur un emballage de papillote. C'est bien beau, tout ça, mais ça ne m'avance pas.

Espéranza retrouva son sérieux et se mit à marcher, devançant Gabriel.

— Viens « avè » moi, gari[1]. J'ai peut-être « quèque » chose pour toi. Il me semble que j'ai vu un fax qui pourrait t'intéresser.

Ils parcoururent ensemble un dédale de couloirs, vieux et gris, pour arriver enfin dans une salle très grande, blanche, éclairée ad giorno et remplie d'ordinateurs, d'imprimantes et de fax. Quatre dactylos s'activaient devant les claviers.

Espéranza se dirigea vers une blonde plantureuse qui, d'emblée, attirait tous les regards.

— Chérie, dit Espéranza, je te présente le commandant Darmon.

La blonde releva à peine les yeux de son clavier puis, elle

1. Terme affectueux qui peut signifier « collègue »

les reporta sur les touches après un bref signe de tête. Elle tapa deux mots puis, sembla réaliser que celui qu'elle avait pratiquement négligé valait mieux qu'un rapide coup d'œil.

Elle s'arrêta de taper et, cette fois, releva franchement la tête pour observer attentivement Gabriel, sur la bouche duquel un léger sourire flottait.

—Je me disais aussi… remarqua Espéranza, c'est étonnant !

—Qu'est-ce qui est étonnant ? demanda la blonde en ébauchant un large sourire découvrant des dents blanches ourlées de deux lèvres pulpeuses et gourmandes.

—Que tu te remettes à taper tout de suite, ma chérie.

—Je t'ai déjà dit de ne pas m'appeler comme ça. Je m'appelle Marie.

—Je ne m'y ferai jamais. Le moins qu'on puisse dire c'est que ton prénom te va aussi bien qu'un string à un évêque.

L'image d'un évêque en string fit éclater de rire Gabriel qui s'écria :

—Ça peut arriver, tu sais. Même le Pape… Imagine-le en caleçon seulement !

—Tu sais, ma poule, dit Espéranza, je te verrais plutôt en Mylène ou Marylin ou un machin dans ce genre.

Marie pinça les lèvres et secoua sa tête de droite à gauche avec un air désolé.

—Vous savez, dit-elle à Gabriel, c'est un inébranlable déconneur.

Espéranza repartit de son rire communicatif. La perche était trop grosse pour la manquer.

—Inébranlable, oui. Mais, pas imbranlable !

Cette fois, elle écarta les bras d'un air d'abandon.

—Il est irrécupérable. Bon, maintenant si tu me disais ce que tu veux.

Espéranza se calma progressivement et retrouva son

sérieux.

— Le classeur des fax qu'on reçoit et dont on n'a pas l'utilité, où il est ?

— Je vais te le chercher.

— Tu te souviens de ce fax, assez vieux et bizarre qui nous avait attiré mais dont on n'a jamais trouvé la réponse ?

— Oui, il me semble, mais ça remonte à trois, quatre ans. Je crois même qu'il y en a un plus récent, de l'an dernier. Je vais te les chercher.

Elle revint au bout de cinq minutes avec deux lourds classeurs écornés sur les bras.

— Il y a de quoi faire, dit-elle.

— Tu vas nous aider, hein, ma poule !

Marie leva les yeux au ciel et poussa un soupir d'abandon.

— Bien sûr que je vais vous aider. C'est demandé si gentiment. Que recherchez-vous exactement ? questionna-t-elle en se tournant vers Gabriel dont le visage séduisant attirait irrésistiblement ses regards.

— Nous avons eu un crime bizarre il y a une semaine. La victime avait un message dans la raie des fesses, la bouche cousue et était gonflée avec du vinaigre.

— Brrrr ! Elle a dû passer un sale quart d'heure. J'aurais quelque chose qui pourrait être semblable. C'est vrai que ça fait longtemps, mais il y a des similitudes.

Gabriel dressa l'oreille. Se pourrait-il que l'assassin ait déjà sévi à Marseille et tué plusieurs personnes sans qu'on ait fait de rapprochement. À moins que ce ne soit dans d'autres villes…

Marie et Espéranza s'étaient installés sur un large bureau couvert de documents et feuilletaient chacun un classeur. Gabriel était penché par-dessus leur épaule et suivait chaque mouvement, chaque arrêt sur un rapport ou un fax. Marie se tenait bien droite et Gabriel était attentif également à la vue plongeante qu'il avait sur le haut de sa poitrine. Il se dégageait de la jeune femme un parfum subtil et entêtant qui venait chatouiller son odorat. Il se recula d'un pas.

—Alors ? dit-il au bout de vingt minutes.

—Fan de chichourle[1], sois pas si impatient. On n'est pas bien, là ?

Effectivement, constata Gabriel, Espéranza ne pouvait que reculer le moment de découvrir les documents. Sa chaise était contre celle de Marie et leurs cuisses se touchaient assez intimement.

Après plusieurs nouveaux arrêts, plus ou moins longs, sur des documents, Marie s'écria :

—J'ai quelque chose !

—Moi aussi ! enchaîna Espéranza.

—Quoi ? demanda Gabriel.

Marie souleva le levier du classeur et en retira un fax mal imprimé sur un papier glacé. Un des trous était déchiré. Espéranza avait fait de même et lui tendait un autre document, mieux imprimé. Gabriel saisit le premier des deux et chercha des yeux une chaise.

—Tiens, fit l'inspecteur. Assieds-toi là.

Gabriel s'exécuta et se mit à examiner le feuillet. Il datait du 16 novembre 2005 et relatait un crime à Albi remontant, d'après le légiste, au 5 novembre 2005. Il y avait aussi un message plastifié enfoncé dans la bouche cousue avec du fil de nylon. Ce message était moins laconique que celui qui était en possession de Gabriel. Il comportait deux phrases dont une assez longue bien que sibylline.

« *Et il rendit son dernier soupir. Ce fut le dernier souffle de sa vie* ».

Et

1. Littéralement : « enfant de jujube ». Terme affectueux

« Je prépare contre vous un malheur. Je forme un projet contre vous. Que chacun renonce donc à sa mauvaise conduite ! Mais, chacun agira conformément aux penchants de son mauvais cœur.

I.N.F. »

La victime avait travaillé durant quelques années comme souffleur de verre à Biot, avant de se retrouver au chômage. L'homme était né le 25 mai 1972, était marié et avait une fille.

—Je me souviens, dit Espéranza, à l'époque on a pensé que le dernier souffle se rapportait à la façon dont il avait vécu car il était souffleur de verre. À part que là, on lui a soufflé au cul.

Gabriel arrivait, effectivement, à ce passage relatant la mort de la victime. D'après le légiste sa bouche aurait été cousue de son vivant et l'assassin lui aurait insufflé de l'air par l'anus. Il l'aurait gonflé avec une bouteille jusqu'à ce qu'il explose littéralement. En effet, le ventre était ouvert, les chairs déchiquetées et l'on avait retrouvé des intestins sur dix mètres, il y avait du sang et des matières fécales jusqu'au plafond de la pièce où on avait découvert le cadavre.

—On n'a rien fait ici, étant donné qu'Albi n'était pas de notre ressort et qu'on n'avait aucun crime comportant des caractéristiques identiques, à Marseille. On ne pouvait faire aucun parallèle.

—Et l'autre document ? demanda Gabriel.

—Tiens ! Espéranza tendit la feuille et Gabriel s'en saisit.

Il s'agissait, cette fois, d'un crime en Avignon. Le cadavre avait été retrouvé le dimanche 10 août 2008 en bas de la Tour de la Campagne, au pied du Palais des Papes. On a pensé à l'époque qu'il y avait été déposé de façon à faire croire qu'on l'avait jeté du haut de 60 mètres.

Il avait été torturé lui aussi, sa langue arrachée et il y avait un message dans sa main repliée, tenu par les doigts collés avec de la cyanolite. Le texte du message disait :

« Je ferai naître en vous un sentiment continuel de honte et de regret qui ne s'oubliera pas ».

Puis, une autre phrase :

« Plus on s'élève et plus dure sera la chute

I.N.F. »

La victime, cette fois, était un avocat réputé que l'on voyait souvent faire des apparitions à la télé. Il plaidait des causes indéfendables et s'en tirait toujours avec des pirouettes pour gagner ses plaidoiries. Il était né le 5 juillet 1975, était marié et avait trois filles et un garçon. Il était promis à une belle carrière.

—Putain c'est lui, il n'y a plus de doute, s'exclama Gabriel. Il a signé ses forfaits. De plus ces crimes sont de la même facture. Et ils ressemblent bizarrement à celui de Pastré. Ça nous en fait trois. On va pouvoir les comparer. Je peux emporter ces documents ? ajouta-t-il en regardant Marie d'un air ravageur.

Sous son regard enjôleur, elle rosit.

—Je vais vous en faire une photocopie, dit-elle. Normalement on ne peut pas car il faut économiser le papier, pour cause d'économies tous azimuts. Mais, pour vous…

—Hé, ho ! s'écria Espéranza, le commandant s'est marié la semaine dernière. C'est un novi ! Inutile de lui faire les yeux doux.

—Pffff ! N'importe quoi ! s'exclama Marie en haussant les épaules, ce qui eut pour effet de soulever ses deux magnifiques seins globuleux, puis, prenant les documents, elle se dirigea vers une photocopieuse en remuant volontairement les fesses, sachant que les deux hommes avaient leurs yeux braqués sur son postérieur

Lundi 27 avril 2009, 8h00

Gabriel arriva en trombe dans son bureau. Il avait roulé à tombeau ouvert sur le Prado et la plage. *Une fois n'est pas coutume*, s'était-il dit. En fait, il lui tardait de mettre noir sur blanc tout ce qu'il avait glané le samedi matin.

Il avait passé le reste de la journée et le dimanche en famille, bouillant d'impatience à l'idée qu'il détenait des éléments pouvant le faire avancer dans son enquête. Il sortait souvent les deux feuillets de papier et les examinait dans tous les sens espérant sans doute en tirer la quintessence. Mais, il avait beau les tourner, les retourner, essayer de comprendre à demi-mot ce que la même personne, apparemment, avait voulu dire avec les messages, il n'y arrivait pas. Il lui manquait son bureau et l'ambiance dans laquelle il avait l'habitude de travailler et de résoudre des énigmes. Il lui manquait tout ce qui constituait ses repères. Chez lui, il n'arrivait pas à raisonner correctement. Aussi, le dimanche matin, il avait plié les deux feuillets en quatre et les avait fourré dans son portefeuille dans un geste de colère.

Déjà une semaine qu'il traînait le boulet de cette affaire et il commençait à en avoir sa claque. Il arriva en catastrophe dans la cour du commissariat et freina à temps pour éviter deux agents qui sortaient.

Il claqua la portière de sa voiture d'un geste sec et s'engouffra dans le hall. Il y avait déjà trois personnes qui attendaient. Il monta l'escalier quatre à quatre, arriva dans son bureau et alla immédiatement s'asseoir et poser ses coudes sur la table. Il se sentit tout de suite mieux. Il n'y avait vraiment que là qu'il pouvait réfléchir, dans son domaine. Il attendit de se calmer en fixant la carte de Marseille, face à son bureau, ensuite son regard se porta légèrement à gauche, vers la carte de France.

Je crois que je vais bientôt avoir des punaises à planter dessus, se dit-il.

Puis, il sortit les fax, les étala sur la surface de travail et les examina. Ici tout était plus clair. C'était son environnement familier. Il se leva et se dirigea vers la droite, vers un paperboard et saisit le feutre bleu dans la rainure sous la feuille. Il commença à écrire, s'arrêta et retourna à son bureau, prendre le téléphone.

—Jeremy et Ariane sont arrivés ? demanda-t-il quand il eut là communication.

—À l'instant, commissaire, répondit la voix de l'agent de service. Ils sont là.

—Qu'ils montent immédiatement.

Il reposa le combiné et retourna vers le paperboard sans écrire. Les yeux fixés sur la page blanche, il réfléchissait, tournant dans sa tête tous les éléments en sa possession.

—Entrez, dit-il quand on toqua à la porte.

Ses deux adjoints entrèrent.

—Bonjour, Gabriel, dit Ariane.

Ce matin, elle était en jean collant et portait un chemisier qui avait du mal à cacher la bosse que faisait le pistolet sur son flanc.

—Bonjour Gabriel, renchérit Jeremy.

—Bonjour. Vous avez passé un bon week-end ?

—Pas trop mal. Notre enquête à Aubagne n'a rien donné. Elle n'a fait que confirmer ce que nous savions. Tu as des éléments nouveaux ?

—Venez, approchez-vous, on va voir ça ensemble.

Il tenait les deux feuilles et les brandissait sous le nez

de ses acolytes.

—Qu'est-ce que c'est, demanda Ariane.

—Une bombe atomique, répondit Gabriel.

Puis, il se mit à écrire tous les éléments qu'il possédait sur la victime d'Albi et d'Avignon et enchaîna avec celle de Marseille.

Peu à peu le texte prenait tournure. Quand il eut fini, il se tourna vers ses lieutenants et leur montra le tableau.

—Voilà tout ce que j'ai, dit-il d'un air satisfait.

Ébahis, Ariane et Jeremy regardaient ce que Gabriel venait d'écrire.

—D'où tu sors tout ça ?

—Secret professionnel. En tout cas, ça nous donne un bon début de piste. Depuis une semaine qu'on nage dans la choucroute...

Les deux lieutenants s'approchèrent du tableau pour mieux se rendre compte des éléments écrits.

—Qui est-ce qui t'a tuyauté ? insista Ariane.

Gabriel décida de ne plus les faire languir. Il était même étonné qu'ils n'y aient pas pensé.

—Samedi, je suis allé à l'évêché et un copain m'a sorti ça des archives.

—Mais, tu te rends compte que depuis 2005, on a un tueur en série qui court dans la nature. Car, c'est certain maintenant, ces trois meurtres sont de la même facture.

—Oui, et depuis samedi je ronge mon frein car il me tardait d'arriver au bureau pour commencer.

—2005, 2008, 2009 ! s'écria Ariane. Et dire qu'il y en a peut-être d'autres.

—C'est ce qu'il va falloir trouver, rétorqua Gabriel. Pour l'instant, on a ça et il faut l'étudier, faire des recherches dessus. Voilà tous les éléments que j'ai glanés.

Tous trois avaient les yeux braqués sur le tableau de papier. La feuille blanche quadrillée était remplie d'indications en bleu qui allaient, peut-être, leur donner un début de solution.

—Meurtre de Gérard Mion. Né le 25 mai 1972. Souffleur de verre. Marié, une fille. Tué le 5 novembre 2005 à Albi par insufflation d'air dans l'anus ayant occasionné l'explosion des viscères. Avait la bouche cousue.

Messages trouvés dans la bouche :

« Et il rendit son dernier soupir. Ce fut le dernier souffle de sa vie ».

Et :

« Je prépare contre vous un malheur. Je forme un projet contre vous. Que chacun renonce donc à sa mauvaise conduite ! Mais, chacun agira conformément aux penchants de son mauvais cœur ».

—Meurtre de Marc-Antoine Delavoix. Né le 5 juillet 1975. Avocat au barreau de Marseille, défendait les caïds de la drogue et les cas difficiles. Marié, quatre enfants : Trois filles, un garçon. Tué le 10 août 2008 à Avignon, apparemment par chute d'une très grande hauteur et déposé au pied d'une tour du Palais des Papes. Avait la langue arrachée.

Messages trouvés dans la main collée à la cyanolite :

« Je ferai naître en vous un sentiment continuel de honte et de regret qui ne s'oubliera pas ».

Et :

« Plus on s'élève et plus dure sera la chute »

—Meurtre de Noel Réveillon. Né le 15 décembre 1976. Viticulteur en dépôt de bilan. Des orages de grêle ont détruit ses vignes et il n'était pas assuré. Marié, deux filles. Tué le 18 avril 2009 à Marseille par ingestion de vinaigre et étouffement. Trouvé dans un canal, nu, la bouche cousue.

Message trouvé entre les fesses collées à la cyanolite :

« *J'ai accompli mes desseins sur cette ville pour son malheur et non pour son bien* ».

Sous la liste, il avait rajouté en grosses lettres rouges : « INF ».

Plongés dans leurs pensées, les trois policiers fixaient le tableau, espérant qu'il allait en sortir une réponse miraculeuse. Malheureusement rien ne venait.

—Il faut, se décida Gabriel, qu'on fasse des recoupements. De toute façon, on n'échappe pas à l'enquête de routine. Il faut savoir si les victimes avaient un ou des points communs, ce qu'elles ont fréquenté comme établissement scolaire, leurs antécédents. Tout sur eux, nous devons tout savoir.

Ariane approuvait de la tête, sans écouter, en fixant le tableau.

—Les enquêteurs, continua Gabriel, ont dû nous déblayer sérieusement le terrain. Les enquêtes qui ont été faites doivent nous apporter beaucoup d'éléments qui nous manquent. Nous allons faxer une demande aux gendarmeries d'Albi et d'Avignon et si c'est nécessaire nous nous déplacerons.

—Nous avons déjà, avec ce que tu as écrit, quelques éléments intéressants.

Ariane s'approcha de la feuille quadrillée et pointa du doigt les professions des victimes.

—Regardez, dit-elle, le premier, souffleur de verre, avait la bouche cousue, donc il ne pouvait plus souffler, de plus l'assassin lui a soufflé dans le cul avec une bouteille d'air comprimé. Et le message dit : « *Et il rendit son dernier soupir. Ce fut le dernier souffle de sa vie* ». On reste dans la respiration et le souffle.

—Oui, dit Jeremy

—Regarde le deuxième, il était avocat et a eu la langue

coupée. De plus il s'appelait Delavoix, il n'en avait plus de voix.

Un ange passa durant dix secondes. Les deux hommes assimilaient les propos d'Ariane.

—Oui, si tu veux. C'est une question de souffle, là aussi. Mais, les messages n'ont aucun rapport.

—Il était avocat et défendait les voyous. Porte ton attention sur le message : « *Je ferai naître en vous un sentiment continuel de honte et de regret qui ne s'oubliera pas* ». Tu ne trouves pas que c'est lié à son métier. Le sentiment de honte et de regret, c'est pour la défense des truands. Et : « *Plus on s'élève et plus dure sera la chute* ». C'était certainement pour faire comprendre que, malgré sa situation élevée, il n'était pas à l'abri de la mort.

—Oui, mais toujours aucun rapport avec le souffle.

—Tu as raison, concéda Ariane.

Gabriel ne disait rien. Il regardait les duettistes s'envoyer des arguments en se disant que, bien souvent, la solution était sortie de ce « brain storming ».

—D'autant plus, continua Jeremy, que la troisième victime, la nôtre, n'a aucun lien, apparemment, avec les autres de par la façon dont elle a été tuée.

—Mais, oui, s'écria Ariane, la bouche était cousue, comme le premier.

—Le premier, c'est pour l'empêcher de respirer, alors que le dernier c'est pour qu'il ne régurgite pas le vinaigre.

Il y eut un nouveau moment de silence où chacun resta plongé dans ses pensées. Ce fut Ariane, encore une fois, qui le rompit.

—Bien sûr, le vinaigre ! Il a bien été tué, ou tenté d'être tué avec du vinaigre, non ?

—Oui ! Et alors ?

—Et alors ? Mais, il était viticulteur : il faisait donc du

vin. Du vin… du vinaigre… vous ne voyez pas le rapport ?

Jeremy réfléchit un instant, l'air sceptique, peu convaincu.

—Admettons, dit-il. Le meurtre aurait donc, là-aussi, un rapport avec la profession.

—Je ne vois rien d'autre.

—Et pourquoi aurait-il tué un souffleur de verre, un avocat et un viticulteur ? Le mode opératoire est peut-être lié à la profession mais il n'a aucun sens et ne fait pas avancer notre schmilblick. Résultat : retour à la case départ.

Gabriel se décida enfin à mettre sa petite pierre sur l'édifice. Il s'approcha du tableau, prit le marqueur bleu et écrivit :

MION : 25 mai 1972. Mort le 5 novembre 2005.

DELAVOIX : 5 juillet 1975. Mort le 10 août 2008.

RÉVEILLON : 15 décembre 1976. Mort le 18 avril 2009.

Puis, en-dessous uniquement les dates :

1972-2005, 1975-2008, 1976-2009.

—Vous ne voyez toujours rien ?

—Oui ! Oui ! Je vois, s'écria Ariane d'une voix aigue.

—Qu'est-ce que tu vois, madame Soleil, se moqua Jeremy.

—Ce que je vois ? ricana Ariane, c'est qu'ils sont morts au même âge. Et vlan ! Prends-toi ça dans les gencives.

—Et moi, ce que je vois, rétorqua Jeremy, c'est que leur initiale fait : « M.D.R. ». Les cadavres ne sont certainement pas « morts de rire ».

—Ariane a raison, interrompit Gabriel. Tous les trois avaient trente-trois ans.

—C'est une coïncidence. Ça ne nous avance à rien.

—Non, Jeremy ! On va pouvoir orienter les recherches dans ce sens. Ils sont peut-être allés à l'école ou au lycée ensemble.

—Ah oui ! C'est vrai, reconnut Jeremy. Ils

ont peut-être fait des conneries ensemble et ils le payent maintenant. Tu sais ce genre de truc qu'on voit dans les séries B américaines : un groupe de lycéens violent une fille et quinze ans plus tard elle se venge en les tuant les uns après les autres.

— C'est ce qu'il va falloir trouver. Il faudra aussi se plonger dans la signature : « INF » veut certainement dire quelque chose.

— Oui, Gabriel. Soit il se désigne par ces initiales, soit ce sont les initiales d'une phrase de trois mots. Souvenez-vous de ce fou qui était entré dans une école maternelle, il y a une dizaine d'années. Il avait pris une institutrice et des gamins en otages. Il signait « HB ». Je ne me souviens plus très bien mais quand il est mort je crois qu'on l'a trouvé bardé d'explosifs. « HB » voulait simplement dire : « human bomb » en anglais, autrement dit : bombe humaine. Je crois qu'on va avoir un sacré travail de décryptage. Si en plus c'est écrit en anglais.

— C'est parti, dit Ariane. Les limiers sont lâchés. Ils ont un os à ronger.

— De toute façon, il n'y a rien d'autre pour l'instant, répondit Gabriel. Il faut se contenter de ça. Jeremy, tu vas faxer à Albi et Avignon les demandes de renseignements. Toi, Ariane, va trouver le juge d'instruction pour qu'il te donne une commission rogatoire. Il faut qu'on fasse une perquisition chez ce viticulteur d'Aubagne. Il ne me paraît pas bien net et…

— Mais, nous en venons !

— Eh bien ! Tu y retour…

La porte claqua, lui coupant la parole. Jeremy était déjà parti dans son bureau pour obéir à son chef. Cinq minutes plus tard, il revenait avec un journal à la main, l'air abasourdi.

— Déjà de retour ? dit Gabriel.

— Patron, j'ai pris le journal à l'agent de service.

— Il a bien le droit de le lire, non ?

— Oui, mais regarde.

Jeremy s'approcha, suivi d'Ariane. Il posa presque religieusement le quotidien *La Provence* sur le bureau, devant Gabriel. Celui-ci s'en saisit et l'article, entouré de feutre rouge, lui sauta immédiatement aux yeux.

« *MEURTRE DE SAISON.*

Le corps d'un horticulteur de la région nantaise a été trouvé, vendredi 24 avril 2009, dans une serre lui appartenant. Le peu de renseignements que nous ayons réussi à obtenir nous indique que cet homme était allongé sur le ventre, les bras en croix, sur une longue plate-bande de muguet qui venait tout juste de fleurir pour le premier mai. Son dos était lacéré de coups de couteau et ses testicules, coupés, étaient enfoncés dans sa bouche. Il baignait dans une mare de sang.

Selon les déclarations des proches, la victime n'avait pas d'ennemi. La police se perd en conjectures et n'a vraisemblablement pas de piste.

Nous serons informés de l'évolution de l'enquête par notre envoyé spécial ».

— Eh bien, voilà ! Ça continue, s'écria Gabriel. Nous voulions des meurtres, nous en avons quatre maintenant, dont un tout frais. Ça confirme bien nos suppositions, on a affaire à un tueur en série. Je vous donne une heure pour aller préparer un petit sac de voyage. Jeremy, tu vas à Avignon demander des précisions sur la mort de l'avocat. Je veux savoir exactement comment il l'a tué. Puis, tu viendras à Nantes où nous allons Ariane et moi. Exécution !

Deuxième partie

Liste mortelle

CHAPITRE I
Mardi 28 avril 2009, 10h00

Le corps était encore à la morgue de Nantes et il y avait six étudiants qui observaient le grand patron, le commissaire nantais et les deux flics, venus tout exprès de Marseille. Ariane avait toutes les peines du monde pour faire bonne figure devant ce panel de docteurs en herbe. En fait, elle avait envie de prendre ses jambes à son cou.

Le cadavre était allongé sur le dos et son visage, jeune, reflétait une horrible peur et une souffrance atroce. « Pas plus de trente-cinq, quarante ans », pensa Gabriel. Lui aussi tentait de donner le change et il observait les étudiants, décontractés, presque souriants.

L'atmosphère, comme toujours dans ces endroits-là, était lourde et pesante, mais ne semblait pas gêner les externes qui se lançaient, à voix basse, des plaisanteries grivoises.

Sur le gros orteil du pied droit, une étiquette était attachée. Gabriel s'en approcha et la saisit pour lire l'inscription : Antoine, Auguste, Aurélien Chalosse. Né le 31 décembre 1975 à Nantes. Divorcé. Une fille.

Le commissaire regarda Ariane, fit une moue et un léger signe de tête pour qu'elle s'approche. Celle-ci comprit l'invitation et, discrètement, recula de deux pas pour regarder l'étiquette. Son air surpris n'étonna pas Gabriel qui connaissait l'esprit rapide de sa subordonnée.

—Alors ? questionna-t-il en s'approchant de son oreille.

—Un peu plus de trente-trois ! souffla-t-elle.

—Oui, et ça confirme nos suppositions. Nous avons affaire au même meurtrier. Apparemment, il ne tue que des hommes entre trente et trente-cinq ans. Pourquoi ? C'est à nous de le trouver. J'ai l'impression que si on comprend le cheminement de son cerveau, nous le découvrirons rapidement.

—Vous avez des indices ?

Le commissaire nantais s'était tourné vers les deux policiers marseillais et les regardait d'un air interrogateur.

Pour lui, l'affaire était trop récente. Un cadavre tout frais de vendredi... Avec le week-end au milieu, il n'avait pas encore eu le temps de récolter assez d'éléments et la venue de ses deux collègues était du pain béni. D'autant plus qu'eux aussi étaient confrontés au même genre de meurtre depuis dix jours.

—Pour l'instant, pas grand-chose, chuchota Gabriel. On commence à peine à déblayer le terrain.

—Messieurs, j'ai besoin de l'un de vous.

Le médecin légiste, un homme de cinquante ans, grand et bedonnant, habillé d'une longue blouse blanche, parsemée de quelques taches rouges, s'adressait aux étudiants.

—Il faut retourner la victime sur le ventre. Le plus intéressant est dans le dos, ajouta-t-il d'un ton ironique.

Le cadavre d'Antoine Chalosse était d'un blanc laiteux. Il sortait du frigo et sa chair avait l'aspect blanchâtre des morts par immersion dans de l'eau glacée.

—Avant de le retourner, je vous fais remarquer que des fragments de terre avaient adhérés aux traînées de sang collées sur la poitrine, ce qui me fait dire qu'il était nu et allongé sur le sol, ajouta le médecin. Vous remarquerez que son corps n'a pas subi de meurtrissure de ce côté.

—À part… ça !

Une petite étudiante, brune aux cheveux courts, coupés à la garçonne, désignait d'un doigt timide le bas ventre du cadavre. Le médecin eut un sourire rapide et ses yeux firent le va et vient entre la jeune femme et le sexe de Chalosse. Le pénis pendait lamentablement sur les bourses, flasques et vidées de leur contenu.

—Effectivement, et mademoiselle fait bien de nous le faire remarquer, les testicules de la victime ont été sectionnés. Proprement, il faut l'avouer. Le plus comique, si l'on peut dire, c'est que je les ai retrouvés dans sa bouche. L'assassin a ouvert les bourses avec un scalpel et tranché le canal séminal.

—Est-ce que la victime était morte ? demanda un jeune homme.

—Vous voulez dire quand on lui a fait ça, je présume ?

—Ouais, quand on lui a coupé les couilles !

Un murmure de rires, vite réprimé, parcourut l'assistance.

—Non, il n'était pas mort. Inutile de vous détailler les souffrances qu'il a dû endurer. D'ailleurs, il n'est pas mort à cause de toutes les blessures infligées. Je pense, et cela nous sera confirmé quand nous l'aurons ouvert, qu'il est mort, soit vidé de son sang, car il n'en a plus une goutte, soit par arrêt cardiaque dû à la douleur et la peur. Aidez-moi, s'il vous plaît !

Le docteur avait glissé ses mains sous le dos du cadavre et l'étudiant qui s'était approché, avait saisi le mollet gauche. Avec un léger effort, ils basculèrent Chalosse sur le côté et le laissèrent tomber, face en avant, sur la table d'examens en inox.

À la vue de son dos, un frémissement d'horreur secoua l'assemblée et un murmure s'en échappa.

Une ouverture avait été faite du début de la raie des fesses jusqu'au sommet du crâne. Au niveau de la base de la nuque, une autre ouverture partait, horizontalement, vers les extrémités des bras et s'arrêtait aux poignets.

Par endroit, la lame s'était si profondément enfoncée qu'on apercevait les vertèbres. L'os de la boîte crânienne, entaillé, avait dû crisser sous le fil métallique du scalpel. Tout le long de la plaie, la chair était bleuâtre et le corps semblait ne plus contenir de sang.

—Comme vous le constatez, dit le légiste, il a dû perdre tout son sang avec cette blessure et celle des testicules. Ça a certainement mis du temps, car il n'y a pas d'artères sectionnées et il s'est vu mourir. Je pense qu'il a perdu conscience plusieurs fois et que l'assassin l'a ranimé. D'autant plus qu'il a jeté du gros sel sur les plaies au fur et à mesure de son incision.

Gabriel poussa un soupir en gonflant ses joues. Il commençait à vraiment réaliser qu'il avait affaire à un fou furieux, en pleine crise de démence.

—Nous avons recueilli l'ADN des testicules. C'est bien celui de la victime. Par contre, il y a un autre ADN dessus. Probablement de la salive. Avant de les lui mettre dans la bouche, l'assassin a certainement craché dessus. Les prélèvements sont dans les mains de la police scientifique. Mais, nous avons gardé les testicules.

Il se retourna et désigna de son doigt ganté de latex, un bocal sur une étagère. Celui-ci contenait deux boules ovoïdes, de couleur légèrement ivoire nacré de rose et striées de veinules rouges. Elles flottaient dans une solution de formol.

Puis, le médecin reporta son attention sur le corps étalé.

—Maintenant, dit-il, nous allons à nouveau le retourner et je vais procéder à l'ouverture de la poitrine et de l'abdomen. Nous ne devons pas, malgré tout, négliger une autre cause probable de décès.

Il allait passer ses mains, à nouveau, sous les côtes de Chalosse, quand il se ravisa.

—Ah ! J'oubliais. Les bourses étaient vides de tous testicules, naturellement. Nous l'avons déjà dit. Mais, quand j'ai eu la victime vendredi, la peau était recousue, proprement, presque professionnellement. Comme un chirurgien l'aurait fait. J'ai coupé les fils et j'ai constaté qu'il y avait un morceau de papier à la place des testicules. Il était plastifié.

Gabriel se jeta sur le papier et le fourra dans sa poche en regardant, d'un œil noir et incrédule, le médecin légiste qui leur donnait cet élément comme une aumône.

Parfois ces médecins vivent dans leur univers, pensa-t-il. *Il ne se rend pas compte que ce qu'il vient de nous dire est primordial pour l'enquête.*

N'ayant plus rien à apprendre du cadavre, il était parti amenant dans son sillage sa collaboratrice et le commissaire nantais Stéphane Périssol. Il attendait avec impatience l'arrivée de Jeremy et des renseignements qu'il avait dû glaner sur la façon dont était morte la victime d'Avignon.

Il marchait d'un bon pas sur le parking de l'hôpital abritant l'institut médico-légal de Nantes. Derrière lui Périssol et Ariane peinaient à le suivre.

—Hé, collègue ! Vous avez le feu aux fesses, ou quoi ! Il n'y a pas de quoi s'exciter.

Gabriel stoppa net sa marche rapide et se retourna d'un coup.

— Ah, vous trouvez ! Un cadavre à Marseille, tué dans des conditions bizarres, un autre à Nantes, assassiné d'une façon aussi barbare... Deux meurtres qui n'ont apparemment aucune corrélation entre eux mais qui se ressemblent étrangement par la façon de procéder du tueur, par les souffrances infligées, par les messages laissés et vous trouvez qu'il n'y a pas de quoi donner le feu au cul ? Et je ne vous parle pas des cadavres d'Albi en 2005 et d'Avignon en 2008.

— Parce qu'il y a d'autres victimes ?

— Évidemment ! Si j'ai pris la peine de me déplacer avec mon équipe, c'est que j'ai trouvé bizarre ces crimes et qu'il doit y avoir des liens entre eux.

— Ça ferait donc quatre assassinats ?

— Et peut-être plus. Il va falloir que nous nous mettions à rechercher des crimes présentant les mêmes caractéristiques.

— Vous savez où diriger les recherches ?

— Non ! C'est ça le problème. Pour l'instant, j'attends mon adjoint qui doit arriver d'Avignon.

— Ah bon ?

— Il doit vérifier les conditions de la mort d'un avocat, en 2008. Il semble qu'il soit décédé de mort violente lui aussi et, probablement, torturé avant l'exécution. Comme le rapport était assez succinct, j'ai envoyé Jeremy en Avignon pour fouiller dans les dossiers classés. Je suis presque certain qu'il va nous rapporter quelque chose d'intéressant.

Le commissaire Périssol avait rattrapé Gabriel et ils avaient repris leur marche, de concert, à la même allure. La 407 n'était plus très loin.

— Hé, Gabriel ! demanda Ariane, qui avait profité de leur halte pour reprendre du terrain, où allons-nous, maintenant ?

—Je crois qu'il serait souhaitable que nous allions faire un tour sur les lieux du crime.

—Tout a été passé au peigne fin, s'insurgea Périssol. Notre équipe scientifique est arrivée assez rapidement...

Gabriel eut un geste tranchant de la main.

—Je préfère me rendre compte par moi-même, dit-il. Je ne doute pas qu'elle ait fait du bon travail mais en voyant la scène du crime je pourrais mieux imaginer ce qui s'est passé.

—Comme vous voudrez, concéda Périssol.

—Et cette terre dont parlait le légiste, est-ce que vous avez eu l'analyse ? questionna Darmon.

—Pas officiellement. C'est une terre calcaire, contenant de minuscules fragments de fumier, des microscopiques brins de paille et surtout des spores de champignons.

—Ça me parle, cette composition.

—Il semblerait, expliqua le commissaire, et j'emploie le conditionnel, il semblerait que ce soit une terre ayant servi à l'ensemencement d'une champignonnière.

—Oui, c'est bien ce que je pensais. Est-ce que vous en avez dans la région ?

—Pas à ma connaissance.

—Il va falloir faire des recherches.

Tous trois s'engouffrèrent dans la voiture de Gabriel. Ariane, à l'arrière, admirait la nuque de son chef. De temps à autre, quand celui-ci tournait rapidement la tête pour parler au commissaire, elle voyait son profil fugacement, son nez, légèrement busqué, ses yeux vifs.

Elle songea à sa femme, chanceuse, qui l'attendait à la maison. Puis, elle se révolta contre les idées un peu trop envahissantes qui la harcelaient en ce moment. Gabriel était marié et elle connaissait sa femme, Johanne, une femme très sympathique. Pourquoi se mettait-elle à la jalouser ? *Enfin, ne disons pas jalouser, se dit-elle, mais envier.* Ce n'était pas dans sa nature de vouloir prendre les hommes des autres. Pour chasser ces idées elle se mit à repenser à l'enquête et vit dans sa tête tout le déroulement de ces derniers jours. Les petites phrases trouvées sur les bouts de papier plastifiés étaient le plus intriguant. Elles faisaient penser à des crimes rituels et ce qu'ils découvraient, au fur et à mesure de l'avance de l'enquête, corroborait son intuition. En effet, elle l'avait appris à l'école de la police, bien souvent, les criminels tuant avec des motifs d'ordre sacré étaient des tueurs en série. Un crime religieux n'était jamais isolé.

Plongée dans ses pensées, elle entendait la discussion de Gabriel et de Périssol mais ne l'écoutait pas.

—En ce qui concerne le bout de papier, disait Gabriel, nous attendrons d'être au commissariat pour l'étudier attentivement.

Les trois mots : « bouts de papier » la firent revenir sur terre. Elle reporta son attention sur les deux hommes qui discutaient sur les sièges avant.

—Ce n'est peut-être qu'un détail, qu'une particularité de schizophrène et ça ne veut probablement rien dire, disait Gabriel, mais je suis persuadé qu'il nous donne des indices. Ces petits mots sont certainement très importants et proviennent tous de la même personne.

—N'oubliez pas que deux des crimes remontent à quatre ans, d'après ce que vous m'avez dit. Vous pensez vraiment que c'est le même homme ? Est-ce que ce ne serait pas un « copycat », un criminel reproduisant les crimes d'un assassin déjà arrêté ?

—Non ! Pour moi il n'y a aucun doute, c'est le même. Et je suis persuadé que nous allons découvrir d'autres meurtres. Il a tué en mai 2005, puis, en août 2008. Trois ans séparent ces deux crimes. Subitement, à quelques jours d'intervalle, il en perpétue deux autres.

—Selon vos explications, j'ai l'impression qu'il suit un plan établi à l'avance.

—Oui, répliqua Gabriel. Je suis convaincu qu'entre 2005 et 2008, il y a d'autres crimes. Pour l'instant je n'arrive pas à comprendre le déroulement de sa pensée, mais tout laisse supposer qu'il accélère ses actes criminels.

Ariane était tout ouïe.

—Effectivement, dit-elle en prenant part à la conversation. Trois ans entre le premier et le deuxième, puis, huit mois pour le troisième et, enfin, six jours pour le quatrième. Ça ne colle pas. Il n'y a pas de logique dans les écarts de dates entre les crimes.

—C'est ce qui me fait dire qu'il a dû faire d'autres victimes.

—Et le papier ? s'enquit Ariane.

—Nous le lirons tout à l'heure. Pour l'instant, il est dans le sachet.

La voiture roulait sur une petite départementale. Ils avaient quitté Nantes depuis un bon moment et, sur leur gauche, défilaient sans discontinuer des tunnels de plastique sous lesquels finissaient de fleurir les derniers brins de muguet. L'activité de cette zone était intense. Les ouvriers saisonniers entraient et sortaient de ces serres avec des cartons remplis de brins ou de feuilles pour les entasser dans des camions frigorifiques circulant dans un incessant va-et-vient. Une odeur lourde et entêtante se dégageait de ces lieux et semblait vouloir envahir toute la région.

—À gauche, dit Périssol.

Gabriel obtempéra et la voiture s'engagea sur un chemin vicinal, creusé d'ornières.

—C'est à trois cents mètres à droite. Vous prendrez le premier portail.

— OK !

Effectivement, une entrée se présenta. Les battants étaient ouverts et paraissaient bloqués par la végétation de mauvaises herbes qui avait envahi le chemin. Sur le fronton, au-dessus des piles soutenant les battants, un grand panneau métallique, à moitié mangé par la rouille, annonçait :

« PÉPINIÈRES CHALOSSE. Muguet : gros, demi-gros.

Vente de plants de légumes et de fleurs »

Les lettres étaient, par endroit, presque effacées et blanchies par le soleil.

— On dirait une entreprise qui s'en va à vau-l'eau, remarqua Gabriel.

— Ne croyez pas ça, rétorqua Périssol. Elle marchait au contraire très bien. Le muguet est une activité florissante et les plantes en plants se vendent comme des petits pains, au printemps. Maintenant, oui, il y a des risques que la société périclite. À gauche, ajouta-t-il, en désignant du doigt un long tunnel de plastique d'une cinquantaine de mètres.

Gabriel manœuvra et se gara devant l'entrée dont les portes transparentes, habituellement roulées, étaient dépliées et en barraient l'accès. De part et d'autre des deux tubes métalliques constituant le début de l'armature du tunnel, il y avait un ruban jaune estampillé : Police Nationale.

Les serres se succédaient sans discontinuer sur trois cents mètres. Entre eux, les intervalles, d'une dizaine de mètres, étaient la proie des hautes herbes envahissantes.

— Je vous préviens, ce n'est pas agréable à voir, dit Périssol en s'adressant surtout à Ariane.

— Oh ! Mais, ça ne me rebute pas. J'en ai probablement vu autant que vous, malgré ma courte carrière.

Le commissaire eut un sourire fugitif et ne releva pas la remarque d'Ariane. Il tira la grosse fermeture à glissière qui reliait les deux battants en plastique, en souleva un et passa la tête à l'intérieur.

—Qu'est-ce qu'il peut faire chaud, là-dedans, dit-il en se retirant. Et ça pue…

Puis, il s'engagea complètement, suivi de Gabriel et d'Ariane.

À l'entrée, de chaque côté, des outils de jardinage étaient posés sur des consoles sur lesquelles étaient éparpillés de petits tas de terreaux, des godets de rempotage et quelques griffes de muguet, tortueuses et desséchées.

À part l'allée centrale, de terre battue, les deux côtés du sol étaient recouverts de muguet en fleur. Les feuilles et les brins formaient un tapis d'une trentaine de centimètres de haut, ressemblant à une couche de neige fraîchement tombée. L'odeur tenace des clochettes s'abattit sur leurs épaules dès l'entrée. Ariane éternua deux ou trois fois et sortit un mouchoir en papier pour se moucher.

—Vous êtes allergique ? demanda Périssol.

—Jusqu'à présent, non, répondit la jeune femme. Mais, cette odeur est vraiment entêtante et donne le tournis.

—De plus, constata Gabriel, les deux extrémités du tunnel sont fermées et il n'y a pas de circulation d'air.

Ils avançaient tout en parlant et, subitement, Périssol s'arrêta et désigna, du menton, un endroit à dix mètres.

—C'est là. Ça pue de plus en plus.

Effectivement, plus ils s'approchaient, plus l'odeur écoeurante et douceâtre du sang prédominait celle, pourtant forte, du muguet. Ariane avançait, sa main devant le nez.

La nappe de fleurs blanches était comme écrasée et le contour de l'empreinte formait une croix : la silhouette d'un homme les bras écartés. Au fond de cette forme et s'étendant tout autour entre les pieds de muguet, une grande flaque rouge sombre, presque brun, s'étalait.

—Voilà ce qui pue ! dit Périssol. C'est écoeurant. Du sang, des litres et des litres de sang et avec cette chaleur d'étuve…

—Vous n'avez pas dit que le cadavre avait été déposé mort, sur les fleurs ?

—Oui, c'est ce qu'ont dit les experts de la scientifique.

—Dans ce cas, il ne devrait pas y avoir toute cette hémoglobine.

—Ouais ! C'est bizarre, surenchérit Ariane, la main toujours devant le nez.

—Effectivement, expliqua Périssol, Chalosse n'a pas saigné ici. Sauf quelques taches de son sang, le reste est du sang de porc.

—Tout ça ! s'exclama Gabriel.

—Oui, l'assassin doit en avoir répandu plus de dix litres.

—Mais, où se l'est-il procuré ?

—Vous savez, dans la région, il y a encore pas mal de fermes où l'on élève des cochons. Les paysans font leur propre charcuterie. Je présume qu'il suffit de leur faire miroiter quelques billets pour acheter, sans problème, le sang d'une ou deux bêtes. Ils sacrifient volontiers leurs boudins.

—Autrement dit, il a dû se balader avec deux jerricans remplis de sang.

—Probablement… plus le cadavre dans le coffre de sa voiture.

—Il a procédé de la même façon qu'à Marseille. Il a probablement transporté le cadavre sur une brouette, en pleine nuit et est reparti, tranquillement, sans être inquiété.

—C'est normal, constata Périssol, le portail est ouvert en permanence, il n'y a qu'à entrer...

La sonnerie d'un portable lui coupa la parole. Instantanément, tous deux portèrent la main à leur poche. Ariane avait déjà ouvert son sac quand Gabriel lui dit :

—Ne cherche pas, c'est pour moi !

Il s'éloigna de trois pas en sortant son téléphone de la poche intérieure de sa veste.

—Excusez-moi, dit-il à Périssol. Puis, se tournant vers Ariane : c'est Jeremy. Espérons qu'il arrive avec du positif.

Le portable collé à l'oreille, il écouta quelques secondes attentivement. De temps à autre, il prononçait quelques onomatopées en approuvant de la tête.

—Hum ! Ah ? Oui ! Et alors ?

Il marchait dans l'allée et faisait régulièrement demi-tour au bout de cinq mètres, puis, repartait. Son manège dura trois minutes puis, il raccrocha après un bref salut.

—À tout à l'heure. Nous arrivons. Ciao !

Il remisa le téléphone dans sa poche et se tourna vers les deux autres qui attendaient, l'œil interrogateur et des questions au bord des lèvres.

—Alors ? demanda Ariane.

—Il nous attend à l'hôtel. Il vient d'arriver. D'après ce qu'il m'a dit, il a pu glaner quelques renseignements intéressants mais qui ne feront pas plus avancer l'enquête. Je crois qu'ici aussi, il n'y a rien de plus à récolter.

—De toute façon, ajouta Périssol, tout sera dans le rapport qui va m'être transmis.

Une question subite arriva aux lèvres de Darmon.

—Périssol, est-ce que la famille de l'horticulteur habite sur place ? Est-ce qu'ils ont une villa dans le coin ?

—Non, sa femme et sa fille habitent une maison, mais en ville.

—Allons-y, j'ai deux ou trois questions à leur poser.

—Je vous y conduis. Ce n'est pas vraiment trop loin. On aura vite fait.

Effectivement, peu après la voiture de Périssol s'arrêtait devant un petit jardin recouvert de parterres de muguet. La maison était coquette, les murs en pierres apparentes étaient ornés de longues retombées de géraniums en fleur. Une femme était dans le jardin, devant un carré de salade, un petit couteau à la main.

—Madame Chalosse ? demanda Darmon à travers la grille de clôture.

La femme se releva en mettant sa main sur ses reins. Elle tenait une laitue fraîchement coupée et des gouttes de sève laiteuse tombèrent sur ses espadrilles.

—C'est moi, répondit-elle, surprise de voir deux hommes et une femme devant sa grille.

Puis, elle reconnut Périssol et eut un air de lassitude.

—Encore, remarqua-t-elle en soufflant, je vous ai tout dit. Je ne vais pas inventer, non !

Périssol glissa son nez entre deux mailles de la clôture.

—Mme Chalosse, j'ai avec moi deux policiers marseillais. Ils veulent vous entendre car à Marseille, il y a un meurtre qui ressemble fort à celui de votre mari.

—Entrez, invita-t-elle. Mais, nous restons dans le jardin, la petite est dans le salon et fait ses devoirs. Maintenant, qu'elle a la paix, il faut qu'elle oublie tout ce qu'elle a subi.

Tous trois entrèrent.

—Mme Chalosse, excusez notre intrusion, mais comme le commissaire vous l'a dit, nous n'avons pas un mais trois crimes identiques et nous pensons qu'ils peuvent avoir un rapport entre eux.

—Je vous écoute.

Elle enfouit ses mains dans les poches de son tablier gris et attendit.

—Nous vous présentons toutes nos condoléances, Madame. Dans ces moments dif…

—Je vous en prie, pas de simagrées. Mon mari est mort et j'espère qu'il est bien mort et qu'il grille en enfer.

—Vous n'avez pas l'air de le regretter.

Elle eut un rire forcé.

—Le regretter, moi ? Vous voulez rire. Avec tout ce qu'il nous faisait subir à la petite et à moi. Le regretter, et puis, quoi encore ! Et le pleurer peut-être, aussi ! Oui, je le regretterai car il faisait tourner les serres, il s'occupait de tout le travail de l'horticulture et l'argent rentrait bien. Maintenant, je vais devoir prendre un gérant, car j'y connais rien, moi, dans le muguet et la gestion de tout ça. Mais, je préfère qu'il soit mort. C'est bien fait !

—Que vous faisait-il ? Vous semblez le haïr.

—Ce qu'il me faisait ? Mais, monsieur, il me battait et me violait devant la petite, puis, dans la chambre de la pauvrette, il s'en prenait à elle. Il se faisait sucer, ce salaud et quand je lui parlais de police, il se mettait dans des rages folles. Si j'étais venue vous trouver, je crois qu'il aurait tué Émilie.

Gabriel et Ariane étaient cois. Ils se trouvaient devant la même situation que celle d'Aubagne. Un homme qui martyrisait sa femme et pratiquait des attouchements sexuels sur sa fille.

—À part ces faits, est-ce que vous n'avez rien remarqué de différents ces jours-ci.

—Comment ça ?

—Dans son comportement, par exemple. Plus excité, plus calme, content ? Je ne sais pas moi.

—Comment vouliez-vous qu'il soit calme et content. Sa nature était coléreuse. Il se battait avec tous ses collègues horticulteurs et nous avons quatre procès sur le dos.

—Est-ce qu'il a eu des visites, les derniers jours.

—Non. De toute façon, il envoyait promener tout le monde. Il avait fait le vide autour de nous.

—Vraiment, personne n'est venu le voir ?

—Je vous dis qu'il envoyait chi... Oui ! À la réflexion, vous avez raison ; il y a un mois un représentant est venu.

À ces mots, Darmon et Ariane se regardèrent.

—C'était un commercial, reprit la veuve, il vendait des pompes à chaleur. Il a tellement bien embobiné mon mari qu'ils sont partis ensemble visiter les serres pour voir s'il était possible d'en mettre.

—Il y a un mois, dites-vous ?

—À peu près.

—Si c'est bien lui, il prépare ses coups longtemps à l'avance. Comment était-il ? demanda Gabriel.

—Je serais incapable de vous décrire son visage. Je ne suis pas physionomiste et pour reconnaître quelqu'un, il faut que je l'ai vu au moins trois ou quatre fois.

—Mais, son allure ? questionna Ariane.

—Il était très grand, les épaules larges, des cheveux longs qui lui mangeaient la moitié des joues et il avait un long manteau noir. On n'était pas encore sorti de l'hiver. Il avait une serviette d'où il a pris des documents qu'il a laissés à l'autre brute.

—Tout se recoupe, dit Gabriel en s'adressant à Ariane. Est-ce que vous les avez gardés ?

—Oui ! Je pense qu'ils doivent être dans son bureau. Je vais vous les chercher.

Quand elle revint deux minutes plus tard, elle brandissait trois plaquettes de papier glacé et coloré qu'elle tendit à Gabriel.

Celui-ci porta directement son regard dans le petit rectangle en haut, à droite. Il y avait le même tampon comportant un nom : Lemaire, commercial. Aubagne.

—Même mode opératoire que pour celui d'Aubagne,

dit-il en regardant fixement Ariane. Il s'y prend décidément à l'avance. Tout est prévu et calculé dans sa tête. Il ne nous reste plus qu'à rejoindre Jeremy et rentrer à Marseille. Je pense que l'assassin y revient régulièrement. Ce n'est certainement pas là son point de chute, son repaire, mais il y a quelque chose qui l'attire.

CHAPITRE II
Mardi 28 avril 2009, 12h15

—J'ai faim ! Je meurs de faim ! furent les premiers mots de Jeremy pour accueillir ses compagnons.

—Ça attendra bien un quart d'heure, non ?

—On voit bien que vous n'avez pas roulé pendant plusieurs heures, comme moi, depuis ce matin.

Il regardait son supérieur et sa collègue d'un air narquois et provocateur. L'air de dire « Hein ! Dites le contraire et on verra ».

Il les attendait dans le salon de l'hôtel et à leur arrivée s'était levé d'un bond pour se précipiter vers eux.

—Je te propose une chose, dit Gabriel. On va prendre la voiture et chercher une pizzeria. Pendant ce temps, en roulant, tu nous raconteras ce que tu as déniché d'intéressant.

—Oh ! Vous savez, pas grand-chose.

—Ce Marc-Antoine Delavoix, comment est-il mort ?

—Tout à l'heure. Pour l'instant, partons.

Tous trois se dirigèrent vers la sortie de l'hôtel. Les portes s'ouvrirent en silence pour leur donner le passage.

Il pleuvait. La pluie tombait avec une violence inouïe, martelant les pare-brises, tambourinant les trottoirs en rebondissant pour éclabousser les habits des passants qui se dépêchaient de traverser le rideau liquide, la tête dans les épaules, protégée par un parapluie peu efficace.

La 407 n'était pas loin.

— Ça tombe comme à Gravelotte ! Il y a longtemps que je n'avais pas vu ça, cria Jeremy pour couvrir le crépitement de l'eau sur le toit de la voiture.

Il se jeta sur le siège passager imité par Ariane et Gabriel ; celui-ci mit le contact, démarra. Sans plus attendre, il questionna :

— Alors ?

Jeremy prit le temps de s'essuyer le visage avec un mouchoir en papier avant de répondre.

— Alors ? Que veux-tu que je te dise ? Les quelques renseignements que j'ai pu récolter en Avignon sont assez succincts mais ils corroborent tout ce qu'on supposait.

Les essuie-glaces n'allaient pas assez vite pour endiguer le flot qui tombait de plus en plus dru et l'eau circulait en torrent continu sur le pare-brise. Gabriel, penché vers l'avant, tenait le volant d'une main et de l'autre essuyait le voile humide qui se formait en permanence. Peu à peu, l'anti-buée se mit à agir et il put se remettre dans une position plus confortable pour conduire.

— Alors, demanda-t-il, la synthèse ?

Jeremy, du coin de l'œil, regardait les façades des magasins défiler, cherchant parmi elles une enseigne de restaurant.

— Comme je t'ai dit, c'est bien ce qu'on supposait. La gendarmerie qui a fait les constatations d'usage, a été appelée par un curé qui passait aux pieds des remparts, le matin, très tôt. Il avait découvert un corps désarticulé, gisant dans une mare de sang. La gendarmerie a noté que les membres du cadavre étaient complètement disloqués et présentaient plusieurs angles de déformation.

—Est-ce qu'ils ont pensé que c'était la chute qui avait fait ça ?

—Au début de l'enquête, oui. Tu ne tombes pas de soixante mètres sans te faire quelques égratignures, non ?

—Ensuite ?

—Le légiste qui a autopsié l'avocat a déclaré qu'il n'avait jamais vu ça. Les os des membres étaient brisés tous les dix centimètres à coups de barres de fer probablement, les bras et les jambes se pliaient dans tous les sens. Le foie était en bouillie, éclaté ainsi que la vésicule biliaire.

—Et bien sûr le monstre a fait ça du vivant de sa victime ?

—C'est ce qu'en a déduit le médecin. Le cadavre, hormis les endroits des coups qui étaient devenus verdâtres, était complètement jaune. Ce qui prouve que la bile a circulé dans le sang, donc il vivait encore mais plus pour longtemps. Les articulations étaient bloquées par l'état de rigidité post-mortem malgré toutes les fractures, donc le corps a été déposé au pied des remparts alors qu'il était mort. Probablement vers une ou deux heures du matin. Jusqu'à minuit, il y a pas mal de touristes qui circulent à cette époque. C'était le mois d'août et il fait chaud la nuit.

—Quelle horreur ! s'écria Ariane. Il lui a brisé les os de son vivant. Gabriel, il faut arrêter rapidement ce monstre avant qu'il ne fasse d'autres victimes.

—Tu sais, Ariane, les autres n'ont pas moins souffert. Ce psychopathe semble mettre un point d'honneur à faire passer l'enfer à ses victimes.

—Ce n'est pas nouveau, interrompit Jeremy. Quel intérêt pour eux de tuer sans souffrance ? C'est ce qui leur apporte la jubilation, la jouissance qu'ils n'arrivent pas à avoir normalement. Presque tous se régalent de violer leur victime alors qu'elle hurle de douleur.

—Ce qui n'est pas le cas pour notre homme. Il n'y a apparemment aucune violation sexuelle des victimes, quel que soit l'orifice. C'est certainement un impuissant qui ne peut éjaculer qu'en se masturbant devant ses proies.

Gabriel conduisait lentement, cherchant du regard un restaurant. La pluie s'était calmée et tombait maintenant en fine bruine.

—À part le dernier que l'on a découvert, fit Ariane après un instant de réflexion.

—Ah bon ! dit Jeremy. Il a été violé, celui-là ?

—Non. Le monstre lui a coupé les couilles, proprement et les lui a foutues dans la bouche.

—Il y a donc un côté sexuel à ses crimes.

—C'est certain, mais tout laisse supposer que l'assassin cherche... quelque chose comme une vengeance ou une revanche. L'assouvissement d'une souffrance passée.

—Moi je veux bien qu'il ait souffert, mais ce n'est pas une raison pour s'en prendre à des pauvres types. Plus ou moins, tous les tueurs en série ont un passé trouble qui les a traumatisés.

—Oui, plus ou moins, comme tu dis, coupa Gabriel. Il y a ceux-là et les autres.

—Quels autres ? demanda Ariane, étonnée.

—Les premiers, ce sont les vrais assassins, les traumatisés de la vie. Je ne dis pas qu'ils n'ont pas une certaine prédisposition à cela. En admettant qu'ils aient été martyrisés, violés, ou je ne sais pas quoi, ce n'est pas une raison pour faire retomber sur d'autres les mortifications et les souffrances dont ils ont été victimes. Tous les enfants violés gardent des traumatismes à vie mais ne deviennent pas des psychopathes pour autant, loin de là heureusement.

—Et les autres ?

—Les autres ? Gabriel chercha un instant. Ah, oui ! Les autres, ce sont les « copycats ». Des cinglés qui admirent un sérial killer en prison et qui reproduisent ses crimes pour le plaisir de le faire, en symbole d'admiration envers leur modèle. N'oublie pas les films qui font référence à ce type de criminels.

—*Le silence des agneaux, Copycat*, s'interposa Jeremy.

—Eh oui ! Et ce qui arrive prouve qu'il n'y a pas qu'aux États-Unis que sévit ce genre de fou. C'est le commissaire Périssol qui m'a fait penser aux « copycats ». Tiens, ajouta Gabriel, un resto. Je crois que celui-là te conviendra.

Il fut forcé de faire deux fois le tour du pâté de maisons avant qu'une place ne se libère. Malgré la pluie et l'odeur de mouillé qui s'élevait du sol, une exhalaison appétissante de bœuf bourguignon vint chatouiller les narines de Jeremy quand il ouvrit la portière. Ses yeux brillèrent de convoitise. Il avait faim et avait beau se faire chambrer par son chef, c'était plus fort que lui. Il roulait depuis la fin de la nuit et s'était arrêté seulement pour boire un petit crème et y tremper un croissant dégoulinant de graisse. Toutes les moqueries lui passaient par-dessus la tête.

Ils sortirent rapidement et après le bip-bip et la fermeture des rétroviseurs extérieurs de la 407, ils se mirent à courir vers la façade alléchante de la pizzeria.

—La langue a été arrachée, ou plutôt tranchée net, mais ça, nous le savions.

Ils étaient attablés dans la salle à manger de ce petit restaurant nantais. Six tables seulement, dont deux inoccupées, meublaient la pièce rustique et intime. Les murs, peints de dessins naïfs, représentaient l'inévitable muguet de Nantes.

—Le message était, bien entendu, dans sa main dont les doigts étaient repliés et collés contre la paume avec de la cyanolite, continua Jeremy. D'après le rapport, il a fallu que le légiste découpe des lambeaux de peau pour dégager le morceau de papier coincé.

— Et le texte était, bien sûr, imprimé et plastifié ?

— Oui ! Et il disait « *Plus dure sera la chute* » et…

— … et « *Je ferai naître en vous un…*

— … *sentiment continuel de honte* etc. etc.

— C'est bien le texte que nous avons eu, confirma Gabriel. Mais, ce n'est pas tout. Il faut s'atteler à la lecture de celui qu'on a découvert sur le cadavre de l'horticulteur.

— Ah, bon ! Parce qu'il y en avait un, là aussi ? s'étonna Jeremy.

— Évidemment, qu'il y en avait un. Ça concorde bien avec la ligne de conduite que le tueur semble s'être donnée. C'est son *modus operandi* et je ne pense pas qu'il change sa façon d'agir si nous avons d'autres crimes.

Gabriel s'interrompit pour laisser la serveuse déposer trois pizzas fumantes, dégageant une odeur de pâte croustillante et de bonne sauce ; sur le dessus, où des bulles venaient encore crever la surface en lâchant de petits jets de vapeur, des morceaux de lard découpés en forme de clochettes de muguet, continuaient de griller.

— « Premier Mai ». Elle porte bien son nom, plaisanta Jeremy, attaquons-la pendant que tu nous parles du message.

Fourchette et couteau en mains, il avait déjà coupé un morceau qu'il enfourna dans sa bouche sans plus attendre. Fidèle à ses préférences, Gabriel avait commandé un rosé d'Anjou qui était en train de refroidir dans un sceau de glaçons. Il sortit la bouteille, en versa un doigt dans chaque verre.

— Le message de l'horticulteur est tout chaud, si j'ose m'exprimer ainsi. Je ne l'ai pas encore ouvert et nous allons le découvrir ensemble. Je ne t'ai pas dit où le légiste l'a trouvé ?

—Non, mais tu vas me le dire et je m'attends au pire.

—Et tu fais bien. Figure-toi que le légiste a trouvé le papier plastifié... dans ses bourses.

—Hein ! Jeremy fit un bond sur sa chaise et faillit rater sa bouche qui s'apprêtait à engouffrer un nouveau morceau de pizza.

—Eh oui ! Tu as bien entendu.

—Non d'un chien. C'est un cinglé.

—C'est pas nouveau, on le savait. Il a coupé les couilles du type, les a mises dans sa bouche et a recousu les bourses. D'après la police scientifique, il y aurait deux ADN sur les testicules. Celui du pauvre type et un autre, que l'on suppose être celui de l'assassin. Ils ont pu ainsi établir son code génétique qui a été transmis à toutes les polices de France. Avec un peu de chance, nous aurons des réponses positives.

—Tu penses qu'il a fait de même ailleurs.

—On ne sait pas. Avec ce genre de fou, tout peut arriver. Quoi qu'il en soit, il est certain qu'on va se retrouver avec d'autres crimes sur les bras.

Tout en parlant, ils avaient fini leur pizza, sauf Ariane qui était tout oreilles et n'avait encore pratiquement rien dit.

—Et le message ? Tu nous le sors ou merde, lança-t-elle.

Gabriel se mit à rire.

—J'ai attendu qu'on ait fini la pizza. Figure-toi que le légiste ne l'a pas nettoyé et qu'il n'est pas appétissant à voir.

Il plongea la main dans la poche de son blouson et en sortit un sachet en plastique dans lequel était protégé le message. Il tira sur le « zip » fermant le sachet et, du bout des ongles de son pouce et son index, tira le papier qu'il mit sur la table, à côté de son assiette qu'il avait repoussée.

Effectivement, s'il l'avait sorti plus tôt, il est probable qu'il eût écœuré ses deux compagnons d'enquête. Les lettres, écrites en italique, étaient recouvertes de traînées de sang ayant gardé sa couleur rouge vif sur le plastique. Gabriel s'efforça de ne pas laisser d'empreintes et commença à lire :

« Il a envoyé son serviteur. Il l'a envoyé inlassablement, mais vous n'avez pas écouté, vous n'avez pas tendu l'oreille pour écouter. Il disait : Que chacun renonce donc à sa mauvaise conduite et à la méchanceté de ses agissements »

— C'est le même genre de message que les autres, s'exclama Jeremy. D'où peut-il bien tirer ces textes ?
— Nous le découvrirons. Il y a autre chose. Un quatrain.
— Alors lis-le-nous, dit Ariane.

— *« Le spectre de la mort plane au-dessus de toi.*
Oublie ce que tu es, oublie ta vie présente,
Tiens bien haut le flambeau de la haine qui hante,
Habite nos esprits et nous donne la foi.
I.N.F. »

Gabriel se tut, attendant que ses compagnons digèrent ce qu'il avait lu.
— Voilà autre chose, dit Jeremy. Il ne manquait plus que des poèmes. Et toujours le sempiternel « INF ».
— Qu'est-ce qu'il veut encore dire ? Dans tous ses messages, il y a certainement des indications, des pistes qu'il nous donne. Comme tous les tueurs en série, il veut être reconnu. Il veut que ses crimes soient exposés au grand jour. Ceux qu'il a perpétrés jusqu'à présent sont restés dans l'ombre. Personne n'a fait le rapprochement entre eux. Ça doit le faire enrager, c'est pour ça qu'il nous met des messages de plus en plus précis.

—Pour l'instant, ça ne nous dit pas grand-chose.

—Oui, Jeremy. Ça nous parle quand même un peu, dit le commissaire Darmon.

—Ah oui ! Et quoi ?

—Qu'est-ce qu'il nous dit ? « *Il a envoyé son serviteur. Il l'envoyé inlassablement, mais vous n'avez pas écouté* ». Inlassablement, dit-il. Je pense qu'il doit y avoir d'autres meurtres classés sans suite, en France… d'autres meurtres où il a fait preuve de la même cruauté à donner froid dans le dos. Je pense qu'il nous prévient que ça va continuer. C'est en quelque sorte une menace si personne ne renonce à la méchanceté. Par contre, je ne vois pas à quoi attribuer le quatrain.

—Dans la première phrase, ou citation, je ne sais pas, il parle en général. Il peut en effet nous prévenir que si l'on ne change pas de conduite, il va continuer ses meurtres. Mais…

—Pardon, Madame…

La serveuse apportait le plat suivant, en l'occurrence une sole normande pour Ariane. Celle-ci s'interrompit et déplaça son torse vers la gauche pour laisser le passage au plat odorant. Une assiette de bœuf bourguignon atterrit devant Gabriel et Jeremy. Celui-ci huma l'appétissant fumet qui s'en dégageait.

—Tu as dit : mais… ? demanda Gabriel.

—Oui. Si je vois très bien ce qu'il veut dire dans son premier texte : c'est un avertissement, qu'il tire je ne sais d'où, par contre, il emploie le tutoiement dans le quatrain. On dirait qu'il sait à qui il s'adresse.

—C'est l'impression que j'en retire.

Gabriel avait repris le papier plastifié et le remettait délicatement dans son enveloppe transparente.

—Pour l'instant, nous avons quatre meurtres sur les bras, réfléchissait Gabriel. Le premier, à notre connaissance, est celui de Marseille : le viticulteur. Les deuxième et troisième sont ceux de l'Albigeois et de l'Avignonnais, enfin le quatrième, c'est celui pour lequel nous sommes ici : le Nantais. Les dates de décès ne nous apportent rien, pour l'instant, si ce n'est l'âge approximatif des victimes : entre trente-deux et trente-quatre ans. 5 novembre 2005, 10 août 2008, 18 avril 2009 et enfin, 24 avril 2009. Trois ans, un an et six jours d'écart entre les crimes. Ça ne ressemble à rien. Il semble ne suivre aucune logique.

—Et pourtant, il doit en avoir une. Tout ce qu'il fait veut dire quelque chose, intervint Ariane.

—Il suffit de le trouver, répliqua Jeremy, la bouche pleine. Nous avons déjà un semblant de profil du tueur.

—Oui ! Sans se tromper, on peut affirmer qu'il est grand, bâti comme un catcheur, qu'il a les cheveux longs. Son profil psychologique est plus difficile à cerner pour l'instant, mais je pense qu'il a entre trente et quarante ans, qu'il est d'une force hors du commun, méfiant car il a les yeux sans cesse en mouvement, regardant autour de lui. Il a dû souffrir dans son enfance pour se venger d'une telle façon sur les autres. Bref, nous n'avons rien de concret : pas d'empreintes de doigts ni…

—Oui, nous avons son ADN.

—Ça ne nous mène nulle part pour l'instant. Tant que nous n'avons pas d'éléments comparatifs.

—Je crois qu'il faudra nous contenter de ça. Il ne nous reste plus qu'à attendre le prochain crime, si ce n'est déjà fait.

Ariane sursauta et s'écria :

—Parce que tu es vraiment persuadé qu'il va y en avoir encore ?

—J'en suis certain, à présent. Le drame c'est qu'on ne sait pas où il va frapper.

—Ni quand il va frapper.

—Si les dates que nous avons sont des indices significatifs, ça ne saurait tarder, il raccourcit les périodes de latence.

—Mon Dieu ! gémit Ariane. Quand je pense qu'il a peut-être quelqu'un entre les mains et qu'il le torture en ce moment même.

CHAPITRE III
Dimanche 26 avril 2009, 11h55

Deux jours plus tôt.

La messe venait de finir et les quelques fidèles qui y avaient assisté sortaient lentement de l'église en commentant le sermon du curé. Celle-ci donnait directement sur la placette du village du Lauzet sur Ubaye, dans les Alpes. En cette fin d'avril, la température n'était pas encore assez clémente pour attirer les touristes, malgré le petit lac qui dormait plus bas, comme un joyau dans son écrin. Aussi, la place de l'église était-elle désespérément déserte, à part deux ou trois chiens qui maraudaient, s'arrêtant pour renifler quelques flaques d'urine émises par leur congénère ou fourrer leur truffe dans un des cageots de légumes installés sur le trottoir, devant la devanture de la petite épicerie.

Deux enfants, en tenue du dimanche, sortaient de l'église à côté des parents. Le garçon gonflait ses joues dans un soupir en surveillant, du coin de l'œil, que sa mère n'aperçoive pas ce signe de soulagement de la corvée enfin terminée. La fillette, en robe bleue, sautillait d'un pied sur l'autre, accrochée à la main droite de son père.

— Papa, j'ai soif !

— Tout à l'heure, répondit le père. On arrive à la maison et tu boiras un verre de grenadine.

— Non, maintenant. J'ai soif, insista la petite fille.

Ses yeux se portaient sur la fontaine du village. La rustique et unique fontaine, aux rebords moussus, dans laquelle trois têtes d'aigles en fonte déversaient une eau de plus en plus parcimonieuse. « Eau potable » indiquait sur l'un des côtés un antique petit panneau émaillé, en lettres bleues sur fond blanc, présentant quelques éclats de rouille.

À cette fontaine, un petit garçon et une fillette avaient déjà grimpé sur le rebord, à genoux dans la mousse humide, penchés en avant dans un équilibre précaire et buvaient directement dans leurs mains, jointes en forme de réceptacle. L'eau giclait sur les paumes et envoyait des éclaboussures sur leur pull déjà plein de taches mouillées. Les deux enfants, six ans et huit ans et demi, avaient l'épiderme couleur moka. Leurs joues étaient rondes et les yeux, au blanc brillant, ressortaient sous la chevelure noire, crépue, aux reflets presque roux. À côté, une dame grande, mince, attendait patiemment. La dame était blonde, cheveux raides, coiffés au carré, la peau très blanche.

— Ibrahima, dépêche-toi.

La mère, inquiète, jetait des regards furtifs vers son mari qui les avait devancés et attendait à cent mètres, en battant la mesure d'une musique imaginaire, d'un pied impatient. Lèvres pincées, yeux sombres, sourcils froncés, il surveillait les enfants qui le faisaient attendre.

Ibrahima, dans un geste inconsidéré, boucha d'une main la sortie de l'eau, ce qui fit gicler des gerbes tout autour de lui. Sa sœur reçut des éclaboussures sur le visage et eut le devant de son pull trempé. Elle poussa un couinement qui fit sursauter sa mère.

— Salimata, tais-toi, dit-elle en regardant, apeurée, vers son mari.

Celui-ci n'avait rien vu. Son attention avait été détournée par l'épicier venant d'envoyer un caillou sur un chien trop curieux de sa marchandise.

La mère tira sa fille par le bras et frotta d'une main anxieuse, le plastron du tricot pour en faire tomber l'excédent d'eau qui perlait.

La petite foule clairsemée qui était sortie de l'église commençait à se diluer dans les ruelles adjacentes, chacun retournant chez soi pour le repas dominical.

La première fillette profita de la libération du bec d'aigle, laissé vacant par Salimata, pour se précipiter à son tour à la fontaine et boire goulûment, la bouche collée au bec du rapace. Le père qui arrivait à sa suite, jeta un coup d'œil à la dérobée vers la blonde qui attendait Ibrahima en tenant sa fille d'une main ferme.

Le regard qu'il lui lança était lourd, hostile. Puis, ostensiblement, de la mère, il projeta son attention sur le père, un grand noir qui attendait au loin. La blonde comprit le message des yeux. Son mari et elle, tous deux employés de la poste à Barcelonnette, avaient acheté une maisonnette au Lauzet. Elle était un peu à l'écart, sur un chemin verdoyant, grimpant dans la montagne avoisinante et dominant le petit lac aux eaux vert foncé, reflétant la couleur des sapins et des épicéas alentours. Elle savait qu'elle n'était pas acceptée par le village. Ce n'était pas tant elle-même, mais le couple disparate qu'elle formait avec son mari, un Sénégalais, qui était mal vu des villageois.

Le curé était sorti de l'église, derrière le dernier fidèle. C'était un curé à l'ancienne, avec une longue soutane noire, vieillie par le temps et jaunie par le soleil. Il avait une longue barbe carrée de prophète, grisâtre, parsemée de longs fils frisés virant au jaune sale.

Il regardait d'un œil distrait les quelques personnes se disséminant sur la placette. Adossé au mur du bâtiment, en haut du parvis de quelques marches, il put voir le regard que l'homme jetait à la femme et au Sénégalais. Puis, ses yeux glissèrent sur les enfants café au lait et il fit demi-tour pour retourner dans son domaine en hochant la tête.

Dans la toute petite rue montant de la départementale et reliant le lac à la placette, l'avant de son RAV4 dirigé vers l'église, une ombre était à l'affût derrière le volant du véhicule garé contre la clôture du jardinet de l'un des trois hôtels du village. Malgré la chaleur du soleil qui tapait sur la carrosserie et transformait l'intérieur en sauna, il avait laissé les vitres fermées. Elles étaient fumées et il se savait à l'abri, invisible derrière elles.

Ses yeux faisaient le va-et-vient entre les enfants blancs et leur père puis, fixaient les petits mulâtres et ensuite se dirigeaient vers le Sénégalais. Ils étaient mobiles, vifs, brillaient d'un éclat insoutenable, dur, reflétant la folie meurtrière animant le cerveau qui les guidait.

Tu l'auras, lui aussi. Tu l'auras cet enculé. Tu sais ce que tu dois faire. Tout est calculé, minuté. Tu n'hésiteras pas une seconde. Comme pour les autres !

La Voix résonnait dans son crâne. Il se faisait petit, se recroquevillant sur le siège et rentrant la tête dans les épaules. Un réflexe pavlovien remontant à son enfance quand il se recroquevillait sous les hurlements de son père. Il enserra ses tempes à deux mains, mais La Voix continuait, ironique, diabolique.

Tu dois le tuer… le tuer… le tuer !

Saül s'agitait, jetait des regards de tous côtés. Puis, il se décida et tourna la clé de contact. Après deux sollicitations, dans un vrombissement retentissant, le diesel se mit en route. Un dernier regard vers le noir, et l'homme passa la marche arrière, recula sur la départementale et enclencha la première. Puis, il repartit vers l'avant. Vers Barcelonnette.

23h45

12 heures plus tard.

Franchissant les hauts sommets des Alpes et arrivant d'Italie, des nuages noirs, boursouflés et grimaçants s'étaient amoncelés tout l'après-midi. L'air était devenu lourd, irrespirable, chargé d'électricité et la pluie qui menaçait depuis quelques heures s'était mise à tomber en cascade, formant un rideau impénétrable et dense. De temps à autre, au-dessus des montagnes sombres, un éclair zigzaguait et le fracas du tonnerre qui le suivait de quelques secondes, renvoyé en écho d'un sommet à l'autre, faisait vibrer l'atmosphère. Ça craquait comme si la nuit était déchirée en deux par des mains de géant.

Le RAV4 roulait lentement sur la départementale reliant Barcelonnette au Lauzet. Saül, le corps en avant, penché sur le volant, sourcils froncés, essayait de deviner la route qui disparaissait, fondue dans le noir de la nuit sans lune. Au-dessus de lui, à l'extérieur, il distinguait l'ombre du morceau de poteau électrique attaché sur le porte-bagages. Il avait réussi à en scier un tronc de plus de deux mètres qui devait peser dans les trente kilos. Il l'avait subtilisé sur le bord de la route où EDF changeait tous ses poteaux pour mettre des pylônes en béton.

« Le Lauzet/Ubaye ». Enfin, le panneau annonçant l'entrée du village apparaissait dans le halo lumineux du pinceau des phares. À sa gauche, en contrebas, sur un grand espace aménagé pris sur la nature, Saül distingua quelques masses sombres sous la lumière faible des lampadaires éloignés : ce n'étaient que les mobil-homes que la municipalité louait pour la saison touristique commençant bientôt.

Je n'en suis pas loin ! se dit Saül. En fait, il connaissait le chemin par cœur. Il était déjà venu de nombreuses fois et avait sillonné la région au volant de plusieurs voitures « empruntées ». Il devait quitter la route principale en virant à gauche sur le petit chemin goudronné contournant le lac, laisser celui-ci à sa droite et commencer à monter dans les bois. La route, plus du tout éclairée, s'enfonçait alors dans la forêt de résineux. À droite et à gauche un mur de sapins et d'épicéas formait un écran infranchissable.

Saül avait déjà pris ce chemin une dizaine de fois. Il connaissait le moindre virage et se sentait capable de continuer à monter les yeux fermés. Il fit encore cinq cents mètres sur la route en lacets. Puis, une longue ligne droite annonçait l'endroit où la forêt s'éclaircissait, les arbres diminuaient de densité, se faisaient plus rares et laissaient, peu à peu, la place à une petite prairie en plein jour verdoyante, mais noire en cette nuit aveugle. À sa droite, le rail métallique servant de garde-fou se distinguait à peine malgré les phares du 4x4. Un brouillard épais semblait s'élever du sol et être aspiré par les projecteurs de la voiture.

Saül savait qu'à cet endroit, la forêt ne faisant plus obstacle, la pente descendait à toute vitesse vers le lac et offrait une vue panoramique magnifique sur la petite vallée et le village, enchâssé entre le lac et l'Ubaye torrentueuse, alimentée par la fonte des neiges.

Au bout du terrain dégagé, sur sa gauche, deux faibles lumières perçaient difficilement l'écran de l'orage. Il savait par expérience, étant déjà venu quatre fois la nuit, que c'était les chambres des enfants, Ibrahima et Salimata

N'dour. Ceux-ci regardaient la télé avant de trouver le sommeil, bravant l'interdiction formelle de leur père. Le pouce sur la télécommande, prêts à appuyer rapidement pour éteindre les images silencieuses, ils étaient attentifs au moindre bruit suspect dans le couloir.

Saül fit encore deux cents mètres et gara la voiture sur un petit espace aménagé pour le pique-nique, comportant une table en bois et deux bancs. Il se pencha pour prendre dans la boîte à gants un objet noir ressemblant à une télécommande puis, il sortit et revint sur ses pas, longeant la petite clôture délimitant le terrain de Dada N'dour.

Dans le chalet, Dada venait d'arrêter les images du lecteur DVD. Il avait regardé un film porno et avait forcé sa femme à rester pour le tripoter pendant que les scènes de sexe défilaient sordidement. Puis, il avait envoyé une main exploratrice vers un sein se devinant sous la chemise de nuit bleue ; il l'avait descendue ensuite vers les poils pubiens et avait pénétré son entrejambe de son gros majeur noir et boudiné. Sa femme avait eu un geste de recul, vite réprimé sous le regard haineux du noir. Elle savait comment les choses allaient se passer. Il était déjà en érection. Elle voyait l'énorme bosse que faisait son sexe sous le fin tissu du pyjama. Il allait se lever du canapé sur lequel il était affalé, descendre son pantalon et lui mettre sa queue sous le nez. Si elle ne cédait pas à ses injonctions, il tenait prêt une petite cravache qui servait, habituellement, à lui donner de grands coups sur les fesses quand il la pénétrait violemment par derrière. Après chaque rapport, elle conservait le fessier rouge vif : autant dire qu'elle l'avait en permanence. Pour l'instant, elle devait en passer par où il voulait, en l'occurrence se faire sucer. Si elle refusait, elle le savait capable de la cravacher en pleine figure. Le seul avantage, c'est qu'il n'était jamais très long pour éjaculer. La corvée serait vite exécutée.

Après quoi, elle irait se laver la bouche et s'arroser le visage à grande eau pour supprimer toutes les traces de son sperme. Ensuite, elle pourrait aller se coucher, tranquille pour une nuit.

Elle savait que, bien souvent, ses gosses assistaient à ces ébats nocturnes, cachés derrière la porte entrouverte de leur chambre. Elle préférait ça, plutôt que de le savoir près d'eux, à les tripoter et se faire masturber par sa fille.

Elle avait déjà déposé une plainte à la gendarmerie de Barcelonnette, mais sous les menaces de Dada, elle l'avait retirée trois jours plus tard, supprimant ainsi toute intervention et autorisation d'ingérence de la police dans son foyer.

Tout se passa comme elle l'avait prévu. Après les derniers grognements de satisfaction de son mari, elle alla dans la salle de bains, se rinça la bouche et arrosa ses joues collantes avec de l'eau tiède. Elle regarda, avec délectation, les longs rubans de sperme partir par la bonde du lavabo. Elle se dit que c'était autant d'évité à ses enfants. Puis, avec un coin de serviette humide, elle frotta sa chevelure blonde où des mèches étaient agglomérées par la semence laiteuse.

Dada en avait terminé avec sa femme. Il remonta son pyjama qui conservait quelques traces rondes et sèches de ses ébats fugaces précédents, se gratta la raie des fesses d'une main énergique et ralluma la télé. Il irait se coucher dans une demi-heure. Ce n'était pas trop tard et il n'était pas fatigué. La journée avait été longue à ne rien faire et il voulait en profiter encore un peu avant de dormir. Le lendemain, ils reprenaient tous deux leur boulot à La Poste.

En pensant au trajet du lendemain, il sentit qu'une érection lui venait. Il aimait bien, sur le trajet Le Lauzet-Barcelonnette, s'arrêter sur un petit chemin tranquille pour forcer sa femme et la sodomiser. Ça ne lui plaisait que là car la route n'était pas loin et de savoir qu'on pouvait le voir d'une voiture, l'excitait au plus haut point. Il y avait aussi beaucoup d'enfants qui passaient par ce petit chemin pour aller à l'école.

Parfois, il aimait bien, en hiver, jeter sa femme sur le sol, les fesses nues dans la neige et la violer. Il faisait alors durer le plaisir pour la satisfaction de la voir se relever et remonter sa culotte sur un cul rouge sang, glacé et dur à cause du froid de la neige.

Il appuya sur le bouton de la télécommande et aussitôt les images, arrêtées un quart d'heure plus tôt, se remirent en mouvement. Il porta instantanément sa main dans l'ouverture de son pyjama et sortit son sexe encore brillant et humide de son sperme et de la salive de sa femme.

Le chalet était plongé dans l'obscurité. Seule, la télé envoyait des flashes lumineux éclairant fugacement le salon. Il avait coupé le son et le silence était complet.

Dehors la pluie continuait de se déverser et, par la baie vitrée, dont il n'avait pas fermé le volet, il ne voyait que le noir de la nuit. Par vagues successives, elle arrivait, crépitait sur les murs de bois, se calmait puis, reprenait son tintamarre quand un gros nuage chargé d'eau passait au-dessus du chalet.

D'un coup, il y eut le silence. Un silence pesant après les roulements de tambour des gouttes tapant avec fracas sur les ardoises du toit. Il jeta un coup d'œil sur la fenêtre mais ne distingua rien. Il reporta son attention sur les gros plans de sexes emmêlés que lui offrait le grand écran fixé sur le mur.

L'orage semblait s'être calmé pour quelque temps. Seul le gargouillis de l'écoulement de l'eau résiduelle du toit se faisait entendre dans la gouttière descendante.

Au-dehors, un craquement attira son attention. Dada releva la tête pour écouter attentivement, mais le bruit ne se reproduisit pas. *Un renard, sans doute*, pensa-t-il. Il y avait beaucoup de poulaillers dans le coin et les animaux sauvages étaient attirés par cette viande fraîche qu'on offrait à leur convoitise.

Saül était sous le rebord de la fenêtre. Dans sa précipitation son pied avait fait rouler une pierre qui continuait sa descente, sans bruit, sur l'herbe mouillée.

Accroupi, il attendit un instant avant de recommencer sa reptation. Derrière lui, le sol spongieux avait gardé l'empreinte de ses semelles. Mais, cela ne l'inquiétait pas outre-mesure. Il savait que la pluie allait recommencer et, si elle n'effaçait pas ses traces, le soleil qui se lèverait immanquablement le lendemain, ferait se redresser les herbes écrasées par son poids, supprimant ainsi toutes les marques de son approche.

Au bout de trois minutes, il redressa la tête et se releva lentement. Il faisait trop noir derrière lui et sa silhouette ne risquait pas d'apparaître, en contre-jour, dans l'encadrement de la baie. Il glissa un œil curieux pour jeter un regard circulaire dans le salon. La lumière de l'écran éclairait d'un éclat blafard le canapé et Dada, affalé.

Écoeuré, Saül regarda le noir se masturber. Un sourire fugace se dessina sur sa bouche.

Dans une demi-heure, il fera moins le beau, pensa-t-il.

Il profita du moment où le noir, jambes raidies, doigts de pieds en éventail, envoyait de longs jets de sperme sur le carrelage du salon, pour se redresser d'un coup et passer devant la baie vitrée. Dans la pénombre, il ne vit pas les cinq moellons entreposés au pied du mur et s'affala sur le trottoir de ciment courant tout autour du chalet. Il essaya d'amortir le choc en se recevant sur les mains mais un des moellons, en équilibre instable au sommet du tas, tomba sur le béton avec un bruit sec, mais audible et fracassant dans le silence de la nuit.

Aussitôt, il se redressa et se plaqua contre les planches humides du mur du chalet. Sa main était déjà dans sa poche, tenant entre les doigts l'espèce de télécommande qu'il avait prise dans la boîte à gants du 4x4.

Dans le salon, l'orgasme violent qu'il venait d'avoir, n'avait pas empêché Dada d'entendre nettement, cette fois, le bruit suspect venant du dehors. Il lâcha son sexe, au bout duquel un long filet blanchâtre s'étirait vers le sol et, ne prenant même pas la peine de le rentrer dans le pyjama, il se dirigea vers la baie. Dehors la nuit uniformisait tout, rien n'était visible que le noir opaque des ténèbres.

Dada, sexe toujours ballant, se dirigea vers l'entrée et appuya sur un interrupteur. Aussitôt, la violente lumière d'un projecteur troua la nuit extérieure et fit reculer les limites de l'obscurité. Il ouvrit et resta sur le seuil, en silence. L'avancée du petit toit au-dessus de la porte n'avait pas empêché la pluie d'inonder l'allée de ciment. Il était pieds nus et ne voulait pas se mouiller.

Saül, derrière l'angle du mur, plaqué contre la cloison, ne bougeait plus, ne respirait presque plus. Le Sénégalais était grand et puissant mais il ne le craignait pas. Le tueur était assez rompu à toutes sortes de sports pour ne pas appréhender un contact physique si la nécessité s'en faisait sentir. Ce qu'il ne voulait pas, c'était attirer l'attention du monde extérieur, mais là, il était tranquille. La femme et les enfants devaient dormir et un bruit de lutte, étouffé par la nuit noire et l'humidité ambiante, ne risquait pas de les réveiller. De toute façon, il avait de quoi imposer le silence à cet homme des cavernes. Il tenait à pleine main la télécommande dans sa poche et la serrait de toutes ses forces.

Dada scruta un long moment la nuit, essayant en vain de percer les ténèbres par l'acuité de son regard. Il resta ainsi cinq minutes, écoutant le silence. Il ne faisait pas froid mais l'humidité de la nuit le fit frissonner.

Saül, de son côté, avait recommencé sa glisse silencieuse le long du mur. Dos collé à la paroi, il avançait sans bruit vers l'angle du chalet. Un froufroutement le fit s'arrêter net. Un hibou effectuant sa chasse nocturne, à la recherche d'une musaraigne ou d'un petit mulot, venait de passer, pas loin.

Le tueur entendit Dada siffloter, rassuré par le calme apparent de la nuit. Saül était maintenant à l'angle des deux cloisons de bois. Il avança légèrement la tête pour faire dépasser son œil gauche. Il vit l'ombre de Dada, se profiler au loin, par intermittence, selon l'éclairage qu'envoyait la télé. Il était debout, dans l'embrasure de la porte et sa silhouette se découpait nettement.

Le Sénégalais, après ces quelques minutes de silence, se mit à nouveau à frissonner. Il avait envie de pisser. Ça le prit d'un coup mais il hésita à s'avancer sur le ciment froid et mouillé. Son pénis pendant toujours dehors, il fourragea dans son pyjama et sortit ses testicules qu'il gratta à pleine main, fouinant dans ses poils noirs et frisés. Puis, il se décida. L'humidité de la nuit rendait encore plus urgente son envie d'uriner. Sur la pointe des pieds, il s'avança sous l'auvent et souleva légèrement son sexe. Aussitôt un jet d'urine sortit et se projeta dans la nuit en décrivant un arc de cercle avec un petit bruit de cascade en touchant le sol. Dada poussa un soupir de soulagement, mais il n'eut pas le temps de finir de vider sa vessie. Saül sortit sa télécommande et franchit d'un bond la distance le séparant du Sénégalais. Avant que celui-ci n'ait eu le temps de réaliser, il était derrière lui, le saisissait par le cou, l'enserrait avec son bras gauche et lui coupait la respiration. Puis, avec un rire satanique, il descendit sa main droite tenant l'objet noir et le mit en contact avec le pénis et les testicules du noir. Il appuya sur un bouton tout en projetant Dada loin de lui. De la télécommande sortit un arc électrique bleu et crépitant, qui tétanisa le noir et sembla s'enfoncer dans ses bourses.

Saül continua d'appuyer sur le bouton pour envoyer des décharges électriques à Dada malgré ses soubresauts. Il savait que la puissance de l'électricité était amplifiée par l'humidité ambiante et le contact des pieds nus avec le sol mouillé. Le noir ne put même pas prononcer un mot. Il s'écroula tétanisé sur l'herbe, en plein dans sa flaque d'urine pas encore absorbée par la terre imbibée d'eau.

CHAPITRE IV
Lundi 27 avril 2009, 00h15

Saül souleva Dada en le prenant sous les aisselles pour l'asseoir sur le ciment. Puis, il le contourna pour être face à lui. Il se mit à genoux, bascula le torse du noir par-dessus son épaule, glissa ses mains sous ses fesses et agrippant solidement le pyjama, sans effort, il se releva en hissant avec lui la lourde masse du Sénégalais.

Tenant Dada sur son épaule droite, il s'approcha de la porte et envoya sa main gauche à l'intérieur, tâtonnant sur le chambranle. Quand il sentit l'interrupteur, il appuya et le projecteur s'éteignit, faisant tomber une chape d'obscurité sur la scène sordide. Puis, en silence, il fit un demi-tour et partit en laissant la porte ouverte. Le noir devait peser dans les quatre-vingt dix kilos mais paraissait léger au tueur qui se réjouissait déjà à l'idée de ce qu'il allait lui faire subir.

Il arriva rapidement à l'aire sur laquelle stationnait le 4x4. Il s'approcha de la table de pique-nique et jeta sa charge dessus. Le choc de sa tête tapant sur le bois mouillé arracha un gémissement à la victime, toujours inconsciente. Avec des gestes précis et habituels, Saül enserra les membres avec du ruban adhésif. Puis, il se retourna, ouvrit en grand la portière arrière du RAV4 et tira Dada par les pieds. Le crâne du noir tapa à nouveau sur le sol et y laissa une traînée sanglante. Quand il fut entré dans le coffre, Saül claqua la portière, fit le tour du véhicule, se mit au volant et démarra. Il avait prévu de rouler jusqu'au sommet de la montagne, à l'endroit où la route s'élargissait pour franchir le plateau avant de redescendre vers la vallée suivante. Il avait repéré une cabane de rondins ne servant probablement plus à personne. Il avait d'ailleurs déjà forcé la porte le jour précédent. Elle était condamnée par un petit cadenas qui n'avait pas résisté longtemps à ses sollicitations.

Le cabanon était presque vide. Seuls deux pelles, une pioche et deux piquets de bois étaient jetés en vrac sur le sol de terre battue. La pièce faisait trois mètres sur quatre et semblait idéale pour ce qu'il voulait y faire. Elle avait dû être utilisée ponctuellement par un cantonnier pour l'entretien de la route.

Le 4x4 arriva devant la maison, effectua un large demicercle et faisant marche arrière, son coffre se positionna devant la porte fracturée. Saül coupa le contact et sortit. Il jouissait par avance et se délectait de ce qu'il allait faire. Ce salaud l'avait mérité et il allait mourir à petit feu, lentement, avec des souffrances infinies. Il allait payer au centuple ce qu'il avait fait à ses enfants. Et aussi à sa femme. Pour une fois, celle-ci avait autant souffert que sa progéniture.

Ce n'était pas comme sa mère…

Fin de l'apprentissage. 8 juillet 1993

Saül avait beaucoup grandi. Maintenant, il dépassait sa mère d'une bonne tête et ses épaules s'étaient élargies, ses muscles développés et il paraissait beaucoup plus que seize ans.

Après la mort tragique de son père, ils avaient quitté Mont de Marsan. Sa mère, Loth son frère et lui étaient venus s'installer au Puy en Velay pour rompre avec le passé.

Déborah avait vendu leur petite maison où ils habitaient, près de la caserne du Bosquet et ils s'étaient installés au quartier Saint-Jean dans une maisonnette avec un jardin sur le derrière. Saül était allé au Lycée Simone Weil[1], en seconde et avait progressé à une allure incroyable dans ses études. Il avait un but, s'était fabriqué son destin et s'y tenait, s'y accrochait fermement. Il savait ce qu'il voulait faire.

Au fond du jardinet mal entretenu, aux herbes folles arrivant jusqu'aux genoux l'été, il y avait un petit cabanon servant autrefois à entreposer des outils de jardinage. Il en avait fait son lieu de prédilection et l'avait transformé en bureau, tiré des lignes électriques et installé son ordinateur. Sur les murs, il avait fixé des rayonnages et rempli ceux-ci de livres fantastiques, de meurtres et d'horreur. Stephen King, Dean Koontz, Robin Cook, Michael Crichton et beaucoup d'autres étaient les écrivains qui peuplaient ses rêves de créatures monstrueuses, de crimes et de sang. Il menait de pair son monde de fantasmes criminels et ses études.

---

1. Philosophe. Ne pas confondre avec Simone Veil, ancien ministre et membre éminent de l'Académie Française.

Son frère était, lui aussi, un élève brillant. Il voulait être avocat et mettait tout en œuvre pour y parvenir. Bien que plus jeune de trois ans que Saül, il était en avance et n'avait que deux classes d'écart par rapport à lui. Ils étaient donc dans le même lycée mais n'avaient aucune connivence, étant totalement différents. Ils se comportaient comme deux étrangers.

Saül était ombrageux, renfermé, solitaire et introverti alors que Loth était ouvert, expansif et extraverti. Il aimait participer aux activités du lycée, allant même jusqu'à se présenter aux élections de chef de classe.

Ils étaient si différents l'un de l'autre que, bien que portant le même nom, personne n'avait fait le rapprochement entre les deux élèves. Chacun vivait sa vie dans la communauté, sans se parler ni même se jeter un seul regard.

Quand Saül arrivait du Lycée, toujours avant son jeune frère, il saluait sa mère d'un léger « b'jour, m'man ! » et se réfugiait dans son repaire, son antre. Là, il disparaissait jusqu'à l'heure du souper. À ce moment-là, il sortait de son bureau, le fermait avec les trois cadenas à combinaison chiffrée qu'il avait posés sur la porte et traversait le jardin pour aller manger du bout des lèvres.

Un projet lui trottait dans la tête. Il y pensait depuis un moment déjà mais n'était pas encore décidé à le mettre à exécution. Il lui semblait que ce serait un sacrilège et pourtant…

Il y avait un an qu'ils étaient au Puy et Saül sentait que le moment était venu, qu'il ne devait plus attendre.

Il s'était promis de le faire et il le ferait. Il se souvenait encore de ce qu'il s'était dit le 8 juillet 1991, après avoir découpé en morceaux, avec délectation, son père, ce monstre. *Maintenant, il allait falloir régler le problème de sa mère, mais ce n'était pas encore à l'ordre du jour.*

Ça l'était maintenant. Oui, il était temps. Il fallait régler le problème de sa mère. Ça faisait un moment qu'il y pensait. Il avait tourné et retourné le projet dans sa tête... pratiquement depuis qu'ils étaient au Puy en Velay mais n'avait encore décidé d'aucune tactique.

Il fallait tenir compte du fait qu'à présent son frère avait treize ans et qu'il pourrait se poser des questions.

Il n'avait jamais parlé avec lui de la mort de leur père, ils étaient trop étrangers tous les deux. Pourtant, il était certain que Loth avait compris ce qu'il avait fait au monstre. Il ne lui avait cependant jamais posé de question bien qu'il ait dix ans à l'époque. Maintenant, il avait presque trois ans de plus ; c'était l'âge que lui, avait au moment du parricide. Et il allait remettre ça. *Belote et rebelote*, pensa-t-il. *Mais, ça ne serait pas le dix de der. Oh non ! Jamais de la vie ! Il y avait trop de marchands du temple à éliminer pour s'arrêter en si bon chemin.*

La Voix le lui répétait assez souvent. Elle était là, toujours présente, elle lui suggérait les idées mais ne lui disait jamais comment les réaliser. À lui de se démerder. La Voix le harcelait, le pourchassait où qu'il soit, mais particulièrement quand il était enfermé dans son local. C'était toujours le même processus. Il se mettait à l'ordinateur, effectuait rapidement et facilement ses obligations lycéennes. À ce stade là, elle le laissait en paix. Puis, il fermait son classeur, ses livres scolaires et saisissait un bouquin d'horreur ou de fantastique. C'est le moment qu'elle choisissait. Elle devait être là, dans un coin de sa tête, cachée derrière une circonvolution de son cerveau et faisait son apparition subitement.

Bonsoir Saül, disait-elle invariablement. *Est-ce que tu as pensé à ce que je t'ai demandé ?*

—Je ne fais que ça, répondait-il lui aussi, invariablement.

Alors, comment vas-tu faire ?

—Je ne sais pas.

C'est facile pourtant

—Pour toi, oui. Tu n'as qu'à me dire de le faire, mais tu ne me dis pas comment. Figure-toi que je n'ai pas envie de finir en prison.

Tu ne finiras pas en prison. Tu es bien trop intelligent et malin. Puis, tu as d'autres missions à accomplir. N'oublie pas... les marchands du temple. Tu dois les tuer... les tuer... les tuer... LA tuer... LA tuer... LA tuer...

La Voix finissait toujours ainsi : la tuer... la tuer ! Il voulait bien, mais comment ? Si elle pouvait lui suggérer un moyen, il était preneur. Mais, non, il fallait qu'il se démerde, qu'il trouve tout seul. Elle semblait persuadée qu'il trouverait. Elle lui faisait confiance et il ne fallait pas la décevoir.

Il avait cherché... et il avait trouvé. Sa mère prenait tous les soirs un comprimé de Lexomil pour dormir. Depuis six mois, il avait subtilisé, régulièrement, dans la boîte verte un de ces comprimés que sa mère considérait comme magiques.

Il en avait maintenant l'équivalent d'une boîte de trente. Il savait que ça pouvait endormir un cheval, alors, tuer une femme de cinquante-cinq kilos, ça ne poserait aucun problème.

Le soir du 8 juillet 1993, il était sorti plus tôt que d'habitude de sa petite pièce et avait aidé sa mère à mettre la table, sous le regard ahuri de son frère qui n'en croyait pas ses yeux. Subrepticement, il avait glissé trois comprimés dans le verre de vin qu'elle buvait à chaque repas. Il savait que l'alcool potentialiserait les effets du médicament et qu'elle ne tarderait pas à bailler et avoir sommeil.

Après le repas, en silence comme d'habitude, son frère était allé se coucher comme un petit garçon bien sage, soucieux de ne pas être fatigué pour ses études. Sa mère, après la vaisselle, avait baillé plusieurs fois. Ses yeux se fermaient inexorablement.

Ne voulant pas résister au sommeil, qui venait plus tôt que d'habitude, elle se coucha sans omettre toutefois son geste machinal, dicté plus par l'habitude que par le besoin… elle prit son comprimé.

Et de quatre pensa Saül. Quand elle fut au lit et endormie profondément, il dilua les vingt-sept qu'il lui restait dans un verre d'eau et entra dans la chambre. Sa mère ronflait légèrement. Elle avait laissé la petite lampe de chevet allumée. Il s'approcha et la secoua, pour voir sa réaction. Elle grogna et se retourna. Il insista :

— M'man! Eh m'man! Tu dors ?

Pas de réponse. Il se décida. Passant sa main sous le dos de sa mère, il lui souleva le torse et approcha de sa bouche le verre de liquide blanchâtre. Il arriva, non sans quelques difficultés, à lui faire ingurgiter, gorgée après gorgée, tout le poison dilué. Puis, il lui essuya la bouche, vérifia qu'il n'y avait pas de liquide tombé sur sa chemise de nuit et s'assit sur la chaise, à la tête du lit.

— Tu vois, m'man, chuchota-t-il, fallait pas le protéger et couvrir ses actes. Je sais, tu trinquais toi aussi, mais tu aurais dû nous défendre, tu aurais dû t'opposer à lui, aller porter plainte, faire quelque chose… Je sais pas, moi… Tu aurais dû… Pourquoi t'as rien fait ? C'était facile, mais non… tu t'es abstenue, préférant garder le silence et nous laisser maltraiter.

Il se leva pour arranger un pli du drap et redresser la tête de sa mère, légèrement inclinée. Il en profita pour lui frôler le front de ses lèvres et l'embrasser.

— Bonne nuit, m'man, dit-il. À demain.

Et il sortit de sa chambre, non sans avoir mis, ostensiblement, la petite boîte verte, vide, sur la table de nuit. Il emporta le verre dans la cuisine, essuya ses empreintes et retourna dans la chambre.

Sa mère était toujours inconsciente. Il saisit sa main et l'appliqua sur le verre en appuyant légèrement, puis, il le posa à côté de la boîte de Lexomil et ressortit.

Sa mère passa du sommeil au coma. Elle fut découverte par Loth le lendemain. Il appela le SAMU et elle fut transportée à l'hôpital Emile Roux où elle mourut trois jours plus tard sans avoir repris connaissance malgré un lavage d'estomac et des soins intensifs.

Pour la police, elle s'était suicidée, n'ayant pas pu supporter la mort tragique de son époux trois ans plus tôt. Loth, lui, ne comprenait pas. Quant à Saül, il fut soulagé. Tous deux suivirent l'enterrement au cimetière du Puy en Velay. Saül avait obtenu qu'avec l'argent hérité de son père, on lui érige un petit mausolée.

Ils furent mis sous tutelle. Loth fut placée dans une famille d'accueil. Son frère aîné obtint un internat dans une université. La maison fut vendue et l'argent placé sur deux comptes par le juge des tutelles, pour payer les études jusqu'à leur majorité.

Loth suivit sa voie : des études de droit.

Saül suivit LA VOIX, qui le récompensa en le harcelant de ses conseils. Il avait encore beaucoup de marchands du temple à éliminer avant de trouver la paix ; mais ce n'était plus un problème : il avait fini son apprentissage.

Les deux frères se perdirent de vue et ne se rencontrèrent plus.

CHAPITRE V
Mercredi 29 avril 2009, 6h45

Le petit village se réveillait lentement, sortant des brumes d'une nuit agitée. La pluie était tombée presque continuellement avec, de temps en temps, de courts moments de répit. Le tonnerre avait claqué sans discontinuer et ses craquements, se répercutant d'un sommet à l'autre des montagnes entourant la vallée, étaient précédés d'un flash rapide et violent zébrant la nuit et éclairant la masse sombre des arbres.

Le petit lac, en contrebas, était calme et silencieux. En été, l'animation battait son plein sur tout son pourtour. La buvette était assaillie, les tables de ping-pong ne chômaient pas et les pédalos circulaient sans cesse sur une eau calme, verte et reposante, entre les nombreux îlots de roseaux que se partageaient les grenouilles et les oiseaux d'eau.

Le lac se terminait par une petite plage aménagée avec du sable et plongeant en pente douce dans les profondeurs vertes. Les côtés étaient bâtis et formaient les limites de la plage, comme un bassin de piscine. Sur l'un de ces côtés, il y avait la reproduction d'une sculpture de *la Petite Sirène* d'Andersen, grandeur nature.

Le 29 avril, comme il le faisait deux fois par semaine dans le mois précédent la saison estivale, un employé municipal effectuait le tour du lac pour vérifier les installations et la propreté des lieux. Malgré le temps peu clément, il y avait toujours des bandes de jeunes gens qui venaient, souvent le samedi dans la nuit, après la fermeture des discothèques, pour boire une dernière canette de bière, fumer une cigarette ou un joint et, si l'occasion s'en présentait s'envoyer en l'air, sur l'herbe humide, avec une fille de la région.

L'employé commençait sa ronde à une extrémité du lac, le contournait invariablement par l'ouest, arrivait à la première moitié sur la plage et continuait par le côté est pour se retrouver à son point de départ une demi-heure plus tard. Dans le sac poubelle noir qu'il traînait avec lui, il entassait des canettes vides et aplaties, des feuilles de journal froissées, des mégots, des crottes de chien et, parfois, quelques préservatifs envahis par les fourmis se délectant avec les substances trouvées à l'intérieur.

Ce jour-là, sa récolte avait été maigre. Il faut dire que le temps n'avait pas incité à la gaudriole et puis, on était mercredi et les jeunes restaient chez eux. Mais, il était consciencieux. Il était payé pour surveiller les abords le dimanche et le mercredi et il le faisait invariablement, quel que soit le temps.

Le sac était vide et il finissait la première partie de son immuable trajet : la plage.

Sur le lac, des écharpes de brume se déplaçaient, chassées par un léger vent, assez frais. L'employé remonta le col de sa grosse veste imperméable en plastique jaune, sabrée de deux barres orange dans le dos. Un dernier îlot de roseaux et il atteindrait la plage. Déjà entre les tiges courbées, il apercevait par moment *la Petite Sirène* qui montait la garde, face à l'étendue d'eau.

Il lui sembla que la statue était déformée, ou du moins qu'elle n'était plus dans sa position habituelle. *Encore des jeunes qui avaient fait les imbéciles*, se dit-il. Il se souvenait de ce matin où il avait trouvé la Sirène arrachée de son piédestal et jetée dans l'eau. Il ajusta les lunettes sur son nez pour mieux la distinguer. Il faut dire qu'il n'était plus très jeune et que la retraite serait la bienvenue. Il était à présent à vingt mètres de la statue, mais celle-ci venait d'être envahie par une nappe de brume.

Il fit encore quelques pas. La petite bise commençait à la disperser et la tête de la sculpture, usée et grêlée par les années, le climat et la corrosion, apparut.

Tiens, se dit-il. *C'est bizarre. Elle a deux têtes. Qu'est-ce qu'ils lui ont foutu dessus ?*

Il s'approcha encore un peu. À trois mètres, le voile s'étant dissipé complètement, il la vit en entier.

Il lui sembla qu'on lui serrait la gorge dans un étau et le son qui en sortit s'étrangla entre ses lèvres.

— Aaagr !

Mais, il garda tout de même son sang-froid, rajusta ses lunettes et s'approcha. Ça lui rappela le jour où il avait vu un faon, sur la route, la tête écrasée par un chauffard ou par un chasseur, dépité de rentrer bredouille.

Sur *la Petite Sirène*, il y avait un grand noir, couché, sa tête plaquée contre celle, plus petite, de la statue. Il était allongé sur le ventre, à cheval sur la queue de la Sirène. Ses bras et ses jambes, pendants de chaque côté, étaient reliés entre eux par du ruban adhésif, probablement pour l'empêcher de tomber. Il était nu, complètement nù et, sur le sable, il y avait des habits, pliés proprement.

L'employé se rapprocha un peu plus et aussitôt son estomac eut envie de régurgiter le petit déjeuner du matin. Il surmonta son haut-le-cœur et regarda plus attentivement.

La tête du noir était pratiquement écrasée et presque décollée du tronc. Elle pendait à côté de la « Petite », comme l'appelait l'employé, ne tenant que par le larynx. La moitié de son cerveau apparaissait, écrasé entre les os crâniens, comme de la marmelade de framboise. Tout le côté gauche était écrabouillé et le sang avait coulé abondamment, barbouillant de rouge la poitrine de pierre de la statue. L'œil était sorti de son orbite et pendait, retenu seulement par un nerf sanguinolent. Sur le dos, une longue poutre d'environ deux mètres était en travers, partant d'une épaule jusqu'à l'autre. Le lourd morceau de bois était fixé au tronc par du fil électrique serré à l'extrême ; les chairs étaient boursouflées et, par endroit, recouvraient le fil de cuivre donnant l'impression que celui-ci avait fait craquer la peau et pénétrait profondément dans les muscles. Au niveau de l'entrejambe, qui reposait à cheval sur la statue, une flaque de sang s'étalait sur le ciment du socle, dégoulinait et allait se perdre dans le sable.

Après deux minutes d'hésitation, l'employé fouilla fébrilement dans la poche à rabat de sa veste jaune pour en sortir son portable et, de son pouce, commença à tapoter sur le clavier. Bien qu'il connaisse le numéro du maire, il était tellement abasourdi qu'il n'arrivait plus à s'en souvenir.

Quand il l'eut trouvé dans le répertoire, il appuya sur la touche appel et attendit. La sonnerie retentit huit fois avant que le maire ne décroche pour demander d'une voix ensommeillée et pâteuse :

— Ouais ! Qu'est-ce qu'il y a ?

Puis, jetant un coup d'œil sur le cadran numérique, il vit le numéro et le nom de l'appelant.

— Putain ! Philippe ? Qu'est-ce que tu viens m'emmerder à sept heures, la réunion a fini tard, hier soir ! Tu m'as réveillé, merde ! Tu peux pas te débrouiller tout seul, comme un grand. Chaque fois que tu trouves une capote, il faut que tu m'appelles. Prends des initiatives, bon sang !

— C'est que…

— Quoi, encore ?

— C'est pas une capote, Gérard.

— C'est quoi, alors ? Hein ! Un joint ?

— Non ! C'est…

— Accouche ! C'est quoi ?

— C'est… c'est… un cadavre.

À l'autre bout du téléphone, il y eut trente secondes de silence.

— Allo ! Allo ! Gérard ? T'es toujours là ? Allo !

— J'arrive, répondit le maire, d'une voix bien réveillée.

Et il reposa sèchement le combiné sur son socle.

CHAPITRE VI
Vendredi 1er mai 2009, 9h00

Gabriel, Ariane et Jeremy étaient revenus à Marseille. Les éléments récoltés, tant en Avignon par Jeremy, qu'à Nantes, n'avaient pas permis de faire progresser significativement l'enquête. Aucune piste ne s'était ouverte. Tout finissait en cul-de-sac.

Malgré le jour férié, ils avaient décidé de se retrouver au bureau pour récapituler tout ce qu'ils possédaient comme éléments.

Ils n'étaient pas tout à fait au même point que douze jours plus tôt, mais ce n'était guère mieux.

—C'est tout de même incroyable qu'on ne trouve aucune empreinte, aucun indice, pas un mégot, un cheveu, rien qui nous mette sur la voie.

—À part les messages qu'il écrit, il ne laisse rien au hasard, nom d'un chien, s'emporta Jeremy. Il a tué quatre personnes sans faire une seule faute. Il se prend pour Dieu ou quoi ?

—On n'est pas allés là-bas pour rien, Jeremy, temporisa Ariane. Comme tu dis, il nous a adressé un message. Et à l'un de nous cette fois.

— Qu'est-ce que tu en sais ? N'oublie pas que le crime est à Nantes. Logiquement le message est pour les policiers de là-haut.

— Pas nécessairement, coupa Gabriel. Il se doutait que nous allions monter. Je suis certain qu'au moins un des deux mots est pour moi. Ce genre d'individu est extraordinairement intelligent. Il doit suivre la progression de l'enquête et savoir qu'on est sur le coup. Quant à deviner ce qu'il veut « me » ou « nous » dire, c'est une autre histoire. Il nous faut d'autres pièces du puzzle que nous n'avons pas encore.

Gabriel tourna son regard vers la fenêtre à barreaux. Dehors, le ciel était d'un bleu limpide, seulement strié de quelques brisures de nuages s'effilochant sous l'effet du petit mistral qui soufflait depuis le matin.

— Qui veut un café ? demanda Jeremy.

Ariane esquissa une grimace.

— Lequel ? Celui de la baraque ou du sergent ?

Les flics en tenue avaient dans le commissariat un petit réfectoire. Certains, au fil des ans, l'avaient aménagé et, chacun apportant quelque chose qui l'encombrait à son domicile, ils avaient constitué un petit espace personnalisé, véritable bric-à-brac d'antiquaire où toute allusion au travail était strictement pénalisée ; une petite boîte servait de tronc et celui qui avait manqué à l'accord tacite se voyait obligé d'y mettre un euro. Comme c'était le sergent Vermiot qui avait commencé l'ameublement du local en apportant une plaque électrique, tout ce qui venait de là prenait l'appellation « du sergent ». C'était le café du sergent, le micro-ondes du sergent, le cassoulet du sergent, même si c'était le caporal qui l'avait apporté.

Il y avait une petite machine à café achetée, grâce au tronc commun, dans un *Lidl* et chacun apportait ses dosettes pour alimenter le perco du sergent.

—Du sergent, bien sûr, rétorqua Jeremy. Tu sais très bien que j'ai en horreur le café soluble, même en peinture et avec la baraque on est servi.

—De plus, ironisa Gabriel, la nuit, des cancrelats s'y introduisent pour venir boire au tuyau de descente du liquide. Une fois j'en ai retrouvé un dans mon gobelet de chocolat.

—Pouah ! C'est dégueulasse ! s'exclama Ariane. Je n'en prendrai plus un seul de ma vie, à ces machines pourries.

Gabriel ouvrit le tiroir dans lequel il rangeait son arme et sortit une petite boîte à sucre. Il en extirpa trois sachets blancs et ronds.

—Tiens, lança-t-il à Jeremy, c'est moi qui régale. Fais-le bien serré que ça nous réveille. On en a besoin.

—OK !

Jeremy attrapa au vol les trois dosettes et sortit du bureau.

Dix minutes plus tard, il revenait, portant un plateau sur lequel se balançaient dangereusement trois tasses, pleines à ras bord d'un café mousseux et odorant. Quelques gouttes avaient débordé et roulaient, en flaque, d'un côté et de l'autre du plateau. Les cuillères tintaient au rythme des pas de Jeremy. Le bureau fut rapidement envahi par la bonne odeur.

—Voilà qui va nous remonter et nous réveiller les papilles et les neurones, dit Gabriel.

—Je l'ai fait bien fort, comme Monsieur me l'a demandé.

—Très bien, tu commences à être stylé. On finira par tirer quelque chose de toi, se moqua Gabriel.

Puis, il redevint sérieux.

—Nous n'allons pas récapituler tout ce que nous avons, dit-il. Nous l'avons en tête et de toute façon c'est écrit sur le tableau. Je vais simplement y rajouter le Nantais : Chalosse.

Il se leva et se dirigea vers le paperboard en tenant sa tasse de café. Il prit le gros marqueur dans le réceptacle sous les feuilles quadrillées, posa sa tasse sur la chaise à côté du tableau et recula pour voir ce qui était inscrit.

Ses deux compagnons regardaient, eux aussi, la liste, tentant d'en tirer un élément susceptible de les faire avancer dans leur recherche

—Plus je regarde et moins je comprends, dit Jeremy en exprimant l'opinion générale. Il n'y a rien qui rapproche les victimes, rien qui puisse nous faire dire : voilà un point commun, prenons cette piste.

—Oui ! interrompit Ariane, il y a l'âge qui semble commun aux trois vic...

—Non aux quatre victimes, s'interposa Gabriel. Je crois que c'est le seul élément, à part la façon de tuer, qui puisse nous faire dire que c'est le même psychopathe.

—C'est vrai. Ses proies sont toutes d'une ville différente. Jusqu'à présent donc, on ne peut pas dire qu'ils aient fait leur scolarité ensemble. Il est rare que, d'une même classe, tous les élèves soient éparpillés dans toute la France. En général, on en retrouve quelques uns qui sont restés et ont pris racine dans leur ville de naissance. Parfois, certains habitent le même quartier sans se reconnaître.

—Raisonnement juste, confirma Gabriel. On en revient donc à l'âge. C'est le seul indice qui les rapproche. Jeremy, est-ce que tu as vérifié les passés militaires de nos trois types.

—Ouais ! Rien à voir. Gérard Mion, le souffleur de verre, était dans la marine, à Toulon. Marc-Antoine Delavoix, l'avocat, était dans l'artillerie, à Haguenau, quant à Noël Réveillon, il a été réformé.

—Pour quel motif ? demanda Gabriel, intéressé.

—P4. Il s'est fait passer pour débile. Il était dans les paras et faisait celui qui ne comprenait pas les ordres, n'a jamais marché en cadence, chantait *La Madelon* quand les autres entonnaient *Debout les Paras*, a donné une raclée à trois compagnons de chambrée et, le comble, pissait toutes les nuits au lit. Quand on l'a mis au trou pour s'être battu, il chiait la nuit dans sa cellule et en mettait de partout. Finalement, après deux expertises psy, il a été réformé. Réforme qu'il s'est empressé de fêter avec des amis, bien sûr.

—Ça serait une piste à suivre.

Gabriel reprit sa tasse et but une gorgée. Puis, il la reposa et écrivit sous les trois noms :

« *Voir si Mion, Delavoix et Chalosse ont un passé psychiatrique* », puis, il ajouta le dernier nom connu.

Meurtre d'Antoine CHALOSSE. Né le 31 décembre 1975 à Nantes. Horticulteur. Une fille. Tué le 24 avril 2009. Il est mort vidé de son sang, après de multiples tortures. Langue sectionnée, dos mutilé, testicules coupés etc. Messages trouvés dans les bourses vides :

« *Il a envoyé son serviteur. Il l'a envoyé inlassablement, mais vous n'avez pas écouté, vous n'avez pas tendu l'oreille pour écouter. Il disait – Que chacun renonce donc à sa mauvaise conduite et à la méchanceté de ses agissements—* »

Et « *Le spectre de la mort plane au-dessus de toi*
Oublie ce que tu es, oublie ta vie présente,
Tiens bien haut le flambeau de la haine qui hante,
Habite nos esprits et nous donne la foi ».

Puis, Gabriel reprit sa démonstration de vive voix.

—Nous avons donc quatre victimes connues :

Gérard Mion, 33 ans et 6 mois.

Marc-Antoine Delavoix, 33 ans et 1 mois.

Noël Réveillon, 32 ans et 4 mois.

Antoine Chalosse, 33 ans et 4 mois.

Tous sont morts torturés, le dernier avait les testicules coupés, cela ferait supposer un crime sexuel, mais les autres n'ont rien. À notre connaissance, ils n'ont pas fait leurs études ensemble, pas de service militaire dans le même régiment et ils habitaient des villes différentes.

—C'est incompréhensible, dit Jeremy. Ce fou ne tue pas au hasard. Pas dans un cas de serial killer. Ils choisissent toujours leurs victimes selon un plan bien précis.

—Si c'était un libéré d'asile psy, comme il en court des centaines dans nos rues, intervint Ariane, je le comprendrais. Mais, nous aurions des victimes le même jour, tuées au hasard, sans fil conducteur précis, lors d'une bouffée délirante. Là, il agit froidement, d'une façon réfléchie, avec des règles bien établies. Il sait ce qu'il fait, même si les victimes ne paraissent pas avoir de liens communs.

—Oui, précisa Gabriel. On en revient toujours au même point : l'âge, qui tourne autour de trente-trois ans et le fait qu'ils étaient des pères indignes, pédophiles et violents. Il va falloir attendre une nouvelle victime pour voir si nos suppositions sont justes

—Quelle horreur ! s'écria Ariane.

—Que veux-tu, dit Gabriel en écartant ses bras dans un geste d'impuissance, nous ne pouvons pas faire autrement. En attendant nous allons lancer —Jeremy tu t'en occupes —une recherche dans tous les commissariats et gendarmeries de France. Je veux savoir s'il n'y a pas d'autres crimes non élucidés, récents ou anciens, peu importe. Disons… dans les 10 ans en arrière. Je suis sûr qu'on va avoir des surprises. Ça nous fera peut-être avancer. Mais, avant… eh bien ! Comme on ne peut rien faire aujourd'hui… est-ce que… vous avez prévu quelque chose ?

—Pas moi, dit Ariane.

Jeremy ne répondit pas tout de suite. Il paraissait absent, lointain.

—Jeremy ? On te parle, insista Ariane en lui donnant un coup de coude.

Le jeune homme sembla sortir d'un rêve.

—Oui ! Quoi ? Qu'est-ce qu'il y a ? Ah ouiii… ! Non, je n'ai rien prévu, ou plutôt oui, mais je peux annuler, ça n'a pas d'importance.

—Alors, vous venez manger à la maison. Ça fera plaisir à Johanne. Elle doit donner un concert dans deux jours. Elle se fera une joie de tester ses nouveaux morceaux devant vous.

Mercredi 29 avril 2009, 15h25

La veille. Gendarmerie de Barcelonnette.

—Est-ce que le lac a été interdit ? demanda l'adjudant chef Kojaksky.

—Oui, mon adjudant, répondit un gendarme en train de taper laborieusement, avec deux doigts, sur le clavier de son ordinateur.

Il releva la tête et regarda son chef, délaissant provisoirement le rapport sur la découverte du meurtre au Lauzet-Ubaye.

—Nous avons mis des barrières pour empêcher toute intrusion sur les lieux du meurtre.

—De partout ? demanda abruptement Kojaksky.

L'adjudant-chef était très grand et maigre, mais la tenue bleue lui allait très bien et il la portait avec élégance. Sous son képi, le crâne était glabre, plus un cheveu n'ornait le sommet de sa longue carcasse. En se rasant tous les jours le système pileux, il cultivait ainsi sa ressemblance avec le détective Kojac, fin limier à la sucette d'une série télé culte américaine des années soixante-dix. Kojaksky était d'origine polonaise et, avec le nom qu'il portait et son crâne chauve, il se croyait obligé pour être un peu plus dans le personnage, de mâchouiller en permanence un bâton de *Chupa chups*, ces sucettes espagnoles qu'il se faisait rapporter en grande quantité de leur pays d'origine quand un membre de sa famille y faisait un séjour.

—Nous avons condamné tous les accès au lac, mon adjudant. Une souris ne pourrait plus passer.

—Nous n'irons pas jusque là. Contentons-nous d'empêcher la pollution de la scène du crime par toute personne étrangère au lieu et à l'enquête. Nous ne pouvons pas faire autrement en attendant l'arrivée de la police scientifique. Inutile de tout contaminer avec de l'ADN et des empreintes. À ce propos, est-ce que les photos de tous les curieux qui se sont massés là, ce matin, ont été faites subrepticement ?

—Oui, mon adjudant.

—Tant mieux. Bien souvent, parmi les curieux, l'assassin vient s'y glisser pour plusieurs raisons. Il veut voir une dernière fois sa victime ou bien il veut vérifier s'il n'a pas commis d'erreur, laissé un indice ou tout simplement, c'est une curiosité morbide qui l'attire. La vue du cadavre et le fait de se dire que c'est lui qui l'a tué, le fait jubiler.

—Il devait y avoir une vingtaine de personnes, ce matin, vers dix heures trente. C'est incroyable ce que les gens sont curieux et malsains. Voilà un tout petit village où les gens sont peu nombreux et les touristes absents à cause du temps. Il y a un crime et aussitôt il se trouve vingt personnes à être attirées par le cadavre comme des mouches par de la merde.

—Les trois-quarts devaient être des gens du coin, interrompit Kojaksky. Il y en a six ou sept qui sont de passage. Sur ceux-là, il y a les vacanciers précoces et les voyageurs de commerce. Est-ce que Dumont a bien fait les photos sans se montrer ?

—Bien sûr, mon adjudant. La photo, c'est son dada, sans faire de mauvais jeu de mot avec le prénom de la victime. Il était de l'autre côté du lac et a tout pris avec le téléobjectif.

—Bien ! Est-ce qu'on a retrouvé la plainte de la femme N'dour ? Nous nous rappelons tous qu'elle est venue il y a six mois se plaindre de son mari, puis, elle est revenue deux ou trois jours plus tard retirer ce qu'elle avait dit. Bizarrement, ce jour-là, elle avait une pommette fendue et un poignet bleu.

—Oui. Malgré notre insistance, elle a voulu absolument la retirer. Je me souviens qu'on lisait de la peur dans ses yeux. Elle nous a dit qu'elle était venue porter plainte sous le coup de la colère car elle s'était disputée assez durement avec son mari ce jour-là, mais il ne l'avait pas frappée. Elle a juré qu'il n'avait jamais levé la main sur elle.

On toqua à la porte.

—Entrez ! dit l'adjudant-chef.

Un gendarme entra, tenant dans ses mains trois photos.

—Dumont vient de faire le tirage des curieux, mon adjudant, les voilà.

—Merci,

Les photos étaient sensiblement les mêmes, prises sous un angle différent, mais représentant toujours la masse des curieux. À côté du groupe, on voyait *la Petite Sirène* supportant le poids du Sénégalais dont la peau noire contrastait avec la couleur claire de la statue ; au fond, la petite buvette jaune et bleue donnait des couleurs vives à la photo où le vert des arbres prédominait.

Sur les trois photos, les groupes étaient pratiquement identiques. Seul l'angle de vue différait. Sur l'une d'elle, l'adjudant-chef compta 18 personnes dont seules quinze têtes étaient visibles et probablement reconnaissables, les autres étant cachées par les premières. Sur la deuxième, le groupe s'était resserré mais il y avait vingt et un individus se bousculant pour apercevoir le cadavre. La troisième, plus claire et distincte, montrait vingt-deux curieux. Sur le fond, on voyait un gendarme chassant un enfant, sac à dos, s'étant probablement détourné du chemin de l'école pour venir voir ce qu'il se passait. Il lui montrait d'un doigt impératif le chemin remontant vers la départementale.

L'adjudant-chef eut un sourire.

—Décidément, ricana-t-il, Laurent aura toujours des problèmes avec les gosses.

Il sortit la photo du lot et la jeta sur le bureau.

—Celle-là a l'air bonne. Il y a vingt-deux badauds. Normalement, ce sont les mêmes que sur les deux premières plus quelques autres qui sont venus se rajouter. Il faudra le vérifier. Vincent, tu vas t'en occuper, dit-il en avançant les photos vers le sergent. Tu vas aller voir le maire, en premier. Il doit connaître la majorité des curieux. Puis, tu iras voir les commerçants, les patrons des hôtels, le curé, le pape s'il le faut, mais trouve-moi le nom de tout ce petit monde.

—Bien, mon adjudant. Ça ne devrait pas poser trop de problèmes.

—Tu élimineras petit à petit toutes les têtes connues. Je pense que la majorité des gens est du pays. Prends deux gendarmes et faites les enquêtes de voisinage habituelles. Je veux le curriculum vitae de toutes les personnes présentes sur la photo. Celles que personne ne pourra identifier feront l'objet d'un mandat de recherche.

CHAPITRE VII
Vendredi 1er mai 2009, 13h00

Le repas avait débuté depuis un quart d'heure. Johanne avait accueilli à bras ouverts les deux collaborateurs de son adoré de mari. Elle s'était délectée de leur jouer, durant quarante minutes, des extraits de son prochain récital Mozart et Chopin, les nocturnes et les polonaises étant ses favoris, à la salle Mazenod. Puis, le rôti n'attendant pas, ils étaient passés à table.

D'un commun accord, ils avaient décidé de ne pas parler de l'enquête afin de se vider la tête.

À treize heures, Gabriel alluma la télé et le visage de David Pujadas apparut.

—*Notre premier mai ne fait pas exception à la règle : aujourd'hui 200 millions de brins de muguet vont être vendus en France par des fleuristes, des grandes surfaces mais aussi par des anonymes aux coins des rues ; c'est la seule occasion durant laquelle le gouvernement autorise une vente sans prélèvements d'impôts. Une tradition qui perdure depuis des dizaines d'années.*

Mesdames et Messieurs, bonjour. Voici les titres de notre journal.

En images apparurent, sur le grand écran LCD fixé sur le mur du salon, les extraits des reportages qui allaient être développés dans la demi-heure suivante.

Des manifestations, des défilés dans les rues, des guerres, des crimes, des attentats.

—Aucun reportage pour réjouir les gens, dans notre univers morose, s'exclama Jeremy.

—Ne commence pas à râler, interrompit Ariane. Apprécie plutôt ce bon repas préparé par Johanne.

La jeune femme remercia la collaboratrice de son mari en clignant des yeux.

—Non, mais c'est pas vrai ? Ils nous prennent pour des imbéciles. On a l'impression d'être manipulés. Tout ce que je vois m'agresse.

—Eh ! Oh ! Tu deviens parano ou quoi ? s'écria Gabriel.

—C'est la vérité. Je ne peux plus voir les infos sans piquer des crises. Écoute, Gabriel, on n'entend parler que de guerres, de politiciens pourris se remplissant les poches, de bourse qui baisse à cause des banques qui spéculent mal, de salaires faramineux pour les footballeurs, de crise et de solutions pour y remédier en tirant toujours sur les mêmes, des parachutes dorés, des grands patrons du CAC40 qui se remplissent les poches…

—Tu sais, enchérit Ariane, il n'y a pas que les politiciens pourris qui se remplissent les poches. Même les « honnêtes » font pareil. Regarde les députés, tous les avantages qu'ils se sont accordés, c'est scandaleux, regarde les sénateurs, les ministres et je préfère m'arrêter là.

—De toute façon, politiciens et pourris, c'est un pléonasme. Quant à politiciens et honnêtes, c'est impossible. Ce sont deux mots antagonistes et allergiques.

—Mais, arrêtez, hurla Gabriel. Je ne vous ai pas dit de venir déjeuner à la maison pour entendre des sornettes, écoutez les infos et fermez-la !

Le présentateur abordait maintenant les informations concernant la France. Évidemment, l'inaltérable excité en mouvement fut montré dans diverses manifestations et inaugurations, avec ses tics d'épaules.

—C'est à croire qu'il a le don d'ubiquité. Il est de partout à la fois.

—Jeremy ! dit Gabriel d'un ton las en regardant son collaborateur d'un air navré ! Ne recommence pas.

—Sans compter le pognon qu'il coûte à la France avec tous ses voyages où il se fait accompagner de toute sa cour. Après, qu'il ne nous parle pas d'économie et de pollution. Tu imagines le CO2 rejeté dans l'atmosphère ?

Mais, David Pujadas venait de changer de sujet et abordait les faits divers : maladies, alcool, cigarettes chez les jeunes, accidents, statistiques et tout le train d'informations qui allaient avec.

« *Et maintenant, dit-il, une info brève car nous n'avons pas encore de nouvelles plus précises. Notre envoyé spécial sera en mesure de nous adresser son reportage pour l'actualité du vingt heures. Une petite commune des Alpes de Haute Provence vient de vivre les heures les plus sanglantes et tragiques de son histoire. Le Lauzet-Ubaye, à quelques kilomètres de Barcelonnette, aux portes des stations de ski du Sauze et super Sauze, a été le témoin, le 29 avril, d'un meurtre hors du commun* ».

L'image se dédoubla et David Pujadas apparut sur une moitié d'écran, alors que sur l'autre défilait des photos du petit village : l'église, la forêt alentour, le lac, *la Petite Sirène*.

—*C'est justement sur cette statue,* reprenait le présentateur, *reproduction de la célèbre sculpture d'Andersen, qu'a été découvert le vingt-neuf au petit matin, par un employé municipal faisant sa ronde de nettoyage, un cadavre tué dans des conditions horribles. Nous n'avons pas encore les images pour l'instant, mais les informations que nous avons reçues par téléphone nous apprennent que la victime a été torturée avec barbarie. Il a la tête à moitié arrachée et a, en outre, été émasculé. C'était un noir, employé de La Poste et qui… »*

— Vous avez entendu ? s'écria Gabriel. Un meurtre, un autre meurtre, avant-hier !

— Eh bien, nous y voilà. Un cinquième cadavre sur les bras, dit Jeremy, avec philosophie. On avait bien besoin de ça.

— Chuuut ! Écoutez, dit Ariane, un doigt sur la bouche, les yeux fixés sur l'écran.

« *Voici les trois photos prises par la gendarmerie de Barcelonnette, le matin de la découverte du crime. Cet attroupement est une foule de badauds dans laquelle se trouve probablement l'assassin, d'après l'adjudant chef chargé de l'enquête. Selon la théorie que l'assassin revient toujours sur les lieux de son crime, il doit nécessairement être sur l'une de ces trois photos. Tous les personnages ont été reconnus et nommés par le maire et les habitants du village. Tous, sauf un que vous apercevez d'abord sur cette photo, puis, sur celle-ci* ».

Les trois clichés défilèrent sur l'écran et le personnage désigné était entouré d'un rond rouge.

Le silence qui s'était installé à cette annonce ne fut rompu que par le grésillement de l'eau de la cafetière qui finissait de passer sur la mouture du café.

— Il me faut ces photos, dit Gabriel d'un ton ferme. Je suis certain que c'est notre homme.

— Tu as vu comment il est ? dit Jeremy. On l'aperçoit à peine.

— Oui. J'ai vu que sur la première ce n'était qu'une ombre cachée derrière un sapin. On entrevoyait à peine la moitié de son visage, dépassant du tronc de l'arbre.

— Bof ! dit Ariane, la seconde n'était guère mieux. Il s'était rapproché de la foule pour s'y mêler, mais comme il était derrière l'attroupement, il était caché. Moi je n'ai vu que le haut de sa tête et…

—Moi aussi, coupa le commissaire, mais c'est significatif.

—Tu crois ? dit Jeremy en soulevant les sourcils en signe d'interrogation. Je n'ai vu que quelque chose de sombre : deux ronds noirs, sans doute les yeux et un front flou encadré de cheveux noirs.

—Justement. Ça ne te rappelle rien ?

—... !

Jeremy regardait Gabriel, les yeux ronds, sans rien dire.

—Le portrait robot ! Il me semble que c'est le même haut de visage avec des cheveux longs.

Jeremy réfléchit un instant en plissant le front. Deux sillons verticaux apparurent au-dessus de son nez.

—Oui, peut-être ! Il faudrait voir les photos. De plus c'était le matin et il y avait, semble-t-il, de la brume.

—C'est pour ça qu'il nous les faut. Même si elles ne sont pas nettes, je suis certain que le labo pourra en tirer quelque chose.

—Oui ! Nous aurions, enfin, quelque chose de concret. Je crois que l'assassin a commis sa première faute. Mais, il va falloir encore partir à dache[1].

Etonné, Gabriel regarda son ami, les yeux écarquillés de surprise.

—Tu te mets aux expressions marseillaises, maintenant ?

—Et pourquoi pas ? Je suis ton exemple. C'est vrai qu'on va être obligés de partir loin, encore ? On arrive à peine de Nantes.

—Je vous l'avais bien dit qu'il allait nous faire voyager dans toute la France.

—Et je pense que ce n'est que le début, s'interposa Ariane.

---

1. Au diable-vauvert.

Elle exprimait ainsi l'opinion générale. Surtout celle de Johanne qui écoutait la discussion des trois policiers et semblaient en être exclue.

—Moi, je souhaite que ce soit la fin, dit-elle, prenant part à la conversation. Ça commence à être long, votre histoire. Ça fait presque deux semaines et vous n'avez pas encore un début de piste. Quand je pense que nous devrions être revenus de voyage de noces.

Gabriel regarda sa femme d'un air navré. Il haussa les épaules en signe d'impuissance.

—Justement, argumenta-t-il. Dis-toi que notre voyage serait terminé. Alors que là, il est à faire, ce n'est pas encore un souvenir.

—Oui ! Vu sous cet angle, ça se tient. N'empêche que c'est long.

Gabriel reprit son sérieux.

—Ma chérie, dit-il, nous ne pouvons pas partir en laissant un psychopathe se balader sur le territoire et tuer des gens en toute impunité. Il FAUT que nous l'arrêtions !

—Mais, ça va encore durer longtemps ?

—L'étau se resserre.

—Oui, je sais, et le cercle se rétrécit aussi. Garde tes phrases types pour les journalistes.

—C'est un mal pour un bien. Regarde, si nous étions partis, tu n'aurais pas pu être engagée pour cette série de concerts.

—Tu sais, les organisateurs m'auraient attendue. Je suis connue dans le milieu classique.

—J'espère bien.

—Vous allez partir encore quelques jours ?

—Non, Le Lauzet-Ubaye n'est pas loin de Marseille. On fera l'aller-retour dans la journée.

—Tant mieux !

— Nous aurons simplement le problème relationnel avec la gendarmerie. J'espère qu'ils ne feront pas trop de difficultés pour nous remettre — ou nous faire lire — le rapport sur le meurtre et celui du légiste.

— Tu sais bien, mon amour, qu'avec un sourire, tu obtiens ce que tu veux, même des hommes.

À cette remarque de Johanne, Ariane jeta un regard complice à Jeremy. Ses sourcils relevés et sa jolie bouche faisant une moue en cul de poule, en disaient long sur ce qu'elle pensait. Jeremy lui rendit un regard approbateur : Johanne avait bien raison. Tous deux vouaient une admiration sans borne à leur supérieur et celui-ci aurait pu leur demander n'importe quoi. Et il en profitait d'ailleurs.

— À la réflexion, disait-il justement, je pense qu'il n'est pas nécessaire que toute la brigade débarque dans les bureaux de la gendarmerie. Ça leur donnerait la sensation d'une invasion de la police nationale et ils pourraient faire obstacle à notre demande. Laissons-leur croire que nous venons en quémandeur et qu'ils nous rendent service. Ils ont une enquête, nous avons la nôtre. Il se trouve que, justement, elles ont des imbrications et il serait préjudiciable à leur bon déroulement que nous nous cachions des éléments susceptibles d'amener une arrestation ou tout au moins le démasquage de l'assassin.

— Oui... ?

Sourcils en accent circonflexe, Ariane qui n'avait pas l'habitude des longues phrases emberlificotées de son chef le regardait, l'air interrogateur. Jeremy également.

Habituellement, il était plus bref dans ses explications, plus succinct, et il arrivait à exprimer en quatre mots ce que d'autres disaient en quatre phrases.

Aussi, tous deux se demandaient pourquoi Gabriel prenait tant de gants pour leur dire ce qu'ils avaient déjà compris. Mais, d'un commun accord, ils faisaient les imbéciles, le regardant d'un air niais.

— Ce qui veut dire ? demanda Jeremy en posant ses coudes sur la table.

— Ce qui veut dire que…

Gabriel se tut et fixa attentivement ses amis. Il lut dans les yeux d'Ariane un soupçon de moquerie. Elle avait son petit air narquois qui signifiait : « Tu es en train de nous mener en bateau et de nous prendre pour des idiots, là ! »

— Imbéciles ! s'exclama-t-il. Mais, qu'est-ce que j'ai fait au Bon Dieu pour avoir une équipe de bras cassés comme vous ? Bande de cabestrons[1] !

Johanne qui n'avait pas tout saisi, obnubilée par la pensée que son mari allait encore partir, les regardait, interloquée.

— Ce qui veut dire, reprit Jeremy finissant la phrase de son chef, que nous partons Ariane et moi et que toi tu restes ici. C'est ça ?

— En gros, c'est ça, consentit Gabriel.

— Tu as de la chance que j'aime la montagne, dit Ariane. J'en profiterai pour faire une randonnée.

— L'aller-retour dans la journée, pas plus ! précisa Gabriel. Je crois avoir dit ça, tout à l'heure, non ?

Jeremy fit mine de réfléchir.

— Oui, se décida-t-il, peut-être. Mais, si…

— Si vous partez très tôt demain matin, vous pouvez être revenus en fin d'après-midi.

— Tu crois ça, dit Ariane, n'oublie pas que c'est à mon tour de conduire et que je n'aime pas aller vite. D'autant plus que ce sont sans doute des routes de montagne.

La tête de Gabriel allait de l'un à l'autre, les questionnant du regard. *Pourquoi voulaient-ils rester deux jours* ?, se demandait-il.

— Tu sais, enchaîna Jeremy, on va arriver vers les… quoi ? Midi ? La gendarmerie est sans doute fermée jusqu'à

1. Imbéciles.

quatorze heures. On va attendre l'adjudant-chef et après il va falloir argumenter, car nous n'aurons, si nous partons demain de bonne heure, aucune autorisation officielle. En plus, tiens ! J'y pense, nous serons samedi...

—Ensuite, dit Ariane, il faudra trouver un restaurant et...

—Et un hôtel si vous passez la nuit, l'interrompit Gabriel.

Le mot hôtel résonna dans sa tête. Il regarda ses lieutenants d'un air plus intrigué que soupçonneux. Puis, il chassa la pensée qu'il venait d'avoir en envoyant d'un geste bref sa main par-dessus l'épaule. Johanne vint à point nommé pour le distraire. Elle se leva pour se coller dans son dos et encercler son cou de ses deux bras. Puis, elle l'embrassa sur le pavillon de l'oreille en chuchotant :

—Donc, tu restes.

—Oui. Je pense que je serai plus utile ici.

Johanne passa le bout de sa langue pointue sur l'oreille et attrapa entre ses lèvres le lobe de Gabriel.

—Oh, oui ! susurra-t-elle d'une voix prometteuse de grandes délices.

Il sentit son souffle chaud lui frôler la nuque et un frisson lui parcourut le dos.

CHAPITRE VIII
Samedi 2 mai 2009, 7h30

La Laguna verte de Jeremy roulait lentement, négociant les virages sans à-coups. Ils étaient partis tôt et se trouvaient sur la route des Alpes. Jeremy avait préféré prendre les départementales plutôt que l'autoroute qu'il trouvait désagréable. Son côté râleur le poussait à s'insurger contre les péages trop nombreux et exorbitants.

Il y avait aussi le fait qu'il se trouvait seul avec Ariane pour, s'ils se débrouillaient bien, quarante-huit heures de tranquillité et de tête à tête.

Il appréciait la présence de la jeune femme, sa chaleur, sa spontanéité et son franc-parler. Le fait de passer deux jours en sa compagnie lui était très agréable et il espérait qu'elle aussi apprécierait ces quelques heures. Il en voulait pour preuve qu'elle avait insisté pour ne pas redescendre le soir à Marseille.

Le premier mai avait été chaud. Seul un petit mistral tentait vainement de rafraîchir l'atmosphère et beaucoup de petits vendeurs de muguet s'étaient plaints de l'incidence de la chaleur sur la tenue des petites clochettes blanches. Le 2 mai s'annonçait torride.

Il n'était que sept heures trente et le soleil qui s'était levé depuis quarante-cinq minutes ne tarderait pas à darder ses rayons sur le toit de la voiture. Ils roulaient toutes vitres baissées, la clim n'étant, malgré tout, pas encore nécessaire.

Le courant d'air créé entre les deux ouvertures faisait voler en tout sens les cheveux auburn d'Ariane, coupés courts. Elle posa son index sur le lève-vitre et remonta la sienne à moitié. Les mèches rebelles, voltigeant sous l'appel d'air, retombèrent sur son visage, encadrant un ovale aux traits réguliers et aux pommettes saillantes. Sa bouche, petite, avait des lèvres ourlées et bien dessinées, ses oreilles, à moitié dévoilées par la coupe de cheveux, paraissaient ciselées par un artiste.

Jeremy se sentait bien. Il ne faisait pas encore excessivement chaud — de toute façon les vitres ouvertes faisaient entrer suffisamment d'air frais — et la présence d'Ariane à ses côtés lui procurait un bien-être dont il était étonné.

Il connaissait pourtant la jeune femme depuis de longs mois. Il avait toujours été attiré par son charme sensuel, sa vivacité d'esprit et sa beauté un brin eurasienne, bien qu'elle n'eût aucun ascendant asiatique, mais il n'avait jamais approfondi ses sentiments. Il la côtoyait tous les jours et la considérait comme une amie pour qui il aurait eu de l'attirance. Ça n'allait pas plus loin.

Pourtant, il ne savait pourquoi, quand il avait compris que Gabriel les enverrait tous deux dans ce petit village des Alpes, son cœur avait raté un battement.

Il savait que ces endroits étaient charmants et pittoresques. Il avait entendu le journaliste de la télé dire qu'il y avait un lac et des montagnes boisées tout autour. Il n'en avait pas fallu plus à son cerveau pour extrapoler et se voir dans un petit chalet auprès d'un feu de bois, les bûches crépitant dans l'âtre et envoyant des gerbes d'étincelles. Et il n'était pas seul. Dans ses bras se blottissait une jeune femme, pelotonnée contre sa poitrine. Ils étaient bien dans cet endroit douillet et, comble de la surprise pour lui, les traits de la jeune femme ressemblaient comme deux gouttes d'eau à ceux d'Ariane.

Il en fut fort étonné et à partir de ce moment, il la regarda avec des yeux neufs.

Il connaissait ses antécédents, savait qu'elle sortait d'une petite bourgeoisie bordelaise et que son engagement dans la police n'avait pas plu à ses parents. D'où la rage et la hargne qu'elle mit à réussir son examen d'inspecteur. Après sa place de major de sa promotion, elle avait choisi Marseille. Elle restait ainsi dans le sud et s'éloignait sans remords de parents qui considéraient son travail d'un air méprisant et ne lui demandaient jamais rien.

Le soleil levant, à peine né de l'horizon, envoyait ses rayons éblouissants à travers le pare-brise. Jeremy abaissa le pare-soleil. À la dérobée, il jeta un rapide coup d'œil sur Ariane. Celle-ci, les yeux mi-clos, semblait sommeiller. Il en profita pour admirer son joli profil au petit nez.

— Tu dors ? chuchota-t-il.

— En tout cas, ce serait un bon moyen de me réveiller, tu ne crois pas ?

— C'est pour ça que je parlais doucement. Si tu avais été en train de dormir, tu ne m'aurais pas entendu.

— Mais, ce n'est pas le cas. Qu'est ce que tu veux ?

— Bof, rien !

Jeremy avait eu un instant l'envie de lui demander si elle aussi se sentait bien, si elle aussi était contente de passer ces deux jours, enfin presque, en sa compagnie. Mais, il se retint au dernier moment. Il se dit qu'il aurait l'air idiot de demander ça de but en blanc. Sans raison.

— Alors pourquoi tu me réveilles ?

—Je ne te réveille pas, puisque tu ne dormais pas.

—Mais, j'aurais pu.

—Ce qui n'est pas le cas.

—J'étais à deux doigts de m'endormir.

Agacé, Jeremy pinça les lèvres. Il n'avait pas envie de se mettre à discuter et argumenter. Les femmes étaient de mauvaise foi, point barre. Il essaya de changer de discussion car celle-ci risquait de s'éterniser. Il fallait couper court.

—Est-ce que tu as songé à tous les éléments qu'on avait sur l'enquête ?

—Eh oui ! Cette nuit. Et comme je n'ai pas bien dormi, je comptais me rattraper dans la voiture. Mais, c'est raté.

—Eh ! Oh ! Tu t'es levée du mauvais pied, ce matin ? Je n'y suis pour rien si on reprend la route à cause de cette saloperie de meurtre.

Ariane était pelotonnée sur le siège, les genoux repliés, pieds posés sur l'assise et ses bras encerclant ses jambes. Elle tourna son regard vers Jeremy pour voir la tête qu'il faisait. Il avait l'air renfrogné. Elle décrocha ses mains et avança son index tendu vers le flanc droit de l'inspecteur. Elle le savait chatouilleux. Quand elle planta son doigt sur une côte, il poussa un cri et plia son torse du côté droit.

—Ça va pas non ! Fais-nous avoir un accident, dit-il en regardant rapidement Ariane.

Elle riait de toutes ses dents éclatantes de blancheur et son petit nez se fronçait adorablement.

—Fais pas cette tête, dit-elle, je plaisantais. Elle avait rapidement déplié ses jambes et s'était collée contre la portière, s'attendant à ce qu'il lui rende la pareille.

—C'est pas malin. Tu aurais pu me faire faire un écart.

—La route est calme, il n'y a pas un chat. Alors ! Tu me dis pourquoi tu m'as réveillée ?

Voila qu'elle recommence, se dit Jeremy. *Je n'y échappe pas.*

Il lui jeta à nouveau un regard rapide. Elle avait mis un jean un peu usé aux genoux, un marcel noir dont les bretelles ne parvenaient pas à dissimuler celles de son soutien-gorge mauve et, par-dessus, une chemise flottante qui cachait son holster et son arme de service. Il la trouva mignonne avec son petit air mutin et taquin, mais en même temps têtu et pugnace.

—Je regardais le paysage défiler, se décida-t-il, et j'étais bien. Je me demandais si, toi aussi, tu appréciais ce petit séjour à la montagne.

—J'adore ! répondit-elle.

—C'est vrai que tu veux faire une randonnée ?

—Si on règle rapidement le problème, pourquoi pas ? Il m'est arrivé de passer par ce petit village une fois ou deux en me rendant dans une station de ski. Il est plaisant et calme, avec un charme désuet.

—Eh bien ! Je ne me doutais pas que tu aimais la marche.

—C'est surtout les beaux paysages qu'elle nous permet d'admirer.

—C'est pour ça que tu as pris mon parti chez Gabriel ?

—J'ai pris ton parti, moi ?

Elle le regarda, surprise.

—Oui ! Quand j'ai dit que l'aller-retour dans la journée ne suffisait pas, tu t'es empressée d'argumenter en ma faveur.

Elle réfléchit un instant en plissant le front.

—Aaah ouiii ! réalisa-t-elle, c'est en partie pour ça, oui.

—En partie, seulement ?

Jeremy essayait de la pousser dans ses retranchements. Il avait envie de lui dire que, lui, était content de passer quarante-huit heures seul avec elle.

—Pour le repos aussi et le calme.

— Je pense qu'on pourra expédier la corvée de la gendarmerie rapidement, dit-il, et ensuite on aura jusqu'au lendemain soir pour nous deux.

— Oui... ? demanda-t-elle, attendant visiblement une suite à la phrase de Jeremy.

— Tu n'es pas contente ?

— D'avoir vingt-quatre heures pour nous deux ?

— Ben oui, quoi, merde ! Pour nous deux.

Il ne savait plus comment se dépêtrer de cette situation embarrassante. Il ne voulait pas s'engager sur un terrain trop glissant, mais en même temps, il aurait voulu qu'elle comprenne ce qu'il était en train de lui dire, sans lui faire de dessin.

Un petit sourire se dessina sur la bouche d'Ariane. Sans tourner la tête, elle lui jeta un coup d'œil coquin.

— Il faut dire que moi aussi, quand j'ai compris que Gabriel nous envoyait en éclaireurs, j'ai ressenti un petit pincement. J'étais contente. En analysant la situation je pense que ce n'était pas seulement pour la randonnée.

— Ah bon !

Jeremy sentit une bouffée de chaleur lui envahir le visage.

— Il commence à faire chaud, dit-il. Il serait temps de mettre un peu d'air frais.

Il appuya sur le bouton de la climatisation et contrôla sur le tableau de bord le réglage de la température.

— 24° C, dit-il. C'est pas avec ça qu'on va se rafraîchir. Je le mets à 20° C. Ça t'ira ?

— Impeccable !

Cinq secondes plus tard, la clim se mit en route et envoya un air frais qui fit rapidement baisser la température de l'habitacle.

— Tu étais en train de me dire que ce n'était pas seulement pour la randonnée que tu es contente de venir.

—Non. Il y a autre chose.

Elle s'était assise de travers sur le fauteuil et regardait Jeremy qui fixait la route, la nuque raide.

—Ça doit être comme pour moi, dit-il.

—Probablement. Et c'est quoi, toi ?

—Je suis content de venir me ressourcer au calme, dans la quiétude d'un paysage de montagne et surtout...

—Surtout ?

—Surtout, se lança-t-il, nous serons tous les deux. Le temps sera beau, si nous réglons rapidement ce pour quoi nous sommes venus, nous aurons tout le reste du temps pour nous. On va se trouver un petit hôtel avec vue sur la montagne et...

—J'espère qu'ils auront deux chambres libres, dit-elle avec un sourire, en insistant sur le deux.

Il cessa un instant de fixer la route pour jeter un bref regard sur Ariane. Celle-ci, le menton levé, le regardait d'un air provocateur.

—Bien sûr. Deux petites chambres rustiques, avec poutres au plafond, meubles massifs sentant la cire, crépis sur les murs et lit confortable. Tu n'es pas contente de nous retrouver seuls, nous deux ?

La jeune femme retrouva son sérieux pour répondre.

—Oui, Jeremy. Je ne sais pas pourquoi, mais je me sens bien à l'idée d'être dans un beau décor, d'admirer les beaux paysages de montagnes, de m'y promener... avec toi. Je crois que la clim est trop froide, lâcha-t-elle de but en blanc, j'ai le nez qui pique.

—Il y a des Kleenex dans le vide-poche.

En disant cela, il se pencha en avant pour l'ouvrir. Ariane eut le même réflexe et leurs mains se rencontrèrent. Jeremy saisit la sienne.

—C'est passé, dit-elle. Je n'ai plus envie d'éternuer.

Mais, la jeune femme ne fit rien pour la retirer. Bien au contraire, Jeremy emprisonna ses doigts et leurs deux mains se posèrent sur le fauteuil d'Ariane, près de sa cuisse.

Le jeune homme tourna la tête et lui fit un sourire radieux qu'elle lui rendit.

Ils continuèrent ainsi sur deux kilomètres, la route étant droite, mais Jeremy fut, avec regret, obligé de reprendre le volant plus prudemment car des tournants approchaient.

Aussitôt, Ariane posa sa main sur la cuisse de l'inspecteur et en quelques secondes, il sentit sa chaleur l'envahir.

Ils venaient de passer Gréoux-les-Bains et roulaient sur la D952.

Jeremy avait compris, sans qu'Ariane ait à dire quoi que ce soit, qu'elle était animée des mêmes sentiments que lui. Le courant était passé subitement. Ils se connaissaient depuis près de deux ans et sans que rien ne laisse supposer une quelconque attraction entre eux, ils se retrouvaient spontanément attirés l'un vers l'autre. Elle avait eu ce geste machinal de poser sa main sur la cuisse de Jeremy et lui trouvait ça normal mais fantastique.

Plus besoin de parler ni de s'embourber dans des phrases qui n'apporteraient rien de plus à la situation. Ils étaient là, roulant vers un joli village, connectés par une simple main qui signifiait : « J'ai compris ce que tu voulais me dire. Nous sommes l'un à l'autre ».

— Tu veux qu'on s'arrête pour boire un café ? demanda Jeremy. Avec un croissant ? On est partis tôt et je commence à avoir un petit creux.

Ariane exerça une pression sur la cuisse du jeune homme en signe d'assentiment.

— Si tu veux, dit-elle.

— On s'arrête à quel endroit ?

— Sais pas ! Où tu veux.

La jeune femme semblait flotter dans un rêve et se demandait ce qui lui arrivait. Cette sensation d'avoir l'impression que son cœur grossissait jusqu'à emplir sa poitrine et lui prenait tout son souffle, était nouvelle pour elle. Elle aurait accepté n'importe quoi pour rester avec Jeremy, où qu'il aille.

— On peut s'arrêter à Riez ou faire un petit détour à Valensole, proposa-t-il.

— Arrêtons-nous à Riez si c'est sur notre route.

— OK ! On aura fait la moitié du chemin, environ.

— Déjà !

— Ça fait quand même une heure trente qu'on roule. Je ne vais pas vite.

— Plus vite on arrivera, plus vite on pourra se débarrasser de la gendarmerie.

— Et après on se trouve un petit hôtel tranquille ou une chambre d'hôte avec vue sur la montagne.

— Deux chambres d'hôtes, reprit Ariane d'un ton moqueur.

Jeremy tourna furtivement la tête pour la regarder. Le petit sourire ironique qu'il vit se dessiner au coin de sa jolie bouche, en disait long sur ses pensées.

Même jour, 10h30

— 4 Allée des Lilas, dit Ariane. Je crois qu'on y est presque d'après le GPS. Plus que 500 m.

— Dans 400m tournez à droite. Vous êtes arrivés, l'interrompit la voix féminine du petit appareil.

— Tu vois, on y est.

Effectivement, au bout d'une longue ligne droite, longée par un torrentueux et impétueux cours d'eau roulant des pierres dans un fracas assourdissant, le drapeau bleu, blanc, rouge se distinguait, flottant en haut de son mat. La gendarmerie était agréable dans son décor montagnard, entourée de verdure et de plantes en fleurs, dominée par de hauts pics aux sommets encore enneigés.

Jeremy se gara devant la clôture, en face de l'inscription « GENDARMERIE NATIONALE ».

Ils entrèrent à l'accueil en tenant leur carte de policier à la main.

— Bonjour Monsieur, nous voudrions voir le gradé qui s'occupe du meurtre du Lauzet.

Le gendarme releva la tête du registre sur lequel il inscrivait des chiffres et demanda, sourcils froncés, d'un ton rogue :

— C'est pourquoi ? Si vous êtes journalistes, vous pouvez repartir tout de suite, grommela-t-il avec un geste du menton désignant la porte de la gendarmerie.

— Je constate que dans la gendarmerie, on fait moins de cas des journalistes que dans la police nationale, insista Jeremy.

— Eh bien ! Vous n'avez qu'à y aller à la police.

— C'est impossible puisque c'est elle qui vient à vous, dit Ariane avec son plus charmant sourire en montrant sa carte.

Intrigué, le planton posa son stylo et saisit le papier plastifié. Il y jeta un coup d'œil et le posa sur le comptoir. Son air agressif avait disparu.

— Vous auriez pu le dire plus tôt. Enfin, c'est tous les mêmes, marmonna-t-il entre ses dents. Qu'est-ce que vous voulez ?

D'un discret coup d'épaule, Ariane repoussa Jeremy qui commençait à parler. Elle le savait peu diplomate et préférait prendre la direction des opérations avant que son ami ne gâche tout.

—Nous sommes détachés par le SRPJ de Marseille pour voir votre chef. Enfin, corrigea-t-elle, le chef qui s'occupe de l'affaire N'dour.

Les yeux du gendarme allaient de l'un à l'autre et il mit un moment à se décider.

—Ouais ! fit-il, dubitatif, je vous l'appelle. C'est l'adjudant chef Kojaksky.

Il fixa alors durement les deux inspecteurs pour voir leur réaction. Mais, ceux-ci gardèrent leur sang-froid et n'ébauchèrent aucun sourire. Pourtant, l'image de l'inspecteur Kojak, du feuilleton, était venue se fixer sur la rétine de Jeremy et il eut toutes les peines du monde à garder son sérieux.

—Asseyez-vous, il arrive.

Effectivement, peu après, la longue silhouette de « Kojak » apparut au bout du couloir.

—Qui me demande, Laurent ?

La voix était brève, sèche et grave. Une voix de baryton qui allait très bien avec la corpulence grande et mince du militaire. Le gendarme dénommé Laurent montra, d'un signe de tête, les deux inspecteurs qui chuchotaient sur un banc. Ceux-ci se levèrent quand ils virent Kojak s'approcher d'eux. Jeremy s'avança en tendant la main.

—Lieutenant Jeremy Péirabèra et voici mon équipière Ariane Delhomme.

Ils se serrèrent la main pendant que l'adjudant-chef demandait :

—Péirabèra ? C'est un nom du sud-ouest, non ?

—Il est d'origine gasconne. Je suis de Mont de Marsan.

—Eh bien, moi c'est d'origine polonaise, vous l'avez deviné, je présume. Qu'est-ce qui vous amène dans notre région ? dit-il en fixant Ariane.

Celle-ci fit un pas en avant pour lui serrer la main.

—Le cadavre du Lauzet, dit-elle.

L'adjudant-chef eut un mouvement furtif de recul. Il était sur ses gardes. Il ne voulait pas qu'on vienne empiéter sur ses prérogatives.

—Tiens donc. Et qu'a-t-il de si intéressant ? Mais, vous me raconterez tout ça dans mon bureau. Suivez-moi.

Son bureau était vaste, clair et lumineux. Malgré la fraîcheur de ce début de mai, en altitude, les fenêtres étaient ouvertes sur un paysage montagnard splendide et laissaient entrer un air vivifiant et tonique.

Kojaksky, d'un geste ample du bras, désigna deux fauteuils.

—Asseyez-vous, je vous en prie.

Les deux amis obtempérèrent.

—Alors vous me dites que c'est à cause du cadavre du Lauzet que vous êtes dans notre belle région. D'où venez-vous ?

—De Marseille, répondit Ariane.

—Nous avons appris par la télé, enchérit Jeremy, la triste affaire du noir assassiné.

« Kojak » claqua sa langue contre son palais d'un air ennuyé.

—Nous n'en sommes qu'aux prémices. Pour l'instant nous n'avons aucun élément nous permettant d'avancer.

Jeremy se souvint des paroles de son chef. L'affaire débutait mal si le gendarme opposait tout de suite une fin de non recevoir.

—Nous avons le même genre d'affaire à Marseille depuis quinze jours et le moindre petit indice pourrait nous faire avancer.

—Vous pensez qu'elles sont liées ?

—C'est fort probable étant donné la barbarie avec laquelle le noir a été tué. Nous avons un cadavre sur les bras auquel on a fait ingurgiter une dizaine de litres de vinaigre. Ses lèvres ont été cousues à vif et il a été étouffé.

Vous voyez que vous pouvez nous rendre un fier service. Nous avons besoin de vous.

Ariane n'en revenait pas. Elle regardait Jeremy avec une moue d'ébahissement, les yeux ronds. *Comment*, se disait-elle, *pouvait-il être si diplomate, alors qu'habituellement il était plutôt direct et fonçait dans le tas, bille en tête, comme un taureau ?*

Jeremy tourna la tête et fixa sa collègue avec l'air de lui dire « Ça t'en bouche un coin, hein ? »

— Vous savez, comme je vous l'ai dit, nous n'avons pas grand-chose à nous mettre sous la dent. Le rapport du légiste n'est même pas encore arrivé, quant à la scientifique, n'en parlons pas. Le temps qu'elle ait analysé tous les éléments recueillis sur les lieux du crime, nous aurons arrêté l'assassin.

Ariane se mêla à la discussion.

— Ça m'étonnerait fort que vous l'attrapiez si rapidement. Nous n'avons pas que le meurtre de Marseille. Il y en a un à Nantes, un en Avignon et un à Albi et ceci sur une période de cinq ans.

— Presque un tous les ans, constata le gendarme.

— Non, il y a eu un hiatus de trois ans environ. Mais, tous ces meurtres sont sur le même modèle et portent tous la même signature. Cependant, il n'est pas exclu qu'il y en ait d'autres.

— Nantes, Avignon, Albi, Marseille et maintenant Le Lauzet. Est-ce qu'il suit un parcours bien précis ?

— Nous n'avons pas réussi à le déterminer, dit Ariane en écartant les bras, l'air désolé. Étant donné que les meurtres sont de plus en plus rapprochés, nous pensons qu'il est en pleine crise de schizophrénie. Il va commettre obligatoirement une erreur car il ne peut pas tout contrôler. C'est à ce moment-là que nous lui mettrons la main au collet. Pour ça, il nous faut un maximum d'éléments et c'est la raison de notre venue ici. Lors de chaque crime, il nous a laissé un message sur une feuille plastifiée. Est-ce que vous avez quelque chose dans ce goût-là ?

Jeremy admira lui aussi la maestria avec laquelle Ariane en était arrivé à lui demander un des points les plus importants de l'enquête.

Mais, Kojak était un vieux de la vieille. Il ne s'en laissait pas conter aussi facilement. Malgré tout, le charme d'Ariane ne le laissait pas insensible et Jeremy se rendit compte que le gendarme avait plus souvent le regard fixé sur la poitrine de la jeune femme que sur ses yeux. Après un instant de silence, durant lequel le gazouillis des moineaux entra par la fenêtre, mêlé au chant mélodieux d'un rouge-gorge, le gendarme se décida.

—Nous avons un message, oui, effectivement. Nous avons trouvé Dada N'dour ficelé sur une statue au bord d'un lac.

—Nous avons entendu cette particularité à la télé, interrompit Jeremy aussitôt foudroyé par le regard incendiaire d'Ariane.

Elle pensait qu'à présent que le gendarme était lancé il ne fallait plus l'interrompre, sauf par quelques onomatopées l'encourageant à continuer.

—Vous disiez ? demanda-t-elle, cherchant à lui faire reprendre le fil de sa phrase.

—Qu'effectivement il y avait bien un message. Comme je vous ai dit, il était ficelé sur une statue au bord du lac. Un poteau télégraphique de deux mètres cinquante-sept était fixé dans son dos, derrière la nuque d'une épaule à l'autre.

Ariane admira au passage la précision de l'adjudant-chef. Elle approuva de la tête, l'incitant à continuer.

—La tête était décollée du tronc sous l'effet d'un coup de poignard d'une violence extrême, porté à la volée de la droite vers la gauche, ce qui indique que l'assassin est droitier. Je ne sais pas si la victime était vivante à ce moment-là, l'autopsie nous le dira. Ce dont je suis sûr, c'est qu'elle l'était quand son œil a été énucléé. Il était également vivant quand il lui a planté des petits clous tout autour du crâne en prenant garde, bien sûr, à ne pas les enfoncer jusqu'au cerveau.

Ariane porta une main à sa poitrine pour réprimer un haut-le-cœur.

—Mon Dieu, quelle horreur ! dit-elle. Comment est-ce possible ? Quelle escalade dans la torture !

—En effet, je crois qu'il devient de plus en plus violent, confirma Jeremy.

—Et ce n'est pas tout. Son sexe était coupé, tranché net.

—Le pénis ou seulement les testicules ? questionna Ariane.

Le gendarme eut un raclement de gorge, l'air gêné. Il n'avait pas l'habitude de parler des parties sexuelles avec une enquêtrice.

—Les deux, dit-il, sans citer de nom.

—Je dirai alors les trois, insista Jeremy, voyant l'air embarrassé du militaire.

—Comment ça, les trois ?

—Les deux couilles et la zigounette, se moqua le jeune homme, aussitôt réduit au silence par un autre regard de son équipière.

—Ah oui ! Évidemment, vu sous cet angle. Disons qu'il était émasculé.

—Et le message ? demanda Ariane.

—J'y arrive. Dada était nu comme un ver. Sur la petite plage de sable, il y avait un pyjama bien plié et taché de sang. Dans la poche droite de la veste nous avons retrouvé le sexe et dans la poche gauche, ledit message. Entre nous soit dit, pour l'instant nous n'y comprenons pas grand-chose. Il ne veut rien dire, si ce n'est une discrète allusion à la couleur de la victime.

—Est-ce que vous l'avez ?

—Non, il est entre les mains de la scientifique qui doit l'analyser sous toutes les coutures, mais je doute fort qu'elle trouve quelque chose. Par contre, j'ai eu un indice délivré sous le manteau par un ami de chez eux.

—Mais, vous allez nous le donner, n'est-ce pas ? dit la jeune femme en lui décochant un sourire charmeur.

—Je pense que ça n'engage en rien le bon déroulement de l'enquête.

—Alors ? Ariane était sur des charbons ardents.

—Alors, il ressort des premières analyses qu'il y avait deux ADN différents sur le sexe coupé.

—Ouais, nous avons déjà eu ça. Ça prouve bien que c'est le même assassin. Nous pourrons comparer les ADN. Et le message ?

—Je l'ai recopié, bien sûr. Voici la feuille.

Il ouvrit le tiroir de son bureau et en sortit une feuille A4 qu'il tendit aux deux inspecteurs.

« *Le nègre peut-il changer sa peau, la panthère ses rayures ? Vous seriez tout autant capables de faire le bien, vous qui êtes habitués à faire le mal ! Je vous disperserai donc comme de la paille emportée par le vent du désert* ».

Et :

« *Je suis décidé à en finir avec eux*

I.N.F. »

Après avoir lu, tous deux se regardèrent, l'air perplexe.

—C'était écrit en *Times New Roman*, taille 12, sur du papier plastifié également, précisa l'adjudant-chef.

—C'est aussi sibyllin que les autres, dit Ariane, exprimant ainsi l'opinion générale. Et il y a toujours cette signature. Que veut-elle dire ?

CHAPITRE IX
Jeudi 30 avril 2009, 17h00

C'était la fête annuelle à Chabagnac-le-Château. Le dernier samedi d'avril, la petite ville de douze-mille cinq-cents habitants entrait en liesse. Toute la journée et toute la nuit ce n'était que feux d'artifice, pétards, danse. Les bandas circulaient, jouant des cuivres éclatants et des percussions rythmiques. Une foire gigantesque avait installé ses stands, s'insinuant dans toutes les rues comme une toile d'araignée et visitée par des milliers de chalands. Dans certains bars se déroulaient des beuveries alimentées par des tonneaux de bière et qui finissaient parfois à la gendarmerie.

Sur la place Charles de Gaulle, il y avait deux de ces bistros qui offraient une hospitalité intéressée à de nombreux soulards imbibés de bibine et de pastis.

En temps normal, la petite place était agréable et les grands platanes qui ponctuaient son pourtour, donnaient une ombre et une fraîcheur appréciables les jours de forte chaleur. Une dizaine de bancs y avaient été installés par la municipalité.

Sur l'un de ces bancs publics, un homme était assis. Il observait, d'un regard plein de haine, les gesticulations des buveurs ayant dépassé depuis longtemps le seuil entre la sobriété et l'éthylisme.

Il était penché en avant, les coudes posés sur ses cuisses et ses longs cheveux noirs et raides tombant devant son visage, lui cachaient en partie le spectacle désolant qu'offraient les alcooliques.

Le patron du bar avait sorti une dizaine de tables et trois serveurs faisaient sans arrêt le va-et-vient entre l'intérieur de la salle et la place. Des ivrognes chantaient à tue-tête, se disputaient et certains se dirigeaient rapidement vers le caniveau pour régurgiter des jets de vomi de toutes les couleurs.

L'un d'eux, après avoir alimenté le ruisseau et souillé une partie du trottoir avec l'intérieur de son estomac, se redressa, lança un rot sonore repris en cœur par trois de ses compagnons de beuverie. Son regard torve se dirigea vers le centre de la place où il remarqua l'homme assis.

—Eh, toi ! hurla-t-il, tu ne bois pas ?

Sur le banc, l'inconnu redressa légèrement la tête, regarda fugacement l'ivrogne et reporta ses yeux sur la foule des buveurs sans relever l'interpellation. Son regard ignora totalement celui qui l'avait apostrophé. En titubant, l'alcoolique fit quelques pas vers l'homme.

—Eh ! Je t'ai parlé, dit-il en perdant l'équilibre.

Il fit deux ou trois moulinets de ses bras, comme un sémaphore, pour retrouver un équilibre précaire, puis, il continua. L'inconnu n'avait pas bougé ; seul ses sourcils s'étaient soulevés et froncés, creusant deux sillons au-dessus du nez et lui donnant l'air encore plus mauvais.

—Viens boi... re un coup ! Ya de... de... la bonne bi... bine. Allez, res... reste pas seul. C'est moi... qui ré... régale.

Il était devant l'homme. De son pied, il tapa légèrement sur sa chaussure pour le stimuler. L'inconnu souleva lentement la tête, déplia ses bras et les laissa ballants de chaque côté de ses cuisses. Il regardait à présent l'ivrogne. Ses yeux étaient dardés sur les siens et lançaient des éclairs de haine. Le buveur, malgré son degré élevé d'éthylisme, ressentit l'animosité et la malveillance émaner de l'homme. Il eut subitement peur et recula d'un pas, ce qui permit à l'homme de se lever. Ainsi debout, il le dominait de sa haute stature. Sans se presser, il leva la main et l'attrapa par le cou, avec l'index et le pouce. Ses deux doigts serraient le larynx du pauvre type et y étaient accrochés comme deux sangsues. Puis, subitement, il le repoussa dédaigneusement et fit un pas de côté pour pouvoir s'éloigner. Trente secondes après, il avait disparu, laissant l'alcoolique pantois et à moitié dégrisé.

Même jour, 19h30

Les trois alcooliques se séparèrent au bout de la place Charles de Gaulle. Chacun partit de son côté en titubant. Celui qui avait provoqué l'ire du spectateur irascible s'éloigna de son côté et disparut au coin de la rue. Il continuait ses divagations éthyliques, levant les bras au ciel en parlant seul, se cognant contre les murs et crachant des jets de salive. Il faillit tomber en rencontrant une poubelle, se rattrapa juste à temps et se dirigea vers le coin de la rue qu'il tourna en frôlant le mur.

Il n'avait pas fait dix mètres dans cette voie, lorsqu'une ombre sortit d'une porte cochère, sur le trottoir d'en face et le suivit rapidement. En quelques enjambées, elle traversa la rue et fut derrière lui.

L'ivrogne ne se rendit pas compte qu'un homme était dans son dos, un homme très grand, aux épaules larges et aux cheveux longs et noirs. Il était habillé d'un jean, de baskets, d'une chemise noire à manches courtes flottant sur le pantalon. Ses bras musclés et ses avant-bras noueux se terminaient par de grandes mains puissantes dont la droite tenait un couteau.

— Tu veux toujours me payer à boire ? dit l'inconnu, d'une voix grave.

L'ivrogne s'arrêta et tourna la tête en direction des sons qui lui parvenaient au cerveau comme une corne de brume perçant difficilement le brouillard.

— Ah, c'est toi ! dit-il en voyant le colosse. Bien sûr que je veux te payer à boire. On s'arrête au premier bar.

— Je n'ai pas soif, répondit l'autre en le regardant fixement.

Ce regard plein de haine et d'animosité arriva droit dans les yeux de l'homme et s'imprima dans son cerveau. Une lueur d'inquiétude se distingua sur son visage. Il sentit, à travers le brouillard nimbant sa conscience que quelque chose n'allait pas. Il n'eut pas le temps de réfléchir plus avant.

L'inconnu était contre lui ; son couteau à cran d'arrêt claqua dans le silence de la rue en s'ouvrant sèchement. Il eut un geste vif et son bras partit en avant. Quand il le retira, la lame était rouge.

L'ivrogne, surpris, ouvrit des yeux étonnés. Il ne réalisait pas ce qu'il lui arrivait. Déjà le devant de son tee-shirt était écarlate du sang qui sortait à gros bouillons de la blessure de son flanc.

— Il ne fallait pas me donner un coup de pied, dit Saül d'une voix rauque. Pourquoi as-tu fait ça, hein ? Tu te rends compte que je t'ai touché à l'abdomen. Tu vas souffrir l'enfer si je ne t'achève pas. J'ai déjà vu ça. Tu en as pour vingt minutes à te tordre si je n'ai pas touché d'organe vital.

L'ivrogne appuyait sa main sur la blessure comme pour empêcher le sang s'insinuant entre ses doigts, de s'écouler. Le colosse le maintenait debout par le revers de sa chemise. Il serrait d'une seule main tandis que l'autre promenait la lame vermillon sous ses yeux.

— Tu m'as donné un coup de pied. Fallait pas !

D'un rapide coup d'œil, il embrassa la rue du regard et fut rassuré. Pour l'instant elle était déserte. Malgré tout, en tirant l'ivrogne, il recula dans une porte cochère et le laissa tomber sur le sol. Couché en chien de fusil, la victime était effarée, ne comprenant pas ce qu'il lui arrivait. Saül se pencha et posa la lame contre l'oreille.

— Chuuut ! fit-il, ne crie pas ou je te la coupe.

Rapidement, il mit la main à la poche de son pantalon et sortit un petit rouleau de ruban adhésif. Il en arracha deux bandes et les colla sur la bouche du blessé. Celui-ci, les yeux ronds, se mit à pousser des gémissements qui ne purent franchir la barrière du ruban.

— Voilà, mon vieux ! Maintenant, tu peux hurler.

D'un geste vif, il lui trancha une oreille, posa le couteau sur l'autre et la coupa également. La victime n'arrivait pas à hurler sa souffrance. Elle porta sa main, rouge de sang, sur l'adhésif pour l'arracher mais Saül la lui saisit et en cinglant l'air, la lame s'abaissa. L'index et le majeur tombèrent au sol.

— Tu as compris, maintenant, qu'il ne fallait pas s'en prendre à moi. Tu as de la chance que je n'ai pas le temps. Je vais te tuer rapidement.

Joignant le geste à la parole, il plongea à nouveau son couteau dans la poitrine de l'homme. Touché en plein cœur, celui-ci rendit l'âme. Sans un regard, Saül tourna les talons et se fondit dans le crépuscule qui commençait à s'étendre sur la ville alors qu'une large coulée de sang ruisselait sur le trottoir, tombait dans le caniveau et allait se perdre dans une bouche d'égout.

Quand il arriva au cimetière de Chabagnac-le-Château, Saül se dirigea droit vers le mausolée dont il avait pris possession. La porte métallique ne grinça pas quand il la poussa. À l'intérieur, la chaleur s'était accumulée, lourde, étouffante, rendue encore plus angoissante par cette odeur de résine qui y flottait en permanence. Quelques boules de cyprès roulèrent sous ses pieds. Il se baissa, crocheta de son index un anneau et souleva la trappe en bois. Aussitôt une sensation de fraîcheur l'envahit des pieds à la tête. Décidément, il n'y avait que là qu'il était bien, loin des rumeurs de la ville, loin des menteurs, des voleurs.

Il descendit rapidement les quelques échelons et se retrouva sur le petit rond-point. Il jeta un bref coup d'œil sur les trois cercueils superposés et s'enfonça dans la galerie sombre. Il était enfin chez lui, dans son domaine, avançant rapidement, à petites foulées, presque au pas de course. Ses yeux furetaient de droite à gauche, cherchant la paroi qui risquait de s'effondrer, l'endroit qui suintait ou celui envahi de salpêtre. Il ne voulait pas que son lieu de recueillement se dégrade, qu'il s'en aille à vau-l'eau. Il avait trop dépensé d'ardeur et d'énergie dans la rénovation de son sanctuaire pour le laisser à nouveau se déglinguer. Il avait tout exploré, tout examiné de fond en comble et savait que cette champignonnière durerait encore longtemps s'il gardait un œil dessus. Elle durerait bien après lui car l'entrée, murée, la protégeait des curieux et des vandales. De toute façon, il avait mis des alarmes et des pièges de manière à être prévenu de toute intrusion dans son domaine.

Plongé dans ses pensées, il arriva rapidement à l'endroit où il avait installé son QG. C'était la première galerie, celle qui donnait sur l'extérieur et était condamnée, la plus large. C'était là qu'il avait étalé les ossements de ses parents, là qu'il prenait ses repas sommaires et s'abreuvait à la source suintant du plafond. Il l'entretenait avec un soin tout particulier, prenant garde à ne pas la laisser se dégrader.

Il s'approcha de la petite vasque naturelle et plongea sa main dans l'eau qui s'y écoulait en permanence. Il s'aspergea le visage et apprécia avec volupté la fraîcheur du liquide. Il se releva et jeta un regard circulaire sur son domaine, arrêtant ses yeux un bref instant sur les ossements blanchis de son père et sa mère.

Un regret le taraudait et revenait régulièrement le harceler. Pourquoi son frère n'était-il pas avec lui ? Il DEVRAIT être là, à le seconder dans l'immense tâche entreprise, l'aider, le soutenir. Il avait pourtant souffert autant que lui des coups et des violences sexuelles de leur père. Il n'aurait pas dû s'éloigner de lui. La suppression de tous ces monstres s'attaquant à des innocents irait deux fois plus vite. Loth s'occuperait de la recherche, irait dans les commissariats, les gendarmeries, enquêterait dans les centres sociaux auprès des assistantes sociales. Il récolterait ainsi beaucoup plus d'éléments. Et puis, lui, Saül, n'aurait qu'à intervenir en phase finale. Il pourrait ainsi élaborer des plans plus complexes pour enlever les voleurs d'innocence, des plans plus machiavéliques. Il aurait plus de temps pour trouver des tortures plus raffinées, les faisant souffrir mille morts, de la même manière qu'ils faisaient souffrir les enfants.

Il se souvint avec délectation de la façon dont il avait brisé un à un les os de ce monstre d'Avignon, comment il avait cousu les lèvres de celui d'Aubagne et de tout ce qu'il avait fait aux autres. Leurs visages défilaient devant ses yeux qui devenaient de plus en plus hagards : Quimper,

Rethel, Haguenau, Dijon. Toutes ces victimes qu'il avait enlevées et avaient torturées, tailladées, découpées et redéposées dans leur ville d'origine. Le film des tortures défilait devant ses yeux, déroulant des visages grimaçants, hurlant de douleur, criant.

Puis, La Voix lui parla, lui donna un ordre.

— *À genoux*, dit-elle, *à genoux quand tu penses à tous tes morts. Pas pour les honorer mais parce que ce que tu as fait est Saint.*

Saül se jeta sur le sol sec et poussiéreux de la grotte. D'abord à plat ventre, bras et jambes écartés comme un élève curé devant son évêque au moment de l'ordination, au bout d'un instant, il se redressa et se mit à genoux pour obtempérer aux ordres de La Voix.

— Oui, oh oui ! C'est Saint. Tous mes actes sont guidés par la sainteté de ce que j'accomplis. Sans toi, je ne serais rien. Tu m'as dit ce qu'il fallait faire, tu as guidé mon esprit et mes pas vers ces monstres.

— *Oui, Saül. Je t'ai guidé, mais ta tâche n'est pas terminée. Il y en a encore beaucoup et tu dois les exterminer les uns après les autres, trouver des tortures cruelles et douloureuses.*

— J'en ai, oui, j'en ai. Ma tête fourmille d'idées pour les faire souffrir.

— *Parfait*, reprit La Voix en résonnant lugubrement à ses oreilles.

Saül tournait sur lui-même, sur ses genoux, cherchant la meilleure zone pour capter les ordres qui lui parvenaient, comme quelqu'un téléphonant avec un portable.

— *Inutile de chercher ! Où que tu sois, tu m'entendras toujours de la même façon. Tout te sera audible. Tu sais ce que tu dois faire, n'est-ce pas ?*

— Oui, je dois m'occuper de cette femme à côté de Pérouges.

—Nous sommes le 30 avril. Tu as jusqu'au 3 mai pour l'enlever, la tuer et la redéposer dans son château. N'oublie pas : elle est encore plus coupable que les autres. Tu dois trouver des souffrances encore plus précises. Au nom du fils !

—J'obéirai à tes ordres. Tout est prévu.

La Voix partit comme elle était venue. Elle s'évanouit du cerveau de Saül et celui-ci parut s'éveiller d'un songe. Il se releva et, pareil à un automate, se dirigea vers une porte qu'il ouvrit.

Une odeur nauséabonde sortit de la pièce tel un souffle de l'enfer et vint l'envelopper, mais il n'en parut pas incommodé. C'était une odeur de sang séché, écoeurante et forte, de chair corrompue, en putréfaction.

Il actionna un interrupteur et une lumière blafarde éclaira sa salle de tortures. Dans le fond, un petit écran d'ordinateur était posé sur une planche fixée par des chaînes accrochées à des pitons plantés directement dans la roche. Au-dessus, des photos... un nombre incroyable de photos découpées dans des journaux, des magazines. Les commentaires imprimés au-dessous, relataient les crimes accomplis par Saül. C'étaient des images venant de revues vendues dans toute la France. Certaines montraient les cadavres tels qu'ils étaient retrouvés, d'autres simplement le visage, le reste du corps étant caché par un drap. Aucun commentaire ne faisait de rapprochement entre les différents crimes.

Saül s'approcha des photos et les contempla une à une. Sous chacune, il avait écrit des annotations personnelles qui indiquaient la nature des crimes perpétrés par ses victimes et la façon dont elles étaient mortes. Il avait également mis une note sur l'endurance à la douleur. Cette note était très importante pour lui. En effet, plus une personne supportait la torture, plus il pouvait se permettre de la faire souffrir. Si une mauviette tombait dans les pommes dès qu'il sortait un couteau, son plaisir était diminué. Il fallait le ranimer, attendre qu'il soit bien conscient pour recommencer à le découper ou l'ouvrir.

Saül avait constaté que ses proies réagissaient toutes de la même façon. Quand elles ouvraient les yeux pour la première fois sur le lieu de ce qui allait devenir leur chambre des tortures, il y avait de l'incrédulité. C'était la première impression qu'il y lisait. Leur regard faisait le tour de la pièce relativement petite, s'arrêtait sur chaque chose. Saül, lui, restait dans l'ombre et ne se faisait pas voir. Il éprouvait un plaisir indescriptible à lire tous les stades par lesquels passaient ses souffre-douleur. Après l'incrédulité venait l'incompréhension : ils réalisaient dans quelle position ils se trouvaient, pieds et mains liés, dans un endroit sinistre, sentant le sang et la mort. Ils commençaient à gigoter pour se détacher mais c'était peine perdue. Saül savait faire les nœuds. Aussi bien qu'un marin. Ensuite venait la réaction de défense puis, de colère qui s'extériorisait par des cris, des hurlements, des appels. Saül ne bougeait toujours pas, laissant sa proie dans l'ignorance de son destin. Puis, sa victime, après avoir bien hurlé, se calmait et examinait à nouveau la situation. Le tortionnaire imaginait qu'elle devait se poser des tas de questions, croire qu'elle rêvait.

Au bout d'une demi-heure d'immobilité, il adorait se montrer en entrant, lentement, sans bruit, dans la zone chichement éclairée. Son ombre immense apparaissait alors, ses longs cheveux ne parvenant pas à cacher la lueur de folie éclairant son visage. Il jouissait de l'instant ou sa proie le voyait et était terrorisée. Il pensait qu'à cet instant seulement, la victime réalisait ce qu'il lui arrivait. Elle était enlevée mais ne savait pas encore pourquoi, ne savait pas qu'elle allait souffrir mille morts. Mais, il allait se charger de le lui faire savoir.

Après avoir revu pour la centième fois les photos du mur, Saül jeta un bref regard sur tous les instruments alignés à côté de l'écran. Des aiguilles, du fil, des scalpels, des tenailles, des clous. Tout un attirail de tortionnaire nazi, tel qu'il l'avait vu dans les films qu'il adorait visionner, était étalé sur la planche.

Il s'assit sur le fauteuil positionné devant l'écran. Des taches brunes et des traînées sanglantes maculaient le bureau improvisé. Des morceaux de chair en décomposition, dégageant une odeur pestilentielle, étaient semés un peu de partout sur le sol.

Plongé dans ses pensées, Saül ne les voyait ni ne les sentait. Il pensait à la personne qu'il venait de tuer au village. Il n'aimait pas faire de victimes collatérales inutiles pour son épuration, surtout dans son fief. La police allait faire une enquête et se déployer dans la région comme un essaim d'abeilles excitées par un bâton. Il ne risquait rien, bien sûr, mais il n'aimait pas. Aussi, pourquoi cet ivrogne lui avait-il donné un coup de pied ? Qu'avait-il besoin de le chercher ? C'était bien fait pour lui. Saül n'aimait pas les coups. Depuis ses treize ans, depuis qu'il avait supprimé la cause de ses malheurs, plus personne n'avait levé la main sur lui, encore moins le pied.

Il ne l'aurait pas supporté, comme il n'avait pas supporté le coup, même léger donné par l'inconnu. Tant pis pour lui.

À présent, il devait se concentrer sur cette femme qui martyrisait ses gosses. Il fallait la punir elle aussi. Il savait qu'elle habitait un petit château dans la campagne de Pérouges : dommage, c'était une jolie petite ville, moyenâgeuse, bien entretenue, fleurie et il allait y semer la mort. Elle était connue pour sa galette sucrée mais dorénavant sa réputation allait franchir les frontières du pays.

La châtelaine de la région n'avait qu'à bien se tenir.

CHAPITRE X
Vendredi 1er mai 2009, 9h00

Il avait roulé une partie de la nuit et était arrivé vers 7 heures dans les environs du château. Il y avait fait une dernière reconnaissance tout autour, examiné les possibilités de s'y introduire et, finalement, il avait repris la route vers un village proche : Meximieux.

Il avait avalé un rapide petit déjeuner dans une brasserie et était reparti vers Pérouges.

Il conduisait, cette fois, une Ford Ranger 4x4 pick-up bleue. Il eut préféré une fourgonnette plus spacieuse pour pouvoir cacher sa proie à l'arrière, au retour, mais il était tombé sur ce véhicule, arrêté, moteur tournant. L'occasion faisant le larron, il s'était jeté au volant et avait démarré rapidement. Finalement, il en était content et avait apprécié le confort de cet utilitaire. Tant pis pour la châtelaine : il l'allongerait entre les sièges avant et arrière. Ça ne serait pas confortable pour elle, mais avec ce qu'il lui concoctait, elle aurait un avant goût de ce qui l'attendait.

Après s'être garé sur un parking à l'entrée du village moyenâgeux, il l'avait visité, avait goûté leur spécialité et était reparti. Le tableau de bord indiquait à présent 9h30 : il était temps. Pour être venu en repérage six fois, au volant de véhicules différents, afin de ne pas attirer l'attention, il connaissait la région presque par cœur. Comme pour tous ses précédents enlèvements, il ne laissait rien au hasard et voulait tout contrôler. Il connaissait les habitudes des propriétaires du château et savait que le week-end, la femme amenait ses quatre enfants chez leurs grands-parents à Béligneux, route de Cruisseau. Ils y possédaient une petite propriété et ça ne changeait pas beaucoup les enfants, sauf qu'il y avait une petite piscine hors sol.

Saül était content de cette habitude, car au moins les gamins avaient la paix durant quarante-huit heures. Et ce week-end durerait trois jours et ensuite les enfants auraient définitivement la tranquillité. Fini pour eux les enfermements dans des cachots obscurs, les longues journées et nuits sans manger ni boire, les sévices corporels, les attouchements sexuels.

Lors de ses repérages, il avait déjà fait le tour du mur d'enceinte et savait qu'à l'arrière du château il y avait une petite porte condamnée et vermoulue. Il lui serait facile de la franchir et de se retrouver dans le parc. Là, il aviserait. Le mari serait absent, comme d'habitude, étant allé jouer aux cartes pour dorer son image de marque auprès de ses électeurs et lever le coude de bon matin dans un bar de La Valbonne.

Il faudrait peut-être qu'un jour il s'en occupe, du mari. Saül savait qu'il ne faisait rien aux enfants mais qu'il fermait les yeux sur le comportement de sa femme. En cela, il était aussi coupable qu'elle.

Après la Route du Péage, il emprunta le chemin des Côtes d'en Haut sur quelques centaines de mètres puis, tourna à droite dans le chemin de la Sablière et continua sur le chemin du Paradis. Il ricana en songeant à ce nom : un nom prédestiné pour la femme, sauf que pour elle ce serait l'enfer.

Après le petit bois, il serait pratiquement arrivé. Effectivement, il longea bientôt le mur d'enceinte et se retrouva devant la petite porte, envahie de toiles d'araignées. Il gara le 4x4 sous un bosquet d'arbres, à l'abri des regards indiscrets et franchit aisément la porte.

Le parc n'était pas bien entretenu et les herbes, bien que l'on fut seulement le 1er mai, étaient déjà hautes et lui arrivaient aux genoux.

Il serait tranquille pour opérer ; il le savait. La femme n'était pas là mais elle allait revenir bientôt et le mari était parti lui aussi. Quant aux domestiques, il n'y en avait que deux et ils ne travaillaient pas aujourd'hui. Albert, l'homme d'entretien, l'homme à tout faire ainsi qu'Emma la femme de ménage étaient absents pour ce long weekend. Il n'y aurait donc aucune intervention intempestive. Quel bonheur il allait avoir de terroriser la femme, de lui montrer qu'il était le maître.

Il arriva devant le mur nord du château. Une rambarde métallique le longeait sur cinq mètres. Il s'en approcha et constata qu'elle servait de garde-fou à un escalier s'enfonçant, apparemment, dans les sous-sols. C'était une aubaine. Il n'aurait pas à forcer une fenêtre ou la porte d'entrée, au risque de donner des soupçons à la châtelaine à son retour. Ainsi, s'il pénétrait de ce côté, la surprise serait totale.

Les marches s'enfonçant vers les fondations étaient humides, le soleil ne chauffant jamais les lieux. Des plaques de mousse les recouvraient et il prit garde à ne pas glisser. En bas des quinze marches, une porte lui barra le passage. Il s'y attendait et n'eut aucune difficulté pour l'ouvrir d'un coup de ses massives épaules et se retrouver dans ce qui servait autrefois de cave et de chambre froide, *le frigo de l'époque,* pensa-t-il. Sous le château et situé au nord, les habitants de la demeure ne risquaient pas de voir leur nourriture se corrompre, même au plus fort de l'été. Il y faisait effectivement très frais.

C'était à présent un débarras ou étaient entreposées toutes sortes d'objets hétéroclites et devenus inutiles avec le temps et le progrès. Il y avait deux jougs, des socs de charrues, des pelles, des fourches en bois... le tout recouvert de poussière et de toiles d'araignées. Une vieille malle entrouverte laissait voir des livres à moitié dévorés par les petits rongeurs qui devaient hanter les sous-sols. Trois roues de charrette étaient alignées contre le mur du fond et deux pneus posés sur un vieux bahut blanc.

Il faisait sombre et la porte qui venait de se refermer lentement ne laissait plus passer la clarté diaphane du matin.

Saül se retourna, cherchant du regard. Il trouva rapidement un interrupteur sale et poussiéreux qu'il actionna de son index. Aussitôt une lumière pâlotte lui éclaira parcimonieusement les lieux. Il avança un peu plus dans la vaste pièce voûtée, marchant sur un sol dur de terre battue. Des araignées couraient en tous sens, cherchant l'abri précaire d'une zone d'ombre. En s'approchant du bahut, Saül constata que ce n'était qu'un vieux congélateur coffre ne servant probablement plus depuis longtemps. Son attention fut toutefois attirée par un câble électrique sortant de l'arrière et longeant le mur. Il le suivit des yeux et vit qu'il se terminait dans une prise fixée dans le mur. *Ainsi le congélateur est toujours en activité*, se dit-il. Cela semblait bizarre dans ce lieu où tout était abandonné à l'usure du temps. Il prit les deux pneus posés sur le couvercle et les jeta sur le sol où ils s'écrasèrent avec un bruit sourd en soulevant un nuage de poussière.

N'arrivant pas à ouvrir le couvercle bloqué par un cadenas, il le fit sauter avec son couteau. À l'intérieur, la lampe avait grillé et il ne distingua pas ce qu'il y avait. Il lui sembla que c'étaient des sacs noirs, comme des sacs poubelles. Il plongea son bras pour en retirer un des paquets qui lui parut relativement lourd pour de la nourriture congelée. *Probablement des morceaux de sanglier tué par le mari lors de ses journées de chasse.* Avant de le rejeter dans le coffre, il eut une hésitation puis, se décida. Il défit les nœuds du sac plastique et plongea sa main à l'intérieur. Il sentit un os et cela le conforta dans son opinion. Oui, c'était bien un gros jambon de sanglier. Mais, il continua de tâter et trouva bizarre de ne pas sentir le sabot. Il y avait par contre, en angle droit avec l'os, une petite protubérance plate. Intrigué il s'en saisit et tira en tenant le fond du sac de la main gauche. Ce qu'il prenait pour un cuissot était collé aux parois du sac par le froid. Il tira plus fort et la viande congelée apparut d'un seul coup.

Il ne fut pas terrifié car son cœur était endurci, son cerveau rompu à toutes les horreurs que lui-même commettait.

Il avait sous les yeux un bébé avec son cordon ombilical, un bébé qui avait dû être étouffé et congelé à peine né. Les yeux étaient ouverts sur l'éternité et sa bouche semblait hurler son premier et dernier cri.

Il remit sa découverte dans le sac, la reposa au fond du coffre et saisit le paquet suivant, beaucoup plus lourd.

— La salope ! La pourriture ! Ainsi, elle ne se contente pas de les martyriser, elle en tue.

Il ouvrit fébrilement l'emballage, en le déchirant. Il y avait bien un bébé, là aussi. Celui-ci était plus âgé, il devait avoir environ deux mois et peser dans les quatre à cinq kilos. Ses cuisses, dures et marbrées par le gel, étaient potelées.

— Conasse ! s'écria à nouveau Saül, mais tu vas le payer cher, tout ça.

— *Tu vois, je te l'avais dit !*

La Voix venait de lui parler. Encore et toujours, elle se faisait entendre dans les moments pénibles et douloureux lui rappelant sa jeunesse.

— *Tu ne dois pas avoir de pitié*, dit-elle. *Absolument pas.*

— Je n'en aurai pas. J'ai prévu pour elle des souffrances encore plus terribles. Maintenant, que je vois ça, sa mort me sera douce.

— *N'hésite pas à trancher, à couper, à arracher.*

— Oui ! Ma Vengeance, oui, ne crains rien. Je m'y vois déjà. Il me tarde de l'avoir dans les mains pour lui montrer qui est le maître.

— *Tu dois la tuer... la tuer... la tuer...* ! *Au nom du fils* !

Saül tenait le bébé dans ses deux mains énormes sans se rendre compte que le bloc gelé commençait à lui brûler la peau. Ses yeux tournaient dans leur orbite, un peu de bave s'écoulait de sa bouche entrouverte.

Il refit surface et fut ramené à la réalité par un frôlement dans son dos. Il se retourna d'un coup, sans lâcher le nourrisson glacé, et vit une ombre frôler le mur, à ras du sol, puis, disparaître sous une roue de charrette.

— *Un rat*, pensa-t-il, en reportant son attention sur sa charge.

Le bébé était dans la position fœtale, comme dans le ventre de sa mère et son poing fermé était fixé par le gel et la mort contre sa poitrine, sous le menton, comme s'il allait sucer son pouce. Sa boîte crânienne était enfoncée au niveau de la fontanelle.

— Elle l'a tué comme un animal, se dit Saül. Pauvre enfant. Mais, je vais te venger, ne t'inquiète pas.

Il lui caressa le front sur lequel apparaissait des morceaux de matière cervicale gelée. Le sang resté rouge par l'action du froid, recouvrait en partie le visage aux joues rondes.

Saül le remit dans le sac et le déposa religieusement au fond du coffre. Il prit ensuite un troisième et dernier paquet qui contenait, lui, un enfant de un an environ. Comme les autres il était nu et son corps était couvert de brûlures faites probablement avec un fer à repasser. Sa jambe gauche, faisait un angle bizarre qui indiquait que l'os était cassé. Son visage, cyanosé, prouvait qu'il avait été étouffé.

Ecœuré par tant de cruauté envers ces enfants par leur propre mère, Saül reposa le cadavre et ferma le couvercle. Il se dit que ce qu'il lui avait préparé était finalement trop doux pour elle. Il allait devoir innover.

Il se dirigea vers la porte du fond qui s'ouvrit sans résister. Il monta une dizaine de marches et se retrouva dans un grand hall d'entrée, meublé luxueusement d'objets anciens, chinés dans toutes les brocantes de la région. Il se fit la réflexion que le métier d'administrateur de biens devait rapporter beaucoup d'argent. La femme, elle, ne travaillait pas. Elle « s'occupait » de leurs quatre enfants.

Sur une petite table chinoise, laquée de noir, le courrier de la veille était posé, pas encore ouvert. Il prit les cinq enveloppes et regarda l'intitulé. Trois étaient de la publicité, la quatrième adressée à M. et Mme Jean-Philippe de Saint-Alban, la cinquième à Mme Véronique de Saint-Alban. Un tampon, en haut et à gauche, indiquait qu'elle provenait d'un notaire.

—Bientôt, tu ne t'inquièteras plus de tous les biens que tu dois avoir, salope ! cracha Saül, en parlant à l'enveloppe, puis, il la rejeta sur la pile. Enfin, il se retourna et se dirigea vers une porte vitrée qu'il ouvrit. D'un regard circulaire il constata que c'était un bureau et que les murs étaient recouverts de rayonnages remplis de livres. Il s'avança à grand pas, fit le tour du bureau Empire et se laissa tomber dans un fauteuil Voltaire en cuir vert foncé. Il n'avait plus qu'à l'attendre.

CHAPITRE XI
Même jour, 11h00

Véronique de Saint-Alban, née baronne de Burquin avait épousé Jean-Philippe treize ans plus tôt. Elle était très stylée, participait à des actions caritatives et était estimée dans la région. On l'appelait Mme la baronne Véronique.

Elle gara sa vieille 2CV de prolétaire, une voiture de vingt-cinq ans, devant le perron du château. C'était de bon ton dans le pays qu'elle circule à bord d'une voiture d'ouvrier. Elle ne consommait pas beaucoup et ça faisait bon effet. Ainsi, elle avait pour elle les écolos. Son mari, qui allait se présenter aux prochaines élections, pourrait compter sur leurs bulletins de vote. Toutefois, dans le garage, il y avait une Audi A6, une BMW et une Smart qui servait à Jean-Philippe quand il faisait ses tournées électorales. Il fallait bien que la masse populaire, « le peuple d'en bas » se laisse enjôler et embobiner par la « caste d'en haut ».

Elle venait de déposer ses enfants, pour trois jours, chez ses parents. Elle allait donc être tranquille pour pouvoir lire sans être incommodée par les cris de cette marmaille remuante.

Saül l'entendit prendre les enveloppes et les déchirer, puis, elle roula en boule les publicités, les jeta dans une corbeille à papier sous la table laquée et se dirigea vers la cuisine. Il entendit des verres s'entrechoquer, puis, le *flop* du bouchon d'une bouteille.

Elle boit, en plus, la salope, se dit-il.

Il se leva et se dirigea vers la porte. Inutile de traîner dans le secteur. Maintenant, sa proie était là. Il n'avait aucune raison de rester : dès qu'il l'aurait assommée, il l'emmènerait. Et c'était maintenant…

Tout en remplissant son verre, Véronique de Saint-Alban se dirigeait vers le bureau bibliothèque. Elle y était bien pour lire. Elle y venait régulièrement, verre et bouteille de whisky à la main, consulter des livres et l'ordinateur. Les moutards étaient à l'école et elle avait la paix. Elle les supportait de moins en moins et était souvent obligée de les fouetter pour les faire taire. Elle les enfermait alors dans le grenier, brûlant en été, glacial en hiver et les y laissait des heures, les oubliant parfois toute une journée.

Il y avait bien quelques habitants du village d'en bas qui étaient allés en parler à la gendarmerie. Mais, ça n'avait été qu'un coup d'épée dans l'eau. Le commandant de la gendarmerie était venu faire une enquête de principe et l'affaire avait été enterrée. Il faut dire que Jean-Philippe donnait souvent des chèques conséquents aux œuvres de la police, et les gendarmes n'en étaient pas exclus.

Elle franchit en quelques enjambées le long hall la menant à la bibliothèque et elle ouvrit la porte.

Un coup violent porté sur sa nuque la fit sombrer dans l'inconscience. La bouteille et le verre s'écrasèrent sur le sol dans un fracas de verre brisé et elle s'affala dessus.

20h00

Quand elle ouvrit les yeux, elle ne vit rien de prime abord. Sa tête était douloureuse, sa bouche sèche et sa langue pâteuse, comme les lendemains des jours où elle avait trop bu. Petit à petit sa vision revint et elle jeta un coup d'œil circulaire. Seule une petite ampoule donnait une lumière blafarde, juste au-dessus d'elle. Elle essaya de se relever mais n'y parvint pas. C'est alors qu'elle vit ses mains attachées aux accoudoirs d'un fauteuil sur lequel elle était assise. Ses jambes étaient également fixées aux pieds du siège par de la bande adhésive. Elle se crut dans un mauvais rêve. Ce n'était pas possible, elle dormait et rêvait qu'elle était attachée. Pourtant, non ! Ses liens étaient trop serrés et lui faisaient mal, donc elle n'était pas dans un cauchemar. Mais, alors ? Que se passait-il ? Que lui arrivait-il ?

Assis dans l'ombre, comme une araignée au centre de sa toile, Saül l'observait en silence. Il ne voulait pas encore se faire voir. Il la laissait mariner dans sa peur : c'était sa stratégie. Pour l'instant, elle en était au stade de l'incrédulité. Elle ne croyait pas encore à ce qui lui arrivait ; mais elle n'allait pas tarder à entrer dans la phase d'incompréhension, puis, ce serait les cris, les appels, les hurlements, jusqu'à ce qu'elle irrite ses cordes vocales et ne puisse presque plus parler. Il se montrerait seulement à cet instant et entendrait avec jouissance les supplications de la femme. Il n'aurait pourtant pas encore porté la main sur elle.

Les yeux ronds, fixes, grands-ouverts, il la regardait avec passion, une passion meurtrière, sauvage. C'était la première femme qu'il tenait à sa merci. Il allait pouvoir lui faire tout ce qu'il voulait avant de la tuer lentement, à petit feu, avec délectation.

Sur son fauteuil, la victime secouait ses épaules, essayait de se défaire de ses liens, mais c'était peine perdue. Au contraire, elle ne faisait qu'enfoncer plus profondément les lanières dans sa chair.

— Pourquoi ? hurla-t-elle. Qu'est-ce que j'ai fait ? Je veux être détachée. J'ai mal aux poignets.

Elle ne comprenait pas pourquoi on l'avait enlevée. Ce n'était pas la police. Elle ne serait pas prisonnière comme ça. À ce moment-là, elle baissa les yeux et se rendit compte de sa nudité : elle était totalement nue et fut saisie par une terreur sans nom et se mit à hurler encore plus fort.

— Au secours ! À l'aide ! Que se passe-t-il ?

Ses cris faisaient craquer les tympans de Saül tellement ils étaient stridents, à la limite de la crise de nerfs.

— Ce n'est pas possible ! Pourquoi suis-je là ! Relâchez-moi ! S'il-vous-plaît ! S'il-vous-plaît ! S'il-vous-plaît ! Je n'ai rien fait.

Les hurlements de terreur finirent en une longue plainte d'animal blessé qui dura un bon moment et se transforma en gémissement.

Saül estima que le moment était venu de faire son apparition. Voulant ménager ses effets, il se leva lentement de son siège qui se mit à craquer. En entendant ce bruit, la femme comprit qu'il y avait une présence dans son dos. Elle essaya de tourner la tête, de tordre son cou mais elle ne parvint pas à voir.

L'excitation de Saül commençait à monter d'un cran. Il respirait fort, aspirant l'air saturé d'odeur nauséabonde et le recrachant comme un soufflet de forge. Lentement, il fit quatre pas et se retrouva dans le dos de Véronique ; se penchant en avant, il lui envoya son souffle sur la nuque. Elle eut un sursaut et se remit à hurler.

— Regarde ! Regarde autour de toi et dis-moi ce que tu vois. REGARDE ! lui cracha-t-il.

Le début de sa phrase avait été susurré presque gentiment, dans un souffle, à son oreille, mais il hurla le dernier mot, la faisant sursauter. Elle se remit à pleurer tout en obéissant. Sur les murs, il y avait des photos, beaucoup de photos mais elle ne voyait pas ce qu'il y avait dessus.

—Je... n'ai rien fait. Que me... voulez-vous ? demanda-t-elle, entre deux crises de pleurs, spasmodiquement.

—Je vais te le dire ce que je veux, mais avant calme-toi et regarde.

Mais, ses épaules continuaient d'être soulevées par des sanglots qu'elle n'arrivait pas à contenir. Saül sentait que sa patience avait des limites. Il adorait quand il les faisait souffrir et qu'il les torturait, que ses victimes hurlent, implorent, mais là, ça devenait intolérable ! Il n'avait pas encore commencé son travail que déjà elle gémissait. Qu'est-ce que ça serait dans un quart d'heure ? Il se releva et, avec une lenteur calculée, pour ménager ses effets, il avança pour se retrouver face à sa proie.

Quand elle eut sa masse devant les yeux, Véronique de Saint-Alban eut le souffle coupé. Elle ne le connaissait pas. Pourquoi l'avait-il attachée ? Pourquoi lui voulait-il du mal ? Elle ne lui avait rien fait. C'était une erreur. Il allait s'en rendre compte et la libérer.

Ses yeux remontèrent le long du corps immense du tortionnaire. Il avait un ample pantalon de survêtement en coton gris, un tee-shirt blanc moulant et par-dessus, un sweet-shirt noir dont il avait coupé les manches à ras des épaules, ce qui l'élargissait encore plus.

C'est ça ! Il allait reconnaître son erreur et la laisser partir.

—Je ne dirai rien, laissez-moi m'en aller ! implora-t-elle.

Un ricanement fut la seule réponse. Il restait debout devant elle sans dire un mot.

—Vous vous êtes trompé, par pitié, c'est une erreur. Je ne vous ai rien fait.

Le ricanement s'amplifia jusqu'à résonner et emplir la petite pièce.

— Tu ne m'as rien fait ? demanda-t-il quand il se fut calmé. Regarde-moi bien.

En prononçant ces mots, il s'accroupit de façon à ce qu'elle eut son visage devant ses yeux. Elle vit un regard fixe, empli de folie meurtrière ; ses longs cheveux lui mangeaient la moitié des joues mais ne parvenaient pas à cacher la satisfaction qu'il semblait éprouver dans la possession de cette femme, sa bouche était tordue dans un rictus cruel.

— Tu ne m'as rien fait ? redemanda-t-il. Allons, réfléchis ! Qu'as-tu-fait autour de toi ? Hein ! Qu'as-tu-fait ? Je suis certain qu'à la réflexion tu vas bien trouver deux ou trois petites fautes à te faire pardonner. J'en connais au moins trois.

Elle le regarda avec des yeux étonnés et effrayés, mais malgré son regard fou, il avait un air si calme qu'elle en fut rassérénée.

Des petites fautes, se dit-elle. *Qu'ai-je fait ? Et puis, comment le sait-il ?*

— C'est bien, je vois que tu réfléchis, dit-il en faisant tourner son index devant sa tempe.

Et quand bien même, quel droit avait-il de la juger ? Même si le curé lui avait parlé de l'adultère qu'elle lui avait confessé, il n'avait aucun droit sur elle.

— Vous n'avez pas le droit de me garder. C'est un enlèvement puni par la loi, cria-t-elle en reprenant de l'assurance.

À ces mots, Saül se releva de manière à la dominer de sa haute taille et se mit à crier.

— J'ai TOUS les droits, tu entends, j'ai TOUS les droits et TOUS les pouvoirs. Je suis le maître. La Voix me l'a dit et me l'a ordonné. Tu vas payer.

Elle recommençait à s'affoler alors que Saül entrait peu à peu en transe.

—Détachez-moi, par pitié, je n'ai rien fait.

Il avait levé les bras au ciel, vers le plafond de la voûte, pour rugir sa colère. Il les garda un instant en l'air mais baissa son visage vers elle, dans une pose de prédicateur hypnotisant la foule.

D'aigüe, sa voix devint métallique.

—*Je suis La voix de sa Vengeance,* dit-il. *Tu prétends que tu n'as rien fait. Allons, réfléchis encore car je le connais. Il va finir par s'énerver et ça, ça ne sera pas bon pour toi.*

Elle aurait cru qu'une autre personne venait de lui parler. Il avait deux voix différentes, c'était un schizophrène possédé du démon. Elle allait devoir négocier avec ce monstre et pourtant elle était dans une situation humiliante, toute nue. Elle en avait de plus en plus conscience. Elle avait froid et sa peau était couverte de chair de poule, les poils de ses avant-bras étaient raides et son crâne lui picotait de peur. Malgré la fraîcheur qu'elle ressentait, son dos était trempé d'une sueur froide qu'elle sentait dégouliner et suinter jusqu'en bas, jusqu'à s'insinuer entre ses fesses.

—*Alors ?* reprit LA VOIX *Est-ce que tu réfléchis ? La patience n'est pas son point fort, fais vite et avoue.*

—Mais, que j'avoue quoi ? Mon Dieu, mais je n'ai rien fait. Donnez-moi une couverture, j'ai froid.

—*Ne t'inquiète pas. Dans quelques heures, tu ne penseras plus au froid. Nous ne sommes que le premier mai. Il a presque deux jours pour s'occuper de toi. Il va te faire durer et je te garantis que le froid sera la dernière de tes préoccupations.*

Un rire sardonique éclata et s'amplifia.

—*Oui, continua LA VOIX. La dernière préoccupation, la toute dernière. Ce sera le froid de la mort qui va, peu à peu, t'envahir, grimper le long de tes jambes, entrer dans ton sexe, puis, monter dans tes tripes, ton ventre et ton cœur. Au nom du fils !*

À ces mots, Véronique de Saint-Alban se mit à trembler. Ce n'était plus les frissons du froid qui l'agitaient mais la peur. Puis, la voix de son tortionnaire redevint normale et il baissa les bras.

— C'est vrai que tu es nue, dit-il sur un ton presque apitoyé.

La victime reprit espoir en entendant ses mots. Saül s'accroupit à nouveau et resta un moment à la fixer, l'enveloppant de son regard trouble. Il était impossible à Véronique de lire dans ses pensées. Elles étaient trop confuses. Saül avança une main et la posa sur le genou de la femme. Elle sursauta et eut un mouvement de recul qu'elle ne put accomplir : elle était trop serrée dans ses liens. Ses chevilles étaient attachées aux pieds du fauteuil, et ses mollets également fixés, jambes légèrement entrouvertes. Elle aurait aimé les fermer pour cacher son intimité mais ça lui était impossible. Elle était obligée de laisser les regards lubriques et fous de cet homme la parcourir de la tête aux pieds.

Elle eut un moment d'espoir quand il lui caressa le genou. Après son recul, elle réfléchit et se dit que, peut-être, il se contenterait de la violer.

Alors autant aller au-devant de ses pulsions. Résister ne m'apportera rien. Que des violences sans doute. Je vais essayer de l'appâter.

— Est-ce que tu as fait ta plongée d'introspection ? Est-ce que tu as compris pourquoi tu étais là ?

Voilà qu'il recommençait, mais qu'est-ce qu'il voulait que j'avoue ? Je vais lui dire mon adultère et après, qu'est-ce qu'il aura de plus. Peut-être que ça lui donnera une raison supplémentaire de me violer.

Saül remontait maintenant vers l'intérieur de ses cuisses. Elle sentait sa main, encore rugueuse des terrassements qu'il avait fait dans la champignonnière, lui frôler la peau en tremblant légèrement. Elle savait qu'elle était attirante et que son corps, bien que trop grand, attisait les regards des hommes quand elle était dans une assemblée et qu'elle accompagnait son mari lors d'une réunion électorale. Elle avait déjà remarqué que les hommes de l'assemblée avaient les yeux plus souvent fixés sur sa poitrine ou ses jambes que sur Jean-Philippe. Elle en avait profité d'ailleurs. Ces regards braqués sur elle l'excitaient au plus haut point et elle sentait sa culotte se mouiller sous l'effet du désir que lui donnaient ces hommes attirés par la sensualité qu'elle dégageait bien malgré elle.

Mais, là, elle était sèche. Aucune envie ne lui parcourait la colonne vertébrale, ni son entrejambes. Seule l'envie de céder au fou pour qu'il la relâche, était en elle.

— Ne crois pas que tu vas t'en tirer à si bon compte, dit Saül, semblant avoir lu dans ses pensées. Il faudra que tu m'avoues tout. Absolument tout. Je t'y aiderai, s'il le faut.

— Par pitié. Que voulez-vous que j'avoue ?

— Tout.

— Mais, je n'ai rien fait qui vous porte préjudice.

— Non. Pas à moi.

Sa main était maintenant à la jonction de ses cuisses et jouait avec ses poils noirs, les entortillant autour de son index. Il ressentait une sensation bizarre l'envahir. Il n'avait jamais ressenti ça avec une femme qui se donnait à lui volontairement. Il n'avait jamais réussi à avoir d'érection et avait toujours fui avant une tentative de pénétration. Sur les six femmes avec qui il était sorti, quatre s'étaient mise à rire de sa déconfiture, les deux autres n'avaient rien dit, mais il avait lu la déception dans leurs yeux. Il avait eu, un instant, un bref instant, l'envie de les étrangler.

Mais, il ne s'était pas laissé aller à cette pulsion qui le poussait à commettre un acte non contrôlé. C'eût été le meilleur moyen de se faire prendre. Il n'avait rien calculé, rien prévu et aurait laissé des indices derrière lui.

En caressant cette femme, la première qu'il détenait en son pouvoir, la première dont il était le maître absolu alors que les autres se donnaient volontairement à lui, il ressentait une érection durcir son sexe, une envie l'envahir de la posséder, de la violer, de lui faire payer tous ses échecs précédents. Elle était là, attachée, vaincue. Il n'avait qu'à l'écarteler et jouir de sa possession, lui montrer qu'il était le maître.

—Alors ? demanda-t-il d'une voix rauque, attisée par le désir et la pulsion qui montait en lui.

—Je l'ai avoué au curé, se décida-t-elle. Il m'a absous.

Saül éclata de rire.

—Au curé ! Elle l'a avoué au curé. Mais, salope ! il s'en fout, le curé. Tu lui as certainement donné des idées, c'est tout. Il t'a absous ? Et au nom de qui il t'a absous, et de quoi.

—Au nom de Jésus.

—Jésus est un connard, un menteur et un hypocrite, comme les autres. Il a donné l'exemple avec Marie-Madeleine, la pute qui se vautrait dans la paille avec lui. Tu crois qu'il était seul dans le désert, ton Jésus ? Penses-tu ! Il était avec elle ! Pendant quarante jours, il l'a baisée comme un diable. Il a répandu sa semence sur toute la Judée, ton Jésus, comme les prédicateurs qui profitent des femmes qu'ils arrivent à subjuguer et prendre dans leur filet. Alors, qu'as-tu à avouer ?

Sa voix, d'abord calme, s'était élevée au fur et à mesure qu'il parlait de Jésus. Il envoyait des postillons, crachait ses mots avec véhémence.

—Je vais te le faire dire, moi, tout ce que tu as fait.

Son doigt se promenait maintenant sur la vulve de Véronique. Il lui caressa les lèvres, suivant de son majeur les contours sinueux de ce sexe de femme qu'il n'avait jamais exploré. Il enfonça son doigt et sentit une résistance. Il comprit que la peur lui asséchait les muqueuses. Il insista et tourna tout autour des lèvres puis, s'arrêta étonné de sentir quelque chose de plus ferme dans cette douceur impénétrable.

—Ainsi c'est ça, dit-il. C'est ça que vous appelez clitoris ?

Il n'avait pas de brutalité et elle commençait à se calmer. Elle se rendit compte, par sa réflexion, qu'il n'avait jamais touché de sexe féminin, qu'il était vierge, puceau. Elle eut un regard étonné et le fixa plus attentivement. Peut-être qu'elle avait là un moyen de se faire libérer.

—Je vous en supplie, détachez-moi. Je vous laisserai faire ce que vous voulez. Vous me prendrez si vous voulez, je serai consentante et je vous aiderai. Je vous ferai découvrir l'amour. Je vous ferai une fellation, mais relâchez-moi, par pitié.

C'était les mots qu'il ne fallait pas lui dire : consentante, je vous aiderai, je vous laisserai faire.

Ces mots étaient le seul moyen de le rendre impuissant. Tant qu'elle lui résistait, qu'elle était en sa possession, qu'il était le maître, il sentait qu'il pourrait aller jusqu'au bout. Qu'il banderait. Mais, ces mots qu'elle venait de prononcer avaient eu une action immédiate sur son sexe. Il était redevenu flaccide. Il se releva et, subitement, lui envoya une gifle sonore qui claqua sur sa joue. La pomme de sa main avait touché le nez, violemment et il se mit à pisser le sang.

Immédiatement, il ressentit de l'excitation.

Voilà, dit instantanément LA VOIX, *voilà ce qu'il te faut pour bander. Du sang, du sang, du sang. Fais-la saigner, supplicie-la et tu verras que tu pourras la pénétrer profondément. De tous les côtés. Tu vas connaître enfin l'amour. Comme Jésus l'a connu avec Marie-Madeleine, la pute. Cette femme n'est qu'une pute qui baisait avec tous les hommes ; profites-en, elle est à toi, en ton pouvoir, à ta merci !*

Il se dirigea vers le bureau, hagard, prit une lame de rasoir et attrapa au passage une petite burette d'huile, puis, il revint vers la femme qui recommençait à être terrorisée.

—Je vais avouer, je vais tout vous dire, hurla-t-elle quand elle eut la lame sous le nez.

—Ça y est ! Tu te décides enfin ? Peut-être trop tard.

—Par pitié. J'ai trompé mon mari. Je l'ai trompé dix fois, lâcha-t-elle d'un coup. Avec deux gardes du corps et des adhérents de son parti. Mais, je ne recommencerai plus. Je vous le jure.

—C'est tout ? dit-il dans un grand éclat de rire. Mais, j'en ai rien à foutre que tu baises avec l'entourage de ton mari. Si ce pauvre connard ne voit rien, c'est son problème. Il y a autre chose, dis-le moi.

—J'ai eu des relations avec sa secrétaire, aussi.

Elle était lancée à présent et avouait tout ce qu'il voulait. Elle allait tout lui dire.

—Salope ! Gouine en plus ? C'est tout ? Je te garantis que ça ne suffit pas. Je vois que dans ton milieu de bourgeois vous êtes aussi pourris que le menu peuple. Saloperie ! L'argent ne vous rend pas meilleur, loin de là. Le reste ! Allez, le reste, dis-moi tout.

Il promenait la lame de rasoir le long du bras droit. Dans son excitation, il appuya un peu plus fort et une longue traînée sanglante apparut. Véronique se mit à hurler et il sentit que son érection revenait, s'amplifiait, qu'elle durerait tant qu'il lui ferait du mal et la terroriserait.

—Alors ?

—Je me suis masturbée dans mon bain, dans le bureau, dans la voiture. J'ai acheté des godes et je m'en suis servi continuellement.

—Décidément, dit Saül, je n'aurai aucun mal à te tuer.

—Par pitié, non ! J'ai aussi acheté une poupée gonflable masculine noire, avec un très gros sexe et je m'en sers souvent.

Saül était abasourdi. Il était loin de s'imaginer, dans sa relative innocence, qu'un tel comportement pouvait avoir lieu. Il changea de bras et enfonça la lame un peu plus profondément sous les hurlements hystériques de la baronne.

—Assez… par pitié. Je suis riche, je suis… baronne. Je vous donnerai de l'ar… gent, mais ne me faites pas de mal.

—Baronne mon cul, oui ! Les gens du peuple sont plus admirables et courageux. Et Dieu sait s'il en a défilé des gens courageux dans ce fauteuil où ton cul défoncé de noble est assis. Mais, tu sais où ils sont, maintenant ? En petit morceaux, dans un tiroir de la morgue. Tu n'y échapperas pas. Alors avoue.

La femme ne pouvait plus parler tellement elle avait crié. Son larynx était comprimé, serré dans un étau et elle ne pouvait s'exprimer que d'une façon saccadée, hachée. Elle murmura d'une voix rauque :

—Je vous… ai tout dit. Je ne peux… tout de même pas avouer… ce que je n'ai pas fait.

Suivant les ouvertures de la chair, des rigoles de sang se formaient et descendaient sur l'accoudoir, avant de tomber sur le sol où elles allaient se confondre avec de larges tâches brunes absorbées depuis longtemps par la terre.

—Alors pour toi, la seule chose grave que tu aies faite c'est de te rouler dans le stupre avec des proches de ton mari, c'est de l'homosexualité, de la masturbation ?

— Oui, c'est tout. Il n'y a rien d'autre, je vous le jure. Ne me… faites… plus mal.

— Rien d'autre ? Alors pour toi des garnements frappés et punis, ce n'est rien d'autre ? Pour toi, un certain congélateur à la cave, approvisionné avec des bébés tués, ce n'est rien d'autre ? Rien de grave ? Pauvre femme monstrueuse et débile qui ne se rend pas compte que frapper ses enfants ou les tuer est plus grave que de baiser avec tout le monde.

Emporté par la colère, il commença à taillader une cuisse et regarda le sang apparaître à travers la blessure, s'égoutter lentement.

— Finalement, je n'aurai pas besoin de ma burette d'huile, ricana-t-il. Le sang est un bon lubrifiant, n'est-ce pas, madame la baronne ?

Horrifiée, elle réalisa subitement qu'il la détenait en son pouvoir à cause de ses crimes. *Mais, pourtant,* se dit-elle, *je ne l'ai pas fait exprès. Ce n'est pas de ma faute si Geoffrey est tombé sur la fontanelle, si Gérald s'est brûlé avec le fer et si Charlotte a eu la mort subite du nourrisson, sous son coussin.*

Saül trempa sa main dans le sang qui coulait et la replongea entre les cuisses de la baronne, tétanisée. Cette fois ci deux de ses doigts s'enfoncèrent dans le sexe.

— Tu es glacée, mais tu as le sexe chaud, constata-t-il. Je comprends pourquoi tu t'envoies en l'air avec le premier venu.

— Pitié !

Son érection était maintenant complète et il savait qu'il allait pouvoir profiter de cette pute qui n'avait pas la notion de ce qui était bien ou mal. Il se releva et, d'un geste vif, trancha les lanières de ruban adhésif qui retenaient les poignets aux accoudoirs.

—Je vais te libérer également les jambes. Mais, tu n'as pas intérêt à essayer de t'évader.

Il retira ses doigts et, sans précaution, coupa également les liens des jambes en entaillant au passage la chair des mollets. La baronne poussa un nouveau hurlement de terreur.

Dès que ses mains furent libres, elle en profita pour se masser les membres endoloris en évitant autant que possible les nombreuses entrailles saignantes.

—Lève-toi ! ordonna Saül, et suis-moi.

Elle obtempéra, mais ses jambes fléchirent. Tétanisée par la peur, elle se retrouva à genoux. Furieux, il attrapa sa chevelure noire et la tira sur le sol, puis, il la propulsa violemment contre terre. Il était à présent en pleine crise de démence. Le sang qui coulait avait déclenché sa folie, il commençait à se sentir dans son domaine : la souffrance des autres. Mais, avant, il allait profiter de cette chienne en chaleur.

—Écarte les bras, lui-il.

Il l'avait jetée sur le dos, contre la terre battue où avait déjà giclé des litres de sang projetés par les artères des victimes précédentes. Les yeux fixés au plafond, elle put voir grâce à l'ampoule qui éclairait faiblement la scène, que celui-ci était maculé de traînées rouges. Les murs aussi dégoulinaient de sang séché. C'était la grotte de l'horreur, une horreur sans nom qui dégageait une indicible souffrance. Des cris, des hurlements semblaient sortir de tous les côtés de cette pièce de torture.

Saül se baissa et fixa les poignets à des pitons plantés dans le sol.

—Écarte les jambes. Plus vite, conasse !

Elle obtempéra lentement, en poussant des sanglots et des petits cris plaintifs d'animal blessé.

De son pied, violemment, il lui écarta les jambes en tapant sur les mollets, d'un côté et de l'autre.

—Relève-les, maintenant, vers la poitrine et ne bouge plus.

Il s'assit devant elle et resta un moment à contempler la vulve de la femme, rouge du sang qu'il y avait introduit. Puis, il se releva et prit deux grosses cordes qui traînaient sous le bureau ; les passant sous le creux poplité, il les relia aux mêmes crochets qui retenaient les mains. La baronne était ainsi écartelée, les genoux repliés, le sexe offert aux regards monstrueux et lubriques du sadique.

Durant le temps qu'il avait mis pour l'attacher, l'érection de Saül s'était évanouie. Mais, il savait ce qu'il devait faire pour qu'elle revienne.

—Voilà une position qui te convient, non ? On va tacher d'en profiter, mais après je m'occuperai de ton utérus fécond. Il ne faut plus qu'il serve à faire des enfants.

Il se rassit sur le sol, à côté de sa victime, et avec la lame qu'il avait reprise, il commença à lui strier les seins, comme pour lui faire des scarifications. Les hurlements de la baronne l'excitaient au plus haut point et il se remit à bander. Il continua sa torture et rapidement, il se rendit compte, au plaisir qu'il avait eu, qu'il venait d'éjaculer. Il n'avait connu ça, jusqu'à présent, que la nuit, dans ses rêves ou en se masturbant. Mais, il voulait que ça lui arrive en possédant sa victime. Il allait la posséder en la torturant. Rien que cette idée l'empêcha de perdre son érection. Il fit rapidement tomber son pantalon de survêtement. Son membre durci et volumineux apparut aux yeux horrifiés de Véronique. Il se positionna entre ses jambes et se mit à genoux, lui écartelant les siens au maximum et tenant toujours sa lame. Ses mains étaient rouges et le sol commençait à être recouvert de sang. Il s'allongea sur la femme et prenant son sexe durci dans sa main droite, il le dirigea à l'entrée de la vulve.

CHAPITRE XII
Samedi 2 mai, 22h00

Il la pénétra lentement, voulant profiter de cet instant sublime où elle se donnait. Elle était prête et il attendait ce moment depuis si longtemps qu'il voulait le déguster, ne pas se laisser emporter par une pulsion brusque qui aurait tout gâché. Il commença à activer son bassin, lentement, pénétrant et ressortant sur un rythme lent. Elle suivait ses mouvements, pubis contre pubis, ventre contre ventre, avec de petits cris et des halètements de satisfaction. Elle posa ses mains sur ses fesses musclées et les pétrit puis, elle appuya fortement pour le forcer à entrer plus avant. Excité au plus haut point, il arrêta ses mouvements de peur d'arriver trop vite à l'extase. Mais, elle le poussa à recommencer. Coincée sous lui, elle se mit à faire onduler son bassin en serrant son sphincter. Il ressentit cette contraction et se remit en mouvement suivi par elle dans toutes les ondulations de ses hanches.

Cela dura cinq minutes avec de brefs arrêts, pour faire tomber la tension sexuelle et durer le plaisir, puis, elle lui souffla dans l'oreille.

— Oui ! Vas-y ! Maintenant.

Ces mots déclenchèrent en lui son ultime réflexe et il explosa en poussant des ahanements tandis qu'elle hurlait son bonheur.

Essoufflés ils restèrent ainsi, l'un dans l'autre, encore cinq minutes, avec de brefs soubresauts de temps à autre, derniers signes d'un orgasme profond et attendu depuis longtemps.

— Écrase-moi de tout ton poids. Malaxe mes seins, lui souffla-t-elle.

Ce qu'il fit avec plaisir et volupté.

Mais, toute bonne chose a une fin. Tous deux, toujours essoufflés, la transpiration perlant sur le front, se séparèrent. Il se retira et se mit sur le dos, puis, il se tourna sur le côté et l'embrassa tendrement dans le cou.

— Je t'aime, Ariane, susurra-t-il.

— Moi aussi. Je t'aime Jeremy.

Il y eut trois minutes de silence durant lesquelles chacun fut plongé dans ses pensées. Ce fut Ariane qui le rompit la première.

— Il y a longtemps ? lui demanda-t-elle.

— Je me suis aussi posé la question et je crois que c'est quand je t'ai vue pour la première fois au commissariat où tu venais d'être mutée. J'y étais depuis un mois et ton arrivée m'a fait l'impression d'un soleil radieux venant éclairer un endroit sombre et sordide.

— Eh, ne te lance pas dans le romantisme.

— Je ne plaisante pas. Tu avais cette petite jupe paysanne faite de patchwork rose, bleu, jaune et vert, un marcel vert foncé et par-dessus, comme toujours, une chemisette pour cacher ton révolver à la ceinture. Je me souviens qu'elle était dans le vert elle aussi.

Sidérée qu'il se rappelle ces détails la concernant, elle le regarda avec étonnement, un étonnement dans lequel se lisait aussi de la joie.

—Toi, tu avais un jean noir, une chemisette noire et un blouson en velours, noir également. Tu étais tout en noir et je me souviens de m'être dit : tiens, voilà le Zorro du commissariat. J'espère qu'il ne se prend pas pour un cow-boy. Par la suite, j'ai constaté que ce n'était pas le cas. Tu étais, au contraire, très humain avec les gens. Je ne t'ai jamais vu faire de brutalité aux prévenus. Je crois que c'est à partir de ce moment-là que mes sentiments envers toi se sont précisés.

—Donc, pour toi ce n'est pas le coup de foudre ? dit-il d'un air pincé.

—Presque, puisque je m'en suis très rapidement rendu compte. Au bout de deux mois. Mais, je n'allais pas te faire des avances, non ?

—Tu aurais pu me le faire comprendre.

—Et t'ouvrir les yeux alors que tu ne faisais pas attention à moi.

Il se redressa sur un coude et la fixa droit dans les yeux.

—Ne dis pas ça. Je t'aime depuis le premier jour. Je ne m'en suis rendu compte que…

—… depuis quarante-huit heures seulement, susurra-t-elle entre ses dents en le regardant ironiquement. Il t'a fallu presque deux ans pour lire dans ton cœur.

—Eh oui ! dit-il d'un air confus. Je m'en suis rendu compte chez Gabriel. C'est pour ça que j'ai dit qu'il nous faudrait deux jours.

—Je l'ai bien compris et c'est pour cette raison que j'ai insisté, moi aussi. Je me suis dit : il va peut-être comprendre que quelque chose se passe entre nous.

Il y eut encore un moment de silence durant lequel il n'y eut plus que le léger souffle de la climatisation.

—Nous nous sommes trouvés. C'est l'essentiel, dit Jeremy. Je t'aime, tu m'aimes, nous nous aimons. Que demander de plus.

—Maintenant, tu tombes dans le roman à l'eau de rose, s'écria-t-elle en se mettant à rire aux éclats. Romantique, fleur bleue, tu m'auras tout fait.

Vexé, il se mit à rire lui aussi et se pencha sur elle, puis, l'enjamba pour l'écraser de son poids.

—Tu m'étouffes, se lamenta-t-elle. Pousse-toi.

Elle porta ses mains sur les flancs de Jeremy et lui fit des chatouilles en plantant ses index dans les côtes. Mais, il lui attrapa les bras et l'immobilisa, puis, baissant la tête il colla sa bouche contre la sienne.

***

Ils passèrent le dimanche à se balader, la main dans la main, à faire le tour du petit lac et s'enfoncer dans la forêt. Il ne faisait pas assez froid pour empêcher des ébats sur un lit d'aiguilles de sapins et d'épicéa.

Leurs pas les conduisit ensuite, sans qu'ils sans rendent compte, vers le petit chalet de Dada N'dour. Quand ils arrivèrent devant le portillon, leurs doigts entrelacés, ils virent le nom sur la boîte aux lettres. Ils n'eurent pas un instant d'hésitation. Le métier reprenait le dessus. Jeremy plaqua son index contre la sonnette. Au bout d'une minute, une femme blonde apparut dans l'encadrement de la porte. C'était une belle femme, plantureuse et agréable à regarder. Elle était vêtue d'un jean délavé et déchiré aux genoux et d'un pull moulant et court laissant deviner une poitrine généreuse.

—Oui ? questionna-t-elle.

Ariane s'avança en montrant sa carte barrée des trois couleurs du drapeau français.

—Nous sommes de la police, nous avons quelques questions à vous poser si cela ne vous dérange pas.

—Pas du tout, entrez, répondit la blonde.

Elle se retourna vers l'intérieur de la maison et entra. Son jean était très collant et on ne pouvait faire autrement que d'avoir le regard attiré par son fessier rebondi.

Ariane donna un coup de coude dans les côtes de Jeremy et persifla :

—Fais attention. Si tu la regardes encore avec ses yeux lubriques, je te défigure.

—Ce n'est pas de ma faute si elle a un cul de brésilienne, répondit-il entre ses dents.

—Parce que tu aimes les culs de brésilienne ? persifla-t-elle.

—J'ai des yeux pour voir, je regarde.

—Quelle belle réponse d'homme !

—Eh ! Tu crois que je n'ai pas remarqué les regards que tu jettes à Gabriel, quand il te tourne le dos.

—Que veux-tu, mon chéri, il a un beau cul lui aussi. Vous n'avez pas le monopole des fesses.

Sur cette remarque, ils entrèrent dans le chalet.

La belle blonde s'était assise sur le canapé, jambes croisées.

—Vous boirez bien quelque-chose, demanda-t-elle en fixant surtout Jeremy qui était dans ses petits souliers.

—Non, merci, répondit aigrement Ariane.

Le tricot moulant et court dévoilait la chair de son ventre et, malgré un petit bourrelet que faisait ressortir la ceinture du jean, elle avait la taille fine.

Ariane glissa son regard vers Jeremy, un regard éloquent qui semblait lui dire : « Surveille tes yeux ! »

Elle attaqua la conversation par les condoléances habituelles.

—Madame N'dour, mon collègue et moi-même sommes navrés de venir vous poser quelques questions dans ces circonstances dramatiques.

La blonde poussa un reniflement qui pouvait laisser supposer qu'elle refoulait quelques larmes.

—Je vous écoute, dit-elle. Vous ne voulez vraiment rien boire ?

—Non merci, dit Jeremy qui prenait la parole à son tour. Nous voudrions savoir ce qu'il s'est passé ces jours-ci.

—La gendarmerie m'a déjà questionné, mais je répondrais de bon cœur à vos interrogations.

—Comment vous êtes-vous rendu compte que votre mari avait disparu ?

—Le lundi matin, avant d'aller au travail. Nous partions tout le temps ensemble. Nous accompagnions les enfants à l'école et ensuite nous allions à la poste. On y travaillait tous les deux.

—Donc, le lundi matin il n'y était pas. Vous ne vous êtes pas rendu compte, dans la nuit, qu'il n'était pas dans le lit.

Elle poussa un soupir désabusé.

—Non. Le soir je prends un comprimé de Stilnox pour dormir et la nuit je ne me rends compte de rien.

—Qu'avez-vous fait ?

—Il se couche toujours après moi. Il regarde la télé très tard et quand il vient, je dors depuis longtemps. Ce matin-là, les enfants étaient déjà debout et c'est Salimata qui est venue me dire qu'il n'y était pas et que la porte d'entrée était grande ouverte. J'ai pensé qu'il était sorti dans le pré.

—Est-ce que c'était son habitude ?

—Il aimait bien uriner dehors, en plein air.

—Qu'avez-vous fait alors ?

Elle réfléchit quelques secondes, puis, se décida.

—Comme d'habitude, j'ai préparé le petit déjeuner, les quatre bols de chocolat et j'ai mis du pain au four pour le décongeler. Au bout de dix minutes, j'ai commencé à m'inquiéter, car il n'était toujours pas là. Je suis allée sur le pas de la porte. C'est là que j'ai vu…

À ce souvenir elle porta la main à sa poitrine comme pour comprimer les battements de son cœur. Ariane qui n'était pas dupe, la regarda ironiquement.

—Qu'avez-vous vu ? demanda-t-elle sans pouvoir cacher dans sa voix une intonation soupçonneuse.

—L'herbe, devant le perron était écrasée et sur l'allée de ciment qui court tout autour de la maison, il y avait des traces boueuses de semelles car il avait plu depuis vingt-quatre heures.

—C'est ça qui vous a étonné ?

—Oui ! Dada marchait toujours pieds nus, même dehors.

—Qu'avez-vous pensé, alors ?

—Je ne sais pas. À rien probablement. Je l'ai appelé. Sans réponse. Je suis parti travailler à l'heure habituelle, je ne pouvais pas attendre. Il fallait trier le courrier pour les facteurs.

—Comment avez-vous su ?

Elle se leva pour tirer sur les jambes de son jean qui remontaient, puis, se rassis.

—Dans la matinée, des gendarmes sont venus.

De but en blanc, Jeremy demanda :

—Comment se comportait votre mari ?

—Que voulez-vous dire ?

—Comment était-il avec vous, avec les enfants ?

—Si vous me demandez ça, c'est que vous avez vu les gendarmes. Ils vous ont dit que j'avais déposé une plainte, puis, que je l'avais retirée.

Elle affirmait plus qu'elle ne questionnait. Elle recroisa ses jambes.

—Il était violent.

— C'est tout ?

— Il me frappait et s'en prenait aussi aux gosses.

— Que vous faisait-il ? demanda Ariane.

Elle essayait de la pousser dans ses derniers retranchements. Maintenant, qu'elle avait cessé de jouer la comédie, son visage se décomposait aux souvenirs des maltraitances qu'elle avait subies.

— Il me violait tout le temps, même dehors, dans la neige. Il le faisait exprès et espérait que les gens le voyaient. Ça l'excitait. Il ne pensait qu'à ça et s'en prenait aussi aux enfants. J'essayais de leur éviter ce calvaire en cédant à tous ses caprices. Il regardait des films pornos et voulait me faire tout ce qu'il y voyait. C'était un malade nuisible.

— Finalement, sa mort vous soulage.

Elle n'essayait plus de cacher ses sentiments. Un voile de haine passa dans son regard.

— Oui, avoua-t-elle dans un soupir de soulagement. Il est mort et bien mort. J'espère qu'il est en enfer. Mon seul regret est de ne pas l'avoir vu souffrir. J'en aurais joui de satisfaction. Et vous voulez arrêter l'assassin ?

— C'est notre but, Madame, et notre travail.

— À votre place, si vous arrivez à l'avoir, ce que je ne souhaite pas, c'est une médaille que je lui donnerais.

Quand ils furent dans la Laguna, Ariane regarda Jeremy et lui dit :

— Plus nous avançons dans l'enquête, plus je me rends compte que le tueur en série n'a finalement fait que des heureux. Je crois bien qu'elle a raison. On devrait le médailler.

***

Le soir, après avoir mangé dans un restaurant de montagne, ils retournèrent dans cette chambre d'hôte de

Barcelonnette où ils avaient trouvé ce qu'ils souhaitaient : une petite pièce intime, aux murs crépis, avec des poutres au plafond et de lourdes tentures aux fenêtres, les isolant du monde extérieur.

CHAPITRE XIII
Lundi 4 mai 2009, 14h00

Quand ils arrivèrent au commissariat le lundi 4 mai, il était quatorze heures. Gabriel avait essayé de les joindre toute la matinée, en pure perte. Leur portable ne répondait pas. Quand ils toquèrent à la porte du bureau de leur chef, une voix sèche leur répondit.

—Entrez !

Les deux policiers se regardèrent avec une moue dubitative. Jeremy émit un petit sifflement d'inquiétude et tourna la poignée.

—Où étiez-vous ? questionna abruptement Gabriel. On a des meurtres sur les bras, pas encore de piste et vous prenez tout votre temps. Est-ce que vous avez du concret au moins ? Je vous avais dit que c'était l'affaire d'une journée et vous, vous vous rappliquez au bout de deux jours et demi. Vous me prenez pour un imbécile, ou quoi ? Est-ce que vous vous rappelez qu'on a une enquête en cours ? Vous savez comment j'appelle ça ? De la désertion.

Penauds, les deux lieutenants baissaient la tête attendant que l'orage passe. D'expérience, ils savaient que ça ne serait pas bien long et que, dans peu de temps, Gabriel se calmerait et leur demanderait ce qu'il leur était arrivé et le résultat de leur investigation.

— Vous ne croyez pas que vous auriez pu donner de vos nouvelles, non ? continua leur chef, sur un ton moins agressif. Je me faisais un sang d'encre, coquin de sort !

Il se leva et s'approcha de Jeremy. Se plantant sous son nez, il lui demanda sèchement :

— Où étiez-vous ?

Jeremy savait que Gabriel n'était pas rancunier, mais cette colère était justifiée même si elle n'allait pas durer longtemps. Il se faisait tout petit et jetait, à la dérobée, des regards furtifs à Ariane, en levant les sourcils, semblant lui demander :

— *Qu'est-ce qu'on fait ? On lui dit* ?

Ariane comprit cet appel. Il ne lui fallut pas longtemps pour prendre sa décision. Elle était sûre d'elle et de son amoureux. Elle ferma les paupières en même temps qu'elle baissait légèrement la tête en signe d'assentiment. Tout à leur amour découvert, Jeremy et Ariane ne s'étaient pas concertés sur ce qu'ils devraient faire en arrivant. Le dire, le cacher ? Ils prirent donc leur décision sur un regard et Jeremy tenta de se lancer.

Alea jacta est, pensa-t-il.

Gabriel qui regardait son lieutenant comprit qu'il était sur le point de lui dire quelque chose. Il avait surpris aussi, furtivement, le clignement d'yeux d'Ariane en signe d'acquiescement. En l'espace d'un éclair, il revit les hésitations du 1er mai, le jour du repas chez lui. Ils avaient l'air bizarre tous les deux, pourquoi ? Une idée lui avait traversé fugacement la tête, à ce moment-là, mais il l'avait chassée. Elle revenait s'imposer aujourd'hui et il se disait que ce n'était peut-être pas aussi con que ça en avait l'air.

Il se calma et regarda attentivement ses deux amis qui avaient perdu leur air piteux.

—Attendez, dit-il, calmé, il me vient une idée. Vous êtes partis samedi matin.

—Oui ! coupa Jeremy. Et…

—Et… tais-toi ! Vous êtes arrivés à Barcelonnette soit pour manger, soit à temps pour aller à la gendarmerie. Ça vous a pris, quoi… ? Une demi-heure… allez une heure ! Et après qu'avez-vous fait ? Hein !

Ariane tenta une approche.

—On a…

Gabriel coupa une seconde fois.

—Après ? Je vais vous le dire moi, ce que vous avez fait.

Il reprenait petit à petit un ton moins sec, plus aimable. Jeremy et Ariane comprirent que l'orage était passé..

—Vous avez passé l'après-midi du samedi à vous balader. Comment ? Je ne sais pas. Peut-être la main dans la main… ajouta-t-il en leur jetant un regard ambigu. Puis, le soir, vous avez trouvé un bon petit restaurant et après, une belle chambre dans laquelle vous avez passé une nuit délirante. J'ai raison ou pas ?

Ariane prit la parole d'un ton sarcastique.

—Tu te trompes complètement.

Sur le moment Gabriel qui était sûr de lui et ne s'attendait pas à cette réponse, fut décontenancé. Il fixa Ariane, incrédule.

—Je me trompe ?

—Oui. C'est le dimanche que nous nous sommes promenés la main dans la main.

Il y eut un bref moment de silence.

—Ah, parce qu'avant… non ? Pas de … crac-crac ?

Il agitait son index de gauche à droite en signe de négation.

—Bon, Gabriel, se décida Jeremy, voilà bientôt deux ans qu'on se connaît Ariane et moi. Deux ans qu'on s'aime et il a fallu ce petit voyage pour qu'on s'en rende compte. Alors ne nous en veut pas trop si on est restés plus que prévu.

—Je le savais ! s'exclama Gabriel. Je le savais que vous vous aimiez. Je ne sais pas pourquoi je me suis posé des questions quand vous avez insisté pour rester deux jours. Ça aurait dû m'ouvrir les yeux. Dans mes bras…

Il ouvrit grand ses bras et Ariane fut la première à s'y jeter, quant à Jeremy, il s'approcha plus calmement et embrassa son chef.

—On va trinquer pour cette bonne nouvelle. Il y a une bouteille de champagne dans le frigo du sergent.

—Un bouteille de champagne du… sergent ? demanda timidement Jeremy.

—Non, imbécile ! C'est moi qui l'y ai mise il y a quelque temps et c'est du bon… C'est le moment d'en profiter. Je la fais monter par un agent de service.

Après avoir trinqué et fini la bouteille qu'Ariane trouva succulente, ils se mirent au travail.

—Alors, que rapportez-vous ?

Les deux lieutenants se regardèrent et Jeremy fit un signe à Ariane.

—Vas-y-toi, commence.

—Tu sais, continua Ariane, il n'y a pas grand-chose à dire. Le noir est un employé de la poste qui…

—Attends, l'interrompit Gabriel. On va mettre ça sur le tableau au fur et à mesure. Continue, ajouta-t-il après avoir pris le marqueur.

—Je disais donc qu'il est, non était plutôt, postier. Né le 6 janvier 1976 au Sénégal, il est arrivé en France avec ses parents à l'âge de cinq ans. Sa mère est morte deux ans après et son père l'a élevé. D'après ce qu'on en sait, il le battait assez souvent et lui faisait subir des attouchements et des violences sexuelles. Il a été placé à la DDASS à dix ans, après une plainte des voisins qui a abouti à une enquête, et n'a plus revu son père. Il a obtenu la nationalité française par son mariage en 2001. C'est sa femme qui l'a fait entrer à la Poste. De Paris, ils ont obtenu leur mutation à Barcelonnette en 2006 et ont acheté un petit chalet au Lauzet/Ubaye. Ce noir était d'ailleurs très mal perçu dans le village. Soit à cause de la couleur, soit parce qu'il était avec une blanche, soit parce que des bruits couraient au sujet des enfants... Quoiqu'il en soit, il est certain qu'il les frappait et qu'il maltraitait sa femme. Certains agriculteurs en allant aux champs avec leur tracteur les ont quelquefois vus, sur un chemin, en train de s'envoyer en l'air. Disons plutôt que la femme avait plus l'air d'être violée que consentante. Je me doute d'ailleurs que certains se sont arrêtés pour profiter du spectacle.

Il est mort assassiné d'une façon barbare le 29 avril 2009. Excuse-nous, Gabriel, mais nous n'avons pas l'heure. Pas encore.

Elle regardait Gabriel d'un air innocent, l'air de dire : « Tu vois, on a tardé mais on a des renseignements, pas mal même, alors tu peux passer sur l'heure ».

—Ouais, bon ! Continue, grommela le commandant.

—Il avait deux enfants, enchaîna Ariane après cet intermède, un garçon et une fille. Nous avons vu sa femme, Françoise N'dour. Elle nous a carrément dit qu'elle était soulagée qu'il soit mort. Elle vivait dans la terreur et la crainte que ses enfants soient traumatisés à vie. D'ailleurs ceux-ci ne sont pas plus choqués que ça de la mort de leur père. Ils ont l'air de respirer.

—Comment est-il mort ?

—Torturé, battu à mort. L'assassin a pris son pied en le tuant. Il lui a planté des clous tout autour du crâne en prenant bien garde de ne pas le tuer.

—Une couronne d'épines, en quelque sorte ?

—En quelque sorte, oui ! Il lui a tranché les couilles et le pénis, lui a attaché une poutre…

—Arrête, n'en dis pas plus, je vois le tableau. C'est vraiment un schizophrène en pleine crise de folie. Il se déchaîne de plus en plus. Et le message ? Parce qu'il y en a un, de message, n'est-ce pas ?

Jeremy mit la main à sa poche révolver et sortit son portefeuille.

—Le voilà, dit-il en tendant à Gabriel une feuille de papier pliée en quatre.

Celui-ci eut l'air surpris.

—Du simple papier blanc ?

—Tu ne crois pas que l'adjudant chef Kojak allait nous donner l'original ?

—L'adjudant qui ?

—Kojaksky ! Kojak, quoi !

—Celui de la télé ?

—Celui de la télé ! Avec le crâne rasé, la sucette dans la bouche et tout et tout…

—Vous m'aurez tout fait, vous, dit Gabriel, croyant que son lieutenant plaisantait.

—Sans déconner, Gabriel, je ne galèje pas (je ne plaisante pas).

—Bon, passons. Le message ?

—Le même style, assez long. Pas de poème cette fois et toujours la même signature. Mais, regarde-le.

Gabriel déplia le document et le lut attentivement.

« *Le nègre peut-il changer sa peau, la panthère ses rayures ? Vous seriez tout autant capables de faire le bien, vous qui êtes habitués à faire le mal ! Je vous disperserai donc comme de la paille emportée par le vent du désert* ».

Et :

« *Je suis décidé à en finir avec eux*

I.N.F. »

Au bout d'un moment de réflexion, il questionna :

— L'âge, vous avez remarqué ?

— Ouais, dit Jeremy. Trente-trois ans passés, lui aussi.

— Nous avons donc ce point, commun à toutes les victimes. Nous allons établir une liste de tout ce qui peut les réunir. Nous avons, en premier :

1) l'âge : 33 ans.

2) le *modus operandi* : torturé et tué avec violence et barbarie.

3) les messages qu'il nous laisse.

4) Réveillon et N'dour pratiquaient l'inceste avec leurs enfants. Est-ce que vous voyez autre chose ? Hé ! Jeremy, tu rêves ? J'ai posé une question.

Jeremy semblait ne plus être là. Il sursauta à l'interjection de Gabriel.

— Hein ? Quoi ? Oui.

— Oui, quoi ? Tu vois autre chose ?

— Hein ? Ah, non ! Pour l'instant c'est tout.

Gabriel pinça les lèvres.

— Si c'est l'amour qui te rend distrait, je vais interdire les relations sexuelles entre membres d'une même équipe.

— Arrête, Gabriel. Je réfléchissais. Il va falloir demander si les autres, c'est-à-dire...

Il jeta un coup d'œil sur le paperboard pour se rappeler les noms :

... Mion, Delavoix et Chalosse étaient aussi des pères monstrueux.

— Exact, enchérit Ariane. Est-ce que nous avons eu, aussi, la réponse à notre fax sur les crimes non élucidés ces dix dernières années ?

— Pas encore. Mais, ça ne devrait pas tarder.

—J'espère qu'ils ne vont pas nous en sortir une palanquée[1], dit Jeremy.

—Décidément, ça y est. Tu deviens marseillais !

—Pas encore. Il me manque le pastaga[2] auquel je ne me fais pas et les boules. Je ne sais pas pointer.

—Ça viendra, ça viendra. Ne t'inquiète pas. Pour revenir à nos moutons, nous avons fait la demande de renseignements il y a trois ou quatre jours. Le temps de faire les recherches dans les affaires classées, il faut compter quatre jours, je pense que d'ici demain nous devrions avoir de quoi nous mettre sous la dent.

—Espérons-le.

—Attends, s'écria Jeremy, qui est-ce qui connaît les évangiles ?

—Moi je serais bien en peine, plaisanta Gabriel, ma tasse de thé serait plutôt la Thora et ce que vous appelez l'ancien testament.

—Tu as quand même entendu parler de Jésus Christ ? ricana Jeremy.

—Bien sûr, celui qui joue dans Ben Hur ou celui de Mel Gibson ? répondit Gabriel sur le même ton ironique.

—Arrête de te moquer du nouveau testament, Gabriel.

—Je te signale que sans l'ancien, le nouveau ne pourrait exister et serait du pipi de chat. Ceci dit, oui, Jésus ça me parle.

—Et à quel âge il a été crucifié ?

—Trente-trois… merde, tu as raison ! s'écria Gabriel en réalisant la justesse des propos de son lieutenant. C'est vrai ça.

—Tu vois que je réfléchis, parfois.

1. Grosse quantité.

2. Pastis.

— Donc, si je comprends bien, dit Ariane, toutes ces morts se rapportent à Jésus Christ ?

— Pas nécessairement, mais elles doivent avoir un lien et... j'y pense, le N'dour en question avait bien des clous plantés tout autour du crâne ?

— Oui.

— Et ça ne vous dit rien, ça ?

— Bof ! fit Jeremy

— La couronne d'épines, vous connaissez ? Celle qu'on a fichu sur la tête de Jésus... bande de païens. Il faut que ce soit moi, un juif, qui vous le rappelle.

Ariane donna un coup de poing dans sa main et Jeremy se mordit la lèvre.

— Nom d'un chien, c'est vrai, dit-il. Finalement tout tourne autour...

Le téléphone se mit à sonner à ce moment-là. Ariane qui était la plus proche du bureau, décrocha. Elle écouta trois secondes et tendit l'appareil à son chef.

— C'est pour toi, dit-elle.

Gabriel s'était déjà approché. Il saisit le combiné et le porta à son oreille.

— Allo !

— ...

— Je t'écoute.

— ...

Au fur et à mesure que son interlocuteur parlait, Gabriel devenait blanc. Il fit le tour de son bureau et s'assit, toujours en écoutant.

— Tu en es sûr ?

— ...

— Pas de doute, pas de doute ! C'est vite dit.

— ...

— Et le message ?

— ...

— Faxe-moi tout ça. Je te remercie, Espéranza. À charge de revanche. Ciao !

Il reposa le téléphone et se tourna vers ses amis.

— On en a un autre sur les bras.

— Sans blague !

— J'ai l'air de plaisanter ?

— Sûr que non.

— Et il va falloir y aller. La scène du crime est toujours sous contrôle. Il faut se grouiller avant qu'ils enlèvent tout.

— Et où est-ce qu'on va, cette fois ? demanda Ariane

— À côté de Lyon. À Pérouges, plus exactement et cette fois, je serai là, donc à l'hôtel, chambres séparées.

— Il est pourri, marmonna Jeremy entre ses dents.

— Qu'est-ce que tu dis ?

— Non, rien.

CHAPITRE XIV
Lundi 4 mai 2009, 22h00

Quand ils arrivèrent, la brigade de gendarmerie de Meximieux était fermée. C'était elle qui avait pris l'affaire du crime de Pérouges. Il fallait donc attendre le lendemain pour avoir des renseignements. Ils trouvèrent deux chambres dans un hôtel deux étoiles : l'hôtel de l'Europe.

Le matin, à 9h00 tapantes, ils étaient tous trois devant les locaux de la brigade de gendarmerie.

Quand l'adjudant-chef se montra au bout du couloir pour venir les accueillir, Jeremy se pencha et marmonna dans le cou de Gabriel :

—Il faudra que tu m'expliques une chose.

—Quoi ? demanda Gabriel entre ses dents.

—Comment ce fait-il que quand nous allons dans une gendarmerie, c'est Kojak qui nous reçoive et quand tu y es, c'est un canon ?

—Qui ?

—L'adjudant-chef qui arrive, ne me dis pas que tu ne l'as pas vue.

Effectivement une belle brune se dirigeait vers le trio. En pantalon bleu marine et chemisette bleue ciel à manches courtes, ses cheveux coupés courts lui dégageaient de petites oreilles fines, sa bouche aux lèvres bien ourlées était juste rehaussée d'une touche de rouge clair faisant ressortir ses yeux noirs et charbonneux.

— Bonjour Messieurs, Dame, dit-elle en tendant la main à Gabriel.

— Évidemment ! persiffla Jeremy.

— Pardon ? demanda l'adjudant-chef.

— Non, rien.

Gabriel fit les présentations et demanda à l'adjudant-chef Florence Cochard, c'était son nom, si elle pouvait les recevoir un moment, officieusement.

— Mais, certainement, je vous en prie, suivez-moi.

Elle se retourna et se dirigea vers le fond du couloir, suivie de l'équipe.

— C'est le genre de gendarme que tu suivrais n'importe où, non ? dit Ariane à Jeremy, dans son dos.

— Je ne prendrai même pas le temps de te répondre, mon cœur.

— Solution de facilité, mon amour, chantonna-t-elle.

— Arrête, elle va nous entendre.

— Penses-tu. Elle est bien trop occupée à se demander si vos yeux sont braqués sur son cul.

— Pas les miens, en tout cas, répondit-il hypocritement.

— Faux-jeton !

Ils s'installèrent dans trois fauteuils pendant que Florence Cochard faisait le tour du bureau et s'asseyait à son tour. Puis, elle se pencha en avant, mains jointes, les coudes appuyés sur une chemise vert foncé sur laquelle était inscrit en gros caractère : « DOSSIER VÉRONIQUE DE SAINT ALBAN ».

— Je vous écoute, Messieurs, Dame.

— Je vous ai dit que nous étions venus officieusement, commença Gabriel, de son ton le plus charmeur, avec un accent légèrement chantant, teinté d'une pointe d'accent pied-noir.

—Oui, constata-t-elle, et c'est peu courant de voir une délégation du SRPJ débarquer dans mon bureau.

—Nous sommes sur une enquête, à Marseille, qui nous donne du fil à retordre. Un tueur sanguinaire et psychopathe a assassiné un homme dans des conditions horribles.

—Je crois comprendre, alors, pourquoi vous êtes ici.

—Oui, évidemment. Ce que vous ne savez pas c'est que nous avons actuellement cinq crimes non élucidés sur les bras.

—À Marseille ? s'étonna l'adjudant-chef.

—Certes non ! Nous avons regroupés, d'après les éléments que nous avions, deux dossiers classés depuis pas mal de temps : un en Avignon et un à Albi. Là-dessus sont venus se greffer : un autre à Nantes et un au Lauzet/Ubaye.

—Où ?

—C'est à côté de Barcelonnette.

—Ah oui, je vois. Je vais faire du ski au Super-Sauze, la station au-dessus.

—Hier, j'ai reçu un coup de fil d'un collègue me disant que vous aviez fait une demande de renseignements pour un meurtre atroce dans votre région. Comme il savait que j'étais sur cette enquête il m'a aussitôt prévenu. Et nous voilà ! Je ne vous cache pas que nous attendons beaucoup de vos investigations et de vos réponses. Si les éléments concordent, il est indéniable que nous sommes en présence d'un seul et même tueur. Ce qui nous ferait six crimes, sans compter ceux dont nous ignorons l'existence.

—Je serai heureuse de collaborer avec vous, dit Françoise en fixant Gabriel au fond des yeux. Que voulez-vous savoir ?

— Tout ce que vous avez pu récolter comme renseignements. Je sais que votre enquête ne fait que débuter mais le moindre indice peut nous être utile. Tout d'abord qui a découvert la baronne ?

— Son mari. Le baron Jean-Philippe de Saint Alban est un homme très occupé. Il fait de la politique et il est député. Il se présente aux élections européennes. Vendredi il m'a téléphoné…

— Le premier mai donc ?

— Le premier mai, oui ! Je disais donc, il m'a téléphoné à vingt heures pour me dire que sa femme n'était pas encore rentrée. Il ne savait pas où elle était. Je suis allée le voir et il m'a confirmé qu'elle n'était toujours pas là. Elle était partie le matin accompagner les enfants chez les grands-parents. Lui était déjà à sa partie de cartes. Ensuite il est allé faire une partie de boules lyonnaises, c'est bon pour sa popularité, puis, est rentré vers les 15 heures. Le soir, il m'a donc appelé, étonné qu'elle ne soit toujours pas là.

— Vous avez déclenché une recherche ?

— Certainement pas. Il n'y avait pas quarante-huit heures entre la disparition et le signalement. Ce n'est pas parce que j'ai affaire à un baron député que je vais accélérer la procédure.

— Je suis entièrement d'accord avec vous. Pas de passe-droit. Surtout pour ces gens-là qui se prennent trop pour des seigneurs.

Étonné de cette remarque, Jeremy regarda son patron avec insistance. Celui-ci, sentant ce regard posé sur lui se tourna pour voir son lieutenant hocher la tête en pinçant les lèvres.

— Ben oui, quoi, lui dit-il. Ce n'est pas toi qui vas me contredire.

— Oh non ! Je dirai même plus : ce sont des saigneurs, avec un « a ».

—Allons, Jeremy, n'en rajoute pas. Continuez, adjudant-chef, incita-t-il avec un sourire charmeur, découvrant des dents blanches et régulières.

—Donc, le premier mai à 22h30, je suis rentrée chez moi après être passée chez le baron. Le lendemain, elle n'était toujours pas revenue. J'attendais le 3 mai pour lancer une recherche dans l'intérêt des familles. Mais, c'était un dimanche, j'ai donc repoussé au lundi le déclenchement des opérations.

—Hier, donc ?

—Oui, hier. J'ai fait patienter le député comme j'ai pu. J'ai envoyé du personnel enquêter dans tous les lieux où elle avait l'habitude de se rendre. Bref, on a fait chou blanc sur toute la ligne, mais il n'a pas été nécessaire d'attendre lundi. Le dimanche matin, 3 mai, à 7h00, coup de fil du baron, directement chez moi.

Gabriel l'interrogea du regard et Florence Cochard comprit la question non formulée.

—Il a le numéro de ma ligne personnelle. C'est un député, commissaire, ajouta-elle avec un ton d'excuse. Il m'a donc téléphoné. Il était dans tous ses états, il criait, hurlait, au bord de la crise de nerfs. Je ne comprenais rien à ce qu'il disait. J'ai donc décidé d'y aller. J'ai fait venir avec moi le sergent Morimont et un gendarme. J'ai été bien inspirée. La baronne était là et bien là. Elle était empalée de tout son long sur le portail d'accès au château, composé de longues tiges métalliques en forme de piques.

Gabriel était enchanté de tous ces détails. L'adjudant-chef était on ne peut plus collaboratrice, aussi n'osait-il pas l'interrompre. Jeremy et Ariane était étonnée eux aussi : l'adjudant-chef de Barcelonnette avait été plus sibyllin.

—Le corps de Véronique de Saint-Alban était transpercé par quatre piques : une des piques avait traversé le sphénoïde et était ressortie par l'os frontal, une autre, au niveau des premières dorsales était sortie entre les deux clavicules, la troisième avait traversé le dos et la quatrième était entrée par les lombaires et ressortie par l'abdomen, déchirant et éclatant la peau en faisant tomber deux mètres d'intestin grêle. Ceux-ci n'arrivaient toutefois pas au sol et se balançaient le long du portail.

D'enchanté, Gabriel fut sidéré par l'abondance des précisions. Il n'osait toujours pas l'interrompre.

—Est-ce que vous désirez boire ? s'enquit subitement Florence.

—Je reconnais que ce serait bienvenu, dit Gabriel, ce n'est pas moi qui parle, mais tout ce que vous nous dites nous assoiffe.

—Bière, panaché, jus de fruit ?

Ariane prit un jus d'ananas, Jeremy et Gabriel une bière. Florence se fit apporter un citron pressé. Les trois amis ne disaient rien mais n'en pensaient pas moins. Ils ne risquaient pas d'être aussi bien traités au commissariat.

—Je disais donc, reprit la gendarme après s'être désaltérée, qu'elle était transpercée de part en part. Le plus troublant, c'est qu'il n'y avait presque pas de sang sur le sol, ce qui signifie qu'elle était probablement morte au moment de l'empalement.

—Ce qui signifie aussi, dit Jeremy, que l'assassin est d'une force peu commune pour soulever à bout de bras un corps mort et le planter sur les piques.

—Ou alors qu'ils étaient deux, rétorqua la gendarme.

—Impossible dit Ariane. Il semble que le *modus operandi* soit le même que pour nos crimes. De plus, un tueur en série est toujours seul.

—C'est ce que j'ai appris dans mes cours de criminologie, dit Florence.

—Vous l'avez donc descendue ? demanda Gabriel.

—J'ai appelé l'équipe scientifique qui a fait tout le nécessaire. Les photos ont été prises : les voici d'ailleurs.

Elle tendit un paquet de photos que Gabriel saisit et consulta en les passant une à une à Ariane puis, Gabriel.

Le corps de la baronne apparaissait d'abord sur les piques, nu, les bras et les jambes ballants de chaque côté du portail. Ensuite elle avait été photographiée sur le sol, dans la même position que sur les piques, la rigidité post-mortem ayant fait son œuvre. Le médecin légiste n'avait pas réussi à lui déplier les membres ; elle reposait donc sur ses pieds, ses omoplates et sa tête. Les bras avaient été ramenés péniblement en avant, probablement en cassant l'articulation de l'épaule, pour ne pas imposer au mari de voir sa femme dans une position humiliante. Ils étaient donc sur le sol mais bien écartés du corps. Puis, le photographe s'était appliqué, après les photos générales, de prendre des clichés de toutes les parties du corps touchées par des blessures. Il n'y avait pas moins de quatre-vingt douze prises concernant d'abord la tête, puis, le cou, les seins, les bras, le bas-ventre ouvert et ainsi de suite jusqu'aux pieds où l'on se rendait compte que la moitié des orteils avaient les ongles arrachés et apparaissaient sanguinolents.

Les seins n'étaient qu'une masse rouge, lacérés de sillons profonds, les tétons coupés. Tout le corps était recouvert de croutes de sang séché. Au niveau du pubis, une ouverture au-dessus des poils collés, laissait voir l'intérieur rempli d'une substance noirâtre qui devait être du sang.

Gabriel détourna un instant son attention pour regarder l'adjudant-chef en lui montrant une photo.

—Il lui a ouvert le bas-ventre et retiré l'utérus, expliqua l'adjudant-chef, ce qui indique qu'il a des notions de chirurgie. Le légiste pense, mais il n'a pas encore fait tous les examens, que cette opération a été faite du vivant de la victime, comme toutes les blessures d'ailleurs. L'assassin a mis une volonté délibérée, sadique et cruelle pour la faire souffrir d'une façon horrible. Il semble y être parvenu.

Gabriel ne fit pas de commentaire et reporta son attention sur le paquet de photos puis, dégoûté, il tendit le tout à Jeremy.

—Il a donc déposé le corps dans la nuit ?

—Certainement. Après minuit, mais elle a dû mourir quelques heures avant et l'assassin a nécessairement calculé son trajet en fonction de la rigidité du cadavre. Il lui fallait un corps encore mou pour pouvoir le soulever et le planter sur les piques.

—En sachant que la *rigor mortis* arrive environ une heure après le décès et commence par le bas du visage...

—La nuque et les muscles masticateurs...interrompit Florence.

—Oui, et elle est à son maximum environ sept heures après la mort. Le monstre a donc dû calculer son trajet, puisque il semble qu'il ne tue pas sur place, pour arriver alors que le corps était encore souple.

—Ou alors, dit Ariane, selon la distance qu'il a eu à parcourir, il l'a transportée vivante et l'a achevée dans la voiture avant de la mettre en place.

—C'est certainement ce qu'il a fait, ajouta Jeremy. Est-ce que vous avez pris des échantillons de terre tout autour du portail ?

—Oui, bien sûr, d'autant plus qu'il y avait des traces de roues différentes de celles laissées par les voitures du baron. Il semble que ce soit l'empreinte de grosses roues de 4x4 de marque Michelin, d'après les sillons laissés dans la terre. Étant donné que vous arrivez relativement vite après la découverte, nous n'avons pas encore enlevé la protection du site. Vous pourrez aller vous rendre compte par vous-même.

—Et le corps ?

—Nous le conservons dans une pièce froide sur un brancard métallique réfrigérant. La médecine légale vient le chercher en fin d'après-midi pour le porter à la morgue de Bourg-en-Bresse. À ce niveau, il y aura des examens plus approfondis.

—J'ai une dernière question à vous poser, ensuite nous vous laisserons à vos affaires, dit Gabriel avec son sourire désarmant.

—Je vous écoute.

—Lors de chaque massacre, on ne peut appeler ça autrement, il y avait toujours sur le cadavre ou à côté, comme au Lauzet/Ubaye, un message laissé à notre intention. Est-ce que vous l'avez trouvé ?

La gendarme approuva de la tête en clignant des yeux. Elle rendit son sourire à Gabriel et ouvrit le tiroir de son bureau.

—Voici ce qu'il y avait. Je l'ai recopié car le papier qui était plastifié, est entre les mains de la brigade scientifique.

Elle tendit la feuille à Gabriel qui la déplia. Florence avait une écriture fine, droite et régulière, une calligraphie appliquée.

« *Fils de Hilkiyyahou, je te garde le souvenir de l'affection de ta jeunesse, de ton amour quand tu me suivais dans le désert, dans une région inculte* ».

« *On tirera de leur tombeaux les ossements et on les étalera à la face du soleil, de la lune et de tous les astres du ciel. Ils ne seront ni recueillis, ni rendus à la tombe : ils serviront d'engrais à la surface du sol*

I.N.F. »

—Et toujours cette signature, dit Gabriel « INF » nous n'avons pas encore trouvé sa signification.

—Il faut dire que nous n'avons pas beaucoup cherché, non ? intervint Ariane. Ça nous indique probablement quelque chose, mais quoi ? Comme les initiales « HB » qui voulaient dire « Human Bomb », lors de la prise d'otages dans une école de Neuilly.

—D'abord il faudra déterminer si c'est en français ou en anglais. Ainsi, dit Gabriel en s'adressant à Florence, vous avez fait des études de criminologie ?

—Oui. À la Sorbonne. La psychologie des psychotiques aussi.

—De profilage en quelque sorte.

—C'est ça.

—Est-ce que vous avez une idée du profil du tueur, pour le peu que vous en sachiez déjà.

—Quelques unes. Il me reste certaines notions de mes cours. Je peux vous donner un profil rapide des tueurs en série, profil qui doit certainement s'adapter au cas présent.

Gabriel leva la main pour l'interrompre.

—Avant que vous ne commenciez, est-ce que vous connaissez l'âge de la baronne ?

—Certainement. Elle est née le premier avril 1976. Elle a eu 4 enfants et ne travaillait pas car elle secondait son mari.

—Ce qui lui faisait trente-trois ans et un mois au moment du décès.

—Exactement. Est-ce un point important ?

—Sans aucun doute. L'âge de toutes les victimes tourne autour de trente-trois ans. Je ne sais pas pourquoi il choisit dans cette tranche de la population, mais c'était l'âge du Christ. Ces meurtres morbides ont donc une connotation religieuse.

—Fais-nous voir le message, demanda Ariane qui tendit la main pour le saisir. Tiens, voilà un nom :

Hilkiyyahou ! Qu'est-ce que ça peut bien être ?

—Donne, demanda Jeremy. Il tendit, lui aussi, sa main et se mit à lire.

Au fur et à mesure de sa lecture, il devenait blanc. Son visage se décolorait et des gouttes de transpiration apparurent sur son front. Ariane qui guettait ses réactions, fut saisie de le voir se transformer à vue d'œil.

—Qu'est-ce que tu as, Jeremy ? Tu n'es pas bien ? Il ne fait pas excessivement chaud pourtant.

Le lieutenant, jeta un dernier coup d'œil sur le papier et le redonna à Ariane. Sa main tremblait en le lui donnant.

—Bois un coup, dit Gabriel qui s'était retourné sur l'exclamation de la jeune femme. C'est vrai que tu es tout pâle.

—Ce n'est rien, dit Jeremy. Peut-être une baisse de tension. J'ai eu comme un vertige.

—Je trouve que tu en as beaucoup en ce moment.

—Tu crois ?

—C'est certain. En rentrant, tu prends rendez-vous chez le docteur.

Jeremy se passa la main dans les cheveux puis, essuya la sueur perlant sur son front.

—Oh oui ! On verra.

—On verra rien du tout. Je n'ai pas envie d'avoir un collaborateur fatigué.

—Je t'assure, je ne suis pas fatigué. Ça va passer.

—C'est bon, mais je te garantis que tu vas chez le toubib en rentrant.

—OK ! Ça va ! concéda le lieutenant, plus pour couper court à la discussion que pour céder du terrain.

—Je vais vous faire apporter un verre de sirop. Le sucre vous requinquera, si vous avez fait une hypoglycémie, dit Florence.

—Je vous remercie, mais c'est inutile. Je vais déjà beaucoup mieux.

—Bon ! Alors revenons à nos moutons. Vous alliez nous faire un profil du tueur, dit Gabriel en s'adressant à la gendarme.

—Oui, mais je ne vous garantis pas qu'il sera exact. Vous savez, mes cours sont lointains.

—Allez-y quand même.

Florence se massa la nuque en réfléchissant, puis, elle se décida.

—Il est jeune. Pas plus de quarante ans, je dirais même beaucoup moins. Il est athlétique et d'une force peu commune. Ce qui me fait dire ceci, c'est le fait qu'il ait soulevé le cadavre tout seul.

—Vous avez raison car le portrait robot qu'on en a, le décrit avec des épaules massives et puissantes.

—Ça ne m'étonne pas. Il est certainement grand et fort mais il est resté immature, infantile. Il n'a pas franchi le pas vers l'âge adulte. Au moment de l'adolescence, lors de sa construction psychique, il s'est disloqué émotionnellement. Il a eu un père —ou une mère —qui l'a toujours rabaissé intellectuellement, lui a infligé des sévices physiques ou sexuels, détruisant sa confiance en soi.

Elle s'arrêta un instant en se pinçant le nez et fermant les yeux pour faire appel à sa mémoire, puis, elle reprit :

—Il a dû être cruel envers les animaux, commencé par torturer des chats, des oiseaux, même des chiens avant de passer aux humains. La plupart des enfants maltraités s'en sortent, heureusement et deviennent sociables. Lui, a soif de pouvoir. En torturant ses victimes il a la sensation d'être Dieu, de maîtriser la situation et les évènements alors que tout cela lui échappe quand il est en situation normale. C'est ainsi que pour retrouver une impression de puissance il tue, torture, viole. Il jouit des souffrances de ses proies et tue pour l'enivrement du moment où elles passent de vie à trépas : il les regarde mourir, il déguste leur mort. Ces assassins, bien souvent, se nourrissent de leur chair, cannibalisent leurs victimes pour en faire une partie intégrante d'eux-mêmes. Si le nôtre ne l'a pas encore fait, ça ne saurait tarder. J'ai oublié de vous dire que les premières constatations du légiste ont fait ressortir qu'il avait violé et sodomisé la baronne de nombreuses fois, étant donné l'état de son vagin et de son anus, ce qui prouve qu'il a dû la garder quelques jours. Tout ça bien sûr en la torturant car il serait incapable d'avoir une érection de façon normale.

Gabriel se gratta la tête, circonspect, Ariane était médusée et Jeremy se remettait de son malaise en essayant de ne pas attirer l'attention sur lui.

—Voilà un tableau complet de notre tueur, fit Gabriel. Je ne m'attendais pas à autant de détail.

—Vous savez, hormis le fait qu'il soit jeune et costaud, ce ne sont que des notions courantes et communes à ce type de psychopathes.

—Ça ne fait rien. Ces renseignements nous seront bien utiles. Est-ce que je peux garder le message ?

—Je vais vous le recopier, dit-elle en tendant la main. Comptez-vous aller au château ?

—Je pense que vous avez fait du bon travail et ça me parait inutile, mais sait-on jamais. Un détail qui vous aurait échappé, une broutille, quelque chose d'insignifiant...

—Alors je vous y emmène.

Le téléphone sonna à cet instant. Florence décrocha, écouta deux minutes en prononçant seulement quelques onomatopées puis, raccrocha. Elle se tourna vers les trois policiers, réfléchit un instant. Elle pensait qu'après tout, avec ce qu'elle leur avait dit, un indice de plus ou de moins ne troublerait pas sa propre enquête.

—Ce coup de fil, dit-elle, sans être crucial, est probablement important comme information. Pour l'instant, je n'en vois pas l'application, peut-être un peu plus tard.

Intrigué, Gabriel aurait aimé quelle lui donne cet indice.

—Nous pourrions le raccorder à un élément en notre possession...

—Sans doute. Ce coup de fil vient de la scientifique. Un ami me disait que de tous les échantillons de terre ramassés dans les empreintes des roues du 4x4, un seul ne provient pas de la terre spécifique à la région, en particulier autour du château où elle est beaucoup argileuse. De fait, ils ont décelé dans les fragments recueillis, de l'humus et des spores de champignons. Ils pensent que ça vient d'un sous-bois dont le sol est en décomposition. Ils vont tenter de trouver de quel genre de spore il s'agit.

Le visage de Gabriel se fendit d'un large sourire. Il regarda ses amis, puis, revint à la gendarme.

—Vous pouvez leur dire de ne pas chercher plus avant. Il s'agit de champignons de Paris. Nous avons eu la même terre et nous en avons déduit qu'il amenait ses victimes dans une champignonnière abandonnée. Nous avons lancé une recherche et attendons les résultats, mais je me doute qu'il doit y en avoir un sacré nombre.

CHAPITRE XV
Dimanche 3 mai, 21h30

Il était resté toute la matinée du dimanche dans les environs pour voir le travail que feraient les gendarmes. C'était une vraie fourmilière. Entre les hommes en bleu et ceux en blanc de la brigade scientifique, il fut forcé de rester assez loin, caché dans sa voiture. Mais, son plaisir et sa satisfaction furent intenses quand ils se mirent à quatre pour soulever la baronne et la décoller des piques sur lesquelles il n'avait eu aucun mal, lui, pour l'empaler. Elle était raide, bien sûr, et pas facile à manipuler, d'autant plus que les intestins qui traînaient presque sur le sol ne facilitaient pas la tâche des enquêteurs.

Finalement, il s'était décidé à partir et tout le long du voyage, il pensa à l'utérus qu'il avait conservé dans son petit frigo.

Qu'allait-il en faire ? Avec quel plaisir, il lui avait ouvert le ventre tout doucement et découpé l'utérus. Elle avait tellement hurlé qu'elle n'avait plus de voix et que seuls quelques gémissements sortaient de sa gorge aphone. Plusieurs fois, elle était tombée dans les pommes et il l'avait ranimée en lui laissant un peu de répit, mais sa douleur devait être tellement violente et profonde qu'elle en était probablement devenue insensible. Inutile qu'elle meure si rapidement. Il voulait l'amener vivante et la tuer peu avant d'arriver au château. Il ne pouvait pas courir le risque qu'elle soit trop raide. Il n'y avait pas que cette raison : vivante il pouvait continuer à la posséder. Maintenant, elle n'avait plus d'organe lui permettant de se reproduire, elle serait stérile jusqu'à sa mort.

En songeant à ça, il ricana : de toute façon la mort n'allait pas tarder à lui présenter la facture de ses crimes.

Qu'allait-il faire de l'utérus. Il revit en pensée tous les romans qu'il avait lus. Un de ces livres l'avait marqué en particulier, c'était un livre de Thomas Harris : *Le Silence des agneaux*. Il se souvint qu'Hannibal Lecter ne se contentait pas de tuer ses victimes. Il les mangeait. D'ailleurs, on l'appelait Hannibal le Cannibale. Et s'il faisait pareil ? Et si lui aussi goûtait à la chair de ses proies ? Elles ne seraient pas perdues à jamais. Elles feraient partie intégrante de lui-même.

Il abandonna le 4x4 au Puy en Velay, ville qui lui rappela une partie de son adolescence. Rapidement, il trouva une vieille VW qui démarra sans résister.

À Chabagnac-le-Château, il abandonna son nouveau véhicule et se rendit à pied jusqu'au cimetière. Il était vingt et une heures quinze et il n'y avait pas un chat dans les rues. C'était l'idéal. Il aimait l'obscurité et l'anonymat que procurait la nuit ; à vingt et une heures trente, il pénétra dans le mausolée et s'enfonça sous terre, dans sa champignonnière.

Quand il arriva à la salle des tortures, la première chose qu'il fit, fut d'ouvrir le frigo et de prendre le plat sur lequel il avait déposé l'organe de sa victime. Il le posa sur son bureau et se dirigea vers une petite armoire métallique pour en sortir un barbecue électrique.

Il se disait que ce serait parfait pour ce qu'il voulait faire. Il ne voyait pas les flaques de sang encore frais, brillant autour de lui. Il y en avait sur le sol, les murs, sur les photos. Il était cerné de rouge. L'odeur dégagée était épouvantable : c'était l'odeur de la mort, de la souffrance, l'odeur de viande en putréfaction, de sang corrompu sur lequel des mouches tournoyaient.

Quand la résistance du barbecue lui sembla être assez chaude, il prit un couteau et, lentement, il commença à découper des tranches. Un sourire satanique, un sourire cruel était figé sur sa bouche.

CHAPITRE XVI
Lundi 4 mai, 23h30

À la lisière de la forêt de Tronçais, à quelques dizaines de kilomètres de Bourges, le panneau lumineux du *Starlight Dancing* brillait de mille feux. La boîte avait fait le plein comme d'habitude et le parking était comble.

De temps à autre, lors de l'ouverture de la porte par des clients, une bouffée de musique sortait, accompagnée du boum boum de la batterie.

À l'intérieur, la foule se bousculait, jouait des coudes. Certains, un verre à la main, se faufilaient entre les gens qui allaient et venaient, essayant de ne pas perdre une goutte du breuvage.

Sur la piste, les danseurs, serrés les uns contre les autres, sautaient et rythmaient la cadence donnée par l'orchestre.

Au comptoir les consommateurs attendaient leur tour, agglutinés sur deux rangées, le bras tendant un ticket de consommation. Accoudé devant son whisky, il prenait son verre de temps à autre, le faisait tournoyer dans sa main pour mélanger l'eau des glaçons à la boisson ambrée, puis, sirotait une gorgée, la faisait passer d'une joue à l'autre et l'avalait avec un bref mouvement de tête. Il ne semblait pas pressé de laisser la place aux autres malgré la bousculade qui régnait autour du comptoir. Il était malmené et poussé d'un côté et de l'autre suivant les mouvements de la foule et avait du mal à ne pas renverser son verre quand il le saisissait. À côté de lui, un autre homme subissait, lui aussi, les assauts des danseurs assoiffés. Il semblait que pour eux deux la danse n'était pas la priorité.

À un moment donné, le buveur de whisky fut projeté sur l'homme qui buvait un Gin. Il tenait fermement son verre, attentif au désordre qui régnait autour de lui. Son regard croisa celui de l'homme au whisky qui lui fit un sourire contraint en pinçant les lèvres.

—On va bien finir pas renverser nos verres, dit-il.

—Oui, je crois bien que ce n'est pas prudent de rester au comptoir.

—Je n'ai pas trouvé de place libre à une table.

Celui qui buvait le Gin regarda attentivement l'homme qui lui avait adressé la parole. Il constata qu'il devait être assez grand et jeune, son visage était ouvert et franc ; il avait des traits expressifs et une petite queue de cheval tirait tous ses cheveux noirs en arrière.

—Je vous aurais bien proposé de venir à la mienne, dit-il en criant pour couvrir le son de la musique qui venait de reprendre, mais nous sommes au complet. J'ai réussi à me caser à cette table par miracle.

—Moi je suis venu un peu au hasard, je ne savais pas qu'il était préférable de réserver.

—Oui. La discothèque est assez grande, mais c'est toujours plein. Vous n'êtes pas de la région ?

—Non. Je suis en voyage et je loge dans un petit hôtel à Saint-Bonnet-Tronçais.

— C'est une jolie petite ville touristique, surtout grâce à son étang.

— L'endroit est beau en effet. Mais, je me présente : Joseph Basquet. Je suis du sud-ouest.

— Je l'ai entendu à votre accent. Moi je suis de la région. Laurent Peton, enchanté, ajouta-t-il en tendant sa main.

— Enchanté, répondit Joseph en répondant à son geste.

— Vous êtes en villégiature ?

— Non, je travaille. Je suis représentant en sucreries : bonbons, chewing-gum, caramels et toutes sortes de saloperies de ce genre. Il faut bien vivre.

— Et vous êtes venu vous distraire au *Starlight ?*

— Je m'ennuyais dans la chambre. J'ai rempli mes bons de commande, tout envoyé à la fabrique par internet et je ne savais plus quoi faire.

Il leva son verre et tenta de le porter à la bouche, mais il fut bousculé et son bras, projeté en avant, envoya un peu de whisky sur Laurent.

— Excusez-moi, dit-il, mais toute cette foule se bagarrerait presque pour accéder aux boissons.

— Il faut dire que nous accaparons deux places.

— Vous avez raison. Je suis désolé pour la tache sur votre chemise.

— Ce n'est rien. Je vais aller aux toilettes pour la nettoyer.

— Je viens avec vous. Ça permettra aux autres de s'approcher un peu plus. Je vous garderai le verre.

— Volontiers, vous êtes bien aimable.

— C'est la moindre des choses.

Dans la semi-obscurité, ils se rapprochèrent des toilettes devant lesquelles une file de femmes attendait. Laurent tendit son verre à Joseph et pénétra dans les toilettes des hommes.

Quand il ressortit, Joseph remarqua la large auréole d'humidité maculant le devant de sa chemise.

—C'est parti ? demanda-t-il.

—Bof, même si ça ne l'est pas, c'est pas bien grave.

—Allons un instant dehors, proposa Joseph. À l'air libre ça sèchera plus vite.

—Volontiers ! Ça me permettra de fumer.

—Je ne fume pas, mais je vous accompagne. Reprenez votre verre.

Une fois dehors, cigarette et verres en mains, ils continuèrent de bavarder en circulant entre les voitures garées. Il faisait nuit noire et seule la façade lumineuse du dancing éclairait par intermittence, d'une lumière rouge et jaune, le parking.

—Quel silence à côté de l'intérieur !

—Oui, ça repose les tympans. Je ne sais pas pourquoi j'ai été tenté par cette discothèque, dit Joseph. D'autant plus que je ne sais pas danser. Je crois que c'est plus pour passer le temps. Et vous ?

—Bof, moi c'est surtout pour m'échapper de la maison et du train-train quotidien.

—Vous êtes marié ?

—Oui et j'ai trois gosses.

—Vous avez bien de la chance. Je n'ai pas encore songé au mariage.

—De la chance ! De la chance ! C'est vite dit. Si vous saviez ce que les moutards peuvent être emmerdants quand ils s'y mettent et qu'en plus ils ont leur mère avec eux. Trois garçons de neuf, sept et six ans ce n'est pas facile à gérer.

—Je vous crois facilement.

—Il faut faire preuve d'autorité et sévir. Je n'hésite pas à les punir et même leur donner des raclées si c'est nécessaire.

Joseph eut un sourire que Laurent ne vit pas à cause de la pénombre. Celui-ci levait de temps en temps le coude pour lamper une gorgée de Gin, puis, tirait une bouffée sur sa cigarette qui rougeoyait dans l'obscurité. Une petite brise rabattait la fumée sur Joseph qui ne disait rien, par discrétion.

—Et votre femme ? demanda-t-il, elle sévit elle aussi avec les gosses ?

—Non, elle subit et ne dit rien. Mais, je sens qu'elle n'est pas d'accord quand je les frappe.

—Qu'est-ce que vous voulez, c'est une mère.

—Oui, mais... Laurent secoua la tête comme un chien qui s'ébroue. Je ne sais pas ce qui m'arrive, dit-il, mais... j'ai mal à la tête d'un coup. J'ai la tête... lourde et puis... j'ai... sommeil.

Il éprouvait de la difficulté à parler et sa bouche lui semblait pâteuse. Il avait l'impression que sa langue avait gonflé et qu'elle était collée au palais.

—Vous avez sommeil ?

—Oui, je... ne me sens... pas bien.

—Tenez, j'ai ma voiture, là. Venez vous asseoir un instant, ça va passer.

Il désignait du doigt une Opel Zafira grise qui brillait sous l'éclairage discontinu et violent des lettres de l'enseigne du dancing.

Il ouvrit la portière du côté passager et Laurent s'assit.

—Une mi... nute, seule... ment, dit-il.

Il s'adossa sur l'appui-tête et une minute après, il dormait. Joseph l'observa un instant, jetant aussi de brefs coups d'œil autour de lui.

—Pauvre con, dit-il en s'adressant à l'homme profondément endormi. Tu ne séviras plus longtemps. Je crois même que c'est fini pour toi, et tes gosses n'auront plus de sévices corporels.

Il regarda rapidement sa montre bracelet : vingt-trois heures quarante-cinq. Son regard se porta à nouveau sur l'homme endormi. Il le secoua pour voir ses réactions, mais Laurent ne broncha pas, seule sa tête, sous l'effet des secousses, dodelina de droite à gauche.

—Salopard, s'exclama alors celui qui avait dit s'appeler Joseph, dors bien, dors ! Tu ne sais pas ce que Saül te réserve.

Il se pencha pour mettre son épaule contre la poitrine de Laurent et, sans effort apparent, le souleva. Il ouvrit la portière arrière et jeta le corps sur les sièges rabattus. Ensuite, il prit un rouleau de ruban adhésif argenté dans la boîte à gants et retourna à l'arrière. Cinq minutes plus tard, il avait saucissonné sa victime de la tête aux pieds.

—Connard, dit-il après un dernier regard fou sur le corps. C'est vraiment trop facile. Quand je pense que tes enfants devaient avoir la terreur quand tu arrivais. Maintenant, tu es là, attaché, à ma merci et tu vas payer pour tout ce que tu as fait. Tu vas recevoir coup pour coup, je t'ai préparé une bonne petite séance.

Plus il parlait, plus il s'excitait. Le calme qu'il montrait au bar s'estompait peu à peu, ses yeux devenaient hagards, fixes, avec une lueur meurtrière.

—*Calme-toi, Saül, La Voix te demande de te calmer.*

À ces mots, Saül se raidit, sa tête se figea et il ne fit plus un geste.

—Je t'écoute, ma Vengeance. Qu'as-tu à me dire.

—*Tu dois le tuer celui-là aussi, mais avant tu le feras bien souffrir. Il a frappé ses trois enfants et il les a aussi violés.*

—Oui, je t'obéirai. J'ai déjà tout prévu. Je vais partir à l'instant et le transporter dans mon sanctuaire. Je vais lui faire payer tout ce qu'il a fait, cette ordure.

—*N'oublie pas, Saül, ce que tu dois faire avant. C'est important et ça ne souffre d'aucun retard. Tu sais que tu dois accélérer les sacrifices.*

— Oui, je le sais.

— *Tu sais que tu dois déposer son corps le 7 mai, mais qu'avant tu as beaucoup de choses à faire. Entre autre, un petit voyage à Marseille.*

— C'est prévu. Je vais déposer et laisser ce malade dans la champignonnière, ensuite je fais un saut à Marseille, je reviens, je le tue et je le ramène à Saint-Bonnet.

— *On est le 4 mai et il est vingt-trois heures cinquante-cinq. Tu as jusqu'au 7 mai à minuit pour faire tout ça. Est-ce que tu t'en sens capable ?*

— Soixante-douze heures, c'est faisable. Je ne vais pas dormir, j'ai mes comprimés.

— *C'est bien Saül. Je n'en attendais pas moins de toi. Tu dois le tuer… le tuer… le tuer…*

Puis, le silence se fit dans la tête de Saül. Il se tourna vers la victime, allongée et inconsciente à l'arrière.

— Tu as entendu, dit-il en le secouant. Tu as entendu ce que m'a dit La Voix. Ne viens pas te plaindre, après. Je dois le faire et je le ferai. Dors bien, va. Tu te réveilleras toujours à temps. De toute façon le GHB n'agit que trois heures, mais reconnaît que c'est efficace, hein mon salaud ! Surtout avec l'alcool.

Puis, il se retourna, introduisit la clé et démarra en trombe. Il ne devait quand même pas trop traîner.

***

Le 5 mai, à cinq heures trente, Saül arrivait dans la champignonnière. Le corps immobilisé de Laurent sur son épaule, il marchait d'un pas rapide dans le labyrinthe de terre. Celui-ci était réveillé depuis un moment déjà. Hagard, affolé, il ne pouvait parler et éprouvait des difficultés à respirer. Le ruban adhésif qui lui fermait la bouche débordait sur une narine. Il poussait de faibles gémissements qui ne parvenaient pas à franchir la barrière de ses lèvres closes. Ses yeux se posaient sur le sol puis, sur la voûte ; il ne comprenait pas ce qui lui arrivait.

—*Mon Dieu, où je suis ? Qu'est-ce qu'il veut, ce fou ? Je n'ai pas d'argent. Il a dû se tromper de personne, ce n'est pas possible.*

Arrivé dans sa salle des tortures, Saül le jeta sur le sol sans ménagement. Sa tête heurta violemment la terre dure et le choc l'étourdit. Ses oreilles sifflèrent et durant trente secondes tout tourna devant ses yeux. Saül se baissa et arracha violemment le bâillon. Laurent poussa un cri de douleur et aspira goulûment l'air.

Une odeur pestilentielle le saisit à la gorge : c'était un mélange de viande avariée, d'urine et d'excréments.

Saül, qui le fixait attentivement pour voir ses réactions, comprit instantanément ses pensées.

—Ça pue, hein ? Ça sent la merde et l'urine, tu ne trouves pas ? Mais, t'inquiète, charogne, bientôt ton odeur se mêlera à celle-là. Tu vas, toi aussi, te pisser et te chier dessus. C'est sûr. Tes sphincters se relâcheront comme ceux des autres qui sont passés avant toi.

—Mais, je ne vous ai rien fait. Pourquoi vous en prenez-vous à moi ? Vous avez dû vous tromper de personne.

Saül se mit à ricaner.

—Regarde à côté de ta tête, ordure, tu verras que je n'ai pas l'habitude de me tromper de salaud.

Laurent tordit son cou pour apercevoir ce que son ravisseur lui montrait du doigt. Il n'eut pas à chercher longtemps. Le tortionnaire l'avait jeté, semble-t-il n'importe où, mais c'était calculé. À quelques centimètres de son visage, il y avait comme des morceaux de bois avec une extrémité noire sur laquelle des mouches tournoyaient. Avec horreur, Laurent réalisa qu'il avait sous le nez des doigts coupés, des doigts de mains et de pieds. Juste à côté, des ongles arrachés montraient encore des morceaux de chair collés. Il eut un haut-le-cœur et faillit vomir de dégoût.

— Tu vois ce qui t'attend ? hurla d'un seul coup Saül à son oreille, le faisant sursauter. Tu vois ce que je te réserve ?

— Mais, pourquoi ? Qu'est-ce que j'ai fait ?

— Et voilà ! Décidément vous n'avez pas d'imagination. Toujours la même question : qu'est-ce que j'ai fait ? Qu'est-ce que j'ai fait ? Tu l'auras ce soir ta réponse. En attendant, cherche. Fais ton examen de conscience et avec un peu de chance, tu trouveras ce qui te vaut cette punition. Je vais m'en aller, j'ai à faire à Marseille. Tu peux crier tout ton saoul, personne ne t'entendra. Avec un peu de chance, ce soir tu auras de la compagnie.

— Vous n'allez pas me laisser, je vous en prie. Pas tout seul ! Où suis-je ? Ne partez pas. Détachez-moi un peu.

— Profite bien de mon absence. Il viendra un moment où tu maudiras ma présence et tu souhaiteras que je sois à des milliers de kilomètres. À ce soir.

Saül tourna les talons et sortit dans le couloir accompagné par les hurlements de terreur de Laurent.

CHAPITRE XVII
Mardi 5 mai, 17h30

Après être allés au château et fait quelques constatations ne permettant pas de faire avancer l'enquête de façon significative, Gabriel, Ariane et Jeremy avaient pris congé de Florence et étaient rentrés à Marseille.

Ils arrivèrent à la porte d'Aix en pleine heure de pointe. Le sens giratoire était plein de voitures et les klaxons s'en donnaient à cœur joie. À cette heure, il n'y avait pas que les véhicules qui encombraient la grande place où trônait en son milieu un arc de triomphe miniature. Plus petit que celui de Paris, sur la place de l'Étoile, il n'en était pas moins grand dans le cœur des marseillais.

Tout autour de cet arc de triomphe, les pelouses étaient envahies par la population qui venait y pique-niquer, transformant cette place, qui était belle, en un véritable dépotoir plein de détritus de toutes sortes et de papier d'emballage de galettes ainsi que de bouteilles vides en plastique. Des riverains circulaient en vendant des lunettes, des ceintures. Certains, un parapluie ouvert, exposaient, à l'intérieur, des montres et proposaient des barrettes d'herbe, mais il suffisait qu'une voiture blanche de la police montre le bout de son nez, pour qu'aussitôt, tout ce monde ferme les parapluies, remballe les grands draps où s'entassaient les nippes et les vieilleries et déguerpisse en tous sens comme des fourmis qu'on aurait excitées dans leur fourmilière.

Au bout de l'autoroute A7, à l'entrée de la place, un feu tricolore régulait le trafic et l'arrivée du flot des voitures dans Marseille.

Dans la 407, arrêtés par le feu qui ne débloquait qu'une vingtaine de voitures à la fois, les trois amis discutaient avec force grands gestes, essayant d'analyser la situation à la lumière des nouveaux éléments qu'ils avaient.

Ariane était à l'arrière et donnait, de temps à autre, son avis.

Juste à côté, une Opel Zafira grise avançait au pas, elle aussi. Ariane avait jeté un rapide coup d'œil au conducteur et reporté son attention sur Gabriel et Jeremy.

Au volant de la Zafira, Saül n'en pouvait plus de satisfaction, car il venait de se rendre compte qu'il était juste à côté des enquêteurs. Il avait vu leur photo dans le journal et jubilait de tomber ainsi dessus. Il y avait une chance sur dix millions pour que ça arrive et ça lui arrivait.

Il avait roulé à toute allure sur l'autoroute A20, puis, A61, A9 et enfin A7. Il avait été flashé par les sept radars jalonnant le trajet et se réjouissait des ennuis qu'allait avoir celui à qui il avait « emprunté » la voiture, pour faire annuler les sept prunes qu'il allait recevoir.

Le feu tricolore passa au vert, mais les voitures ne bougèrent pas d'un centimètre : c'était trop bouché devant. Gabriel se décida, sortit son gyrophare bleu, enclencha la sirène, donna un bref coup de volant pour se mettre sur l'extrême voie de droite et accéléra d'un seul coup. Les voitures le précédant s'étaient aussitôt serrées sur la gauche pour le laisser passer. Il était toujours ébahi de constater que quand une voie était encombrée au point qu'un lézard n'aurait pas pu s'y frayer un chemin, il suffisait qu'une sirène se fasse entendre pour que les chauffeurs se resserrent et que miraculeusement un boulevard s'ouvre devant la police ou l'ambulance.

Avec déception, Saül vit la voiture grise s'éloigner et disparaître devant le Conseil Général, dans le boulevard des Dames. Peu importait, il ne pouvait pas les suivre mais savait où ils travaillaient et les retrouverait quand il le voudrait. Pour l'instant, étant donné l'heure, il se dit qu'il pouvait profiter d'une heure ou deux à la plage. Il avait fait beau et l'eau commençait certainement à chauffer. C'était le moment idéal, celui où les gens partaient et où le sable rendait la chaleur emmagasinée toute la journée ; l'eau retrouvait la clarté et la limpidité qu'elle avait perdues au fil des heures.

Après avoir franchi le tunnel sous le Vieux-Port, Gabriel coupa la sirène et retrouva une allure plus calme. Il prit le grand virage qui l'amènerait sur la Corniche Kennedy après être passé devant le Palais du Pharo, boulevard Charles Livon. Peu après, il laissa derrière lui la plage des Catalans et le quartier du Petit Nice.

—Je crois qu'on a notre compte pour aujourd'hui, dit-il. Je vous laisse à quel endroit ?

—Tu rentres directement chez toi ? demanda Jeremy.

—Ouais ! J'en ai ma claque de toute cette crasse. J'ai mon compte de cadavres. Il n'est pas trop tard et si Johanne est à la maison, je pourrai profiter de sa présence.

—Alors laisse-nous à David. Tu en feras le tour pour rentrer à la Cadenelle. J'ai ma voiture sur le parking du petit Casino.

Gabriel Darmon habitait à La Cadenelle, une résidence de grand standing. Protégée, surveillée, elle dominait de sa hauteur toutes les plages de Marseille et avait une vue magnifique sur les îles et les collines. Gabriel était heureux d'habiter là et ce, d'autant plus, depuis que Johanne l'y avait rejoint. *Mme Darmon*, se dit-il, *j'espère que vous êtes arrivée de vos répétitions. Pour une fois que je suis là assez tôt et que nous pouvons être seuls pour la soirée...*

Elle était là, effectivement, l'attendant impatiemment sur la vaste terrasse, conçue de manière à protéger les habitants des regards indiscrets. Allongée sur une grande serviette de plage jaune, nue et brillant d'une couche épaisse d'une huile parfumée à la noix de coco, elle se faisait bronzer. Ses cheveux étaient tirés en arrière, de grosses lunettes noires protégeaient ses yeux, lui mangeant la moitié du visage, ses jolies lèvres ourlées étaient recouvertes de crème blanche.

Elle entendit Gabriel tourner la clé dans la serrure mais elle ne broncha pas. Son cœur malgré tout s'accéléra : elle était heureuse qu'il arrive à 18 heures. D'habitude ses horaires tournaient plutôt autour de 20 à 21 heures. Il arrivait fatigué, moralement et physiquement. Cette enquête le rongeait et il lui tardait qu'elle soit terminée, il serait un peu plus à elle.

Il apparut sur la terrasse en chaussettes. Il ne voulait pas abîmer le beau parquet avec des chaussures pleines des saletés ramassées dans les rues sales de Marseille.

Il avait jeté son porte-documents sur un fauteuil en cuir blanc, avait pris dans le frigo une canette de Heineken bien fraîche et en buvait une petite gorgée de temps à autre.

Il admira sa femme, allongée sur le dos, s'offrant à ses regards, impudique : ses bras étaient légèrement éloignés de son corps magnifique, ses longues jambes musclées et fuselées, entrouvertes. Sur son pubis une ligne fine de poils noirs, taillés ras, semblait désigner, comme une flèche de direction, l'endroit vers lequel le regard de Gabriel se porta immanquablement.

Il s'accroupit vers son amour qui le regardait, elle aussi, avec gourmandise et se mit à genoux devant son visage pour saisir ses lèvres charnues et douces, tout en posant délicatement sa main sur un globe bronzé. Puis, il descendit vers le cou et lâcha le sein qu'il malaxait pour pouvoir attraper le téton dans sa bouche. Il apprécia la chaleur, la finesse et le velouté de la peau chauffée par le soleil. C'était moelleux et il y serait resté des heures, le visage enfoncé dans ce sein sentant le coco.

— Tu rentres tôt, mon chéri, aujourd'hui ! dit Johanne, suivant des yeux le moindre mouvement de son mari.

— Oui. L'enquête à Pérouges est terminée, nous avons récolté les éléments qu'il nous fallait. Inutile de coucher sur place une deuxième nuit. Jeremy et Ariane l'auraient bien voulu, mais il en était hors de question. Je me languissais trop de toi, mon cœur !

Il ne bougeait pas, la joue appuyée contre son sein, la main de Johanne dans ses cheveux, lui grattant le crâne : il était bien !

— Et cette enquête ? demanda la belle jeune femme rompant ainsi sa langueur.

— Hé ! Oh ! Si tu me parlais d'autre chose, non ! Depuis quinze jours, elle commence à me taper sur le système. Je vais mettre les bouchées doubles pour attraper ce fou sanguinaire.

Johanne était conciliante. Son mari avait l'air fatigué et il était trop bien comme ça, abandonné sur elle, relâchant tous ses muscles, pour le tyranniser par plaisir en lui parlant du travail.

— Tu aimes cette odeur de coco ? demanda-t-elle.

— J'adore. Ça me rappelle les heures de bronzette sur la plage quand j'en avais le temps. Mais, malheureusement, on ne peut pas la lécher, dit-il en relevant la tête pour fixer ses yeux qu'il ne voyait pas à travers les lunettes. Enlève ces binocles, dit-il, on dirait un hibou.

—Non, mon chéri, le soleil devient de plus en plus brûlant à cause du trou dans l'ozone.

—Tant pis, alors garde-les. Mais, la prochaine fois trouve une huile sucrée, parfumée à la framboise. Je pourrai passer ma langue sur ton corps.

—De partout ? demanda-t-elle avec une moue gourmande.

—De partout, de partout !

—Humm ! apprécia-t-elle. Puis, elle ajouta : tu n'as rien remarqué d'autre ?

—Tu me prends pour un idiot ?

—Pourquoi mon chou ? dit-elle mi-figue, mi-raisin, ce serait un rôle de composition ?

—Si tu crois que je n'ai pas vu, tu te fourres le doigt…

—Où ? le coupa-t-elle aussitôt.

—… dans l'œil, jusqu'au coude.

—Alors dis-moi !

—Je ne te dis rien, mais je vais te montrer.

Aussitôt il releva, à regret, sa tête et sortit sa langue pour caresser de la pointe la peau douce de l'estomac puis, descendit jusqu'au ventre musclé et souple. Là, il tourna autour du nombril, faisant venir à Johanne des frémissements et une granulation de chair de poule, puis, sa langue descendit plus bas et s'arrêta sur la fine ligne noire de poils. Il tourna la tête vers Johanne.

—C'est là. Tu t'es fait faire le maillot, non ?

—Eh oui !

—Tu vois que je remarque tout.

***

— Enfin seuls, dit Jeremy en s'adressant à Ariane.

Ils avaient traversé le rond-point de la plage, juste devant la statue de David et se trouvaient maintenant sur le parking gratuit à côté du petit Casino. Ils étaient garés au fond depuis deux jours, juste devant les emplacements couverts et privés du magasin. Cet endroit était la place de prédilection de quelques clochards qui avaient installé tout leur attirail et y dormaient sur des cartons récupérés dans le magasin.

— Hey ! Chef, dit l'un deux, d'une voix avinée et grasse. On vous a bien gardé les voitures. Ça vaut bien une piécette, non ?

— Ouais, dit l'autre en caressant son chien, un bâtard roux aux poils longs, on les a pas quittées des yeux, toutes les deux pendant deux jours.

Jeremy secoua la tête avec un sourire, mais il ne dit pas non.

— Alleeez ! Chef, soyez sympa ! On n'a plus rien à boire.

Jeremy sortit son portefeuille et en tira un billet de dix euros qu'il leur tendit.

Étonné, les deux clochards le regardèrent avec des yeux ronds.

— Vous nous charriez, chef ! On n'a pas de monnaie.

— Prenez tout. Ça va pour la bonne garde.

Les deux hommes barbus et crasseux étaient sidérés. Ils se confondirent en remerciements.

— Merci, merci, merci, chef ! C'est sympa, vraiment. Si tout le monde était comme vous, on n'aurait plus besoin de travailler.

Jeremy qui avait déjà introduit la clé dans la serrure de la Laguna, s'arrêta pour les regarder, surpris.

— Travailler ? dit-il. Puis, il réalisa que les mendiants plaisantaient. Ils avaient encore assez d'humour pour se moquer d'eux-mêmes. Il se tourna vers Ariane.

— Qu'est-ce qu'on fait, alors ?

— Il faut que je récupère la Clio et que je rentre à la maison. Je dois avoir mon répondeur plein à craquer et il faut que je me change. J'ai l'impression d'être sale ; aussi sale qu'eux, ajouta-elle doucement en montrant du menton les deux hommes qui s'empressaient d'aller acheter de quoi boire.

— Même comme eux, dit Jeremy, tu me plais. J'adore ton odeur, ta peau, tes cheveux.

— Tu me rediras ça ce soir, hein ! Pour l'instant je rentre à la maison, toi aussi, tu vas chez toi et je t'y rejoins ce soir.

— Dans pas trop longtemps, mon bébé ?

— Non. Je n'ai jamais couché chez toi et j'adorerai demain me réveiller dans tes bras, dans ta chambre, face à la plage. Puis, ne m'appelle pas mon bébé, j'ai horreur de ça, c'est trop courant.

— Tu as raison.

— Amuse-toi dans une fête, à crier « Bébé », et tu verras au moins cinq ou six femmes se retourner.

— Alors, ma chérie, mon cœur, mon amour, ma tourterelle, mon poussin, mon pigeon, ma caille, ma biche, comment veux-tu que je t'appelle ?

— « Mon poussin » ne me déplaît pas.

— Alors je t'aime, mon poussin. Va vite chez toi, fais ce que tu as à faire et rejoins-moi rapidement. Je te prépare à manger.

Ariane jeta un coup d'œil à sa montre.

— Il est dix-huit heures trente. À vingt et une heures je suis chez toi.

— Si tard, dit Jeremy, l'air déçu.

— Bon, vingt heures trente, concéda la jeune femme, mais pas plus tôt.

— D'accord. À tout à l'heure.

Après avoir pris une douche, vidé son répondeur sur lequel il n'y avait pas de messages intéressants et mis un quart d'heure à choisir une tenue toute simple, à vingt heures vingt Ariane sortit de l'ascenseur pour se diriger vers le parking de la résidence où elle avait trouvé un petit type 3 en dernier étage, avec terrasse.

Jeremy, lui, louait un type 2 dans un immeuble face à l'escale Borely. C'était un peu bruyant en été mais il avait le plaisir de se réveiller face à la mer.

Ariane avait préalablement averti Jeremy par un coup de fil, pour lui dire qu'elle arrivait.

La résidence ne manquait pas de place pour les résidants qui n'avaient pas de garage, mais elle avait préféré en louer un, sous dalle, à cinquante mètres de son entrée.

Elle s'était décidée pour une jupette blanche, lui recouvrant à peine les genoux et laissant deviner de belles jambes fuselées, et un tee-shirt à bretelles, rouge. Elle avait laissé son arme chez elle, se disant que là où elle allait, elle n'en aurait pas besoin, et puis, le service était fini, inutile de se balader avec cet objet à la ceinture.

Elle descendit la petite pente menant aux garages sous dalle. À l'entrée un interrupteur commandait une minuterie. Elle appuya dessus, aussitôt tous les néons s'allumèrent les uns après les autres, éclairant jusqu'au fond de l'allée sur laquelle s'ouvraient les emplacements.

Elle chercha son trousseau au fond du fouillis de son sac et finalement le trouva dans la poche extérieure. La clé de son box à la main elle avança sous les néons, ouvrit et souleva la porte. Il faisait sombre et il n'y avait pas de lumière. L'ampoule avait grillé et elle avait négligé de la remplacer. Le garage étant tout petit, elle avait juste assez de place pour garer sa Clio et l'espace entre la portière et le mur était mince.

Elle entra et s'y faufila. En tâtonnant, elle chercha la serrure.

—Bonsoir madame, dit une voix grave dans son dos.

Surprise, elle sursauta et machinalement, elle eut le réflexe de porter la main à sa ceinture, mais elle se rappela à temps qu'elle n'avait pas son arme. *Quelle idiote elle faisait*, se dit-elle. *Mais, pourquoi s'affoler ? C'était un voisin qui la saluait ; elle n'allait pas devenir paranoïaque, maintenant !* Il faut dire qu'elle était tellement impressionnée et marquée par tous ces cadavres qu'elle voyait depuis quinze jours, qu'elle tressaillait au moindre bruit. Elle se retourna pour regarder l'homme qui se trouvait en contre-jour. Il avait la grande lumière de l'allée dans le dos et, comme il avait fait un pas dans le garage d'Ariane, son visage était dans la pénombre, de ce fait elle ne distinguait pas ses traits.

—Je suis nouveau dans la résidence. Je loue un appart au Pomègue et j'ai la clé pour un garage ici. Mais, je ne connais pas son emplacement. L'agent immobilier ne me l'a pas fait visiter. Il m'a dit qu'il était vide. On n'a même pas parlé de son numéro.

Sa voix était franche et avait l'air sincère. *Pourquoi mentirait-il* ? se dit-elle. *Je ne vais pas me mettre à voir des psychopathes de partout.* Elle laissa la clé de contact dans la serrure et, tout en frôlant le mur s'avança vers l'homme. Elle constata qu'il était grand, avec de puissantes épaules et ses cheveux étaient courts, noirs et tirés en arrière. Elle hésita à continuer mais se raisonna. Quand elle fut un peu plus près, il recula et se montra dans la lumière. Elle le fixa avec attention et constata qu'il ne ressemblait pas au portrait robot. Il avait un front bombé, des yeux vifs et intelligents, noirs, d'un noir charbonneux ; il devait probablement faire beaucoup de conquêtes féminines avec ce regard profond qui fixait les gens comme pour les pénétrer. Elle se sentit sondée jusqu'à l'âme et en eut la chair de poule. Elle frissonna.

— Vous avez froid ? demanda-t-il, ayant remarqué son mouvement. C'est que ce parking ne reçoit jamais le soleil et il y fait toujours frais. C'est agréable d'ailleurs en période de fortes chaleurs.

Il était complètement dehors. Subitement la minuterie s'éteignit et l'obscurité se fit d'un seul coup, surprenant Ariane qui poussa un cri de surprise. Affolée, elle chercha du regard un interrupteur lumineux où appuyer. Elle était étonnée car elle savait qu'il y en avait un juste à côté de son box et, là, elle ne voyait rien briller.

— N'ayez pas peur, je vais allumer, dit l'inconnu.

— Pourquoi aurais-je peur ? questionna-t-elle d'un ton provocateur.

— Pour rien, répondit-il.

— Alors, vous allumez ?

— Voilà ! Voilà !

Mais, il ne semblait pas pressé de le faire, la laissant mariner dans son angoisse. Précipitamment, elle prit sa décision et tourna les talons. À l'entrée, il y avait un bouton et elle y allait. Subitement la lumière revint et elle se retourna d'un bloc pour faire face à l'individu qui souriait, l'air doux, pas agressif. Elle constata qu'il y avait bien un interrupteur près de son garage, mais il avait mis la main dessus pour cacher le témoin lumineux. Pourquoi avait-il fait ça ? Pour lui faire peur sans raison ? Il avait l'air gentil, mais ses yeux en pleine lumière laissaient voir qu'ils étaient fixes. Il y avait une zone d'ombre dans ce regard inquiétant. Sur sa bouche un sourire figé serrait ses lèvres.

— Si vous avez la clé, dit-elle sèchement, vous n'avez qu'à l'essayer sur toutes les portes et vous verrez bien.

Elle jeta un coup d'œil derrière elle. La voiture de l'homme était face à l'allée, moteur arrêté.

— Je ne sais pas si elle rentrera, les box sont petits. C'est la vôtre, cette Zafira ?

Il ne répondait toujours pas et le cœur d'Ariane se mit à accélérer sa cadence. Il était vraiment bizarre.

—Bon, je vais m'en aller.

Mais, il était juste devant le passage lui permettant d'accéder à la portière de la Clio.

—Pardon, monsieur, je voudrais passer.

Tout en continuant à sourire, il se mit sur le côté.

—Je vous en prie, Ariane, allez-y.

Elle sentit ses cheveux se hérisser sur sa tête, tandis qu'un picotement de peur lui parcourait le crâne. Elle fit un pas en arrière.

Comment sait-il mon nom ? se dit-elle. *Et je n'ai pas mon arme. Quelle idiote je fais.*

Elle n'eut pas le temps de réfléchir plus longtemps. Un puissant coup de poing l'atteignit au visage et elle s'écroula sur le sol au moment où la lumière s'éteignait à nouveau.

CHAPITRE XVIII
Mardi 5 mai, 21h30

— Putain, qu'est-ce qu'elle fout ? Mais, qu'est-ce qu'elle fout, merde ? On ne peut pas se fier aux femmes pour être à l'heure.

Jeremy tournait en rond dans son salon. Ariane avait déjà une heure de retard, pourtant elle n'habitait pas loin de chez lui. Tout au plus deux kilomètres. Il était tard, il n'y avait pas d'embouteillages, alors…

À vingt heures quarante-cinq, l'impatience l'avait saisi et il avait téléphoné chez elle. La jolie voix sur le répondeur lui avait conseillé de laisser un message. Il avait raccroché sèchement et s'était remis à marcher de long en large.

Il avait eu le temps de se doucher, s'habiller de vêtements propres et de préparer un repas léger. Il avait mis un joli couvert et allumé trois bougies d'ambiance dégageant une odeur de chèvrefeuille.

Et depuis dix-neuf heures trente, il attendait.

Il jeta un cinquantième coup d'œil sur sa montre, comme si le fait de la regarder souvent la faisait avancer plus vite. Vingt et une heures. Maintenant, c'était la colère qui commençait à l'envahir.

—Nom d'un chien, répéta-t-il, mais c'est pas possible ! J'aurais eu le temps d'habiller un régiment de mannequins.

Il sortit sur la loggia qui faisait face à la mer. Dehors, c'était l'animation coutumière de ce début de printemps. Il faisait bon et les restaurants de l'Escale Borely avaient fait salle comble. Une rumeur sourde en sortait, accompagnée de musique. Une pétarade de moteurs qui démarraient au feu tricolore devant son immeuble, éclata. C'était l'inconvénient de cet emplacement. Une odeur de friture de calamars vint effleurer son nez et lui rappeler que son estomac gargouillait depuis un long moment.

Pas de Clio rouge en vue.

Il regarda pour la énième fois son poignet gauche : vingt et une heures quarante. La patience n'était pas son fort et là, Ariane dépassait les bornes. Elle avait une heure dix de retard et ce n'était pas normal. Insidieusement la colère faisait place à l'inquiétude. Elle commençait à le gagner et il se posait des tas de questions.

Il appela une nouvelle fois. Toujours le répondeur. Il essaya le portable : aucune réponse. Vingt et une heures quarante-cinq. Maintenant, il était vraiment inquiet.

Subitement, il se décida et sortit dans le couloir en claquant la porte pour se jeter dans l'ascenseur. Elle n'était pas chez elle, c'était certain, mais en faisant le trajet inverse, il verrait bien si elle avait eu un accident. Il ne pouvait pas la manquer. Elle ne pouvait arriver que par où il allait passer, c'est-à-dire l'avenue de Bonneveine. Au mieux, il croiserait sa Clio rouge en cours de route.

Il sortit du parking en coup de vent et s'engouffra dans l'avenue de Bonneveine, se faisant traiter de toutes sortes de noms d'oiseaux par les promeneurs. Il arriva en trombe au premier rond-point et, en faisant crisser ses pneus, tourna à droite dans le boulevard du Sablier. Là, il ralentit, passa devant la clinique mutualiste de Bonneveine. À cet endroit, la rue se séparait en deux en formant un Y. Il emprunta la voie de gauche et tourna encore à gauche. Il fit deux cents mètres. Il était arrivé. Ne prenant même pas la peine de fermer la Laguna, il sortit et courut jusqu'à son bâtiment. Après avoir sonné plusieurs fois sans réponse, il était désorienté. Il n'avait pas vu d'accident, il ne l'avait pas croisée et elle n'était pas chez elle. Alors ? C'était vraiment inquiétant, à présent, surtout après le coup de fil qu'elle lui avait donné pour lui dire qu'elle partait. Que pouvait-il faire ? Il se passa la main dans les cheveux en réfléchissant. Mais, ça n'activa pas ses neurones. En revenant, déconfit, à sa voiture, il lui vint subitement une idée. Son box. Elle mettait toujours la Clio dans le box, même pour une heure. Il fit demi-tour et partit en courant vers les garages. Il descendit la pente, appuya sur la minuterie et se dirigea vers l'emplacement d'Ariane devant lequel il stoppa net, les bras ballants. Il était ouvert et la Clio était dedans. Cela devenait franchement inquiétant. Son cerveau n'arrivait plus à réfléchir, tellement il s'affolait. *Qu'est-ce qu'il lui était arrivé ? Où était-elle, mon Dieu ? Vite, j'appelle Gabriel !* Mais, il retint son premier geste spontané. Il tenait déjà à la main son portable et l'écran lumineux brillait dans la pénombre du box. Il dirigea la lumière vers la voiture et vit que le trousseau de clés était sur la portière. En deux enjambées il fut devant le véhicule, arracha les clés et entrouvrit la portière pour que l'intérieur s'allume. Angoissé, il regarda avidement sur le sol et tourna la tête pour voir entre les sièges avant et arrière. Elle n'y était pas. Un bref instant il fut soulagé mais il pensa aussitôt qu'il aurait préféré qu'elle ait eu un malaise dans sa voiture. Là, il était toujours dans l'incertitude. Il se glissa au volant machinalement et regarda autour de lui. Il agissait comme un automate sans réfléchir. Son regard fut attiré par un papier sur le siège passager. Il ne l'avait pas vu au premier abord. Elle lui avait donc laissé un message. Mais, pourquoi ? Avec fébrilité, il s'empara du papier et aussitôt son corps fut secoué par une décharge électrique. Le papier était plastifié !

Le tueur, pensa-t-il. *C'est le tueur qui a mis ce mot. Elle est donc entre ses mains, mon Dieu !*

Anxieusement, il déplia le papier plastifié et se mit à lire, angoissé.

« *Je crois bien que tu as oublié nos errances.*
Enfant, tu étais là ; je sentais ta présence.
Regarde si tu peux, le chemin oublié,
Ecarté de ta vie. Je ne fais que prier,
M'infliger des souffrances, demander que tu viennes
Ici et avec moi et ta main dans la mienne,
Ensemble nous tuerons au nom de tous les fils.

I.N.F. »

***

— Gabriel, il faut que tu viennes. Tout de suite !

Interloqué, le commissaire ne réagit pas instantanément à l'injonction de son lieutenant.

— Gabriel, tu m'entends ? Viens vite, je t'en prie !

— Qu'est-ce qui se passe ?

— Ariane n'est pas là.

— Eh bien ! Elle va arriver.

Jeremy se mit à hurler dans le téléphone.

— Nooon ! Elle ne viendra pas. Elle a été enlevée.

— Quoi ? Attends Jeremy, calme-toi. Tu dis qu'elle a été enlevée ?

— Oui, viens-vite.

— Comment le sais-tu ? Elle est peut-être tout simplement en retard.

— Est-ce que tu as vu l'heure, Gabriel ? Il est plus de vingt-deux heures. J'ai un mot du ravisseur. Je vais le tuer, le détruire à petit feu, ce salaud.

— Explique-moi, comment tu as…

— Écoute, le moment n'est pas aux discussions. Je suis devant le garage d'Ariane. Rejoins-moi. Je t'attends.

Jeremy raccrocha et se mit à tourner en rond. Gabriel, qui finissait son dessert, reposa le portable et offrit un regard désolé à Johanne.

— La situation se complique. Ariane a été enlevée.

Johanne porta la main à sa poitrine.

— Mon Dieu ! Par qui ? s'écria-t-elle d'une voix angoissée.

— Jeremy ne me l'a pas dit. Il faut que j'y aille !

— Je viens avec toi.

— Hors de question. Je veux les coudées franches.

Johanne savait que dans ce genre de cas où la situation nécessitait des prises de décisions rapides, il ne fallait pas insister. Gabriel avait dit non, c'était non.

Il se leva en essuyant un reste de chantilly au coin de sa bouche, finit son verre de rosé d'Anjou, moelleux, qu'il aimait et se dirigea vers son bureau pour saisir son arme. Puis, il revint et donna un baiser rapide à Johanne.

— Je te tiens au courant dès que je sais quelque chose. Ne t'inquiète pas. J'espère que Jeremy a amplifié les choses et que tout va rentrer dans l'ordre.

— À tout à l'heure, mon amour.

Il y avait bien quelques petits bouchons dus à la température douce de ce début de mai. Il faisait beau, les gens sortaient prendre l'air et boire un coup dans les brasseries face à la mer. Gabriel slaloma entre les voitures et arriva rapidement au boulevard des Joncs. Il se gara sur le trottoir et courut jusqu'au parking d'Ariane.

Jeremy était assis sur le sol, le dos contre le mur et attendait, l'air catastrophé, la tête entre les mains, le visage livide. Quand il vit son chef arriver, il fit un bond et se mit debout.

— Que se passe-t-il ? demanda Gabriel. Sa voix résonnait dans le parking couvert.

— Il a enlevé Ariane, dit Jeremy d'une voix abattue.

— Quoi ?

— IL A ENLEVÉ ARIANE, hurla Jeremy en se levant.

— Putain, comment le sais-tu ?

— Il a laissé un mot.

— Qui, il ?

— Mais, nom de Dieu ! Tu n'as pas compris ? Lui, le fou, le sanguinaire qu'on recherche depuis quinze jours. Il l'a entre ses mains. Mon Dieu, qu'est-ce que je vais faire ?

Il s'affolait et criait de plus en plus fort. Gabriel essaya de le tranquilliser.

— Calme-toi, Jeremy et explique-moi ce qui c'est passé. D'abord, comment sais-tu que c'est notre psychopathe ?

Jeremy tendit une main au bout de laquelle Gabriel aperçut un papier.

— Tiens, lis !

Gabriel saisit le papier et devint subitement pâle. Sans l'avoir regardé il avait senti que le document était lisse et froid, comme ceux qu'ils avaient vus lors de leur enquête. Il se tourna, leva la main pour positionner le document sous la clarté froide du néon et lut.

« Je crois bien que tu as oublié nos errances.
Enfant, tu étais là ; je sentais ta présence.
Regarde si tu peux, le chemin oublié,

Ecarté de ta vie. Je ne fais que prier,
M'infliger des souffrances, demander que tu viennes
Ici et avec moi et ta main dans la mienne,
Ensemble nous tuerons au nom de tous les fils.

I.N.F. »

Catastrophé, il resta dix secondes les bras ballants puis, il regarda de nouveau son ami.

—Il n'y a aucune incertitude sur la provenance de cette... chose, dit-il en montrant le message d'un air dégoûté. Rien que la plastification et la forme du texte, en vers, ne laisse planer aucun doute. Maintenant, explique-moi ce qui c'est passé.

En deux phrases, Jeremy lui commenta la situation et Gabriel prit sa décision, rapidement.

—Allons au bureau, dit-il sèchement. Nous allons tout reprendre de a jusqu'à z. Il doit y avoir quelque chose qui nous a échappé. Maintenant, qu'il détient Ariane, ça devient urgent.

—Tu te rends compte, Gabriel. Ce fou l'a entre les mains. Il est peut-être en train...

—Arrête, Jeremy. Ne commence pas à t'affoler. Il va falloir raisonner calmement en dehors de toute contingence sentimentale.

—Je voudrais t'y voir, toi !

—Je sais. Je n'aurais peut-être pas le même comportement. Mais, crois-moi, j'adore Ariane et je tiens autant que toi à la retrouver saine et sauve. Pour cela, il faut rester calme et ne pas partir dans toutes les directions.

Il avait mis les mains sur les deux épaules de son ami et essayait de le rassurer.

—Une chose est certaine c'est que nous avons un peu de temps devant nous. S'il a fait ça, c'est qu'il a une raison qu'il va falloir trouver.

Jeremy restait silencieux.

—Les autres messages étaient toujours sur une victime. Dans ce cas, c'est le contraire. Il l'enlève et nous laisse cette saloperie. Il veut probablement me dire quelque—chose et ne songe certainement pas à la torturer avant de connaître la décision que nous allons prendre. Je suis certain qu'il va me contacter. Ensuite, il doit avoir un point de chute central puisqu'apparemment, il sillonne la France. Je suis convaincu qu'il est en cours de route en ce moment. Allons au bureau.

Le raisonnement de Gabriel calma Jeremy.

—Oui, tu as certainement raison. Il va appeler, mais est-ce que tu es sûr que c'est à toi qu'il s'adresse. Il a enlevé Ariane, pas Johanne.

—Et à qui voudrais-tu qu'il ait adressé le message. C'est moi le responsable de l'enquête. Il m'a vu dans les journaux et sait que je le traque. Nous nous rapprochons de plus en plus de lui et nous sommes là de plus en plus tôt sur les lieux du crime. Il sait que nous avons fait le rapprochement avec les crimes antérieurs

—Et s'il voulait me faire passer un message !

—Pourquoi toi ? Non, Jeremy. Il a enlevé la première personne qui nous est proche et qui lui est tombée sous la main. Il se trouve que c'est Ariane.

—Et pourquoi guettait-il *ici* et pas à la Cadenelle ? S'il avait voulu s'en prendre à Johanne c'est là-bas qu'il serait allé. Filons vite au bureau, il faut revoir tous les éléments qu'on détient et les analyser correctement.

CHAPITRE XIX
Mardi 5 mai, 22h15

— L'heure n'est pas à l'affolement. Nous allons tout reprendre et examiner la situation avec cette nouvelle donne.

Gabriel et Jeremy étaient dans le bureau, au commissariat. Bien que celui-ci soit fermé, Darmon préférait y venir pour réfléchir aux affaires en cours. Il n'y avait que là qu'il trouvait la sérénité indispensable à un bon raisonnement. Il regarda Jeremy dont les yeux, affolés, lui indiquaient que la confiance qu'il avait retrouvée après les arguments qu'il lui avait donnés, était toute relative.

Ariane était entre les mains d'un malade mental dont le plaisir était de dominer et de faire souffrir : le type même du sadique psychotique.

Gabriel ne pouvait s'empêcher de voir défiler devant ses yeux les photos des tortures infligées à la baronne : des dizaines d'estafilades sanglantes striaient son corps, les mamelons de ses seins avaient été tranchés, elle avait été violée de nombreuses fois tout en subissant des actes de barbarie, son bas-ventre avait été ouvert à vif et son utérus découpé. Elle n'avait enfin été achevée que quelques heures plus tard, peu avant d'arriver au château familial, autrement dit, à moins qu'elle ne fût inconsciente, elle avait dû souffrir horriblement.

Il fallait absolument retrouver la jeune femme avant que ce fou ne se déchaîne sur elle.

—Tu crois vraiment qu'on a un peu de temps devant nous ? demanda Jeremy, inquiet, angoissé.

Il avait une confiance absolue en son patron. Il suffisait que celui-ci argumente dans le bon sens pour que le lieutenant se calme.

— Écoute-moi Jeremy, Gabriel avait pris un ton conciliant, lénifiant, pour raisonner son collègue. Il lui posa une main sur l'épaule et l'enserra affectueusement. Je te garantis qu'il ne va rien lui faire. Il m'a laissé un message pour m'avertir ou me demander quelque chose. Quoi ? Je ne sais pas. C'est ce qu'il va falloir trouver. Toi tu penses que les messages te sont destinés, je n'en sais fichtre rien. Quoiqu'il en soit, en attendant notre réponse, il n'agira pas, et notre réponse nous ne pourrons la lui donner que s'il nous contacte. Nous n'avons pas ses coordonnées. À mon avis, elle est quelque part dans Marseille et ne risque rien pour l'instant.

—Quelque part dans Marseille ou ailleurs. N'oublie pas que ce fou sillonne toute la France pour faire ses crimes. Il peut très bien avoir son repaire au fin fond du Larzac ou dans la cave d'un immeuble parisien.

—D'accord ! Je l'admets. Cependant, nous avons ces échantillons de terre qui nous laissent à penser que son quartier général est dans une champignonnière. Maintenant, reste à trouver où elle est.

—Il y en a des dizaines en France.

—Je ne sais pas s'il y en a tant que ça. Quant à la nôtre, nous savons qu'elle est abandonnée, probablement depuis longtemps, car il a dû s'y installer depuis pas mal de temps déjà. Ce genre de criminel en série aime protéger ses arrières. Il doit agir dans la quiétude et ne pas se sentir menacé ou suspecté. Il ne veut pas « travailler » avec une épée de Damoclès au-dessus de la tête.

—Donc, nous savons qu'il doit avoir entre trente et trente-cinq ans, qu'il est puissant et d'une force colossale, qu'il a les cheveux longs et bruns, les yeux fuyants, donc il se méfie de tout et doit être difficile à approcher. Il a probablement eu une enfance difficile : il a certainement été martyrisé, violé peut-être. Il a son repaire dans une champignonnière abandonnée, quelque part en France et…

Jeremy se tut un instant pour réfléchir. Il se passait avec rage et impuissance la main sur sa barbe naissante.

—… et ça ne nous fait pas plus avancer, reprit-il. Nom de Dieu, on a rien. Qu'est-ce qu'on a branlé depuis quinze jours ? Ce fou nous balade dans tout le pays et nous sommes incapables de trouver des indices révélateurs.

Il tapa du pied et se mit à tourner en rond. En passant devant le paperboard de Gabriel, il s'arrêta.

—Il faut tout revoir, explosa-t-il. On va reprendre tous les éléments qu'on a.

—Calme-toi, Jeremy. Je suis entièrement d'accord avec toi. Nous avons merdé depuis quinze jours, mais ce n'est pas une raison pour continuer. Il faut voir les choses sereinement, avec clairvoyance. Nous avons affaire à quelqu'un d'intelligent qui nous laisse des messages pour nous orienter. Nous avons ces pistes à suivre :

1) Trouver l'explication de ces messages.

2) Découvrir la tanière du fauve qui doit être une champignonnière.

3) Nous devons ensuite, et cela fait partie des priorités, savoir s'il n'a pas commis de crimes antérieurs aux nôtres et s'il n'a pas laissé d'autres messages.

4) Nous devons aussi trouver d'où viennent ces textes qu'il nous jette en pâture. Jusqu'à présent, personne n'avait fait de rapprochement entre les crimes qu'il a perpétrés, maintenant c'est fait et il le sait. Sa vanité est donc satisfaite. C'est pour ça qu'il nous provoque. C'est sa façon de nous dire : je suis là, vous le savez, vous avez vu mon travail, de quoi je suis capable. Essayez de me trouver car je détiens quelqu'un d'important pour vous. Il joue au chat et à la souris.

5) L'âge de la victime.

6) l'ADN trouvé sur deux cadavres est identique.

—Je crois que les six points que tu viens de définir sont aussi importants les uns que les autres. Malgré tout, son repaire vient en premier dans ma tête. Si je le trouve, je fonce. Ensuite, il y a les messages, Gabriel, continua Jeremy, il faut recopier tous les messages sur une feuille. Peut-être que ça nous éclairera de les voir les uns à la suite des autres. Je pense qu'ils sont primordiaux.

Jeremy se mordait la lèvre en secouant la tête.

—Tu as raison. Je vais le faire, obtempéra Darmon.

En deux enjambées, il fut devant son bureau et farfouilla dans les documents l'encombrant. Il en sortit différents morceaux de papier qu'il classa dans l'ordre puis, retourna devant le tableau et commença à écrire. Cinq minutes plus tard, il reculait de trois pas pour mieux examiner ce qu'il venait de retranscrire.

Meurtre de Mion :

« Et il rendit son dernier soupir. Ce fut le dernier souffle de sa vie ».

Et

« Je prépare contre vous un malheur. Je forme un projet contre vous. Que chacun renonce donc à sa mauvaise conduite !

Mais, chacun agira conformément aux penchants de son mauvais cœur.

I.N.F. »

Meurtre de Delavoix :

« *Je ferai naître en vous un sentiment continuel de honte et de regret qui ne s'oubliera pas* ».

Et

« *Plus on s'élève et plus dure sera la chute*

I.N.F. »

Meurtre de Réveillon :

« *J'ai accompli mes desseins sur cette ville pour son malheur et non pour son bien*

I.N.F. »

Meurtre de Chalosse

« *Il a envoyé son serviteur. Il l'a envoyé inlassablement, mais vous n'avez pas écouté, vous n'avez pas tendu l'oreille pour écouter. Il disait 'Que chacun renonce donc à sa mauvaise conduite et à la méchanceté de ses agissements'* ».

Et

« *Le spectre de la mort plane au-dessus de toi.*
Oublie ce que tu es, oublie ta vie présente,
Tiens bien haut le flambeau de la haine qui hante,
Habite nos esprits et nous donne la foi.

I.N.F. »

Meurtre de N'dour

« *Le nègre peut-il changer sa peau, la panthère ses rayures ? Vous seriez tout autant capables de faire le bien, vous qui êtes habitués à faire le mal ! Je les disperserai donc comme la paille emportée par le vent du désert* ».

Et

« Je suis décidé à en finir avec eux

I.N.F. »

Meurtre de Saint-Alban

« Fils de Hilkiyyahou, je te garde le souvenir de l'affection de ta jeunesse, de ton amour quand tu me suivais dans le désert, dans une région inculte ».

Et

« On tirera de leurs tombeaux les ossements et on les étalera à la face du soleil, de la lune et de tous les astres du ciel. Ils ne seront ni recueillis, ni rendus à la tombe : ils serviront d'engrais à la surface du sol.

I.N.F. »

Enlèvement d'Ariane

« Je crois bien que tu as oublié nos errances.
Enfant, tu étais là ; je sentais ta présence.
Regarde si tu peux, le chemin oublié,
Ecarté de ta vie. Je ne fais que prier,
M'infliger des souffrances, demander que tu viennes
Ici et avec moi et ta main dans la mienne,
Ensemble nous tuerons au nom de tous les fils.

I.N.F. »

—Voilà tous les messages en notre possession. Que pouvons-nous en tirer ?

—D'abord, il y a cette signature. Tant que nous n'aurons pas trouvé sa signification, nous pédalerons dans la choucroute.

— Il faut aussi tenir compte d'un élément que nous avons en notre possession et qui doit être primordial, réalisa subitement Gabriel.

— Lequel ?

— L'âge des victimes. Elles ont toutes entre trente et trente-cinq ans. Je crois que c'est vraiment le seul point commun à tous ces crimes.

— En resserrant encore plus les chiffres, nous pouvons arriver à un âge plus précis de trente-trois, il n'y a qu'à voir les dates de naissance. Soit quelques mois avant ou après, mais tout tourne autour de trente trois.

— En y réfléchissant, il semble lui aussi avoir le même âge. D'après le témoin, la fourchette d'âge du suspect aperçu à la Campagne Pastré, serait entre trente et trente-cinq ans. Les victimes sont, apparemment, des personnes qui ont toutes un passé de violence avec leurs enfants et même de rapports sexuels. Il va falloir approfondir ça et demander une enquête précise sur les plaintes ou les mains courantes les concernant. Je suis certain que tout est lié : l'âge de l'assassin, celui des victimes et leur passé, probablement en rapport avec le passé du fou. Il doit avoir quelque chose qui a marqué son enfance et qui ressort maintenant.

— Tu crois que c'est ce qui déclenche la folie meurtrière des tueurs en série ?

— C'est indiscutable. Ils ont tous un motif de tuer. Ils ont été traumatisés dans leur enfance et l'image que représentent les victimes pour eux est celle de la personne qui les a martyrisés. De ce fait, ils reproduisent le même schéma. Je suis persuadé qu'il a mis du temps à tuer la première personne et qu'ensuite ça a mûri des mois avant qu'il reproduise le même geste, mais il l'a peaufiné, amélioré. Maintenant, tout ce qu'il fait est calculé, réfléchi. Les meurtres se rapprochent car il a de plus en plus envie de tuer, ça lui donne une jouissance qu'il ne trouve pas ailleurs, une puissance, un pouvoir certain sur les évènements. C'est lui le maître, le dominateur. Il a été dominé, à présent il domine. Je pourrais aussi rajouter qu'il est impuissant. J'en veux pour preuve le fait qu'il ne viole qu'en torturant. Il n'y a que cela qui l'amène à la jouissance.

Gabriel, bien qu'il n'ait pas fait d'études de profilage se rapprochait sensiblement de la psychologie du fou furieux. Tout en tournant en rond dans son bureau, il parlait en se grattant le sommet du crâne, puis, faisait de grands gestes pour se convaincre lui-même de la véracité de ses propos.

Jeremy était devenu silencieux depuis que son chef lui décrivait le profil du psychopathe. Des gouttes de transpiration perlaient à son front et, le long de sa colonne vertébrale, une sueur froide le glaçait.

—Quant aux initiales « I.N.F. », je suis certain que ça doit aussi vouloir dire quelque chose en rapport avec son vécu.

Jeremy s'était assis et avait sorti un mouchoir en papier avec lequel il s'épongeait le front. Il était blême et Gabriel le remarqua.

—Tu as encore un de tes malaises ? Tu es tout blanc.

—Non, affirma l'inspecteur, c'est de savoir Ariane entre ses mains qui me rend malade et de ne pouvoir rien faire. Je pense que tu as raison, mais il faut qu'on sache pour…

Il s'arrêta subitement de parler pour réfléchir. L'air concentré, il se mordait la lèvre inférieure.

—Nous avons faxé une demande de renseignements sur les éventuels crimes classés sans suite, depuis plusieurs jours, est-ce que nous avons eu une réponse ?

—Allons voir dans la pièce du fax, répondit Gabriel.

Tous deux se précipitèrent vers la porte et le bureau dans lequel se trouvait le fax. La première chose qu'ils virent fut une longue page qui sortait de l'appareil. Gabriel la déchira nerveusement, Jeremy la lui arracha presque des mains et ils se penchèrent sur la réponse du commissariat central qui avait regroupé toutes les affaires non élucidées.

Il y avait une longue liste de soixante-douze crimes un peu partout en France. Des crimes de toutes sortes dont les assassins n'avaient pas été arrêtés, mais peu dont le *modus operandi* correspondait à celui du fou qu'ils recherchaient. Après avoir jeté un coup d'œil rapide, Gabriel prit la liste des mains de Jeremy et sortit de la pièce.

—Allons dans mon bureau, nous serons mieux pour étudier ça de plus près.

Ils supprimèrent tous les crimes crapuleux dont le motif était le vol, puis, les meurtres dus à une bagarre et dont les meurtriers n'avaient pas été retrouvés. Il y avait également des décès par accident pour lesquels le chauffard avait pris la fuite et dix-huit crimes sexuels, c'est-à-dire des viols suivis d'assassinats. Certains violeurs avaient été mis en examen mais relâchés faute de preuve mais leur profil ne ressemblait pas du tout à celui qu'ils avaient du meurtrier.

Il y avait donc dix-huit violeurs et assassins qui couraient dans la nature et pouvaient commettre à tout moment un assassinat horrible. Ils supprimèrent les crimes simples, sans barbarie, qui ne correspondaient pas à la personnalité du fou qu'ils recherchaient.

Peu à peu émergea une liste de quatre villes qui pouvaient avoir un lien avec leur tueur. Gabriel retourna au tableau et écrivit d'abord les dates et les lieux.

24 avril 2004 : Quimper.

12 septembre 2004 : Dijon.

30 juin 2006 : Haguenau.

30 mai 2007 : Rethel.

Puis, il rajouta, en dessous, les dates qu'ils avaient déjà en leur possession.

5 novembre 2005 : Albi.

10 août 2008 : Avignon.

18 avril 2009 : Marseille.

24 avril 2009 : Nantes.

29 avril 2009 : Le Lauzet/Ubaye.

3 mai 2009 : Pérouges.

Il s'approcha ensuite de la grande carte de France ornant une partie d'un mur de son bureau, la main pleine d'une poignée de punaises de couleurs variées et commença à les planter dans les différents lieux. Puis, en-dessous, sans se soucier d'abîmer la carte, avec un feutre noir, il écrivit les dates qui correspondaient aux meurtres et avec un trait il relia les différentes villes entre elles, selon l'ordre croissant des dates. Puis, il s'éloigna, comme d'habitude, pour voir l'ensemble de loin.

Il se malaxait le menton en inclinant la tête. Sa barbe drue crissait sous sa main.

—Ça ne tient pas debout, dit-il. Je suis persuadé que ces crimes sont de la même facture que les nôtres, mais si on les met dans l'ordre croissant des dates, ils progressent tout autour de la France, en zigzag. Je m'attendais à ce que ce soit plus régulier. Par contre, il n'a pas attendu longtemps entre le premier et le deuxième, contrairement à ce que je croyais. Mais, ça corrobore le fait qu'il doit avoir plus de trente ans. Ce genre de tueur commence toujours dans sa vingtième année. S'il ne l'a pas fait c'est qu'il patientait, il se mettait au point pour être parfait dès le premier meurtre. On arrive donc à : 2 en 2004, 1 en 2005, 1 en 2006, 1 en 2007, 1 en 2008, puis, le déchaînement, la folie meurtrière en 2009 : 4 crimes horribles, calculés, prévus de a à z.

—De Quimper, il traverse la France vers Dijon puis, monte à Haguenau, Rethel et redescend dans le sud à Albi. C'est vrai qu'il ne suit aucune logique.

—Mais, ça tourne tout autour de la France. Il n'y a rien au centre. Il n'empêche qu'il y a un raisonnement dans ce qu'il fait. Ses crimes sont des signatures de son plan. Il les fait dans cet ordre pour nous tromper. Il sait qu'on sait et qu'on va tout regrouper, c'est pour ça qu'il a agit de cette façon désordonnée. Tout a une apparence illogique, brouillon, mais ça ne l'est pas ! Nous devons trouver le fil conducteur de ses actes.

—Pour ça on en revient toujours aux messages qu'il nous a laissés. Nous en avons sept en comptant celui d'Ariane et il semble qu'il n'ait rien mis aux quatre premiers meurtres.

—Oui, il faut trouver d'où il tire ses citations et ce que veut dire sa signature : « I.N.F. »

Gabriel s'était assis sur son fauteuil et tout en se frottant la joue se demandait à qui il pouvait bien s'adresser.

—Pour trouver d'où ces textes sont tirés, il faut quelqu'un qui a beaucoup lu, qui a une culture étendue, tenta Jeremy.

Le visage de Gabriel s'était éclairé subitement.

—Pas nécessairement, dit-il. Il faut trouver quelqu'un qui sait réfléchir, comprendre les énigmes, couper les cheveux en quatre en étant tatillon, pointilleux et ouvert en même temps…

—Oui, et alors ?

—Je crois que j'ai cette personne.

Troisième partie

Le repaire du mal

CHAPITRE I
Mercredi 6 mai 2009, 10h00

Elle ne réalisa pas tout de suite où elle se trouvait. La pièce était obscure, sombre, pour ne pas dire noire. Malgré tout, les ténèbres n'étaient pas totales. Une lueur passant sous la porte, un rai de lumière dispensant un halo diffus lui permettait de distinguer à un mètre devant elle. Au-delà c'était le noir total. Où était-elle ? Que faisait-elle ici ? Elle n'avait aucun souvenir du trajet qu'elle avait dû accomplir pour se retrouver à cet endroit. Est-ce que c'était pour son enquête ? Pourquoi faisait-il nuit ? Dans un endroit aussi sombre, elle devrait avoir son arme à la main.

Machinalement, dans un réflexe devenu pavlovien à force d'entraînement, elle tenta de porter la main à son côté droit, vers son holster où se trouvait son pistolet Sig Pro 2022, 9 mm parabellum. Impossible de faire un mouvement ! Machinalement, elle fit une grimace et une douleur fulgurante lui traversa le visage. Elle commença à s'affoler, se mit à gigoter pour essayer de libérer ses bras. Pourquoi ne pouvait-elle pas bouger d'un millimètre ? On aurait dit qu'elle était restée couchée sur le côté pendant des heures et que son bras était tout engourdi, paralysé par le manque de circulation sanguine. Mais, ça allait revenir, elle allait bientôt sentir les petits picotements significatifs du sang reprenant possession de ses veines, artères et vaisseaux capillaires.

Elle passa sa langue sur ses lèvres sèches. Un goût d'hémoglobine envahit sa bouche : douceâtre, ferrugineux.

Au prix d'un effort mental démesuré, elle essaya de calmer l'affolement qui, peu à peu, envahissait son cerveau et parvint à atténuer les tremblements qui la parcouraient et à se mettre à raisonner. La mémoire lui revint insensiblement. Elle se revit dans la semi-obscurité de son garage, abordée par un inconnu alors qu'elle allait entrer dans sa voiture, puis, cette douleur sur le nez et le néant.

La lumière se fit d'un coup dans son esprit. Elle avait été enlevée par le tueur. Elle se revit devant cet homme en train de le renseigner ; elle s'était même demandée comment il connaissait son nom. Puis, il y eut ce choc au visage et elle prit conscience que son nez devait être cassé et qu'il n'était, pour l'instant, qu'un amas de chair douloureuse. Elle était ficelée, ligotée et ne pouvait même pas bouger le petit doigt.

À la lueur du nimbe lumineux qui l'entourait, elle se rendit compte qu'elle était prise comme dans un cocon d'araignée. Seul son visage sortait de cet amas de ruban adhésif qui la maintenait plaquée au sol. Elle essaya de gigoter, de faire des mouvements reptiliens pour avancer, mais toutes ses tentatives ne firent qu'augmenter ses élancements de la face. Sa tête semblait prise dans un réseau de douleurs insoutenables. Elles partaient du nez meurtri, s'étendaient jusque derrière son crâne, raidissant sa nuque et lui donnant même l'impression d'avoir un couteau planté entre les omoplates.

Elle ne pouvait pas rester là : le tueur allait certainement revenir. Il fallait qu'elle s'échappe. Mais, comment faire ? Saucissonnée comme un rôti, il lui était impossible de se déplacer. Il ne fallait qu'attendre.

Lentement son calme revenait. Elle avait assez de sang-froid pour se dominer et commencer à raisonner. Mais, avec le calme, ses sensations aussi revenaient, ses sens reprenaient vie. Et elle sentit l'odeur… Ce fut d'abord un effluve nauséabond qui vint lui emplir les narines malgré le sang coagulé qui encombrait son nez, puis, une émanation écoeurante de cadavre, une exhalaison d'égout l'envahit tout entière. Elle eut un haut-le-cœur et se retint pour ne pas vomir. D'où cette odeur pouvait-elle venir ? Puis, elle réalisa. *Si je suis dans le repaire du tueur, je dois être dans la pièce où il tue ses victimes. Mon Dieu, quelle horreur ! Ça pue le sang et le cadavre à plein nez. Que va-t-il me faire ? Où est-il ? Pourquoi m'a-t-il enlevée ? Ariane, il ne faut pas que tu t'affoles ! Reste calme* !

Elle se rendit compte qu'elle avait prononcé ces deux derniers mots à haute voix et se mordit les lèvres pour ne pas recommencer. Un grognement répondit en écho à son injonction. Son sang ne fit qu'un tour. Elle bloqua sa respiration pour écouter. Est-ce que le tueur était là, à l'observer, à la regarder se débattre malgré l'obscurité ? Il portait peut-être des lunettes à infrarouge pour y voir dans le noir.

Après ce marmonnement, le silence était si complet et soudain qu'il lui semblait entendre son sang circuler derrière les tympans.

—… quelqu'un ? demanda faiblement une voix étouffée.

Elle n'osa pas répondre de peur de tomber dans un piège tendu par le monstre. Il voulait vérifier si elle était toujours évanouie. Mais, pourquoi ne se montrait-il pas ?

— … oh ! … oh ! Quelqu'un ?

Il lui sembla que ce n'était pas la voix de l'inconnu du garage. Celle-ci était faible, presque aphone, comme la voix de quelqu'un qui a trop hurlé. Elle se décida.

— Qui est là ? chuchota-t-elle.

— Où êtes-vous ? répondit faiblement la voix masculine.

— Ici, sur le sol, sans doute à quelques mètres de vous. Je suis attachée.

— Mon Dieu, vous êtes une autre victime ?

— Je suis inspecteur de police.

— Mais, alors… !

Un éclair de soulagement se distingua dans ces deux mots, vite réprimé par Ariane.

— Ne vous faites pas d'illusions. Je vous ai dit que j'étais attachée. Enlevée comme vous, d'après ce que je comprends. Qui êtes-vous ?

— Laurent Peton. Je suis de Bourges et j'ai été enlevé par un fou. Savez-vous où on est ?

— Absolument pas. Moi j'ai été enlevée à Marseille. Est-ce que vous êtes attaché solidement ?

— Oui. Avec du ruban adhésif. Les mains dans le dos et les pieds ensemble. Je ne sais pas depuis combien de temps je suis là. Quel jour sommes-nous ?

— Je l'ignore. J'ai été agressée chez moi mardi soir. Il m'a donné un coup de poing, je me suis évanouie et me réveille à l'instant.

— Alors on est probablement mercredi, car j'ai entendu quand il vous a jetée sur le sol. Moi j'ai été fait prisonnier lundi soir, dans une discothèque au centre de la France : à Saint Bonnet Tronçais. Il m'a endormi avec du GHB et je me suis retrouvé ici. Savez-vous ce qu'il veut ? Il me semble qu'ici il y a des débris humains et du sang de partout. C'est un fou ! On dirait une salle des tortures.

Ariane réfléchissait à toute allure. Devait-elle dire au prisonnier chez qui ils se trouvaient ? Est-ce que la vérité n'allait pas le rendre hystérique ? Si elle ne lui disait rien, ce serait peut-être un allié. Par contre, s'il s'affolait et perdait les pédales, il ne lui serait d'aucune aide ; mieux, elle serait obligée de le protéger s'ils parvenaient à se détacher.

Mais, ne te fais pas d'illusions, ma petite, ficelée comme tu l'es, c'est pas demain que tu arriveras à te libérer. Reste calme, réfléchis et trouve une solution.

Cette petite voix dans sa tête, tournait et retournait, mais elle avait beau cogiter rien ne lui venait à l'esprit. Elle était ligotée trop solidement.

—Est-ce que vous avez vu cette pièce éclairée ? demanda-t-elle à Laurent Peton.

—Oui, mais faiblement, quand je me suis réveillé et que le fou était là.

—Est-ce qu'il y a des outils, des trucs qui pourraient servir à couper nos liens ?

—Je n'ai pas vu. J'étais trop affolé et je n'ai pas pensé à regarder. Il m'a dit qu'il en avait tué des tas avant moi et qu'il allait me faire pareil, mais qu'avant il avait un petit travail à faire à Marseille.

Il y eut un blanc de cinq secondes, puis, Ariane confirma. Elle s'était dit qu'il n'y avait rien de spontané chez cet individu, que tout était calculé précisément, avec minutie.

—Ce travail, c'était moi, dit-elle les lèvres serrées.

—Je suis là depuis deux jours sans bouger, couché sur le sol dans le noir. Je n'ai pas bu ni mangé. J'ai tellement crié que je suis aphone. Et puis... je... je crois... je... me suis... fait dessus. Pipi et caca. D'envie et de peur.

Malgré la situation tragique, un mince sourire se dessina sur la bouche rouge de sang d'Ariane.

— Ne vous tracassez pas pour ça. Si on reste trop longtemps ici, ça m'arrivera à moi aussi.

— Que nous veut-il ? Que veut-il faire de nous ?

Sa voix tremblait. Passé le moment de la découverte d'une compagne de cellule qui lui avait donné un peu de force, la peur revenait s'insinuer dans son esprit. Elle revenait le harceler, le tyranniser, lui faire se poser mille questions. Incompréhension, incrédulité, peur ! Il était passé par tous ces stades mais n'avait pas encore connu celui de la terreur dû à la souffrance, celui de l'affolement du cerveau qui s'emballe et ne réfléchit plus, emporté par la tourmente de la douleur insurmontable qui cisaille, tenaille, coupe, tranche, arrache.

— Je ne sais pas, se décida Ariane car elle avait compris que Peton ne supporterait pas la vérité. Il la connaîtrait bien assez tôt.

— Vous ne savez pas s'il a déjà commis d'autres enlèvements ? Vous êtes de la police, merde alors ! Vous devez savoir. S'il nous a enlevés, c'est qu'il y a une raison, non ?

— Comment l'avez-vous connu ? demanda Ariane, éludant sa question. Elle reprenait peu à peu son sang-froid, sa raison revenait et avec la raison, la réflexion. Elle se dit qu'elle avait sous les yeux une victime potentielle et qu'en la faisant parler elle connaîtrait enfin les motifs du tueur.

— Dans une discothèque, je vous l'ai dit. Il m'a abordé au bar et nous avons discuté. Puis, il m'a fait une tache en renversant du whisky sur ma chemise. Il m'a proposé de garder mon verre pendant que j'allais me nettoyer aux toilettes. Après, je suis sorti fumer sur le parking, il m'a accompagné pour discuter et… je me suis réveillé ici. Il avait mis un comprimé de GHB dans mon verre. Il me l'a dit.

— Quel âge avez-vous ? Ariane continuait de réfléchir à toute allure. Tous les points positifs, les éléments clés qu'ils avaient réussi à dégager de l'ensemble de leurs investigations, lui revenaient en mémoire. Deux choses significatives, pour elle, pouvaient en être tirées : l'âge de la victime et le motif du crime.

— Bientôt trente-quatre ! Mais, qu'est-ce…

Banco ! se félicita Ariane dans son for intérieur, n'écoutant pas la suite de la phrase.

— Vous êtes marié ?

— Oui !

— Depuis longtemps ?

— Treize ans. Mais, je ne vois pas…

— Des enfants ?

— Trois.

— Quel âge ?

— Neuf, sept et six ans.

Peton répondait à présent machinalement aux questions d'Ariane sans rechigner. Après tout, elle était flic et c'était son boulot de poser des tas de questions indiscrètes. Et puis, ça le faisait penser à autre chose, oublier la situation dangereuse dans laquelle il se trouvait.

— Que faites-vous dans la vie ?

— Commercial. Je vends des sucreries, des saloperies pour ces putains de gosses.

Ariane tiqua à cette réflexion et elle en profita pour lancer sa pique suivante.

— Vous en avez trois pourtant.

— Ouais, mais je m'en serais bien passé. C'est ma putain de femme qui a oublié la pilule chaque fois. Le résultat c'est trois grosses pilules à avaler.

Malgré la situation tragique, sa rancœur contre les enfants s'exhumait par ces propos.

— C'est sympa des marmots, pourtant ! Non ?

Ariane le poussait dans ses retranchements.

—C'est chiant. Toujours obligé d'être derrière, de les surveiller pour pas qu'ils fassent des conneries.

—Il y a les punitions pour ça ?

—Ah ! Pour ça, oui !

Peton paraissait avoir oublié où il se trouvait.

—Pour ça, oui ! répéta-t-il. Les punitions, j'en donne.

—Et des coups ?

—Des coups aussi !

Le sourire d'Ariane s'agrandit et se termina en grimace quand elle sentit que la blessure de son nez lui faisait mal. Elle aussi avait oublié, dans le feu de l'interrogatoire, sa situation dramatique. Le métier reprenait le dessus.

Deuxième banco, se dit-elle. *On n'avait fait qu'effleurer le sujet avec Gabriel et Jeremy, mais je crois que c'est l'élément principal et primordial des crimes.*

Au point où elle en était, autant pousser les choses jusqu'à leurs limites. La situation le permettait également.

—Est-ce qu'il n'y a pas eu des plaintes déposées contre vous ?

—Des plaintes ?

—Oui ! Pour coups, maltraitance et... attouchements sexuels ?

Il y eut vingt secondes de silence durant lesquelles Peton digéra la question. Un silence lourd, rompu seulement par le petit gargouillis de l'eau s'écoulant dans la grotte juste à côté. Il ne savait que répondre. Oui, il y avait eu des plaintes. Oui, les gens se doutaient qu'il frappait ses gosses et même plus. Mais, comment l'avouer ? Comment le dire ?

Subitement, dans le silence et le noir, des claquements de mains espacés et lents se firent entendre. Des applaudissements moqueurs qui explosèrent dans l'obscurité.

—Bravo ! Vous avez tout compris ! dit une voix grave, résonnant étrangement après les chuchotements que les deux prisonniers avaient échangés.

Un craquement se fit entendre, le grincement d'une chaise malmenée. Quelques bruits de pas sur le sol de terre battue, un froissement soyeux de vêtements frottés l'un contre l'autre et Ariane sursauta subitement. La voix était toute proche presque contre son oreille.

—Je t'entends depuis tout à l'heure. Je vous ai écouté parler tous les deux et, mine de rien, tu as fini par comprendre et presque le faire avouer. Tu es maligne. Jérémie n'aura qu'à bien se tenir avec toi. Si Dieu te prête vie, si LA VOIX te prête vie, tu iras loin dans la police.

Ariane sentait l'haleine chaude du tueur effleurer son cou et remonter jusqu'à son oreille. Elle se mélangeait à l'odeur douceâtre du sang qui stagnait dans la pièce et lui donnait des nausées. Il faisait trop sombre pour voir son visage, mais elle devinait sa silhouette grâce à l'ombre portée sur le mur : il devait être immense. C'était bien le fou, le psychopathe. Les longs cheveux noirs du malade mental lui frôlèrent le visage.

Elle fut parcourue par un frisson des pieds à la tête et Saül s'en aperçut. À vivre dans le silence et l'obscurité, ses sens s'étaient affûtés.

—Ne me dis pas que tu as froid, Ariane, ou alors c'est la peur. Il n'y a aucune raison d'avoir peur. Aucune, vraiment ! Jérémie n'a qu'à venir et je te relâche aussitôt.

De surprise, Ariane écarquilla les yeux et tourna la tête vers le fauve. Aussitôt, celui-ci recula dans l'ombre puis, il s'avança de nouveau. Après tout, il n'y avait aucune raison de dissimuler son visage.

—De toute façon, tu me connais, cracha-t-il avec mépris. Tu m'as vu au garage.

—Que me voulez-vous ? Ariane essayait de cacher ses tremblements. Elle faisait des efforts inouïs sans y parvenir totalement. Devant ses yeux défilaient les images des cadavres qu'elle avait vus. Les victimes avaient été massacrées, torturées, atrocement mutilées et elle se disait qu'il était là, devant elle, et qu'elle était à sa merci. Il parut lire dans ses pensées.

—Je t'ai dit que tu ne craignais rien, affirma-t-il, agacé. Par contre, l'autre derrière, à sa place, moi je me ferais du mauvais sang.

Il montrait du doigt une masse recroquevillée sur le sol. Mais, Ariane ne la voyait pas, elle ne faisait que la deviner. Le halo lumineux du rai de lumière sous la porte n'éclairait pas suffisamment la pièce pour lui permettre de distinguer ce qui s'y trouvait. Elle entendit seulement des borborygmes s'en dégager d'un seul coup.

Un grand éclat de rire retentit dans la pièce sombre.

—Écoute-le ! Non mais, écoute-le ! Il se chie encore dessus de trouille, le salaud. Comme ses gosses quand il allait les tripoter. Pourriture ! Oui moi, à ta place, je me ferai un sacré mauvais sang. C'est qu'il pue, le chien ! Je me suis habitué aux odeurs de pourriture des cadavres, mais là, c'est de la merde ! Je vais te le boucher moi, le cul, tu vas voir.

Puis, il s'adressa de nouveau à la jeune femme.

—Non, tu ne trouves pas, ma petite Ariane, que c'est une vraie pourriture ? Tu ne trouves pas qu'il mérite la mort qu'il va avoir ?

Il lui parlait sur un ton doucereux, suave, cauteleux comme un évêque, en se frottant les mains, tout en tournant la tête vers le représentant en bonbons.

—Pitié ! tenta de dire celui-ci de sa voix aphone. Pitié !

Saül changea subitement de comportement. Ses yeux lancèrent des éclats sataniques. Ils étaient exorbités et brillaient dans la semi-obscurité sous le reflet de la faible lueur dispensée par la porte.

— Pitié ! Pitié ! PITIÉ ! hurla-t-il, c'est tout ce que vous savez dire. Vous n'avez même pas le courage de vous comporter en homme. Je comprends que la baronne, qui est passée avant toi, m'ait demandé pitié, mais pas toi. Et crois-moi que la Véronique je l'ai faite hurler et pas que de plaisir.

Subitement, il mit la main à sa poche et en sortit un couteau qu'il ouvrit. Il se porta en deux enjambées vers l'homme ligoté et s'accroupit devant lui.

— Qu'est-ce que tu pues, dit-il, puis, regarde ça, tu le vois ce couteau ? Il va te couper en morceaux, te découper en lanières, te faire souffrir. Tu vas tout payer.

Il le passait et le repassait devant le nez de Peton. Celui-ci suivait des yeux la lame brillante et n'osait plus bouger, ni respirer. Enfin, Saül, au grand soulagement de sa victime, referma le couteau qui fit entendre un clac sec et sonore.

— Il n'est pas encore temps que tu fasses connaissance avec lui. J'ai autre chose pour toi. Tu vas avoir une nouvelle compagnie.

Il se retourna vers Ariane.

— Bientôt, vous allez pouvoir prier. Vous aurez une compagnie de choix. Quelqu'un qui vous aidera à appeler le seigneur. On verra s'il acceptera de venir vous sauver. J'en doute ! Il n'a pas daigné répondre et venir pour son « fils », Jésus. Il ne vous écoutera même pas et pourtant votre compagnon sera qualifié pour l'appeler.

Il leur laissa le temps d'assimiler ses paroles, puis, reprit :

—Je vais partir, mais n'oublie pas ce que je t'ai dit, Ariane, n'oublie pas : tout dépend de Jérémie.

CHAPITRE II
Mercredi 6 mai 2009, 10h00

— Depuis le temps, comment vas-tu, mon ami ? Sacré Gabriel ! Trois ans sans me donner de tes nouvelles et voilà que tu débarques sans prévenir. Mais, tu as l'air en bonne santé, Barouh Hachem[1], mon frère.

Avram ouvrit grand les bras pour accueillir le commissaire. Ils s'embrassèrent chaleureusement et Gabriel recula d'un pas.

— Laisse-moi te voir, Avram, dit-il. Tu n'as pas changé, toi non plus. Je vois que la vie d'ascète porte ses fruits. Tu as quand même quelques poils blancs dans la barbe.

Gabriel était venu dans cette synagogue des quartiers nord de Marseille pour voir l'ami auquel il avait pensé pour déchiffrer les messages. Ils avaient fait leurs études ensemble dans la même yeshiva[2], puis, Gabriel avait changé de voie. Son ami Avram était resté et devenu rabbin de cette petite synagogue regroupant, au moment des grandes fêtes, plusieurs centaines de juifs de la communauté marseillaise.

---

1. Dieu soit loué.

2. École juive.

Il était aussi grand que le commissaire mais beaucoup plus mince, à la limite d'une maigreur accentuée par le port d'un long manteau noir et d'une barbe également longue et noir corbeau. Seuls, quelques poils blancs y avaient fait leur apparition. Il portait la kippa traditionnelle, noire elle aussi et son manteau, entrouvert, laissait voir les emblèmes religieux, les tsitsits, accrochés à sa ceinture. Malgré la pilosité qui lui envahissait tout le bas du visage on pouvait voir qu'il avait un air franc et ouvert.

— Tu aurais pu appeler, de temps en temps, tu ne crois pas ?

— Je sais, Avram, excuse-moi. Mea culpa ! Je n'ai plus donné signe de vie et je le regrette. Je n'oublie pas les bons moments que nous avons passés ensemble et les longues discussions que nous avions sur la Thora. Mais, qu'est-ce que tu veux ? C'est la vie ! J'ai été pris plus que de raison par mon boulot. Je me suis marié et...

— Tu t'es marié ? Et tu ne m'as rien dit. Là tu me vexes, Gabriel, s'exclama Avram, l'air peiné. J'aurais pu le célébrer ton mariage, tu ne crois pas ?

— Avram, je n'ai pas fait de mariage religieux. C'est pour ça que je n'ai pas fait appel à toi. De toute façon, tu connais mes parents : si je m'étais marié à la synagogue, ils auraient voulu ce qu'il y a de plus beau. Tout le tralala, la grande synagogue de la rue Breteuil, le Grand Rabbin de Marseille et pourquoi pas le maire lui-même, Jean-Claude Gaudin, pour la cérémonie civile.

Avram semblait réaliser, peu à peu, ce que lui disait son ami. Il ouvrait de grands yeux noirs, l'air scandalisé.

— Gaby...

— Il y a longtemps que je n'ai plus entendu ce diminutif.

—Ne change pas de conversation, Gaby, reprit le rabbin. Qu'est-ce que tu es en train de me dire ?

—Que je me suis marié.

Avram prit un air sévère en joignant ses épais sourcils noirs.

—Ne fais pas l'imbécile et ne me prends pas pour un imbécile. J'ai très bien compris que tu t'étais marié, mais avec qui ? Et ne me réponds pas : une femme !

Darmon eut un sourire indulgent.

—Tu ne la connais pas. Elle joue du piano, c'est une concertiste : Johanne Maréchal.

—Maréchal ? Ce n'est pas juif, ça.

Il ne posait pas la question, il affirmait.

—Non, répondit Gabriel fermement.

—Alors, tu as épousé une goy, c'est bien ça ? Toi qui as étudié la Thora jusqu'à...

—Seize ans, Avram, seize ans. N'oublie pas que j'ai tout laissé tomber, je n'avais pas la fibre nécessaire pour continuer. Serais-je devenu commissaire, sinon ?

—Tu aurais pu en trouver une dans la communauté. Qu'ont dit tes parents ?

Ce souvenir évocateur fit venir un sourire de tendresse sur la bouche de Gabriel.

—Tu dois bien te douter que ça a été un drame. Des cris, des hurlements. Ma mère a pris Dieu à témoin, enfin tout le chambard habituel, quoi. Mais, ils ont fini par se rendre à l'évidence : je ne serais pas revenu sur ma décision. Maintenant, ils sont contents et mieux, ma mère espère un héritier mâle qui deviendra, un jour, le plus grand pianiste du monde. Même si elle n'y comprend rien en musique classique.

—Oui, je me souviens. En dehors d'Enrico Macias, ses connaissances musicales n'allaient pas bien loin. Mais, je réalise que je te reçois dans le vestibule, comme un étranger. Viens, mon frère, viens dans le salon, on va trinquer à ton bonheur, même si ce n'est pas une juive.

Le salon était meublé simplement. Il y avait juste le strict nécessaire : une table, six chaises, un long buffet sur lequel trônait une ménorah, chandelier à sept branches. Avram tira deux chaises et invita Gabriel à s'asseoir, puis, il ouvrit une porte du buffet en sortit une bouteille d'anisette et deux verres.

—Trinquons à nos retrouvailles et à ton mariage, Gabriel. Qu'il soit fécond. Barouh Hachem, même si c'est pour un service, tu as su retrouver le chemin de ma maison. Mazel tov !

Il leva son bras, imité par Gabriel et tous deux firent tinter les verres remplis du liquide blanchâtre.

—Le haïm[1] !

—Le haïm !

Ils burent une gorgée et les reposèrent. Puis, Avram posa ses deux coudes sur la table, mains jointes et encastra son menton entre ses pouces et ses index.

—Maintenant, dis-moi ce qui t'amène.

—Sacré Avram ! Tu n'as pas cru une seule seconde que je passais seulement pour te dire bonjour ?

Avram eut un sourire ironique et regarda Gabriel d'un air malicieux, l'air de dire : je veux bien croire que tu me prends pour un imbécile, mais pas à ce point.

—Bon, d'accord, tu as raison. Sans une raison vitale et sacrément urgente, je ne serais pas venu. Mais, je me rattraperai, promis !

—Alors vas-y, je t'écoute.

—J'ai besoin de toi pour résoudre un problème.

—Normal que tu aies pensé à moi, dit Avram, l'air faussement modeste.

1. À la vie.

Il souleva sa kippa, lissa ses cheveux et la reposa au sommet de son crâne.

—Je dois retrouver un serial killer avec dix meurtres horribles sur la conscience.

—Quelle horreur ! s'écria le rabbin subitement redevenu sérieux.

—Peut-être même qu'il y en a d'autres, mais je n'ai connaissance que de ces dix. Ce que je voudrais éviter, c'est qu'il y en ait plus. Il faut absolument que je l'arrête.

—Et tu as besoin de moi. Pourquoi ?

—À chaque meurtre il nous laisse un message et nous ne savons pas d'où il le tire. Il semble qu'ils proviennent d'un texte déjà écrit, mais lequel ? Tu as beaucoup lu, tu connais l'araméen, bien sûr, le grec, le latin.

—Je ne te demanderai pas quel genre de meurtres il commet, nous vivons des temps assez difficiles sans en rajouter. Est-ce que tu as les messages ?

—Bien sûr, dit Gabriel en envoyant la main vers la poche intérieure de sa veste.

Il en tira son portefeuille et l'ouvrit. Sept bouts de papiers tombèrent en désordre sur la table. Gabriel les reprit un par un pour les remettre dans l'ordre et les tendit à son ami.

—Je voudrais éviter d'en avoir encore, ne serait-ce qu'un, tu comprends ?

—Bien sûr que je te comprends.

Il prit les documents, les étala sur la table dans l'ordre que Gabriel lui avait donné, puis, il se pencha et tout en lissant machinalement sa barbe de haut en bas, plus par habitude qu'en signe de concentration, les examina. Il en prit un et le regarda par transparence.

—Ce n'est pas l'original, précisa Gabriel. Ils sont tous plastifiés.

Avram passa son index dans ses cheveux pour se

gratter. La kippa qu'il avait sur le sommet du crâne cachait mal une calvitie naissante. Il prit son anisette et but une gorgée. Puis, il regarda à nouveau, attentivement, les sept bouts de papier pendant cinq minutes, sans les toucher. Enfin, il releva la tête et fixa Gabriel de son regard vif et intelligent, droit dans les yeux, en fronçant les sourcils.

— Tu as dit tout à l'heure que nous avions eu de longues discussions sur la Thora.

— Oui, mais quel rapport ?

Le rabbin se mit à rire.

— Apparemment le même rapport qu'il y a entre toi et un âne.

Gabriel avança sa main et saisit amicalement le poignet d'Avram.

— Si tu as trouvé, ne me fais pas languir.

— Le rapport entre ses papiers et la Thora est comme les deux doigts de la main. Très proche. Comme toi et un âne. Ne me dis pas que tu ne l'as pas vu, ou alors tu as absolument tout oublié.

— Je n'ai pas vraiment cherché, mais je crois que je n'aurais pas trouvé.

— Gaby, mon frère, tu n'es qu'un chmok[1]. Tu viens comme un chnorrer[2] mendier des éléments qui te crèvent les yeux.

— Je viens comme un h'avèr [3] en supplier un autre de m'aider. C'est toute la différence.

Le rabbin regarda avec affection son ami puis, une nouvelle fois, les papiers étalés sur la table, tout en lissant les longs poils de sa barbe frisée d'un geste machinal et habituel. Il semblait réfléchir à ce qu'il allait dire. Il devait formuler avec clarté ce qu'il voyait et ne pas affirmer des

1. Imbécile.

2. Mendiant.

3. Ami.

choses dont il n'était pas sûr. Il prit le premier message et le relut une dernière fois.

—Non, il n'y a pas de doute, dit-il, c'est bien ça. Nous allons vérifier.

Il se leva et ouvrit la porte du buffet. Une dizaine de livres y étaient empilés : des livres en cuir marron, patinés par le temps et les manipulations intensives. Il en tira un de la pile et l'ouvrit. C'était une bible : texte intégral traduit par les membres du rabbinat français, qui devait avoir plus de cent ans. Les coins des pages étaient noircis par les nombreux doigts ayant tourné les pages pour consulter l'ouvrage. Avram feuilleta rapidement, sûr de lui. Il connaissait ces textes par cœur, aussi bien en français qu'en hébreu.

Il s'arrêta enfin à une page et chercha du regard, rapidement, la correspondance avec le message qu'il avait sous les yeux.

—Voilà, dit-il. C'est bien ça, il n'y a pas de doute.

Il tourna le livre vers Gabriel et montra du doigt un passage de l'écriture sainte.

—Lis !

Gabriel saisit la bible et parcourut rapidement les deux lignes impliquées :

« *J'ai accompli mes desseins sur cette ville pour son malheur et non pour son bien* ».

—C'est dans le livre des derniers prophètes : Jérémie, 39-16. précisa Avram.

—Ainsi, c'était donc ça. Tu as raison, je suis un imbécile de ne pas l'avoir compris plus tôt. Et les autres ?

—Pareil, tu vas voir.

Il reprit la bible, humecta son index sur la langue et, d'un geste vif et habituel, la feuilleta à nouveau en cherchant les passages, puis, il la tendit à Gabriel qui se rendit compte que tous étaient tirés du prophète Jérémie.

—C'est bizarre. Ça ne nous dit toujours pas ce que signifient ces messages.

Avram émit un bruit d'ignorance avec sa bouche en avançant sa lèvre inférieure qui disparaissait presque sous les longs poils.

—Ça, je ne sais pas, mon frère. Je t'ai donné l'origine de ces messages, pour le reste c'est à toi de le découvrir. Ça se rapporte probablement à l'enquête.

—Évidemment. Tu m'as déjà rendu un fier service. Je vais me débrouiller, maintenant. Ne t'inquiète pas.

—Oh, mais je ne m'inquiète pas ! Je connais assez ta sagacité pour savoir que tu vas rapidement trouver le lien entre tout ça.

12h15

Gabriel n'avait pas pu revoir Jeremy après la visite chez son ami, le rabbin. Il lui avait donné un coup de téléphone pour savoir où il était. Jeremy lui apprit qu'il était à la bibliothèque du cours Belsunce, édifiée à la place du théâtre *l'Alcazar*, et qu'il faisait, lui aussi, des recherches.

—Eh bien, ne cherche plus ! J'ai trouvé.

—Et moi je n'ai rien trouvé malgré mes longues recherches, mais j'ai compris beaucoup de choses.

Jeremy parlait en chuchotant dans le téléphone pour ne pas rompre le silence qui régnait à la bibliothèque.

—Rendez-vous à la maison, dit Darmon sans prêter cas aux dires de son ami. On mange un morceau rapidement et on se replonge dans les recherches.

—D'accord, j'arrive.

12h15

Ariane ne sentait plus ses membres complètement endormis par le manque de circulation. Elle bougeait de temps en temps, essayait de soulever un côté de son corps pour dégager une épaule. Un peu de sang revenait affluer et elle ressentait des picotements désagréables envahir le bras soulagé. Mais, la position était dure à tenir et elle était obligée de revenir à sa condition initiale.

Elle s'était habituée à l'odeur tenace qui flottait dans la pièce obscure. De temps à autre son compagnon de cellule remuait et une vague exhalaison nauséabonde d'excréments et d'urine lui parvenait aux narines. Malgré son nez partiellement bouché par les croûtes de sang, ce relent lui soulevait le cœur. Elle avait envie, elle aussi, d'uriner et se disait qu'elle n'allait pas tarder à se faire dessus si le fou ne revenait pas rapidement. C'était inévitable. Mais, n'était-il pas préférable de rester seuls plutôt que de voir ce malade mental furieux revenir ? Qu'allait-il leur faire ?

Elle avait bien tenté de se libérer en gigotant dans tous les sens, mais elle s'était vite rendue compte qu'elle ne faisait qu'empirer la situation. Il valait mieux rester calme et faire confiance à Gabriel et Jeremy. Elle savait qu'ils étaient en train de remuer ciel et terre pour la retrouver, mais arriveraient-ils à temps ?

Pourquoi le fou lui avait-il dit : tout dépend de Jeremy ? Qu'avait-il à voir là-dedans ? Que lui voulait-il ? Y avait-il un quelconque rapport entre les crimes, les messages, le fou et Jeremy ?

Elle tournait et retournait tout ça dans sa tête et ne trouvait aucune solution. Cependant, elle était confiante. Jeremy et Gabriel la trouveraient, elle en avait la conviction.

12h30

La petite église était sombre. Chaque pas résonnait dans le silence et le son se répercutait jusqu'aux cintres.

Il n'y avait que quatre personnes assises sur les vieux bancs de bois, cirés et patinés par des milliers de fesses qui s'y étaient assises depuis des centaines d'années.

Dans la troisième travée, un homme, genoux serrés, mains jointes, doigts croisés, tête humblement baissée, semblait prier pieusement. Ses lèvres remuaient silencieusement et, de temps en temps, il décroisait ses doigts pour se signer, puis, reprenait sa position initiale. Sur le dossier du banc lui faisant face, une croix était incrustée et taillée malhabilement dans le bois, vraisemblablement avec un canif d'enfant. Il se prit à penser que lui aussi avait souvent fait de même dans les églises qu'ils visitaient lui et sa famille.

La vieille porte d'entrée grinça et des claquements de talons se firent entendre, un craquement de banc malmené puis, à nouveau le silence.

Face à l'homme, à droite de l'autel, une petite porte s'ouvrit silencieusement. Dans l'entrebâillement une tête apparut et scruta les rangées de bancs alignées, les yeux plissés. Un rapide coup d'œil lui permit de constater qu'il y avait cinq personnes actuellement assises. Il en connaissait quatre pour les avoir souvent vues aux offices. La cinquième lui était inconnue. Il ouvrit la porte en grand et entra. D'un pas rapide, il alla directement à la croisée et s'agenouilla devant l'autel, face à la grande croix. Après une courte prière, il se signa. Son visage, tourné vers l'abside, était illuminé par la lumière passant par les vitraux colorés. Il se dirigea vers l'autel, monta la marche puis, se tourna vers la nef.

Ostensiblement, il porta son attention sur l'inconnu du troisième banc. Celui-ci, tête toujours baissée, suivait des yeux le curé habillé de noir. Leurs regards se croisèrent.

L'inconnu releva alors la tête et regarda franchement le curé qui souleva le menton d'un geste sec comme s'il interrogeait l'homme assis. Comprenant l'interrogation muette, l'inconnu se leva et sortit de la travée pour se positionner dans l'allée centrale, face à l'autel. Le curé redescendit la marche et s'approcha de l'homme.

— C'est vous qui m'avez téléphoné ?

Il n'était pas très grand, était habillé d'un costume noir. Un col blanc cernait son cou d'où une chaîne pendait ornée d'un crucifix. Ses cheveux étaient grisonnants, plaqués en arrière. Ses petits yeux, mi-gris, mi-marron étaient d'un étrange mélange de couleurs qui lui donnait un regard chafouin. Il les levait pour regarder l'homme qui le dominait de sa haute stature.

— Oui, mon père.

— Vous tenez absolument à vous confesser maintenant, mon fils ?

— Oui, mon père. Je suis en déplacement et ne suis pas pour longtemps dans votre petite ville. Votre église m'a plu et j'ai pensé que ce serait bien de m'y confesser dans l'anonymat, car personne ne me connaît ici, dit-il en se retournant pour désigner les rares visiteurs.

Le curé le scruta d'un air pensif.

— Vous savez ou ne savez pas, mon fils, que j'ai sous ma garde une dizaine d'enfants dont les parents travaillent et qu'ils me confient pendant la journée. C'est en quelque sorte un patronage. Cela rend service aux parents et occupe les enfants pendant les vacances.

— Je me suis renseigné, mon père. On me l'a dit. C'est pour ça que je ne prendrai pas beaucoup de votre temps. Vous savez mes pêchés ne sont pas nombreux.

Tous deux parlaient en chuchotant pour ne pas perturber le recueillement des fidèles assis dans le fond.

Le curé eut un petit sourire sirupeux de compréhension bienveillante et approuva d'un signe de tête.

—Très bien. Dans ce cas, allons dans le confessionnal. C'est l'heure du repas et j'ai confié la garde des enfants à l'un d'entre eux, le plus grand. Il faudrait faire vite. Je ne voudrais pas retrouver des lentilles sur les murs. Vous connaissez les gosses : quand ils sont seuls, ils en profitent.

Le confessionnal, situé dans la partie avant de cette petite église, était dans l'obscurité. Les deux hommes s'y dirigèrent et l'inconnu entra le premier du côté gauche. Le curé y pénétra à son tour en soulevant le lourd rideau faisant office de porte et, aussitôt, ouvrit la trappe dégageant l'ouverture grillagée de bois le séparant de l'homme. L'intérieur sentait la cire rance et le vieux meuble.

Il tenta de voir sa tête, mais l'étranger se tenait éloigné de la cloison.

—Approchez-vous, mon fils, chuchota le curé, et parlez franchement, sans élever la voix.

L'homme avança son visage près de l'ouverture mais ses longs cheveux noirs en cachaient une partie.

—Pardonnez-moi, mon père, parce que j'ai péché.

—À quand remonte votre dernière confession ?

—Il y a bien longtemps, mon père.

—Je vous écoute, mon fils.

Discrètement, le prêtre releva son poignet et jeta un coup d'œil rapide à sa montre en baissant les yeux.

12h35, j'espère qu'il ne va pas être long, se dit-il.

De l'autre côté, l'inconnu prenait tout son temps, semblait réfléchir à ce qu'il allait dire.

—Je vous écoute ! répéta le curé, d'un ton impatient.

L'homme donna un vif coup de tête pour envoyer sa mèche de cheveux en arrière.

— Voilà, mon père. J'ai souvent menti dans l'exercice de ma profession.

— Ce n'est pas bien grave. Qu'avez-vous dit ?

— Je vends de l'immobilier et j'ai souvent été obligé de dissimuler les défauts des appartements aux acheteurs potentiels.

— Ce n'est pas bien grave, répéta le prêtre.

La lumière entrant parcimonieusement dans le confessionnal passait à travers la lucarne et dessinait de petits rectangles lumineux sur le visage de l'homme dont les yeux se mirent à briller d'une lueur cruelle.

— Je me suis aussi battu, mon père.

— Ça, c'est plus grave ! Je vous donnerai la pénitence à la fin. Continuez.

— Il m'est arrivé… les yeux du confessé lancèrent des éclats sataniques.

Le curé, le regard dans le vague, droit devant lui, ne le voyait pas ; seule son oreille était dirigée vers l'ouverture.

— Oui, dit-il. Que vous est-il arrivé ?

— Il m'est arrivé que… voilà, j'ai été obligé de… tuer.

Il y eut, dans le confessionnal, quinze secondes d'un lourd silence. Quelqu'un toussa dans l'église et le son résonna jusqu'aux cintres. Puis, le curé, ayant digéré l'information, demanda :

— De tuer… quoi, mon fils ?

— Des… animaux.

— Que leur avez-vous fait ?

— J'ai attrapé des chats pour les torturer, je clouais des grenouilles sur les arbres…

— C'est grave, ça, très grave ! Des créatures de Dieu… Et… c'est tout ? De… petits animaux ?

— Entre autres !

— C'est-à-dire ? Que voulez-vous dire par entre autres ?

— Il y a eu des animaux que j'ai torturés et… d'autres êtres vivants.

—De plus gros animaux ?

—Très gros.

—Mon fils, je vous ai dit que je n'avais pas beaucoup de temps. Il est déjà tard pour confesser. Alors, dites-moi tout, ne m'obligez pas à vous arracher les mots de la bouche.

Son ton était mi-suppliant, mi-impatient.

—J'ai appris que certains hommes ou même des femmes se comportaient mal avec les enfants.

—J'espère que vous n'entrez pas dans cette catégorie ?

—Non, mon père, mais une certaine personne ici, oui.

—Qu'entendez-vous par là ?

Le curé écoutait maintenant attentivement. La blancheur de son visage contrastait avec le noir de son costume. Ses yeux sournois oscillaient rapidement de droite à gauche, puis, il tourna son regard vers la petite ouverture carrée.

—Je vous écoute, dit-il sèchement.

—J'ai tué, mon père, avoua l'homme. J'ai tué beaucoup de gens.

Le sang du curé abandonna d'un seul coup son visage. De blanc il devint livide et se mit à trembler. Un déferlement de chair de poule le submergea. Il avait toujours craint d'avoir ce genre de confession. Maintenant, ça y était. Qu'allait-il faire ? Que *devait*-il faire ? *Je crois que le repas des enfants est bien compromis,* se dit-il.

—Qu'avez-vous fait, mon fils ? Vous plaisantez, j'espère. Ce ne sont pas des choses à dire en confession.

—Je ne dois pas vous dire que j'ai tué, mon père ? Mais, alors je ne serai pas pardonné ? Dieu qui comprend tout, serait-il fermé à ça ?

L'homme le questionnait d'un air volontairement candide.

—Vous êtes inconscient. Croyez-vous qu'un pauvre curé de campagne puisse pardonner au nom de Dieu, plusieurs crimes ?

—Mais, alors vous n'avez pas les pleins pouvoirs ? Je croyais que tous les péchés confessés étaient pardonnés.

—Mais, non ! Je vous conseille d'aller le dire à la police. Malheureusement vous l'avez fait sous le sceau du secret de la confession, je ne pourrai pas vous dénoncer.

—Tant mieux, mon père. Car je ne pense pas que la police prendrait bien le fait que j'ai tué douze personnes et que je vais encore en tuer deux, peut-être trois.

Le curé se mit à tousser et s'étrangler. Il sortit son mouchoir et se moucha bruyamment. Dans l'église, deux fidèles tournèrent la tête vers le confessionnal.

—Ne faites pas tout ce bruit, mon père, vous allez attirer l'attention.

—Je vais sortir monsieur et je vous conseille de faire de même. Je n'ai rien entendu.

Le prêtre se leva d'un bond et tira la lourde tenture. Il ne put aller plus loin. L'homme, rapide comme l'éclair, était déjà devant lui et l'empêchait de s'en aller.

—Je ne suis plus votre fils, mon père ? dit-il sur un ton persifleur en le poussant d'une main ferme et autoritaire.

Hébété, le curé s'effondra sur son siège et le regarda fixement, ne sachant plus quoi faire.

—Non, je ne suis plus votre fils ! Je ne l'ai jamais été, d'ailleurs. Je ne suis pas le fils d'un homme comme vous.

—Mais, que me voulez-vous à la fin ?

—Non, pas la fin. Ce n'est que le commencement.

—Le commencement ?

—Le commencement de votre fin. Levez-vous.

Mais, l'homme d'église ne bougea pas. Il restait assis en regardant l'inconnu. Il ne comprenait pas ce qu'il voulait.

L'homme siffla entre ses dents, l'air mauvais :

—Je vous ai dit de vous lever… et de me suivre. Sinon je vais vous y aider.

Joignant le geste à la parole, il attrapa le curé par son col et le souleva, presque sans effort, de son siège.

— Mais... mais !

— Suivez-moi, au lieu de faire la chèvre. Je crois que vous avez des enfants qui vous attendent, non ?

Le curé acquiesça d'un signe de tête.

— Eh bien, allons-y, sortons d'ici si vous ne voulez pas que j'aille leur faire du mal.

Contraint, presque porté par la force phénoménale de l'homme, le curé le précéda. Ils sortirent tous deux de l'église par le presbytère qui y était accolé. L'un suivant l'autre, le curé devant, poussé par l'inconnu, ils arrivèrent sur la placette à l'arrière de l'édifice religieux. Une petite place calme et sereine sur laquelle de vieux tilleuls tournaient tout autour, tous les vingt mètres. Une voiture y stationnait sur ce parking improvisé. Un van à chevaux y était accroché.

— Je suis désolé, mon père, je n'ai rien trouvé de mieux.

— Mais... mais... mais... ! Monsieur...

— Vous vous répétez. Appelez-moi Saül. Ça ira beaucoup mieux. Et entrez là-dedans.

Il le souleva du sol et le projeta à l'intérieur du van dans lequel se trouvait encore de la paille et du crottin de cheval. Le curé tomba dedans tête première.

12h35

— Madame ! Madame ! Inspecteur ! Vous croyez qu'il va revenir dans longtemps ?

Ariane ne répondit pas à la question du représentant en bonbons. Ses yeux s'étaient, à présent, un peu adaptés à l'obscurité et elle distinguait un peu mieux les choses. Ce qu'elle voyait n'était pas réconfortant. Effectivement, il y avait bien son compagnon de cellule allongé sur le sol, trois mètres devant elle, mais à côté de lui, elle voyait des formes bizarres. Sur les murs de grandes taches sombres faisaient des auréoles inquiétantes. Elle distinguait aussi un écran d'ordinateur éteint et quelques objets disparates.

12h45

Gabriel et Jeremy arrivèrent à deux minutes d'intervalle à la Cadenelle. Le temps pour le commissaire d'appeler l'ascenseur et son lieutenant était derrière lui. Ils se serrèrent la main et Jeremy attaqua d'emblée.

— Ça fait douze heures qu'il l'a enlevée. Gabriel s'il lui arrive quelque chose, je démissionne et je le tue. S'il faut y consacrer ma vie je le ferai, mais je l'aurai.

Darmon posa une main apaisante sur l'épaule de son ami.

— Je suis certain, qu'il ne l'a pas touchée, tempéra-t-il. Je pense avec conviction qu'il m'envoie un ultimatum pour quelque chose qu'il n'a pas encore formulé. Il va nous téléphoner ou nous adresser un message puisque ça semble être sa façon d'agir.

— Moi, je n'en suis pas aussi certain que toi. Il va nous contacter, c'est sûr, mais pas…

Jeremy s'arrêta un instant de parler. À ce moment-là l'ascenseur arriva et tous deux s'y engouffrèrent.

— Qu'est-ce que tu me disais ? demanda Gabriel.

— On en parlera chez toi.

— Tu as raison.

Ils s'arrêtèrent de discuter et se plongèrent dans un silence introspectif. Quelques secondes plus tard l'ascenseur s'arrêta dans un bruissement feutré et ils entrèrent chez Gabriel. Johanne, anxieuse, était là qui les attendait impatiemment. Dès qu'elle aperçut les deux amis elle se précipita vers Gabriel. Avant même de l'embrasser, elle lui tendit une enveloppe jaune.

— Tu as du courrier, dit-elle d'un ton inquiet en lui tendant une enveloppe de papier kraft.

En un instant, Gabriel eut l'intuition que ce n'était pas un courrier ordinaire. Ce n'était pas une lettre de la famille, ni de la banque, ni de publicité. Un frisson le parcourut en la saisissant d'une main tremblante. Ainsi, cet assassin connaissait aussi son adresse comme il connaissait celle d'Ariane et probablement de Jeremy. Il avait fait son enquête sur eux et était au courant de leurs habitudes.

— Il devient urgent de l'attraper, dit-il. Merci, ma chérie.

Il était trop tard pour prendre l'enveloppe avec des gants. Même si elle avait été mise directement dans sa boîte, il était fort probable que le tueur avait protégé ses mains et qu'il avait ensuite donné la lettre à un commissionnaire, de la même manière qu'il avait pratiqué pour la brouette achetée à Aubagne. L'enveloppe était certainement polluée par d'autres doigts que les siens.

Impatiemment, sans plus de façon, il déchira le haut et écarta les deux côtés pour voir l'intérieur. Un nouveau frisson l'envahit des pieds à la tête.

— C'est lui ? demanda Jeremy, d'une voix pâle.

— Évidemment ! répondit Darmon. C'est du papier plastifié. Je vais quand même mettre des gants.

Il avait toujours deux paires de gants en caoutchouc dans ses poches de costume. Il en saisit une et la fit claquer sur ses mains en l'enfilant, puis, il tira précautionneusement le document en se dirigeant vers le salon et le posa sur la table.

Les trois têtes étaient maintenant l'une contre l'autre et regardaient, avec des yeux ahuris, le papier sur lequel il y avait une photo ainsi qu'un texte bref.

L'image représentait une planche de bois gravée vraisemblablement avec un couteau et montrait ceci :

« Dilectam prolem sponso tibi, Christe, remisi illam nunc intra carmeli claustra sepultam in coelis olim tota com gente meorum patri quoeso liceat mihi visere semper ».

—Qu'est-ce que c'est que ce charabia ? demanda Jeremy.

—Si mes souvenirs sont bons, ce doit être du latin, dit Johanne. Quant à connaître la traduction, c'est une autre histoire.

Gabriel saisit la feuille pour l'examiner de plus près.

—Je crois que j'ai le traducteur tout trouvé, se réjouit-il.

—Lequel ? interrogea Gabriel.

—Celui que je viens de voir pour les messages que nous laisse le psychopathe. C'est Avram, un rabbin.

—Alors, allons-y ! s'écrièrent Johanne et Jeremy d'une seule voix.

Puis, Jeremy se tut subitement, l'air contrarié. Deux rides se formèrent au-dessus de son nez. Il se passa la main dans les cheveux et sur le visage, mais se reprit rapidement. Gabriel s'adressa à lui.

—Avant de partir, il y a quelque chose qui me tracasse et que je voudrais vous dire. Tu te souviens, au début de l'enquête, tu as fait une réflexion sur les noms des victimes : Mion, Delavoix et Réveillon ?

—Oui. J'ai dû te dire que les initiales faisaient : « M.D.R. ». En langage abrégé cela signifie : « mort de rire ».

—Exactement, même si l'on peut affirmer précisément qu'ils ne sont pas morts de rire, loin de là.

—Et alors ?

—Prends le premier quatrain. Je vais te le recopier.

Johanne qui écoutait attentivement se précipita vers un bureau où trônait un écran d'ordinateur. Elle ouvrit un tiroir et en sortit une feuille et un crayon.

—Inutile, dit Jeremy. Je le connais par cœur. Voici ce qu'il dit :

« Le spectre de la mort plane au-dessus de toi.
Oublie ce que tu es, oublie ta vie présente,
Tiens bien haut le flambeau de la haine qui hante,
Habite nos esprits et nous donnait la foi ».

—Tu ne remarques rien ?

Jeremy esquissa un sourire vite réprimé. Il n'avait pas le cœur à plaisanter.

—Bien sûr que si, et je pense que nous avons vu la même chose.

Surpris par cette réponse rapide, Gabriel regarda attentivement son lieutenant.

—Quand l'as-tu découvert ? interrogea-t-il.

—À la bibliothèque, à force de tourner et retourner les choses dans ma tête, j'ai trouvé le message caché dans le poème.

Johanne les regardait, les yeux écarquillés, sans comprendre. Elle toqua sur la table, de sa main repliée avec l'air de dire :

Eh ! Je suis là, moi, et j'aimerais comprendre.

Gabriel se tourna vers sa femme.

—Tu ne vois rien dans ce quatrain ? dit-il en lui tendant la feuille sur laquelle il l'avait écrit.

Elle s'en saisit et le lut attentivement.

—Non, rien de spécial.

—Et si je fais ça ? Donne, dit-il en avançant la main.

Elle lui repassa le document. Il le posa sur la table et avec un stylo rouge épaissit les premières lettres de chaque vers.

Quand Johanne l'eut à nouveau sous les yeux, un éclair de compréhension l'illumina.

« *Le spectre de la mort plane au-dessus de toi*
Oublie ce que tu es, oublie ta vie présente,
Tiens bien haut le flambeau de la haine qui hante,
Habite nos esprits et nous donnait la foi ».

—Bien sûr, dit-elle. Ça forme le prénom « LOTH ». Mais, je ne vois pas le rapport.

—Jeremy va nous le dire puisqu'il a compris, car je reconnais que, moi aussi, j'ai pataugé dans la choucroute.

Jeremy se saisit du message et le regarda un moment. Puis, il se décida.

—Il faut vous dire que je ne m'appelle pas Jeremy, mais Loth. Quand j'ai réussi à décoder le texte, j'ai compris qu'il s'adressait à moi.

Gabriel était resté debout et faisait, à présent, les cent pas dans le grand salon. Il se tourna vers Jeremy et lui dit :

—Ça m'a donné, à moi aussi, quelques heures de réflexion, cette histoire. J'ai réussi à trouver le sens caché du texte, mais je ne savais pas comment l'appliquer : pourquoi Loth et qui était-ce ? C'est quand j'ai regardé le deuxième poème que le voile s'est déchiré.

—Nous avons eu le même raisonnement. C'est à la bibliothèque que j'ai réalisé tout ça.

—J'aimerais comprendre, moi aussi, dit Johanne.

—Je t'écris le poème et regarde-le de la même façon que l'autre.

« *Je crois bien que tu as oublié nos errances.*
Enfant, tu étais là ; je sentais ta présence.
Regarde si tu peux le chemin oublié,
Ecarté de ta vie. Je ne fais que prier,
M'infliger des souffrances, demander que tu viennes
Ici et avec moi et ta main dans la mienne,
Ensemble nous tuerons au nom de tous les fils ».

— C'est vrai, dit-elle. Ça fait Jérémie.

— Mais, il y a une erreur orthographique. Mon prénom se termine par un « y ». Quand j'ai vraiment compris que le message s'adressait à moi, j'ai relu tous les autres.

— Et alors ? dirent Gabriel et Johanne d'une seule voix.

— Et alors, rien…

Jeremy marqua une pause, avant d'ajouter :

— Sauf le dernier.

— Celui de la baronne ? s'enquit le commissaire.

— Oui. Tiens, regarde ce qu'il dit.

Il mit la main à sa poche pantalon et en sortit un papier froissé sur lequel le dernier message était recopié de son écriture fine et régulière. Gabriel le saisit et lut avidement.

« *Fils de Hilkiyyahou, je te garde le souvenir de l'affection de ta jeunesse, de ton amour quand tu me suivais dans le désert, dans une région inculte* ».

— Eh bien ? demanda-t-il, aussitôt qu'il eut fini. Je reconnais que j'ai compris que les messages t'étaient adressés et que c'est probablement pour cette raison qu'il a enlevé Ariane. Mais, je ne vois rien dans ce texte qui te désigne…

— Tu vas comprendre, interrompit Jeremy. J'ai profité de la bibliothèque pour chercher dans une bible et j'ai découvert que le fils de Hilkiyyahou n'est autre que Jérémie. En rassemblant ces trois éléments, je n'ai plus eu de doutes. Par contre, l'autre partie du message sur la baronne m'a laissé perplexe. Je ne vois pas ce qu'il veut dire.

Son regard était devenu fuyant et trouble. Il sortit un deuxième papier et le tendit à Johanne cette fois.

« *On tirera de leurs tombeaux les ossements et on les étalera à la face du soleil, de la lune et de tous les astres du ciel. Ils ne seront ni recueillis, ni rendus à la tombe : ils serviront d'engrais à la surface du sol* ».

—Tu ne vois pas ce que ça signifie ? demanda-t-elle.

—Non, absolument pas. Ça ne s'adresse certainement pas à moi.

—Mais, pourquoi toi ? intervint brutalement Gabriel. Je ne le comprends pas. Et pourquoi Loth ? Qui est Loth ?

—Loth ainsi que Jérémie sont des noms tirés de la bible. Mon nom est, en vérité, Loth, mais j'ai demandé à changer quand je suis entré dans la police...

—Pourquoi ces noms bibliques ? coupa Johanne qui se tut instantanément sous le regard sévère de son mari.

—Laisse-le parler, demanda Gabriel.

—Parce que mon père n'avait que la bible en tête. Il y faisait référence dans tous les actes de la vie courante.

—Y compris au moment de te déclarer à la mairie ?

—Y compris, oui !

—Comment ça ? s'enquit Johanne. Et comment l'assassin peut-il savoir que tu t'appelles Loth, de plus avec la bonne orthographe ? C'est qu'il te connaît ! Car le Loth de la bible c'est : Lot.

—Ça, je ne sais pas.

—C'est comme pour le deuxième texte.

—Pareil. Si ça s'adresse à moi, je ne sais pas pourquoi.

—Et ton père, est-ce qu'il pourrait te renseigner ? Peut-être comprendrait-il, lui.

—Mon père est mort alors que j'avais neuf ans. Ma mère, trois ans plus tard.

Un lourd silence accueillit ces révélations et chacun se plongea dans ses réflexions. Puis, Gabriel s'anima.

—Je suis désolé.

—Ce n'est pas grave. Il y a longtemps.

Gabriel se retourna et colla son front contre la baie vitrée, fraîche, face à la mer qui se perdait au loin, à l'horizon. Il aimait la regarder miroiter en jetant des éclats d'argent d'une vaguelette à l'autre. Les îles paraissaient nimbées d'un halo projeté par la surexposition au soleil.

Il leur fit face subitement.

—Il écrit Jérémie avec « ie » à la fin. Ton prénom se termine par un « y ». Pourquoi ne le sait-il pas, puisqu'il connaît ton véritable nom enregistré ?

—Je n'ai pas compris. Tu sais, il est facile d'avoir l'identité des gens. Il connaît la mienne. Il lui a suffit, certainement avec internet, de demander une fiche d'état civil.

—Mais, la mairie ne délivre pas ces papiers comme ça. Il faut d'autres renseignements qu'il ne devait pas avoir. Non, décidément il y a quelque chose qui cloche, que je ne comprends pas. Et quand je ne comprends pas, ça m'énerve ! Pourquoi s'adresse-t-il à toi ? Pourquoi a-t-il enlevé Ariane ? Pourquoi signe-t-il « I.N.F. ». Je crois que nous devons aller au bureau pour mettre tout ça au clair. Mais, avant, allons voir mon ami, le rabbin.

CHAPITRE III
Mercredi 6 mai 2009, 16h00

—Entrez là-dedans, sale charogne. Allez, entrez, ne vous faites pas prier.

Le curé et Saül étaient dans le mausolée du cimetière de Chabagnac-le-Château. Celui-ci avait ouvert la tombe et incitait le curé à y sauter. Devant le grand trou noir, l'homme d'église avait eu un moment de recul. Il avait vraiment peur et cela réjouissait le tortionnaire. Il était au bord du vide sombre, ses deux pieds dépassant sensiblement sur le rebord et se balançait, les mains attachées dans le dos.

—Tu crois que je vais t'enterrer vivant, hein, charogne, c'est pour ça que j'ai fait ce trou ?

L'homme en noir tremblait. Il n'osait plus bouger ne serait-ce qu'une paupière. Et Saül avait repris le tutoiement. Ce n'était pas bon signe, pour un curé attaché aux valeurs de la vieille école. On devait lui dire : vous, en signe de respect.

Il eut un regain d'énergie et domina la peur qui commençait à lui glacer les jambes.

—Vous ne devez pas me tutoyer, dit-il âprement. Je suis curé et vous me devez le respect.

Saül le regarda, les yeux ronds, étonnés de tant de culot. Il se mit à rire avec des éclats de voix forcés et lugubre qui rendaient les lieux encore plus sinistres.

—Ah ! Ah ! Ah ! Voyez-moi ça. Le curé qui veut du respect.

Il s'inclina avec un grand geste ample du bras à la façon des mousquetaires d'antan devant le roi. Il resta un moment plié pendant qu'il ricanait entre ses dents.

—Mes respects, monsieur le curé ! Je vais t'en donner, moi, du respect, n'aie crainte je vais t'en donner, espèce de pourriture. Tu en auras tellement que tu me supplieras d'arrêter. Je te le garantis. Tu en as eu du respect, toi, pour les petits que les parents te donnaient en toute confiance ? Ça ne t'a pas empêché de les caresser et les humilier en prenant leur sexe entre tes mains.

—Mais...

—Mais, quoi ? N'oublie pas que tu es un cafard, l'homme d'église, un cafard tout noir et ce n'est pas parce que tu portes un costume que tu n'en mettais pas moins la robe noire. Ça t'était facile de la soulever, hein ! pour que les enfants se glissent dessous et te caressent ? Allez, saute !

Mais, le curé hésitait toujours. Le trou noir n'avait rien d'attirant.

—Ne t'inquiète pas, je ne vais pas t'enterrer vivant. Je crois que si tu savais ce qui t'attend, tu aimerais certainement mieux cette solution.

—Pitié !

—NON ! SURTOUT NE PRONONCE PLUS CE MOT. JÉSUS, QUE TU ADULES, NE L'A PAS RECLAMÉ

Il hurlait et le flot de ses paroles était avalé par le trou noir de la tombe qui résonnait sinistrement.

— JE N'AURAI PAS DE PITIÉ, TU COMPRENDS ? ABSOLUMENT PAS, COMME TU N'EN AS PAS EU POUR LES PAUVRES GOSSES SOUS TA GARDE.

Puis il se calma d'un coup et reparla plus doucement.

— Tu crois qu'il n'y en a pas assez de cafards qui profitent de la jeunesse des mioches. On en parle de partout, dans les journaux, à la télé, à la radio. C'est un curé qui a fait pendant vingt ans des attouchements sur tous les enfants des classes qu'il a eus sous son autorité, et c'est un autre qui faisait venir les gosses sous le bureau quand la classe s'était vidée, c'est deux autres encore, surveillant la nuit les dortoirs, qui s'approchaient des garçons, ou filles aussi, ils étaient sans préférence, pour se faire tailler une pipe. Ils étaient au bon niveau, l'enfant était couché, eux debout. De toute façon ces pauvres enfants seraient traumatisés toute leur vie. Et tout ce qui s'est passé en Angleterre et aux États-Unis, tu le sais, non? Et ce ne sont pas les excuses publiques du Pape qui rendront leur innocence à tous ses mioches maltraités et déglingués.

Le curé tremblait de tous ses membres, étonné que cet individu soit au courant de ce qu'il avait fait.

— Allez, je ne te le dirai plus, SAUTE !

Il porta la main à sa poche et en sortit un long couteau à la lame effilée qui brilla sous les reflets du soleil parvenant à percer l'obscurité du sépulcre à travers la porte métallique aux vitres brisées.

Le curé avait le vertige et ce trou noir dont il ne connaissait pas la profondeur lui donnait la sensation que ses tripes remontaient jusqu'à son estomac et qu'il allait les vomir.

Quand il vit la lame dans les mains du psychopathe, il fit un bond en arrière.

— Non ! Mauvais réflexe, c'est en avant que tu aurais dû faire ce bond.

Saül pointa la fesse du curé qui sentit la piqûre le fustiger. Il refit un pas en avant puis, s'arrêta.

—Tant pis pour toi, dit Saül entre ses dents. Il retira le couteau, posa la pointe sur le bras droit et d'un geste vif et rapide y fit une profonde entaille, découpant par la même occasion les manches du costume et de la chemise. Le curé poussa un hurlement et baissa la tête pour constater que le sang commençait à dégouliner jusqu'à sa main attachée et formait une petite flaque gluante sur le sol du mausolée.

Saül, d'un geste rageur du pied, poussa un peu plus la pierre tombale découvrant en entier l'orifice.

—Bon, j'ai patienté jusqu'à maintenant, dit-il, car il n'y a personne dans le cimetière qui va fermer. Mais, je crois que j'ai atteint les limites de la patience. SAUTE, si tu ne veux pas que je te saigne comme un goret.

Joignant le geste à la parole, il poussa violemment l'homme en noir qui perdit l'équilibre. Étant attaché, il ne put battre des bras pour se rattraper et plutôt que de tomber tête en avant, il sauta les pieds en premier.

—Eh bien, voilà ! Tu vois que ce n'était pas si difficile, dit Saül en descendant les barreaux de l'échelle.

Ils étaient dans le noir total et seuls leurs yeux brillaient, attrapant le peu de lumière venant d'en haut. Ceux du curé brillaient de peur, de terreur de l'inconnu alors que ceux de Saül avaient un éclat insoutenable, diabolique.

—Je me suis fait mal à la cheville, gémit l'homme en noir.

—T'inquiète, bientôt cette douleur te seras agréable, comparée aux autres. Avance, ajouta Saül en le poussant du plat de la main dans le dos.

—Où ? Je n'y vois rien.

Saül tendit la main en tâtonnant vers la cloison et trouva l'interrupteur. Depuis quelques temps déjà, il s'était décidé à poser des centaines de mètres de fil électrique pour y accrocher des ampoules. C'était beaucoup plus pratique que les lampes à pétrole qu'il avait entassées dans un recoin.

La galerie s'éclaira de loin en loin et les ampoules, assez faibles, permirent au curé de voir qu'il allait emprunter un tunnel. Il fit lentement un premier pas et, subitement, reçut un violent coup de pied dans les fesses qui le projeta à trois mètres. Il tomba, face en avant et son nez s'écrasa sur le sol inondant de sang la terre battue. Il arriva à se mettre à genoux, tant bien que mal et Saül le tira par le col pour le relever puis, il se projeta devant lui.

—Et voilà ! tu l'as cherché. Ce n'est qu'un avant-goût, cependant.

Timidement, le curé commença à avancer et bientôt, se raffermissant il n'eut plus besoin d'être sollicité par le fou.

C'étaient deux monstres qui marchaient l'un derrière l'autre. De temps en temps, Saül le poussait en disant simplement :

—Gauche, droite, tout droit !

Et le curé obtempérait.

16h00

—Encore toi, Gabriel. Décidément, ou tu ne viens pas de trois ans ou je te vois deux fois dans la journée. Que veux-tu ? Encore une énigme à résoudre ?

—Eh oui ! Tu as deviné, Avram. Mais, je pense que ça te sera facile, c'est du latin.

—Alors là, pas de problème. Venez avec moi.

Gabriel était venu avec Jeremy cette fois et ils se trouvaient dans le long couloir d'un ancien bâtiment hospitalier transformé en synagogue grâce aux dons de généreux donateurs juifs. Le silence était presque complet. De faibles murmures s'échappaient d'une porte entrouverte. Gabriel, en passant, y jeta un œil curieux. Il vit quelques vieux fidèles se dandiner d'avant en arrière au rythme de leurs prières en psalmodiant des paroles incompréhensibles. De temps en temps, un « Ameeen » étiré se faisait entendre plus distinctement.

Puis, ils dépassèrent le lieu de prières, le temple, cœur de la synagogue et arrivèrent dans une pièce où une douzaine de personnes d'allure identique à Avram se disputaient presque en faisant de grands gestes. C'était bruyant et animé.

—Dis à ton ami de ne pas s'affoler, Gabriel. Tu connais ça toi, mais il y a si longtemps !

Gabriel se tourna vers Jeremy qui regardait ces êtres bizarres, habillés de longs manteaux noir et coiffés d'une kippa noire brodée de fils dorés dessinant l'étoile de David. Leurs longs cheveux bouclés et torsadés s'entremêlaient aux poils de leur barbe noire.

Ils parlaient vivement en se balançant, eux aussi, d'avant en arrière.

—C'est le lieu d'étude de la Thora, du Talmud ou de Maïmonide, expliqua Gabriel à son ami. Ne t'étonne pas si tu les entends élever le ton et parler vivement. C'est toujours comme ça. En vérité, ils ne se disputent pas, ils s'expriment et leurs idées divergent souvent.

Avram s'approcha de Gabriel et lui chuchota à l'oreille :

—C'est un goy ?

—Oui, répondit le commissaire.

—Alors qu'il s'assoie sans trop se faire remarquer. Comme tu le sais, les étudiants du Talmud n'aiment pas que des personnes étrangères viennent perturber leurs études. Allons dans ce coin, au fond de la salle.

Gabriel fit signe à Jeremy de prendre une chaise et tous trois se retrouvèrent devant une table marquée de cent coups de crayon ou stylo, comme un bureau normal d'école.

— Fais-moi voir, dit Avram en tendant la main.

Gabriel sortit la feuille plastifiée et pliée en deux de la poche intérieure de sa veste. Avram l'examina d'un coup d'œil rapide et releva la tête pour regarder les deux amis en lissant sa barbe de son geste habituel.

— Tu n'avais pas appris le latin, toi aussi ? demanda-t-il à Gabriel.

— Non, j'y étais allergique. Je n'aime pas les langues mortes.

— Eh bien ça te servirait, à présent ! Donne-moi ce papier, je vais t'écrire la traduction.

Le commissaire lui tendit la feuille blanche demandée et Avram sortit un stylo de sa veste ; ensuite il entreprit de traduire le texte.

Il cherchait le mot exact, n'hésitant pas à le barrer et recommencer. Au bout de cinq minutes, il donna la feuille à Gabriel. Jeremy s'approcha et leur deux têtes l'une contre l'autre, ils purent lire le message.

« *Dilectam prolem sponso tibi, christe, remisi illam nunc carmeli claustra sepultam in coelis olium tota com gente meorum patri quoeso liceat mihi visere semper* ».

Traduction :

« *J'ai remis entre tes mains, Christ comme promis, cette famille chérie, maintenant enterrée à l'intérieur des barrières formées par le Mont Carmel. Qu'il me soit permis, je t'en prie, père, avec le peuple des miens, autrefois au complet, d'aller lui (ou te) rendre visite pour toujours au ciel* ».

Après avoir lu, les deux amis se regardèrent étonnés.

— C'est certainement une prière mais pour nous ça ne veut rien dire, s'exclama Gabriel, si ce n'est que ça se rapproche fortement du message laissé sur la baronne. Tu te souviens, Jeremy ?

— Oui, bien sûr !

« *On tirera de leurs tombeaux les ossements et on les étalera à la face du soleil, de la lune et de tous les astres du ciel. Ils ne seront ni recueillis, ni rendus à la tombe : ils serviront d'engrais à la surface du sol* ».

Si l'on relie les deux messages entre eux, il semble que ces morts remis entre les mains du Christ ont été retirés du tombeau pour être exposés à l'air libre.

— C'est ce que je pense. Il va nous falloir trouver où.

Quelques regards désapprobateurs se tournèrent vers eux et ils baissèrent le ton.

— Je ne sais pas qui il a retiré du tombeau mais ça doit être à l'endroit où il torture ses victimes ; ça lui sert d'asile et de sanctuaire. Il doit s'y replier pendant et après chaque forfait, comme le loup retourne à sa tanière, reprit le commissaire.

— Et où doit être aussi Ariane. Mais, comment le trouver, cet endroit ?

Machinalement Jeremy tapait de son poing, à petits coups répétés sur le bureau, dans un geste d'impuissance et de rage.

— Si je le tenais entre mes mains… dit-il, lèvres serrées.

— Il faut retourner au bureau et revoir tous ces messages. Il doit y avoir une indication.

Avram regardait les deux policiers en tournant la tête, de droite et de gauche.

— Si vous m'expliquiez votre affaire, j'aurais peut-être une idée.

Gabriel regarda Avram, surpris de cette proposition. Son premier mouvement fut de refuser puis, après réflexion, il se dit qu'effectivement un regard neuf sur l'enquête ne pourrait pas être de trop. Avram trouverait peut-être la pièce manquante du puzzle. Il se décida subitement.

—OK ! Tu as raison.

—Barouh hachem, mon frère. Tu deviens raisonnable. Mais, ne restons pas ici, on va finir par se faire lyncher.

Effectivement, quand le commissaire regarda l'assemblée autour de lui, il ne vit que des regards noirs braqués dans leur direction. Il tendit sa main en geste d'apaisement et se leva.

—Excusez-nous, dit-il, mais je suis dans l'ennui et Avram est le seul qui pouvait me rendre service. Nous partons.

Les regards des étudiants rabbiniques se retournèrent vers leurs livres et le murmure incessant reprit comme une mélopée, un bruissement sans fin.

Avram et les deux policiers sortirent de la pièce.

—Allons au sous-sol. Il y a le réfectoire et nous serons tranquilles pour parler, dit le rabbin.

16h10

La porte s'ouvrit à la volée et le curé, après un bref vol plané, atterrit entre Peton et Ariane. Celle-ci n'en pouvait plus. Depuis plusieurs heures, elle retenait une envie d'uriner et sa position allongée lui permettait de serrer fortement les cuisses et tous ses muscles quand l'obsession revenait à intervalles réguliers. Elle se disait qu'elle n'allait plus tenir bien longtemps. Le claquement de la porte contre le mur de la cellule la surprit et elle sentit un petit jet partir et mouiller son string et sa jupe.

S'il ne me laisse pas aller faire quelque part, se dit-elle, *je crois que je vais inonder le sol.*

Le désir était si fort qu'il en obnubilait tout le reste. Elle oubliait la situation inconfortable dans laquelle elle se trouvait, elle oubliait les morceaux de viande pourrissante sur le sol, les odeurs tenaces et lancinantes et l'autre prisonnier. Seule l'envie de faire pipi était présente dans son esprit.

—Voilà de la compagnie, dit Saül. Désormais vous êtes trois. Ça n'est jamais arrivé ici.

—S'il vous plaît ! supplia Ariane, laissez-moi aller aux toilettes. Je n'en peux plus.

Elle vit, dans la semi-obscurité de la pièce, les yeux du monstre briller d'ironie et renvoyer l'éclat de la faible ampoule qu'il venait d'allumer. Il éclata d'un rire puissant et luciférien.

—Non, mais je rêve, cracha-t-il quand il fut calmé, décidément j'aurai tout entendu dans ce local. Des supplications, ça oui, surtout des supplications, mais aussi des mensonges, des menaces, des tentatives de corruption, mais une demande pour faire pipi, ça jamais.

Son rire reprit encore plus fort, amplifié par l'écho de la grotte derrière lui. Il se retourna, d'un coup de pied sec et rageur, il claqua la porte et, animé de soubresauts, derniers vestiges de ses ricanements de hyène, il se dirigea vers les trois prisonniers. Devant Ariane il se baissa et lui souffla de son haleine chaude :

—Tu n'as qu'à faire comme les autres. Pisse-toi dessus. La terre a l'habitude d'absorber vos fluides.

Il se releva et fut en deux enjambées sur Peton.

—À nous deux, mon salaud, dit-il. Il ne reste plus beaucoup de temps. On est le 6 mai et demain est un autre jour.

16h30

Ils étaient dans le réfectoire sentant encore les odeurs du repas de midi, malgré la fenêtre ouverte sur un petit parc arboré.

Gabriel et Jeremy, avait raconté, à tour de rôle, toute l'enquête à Avram et celui-ci était perplexe. Le commissaire le regardait avec foi, s'attendant presque à une solution. Il savait le rabbin tellement perspicace qu'il n'était pas loin de croire à un miracle. Il se disait qu'Avram allait sourire et d'un claquement de doigts lui donnerait la clé du problème. Mais, la réalité était tout autre.

De mémoire, ils avaient retranscrit les messages avec les dates. Devant lui, le rabbin avait étalé une grande carte de France et à l'emplacement des meurtres avait mis des petits bouts de papier sur lesquels étaient marqués les différentes façons de mourir des victimes. Et maintenant ils regardaient cette carte, persuadés que là était la solution.

—Si tu prends le circuit avec les dates et que tu traces un trait entre tous ces crimes, on constate qu'il n'y a pas de logique. Ça part en zigzag dans tous les sens, dit Avram en lissant sa barbe noire.

—Alors qu'un tueur en série agit selon une logique. Il est rare qu'il agisse sur une pulsion, sans avoir prémédité son *modus operandi*, expliqua Darmon. Dans sa tête, tout est calculé, ce qu'il doit faire, quand il doit le faire et où. Par contre, la pulsion vient au moment de choisir sa victime. Il a tellement retenu ses envies de sang et de torture qu'il agit selon son instinct, comme un prédateur, un animal en quête de nourriture, un fauve. Et dans 99% des cas, ce sont des femmes qu'il enlève, des femmes rencontrées dans la rue, au hasard d'un magasin. Un regard, une odeur, une bouche, un bout de cuisse entraperçu, n'importe quoi peut déclencher chez lui son instinct prédateur. Ce n'est pas le cas ici. Il n'enlève pas au hasard. Il sait qui il doit tuer et pourquoi. Il a choisi sa victime et attend le moment propice. Ensuite, il agit, l'enlève et l'amène dans son repaire où il pourra la torturer à son aise. Il n'a pas la haine des femmes.

Il ne prend que des hommes et ne les a pas sodomisés, on peut donc dire qu'il n'est pas à tendance homosexuelle. Il n'a torturé qu'une femme et, celle-là, il l'a violée. Il a un motif pour ses pulsions, c'est la vengeance. Il veut se venger sur les autres de ce qu'il a subi dans son enfance et c'est pour ça qu'il ne tue que des obsédés, des pédophiles et des violents avec les gosses.

—La teneur des messages indique également qu'il a fortement été influencé par l'éducation religieuse qu'il a reçue, c'est ça ? demanda Avram en regardant Jeremy.

—Oui, répondit celui-ci. Il semble que le tueur ait été fortement imprégné de la vie de Jésus et de ses paraboles.

—Je ne serais pas étonné que son *modus operandi* se rapporte à Jésus, à sa façon de vivre, d'agir, pourquoi pas ?

Gabriel réfléchissait et écoutait attentivement les paroles d'Avram. Il savait que de ce genre de *brain storming*, sortait toujours quelque chose de positif.

—C'est vrai, dit-il. La façon dont il a tué le noir en est une preuve éclatante. Il lui avait mis les bras en croix et lui avait attaché une poutre sur les épaules. Comme Jésus sur son chemin de croix.

—Il est évident qu'il sait ce qu'il fait. En effet, Jésus portait la barre transversale sur ses épaules et non la croix entière comme on le montre souvent dans les films ou sur les images pieuses. C'est après, quand les romains lui eurent cloué les poignets sur cette barre et les pieds, un sur l'autre, sur la barre verticale qu'ils élevèrent l'ensemble, formant dorénavant une croix.

Jeremy paraissait plongé dans ses pensées et n'écoutait pas Avram. En fait, il avait tout entendu et revoyait dans son esprit tous les crimes pour lesquels il avait vu les victimes et essayait d'imaginer les autres.

—Je crois qu'il faut tenter de deviner le parcours de la pensée de l'assassin, dit Avram. Vous avez un crime pour lequel il a fait porter une partie de la croix à sa victime, comme Jésus sur le chemin de croix. Ce n'est peut-être pas là que commence son cheminement meurtrier, mais ça représente l'une des étapes de la mort de Jésus.

—Et d'après toi...?

—Tout se rapporte à la mise en croix de Jésus Christ, vous ne pensez pas ? demanda Avram en se tournant vers Jeremy.

—Je crois que vous avez raison, répondit celui-ci, puis, s'adressant à Gabriel, ton ami a trouvé la bonne voie.

—On ne connaît pas son premier crime et c'est certainement après que lui est venue l'envie de tuer et tuer encore. Ça a réveillé en lui ses instincts de mort, son goût du sang. Je vous entends parler de cheminement, d'étapes, de mise en croix. Tout ça me fait penser à une chose : et s'il avait agi selon les différentes étapes du chemin de Jésus vers la croix.

—C'est ça, reprit Jeremy, dans les églises, il y a toujours soit des statues, soit des tableaux représentant les différentes stations de Jésus vers sa mort. Je crois que c'est un pape du XVIème qui a fixé à 14 le nombre de ces évènements sur la route du Golgotha.

—Tu en connais des choses sur la religion, ironisa Gabriel.

—Je l'ai vu à la bibliothèque en faisant mes recherches, mais sans y prêter attention. C'est à présent que ça me revient en mémoire.

—Et je pense que tu as raison.

—Allons dans mon bureau. On cherchera sur mon ordinateur toutes les stations. Ça orientera nos recherches. On pourra vérifier si chaque crime correspond à une station.

—Je ne viens pas avec vous, dit Avram, déçu de les voir partir aussi vite, mais j'espère que vous me tiendrez au courant des résultats de votre enquête.

— Ne t'inquiète pas, tu sauras tout.

— Et je formule le vœu que vous retrouviez votre amie, Barouh hachem, dit le rabbin en s'adressant à Jeremy.

16h30

Il avait attaché le curé sur une chaise. Chacun des mouvements de Saül apparaissaient en ombre chinoise sur le mur, coulant de traînées sanglantes sèches. La petite ampoule éclairée rendait son ombre encore plus fantomatique. Comme une plume, il avait soulevé Ariane sans effort et l'avait déposée brutalement dans un fauteuil à accoudoirs où de bizarres tâches brunes parsemaient le cuir. Ses bras étaient fixés solidement aux accoudoirs par du ruban adhésif et les chevilles liées chacune à un pied du siège. Ne pouvant plus serrer les cuisses, Ariane avait été contrainte de se relâcher. Ses sphincters n'avaient pas résisté et un flot de liquide chaud avait dégouliné tout le long de ses jambes. Elle se sentait mal à l'aise, mouillée comme elle l'était, mais ça lui avait procuré un tel soulagement que des larmes lui étaient venues aux coins des yeux.

À présent, ils étaient tous deux, elle et le curé, assis côte à côte, en plein sous la faible lumière dégagée par l'ampoule et tournés vers le fond de la salle, où se trouvaient le bureau, l'ordinateur, l'imprimante et tout un tas d'instruments bizarres.

Devant tout cet attirail, Saül s'activait fébrilement. L'odeur du sang et la perspective de ce qu'il allait faire faisaient monter son taux d'adrénaline. Son organisme, fustigé par cet apport massif d'hormones, était fébrile, nerveux. Il avait soulevé le représentant en bonbons sous les aisselles et l'avait allongé sur un long banc, à l'origine plaqué contre le mur.

Il s'était assis à côté de lui, sur un tabouret et avait tiré une petite table roulante sur laquelle il avait mis des objets tranchants et piquants. Il avait ainsi toute sa panoplie à portée de mains.

Peton, la terreur dans les yeux, le regardait s'activer silencieusement et se déplacer félinement, sans bruit, comme un fauve, au milieu de tout le fatras qui régnait dans la salle des tortures.

Saül jeta un bref coup d'œil de satisfaction sur les deux autres prisonniers. Il était content. Il avait des spectateurs et allait pouvoir leur montrer avec quelle maestria il découpait proprement un monstre comme celui qu'ils avaient sous les yeux.

Avec la montée d'adrénaline, LA VOIX s'était à nouveau manifestée. Elle le harcelait, le taraudait, l'aiguillonnait, le poussait à agir.

— *Tu as ce qu'il te faut, il me semble, hein Saül ? Tu vas pouvoir faire couler le sang encore une fois, inonder le sol de flaques rouges et gluantes. Tu vas te régaler.*

— Je vais faire selon ton désir. C'est le treizième et je vais, quand il sera mort, le rendre à sa mère.

— *Fais-le bien souffrir, avant. Il faut qu'il ait ce qu'il mérite.*

— N'aie crainte, tu sais que je prévois chacune de mes tortures et que je les fignole. Celui-là je vais l'écorcher vif et me régaler de son cœur que je ferai griller.

— *Mais, avant ?*

— Avant je dégusterai une partie de sa chair. Il doit être gras, mais le feu éliminera la graisse.

Saül répondait à haute voix à la voix intérieure qui le harcelait. Peton, tremblant de tous ses membres, écoutait ce monologue et n'y comprenait rien ; son cerveau tout entier était complètement anéanti par ce qui lui arrivait, presque anesthésié. Il vivait cette scène de loin, comme dans un rêve éveillé et il entendait Saül dans une atmosphère ouatée. Il avait l'impression d'être sous l'eau et d'écouter les bruits venant de la surface.

Saül l'avait déshabillé en découpant ses vêtements et il était complètement nu, offert en holocauste aux regards des deux spectateurs de cette scène horrible qui se préparait. Le tortionnaire s'était emparé d'un cutter à lame longue et il en éprouvait, du bout de son doigt, le tranchant.

—Je vais commencer par te strier la poitrine, dit-il, la voix complètement changée par la perspective de la jouissance qu'allait lui apporter cette séance de torture. Elle passait du rauque à l'aigu, puis, sortait en un murmure avant de hurler.

—TU VAS SOUFFRIR MILLE MORTS. TU VAS PAYER POUR TOUT CE QUE TU AS FAIT, SALE VERMINE NAUSÉABONDE.

La lame était sur la poitrine parsemée de poils parcimonieux. Elle montait sous le menton puis, redescendait jusqu'au pubis avant de remonter pour s'arrêter sur l'aréole du pectoral droit. Elle tourna autour et, subitement, Saül donna un coup vif de son poignet. Un ruisseau de sang sortit du téton, tranché net. Le hurlement qui jaillit de la poitrine du représentant fit sursauter Ariane qui, malgré tout, espérait qu'elle n'assisterait pas à cette torture.

—Arrêtez, s'écria le curé, mais arrêtez donc ! Vous êtes fou. Seigneur, ouvrez-lui les yeux, qu'il se rende compte de ce qu'il fait.

Saül, tout en tourmentant Peton, écoutait ce qui se disait derrière lui. Sans tourner la tête, il lança d'un ton condescendant :

—Mon pauvre curé, si ton Seigneur avait des yeux pour voir et des oreilles pour entendre les prières, il aurait commencé par toi. Il t'aurait fait cesser de vivre et de martyriser ces pauvres gosses qui n'avaient fait de mal que d'être des enfants et qui priaient de toutes leurs forces. Tu n'as pas eu les yeux ouverts, toi, pendant que tu les sodomisais ou que tu violentais les petites filles, hein ? N'oublie pas que Jésus sur la croix a dit : « Ils ne savent pas ce qu'ils font ». Moi aussi, je ne sais pas ce que je fais !

Il partit d'un grand éclat de rire et tourna la tête vers Ariane qui put voir l'éclair de folie démoniaque briller de mille feux dans ses yeux, la folie à l'état pur, la folie perverse, la folie tueuse.

— GARDE TES FORCES, CURETON, GARDE-LES BIEN CAR TU VAS EN AVOIR BESOIN.

Il avait crié de toutes ses forces et durant un bref instant le son de sa voix se répercuta et résonna dans les oreilles d'Ariane qui se taisait, ne voulant pas attirer l'attention du fou furieux.

Pourvu que Jeremy et Gabriel me trouvent à temps, se dit-elle.

Mais, l'espoir qu'elle avait, la foi qu'elle gardait en ses compagnons et l'amour de Jeremy, s'amenuisait d'heure en heure.

S'il se permet de torturer et de hurler lui-même aussi fort, c'est qu'il est certain que personne n'entendra. Dieu seul sait dans quel endroit nous sommes. Au fin fond de quelle campagne désolée, il nous a amenés ?

Un nouveau hurlement, pire un feulement, un meuglement de buffle blessé retentit.

Saül avait pris une petite scie circulaire servant entre autre à découper des maquettes et, très lentement, s'appliquait à scier le pouce de la main droite de Peton. Celui-ci essayait de retirer son bras, mais il était bien fixé et ne bougeait pas d'un brin.

La petite lame dentée, ronde, de quatre centimètres de diamètre avait crevé, déchiré et déchiqueté la chair et s'attaquait difficilement à l'os, dérapant sur la surface blanche. Le moteur n'était pas très puissant et peinait à l'entamer. Des crissements horribles venaient martyriser les oreilles d'Ariane et du curé. Elle ne put s'empêcher de crier de toutes ses forces, pour couvrir les cris du supplicié.

—Assez, assez ! Mais, arrêtez !

Le visage de Saül se tourna vers elle. Il avait l'air illuminé par sa folie, en état second, extatique. Des esquilles d'os et des virgules de sang avaient été projetées sur son visage. Il ne lui dit rien, mais un sourire éclaira sa bouche quand il sortit sa langue pour lécher le filet rouge et gluant qui s'étirait sous son nez.

Horrifié, elle songea qu'ils avaient, tous trois, à un moment donné de leur enquête, évoqué le fait que ces tueurs en série en venaient souvent au cannibalisme. Avec un frisson, elle réalisa que le monstre en était là de sa rétrogradation. Il mangeait ses victimes ou tout au moins, pour l'instant, il buvait leur sang. Elle ferma les yeux et serra les dents de toutes ses forces en se concentrant pour ne plus entendre les cris, mais ce fut peine perdue.

Le pouce était enfin tombé et Saül l'avait ramassé délicatement entre deux doigts, avait essuyé la poussière qui s'était collée sur la section tranchée et l'avait posé sur le bureau.

—*Vas-y,* lui dit LA VOIX dans sa tête, *mange-le.*

—Plus tard ! répondit Saül de cette voix différente, métallique, qu'il avait quand il lui répondait. Plus tard ! Ça n'en sera que meilleur.

La schizophrénie l'avait totalement envahi. Il était double. LA VOIX lui parlait et Saül agissait. Elle lui dictait ce qu'il devait faire.

—Fais-le durer, mais n'oublie pas que tu dois le déposer demain et tu as une longue route à faire.

—Je n'oublie pas, ne t'inquiète pas.

D'un revers de manche, il essuya l'hémoglobine qui coulait sur ses joues. Ariane le regardait. Elle avait compris que le monstre entendait des voix et qu'il lui répondait, ce qui donnait un aspect décousu à ses propos. Le curé regarda la jeune femme, une question dans les yeux. Celle-ci comprit l'interrogation et chuchota en tordant sa bouche :

—Il entend des voix. Comme Don Camillo, ne put-elle s'empêcher de dire mi-figue mi-raisin.

—Mon Dieu ! Mon Dieu ! Protégez-nous, s'écria le curé en tentant inutilement de joindre ses mains dans un geste machinal bloqué par les liens serrés.

—Curé, reprit Ariane, je suppose que si vous êtes ici, c'est que vous avez des crimes sur la conscience, des crimes de pédophilie ?

Saül, habitué à vivre dans le silence mortel du labyrinthe avait l'ouïe fine. Il se tourna complètement sur le tabouret, face à Ariane, ses mains gantées et son visage dégoulinants d'hémoglobine.

—Je vois que vous êtes bien avancé dans l'enquête, vous avez compris ce qui m'anime, ricana-t-il. À cette allure, encore quelques jours et ton chef et ton amoureux trouveront où je suis, mais ce sera trop tard pour toi. Ah ! Ah ! Ah ! éclata-t-il de rire en voyant son air affolé, ne t'inquiète pas, je leur ferai parvenir un indice. Je pense qu'ils seront assez intelligents pour le déchiffrer. Ils auront quarante-huit heures pour te retrouver. Je te l'ai dit, tout dépend de Jeremy.

Puis, il se retourna, posa sa petite scie électrique, reprit le cutter et commença à entailler la peau sur la poitrine du représentant, au niveau des épaules. Il paraissait sourd aux cris de souffrance qui sortait du gosier du supplicié. Il posa la lame doucement pour faire durer le plaisir et appuya de plus en plus fort. La peau finit par céder et creva. Il traça ensuite un long sillon. La fine entaille partait de la clavicule gauche pour s'arrêter à la droite. Tout le long de la coupure peu profonde, le sang perlait, exsudait et s'écoulait jusqu'au pubis de Peton avant de tomber sur le sol pour former une flaque s'agrandissant de seconde en seconde. Puis, Saül s'arrêta, épongea le liquide chaud qui le gênait dans son opération et retira ses gants en les arrachant d'un geste vif. Il les jeta sur le sol et en remit des propres tout en gardant un œil sur sa victime. Le sang s'était enfin arrêté. Saül en profita. Il posa ses deux mains sur la plaie, à chaque extrémité pour évaluer la facilité avec laquelle il pourrait décoller la peau. Avec la lame, il gratta pour la séparer de la graisse comme on soulève une étiquette adhésive de son support. En dessous apparaissait les amas graisseux veinés de filets rouges. Puis, il pinça la peau des deux côtés et, affermissant sa prise, sans tenir compte des cris horribles émis par la gorge de Peton, il tira en même temps jusqu'à ce qu'elle commence à se décoller. Il était en train de l'écorcher vif.

17h00

Gabriel et Jeremy étaient repassés par La Cadenelle pour récupérer Johanne qui avait tenu absolument à être présente au *brainstorming* qui se préparait. Elle avait donné des arguments que son commissaire de mari avait écoutés avant de rendre la décision qui était déjà prise depuis longtemps dans sa tête.

Ils étaient au commissariat qui commençait à se vider de son personnel.

Dans le bureau, sur la grande carte de France, Gabriel avait mis, comme à la yeshiva, tous les meurtres dont ils avaient connaissance, avec les dates, les noms et le *modus operandi.*

—Il a vraiment sévi dans tous les coins du pays, s'exclama Jeremy, une fois que tout fut en place.

—Oui ! On s'en rend bien compte sur une grande carte. Mais, si on suit les dates, rien ne va plus.

—Pourquoi ? demanda Johanne, curieuse.

—Parce que les crimes auraient été commis selon une logique aberrante. Or ce genre de tueur a un raisonnement particulier. Il a un but dicté par un besoin. C'est pour lui une nécessité d'agir ainsi. Il n'a donc pas exécuté ces personnes n'importe comment et dans n'importe quel ordre. Il a agit avec vraisemblance.

—Vraisemblance ! s'étonna Jeremy.

—Oui. La sienne, mais vraisemblance tout de même.

—Si je suis ton raisonnement, il ne faut pas se fier aux dates mais à la façon dont il a tué ses victimes pour avoir une idée de l'ordre dans lequel on peut retracer son parcours.

—Exactement. Nous avons parlé avec Avram du chemin de croix de Jésus et des stations définies par un pape... je ne me souviens plus lequel, du XVIème siècle, je crois. Il faut donc coucher sur le papier toutes les stations et comparer avec les crimes que nous avons. On arrivera ainsi à voir sur la carte le chemin qu'il suit et, peut-être, déterminer l'endroit où il détient Ariane.

Jeremy était de plus en plus nerveux. Il allait et venait, se dirigeait vers le tableau puis, retournait devant le bureau de Gabriel sur lequel il se penchait pour voir la longue liste des victimes.

—N'attendons plus, s'écria-t-il, impatient. Commençons à numéroter. Qui peut me donner la liste des quatorze stations ?

Gabriel et Johanne se regardèrent en faisant la moue.

—Au moins toi, tu devrais la connaître, dit Darmon à sa femme, avec une nuance ironique dans la voix.

—C'est pareil pour moi, ajouta Jeremy. Je sais qu'il y a ça dans les églises mais je suis incapable de dire l'ordre dans lequel ça apparaît.

—Il n'y a qu'à consulter internet, dit Gabriel en contournant son bureau.

Il s'assit et tapa quelques mots sur le clavier quand il eut internet. Google lui donna instantanément une liste de vingt-trois millions six-cent mille résultats. Il cliqua sur le premier de la première page qui indiquait : Chemin de croix-Wikipédia. La page s'ouvrit et il lut la première ligne :

Dans la confession catholique, le chemin de croix (via crucis) désigne une cérémonie célébrée pour commémorer la Passion du Christ en évoquant 14 moments particuliers de celle-ci (certains issus de la tradition et non rapportés dans les écrits bibliques).

Après l'introduction et les moments historiques, suivait la liste des stations que Gabriel sortit à l'imprimante.

1. Jésus est condamné à être crucifié
2. Jésus est chargé de sa croix
3. Jésus tombe pour la première fois sous le poids de la croix
4. Jésus rencontre sa mère
5. Simon de Cyrène aide Jésus à porter sa croix
6. Sainte-Véronique essuie le visage de Jésus
7. Jésus tombe pour la deuxième fois
8. Jésus rencontre les femmes de Jérusalem qui pleu rent
9. Jésus tombe pour la troisième fois
10. Jésus est dépouillé de ses vêtements
11. Jésus est cloué sur la croix
12. Jésus meurt sur la croix.
13. Jésus est détaché de la croix et son corps est remis à sa mère
14. Le corps de Jésus est mis au tombeau

—J'en vois déjà une ou deux qui pourraient correspondre, s'écria Jeremy.

—Moi aussi, mais ça ne suffit pas. Je vais mettre les dates qui sont en notre possession. On verra si ça coïncide.

Il fixa d'un point de colle la feuille des stations et écrivit à côté les dates qu'il avait en mémoire.

Gérard Mion : 5/11/2005. Souffleur de verre à Albi. Explosion des viscères. Bouche cousue.

Marc-Antoine Delavoix : 10/08/2008. Avocat à Avignon. Trouvé au pied d'une tour du Palais des Papes. Membres brisés.

Noël Réveillon : 18/04/2009. Viticulteur à Aubagne. Ingestion de vinaigre. Bouche cousue. Étouffé.

Antoine Chalosse : 24/04/2009. Horticulteur à Nantes. Strié de balafres, vidé de son sang, une grande croix tracée au cutter dans la chair de son dos.

Gabriel se retourna et regarda à tour de rôle Johanne et Jeremy. Sa femme, qui ne connaissait pas tous les détails nécrologiques était blême. Elle ne s'attendait pas à autant de cruauté de la part d'un être humain. Son mari s'en aperçut et lui caressa la joue en signe de réconfort.

—Je t'ai prévenue, ma chérie, dit-il. Et ce n'est pas fini.

—C'est pas croyable, tant de méchanceté, de sadisme, de torture.

—Nous sommes confrontés à ça tous les jours. C'est notre quotidien. Tu veux un café pour te remonter ?

—Non, ça ira !

—Comme tu veux.

—Continue, mon cœur.

—Donc après ces quatre meurtres, deux autres viennent se rajouter à cette liste. Voici les noms :

Dada N'dour : 29/04/2009. Postier à Barcelonnette. Tête partiellement coupée, exhibé avec un poteau dans le dos.

Véronique de Saint-Alban : 3/05/2009. Mère au foyer. Torturée, violée, utérus tranché à vif, vidée de son sang et plantée sur les piques de son portail.

— Voilà tout ce que nous avons. L'autre jour nous avons enfin reçu une longue liste de soixante-douze meurtres non élucidés, de laquelle nous en avons extrait quatre qui correspondrait au *modus operandi* de notre psychopathe. Quatre autres victimes torturées et tuées avec barbarie pour lesquelles les dossiers sont en suspens. L'enquête n'a débouché sur aucune piste

— Ça vous fait donc dix meurtres à élucider ?

— En principe, oui. J'espère qu'il n'y en a pas ou n'aura pas d'autres. Il faut ajouter que pour toutes ces victimes, il y a eu un dépôt de plainte, retirée peu après ou une main courante.

— Ça a été fait par qui ? demanda Johanne.

— Soit un membre de la famille, soit la femme elle-même ou un voisin.

— Et la plainte a été retirée par peur, sans doute ?

— Je présume, c'est ce qui arrive souvent. Donc, pour continuer, toutes les victimes ont trois points communs : 1—33 ans. 2—Inceste et maltraitance. 3—Dépôt de plainte. Et je pense, puisque on est dans le spirituel, que trente-trois correspond à l'âge auquel est mort Jésus.

Jeremy durant tout ce temps s'était assis et regardait les noms. Mis ainsi, bout à bout, ils formaient une longue liste impressionnante. Entre deux explications à sa femme, Gabriel lui jetait des regards à la dérobée. Le comportement de son adjoint lui semblait bizarre et illogique. Il reporta son attention sur le tableau mais conservait, malgré tout, un air intrigué.

— On peut donc rajouter ces quatre personnes :

Herbert Kruger : 24/04/2004. Peintre en bâtiment à Quimper. Découvert nu, sans blessure apparente, mais l'intérieur de l'abdomen rongé par de l'acide sulfurique, injecté avec une grosse seringue. Il a dû souffrir l'enfer.

Henri Duchassey : 12/09/2004. Chômeur à Dijon. Trouvé au pied du clocher gauche de la cathédrale Saint-Bénigne. Torturé, ongles arrachés, sexe déchiqueté, os broyés comme celui d'Avignon.

Vincent Landoz : 30/06/2006. Psychiatre à Haguenau. Découvert attaché au canon d'un tank Sherman, à l'entrée du camp d'Oberhoffen, 12ème régiment d'artillerie lourde. Une croix de bois de deux mètres cinquante était clouée dans son dos. Ou plutôt, il était cloué sur la croix. Les clous étaient plantés sur toute la longueur des bras et des jambes et les traversaient de part en part. Il y en avait également cloués tout autour du crâne.

—Comme Dada N'dour ? demanda Johanne.

—Pareil ! répondit laconiquement Gabriel en jetant un regard de côté à Jeremy qui paraissait peu collaborer aux cogitations de son patron. Vient ensuite le dernier :

Marcel Chapuis : 30/05/2007. Professeur de théologie et Maître de conférences à l'université de Reims. Découvert à Rethel où il habitait avec femme, enfants et maîtresses. Trouvé au pied de la Tour-clocher de l'église Saint-Nicolas à Rethel. Vraisemblablement déposé. Torturé à mort, lui aussi. Bourses découpées en lanières, testicules arrachés, pas coupées. Yeux crevés. Membres broyés pour faire croire à une chute.

Voilà, nous avons les dix meurtres ; il faut maintenant trouver à quoi ils correspondent sur la liste des quatorze stations. À moins qu'il y en ait d'autres, ajouta-t-il avec un regard en coin à Jeremy qui paraissait effondré sur sa chaise.

La phrase fit un lent cheminement dans le cerveau du lieutenant, mais au bout de quinze secondes, il redressa la tête et fixa son chef d'un air de défi. Johanne regardait cette transformation sans rien comprendre.

— Il y en a effectivement deux autres, si tout ça provient bien de celui auquel je pense. Mais, à mon avis, il n'y a pas de doute.

— C'est ce que j'espérais t'entendre dire, Jeremy, dit Gabriel, soulagé.

— Je n'oublie pas qu'il détient Ariane et j'ai réfléchi à toute cette sombre histoire. J'avais déjà des doutes. Depuis quelques jours, déjà, je pensais qu'il y avait un rapport entre les messages et moi, je vous l'ai déjà dit à La Cadenelle.

— D'après toi ce n'est donc pas à moi qu'ils sont adressés ? Tu soutiens cette thèse depuis presque le début. Qu'est-ce qui te fait dire ça ?

— J'y viens ! Rappelle-toi qu'il a déjà écrit des messages depuis pas mal de temps. Avant même que tu aies l'enquête et que tu te lances à sa recherche.

— Donc ils étaient pour toi ?

— Oui, Je t'ai dit que je l'avais compris avec les poèmes. Avant tu n'existais pas pour lui. Alors que moi... Jeremy se tut. Il hésitait à continuer.

Gabriel le poussa à aller plus avant dans ce qu'il n'était pas loin de prendre pour une confession.

— Ne me dis pas que tu le connaissais.

— Oui !

— C'est-à-dire ?

Johanne écoutait de toutes ses oreilles. Elle n'en revenait pas et n'était pas loin de croire que leur problème allait être résolu avec ce qu'allait dire Jeremy. Celui-ci se lança.

— Il y a longtemps de cela, au milieu des années quatre-vingts, un petit garçon maltraité décidait de se venger. Il était trop jeune pour y arriver, alors il patienta. Lorsqu'il eut treize ans, il s'entraîna pour acquérir de la force. — De qui voulait-il se venger, demanda Gabriel.

—J'y viens. Je disais donc que ce gamin était grand pour son âge mais n'avait pas les forces nécessaires pour s'en prendre à un adulte.

Gabriel et Johanne se jetaient des coups d'œil entendus, de temps à autre, persuadés que Jeremy parlait de lui.

—Il s'entraîna donc, comme je vous l'ai dit. Il coupa et recoupa des bûches au garage. Les manipula, les empila en mur rectiligne. Pas satisfait, il défit tout ce qu'il avait fait et reconstruisit la pile. Bref, en quelques mois il parvint à prendre du poids et du muscle. Il devint sec et nerveux alors qu'il était auparavant mou et adipeux. Il acquit ainsi une force peu commune pour un enfant de son âge.

—Quel âge avait-il ? demanda Johanne.

—Tu me l'enlèves de la bouche. J'allais le lui demander.

Jeremy regarda tour à tour ses amis. Il hésitait malgré tout à continuer, mais la pensée d'Ariane entre les pattes du fauve dangereux qu'était le meurtrier, le décida.

—Je vous l'ai dit : treize ans. C'étaient les grandes vacances de 1986 quand il se décida. Il avait mûrement réfléchi et travaillé son projet. Il attendit, au garage, que l'homme qu'il voulait abattre, arrive. Il savait qu'il devait venir et le guettait comme l'araignée dans sa toile.

Jeremy s'était levé et ils étaient à présent tous les trois debout. Il allait reprendre son récit quand Gabriel l'arrêta d'un geste.

—Asseyons-nous, dit-il.

Le bureau immense était éclairé par un soleil magnifique qui passait à travers les barreaux de la fenêtre. Gabriel prit place sur son siège, Jeremy également. Johanne, quant à elle, s'appropria automatiquement la place habituelle d'Ariane.

—Donc, le gamin guettait un homme, reprit Gabriel pour relancer Jeremy dans sa confession.

—Oui. Il l'attendait et aurait été capable de l'attendre des heures. Bref quand l'homme arriva, il l'assomma, l'attacha sur le sol et lui trancha les mains avec la hache.

Johanne poussa un cri d'effroi et porta la main à sa bouche.

—Il lui trancha les mains ? demanda Gabriel sûr d'avoir bien compris mais voulant malgré tout se faire confirmer la chose.

—Oui ! Sans hésiter, il exécuta la sentence qu'il avait décidée. Il s'y était préparé depuis trop longtemps pour reculer au dernier moment.

—Mais, c'est horrible ! dit Johanne. Un frémissement parcourut son corps.

—Ce n'est pas tout, continua Jeremy. Il lui coupa aussi les pieds, lui ouvrit le ventre et lui coupa le sexe.

—Comme pour Dada N'dour ?

—Oui et les autres. Puis, il s'est délecté de le voir se vider de son sang et mourir à petit feu.

Gabriel, à ses mots, poussa un soupir intérieur de soulagement. Il comprenait que ce ne pouvait être son ami qui avait tué dix fois.

—Quand je suis arrivé avec ma mère, la police avait envahi la maison. Il n'y avait plus un endroit tranquille et j'ai trouvé mon frère recroquevillé dans la penderie, attendant de retrouver la quiétude de sa chambre.

—Ainsi c'était…

—Oui, mon frère Saül.

—Mais, pour…

—Pourquoi ? Je vous l'ai dit. Notre père nous battait, nous martyrisait et je crois même qu'il avait violé Saül de nombreuses fois quand je n'étais pas là. Notre mère le savait, mais se taisait.

Johanne, l'air hébété, ne disait plus rien ; quant à Gabriel, mille questions lui venaient aux lèvres mais il n'osait les formuler de peur que Jeremy ne cesse de parler.

— Une seule question, après je te laisse continuer. Et toi ?

— Et moi ? Est-ce que j'ai subi des traumatismes sexuels ? C'est ça que tu veux dire ? Non. Je ne sais pas ce que je serais devenu. J'aurais peut-être mal tourné, comme mon frère.

— Je ne crois pas, dit Gabriel. Le sommet de Stockholm en 1996 a défini trois types de violences : physiques, sexuelles et psychologiques. Actuellement, plus de cent-dix mille enfants sont victimes tous les ans de sévices et la grosse majorité finit par s'intégrer normalement dans la société.

— Je ne saurai jamais ce qu'il serait advenu de moi. Bref, notre père a été enterré à Mont de Marsan et nous sommes partis vivre au Puy en Velay. La police avait classé l'affaire n'ayant aucune preuve. Mon frère n'a jamais été soupçonné de toute façon. Notre mère nous a inscrit dans un lycée et Saül…

— C'est son nom ? demanda Johanne, reprenant enfin des couleurs.

— Oui, c'est son nom. Il fit de brillantes études et après la mort de notre mère nous fûmes placés dans des familles d'accueil différentes et je n'ai plus eu de nouvelles de lui. Jusqu'à maintenant.

— Votre mère est morte ?

— Oui, trois ans après son mari. Là encore, je soupçonne fortement Saül de l'avoir empoisonnée. La police a déclaré qu'elle s'était suicidée et a classé le dossier. Mais, j'en doute. Je pense que Saül devait lui en vouloir de ne pas s'être révoltée contre mon père. Effectivement, elle a toujours su et n'a jamais rien dit. Peut-être que beaucoup de choses auraient pu être évitées.

— Probablement, intervint à nouveau Johanne. Je pense que si elle avait porté plainte et que la police et les services sociaux s'en étaient mêlés, cela aurait eu un effet sur son comportement et il vous aurait laissé tranquille.

Gabriel s'était levé pour se poster devant la fenêtre. Il aimait se mettre là car la vue sur les platanes l'apaisait. Au bout d'un moment, il se retourna, pensif et s'appuya contre le double vitrage.

—Comment as-tu compris que c'était ton frère ? demanda-t-il à Jeremy.

Celui-ci le regarda, l'air entendu, en faisant une moue.

—Rapidement j'ai eu des doutes. Ce sont les messages qui m'ont mis la puce à l'oreille. Je parle plus précisément des quatrains bien sûr. J'avais déjà des soupçons quand on a compris qu'il s'en prenait aux violeurs d'enfants. Je ne sais pas pourquoi mais c'était une intuition.

—D'où l'origine de tes malaises ?

—Exact. J'étais troublé, perturbé. Une chose que je tentais d'oublier, que j'avais réussi à enterrer au fin-fond de mon cortex, ressurgissait et venait se rappeler à moi. Quand nous avons reçu le premier quatrain, je n'ai presque plus eu d'incertitudes.

—Je me posais moi aussi des questions, le coupa Gabriel.

—Comment ça ?

—Je te trouvais bizarre. Au fond de moi, je me doutais que ces messages ne m'étaient pas adressés. Une petite alarme sonnait dans ma tête pour me le dire. Et puis, nous avons reçu le quatrain.

« *Le spectre de la mort plane au-dessus de toi.*
Oublie ce que tu es, oublie ta vie présente,
Tiens bien haut le flambeau de la haine qui hante,
Habite nos esprits et nous donne la foi.

I.N.F. »

—Ce message a confirmé mes soupçons, enchaîna Jeremy. Je ne lui ai pourtant jamais donné à penser que je serais prêt à le suivre dans sa démarche. Comme je t'ai dit, à la mort de notre mère, nous avons été séparés et je n'ai plus eu de nouvelles. Alors pourquoi, dans ce message, m'exhorte-t-il à le suivre dans sa folie ? *Tiens bien haut le flambeau de la haine,* Je n'ai jamais eu de haine ; de la rancœur, oui, mais pas de haine. Mes yeux se sont vraiment ouverts à la réception du deuxième poème.

« *Je crois bien que tu as oublié nos errances.*
Enfant, tu étais là ; je sentais ta présence.
Regarde si tu peux, le chemin oublié,
Écarté de ta vie. Je ne fais que prier,
M'infliger des souffrances, demander que tu viennes
Ici et avec moi et ta main dans la mienne,
Ensemble nous tuerons au nom de tous les fils.

I.N.F »

Il n'y avait que lui pour pouvoir écrire ça. J'ai compris aussi le sens de la signature à ce moment-là.

Intrigué, Gabriel tendit l'oreille.

— Qu'est-ce que ça veut dire ? interrogea-t-il.

— C'est toujours en relation avec la bible. N'oublie pas ce que dit le curé : « In Nomine Patris et Fillii et Spiritus Sancti », c'est-à-dire « Au nom du Père et du Fils et du Saint-Esprit ». En signant « I.N.F » il veut dire : « In Nomine FILLII » donc « Au nom du fils ». Il nous signifie qu'il tue tous ces gens au nom des fils maltraités. Ça ne peut que vouloir dire ça. Il se venge, inconsciemment, de notre père qui le violait.

— Mais, pourquoi le premier quatrain t'a fait comprendre que c'était toi ?

— Je te l'ai dit à midi. Mon vrai prénom est Loth. J'ai changé pour Jeremy au moment de mon entrée à l'école de la police. C'est l'orthographe du nom qui m'a ouvert les yeux.

—Pourquoi ? questionna Johanne.

—Quand notre père s'en prenait sexuellement à Saül, il citait toujours le cas de Loth, dans la bible. Loth était un habitant de Sodome, ville qui, avec Gomorrhe, était totalement vouée au mal, à la subversion, à l'inceste et l'homosexualité. C'est de là que vient le mot sodomie. Dieu devait les détruire, mais comme Loth ne s'était pas fourvoyé dans le mal et était resté pur, il lui envoya deux anges pour lui dire de s'en aller. Loth obéit à Dieu. Les villes furent détruites par le feu du ciel et de la terre et Loth se retrouva seul avec ses filles dans une grotte. Sa femme avait été transformée en statue de sel en se retournant pour regarder la destruction des villes, chose interdite par Dieu. Ses filles le firent boire et eurent des rapports avec lui pour avoir une descendance. C'est sur la base de cet inceste que notre père se fondait pour pratiquer ses actes honteux. Comme je vous l'ai dit, j'ai compris que c'était moi que Saül désignait grâce à l'orthographe du nom.

—Comment ça ? s'enquit Johanne.

—Je vous l'ai dit tout à l'heure, ça aussi. Loth, dans la bible chrétienne, s'écrit Lot. C'est dans la bible hébraïque qu'on le retrouve avec un « h ». Quand il m'a déclaré à la mairie, mon père avait commencé à la lire et il n'a pas tenu compte de l'autre. Voilà ! Donc il n'y avait que Saül pour savoir que mon prénom était avec un « h ». C'est pareil pour l'autre poème. Là encore, il y a la même erreur orthographique. Il a écrit Jérémie avec un « i » et « e » à la fin, comme dans la bible. Il ne sait pas que j'y ai mis un « y ». Ensuite, le dernier message, celui que l'on a trouvé sur le corps de la baronne :

« *On tirera de leurs tombeaux les ossements et on les étalera à la face du soleil, de la lune et de tous les astres du ciel.*

Ils ne seront ni recueillis, ni rendus à la tombe : ils serviront d'engrais à la surface du sol ».

Quand notre père est mort, Saül a insisté pour que ma mère lui fasse ériger un mausolée pour l'enterrer. Ceci avec l'argent gagné au jeu. Plus tard il a fait de même pour elle. Je me suis longtemps demandé pourquoi. Cette phrase m'a ouvert les yeux. En les enterrant dans un mausolée, il avait toute latitude pour revenir les déterrer plus tard. Quand ? Je ne sais pas. Pourquoi ? Je ne sais pas non plus, mais je suis certain qu'il l'a fait et qu'il les expose au grand jour, comme dans le message.

—Au grand jour, ce n'est pas sûr. Si ce que tu dis est vrai, je suis convaincu qu'il les a mis dans sa champignonnière. Il dit bien : *ils serviront d'engrais à la surface du sol.* N'oublie pas que dans les échantillons de terre on a trouvé du fumier et du blanc de champignons. Quant à savoir où se trouve cette champignonnière, c'est une autre histoire. C'est là qu'il détient Ariane. Si nous arrivons à trouver ce site, on la délivrera à temps. Je pense que ce qu'il veut nous dire ou te dire, c'est que tu le rejoignes dans sa tâche, pour continuer à tuer avec lui. Il le dit et il ne manque plus que l'endroit où tu dois le rejoindre. Il va soit nous envoyer un autre message, soit nous téléphoner. Il ne reste qu'à attendre, ce que nous allons faire en étudiant les éléments que nous avons de plus près. Peut-être que nous y découvrirons des indices. Si nous arrivons à cerner une région, nous aurons fait un bon bout de chemin. Il faut aussi demander au juge une autorisation d'inhumation. Je suis désolé, Jeremy, mais nous devons vérifier si les ossements de tes parents n'y sont plus.

—Il n'y a pas de problème. Je me doutais bien qu'on devrait le faire et je tiens à être présent à Mont de Marsan.

—Non. Il faut que nous restions ici pour nous tenir prêt à bondir en cas d'information. Je pense que ce que tu dis sera facilement vérifiable par les gendarmeries de Mont-de-Marsan et du Puy en Velay. Il n'est pas utile qu'on y soit pour constater qu'un cercueil est vide.

17h00

La peur lui tordait les tripes, la terreur rendait sa vision floue. Il n'en pouvait plus d'entendre les cris du supplicié. Ses oreilles en étaient pleines, il en devenait sourd. Il jetait, de temps à autre, des regards furtifs à Ariane. Elle aussi était à bout de nerf. L'horrible vision du représentant, torturé sauvagement, lui donnait des nausées.

Peton ne disait plus rien. Complètement aphone, il n'arrivait même plus à exprimer sa terrible souffrance, ses yeux étaient exorbités, sa bouche tordue, les doigts de sa main gauche recroquevillés et ses ongles enfoncés dans le bois du banc sur lequel il était attaché. Ceux de sa main droite étaient arrachés et jetés à terre. On pouvait malgré la pénombre y distinguer des morceaux de chair encore accrochés à la corne. Sous le banc, une large flaque rouge commençait à perdre le brillant de son vermillon.

Saül avait cessé de le torturer depuis dix minutes et regardait son œuvre en train de rendre l'âme. Il jouissait de cet instant suprême où le souffle de la vie allait s'arrêter et où il pourrait s'en saisir et l'absorber comme il l'avait fait pour tous les autres. Sa tête presque collée contre la bouche de Peton, il respirait l'air qu'exhalait sa victime. Il attendait avec impatience l'expiration finale pour avaler l'éternité qu'allait rejeter le supplicié.

Plus un cri ne sortait de sa poitrine dépecée, seuls quelques râles s'échappaient de sa gorge encombrée par le sang. Son torse, dont la peau était complètement rabattue sur le bassin, comme un tablier de chair, laissait voir les amas graisseux et, entre eux, les vaisseaux où circulait encore un léger flux bleuté. Chaque muscle était apparent sans cette peau complètement décollée, et les petits vaisseaux exsudaient des gouttes de sang qui se perdaient dans les replis graisseux.

— Par pitié, achevez-le ! supplia Ariane. Je vous en supplie. C'est inhumain d'imposer ce supplice à ce pauvre homme. Arrêtez de le tourmenter.

Saül ne prenait même pas la peine de lui répondre. Il guettait avec fébrilité le dernier souffle de vie qui n'allait pas tarder à venir.

Après dix nouvelles minutes, le blessé se raidit, ses doigts se détendirent et Saül se mit à respirer plus rapidement. Quand enfin sa victime expira, il gonfla bruyamment ses poumons avec l'air rejeté et se redressa, l'air conquérant, la poitrine bombée, retenant sa respiration le plus longtemps possible. Enfin, il dégonfla sa poitrine avec un sifflement rauque.

— *C'est bien, Saül,* lui dit LA VOIX. *Tu as pris son âme, son éternité, au moment où elle s'en allait du corps. Tu deviens de plus en plus invincible.*

— Je le sais, dit Saül. Je sens de plus en plus les forces célestes m'envahir. Je pourrai bientôt me passer de toi.

LA VOIX eut un ricanement.

— *Il n'est pas encore venu ce moment. N'oublie pas que nous avons une longue route à faire ensemble. Le pays est rempli de marchands du temple et je dois t'aider à les exterminer, les éradiquer de la surface de la terre. Maintenant, mange son cœur et tes forces grandiront par cette œuvre salubre que tu viens de faire.*

Saül ne répondit pas et s'empara du scalpel avec lequel il avait découpé Laurent Peton. D'un coup bref et précis, il ouvrit la peau du ventre dans le sens de la longueur, juste sous le sternum et jusqu'au nombril. Il enfonça sa main dans l'ouverture ainsi pratiquée pour la faire disparaître sous les côtes. Puis, il la ressortit, dégoulinante de sang, en tenant le cœur qui venait tout juste de s'arrêter de battre. Il trancha les veines et les artères le reliant au corps et le porta à sa bouche pour y poser ses lèvres, alors qu'un filet vermillon s'étirait jusqu'au sol.

— Il est encore chaud, dit-il en s'adressant à La Voix.

CHAPITRE IV
Mercredi 6 mai 2009, 17h15

Maintenant, qu'ils avaient appris tout ce que Jeremy avait enduré, Gabriel et Johanne débordaient d'amitié pour lui. Le commissaire avait posé une main protectrice et affectueuse sur l'épaule de son adjoint et lui serrait amicalement le trapèze d'un air de dire « Nous sommes là, tu peux compter sur nous ! »

Jeremy les regarda l'un après l'autre, des larmes dans les yeux. Puis, il se reprit.

—Je sais et je vous en remercie, mais il ne faut pas oublier Ariane qui est entre ses mains. Il faut faire sans tarder le trajet logique des meurtres.

—Tu as raison, Jeremy, acquiesça Johanne. C'est ce que nous allons faire.

Gabriel, surpris, regarda sa femme, une lueur d'ironie dans les yeux. Il était content de voir qu'elle se prenait au jeu de l'enquête et qu'elle disait « nous » pour les déductions qui allaient découler de leur réflexion. Elle lui jeta un bref coup d'œil et lut l'éclair d'ironie éclairant son regard. Elle lui sourit de sa bouche sensuelle aux lèvres pulpeuses et se dirigea vers le tableau pour saisir un feutre. Il ne la laissa pas faire. Les initiatives concernant son enquête étaient *son* domaine et il ne voulait pas que quelqu'un empiète sur la façon dont il la menait, fusse sa propre femme. Il saisit le feutre doucement en lui susurrant :

« Est-ce que je te dis comment il faut interpréter tes partitions ? Est-ce que je te dis quand il faut jouer crescendo ou staccato ? S'il te plaît, laisse-moi diriger mon enquête ».

Elle maintenait toujours le stylo et fixait son mari droit dans les yeux, de ses yeux expressifs et veloutés. Quand elle comprit qu'il était sérieux malgré son air doux et amoureux, elle ouvrit tout doucement la main et lâcha le feutre. Il enleva le capuchon et se tourna vers le paperboard.

—On va prendre les quatorze stations de Jésus, une par une, et voir à quel meurtre, on peut les rattacher.

1) Jésus est condamné à être crucifié
2) Jésus est chargé de sa croix
3) Jésus tombe pour la première fois sous le poids de la croix
4) Jésus rencontre sa mère
5) Simon de Cyrène aide Jésus à porter sa croix
6) Sainte-Véronique essuie le visage de Jésus
7) Jésus tombe pour la deuxième fois
8) Jésus rencontre les femmes de Jérusalem qui pleurent
9) Jésus tombe pour la troisième fois
10) Jésus est dépouillé de ses vêtements
11) Jésus est cloué sur la croix
12) Jésus meurt sur la croix.
13) Jésus est détaché de la croix et son corps est remis à sa mère
14) Le corps de Jésus est mis au tombeau

En premier, Jésus est condamné à mort. Quelle est la victime qui correspond ?

La réponse ne se fit pas attendre.

—Mon père, Péirabèra, s'écria Jeremy. C'est lui, sans contestation. C'est le premier à avoir été tué, c'est lui qui est condamné et représente la première station.

—Admettons, dit Gabriel. Je note et on corrigera ensuite si une autre opportunité se présente. Ensuite, la deuxième : Jésus est chargé de sa croix.

Jeremy intervint à nouveau.

—Non ! Je pense que par la force des choses, il nous faut intervertir les meurtres.

—Et pourquoi ? demanda Johanne qui voulait montrer qu'elle était là et que l'enquête l'intéressait.

—Parce que certainement, quand il a tué notre père, il n'avait rien de précis en tête, il voulait simplement se venger. Plus tard, trois ans après, il s'est débarrassé de notre mère, selon le même contexte. C'est après ce crime qu'il a dû commencer à avoir des idées morbides.

Gabriel poussa un sifflement.

—Ça devient bien compliqué et tortueux tout ça. Donc, on peut considérer que c'est le…

—Disons qu'on considère que c'est la station quatre où Jésus rencontre sa mère. Elle prend sa place en deux. Également, on peut penser que sa route commence à Mont-de-Marsan et continue au Puy en Velay. Ensuite, la troisième station ?

Gabriel reprit la parole.

—Jésus tombe pour la première fois sous le poids de la croix.

—Combien de chutes ?

—Il y en a trois : Avignon, Rethel et Dijon.

—Alors, logiquement c'est Avignon, bien qu'il ait commis ce meurtre en 2008 et les autres avant.

—Je crois que tu as raison. La quatrième station : si l'on dit que c'est Avignon la troisième, logiquement Marseille vient ensuite. Malheureusement, il n'y a rien dans Google qui indique quelque chose correspondant à ce qu'il a fait dans la Campagne Pastré.

—Et le vinaigre ? Qu'est-ce que tu en fais ?

—Désolé, ce n'est pas une station. Rien ne le dit.

—Disons qu'il continuait à « se faire la main » et qu'il n'y avait encore rien de bien précis. Dans le chemin de croix de Jésus, un soldat lui a tendu une éponge imbibée de vinaigre. Or Saül a tué sa victime en lui faisant ingurgiter du vinaigre, qui plus est c'était un viticulteur.

—OK ! On dit ça. Cinquième : Simon de Cyrène aide Jésus à porter la croix.

—J'ai vu que certains considèrent que Simon de Cyrène était noir. Ça ne te dis rien, ça ?

—Barcelonnette, ou plutôt Le Lauzet/Ubaye. Le noir retrouvé avait en plus une poutre sur les épaules. Son message dit aussi : Le nègre peut-il changer sa peau. Oui ! Nous avons la cinq. À la six, maintenant. Sainte Véronique essuie le visage de Jésus.

Gabriel regarda avec attention les longues listes qui remplissaient le tableau. Par-dessus son épaule, Johanne et Jeremy lisaient également.

—Il n'y a rien, finit par dire Jeremy.

—Et votre meurtre de Pérouges ? dit Johanne.

—Ça ne correspond à rien, affirma Darmon.

—Ah oui ! Comment elle s'appelait votre victime ?

Gabriel réfléchit un instant puis, lança :

—Véronique de Saint-Al... Putain c'est vrai s'exclama-t-il d'un coup. Je le crois pas. Véronique... elle s'appelait Véronique, comme la sainte. De plus, c'est l'unique femme de la liste. Il est sacrément compliqué, ton frère.

—La septième ? demanda Jeremy, peu décidé à répondre à l'interjection de son chef.

—Deuxième chute.

—Quelles villes a-t-on, déjà, avec les chutes ?

—Il reste Dijon et Rethel. Logiquement c'est Dijon.

—C'est bon ! La huitième ? Je crois qu'il n'y a rien qui correspond dans notre liste. Je propose de mettre la deux qui reste en suspens, à cet endroit. Ça nous donne Haguenau et la croix clouée dans le dos.

Jeremy, excité faisait les questions et les réponses. Il se sentait sur le chemin de la vérité et se dépêchait de finir la liste.

—La neuf, dit-il. Jésus tombe pour la troisième fois. C'est Rethel. Tout cadre. Nous allons arriver à faire le tour de France de ses crimes. La dixième, c'est la nudité de Jésus.

Gabriel s'approcha de Jeremy et lui tapa sur l'épaule, amicalement.

—Calme-toi, Jeremy. Nous allons y arriver, mais ce n'est pas en s'excitant qu'on le fera plus vite.

—Tu as raison, Gabriel. Mais, j'ai tellement l'angoisse de savoir Ariane dans ses mains…

—Je te comprends. Je pense malgré tout que nous devons patienter. On revient à notre liste.

—La nudité de Jésus, s'immisça Johanne. J'ai regardé il n'y a rien qui s'incruste dans ce puzzle.

Tous trois fixèrent avec attention la liste nécrologique.

—Logiquement ça devrait être Quimper. Mais, je ne… attendez… le cadavre n'avait pas de plaie, pas de traces de torture comme les autres. Je ne me trompe pas ? demanda Gabriel.

—Mais, bien sûr ! cria à nouveau Jeremy. Il était nu tout simplement. Brûlé de l'intérieur par l'acide, il n'y avait que sa nudité qui apparaissait.

La surexcitation s'était emparée des trois personnes, à présent.

—Jésus est sur la croix, en onzième position, dit Johanne.

—Nantes, c'est Nantes, s'excita Gabriel. On l'a retrouvé dans le champ de muguet, les bras en croix. Quand on l'a enlevé, le sang formait une croix au milieu des fleurs.

—Douze : Jésus meurt sur la croix, dit Jeremy.

—Il nous reste Albi. Le souffleur de verre et son dernier souffle.

—Ensuite, treizième station ? Qu'est-ce qu'il y a qui correspond ?

Tous trois cherchèrent, vainement. Au bout de trente secondes, ce fut Johanne qui réalisa.

—Il y a douze crimes. Je n'oserai pas ajouter : seulement.

Ils se regardèrent tous les trois, l'air effondré. Ils prenaient conscience qu'Ariane était vraisemblablement la treizième victime. Un long moment de silence s'ensuivit. Puis, Gabriel réagit violemment.

—Putain, on va pas se laisser aller. Je vous ai déjà dit que je n'y croyais pas. Nous allons recevoir un appel ou un mot. Vous verrez.

—Tu as raison, dit Johanne en reprenant conscience et en réalisant qu'il fallait faire réagir Jeremy. Qu'est-ce que ça donne, notre tour de France ?

Jeremy comprit la réaction de son chef et de sa femme. Il se secoua.

—Je vais écrire au tableau la liste des villes touchées par ce monstre.

Il prit le feutre et écrivit :

Mont-de Marsan, Le Puy en Velay, Avignon, Marseille, Le Lauzet/Ubaye, Pérouges, Dijon, Haguenau, Rethel, Quimper, Nantes et Albi. Ça fait douze.

—Je pense qu'on doit pouvoir cerner la région où il va sévir, maintenant, dit le commissaire. Je remarque qu'il va en spirale dans le sens contraire des aiguilles d'une montre. Il a fini le tour. Après, on revient au Puy en Velay. Mais, il n'est pas allé au centre de la France.

Jeremy jeta un rapide coup d'œil sur la grande carte fixée au mur sur laquelle douze punaises était plantées.

—Logiquement, dit-il, je vois bien aux alentours de Bourges. C'est peut-être là qu'il a son repaire.

—Est-ce qu'il y a des champignonnières, dans cette région, demanda Johanne.

—Très juste. Je n'y pensais plus. Allons voir sur Google.

Quand ils eurent tapé : champignonnière Bourges, 2860 pages s'affichèrent. Ils purent constater en ouvrant les premières qu'il y avait quelques caves où l'on cultivait les champignons, mais elles étaient en activité. Par contre il y en avait une à quarante kilomètres de Bourges qui était fermée depuis 1991. Elle ne servait plus qu'aux chauves-souris.

—Celle-ci pourrait être intéressante. Mais, il ne faudra pas s'en tenir là. La tâche va être difficile mais nous y arriverons, avec l'aide de la chance.

—J'espère que Saül, dans sa folie, nous donnera un indice plus facile à découvrir que ce que nous avons.

—La région est cernée. C'est déjà ça. Il ne nous reste plus qu'à attendre.

—N'oublions pas qu'il y a aussi la photo et la traduction du texte par ton rabbin.

—Oui, nous avons aussi cet élément. Le voici.

Gabriel fourra la main dans la poche de sa veste et en ressortit le papier écrit par Avram.

« *Dilectam prolem sponso tibi, christe, remisi illam nunc carmeli claustra sepultam in coelis olium tota com gente meorum patri quoeso liceat mihi visere semper* ».

Traduction :

« *J'ai remis entre tes mains, Christ comme promis, cette famille chérie, maintenant enterrée à l'intérieur des barrières formées par le Mont Carmel. Qu'il me soit permis, je t'en prie, père, avec le peuple des miens, autrefois au complet, d'aller lui rendre visite pour toujours au ciel ».*

—On considère qu'il a déterré les corps de ses parents. Qu'en fait-il ? Il les expose sur le sol, probablement dans une champignonnière, ainsi qu'il le dit :

« *On tirera de leurs tombeaux les ossements et on les étalera à la face du soleil, de la lune et de tous les astres du ciel. Ils ne seront ni recueillis, ni rendus à la tombe : ils serviront d'engrais à la surface du sol ».*

—On doit pouvoir regrouper ces deux phrases, en faire la synthèse. Il y a certainement des mots qui ne servent à rien, mais comme dit Jeremy, il donne des indices qui devraient permettre de le retrouver.

On tirera de leurs tombeaux les ossements, ils serviront d'engrais à la surface du sol, enterrée à l'intérieur des barrières formées par le Mont Carmel.

Voilà, je pense, ce que ça peut donner. Il a laissé tels quels ces messages, c'est pour ça qu'il y a une faute. Considérons qu' « enterrée » s'applique aux ossements, il faut donc mettre « és », à la fin.

—Mais, oui, tu as raison, ma chérie. Je crois que tu ferais un aussi bon flic que tu es une bonne pianiste.

—Ah non, mon cœur ! Je serais un bon flic, peut-être, mais je ne suis pas une bonne pianiste… seulement. Je suis une excellente pianiste ! Une virtuose ! Bon, ceci mis au point, je pense qu'il faut trouver une région où il y a une champignonnière abandonnée sous une colline ou une montagne qui s'appellerait Carmel.

—Ou bien, un monastère ou un couvent de Carmélites. Je crois qu'on se rapproche, retournons à l'ordinateur, s'emporta Jeremy. On y est ! On va trouver !

Après une demi-heure de recherches, de sites visités, la tension était retombée. Ils n'avaient rien trouvé qui leur donna l'espoir de sauver Ariane. Aucune montagne ni colline Carmel. Aucun couvent dans la région-centre qui ait appartenu à l'ordre du Carmel.

—Non, vraiment je ne vois pas. C'est décourageant ! s'effondra Jeremy.

—Attends, ne baisse pas les bras. Je suis certain qu'il va nous donner un autre indice. Patientons.

—Je veux bien te croire, mais ça fait une quinzaine d'heures qu'il la détient.

—Il ne lui fait rien, ne t'inquiète pas. Elle lui sert simplement d'otage pour t'attirer. Donc, il va obligatoirement nous donner un signe. Attendons.

CHAPITRE V
Jeudi 7 mai 2009, 9h30

L'équipe avait passé la nuit au commissariat, attendant un fax qui n'était pas arrivé. Tous trois se sentaient sales. Jeremy et Gabriel, pas rasés, ne tenaient plus en place. Ils allaient et venaient dans le bureau, s'arrêtant chaque fois devant le tableau comme si la solution allait en sortir. Et pourtant elle devait y être, tous les éléments étaient là. Ils s'étaient endormis tard dans la nuit, chacun sur un siège et avaient ouvert les yeux lors de l'arrivée du personnel.

Le commissariat, peu à peu, avait retrouvé son animation. Les agents en tenue étaient arrivés, les inspecteurs les suivaient de peu. Le bruissement continu avait commencé, pareil à une ruche en activité. Des cris, des exclamations fusaient et franchissaient la porte du bureau. Une policière était allé acheter des croissants et avait préparé un plein broc de café pour le commissaire, sa femme et Jeremy. Après ça, à tour de rôle, ils étaient descendus au vestiaire pour se doucher à l'unique douche du commissariat.

Requinqués, mais toujours dans leurs habits fripés, ils se retrouvaient à nouveau dans le bureau au premier étage.

Un remue-ménage attira leur attention. Quelqu'un montait l'escalier quatre à quatre et peu après on toqua à la porte.

—Oui !

Un agent tenait un fax dans la main.

—Commissaire, du nouveau !

—Donne, vite.

Jeremy et Johanne, anxieux, essayaient de lire sur le visage de Gabriel. Mais, celui-ci restait impassible. Il posa le document sur son bureau et regarda sa femme et son lieutenant.

—Je crois que nous avons notre région centre, à présent.

—Pourquoi ? dirent à l'unisson les deux autres.

Gabriel tendit le menton vers le fax.

—Regardez. C'est le treizième meurtre.

Jeremy se jeta sur le papier pour le lire avec angoisse. Il fut vite rassuré et poussa un ouf de soulagement. Ce n'était pas Ariane.

—Il s'agit d'un représentant nommé Laurent Peton. Trente-trois ans, lui aussi, précisa Gabriel. Ongles arrachés, dépecé vivant, dépossédé de son cœur. Qu'en a fait l'assassin ? Espérons qu'il ne l'ait pas cannibalisé.

—Est-ce que ça correspond à la treizième station ? s'enquit Johanne.

Gabriel leva les yeux vers le tableau.

—Jésus est détaché de la croix et son corps est remis à sa mère, lut-il. Ça colle. Ils ont indiqué que le corps de la victime était couché sur le sol, dans une forêt, à Saint-Bonnet Tronçais. Pas loin de Bourges. À ses côtés, il y avait une statue en plâtre de deux mètres vingt, représentant la vierge à l'enfant. Elle a été sans doute volée dans une église. Le Jésus de la statue a été cassé et la tête de Peton reposait sur les bras de la vierge. C'est bien notre treizième station, pas de doute.

—Donc, la quatorzième : le corps de Jésus mis au tombeau, sera la dernière étape ?

—C'est ce que je crois, dit Gabriel. Mais…

On toqua à nouveau à la porte et un agent entra en tenant une enveloppe de papier kraft.

—On a pris le courrier dans la boîte, commissaire. Il y avait cette lettre pour Jeremy.

Celui-ci bondit sur l'agent et lui arracha l'enveloppe des mains. Il déchira le rabat et en tira un feuillet plastifié sur lequel pouvait se lire en gros caractère : VULNERANT OMNES ULTIMA NECAT

—Encore du latin, s'écria Johanne.

—Décidément il est porté sur les langues mortes, compléta Gabriel. Mais, ça ne devrait pas nous poser de problème. Je crois qu'il serait inutile de retourner voir mon ami. Cherchons sur internet.

Il tapa la phrase dans Google. Cent vingt-sept mille résultats s'affichèrent instantanément. Il ouvrit le premier, sur Wikipédia et eut une liste alphabétique des locutions latines. Il alla directement à la lettre V et chercha la phrase. Il y avait cette explication :

Vulnerant omnes, ultima necat

Toutes blessent, la dernière tue (il s'agit des heures ; inscription traditionnelle sur les cadrans solaires)

—Il est vraiment compliqué, remarqua Gabriel. Si c'est une inscription sur les cadrans solaires, il faut trouver un endroit où il y en a un connu et réputé. Je sais qu'à Pérouges, lieu d'un des crimes il y en a un, mais il faut chercher de préférence en Dordogne, car selon sa technique, il tourne dans le sens contraire des aiguilles d'une montre. Nous avons le treizième meurtre à Saint-Bonnet-Tronçais. Il va redescendre pour fermer sa boucle avec le quatorzième et se rapprocher de Mont-de-Marsan. Je crois qu'on a eu tort de chercher la champignonnière dans les environs de Bourges.

—Attends, Gabriel, dit Johanne. Si on tire un trait pour relier les différents meurtres selon les stations, on constate que cette région est le centre névralgique de son activité.

Elle montrait le sud-ouest de son index.

—Là, se croisent les lignes : Nantes-Albi, Mont de Marsan-Le Puy en Velay, et enfin Albi-Saint Bonnet Tronçais. Regarde la carte. Moi je verrais bien son repaire entre Cahors et Decazeville.

—Tu as peut-être raison, mais il ne faut rien négliger. Il doit y avoir dans le coin une champignonnière abandonnée et quelque chose relatif aux Carmélites. Il nous dit aussi : la dernière tue, donc ce serait le quatorzième et dernier meurtre, comme on l'a déduit tout à l'heure. Le corps de Jésus est mis au tombeau, il terminera sa série par l'enterrement de sa quatorzième victime et où, sinon dans sa champignonnière. Voilà, c'est ça ! C'est pour ça qu'il veut t'attirer, pour te tuer et te mettre à côté de tes parents.

—Mais, bien sûr, s'écria Johanne, regarde le message sur l'avant dernier feuillet. Presque à la fin il y a :

« ... *avec le peuple des miens, autrefois au complet* »

Il veut vous regrouper, voilà ce qu'il veut.

—Il est complètement cinglé, dit Jeremy. Ceci dit, je pense que vous avez raison. Mais, « Vulnerant Omnes, Ultima necat » doit désigner une ville précise et non une région. Il faut trouver et rapidement car je pense que c'est le dernier message qu'il m'envoie. Faxons à toutes les brigades de gendarmerie de la région pour savoir s'ils n'ont pas de crime non élucidé, récent ou ancien. C'est une dernière chance, je crois.

—Tu n'as pas tort, Jeremy. Allons-y tout de suite.

9h30

Après avoir déposé le cadavre du représentant dans la forêt de Tronçais, durant la nuit de mercredi à jeudi, Saül était revenu à Chabagnac-le-Château. Il y arriva à 9h30 et aussitôt se dirigea vers le petit cimetière.

Son premier réflexe en arrivant dans sa tanière fut de vérifier si ses deux prisonniers étaient toujours bien attachés.

Il n'y a pas de risque, pensa-t-il. *Les liens sont solides.*

Il avait tout de même donné un peu de mou à Ariane. Il lui avait même permis, avant de partir, de se dégourdir les jambes, sous sa surveillance, puis, l'avait rattachée moins serrée. Ensuite il était allé à la vasque d'eau fraîche pour se débarrasser de tout le sang qui le recouvrait. Il s'était mis totalement nu et avait mis vingt bonnes minutes avant que toutes les croûtes séchées s'en aillent dans le petit ruisseau qui se perdait sous terre. Il avait changé ses habits, avait fait une prière devant le squelette de ses parents et était parti avec le cadavre du VRP dans le van.

Au retour de Saül, le prêtre, toujours attaché fermement sur le fauteuil, fut secoué de tremblements en entendant les bruits que faisait Saül derrière la porte. Celui-ci venait de s'abreuver à la vasque, ensuite il avait redressé une planche de bois gravée d'une longue phrase en latin devant les ossements de sa famille et se dirigeait vers la salle de torture.

—Vous pen... pensez qu'il va s'en prendre... à nous, demanda le curé en grelottant de peur.

—Je ne sais pas.

Ariane n'était pas rassurée. Elle se mit à trembler, elle aussi, quand elle vit la porte s'ouvrir et la stature immense du tueur se profiler dans l'embrasure.

Il avança dans la pièce pour aller directement à son bureau. Sans dire un mot il brancha la prise de son barbecue.

—*C'est ta fête, en ce moment, hein Saül !* lui dit La Voix.

Saül leva la tête et regarda toutes les photos collées sur le mur, face à lui. Certaines étaient recouvertes de traînées sanglantes. Il ne répondit pas à La Voix et celle-ci le relança.

—*À peine en as-tu fini avec Laurent Peton que tu vas travailler sur le curé, dans la foulée.*

—Oui, mais je n'ai pas pu le faire aussi longtemps que je le souhaitais. Le représentant est mort trop rapidement. J'ai été frustré et je vais me rattraper sur le curé.

—*Mais, tu as son cœur et tu vas absorber toute son énergie vitale. Cependant il faut faire vite, tu t'es fixé le huit mai pour la dernière victime symbolique avant le grand nettoyage, quand tu auras ton frère à côté de tes parents. Il te reste peu de temps, juste vingt-quatre heures.*

—J'ai tout prévu, ne t'inquiète pas. Mais, mon frère ira près de nos parents uniquement s'il ne veut pas se joindre à moi.

—*Je te rappelle une dernière fois que si tu veux profiter du curé il faut t'y atteler rapidement. Tu n'as plus beaucoup de temps.*

—Je le sais, mais je ne suis pas loin de l'endroit où je compte le déposer.

—*C'est d'accord. Alors bon appétit* !

—Je pense bien ! Sans tarder même.

Les résistances électriques de l'appareil étaient déjà rouge écarlate. Il posa la grille dessus et versa un peu d'eau dans le réceptacle des graisses, puis, il prit une grosse boule rouge sur laquelle des veines apparaissaient. Le cœur de Peton était couvert de strates de graisses. Avec un gros couteau de cuisine, il en enleva une grande partie et coupa l'organe en deux. Quand il trancha les ventricules et les oreillettes, les cavités étaient pleines de sang pas encore coagulé qui gicla sur ses mains et des caillots vermillon se collèrent à la lame. Il entra son index dedans et le fit tourner pour ôter le fluide rouge. Quand il l'eut débité en six tranches, il les posa régulièrement sur le gril. Aussitôt, une odeur de grillé envahit la pièce et une petite fumée s'éleva en tortillons de l'appareil.

Le curé et Ariane qui avaient assisté aux préparatifs se mirent à vomir de la bile. Il n'y avait plus rien dans leur estomac.

Détourné de sa grillade par les borborygmes qu'il entendait derrière lui, Saül se retourna, les yeux fous. Il était complètement dans son délire schizophrène. Il s'approcha du prêtre et lui ricana au visage.

—Ne t'impatiente pas, ça sera bientôt ton tour. L'inconvénient c'est que je ne sais pas ce que je vais manger de ton corps. Un curé ça doit avoir la peau dure, non ?

Une nausée de dégoût souleva de nouveau le cœur d'Ariane mais elle n'arriva même plus à vomir.

Elle tenta une dernière supplication.

—Je vous en conjure, ne lui faites rien. Vous avez assez eu de victimes à donner en holocauste à la voix qui vous harcèle.

Etonné, Saül s'arrêta de titiller le prêtre et se tourna vers elle.

Comment cette femme a-t-elle compris que j'agis de concert avec La Voix ? pensa-t-il.

—Ils engagent des psychologues dans la police, à présent ? lui lança-t-il d'une voix aigrelette et ironique. J'espère pour toi que Jérémie va se dépêcher de te retrouver. Sinon tu viendras faire un passage dans le fauteuil du dentiste, toi aussi.

Malgré son absence de formation en psychologie et d'après ce qu'elle avait vu dans les films, Ariane se dit que ces monstres aimaient bien se montrer, faire voir ce qu'ils étaient capables de faire. C'est pour ça qu'ils exhibaient leurs victimes avec, bien souvent, une mise en scène et un mot de provocation pour la police. Saül les avait d'ailleurs installés face à lui, comme des spectateurs regardant une scène de théâtre. Il s'enorgueillissait de montrer jusqu'où il pouvait aller dans la monstruosité.

Elle se dit qu'elle devait le faire parler. Ces tueurs aimaient bien se raconter, dire ce qu'ils ressentaient, leur jouissance face au spectacle de la souffrance. Ils voulaient, sans le donner comme excuse, ni justificatif, faire comprendre pourquoi ils faisaient ça. L'éradication du mal, des marchands du temple dans le cas de Saül, était leur but ultime.

Elle ne savait pas comment aborder et appâter l'orgueil et la suffisance de Saül. Elle lui posa la première question qui lui vint à l'esprit.

— Pourquoi voulez-vous faire venir Jeremy ?

Mais, elle était allée trop vite. Fine mouche, Saül ne manqua pas de le lui faire remarquer.

— Toi, ma petite, tu as regardé trop de films. Dis-toi bien que nous, les tueurs en série, nous ne fonctionnons pas comme les écrivains le montrent tout le temps. Je sais qu'on dit que les psychologues de la police aiment les faire parler et flatter leur amour-propre. MAIS C'EST FAUX ! hurla-t-il soudainement.

Puis, il se remit à parler doucement, calmement.

— Pourquoi je veux que ton Jérémie vienne ? Mais, parce que… tout simplement.

Ariane devait absolument réussir à l'engager dans une conversation qui ferait passer du temps. Ce serait toujours ça de gagné pour Gabriel et Jeremy.

—Nous avons toujours pensé que vous vous adressiez à Gab… au commissaire Darmon.

—À Gabriel ? Tu peux le dire. Non, je ne lui en veux pas. Il ne m'a rien fait, lui. Mais… s'il continue comme ça, à me harceler, il n'est pas exclu que je m'en prenne à sa femme, pour le calmer. C'est l'attention de Jérémie que je veux capter.

Ariane frémit à la pensée qu'il pouvait enlever la jeune épouse de son chef. Il fallait absolument l'arrêter avant qu'il ne continue à faire des massacres. Elle décida de poser la question autrement.

—Que pourrait faire Jeremy près de vous ?

—Tu as de la suite dans les idées, ricana Saül. Jérémie pourrait me soutenir et m'aider dans ma tâche.

—Vous ne vous imaginez tout de même pas qu'il va tuer des gens avec vous ?

—Et pourquoi pas ? Il a subi tout ce que j'ai subi. Il a eu les mêmes sévices, la même enfance. Pourquoi ne le ferait-il pas ?

Il se dirigea vers elle et se mit à lui tourner autour avec le couteau à la main, qui semblait être un prolongement naturel de son bras. Inquiète, elle n'arrivait pas à le suivre des yeux quand il était dans son dos. Elle se força à continuer ses questions. Ce côté caché du passé de Jeremy l'intriguait. Il ne lui avait jamais fait de confidences. Elle se dit qu'il n'en avait pas eu le temps.

—Qu'est-ce que vous voulez dire. Jeremy ne ferait jamais ce que vous faites. Il est humain, lui.

—Ah, tu crois ça, toi ! Eh bien, tu te leurres. Tu te fous le doigt dans l'œil jusqu'au coude, si tu penses que c'est un enfant de cœur.

—Vous voulez le noircir, hein ? C'est ça que vous voulez ?

—Bien sûr tu vas le défendre toutes griffes dehors. C'est pas étonnant, il t'a baisée. Il t'a fait grimper au ciel, au moins ?

Elle baissa la tête pour qu'il ne remarque pas l'éclair de haine qu'elle lui lançait.

—Quelle enfance avez-vous eue ?

—Celle qu'on m'a imposée jusqu'à treize ans. Après c'est moi qui ai mené la danse.

—Comment ça ?

—Je te vois venir, ma petite. Mais, il n'y a aucun risque à te répondre. Vous autres, dans la police, vous croyez toujours que les enfants battus s'en sortent facilement. Mais, non ! Ce n'est pas vrai. Vous croyez qu'il suffit de filmer ce qu'ils disent quand ils se décident à parler et faire condamner le père au procès. Après, terminé ! Quelques séances de psychothérapie par un pédopsychiatre et vous relâchez le pauvre gosse dans la nature, ou alors vous le mettez dans une famille d'accueil, ce qui n'arrangera pas les choses.

—Et vous ? C'est ce qui vous est arrivé ?

—Pas dans les mêmes circonstances. Je te l'ai déjà dit, s'emporta-t-il à nouveau en donnant un coup de poing dans le dossier du fauteuil, c'est *moi* qui menais la danse. J'ai accepté tout ce qu'on m'a fait, j'ai parlé avec des psychologues, j'ai accepté les familles d'accueil, mais c'était pour mieux m'endurcir. Je préparais mon grand nettoyage.

—Votre grand nettoyage ?

—Oui, l'éradication de tous les marchands du temple. Tous ces êtres malfaisants qui s'en prennent aux faibles. J'en suis à treize, ajouta-t-il fièrement. Le curé fermera la série que j'ai entamée et tout ça pour attirer l'attention de Jérémie. Le curé sera mon point d'orgue sur le chemin de croix de Jésus. Tu m'as dit que c'était un holocauste que j'offrais à La Voix, mais non. C'est à Jérémie que je l'offre. J'ai voulu lui montrer qu'il était facile de faire tout ce que j'ai fait, qu'il était facile de vous berner, vous les flics. J'ai voulu lui faire comprendre qu'après ces quatorze sacrifices expiatoires, il devait venir pour m'aider à entamer le grand nettoyage.

Elle brûlait d'envie de lui redemander : pourquoi Jeremy ? Mais, c'était encore trop tôt. Elle avait déjà fait cette erreur et ne voulait pas la commettre à nouveau. Il risquerait de se fermer comme une huitre.

—Mais, les marchands du temple dont vous parlez tout le temps, demanda-t-elle pour l'amener dans une autre direction, ce n'étaient que de simples marchands qui vendaient des pigeons et des colombes sur le parvis du temple de Salomon. Ils étaient aussi changeurs d'argent. Et c'est tout.

—NON, CE N'EST PAS VRAI ! C'est ce que tout le monde croit, hurla-t-il en venant vivement vers elle pour la regarder droit dans les yeux. Mais, tout le monde se trompe. Jésus a dit : « ... ma maison sera une maison de prières, mais vous vous en avez fait une cavernes de voleurs ». Voila ce que c'était, des voleurs, des hypocrites qui ne méritaient que la mort comme ceux que je détruis maintenant ; Jésus employait des paraboles.

—C'est ce que vous, vous croyez.

—NON ! C'est mon père qui me l'a dit.

—Alors là, je n'ai plus à m'y opposer, constata-telle ironiquement.

Puis, pour changer de sujet :

—Et la voix ? demanda-t-elle.

—La Voix ? C'est mon guide, c'est ma conscience. Elle me dicte ce que je dois faire. Elle est là, toujours présente pour me complimenter, me dire que je suis le plus intelligent, le plus ingénieux, que la police ne peut rien contre moi. D'ailleurs, ta présence ici en est la meilleure des preuves.

—Ce n'est pas une preuve, vous m'avez eu par surprise. Mais, Jeremy viendra lui aussi et vous ne l'aurez pas.

— C'est ce qu'on verra, ma belle ! N'oublie pas que c'est LA VOIX qui m'a dit de t'enlever, c'est Elle qui me suggère les tortures. Est-ce que tu n'as pas aimé la façon dont j'ai dépecé ce salaud ? Hein ? Avoue que c'était beau. Et les ongles que je lui ai arrachés... Tu as entendu comme il gueulait. C'est bizarre comme ils aiment faire du mal mais ne le supportent pas. Ton petit curé, là, il se tait, il se fait tout petit car il ne veut pas attirer mon attention sur lui. Il croit que je l'oublie, mais non ! Je lui ai concocté une petite séance dont il se souviendra longtemps, par delà la tombe. Tu as vu les veines et les artères apparaître sur le représentant quand je l'ai déshabillé de sa peau ?

Il se délectait de parler de ce qu'il avait fait. Pour Ariane c'était autant de temps de gagné. Il fallait continuer à piquer son orgueil. La moindre petite minute était précieuse.

— Il couinait comme un porc qu'on égorge. Eh bien ! ton petit curé je vais lui faire la même chose à la bite et à la peau des couilles. Il va se régaler, je te le garantis. J'en frémis de plaisir à l'avance. Et ce n'est pas tout.

Il se tourna vers le prêtre grelotant, blême, au bord de l'évanouissement. Ariane lui jeta un coup d'œil. Elle se dit que l'être humain était égoïste, qu'après tout elle s'en fichait du curé. Tout ce temps gagné lui était utile. Elle savait très bien qu'elle ne pouvait rien faire pour l'homme en noir, c'était pour elle qu'elle agissait. Gagner du temps... gagner du temps..., c'était son seul but pour l'instant. Elle eut honte d'elle quand elle eut une horrible pensée : plus longtemps le tueur torturerait le curé, plus longtemps il supporterait la souffrance, plus Jeremy aurait de chances de la trouver.

Mais, la nature est ainsi faite : on ne comprend pas la souffrance des autres si on n'est pas concerné. Malgré le lieu, elle eut une pensée pour les victimes de l'holocauste allemand. Quand une rangée de prisonniers était au bord du trou, attendant le coup de révolver derrière la nuque qui les ferait chuter dans la tombe ouverte, quelle était leur pensée ? À quoi pensait le dernier de la série ? Est-ce qu'il espérait que le supplice des autres durerait plus longtemps et que le bourreau mettrait ainsi plus de temps pour arriver à lui ? Est-ce qu'il n'espérait pas un miracle de dernier instant au moment où le canon du révolver s'approcherait de sa nuque ?

— Je vais lui ouvrir la bouche d'une oreille à l'autre. Il ne pourra plus dire de mensonges comme il en disait aux parents ou de sa chaire à l'église. J'arracherai sa langue et peut-être que je ferai griller ses couilles en brochette.

À ces mots, il pensa à son barbecue qui cuisait toujours.

— Mais, tu me fais parler, salope ! et j'oublie ma grillade qui va brûler.

CHAPITRE VI
Jeudi 7 mai 2009, 10h30

—Ça n'a pas traîné. La réponse est arrivée rapidement. Mais, quelle liste ! dit Jeremy en revenant dans le bureau de Darmon.

Une heure après l'envoi des fax, la réponse arrivait. Jeremy revenait avec cinq feuillets qu'il tendait d'un air triomphant.

—J'y ai juste jeté un coup d'œil, mais je crois que nous avons quelques points intéressants, dit-il en agitant les papiers.

Gabriel était resté dans le bureau et Johanne était repartie chez elle. Elle n'oubliait pas qu'elle avait une série de concerts qui allait commencer et ne pouvait se permettre de rester un jour sans travailler ses doigts et peaufiner ses morceaux. Mais, elle n'avait accepté de rentrer qu'à une condition : que son mari la tienne au courant de la suite des évènements. Elle tenait à savoir s'ils avaient enfin des indices pour retrouver Ariane.

Jeremy jeta les fax sur le bureau et en fit le tour pour se mettre derrière Darmon.

Ils avaient faxé uniquement dans un quadrilatère délimité par quatre villes situées dans une partie de la France, la plus plausible d'être celle choisie par le tueur comme point de chute : Angoulême-Mont de Marsan-Albi-Limoges.

Cinq fax revenaient donc de cette région. Gabriel les étala sur le bureau pour avoir une meilleure vue d'ensemble. Dans la région d'Angoulême, il y avait trois crimes : deux anciens et un récent, non élucidés. Aucun ne correspondait à la façon d'opérer de leur tueur.

Autour de Limoges, c'était identique : six crimes mais aucun n'entrait dans leur champ d'action.

À Mont-de-Marsan et Albi, à part les deux crimes dont ils avaient déjà connaissance et dont l'un était le père de Jeremy, rien ne les intéressait. Le cinquième fax émanait d'une petite ville au centre d'un triangle formé par Les Eyzies, Bergerac et Sarlat la Caneda. Un cadavre avait été trouvé lors de la fête annuelle de la ville. Il était dans une rue déserte et avait été tué sauvagement : un coup de couteau dans le flanc droit, les deux oreilles tranchées et un deuxième coup de couteau dans le cœur ayant provoqué la mort instantanée.

—Qu'est-ce que tu en penses ? demanda Jeremy. Ça pourrait être lui, non ?

—Je ne crois pas. Ce n'est pas son mode opératoire. C'est un crime sauvage effectué par un sauvage, mais le nôtre torture ses victimes dans son antre et les apporte à l'endroit où il veut les mettre. À part Dada N'dour qu'il a tué pratiquement sur place, les autres ont été tués loin du lieu où on les a trouvés. La meilleure des preuves est qu'il n'y a pas beaucoup de sang. Il n'y a que quelques flaques résiduelles. Alors qu'à... comment elle s'appelle déjà ?

Il prit le fax en main et chercha le nom de la ville.

—Ah, voilà ! Chabagnac-le-Château. Il y avait des litres de sang sur le sol autour de la victime. Si c'est notre tueur il a changé sa façon d'agir, mais j'en doute. Ces *serial killers* utilisent toujours les mêmes méthodes.

—Alors il n'y a que ça. Les autres ne correspondent pas du tout.

—Oui, on a fait chou-blanc. Mais, faute de grives on mange des merles. Partons tout de suite pour Tronçais. Le corps est toujours sur place, dans la forêt. Je vais essayer d'avoir un hélicoptère pour nous rendre là-bas. On ne peut se permettre de mettre 7 ou 8 heures pour y aller en voiture. Chaque minute compte. Ensuite, nous irons à Chabagnac, par acquis de conscience.

10h40

Après avoir mangé avec délectation le cœur du représentant, Saül était allé boire dans la vasque. Dans une boîte de conserve vide, il avait apporté de l'eau à Ariane.

—Je n'ai aucune raison de te laisser crever de soif tant que j'ai la certitude que Jeremy va venir. Est-ce que tu veux boire ? demanda-t-il abruptement.

Ariane ne s'attendait pas à ce geste de compassion de la part du monstre. Elle eut un mouvement de recul sur son siège qui ne passa pas inaperçu à la bête humaine. Elle jeta un coup d'œil rapide sur la boîte et se dit que cette eau qui avait l'air fraîche était bien tentante. Puis, son regard se porta sur les mains de Saül et elle eut un nouveau haut-le-cœur en voyant tout le sang qui y avait séché. Il formait des croûtes qui se décollaient par petites plaques.

—Tu en veux ou non ? Décide-toi ! Je ne vais pas rester une heure à te tendre cette gamelle.

Malgré l'aspect repoussant des mains et de la boîte recouverte de taches suspectes, Ariane inclina la tête en signe d'acquiescement.

Saül avança la boîte vers le visage de la jeune femme et celle-ci aspira goulument le liquide rafraîchissant. Sa gorge et sa bouche étaient sèches et elle avait l'impression que sa langue avait triplée d'épaisseur. L'eau s'écoula à moitié par terre mais le peu qu'elle absorba lui fit un bien immense et lui redonna quelques forces.

— S'il vous plaît, implora le curé, s'il vous plaît, donnez m'en un peu.

Saül se redressa et se tourna vers la voix suppliante.

— Tu te moques de moi, j'espère ?

— J'ai soif !

— Bientôt tu boiras ton sang.

Il jeta la boîte dans sa direction et celle-ci arriva sur la bouche du curé qui se mit à saigner.

— Je ne croyais pas si bien dire, se moqua Saül. Bois maintenant.

Sur le mur du fond, constitué de roche massive et qui n'était autre que le flanc de la montagne sous laquelle les tunnels s'enfonçaient, il y avait six anneaux plantés profondément et scellés avec du ciment. Deux étaient à environ deux mètres vingt du sol et espacés de deux mètres. Entre ces deux, il y en avait deux autres soixante-dix centimètres plus bas et séparés seulement de cinquante centimètres, quant aux derniers, ils étaient presque à ras du sol à un mètre l'un de l'autre.

Saül regarda cet équipement et reporta son attention sur le curé.

— Je crois qu'on va commencer, lui dit-il. J'ai tout mon temps, alors ça va durer, mon pauvre petit curé, ça va durer.

Son couteau à la main, il trancha les liens du prêtre.

— Debout ! dit-il durement.

Mais, l'homme d'église ne pouvait pas se lever. Ses membres étaient engourdis et la peur le faisait trembler de la tête aux pieds.

— Tu ne vas pas m'obliger à te porter, comme à l'église. Debout, monstre !

Ariane, grâce à l'eau, avait retrouvé un peu de vigueur.

— Je vous en supplie, implora-t-elle. Ne lui faites pas de mal. Quoiqu'il ait fait, il doit être jugé normalement.

Le couteau en avant, Saül se retourna vers Ariane.

— Ce n'est pas parce que je t'ai donné de l'eau que tu dois en profiter. J'exécuterai ce que j'ai décidé. Si tu continues, j'oublierai que j'attends Jeremy. À présent, tais-toi.

Sa voix était calme mais sèche et Ariane sentit que Saül ne demandait qu'à s'exciter. Ne voulant pas attirer la vindicte du fou, elle se le tint pour dit. Celui-ci attrapa le curé par le col et le souleva de son siège d'une seule main, puis, il le jeta à terre.

— Debout ! répéta-t-il.

Le petit moment de répit que lui avait donné Ariane en buvant lui avait permis de détendre ses jambes. Il essaya de se relever et se mit péniblement debout, mais elles tremblaient tellement qu'elles ne supportèrent pas son poids, pourtant léger. Il retomba à genoux et profita de cette situation.

— Pitié, dit-il en joignant les mains. Pitié, le Seigneur vous en tiendra compte.

Saül éclata de rire.

— Tu y crois vraiment aux conneries que tu débites, hein, tu y crois ?

Singeant le prêtre sur sa chaire, Saül éleva les bras vers le ciel et les écarta comme s'il voulait couvrir de ses grandes mains toute une assemblée.

— Mes frères, s'écria-t-il d'un ton caverneux, si nous sommes réunis ici, en ce jour de prières, c'est que le Seigneur l'a voulu. Aujourd'hui, je vais vous parler du repentir, de la confession de l'âme, mais aussi de l'hypocrisie.

Il était au-dessus du curé et sa voix s'élevait vers la voûte de la grotte comme dans une église. Il baissa les yeux vers sa victime.

— Le repentir, mon frère, le repentir. Je vais te le faire aimer. Tu vas supplier de pouvoir te repentir et être pardonné. Mais, c'est trop tard, il n'y a plus de pardon.

Sur ces mots, il baissa les bras et attrapa l'homme d'église par les épaules. Il le souleva comme une plume et le traîna vers la paroi contre laquelle il le plaqua.

— Ne bouge pas, père Fréville, ne bouge surtout pas.

Mais, les jambes du curé ne le supportaient plus. Insensiblement, il glissait contre la roche et commençait à s'affaler sur le sol. Voyant cela, Saül s'empara d'un long couteau, tranchant comme un rasoir avec une double pointe, pareil aux crocs d'une vipère et le mit sous les parties de Fréville.

— Si tu descends plus bas, tu vois ce qui t'attend.

Immédiatement le curé colla ses mains contre la paroi, derrière lui, pour tenter de freiner sa descente. Saül remonta le couteau qui était maintenant tout contre l'entrejambe du curé.

— Tu ne crois pas que je vais te soulever éternellement. Je me contenterai de te ramener jusqu'à la voiture, sur mes épaules, quand tu seras mort.

Le curé fut repris de tremblement mais il arriva à se redresser. Une nausée le secoua et un jet de bile sortit de sa bouche. Saül l'évita de justesse.

— Tu es dégueulasse ! s'écria-t-il, fou de rage. Déshabille-toi et que je ne le répète pas.

Les phrases atteignaient difficilement le cerveau du prêtre, obnubilé par la terreur. Il commença, malgré tout, pour ne pas exciter le dément, à enlever sa chemise qu'il jeta par terre, après des efforts surhumains pour retirer les manches. Il n'avait plus de forces. Il regarda son tortionnaire.

— Le pantalon aussi. Enlève tout. Tu te mets comme tu as vu l'autre.

À ces mots, Fréville tourna de l'œil. Ses yeux devinrent blancs et il s'écroula sur le sol.

— Quelle charogne, s'écria Saül.

— Mais, laissez-le donc, hurla Ariane dans son dos. Il est assez puni comme ça, vous ne croyez pas ?

Elle n'en pouvait plus de supporter tous ces cris, ces tortures, ce sang de partout.

— Toi, la conasse, tais-toi !

Puis, il se baissa et souleva le curé par un bras. Il enserra son poignet dans une corde qu'il passa autour de l'anneau supérieur droit, puis, il tira pour monter le corps, comme on remonte un seau du puits. Il fixa l'autre extrémité du lien tout autour du poignet. Le curé pendait comme une marionnette au bout de son fil. Avec son couteau, le tortionnaire trancha le pantalon jusqu'aux pieds, puis, le slip et arracha le tout. Sa victime était complètement nue. Saül prit le bras gauche et fit de même qu'avec le droit. Puis, il fixa les deux pieds par les chevilles aux anneaux du bas. Le curé avait maintenant la tête entre les deux anneaux intermédiaires. Saül glissa un long morceau de ruban adhésif dans l'un d'eux, plaqua la tête contre la paroi et passa le ruban sur le front avant de le glisser dans l'autre anneau. Il fit ainsi trois passages. Le curé était maintenant totalement collé, adossé contre la pierre de la paroi.

Saül transpirait. Les gouttes de sueur dégoulinaient de son front, se frayaient un sillon dans les traces de sang maculant son visage et, teintées de rose, elles tombaient sur le sol.

Fréville ouvrit les yeux à ce moment-là. Il ne pouvait absolument plus bouger ses membres et sa tête. Il comprit malgré tout qu'il était nu et son cerveau, en l'espace d'un éclair lui repassa le film de la torture précédente. Ses yeux allaient de droite à gauche, affolés, perdus.

— Tu as exactement les mêmes yeux que devaient avoir les fillettes quand tu entrais dans leur lit, crevure ! On va bien s'amuser, tu vas voir. J'ai tout mon temps. J'ai jusqu'à minuit pour m'occuper de toi.

Il fixait le prêtre de ses yeux de fou, rougis par le manque de sommeil et la fatigue des voyages incessants qu'il faisait.

Il se retourna, fit deux pas vers le bureau, saisit un cutter et un tabouret, puis, il revint posa le tabouret et s'assis face au curé.

— Je suis à la bonne hauteur, là. On va commencer par ton sexe. Tu aimais te le faire tripoter, hein ? Eh bien, c'est ce que je vais faire.

CHAPITRE VII
Jeudi 7 mai 2009, 14h30

Lentement, l'hélicoptère descendit, tel une feuille morte. Presque en vol statique, il oscillait sous les assauts du vent qui soufflait fort au-dessus de la forêt de chênes. Puis, il reprit son vol horizontal vers l'ouest, au-dessus des arbres séculaires et immenses qui étendaient leur frondaison comme une mer de feuilles. Il suivit la D978a sur deux kilomètres jusqu'à une trouée dans le feuillage. À cet endroit la route coupait la D28 et l'emplacement était assez vaste pour que l'hélicoptère atterrisse.

Darmon et Péirabèra sautèrent au sol en se baissant pour éviter le vent des pales. Une voiture bleue de la gendarmerie nationale les attendait derrière un ruban jaune fixé à deux troncs de chaque côté de la route et en interdisant l'accès, le capot tourné vers l'endroit d'où ils étaient arrivés. Ils s'y engouffrèrent et elle partit en trombe. Après deux kilomètres dans l'autre sens, la voiture ralentit et s'arrêta à un rond-point, entre un panneau d'orientation et un arbre coloré et décoré de dessins comme un totem indien.

Le maréchal des logis Clairet coupa le moteur.

—On est arrivé, dit-il en s'adressant à Gabriel à ses côtés. C'est pas loin.

Il désignait un petit chemin débouchant sur la route et s'enfonçant dans la forêt.

—J'attends ici. Peux pas retourner. Trop moche. Filez tout droit sur trois cents mètres. Il y a du monde là-bas. Je vous préviens c'est pas beau à voir. Crénom, je suis blindé et bien ça m'a donné mal au cœur. Bon courage.

Sans un mot, les deux policiers empruntèrent le chemin qui serpentait sous la verdure. Au bout de trois cents mètres, effectivement, ils virent un groupe de cinq hommes en bleu et trois revêtus d'une combinaison blanche, cagoulés de blanc et les pieds dans des chaussons également blancs. Ils étaient huit sur les lieux du crime et quand ils virent les deux policiers civils arriver, l'un d'eux donna un coup de coude à un gradé en les montrant d'un signe de tête. Celui-ci se détacha du reste des hommes et s'approcha d'eux, main tendue.

—Je suis le capitaine Bertin, détaché de la gendarmerie de Bourges, avec les trois de la police scientifique que vous voyez là-bas, en blanc.

—Enchanté, dit Gabriel en lui serrant la main. Voici Jeremy Péirabèra, mon lieutenant et moi. Je suis le commandant Gabriel Darmon, du SRPJ de Marseille. Je vous remercie de nous avoir faxé aussi rapidement.

—Nous avons eu connaissance du vôtre ce matin, à Bourges. Il était là depuis deux ou trois jours. En même temps, nous étions prévenus de la découverte du cadavre. Disons que… vous avez eu de la chance.

—Pour une fois, ça ne fait pas de mal. Depuis quinze jours, ce tueur nous balade dans toute la France. Je présume que ce n'est pas beau à voir ?

— C'est le moins qu'on puisse dire. Il va vous falloir le cœur bien accroché.

— Le cœur ou… l'estomac, ajouta Jeremy qui s'avança pour serrer la main du capitaine.

Le capitaine Bertin désigna les quatre autres policiers en bleu.

— Ceux-ci sont de la gendarmerie de Moulins. On m'a envoyé pour enquêter car ils ne sont pas nombreux à la brigade et la saison touristique approche, le lac de Saint-Bonnet-Tronçais attire beaucoup de campeurs et vous devez vous douter que cette magnifique forêt est le lieu de promenade de nombreuses familles. C'est pour cette raison que nous avons interdit l'accès de tous les sentiers menant ici. Allons-y.

L'air embaumait l'humus et l'odeur des arbres. Le sol était jonché de feuilles mortes et de fragments de branchages secs qui craquaient sous les semelles.

Gabriel aperçut un écureuil accroché à un tronc, fixant les intrus de ses petits yeux vifs et fureteurs. Plus ils s'approchaient, plus l'animal tournait autour de l'arbre. Finalement, il fit un bond vers un autre tronc et s'éleva pour disparaître dans le feuillage touffu.

Le capitaine qui les précédait n'était pas bien grand, mince et des mèches de cheveux bruns tentaient désespérément de s'échapper de dessous le képi, posé bien droit sur la tête. Il paraissait spontané et décidé à collaborer avec la police nationale, ce qui n'était pas pour déplaire à Gabriel qui n'avait pas besoin de difficultés dans les derniers moments de son enquête, alors qu'Ariane était prisonnière du fou.

Ils se baissèrent pour passer sous la bande orange et Bertin fit les présentations.

À dix mètres de là, une masse sombre s'apercevait sous l'ombre des chênes.

— C'est là ? demanda Gabriel en la désignant du menton.

— Oui. On n'attendait plus que vous pour l'enlever. Si ça peut vous rendre service, allez-y. La scientifique a fait tout le nécessaire, relevé toutes les empreintes et pris les photos. Il n'y a plus de risque de polluer la scène du crime.

Autour de la bâche, il y avait six petits piquets de vingt centimètres surmontés d'une étiquette numérotée, plantés dans le sol et disséminés sur une dizaine de mètres.

— Vous avez trouvé beaucoup d'indices ? demanda Gabriel en désignant du doigt les piquets.

— Comme vous le voyez : six, répondit le gendarme. Deux mégots, un sachet de cellophane ayant contenu une brioche industrielle, quatre empreintes de pied que nous avons moulées avec du plâtre et sur laquelle était collé de la terre.

— De la terre, ici, vous en avez pas mal, dit Jeremy en montrant la forêt d'un geste ample.

— Justement, répondit le capitaine avec un air narquois. Ici ce n'est que de l'humus dû à la décomposition des feuilles. Toute la terre qu'il y a ici est noire et souple, alors que celle qu'on a trouvée est argileuse et rouge. Dans l'un des petits tas, il y avait même une brindille de paille marron.

Gabriel comprit que cette brindille décèlerait, à l'examen, du crottin décomposé de cheval et des spores de champignons. Il s'abstint de toute remarque.

— D'autres indices ? demanda-t-il.

— Je peux vous dire que les empreintes trouvées sont celles de chaussures de basket, pointure quarante-cinq. Le talon est plus enfoncé dans le sol que l'avant du pied, ce qui indique que le suspect portait une lourde charge sur ses épaules. Il doit être lui-même assez grand et lourd. Il a plu il y a quatre jours et les empreintes sont assez profondément imprimées dans le sol, à cet endroit. Comme vous le voyez, juste avant, sur le petit croisement des deux chemins forestiers, il y a un sol assez ferme constitué de nombreux petits cailloux drainés par l'eau pluviale et les passages répétés des touristes. À l'endroit du cadavre, la forêt recommence et l'humus est assez souple pour être enfoncé.

Gabriel adorait la précision quasi chirurgicale des gendarmes.

—Il y avait aussi un bout de branchage cassé sur lequel était accroché un fil de coton. Il a probablement été arraché à l'habit du suspect. Il est bleu marine et fait trois centimètres de longueur.

Gabriel montra du doigt un sixième piquet.

—Et là ?

Le gendarme sourit.

—Ça n'a sans doute aucun rapport avec le cadavre mais nous l'avons pris tout de même. Il s'agit d'un préservatif rose aromatisé à la fraise, déroulé mais n'ayant pas servi, ou du moins pas servi jusqu'à la conclusion de l'acte.

Les deux policiers levèrent la tête de concert et se mirent à rire.

—À la fraise ? interrogea Jeremy, pince sans rire. Quelqu'un l'a goûté ?

Le capitaine resta sérieux.

—L'odeur était assez forte pour couvrir celle de l'humus. Vous savez, ces odeurs synthétiques…

—Pour avoir conservé cette odeur, il avait dû être déposé depuis peu de temps, remarqua Gabriel.

—Probablement un homme qui se faisait faire une pipe, lança Jeremy.

Une idée subite effleura l'esprit du commissaire.

—Qui a découvert le cadavre et quand ?

—Un couple de jeunes promeneurs, hier soir à 23h38 pour être précis.

—Comment le savez-vous ?

—Ils se baladaient pour promener leur chien. Quand ils ont vu cette… chose, ils ont téléphoné avec leur portable à la gendarmerie. Nous avons la communication enregistrée.

—Où sont-ils ?

—Nous les avons gardés une partie de la nuit, mais la jeune femme était traumatisée et l'homme guère mieux. Nous les avons raccompagnés chez eux à deux heures, cette nuit.

—Ils n'avaient pas de voiture ? Ils se promenaient en pleine nuit dans la forêt, loin de tout, sans voiture ?

—Oui, ils en avaient une, garée au carrefour où le maréchal des logis Clairet vous a laissé, mais ils étaient dans l'incapacité de conduire. Trop traumatisés.

—Vous avez leur adresse, je présume.

—Ils habitent à Saint-Bonnet-Tronçais.

—Nous irons les voir. Pas de message trouvé ?

—Rien, répondit le capitaine, mais nous n'avons pas bougé le corps. Nous vous attendions.

—Je vous en suis extrêmement reconnaissant. Il va falloir le soulever, car notre homme laisse toujours des messages et il y en a certainement un. Nous allons quand même jeter un coup d'œil avant.

Gabriel et Jeremy s'approchèrent et tournèrent autour de la bâche noire pour être près de ce qu'il pensait être la tête. Gabriel se baissa, saisit un coin et le souleva en le projetant sur le côté d'un geste sec.

La mort dans toute son horreur leur apparut. Jeremy en eut le souffle coupé.

Laurent Peton était allongé sur le dos, la tête dans les bras d'une madone en plâtre. Autour de lui quelques traces de sang, peu nombreuses, indiquaient qu'il n'avait pas été tué sur place, mais transporté. Le corps était lacéré de coups de couteaux, les tétons tranchés net. Le plus horrible, qui fit frémir les deux hommes pourtant endurcis, fut l'abdomen de la victime. Complètement écorché depuis le sternum jusqu'au pubis, la peau, retournée, recouvrait le sexe et descendait jusqu'à mi-cuisses. Sous les côtes, une large ouverture pleine de caillots de sang laissait une cavité vidée de son cœur. Les muscles à vif, rouges, apparaissaient et les vaisseaux sanguins se distinguaient nettement, vidés de leur liquide. La main droite était posée sur la peau retournée, montrant de larges plaques de graisse. Les ongles étaient arrachés et des morceaux de chair étaient partis avec la corne.

—Le légiste déterminera si le tueur lui a fait ça de son vivant.

Plongé dans son inspection, Gabriel sursauta au son de cette voix. Le capitaine était arrivé silencieusement dans son dos. Il se reprit rapidement.

—N'en doutez pas. Tous les autres ont été torturés et découpés à vif.

—Quel genre de monstre peut faire cette horreur ?

—C'est ce que nous cherchons.

Il venait d'enfiler un gant et se rapprochait de la victime. Il se baissa pour attraper la peau de l'abdomen afin de la soulever.

—Inutile, dit le capitaine, si vous voulez voir son sexe, il a été coupé lui aussi.

Gabriel suspendit son geste et ouvrit la main. La peau retomba avec un bruit écœurant de bloc de viande jetée sur le billot de bois d'une boucherie.

—Je crois que nous n'allons pas traîner ici, dit-il au capitaine. Il me faudrait l'adresse des deux jeunes pour que j'aille les interroger… si vous le permettez, ajouta-t-il pour ménager la susceptibilité professionnelle du gendarme.

—Volontiers, je préfère vous laisser la primeur des informations, étant donné que vous êtes sur l'enquête depuis plus de quinze jours. Ne bougez pas, j'appelle mes hommes.

Il fit un signe aux trois hommes en blanc qui s'approchèrent.

—Vous allez pouvoir l'emporter, dit-il, amenez la civière et faites attention en le soulevant, il y a peut-être un message sous lui.

Les trois policiers soulevèrent doucement le cadavre. La raideur cadavérique avait fait son œuvre et les jambes restèrent raides, le bras gauche pendait, droit vers le sol et l'autre était replié sur le ventre. Les gendarmes jetèrent un coup d'œil sur le sol dégagé et sur la statue.

—Il n'y a rien, dit l'un d'eux.

—Vous permettez ? demanda Gabriel.

Il saisit le bras replié et durci par la *rigor mortis*. Avec un léger effort il arriva à le soulever. En dessous, ainsi que le pensait le commissaire, il y avait un papier plastifié, recouvert de sang. Gabriel le tira délicatement et fit un signe de la tête pour indiquer aux gendarmes qu'ils pouvaient emmener le corps.

Avec un mouchoir en papier sorti de sa poche, il essuya le plastique. Deux petites phrases apparurent qu'il lut à Jeremy :

—*Les heures passent, la dernière tue. Plus que trois jours.*

—Il semble qu'il nous laisse encore 72 heures, dit Jeremy avec un soupir de soulagement. Il faut absolument la trouver avant.

—C'est bizarre, remarqua Gabriel, cette fois le message est en Français et il l'a changé. Ce n'est plus « les heures blessent » mais « les heures passent ».

— Il doit y avoir une raison. Il veut sans doute me dire que les heures passent vite et qu'il faut que je me dépêche de le rejoindre. Pour l'instant, je ne retiens que les soixante-douze heures de répit.

— Partons !

Ils prirent congé de l'équipe de gendarmes après avoir noté l'adresse des témoins.

— Le maréchal des logis Clairet vous accompagnera, dit le capitaine. Si vous êtes venus en hélico, vous n'avez pas de moyen de locomotion.

— Bien volontiers.

Le bourg de Saint-Bonnet-Tronçais est situé en lisière de la forêt, il est arrosé par une petite rivière, la Sologne et baigné par un grand lac naturel.

— Je vous amène d'abord voir le monsieur ou la dame ? demanda Clairet.

— Parce qu'ils n'habitent pas au même endroit ? répondit Gabriel.

— Non. Ils sont dans des maisons à l'écart du village, mais complètement à l'opposé.

— Et… pourquoi ?

Le gendarme fit une moue.

— Probablement un couple illégitime, dit-il.

— Allons d'abord voir le type.

Quand la voiture bleue entra dans la cour de la ferme, le témoin était sur un tracteur et se préparait à partir dans ses champs. Aussitôt, il arrêta le moteur et sauta sur le sol pour se diriger vers les policiers.

— Bonjour messieurs. Vous venez pour cette nuit ? Je suis encore tout retourné.

Il avait une cigarette roulée au coin de la bouche et la faisait passer d'un côté et de l'autre.

— Je voudrais que vous nous racontiez ce que vous avez vu, demanda Gabriel.

— Vous savez, il faisait sombre, pour ne pas dire nuit. À presque minuit il fait noir comme dans un four, dans cette forêt.

La cigarette, à moitié consumée, passa à gauche.

— Vous n'étiez pas seul, m'ont dit les gendarmes. Il se tourna vers le sergent pour guetter une approbation.

Celui-ci acquiesça d'un mouvement de tête.

— Non, j'étais avec une femme.

— Votre épouse ?

L'agriculteur tourna la tête de droite à gauche.

— Votre compagne ?

Même signe négatif.

— Qui alors ?

Gabriel commençait à s'énerver devant le peu de collaboration et le mutisme du témoin.

— C'est que... vous savez... je ne voudrais pas... c'est...

— Oui... l'encouragea Jeremy.

— Elle est mariée et...Vous n'irez pas lui créer des problèmes au moins ?

— Si nous sommes venus en premier chez vous, c'est justement pour les éviter.

L'agriculteur prit la cigarette entre le pouce et l'index et envoya un jet de salive marron dans la poussière du sol. L'extrémité du mégot était toute mâchouillée et humide. Il le recolla sur sa lèvre.

— Très bien. Vous savez, son mari est très... jaloux. S'il savait, je crois qu'il la tuerait.

— Racontez-moi, demanda Gabriel sur un ton plus patient.

— Eh bien ! Elle habite de l'autre côté de Saint-Bonnet. Le soir, après la télé, Henriette sort avec Bull...

— Bull ? coupa Jeremy.

— C'est le yorkshire. Elle lui fait faire sa promenade pour qu'il ne fasse pas pipi dans la maison.

— Bull ou Bulle ?

— Non, non ! C'est bien Bull, comme taureau en français.

Gabriel et Jeremy se regardèrent, une lueur d'ironie dans les yeux. Appeler Bull un chien de 2 kilos tout mouillé, c'était un peu prétentieux, ou bien plein d'humour, se dirent leurs yeux complices.

— Et alors ?

— Alors, elle prend la voiture et vient me chercher puis...

— Continuez.

— On se promène dans la forêt une demi-heure et on rentre.

— Donc cette nuit... ?

— On était au petit carrefour des deux sentiers, derrière un... un... enfin quoi, vous comprenez !

— En pleine nuit, est-il utile de se cacher derrière un buisson pour se faire faire une pipe ? dit Jeremy.

Le maréchal des logis Clairet se racla la gorge pour exprimer sa gêne.

— Vous savez, continua l'agriculteur, on n'a même pas eu le temps d'aller jusqu'au bout. Heureusement qu'on était derrière le buisson. On a entendu du bruit et on a vu une ombre gigantesque, impressionnante, arriver avec une statue sur les épaules.

— Il n'avait que la statue ?

— Non, il y avait une masse informe. On a vu après que c'était un cadavre. Quelle horreur ! Je m'en souviendrai toute ma vie. J'en ai pas dormi cette nuit. Il a déposé la statue qu'il avait sur une épaule et jeté par terre le corps qui était sur l'autre épaule. Vous pensez qu'on ne respirait plus. Henriette tenait la gueule de Bull pour ne pas qu'il aboie. Il a disposé le cadavre en mettant sa tête sur la statue, a glissé un mot sous son bras et est reparti comme il était venu. Ça lui a pris trois minutes, pas plus. Vous pensez bien que j'avais perdu ma forme et pas envie de continuer. J'ai arraché le préservatif et l'ai jeté dans un coin. Quand on a vu le cadavre de près, je ne sais pas comment on a fait pour ne pas nous évanouir.

—Comment était-il ?

—Le cadavre ?

—Non, ça je l'ai vu. L'assassin.

—Grand, très grand, les épaules massives, énormes. Il devait peser au moins cent-dix kilos. Croyez-moi, je n'aurais pas aimé me mesurer à lui, et pourtant, je suis pas un gringalet. Je n'ai rien vu d'autre. Il faisait trop sombre.

—Et... Henriette ?

—C'est pareil.

—Bon, il est inutile d'aller la voir. À l'avenir, soyez plus prudent. Vous pourriez rester chez vous pour faire ça.

L'agriculteur avait retrouvé son assurance. Il eut un rire gras et le mégot pendant sur sa lèvre inférieure tressauta. Il le reprit et d'une chiquenaude l'envoya valser à trois mètres, puis, il s'écria :

—Vous croyez que ma femme serait d'accord que je me fasse faire une pipe à la maison ?

—Effectivement, ça créerait un petit problème.

—Je veux, mon neveu !

Jeremy fit un clin d'œil à l'agriculteur et lui jeta avant de partir :

—La prochaine fois essayez un préservatif au goût de banane. Ça doit être meilleur.

Une fois sorti de la ferme, Gabriel demanda au maréchal des logis de les raccompagner jusqu'à l'hélicoptère.

—Volontiers. J'ai entendu que le suspect avait déposé un message ?

—Oui, il fait ça depuis le début pratiquement.

—Et il vous donne des énigmes ?

—Pas à proprement parler, mais c'est tout comme. C'est comme ça que nous avons réduit, petit à petit, la zone de recherches.

—Et là, qu'est-ce qu'il vous dit, dans le message ?

—La même chose qu'un précédent, mais en français cette fois au lieu du latin : les heures passent, la dernière tue. Sauf que sur l'original il y avait : les heures blessent.

—Ah bon ! C'est bizarre.

Pendant quelques minutes le silence régna dans la voiture. Puis, Clairet se gratta la gorge pour attirer l'attention.

—Ça me rappelle quelque chose, dit-il.

—Quoi ?

—Votre phrase, là, sur les heures…

—Vous l'avez vue quelque part ?

—Il me semble, mais je n'arrive pas à me souvenir où.

—Si ça vous revient…

—Je cherche, je cherche ! Je vais trouver, je l'ai sur le bout de la langue.

La voiture continua sa route sur la rue du Petit Paris, puis, elle tourna à droite dans la rue des Mazes et continua sur la route de Braizes jusqu'à l'embranchement avec un petit chemin carrossable. Là, elle s'enfonça dans le cœur de la forêt en cahotant au rythme des ornières. Au bout de quelques kilomètres, ils se retrouvèrent au rond-point du totem et la voiture tourna à droite sur la D978a pour rejoindre l'hélicoptère.

Le maréchal des logis continuait à chercher et il faisait défiler dans sa tête tous les derniers endroits qu'il avait visités.

—Vous savez, dit-il, avec ma femme, nous marchons beaucoup et nous visitons beaucoup de villages. Surtout quand nous faisons la route de Compostelle. Il y a trois ans nous sommes partis du Puy-en-Velay et…

—Je connais, l'interrompit Jeremy. J'y ai vécu quelques années. Effectivement c'est une ville de départ des pèlerins sur la route de Compostelle.

—Eh oui ! Cette année là, nous étions en forme, on s'est tapé deux cents quatre-vingt deux kilomètres en douze ou treize jours, je ne me souviens plus. On s'est reposé trois jours à Rocamadour, où mon frère est venu nous chercher en ... attendez, il me vient une idée d'un coup. Rocamadour, c'est là !

—Là quoi ? s'enquit Gabriel, les sens en alerte.

—Là que j'ai vu votre message.

—Où ?

—Eh oui ! C'est ça. Ça me revient d'un coup. Ça m'avait intrigué cette phrase.

—Où l'avez-vous vue ?

—Sur le fronton d'une boutique comme il y en a plein dans ce joli village. Je ne me rappelle plus ce qu'elle vendait. Probablement des souvenirs comme de la maroquinerie, des cartes postales, des cadrans solaires...

Gabriel se retourna vers Jeremy.

—Ça ne te dit rien tout ça ?

—Oh que oui ! Les cadrans solaires correspondent bien à notre phrase.

—Parlez-nous de la ville, demanda Gabriel au maréchal des logis.

—Ville c'est un bien grand mot, vous savez. C'est tout petit. Il y a plein de boutiques et surtout des restaurants. Pour ça, c'est sûr, il y en a. Et aussi des gîtes d'accueil pour les pèlerins qui font Compostelle. Ce qui est beau c'est que le village est accroché à la colline et il ne faut pas avoir le vertige. Heureusement qu'il y a des ascenseurs à crémaillère pour y descendre. Et il y a un sacré monde qui visite, c'est incroyable ! Les ascenseurs sont toujours pleins à craquer.

— On ne peut pas y descendre à pied ?

— Bien sûr qu'on peut ! Il y a un chemin assez long et qui descend en lacets. C'est pour le remonter que c'est plus dur. Je n'ai même pas essayé de le faire. Ma femme oui.

— Elle est plus courageuse que vous.

— Pour sûr. Surtout que ce chemin représente le chemin de croix. À chaque tournant, il y a une station de Jésus et les croyants peuvent y faire une prière. Mais, vous savez, moi et la relig…

Un silence pesant était tombé dans la voiture. Le maréchal des logis jeta un coup d'œil en coin à son passager pour constater que celui-ci était sidéré. Gabriel se tourna vers Jeremy.

— Tu as entendu ce que j'ai entendu ?

— Ouais et je crois qu'on n'a pas rêvé.

— Ça non.

— Je suis estomaqué par cette coïncidence. Tu te rends compte, le cadran solaire et surtout les *quatorze stations.*

Clairet les regardait sans comprendre.

— Je peux savoir ce qui vous étonne dans ce que j'ai dit ? J'ai dit une connerie ?

— Ce qui nous étonne ? Mais, tout. Figurez-vous que l'homme que nous recherchons tue ses victimes selon un rituel qui correspond aux stations de Jésus.

— Je comprends maintenant pourquoi le cadavre était sur la statue de la vierge. C'est la treizième station : Marie reçoit le corps de son fils

— Bien sûr, et vous venez de nous donner la solution. Il ne reste plus qu'à retourner rapidement à l'hélicoptère qui nous amènera à Rocamadour.

— Comment allez-vous trouver votre assassin ?

— Nous ne le trouverons pas. C'est lui qui viendra à nous. Il a fait treize victimes. La quatorzième, si nous suivons bien ses indices et son raisonnement, sera sur le chemin en lacets de Rocamadour. Peut-être à l'emplacement de la dernière station. Appuyez sur le champignon, s'il vous plaît. Il me tarde d'y arriver. Nous étions de plus en plus tôt sur les lieux du crime. Cette fois nous serons en avance.

CHAPITRE VIII
Jeudi 7 mai 2009, 23h58

Le curé Fréville venait de mourir et Saül avait inhalé sa dernière expiration. Il se sentait de plus en plus immortel, intouchable. Il était dans un état second. Sa dernière victime venait de rendre l'âme et il l'avait absorbée, il s'en était imprégné. Dorénavant, plus rien ne l'atteindrait.

Le prêtre était allongé sur le sol, baignant dans une mare de sang. Il était mort après des heures interminables de torture, des cris, des hurlements. Ensuite, sa voix s'était éteinte, il ne pouvait plus faire sortir un son de ses cordes vocales irritées, aphones. La souffrance l'avait submergé comme une vague se précipite sur une plage et la recouvre. Puis, il avait dépassé le stade de la souffrance, de la douleur horrible qui vrille le corps, il était tombé dans un état catatonique qui l'avait pris par la main pour l'amener jusqu'à la mort sans s'en rendre compte.

Cela avait plongé Saül dans une démence extrême, frustré par cette douleur qu'il n'arrivait plus à dispenser. Il n'avait pas réussi à réveiller le curé qui était passé de vie à trépas, le spoliant de la jouissance à distribuer cette souffrance dont il se nourrissait. Il avait quand même réussi à capter l'ultime souffle de l'homme d'église et s'apprêtait, à présent, à le transporter sur le dernier site qu'il avait choisi pour l'exposer. Ce dernier site lui semblait de circonstance et il lui tardait de voir les réactions qu'il allait provoquer. Il était minuit moins deux minutes. Il allait donc déposer le corps le huit mai comme prévu dans son programme. C'était un jour férié et il y allait avoir du monde

C'est ce moment que choisit LA VOIX pour lui parler, le fustiger.

—*Bravo, Saül, tu as terminé la première partie de ton œuvre. Mais, tu sais qu'il y en a encore une beaucoup plus importante. Ce n'est pas le moment de t'endormir sur tes lauriers.*

—Bien sûr, ma vengeance, bien sûr. Je sais tout ça. Je vais recommencer et recommencer sans cesse. Je vais offrir tous ces monstres au Seigneur.

Il se baissa prit Fréville dans ses bras et le souleva en l'air, l'exposant vers le plafond de la grotte comme une offrande au ciel. Puis, LA VOIX disparut en prononçant ces mots :

—*Je m'efface car le seigneur est là !*

Sans lâcher le curé, Saül tomba à genoux et regarda fixement le mur contre lequel le prêtre avait été attaché et laissé une silhouette sanglante qui délimitait son pourtour.

Les monstres qui hantaient Saül sortirent de l'auréole de sang, des mains s'élancèrent dans la pièce, s'entortillèrent autour de son corps, des langues apparurent au bout des doigts et léchèrent les vêtements du psychopathe. Puis, elles rentrèrent dans le mur, comme attirées, pareilles à un élastique qui se contracte, rétrécit et reprend sa forme première. Des visages grimaçants remplacèrent les mains ;

Saül les voyait sourire avec des bouches édentées, crachant des jets de salive noire. Les têtes sortirent du mur firent une sarabande autour du monstre dans un état extatique : alors un visage calme apparut. Il avait une légère barbe naissante, un sourire doux et apaisant et du sang dégoulinait tout le long de son visage paraissant sourdre de son front sans plaies apparentes. Les gouttes se formaient, s'agloméraient et descendaient en rigoles jusqu'au menton avant de tomber au sol et se mêler au sang du supplicié.

— Seigneur, s'écria Saül, j'ai accompli tous tes souhaits, j'ai exécuté tous tes ordres. Qu'attends-tu de moi, maintenant ?

— *Je n'ai exprimé aucun souhait*, dit l'apparition d'une voix lénifiante. *Tu les as simplement exhumés, extirpés de ton cerveau. Tu n'as pas accompli mes souhaits, il n'y a que les prophéties qui ont été accomplies. Quant à mes ordres, je n'en ai donnés qu'à mes disciples, mais aujourd'hui tu es devenu l'un de mes disciples par les actes que tu as exécutés. Aussi te donnai-je un ordre : va Saül, continue ton œuvre de salubrité, continue à supprimer du monde des vivants tous les marchands du temple, ceux que j'ai bannis de Jérusalem voilà deux mille ans et qui se sont multipliés.*

Saül, qui tenait toujours le curé au-dessus de sa tête, le jeta sur le sol et s'allongea par terre, les bras en croix, dans la mare de sang.

— Je t'obéirai, Seigneur.

Et la vision disparut, se dilua en se fondant dans la roche, suivie par les têtes monstrueuses qui avaient continué à tourner.

Saül resta un long moment silencieux, baignant dans la flaque commençant à sécher. Puis, il sembla reprendre conscience. Il se leva, les vêtements ruisselants de larmes vermillon et se tourna vers Ariane, stupéfaite. Elle avait assisté à toute la scène, vu Saül soulever le curé, puis, se jeter à plat ventre et parler au mur. Elle avait compris que sa personnalité schizophrénique lui faisait avoir des visions, que La Voix l'habitait et que ce double lui donnait des ordres.

— Tu l'as vu, hein, tu l'as vu, le Seigneur ? Tu as entendu ce qu'il m'a dit ? Je dois continuer, je dois tous les tuer. On est vendredi, il te reste deux jours. J'espère pour toi que Jérémie viendra. J'ai rendez-vous avec lui.

Il se détourna d'Ariane, se baissa, empoigna le curé par les cheveux et le tira sans effort hors de la pièce.

Ariane entendit ses pas décroître tout le long de la galerie l'amenant à l'extérieur. Elle se retrouvait seule, traumatisée, au bord de la crise de nerfs. Elle se dit qu'elle ne sortirait pas intacte de cette épreuve et que si elle en réchappait, sa carrière dans la police était bien compromise. Elle ne pourrait plus continuer en gardant devant ses yeux les visions d'horreur qu'elle avait eues. Toute cette torture si inconcevable qu'elle n'aurait pu imaginer que quelqu'un eut le cerveau assez démoli pour y songer et l'exécuter. Non, elle n'en sortirait pas indemne. Si elle s'en sortait !

Même jour, quelques heures plus tôt.

Gabriel et Jeremy étaient arrivés à Rocamadour à 18h30. L'hélicoptère les avait déposés sur le parking, pratiquement vide à cette heure. Par contre, le lendemain étant un jour férié, ils se doutaient que les visiteurs allaient affluer par milliers dans cet endroit paisible fait pour le recueillement. Ils étaient contre le parapet et voyaient le village accroché au flanc de la falaise. Le spectacle était magnifique en cette fin de journée où le soleil, calmant ses ardeurs, envoyait une clarté plus douce et moins agressive.

Quelques touristes attardés finissaient de remonter la longue route en lacets retraçant les quatorze stations de Jésus. Bientôt, le parking serait complètement vide et Gabriel et Jeremy pourraient y stationner avec les renforts que le commissaire avait demandés par radio. Le préfet du Lot s'était investi lui-même pour donner satisfaction aux policiers marseillais. Douze gendarmes et dix CRS devaient être en route pour arriver vers 19h30 et prendre position sur tout le secteur.

Avec ce dispositif, le tueur ne pouvait leur échapper. Il ferait mettre les gendarmes en bas du sentier, répartis dans le village, avec l'ordre de n'intervenir qu'à son signal quand le tueur se serait dévoilé. Les CRS resteraient en haut : quatre dans les locaux de l'ascenseur, quatre pour surveiller l'accès au chemin et deux cachés sur la terrasse du bar-restaurant.

Quant à eux, Jeremy serait dans le village, dissimulé dans une voiture de livraison et Gabriel en haut, dans la sienne sur le parking.

Ils seraient tous en liaison radio et le commissaire espérait que cette opération d'envergure porterait ses fruits.

Le déploiement des forces de police se fit à vingt heures quinze et se passa comme prévu.

Les autorités religieuses avaient été prévenues que les forces de police allaient investir la place et qu'elles devaient absolument collaborer.

Le sentier se terminait sur l'esplanade de l'édifice religieux principal du site. Six gendarmes furent disposés tout autour : dans la petite chapelle, dans le magasin d'articles de souvenirs, dans l'église avec ordre de n'intervenir qu'au dernier moment et d'éviter les tirs, bien évidemment dans la mesure du possible. Les six autres furent postés dans le village, au pied de l'escalier y accédant, cachés dans les magasins alentours.

Quand aux CRS, ils étaient restés en haut. Gabriel avait préféré que cette unité d'intervention ne soit pas au contact direct avec le fou. Comme il pensait qu'il arriverait par la route du bas, celle qui accédait directement au village et que prenaient les riverains et les livreurs d'approvisionnement des boutiques, il avait décidé que ce serait les gendarmes, réputés moins agressifs, qui seraient présents pour l'appréhender avec le plus de discrétion possible. Les CRS feraient barrage en cas de fuite vers le haut. Jeremy chapeauterait la gendarmerie et Gabriel avait le soin de diriger la Compagnie Républicaine de Sécurité.

Nul ne savait avec certitude si cet endroit était le bon, mais Gabriel en avait le pressentiment. Trop d'indices le lui indiquaient. Personne ne savait non plus qui allait être jeté en pâture à cet endroit. Aucun signalement d'enlèvement n'avait été rapporté. Les deux policiers pensaient que ce serait la dernière victime qui allait être déposée. Nul ne pouvait dire s'il y en aurait d'autres mais logiquement, ils savaient qu'un tueur en série ne cessait que quand il était arrêté. Il avait trop de pulsions et aucune raison de stopper des tortures et des assassinats qui lui procuraient tant de plaisir.

À vingt et une heures quarante-cinq, tout était en place. Le site paraissait désert. Les derniers touristes avaient rejoints leur véhicule, étonnés de voir tous ces CRS qui n'avaient pas encore pris leur position. Peu à peu le parking avait fini par se vider et seuls les véhicules des commerçants d'en haut, n'ayant pas encore fermé leur magasin, se trouvaient sur place.

L'attente commença. Gabriel, dans la 407 se faisait tout petit sur son siège. Il espérait fermement que la fin de cette attente verrait en même temps la fin de son enquête et de ces meurtres. La nuit promettait d'être longue, mais il avait l'habitude des planques.

Jeremy, dans le village, au pied de l'escalier qui y aboutissait, était dans une fourgonnette de livraison. Il avait plus de confort que son chef et pouvait allonger ses jambes. Il n'en était pas moins vigilant et surveillait attentivement tous les mouvements perceptibles dans son champ de vision.

En cette fin de printemps, les journées étaient un peu plus longues. Mais, le crépuscule commençait à s'étendre sur la vallée et seuls quelques réverbères éclairaient les lieux. Jeremy n'en était que plus attentif car de nombreuses zones d'ombre se révélaient avec la tombée de la nuit.

De temps en temps, il apercevait un léger mouvement, presque imperceptible pour quelqu'un n'étant pas au courant. Probablement un gendarme qui changeait de position de guet.

Sans arrêt, les images des victimes revenaient le harceler, associées à celle d'Ariane. Il avait beau se dire que Saül ne la toucherait pas avant d'avoir sa réponse, il était quand même follement inquiet. Même s'ils avaient été des étrangers dans leur enfance et s'il ne l'avait plus revu depuis ses treize ans, il se doutait de ce qu'il était devenu : un monstre sanguinaire, assoiffé de vengeance, d'enlèvements, de torture et de meurtres. Il pensait qu'il était devenu cannibale et, devant ses yeux, défilaient les images de tout ce qu'il avait pu consulter à ce sujet.

Il repensait à ces têtes au cerveau assez monstrueux pour avoir pu concevoir de tels actes : Guy Georges, dit « le tueur de la Bastille » : 7 victimes, Francis Heaulme, dit « le routard du crime » : 10 victimes, Thierry Paulin, dit « le monstre de Montmartre » : 18 victimes, Pierre Chanal, dit « le tueur des 'disparus de Mourmelon' » :

entre 8 et 17 victimes, Michel Fourniret, dit « l'ogre des Ardennes » : 7 à 10 victimes. Cette toute petite liste ne concernait que des français. Des tueurs en série avaient sévi et sévissaient toujours dans le monde entier, avec une prédilection pour les États-Unis.

Qu'était devenu le monde pour engendrer autant de monstres ?

Il songea que, bien souvent, ces bêtes sauvages en venaient à cannibaliser leurs victimes pour absorber leur énergie vitale. Le film *Hannibal le cannibale*, avait popularisé ce genre, mais les gens qui se délectaient de ce style ne se doutaient pas que, dans la réalité, cela arrivait plus souvent qu'on ne le croie.

Il ne voulut pas imaginer Ariane entre les mains de Saül et se força à penser à autre chose.

Vingt-trois heures.

Le temps passait lentement.

De temps en temps, dans la lueur des réverbères, des chauves-souris passaient de leur vol irrégulier et zigzaguant.

Vendredi 8 mai 2009, 3h30

Dans la voiture qui venait de franchir le petit village de Couzou, dans la vallée de l'Alzou, sous Rocamadour, Saül au volant d'une vieille 4L déglinguée, conduisait prudemment. Son esprit, bien que survolté par le dernier crime qu'il venait de commettre, raisonnait calmement.

Derrière lui, il y avait le cadavre du curé allongé sur le plancher de la vieille guimbarde, débarrassée de sa banquette arrière pour l'occasion. Une couverture marron, reliquat de la période militaire de Saül, le recouvrait. Tout en conduisant il avait le regard rivé dans le rétro et de temps à autre donnait des coups d'œil latéraux vers le petit bois qu'il traversait et que la lune ne parvenait pas à éclairer suffisamment. Les arbres formaient une barrière noire, impénétrable aux regards. Tout était calme et pourtant, il ressentait une inquiétude, une sensation bizarre qui l'étreignait à la gorge. Il avait l'impression d'être épié... mais ce n'était pas possible.

En admettant que Jérémie ait déjà eu le message qu'il avait laissé à Saint-Bonnet —*c'était invraisemblable, mais admettons*, se dit-il, *il ne pourrait pas déjà être là. Pourtant lui, il l'avait fait ce trajet et il avait eu le temps de tuer ce satané curé. Oui, mais la police ne va pas aussi vite. Les gendarmes ont dû mettre plus de temps à faire le rapprochement entre le meurtre, le message et les flics de Marseille.*

Il était pratiquement certain qu'ils étaient à peine à Saint Bonnet. Ce n'était pas possible autrement.

Mais, il y avait cette sensation, cette intuition qui le tenaillait...

Il continua de rouler sur cinq cents mètres et appuya brusquement sur le frein. Un choc sur son dossier lui apprit que le curé venait de rouler sur le plancher. Il se gara sur le bas côté, sortit de la voiture et jeta un coup d'œil par la vitre arrière. À l'avant, les feux de croisement avaient de la peine à trouer l'obscurité et dans leurs faisceaux des dizaines de papillons de nuit voletaient. À vingt mètres un bruit attira son attention. Il se retourna d'un coup et fixa la route : en plein milieu, dans la lumière des projecteurs, un lapin le regardait de ses yeux ronds. Il était assis sur son derrière, ses longues oreilles dressées, hypnotisé par l'illumination. Saül fit un pas en avant. Le lapin sursauta et s'enfuit vers le bas-côté pour disparaître, absorbé par la nuit. Cela rappela à Saül les longues heures qu'il avait passées à torturer des animaux. Tout y était passé : il avait commencé par se faire la main sur des grenouilles et des oiseaux, puis, il avait pris des chats, des lapins et même trois chiens. Mais, à présent, il avait mieux.

Un moment distrait par l'animal, l'étrange sensation revint l'oppresser.

Il jeta un coup d'œil au lointain. Les lumières des lampadaires de Rocamadour, sur la hauteur, lui indiquaient la route et brillaient comme des lucioles. Il n'en était plus très loin.

Un gros papillon de nuit, un sphinx tête de mort, vint cogner contre sa poitrine. Sans hésiter, il l'écrasa de sa paume. Puis, il prit sa décision. Après un dernier regard vers la voiture pour constater qu'elle était bien garée et à l'abri des regards indiscrets, il passa son buste par la vitre de la portière et coupa le contact. Dès qu'il eut extrait la clé, il éteignit les phares et se mit en route. Il avait environ un kilomètre à parcourir avant d'arriver aux premières maisons accrochées à la montagne.

Plus il approchait, plus la sensation d'oppression s'amplifiait. Il n'avait plus de doute. La police était déjà là. Il se dit que si Ariane avait l'esprit vif, Jérémie ne l'avait pas moins. Mais, il voulait malgré tout être certain de ne pas commettre d'erreur. Il continua de marcher jusqu'au premier lacet escaladant la côte. À cet endroit, il y avait un grand champ que la lune éclairait suffisamment pour lui permettre de distinguer deux fourgonnettes paraissant noires presque dissimulée derrière un petit bosquet.

Il n'eut plus de doute. La gendarmerie était bien là. Il ne s'aventura pas plus loin et fit demi-tour. Décidément, ils étaient plus malins qu'il ne le pensait. Pour rejoindre sa voiture, il se mit à courir. Ses chaussures de basket crissaient sur le goudron à chaque foulée. Il sauta sur le bas côté, ainsi il n'eut plus que le vent de la course sifflant à ses oreilles. Avec l'entraînement qu'il avait eu durant des années, il franchit rapidement la distance et se jeta au volant de la 4L.

Avant de démarrer, il appuya son front sur le volant pour réfléchir. Son cœur battait à toute allure. Il n'arrivait pas à comprendre comment Jérémie pouvait être déjà là.

J'ai sans doute fait une erreur, pensa-t-il. Il récapitula les deux derniers jours mais ne voyait pas. La seule bêtise qu'il eut pu commettre était d'avoir mis le message sous le représentant en bonbons. C'était inutile. Jérémie aurait certainement compris, sans ça, qu'il ne lui restait que très peu de temps. Au lieu de ça il était allé lui donner bêtement des indications sur le lieu de la quatorzième station, tout simplement pour satisfaire sa morbidité et l'envie de montrer qu'il était plus malin que lui.

Il se donna des coups de poing sur le front, enragé de ne pouvoir exécuter son plan jusqu'au bout. Il ne pouvait plus contrôler et ça ne lui plaisait pas. Puis, il se calma. La gendarmerie ne resterait pas tout le week-end sur place. Il reviendrait demain soir et il n'y aurait certainement plus personne.

Il mit le contact, fit demi-tour et accéléra brutalement.

4h00

Après ces heures de spectacle horrible auxquelles elle avait assisté, Ariane se retrouvait seule dans la salle de torture. Elle avait encore la tête pleine des cris de souffrance du curé. Il n'avait plus visage humain, son corps n'était qu'une plaie sanguinolente. Bien qu'elle ait compris ce qu'il avait fait, elle le plaignait de tout son cœur. Personne ne méritait de mourir de cette façon, torturé de la plus ignoble, barbare et cruelle manière qui soit. Elle entendait ses supplications retentir à ses oreilles et ne pouvait pas les boucher de ses mains. Mais, elle fermait les yeux pour ne pas voir tout ce que cet esprit monstrueux avait inventé pour ôter la vie d'un être humain.

Il restait dans sa cellule une odeur de sang, de mort et de chair en putréfaction.

Les images du tortionnaire en train de manger le cœur du représentant étaient incrustées dans son cerveau. Elle n'arrivait pas à les chasser.

Elle se força à fermer ses paupières le plus fortement possible, jusqu'à ce que de petits points lumineux viennent danser devant ses yeux. Elle les rouvrit et ne vit que du noir et des mouches brillantes voleter dans tous les sens, puis, petit à petit, sa vision revint et tout ce à quoi elle avait assisté se remit à tournoyer.

5h30

Gabriel vit une ombre s'approcher de la voiture. En une seconde, il fut sur le qui-vive, sortit le Glock de son étui et le posa sur son genou droit, prêt à servir.

La montre du tableau de bord indiquait 5h30. Au loin, par delà le muret surplombant la falaise, une lueur diaphane commençait à éclaircir le ciel. Tout doucement, l'aube arrivait et avec elle les ombres de la nuit s'effaçaient.

La silhouette n'était plus qu'à cinq mètres. Elle arrivait, courbée en deux, à petits pas rapides. Un bref éclair de lumière en jaillit et Gabriel se rendit compte que c'était le commandant des CRS qui l'avertissait de sa présence avec sa torche. Il appuya sur un bouton de la portière et la vitre descendit avec son petit ronronnement de moteur électrique, amplifié par le silence alentour.

Le CRS resta accroupi contre la portière et tendit son poignet avec la montre bracelet en avant.

—Vous avez vu, commandant, il est 5h30 ? Qu'est-ce que vous comptez faire ?

Gabriel était dubitatif. Devait-il arrêter ? Continuer ? Il était indéniable que le monstre ne viendrait pas. Le jour se levait et il avait toujours agi la nuit. Il ne se risquerait pas, à présent, à déposer un cadavre dans un endroit qui allait être envahi par les touristes. Il n'oubliait pas qu'on était le 8 mai. D'un autre côté, il se dit que ça devait être bien tentant, pour le détraqué, de venir exposer son « travail » devant des centaines de gens qui le verraient avant que la police n'y mette un terme. Après quelques secondes de réflexion, il prit sa décision.

—Attendons encore une demi-heure, mon commandant. Si rien ne se passe, vous pourrez dégager la zone.

—Vous savez, répondit le policier, toujours en chuchotant, que nous ne reviendrons pas ce soir. Il va y avoir des manifestations un peu partout en France pour la commémoration de la victoire.

—Je m'en doute, j'ai déjà eu bien du mal pour vous avoir hier.

Gabriel étouffa un bâillement avec sa main. Au loin un coq se mit à chanter. Un autre lui répondit. Puis, un chien aboya. Tous ces signes indiquaient le réveil de la vie. Darmon ferma un instant les yeux puis, les rouvrit. Sa décision était prise.

—Ecoutez, mon commandant, vous n'avez qu'à rappeler vos hommes et vous en aller. Je pense que le détraqué ne viendra plus. Il nous a sans doute décelés. Mon adjoint et moi resterons encore une heure, par acquit de conscience, puis, nous irons nous coucher pour récupérer. La nuit prochaine sera longue et nous ne serons que deux.

—C'est entendu, commandant. Nous partons. Bonne chance

Il se releva, fit demi-tour et s'éloigna. La lumière commençait à être un peu plus visible au loin et les ombres se détachaient plus nettement. Un « cocorico » tonitruant se fit entendre à une cinquantaine de mètres, suivi d'un autre un peu plus loin.

Le jour était bien là. Darmon sentit une vibration dans sa poche. Il se releva sur une fesse pour sortir son GSM et appuya sur le contact.

— Oui ? fit-il à voix basse.

— C'est Jeremy. J'ai le capitaine de la gendarmerie qui me signale qu'il va partir avec ses hommes. Il pense que c'est fini pour cette nuit. Il ne viendra plus.

— Le commandant des CRS est en train de rappeler les siens. Il va partir lui aussi. Dis au capitaine que c'est d'accord. Nous, nous restons encore un moment et, basta ! Au lit.

— OK ! Terminé !

5h30

— Tes petits copains sont plus malins que ce que je pensais.

Saül venait d'arriver dans sa tanière. Ariane venait à peine de réussir à fermer les yeux et à s'endormir. Elle eut un sursaut de frayeur et durant un instant ne réalisa pas où elle se trouvait, mais la dure réalité vint rapidement la tarauder et remettre les choses en place.

Elle avait les yeux rouges et larmoyants de fatigue. Sous ses paupières, de larges cernes bleus donnaient l'impression qu'elle avait reçu des coups de poing. Son maquillage avait dégouliné et lardait son visage de coulées noires. Comme le lui avait préconisé son kidnappeur, elle s'était soulagée sur son fauteuil et sentait mauvais. Sa gorge était sèche : elle avait besoin d'eau et sa langue, gonflée, envahissait sa bouche aux lèvres craquelées par la déshydratation.

— Vous ne vous en tirerez pas comme ça, trouva-t-elle la force de mâchouiller dans un sursaut de rage. Je suis certaine que toute la police est sur les dents.

Saül était calme. Il avait accompli son forfait, assouvi ses instincts de prédateur, il avait son compte de morts et qu'il ne soit pas arrivé à déposer le dernier, n'était pas important. Ce n'était que partie remise. La nuit prochaine, il retournerait et le mettrait à l'endroit prévu. Il se doutait qu'il y aurait encore la police, mais il était certain que ce ne serait plus les gendarmes : ceux-ci auraient d'autres chats à fouetter. Par contre, Jérémie serait là et il ne se priverait pas de lui parler, bien qu'il espérât une autre confrontation avec son frère.

Il s'approcha d'Ariane et celle-ci se recroquevilla sur son fauteuil au fur et à mesure de son approche, la peur vrillée à l'estomac.

— N'aie pas peur, ricana Saül. Je t'ai déjà dit que je ne toucherais pas à un seul de tes cheveux tant que je n'aurais pas la réponse de Jérémie.

Il se tourna vers le bureau et, tendant son long bras, il tira le tabouret et s'assit face à Ariane qui s'était mise à trembler.

Ça y est, se dit-elle, *malgré sa promesse, il va me torturer. Mon Dieu, faites que je m'évanouisse ou que je meure rapidement, je vous en supplie mon Dieu.*

Saül ne disait plus un mot. Il l'observait sous tous les angles et jetait de temps à autre des regards lubriques sur les genoux de la jeune femme. Ses yeux brillèrent quand il lui parla.

— Finalement, je souhaiterais presque que Jérémie refuse. Je pense qu'on s'amuserait bien tous les deux.

Il posa sa main sur le genou, l'enserrant de sa large paume et appréciant sa rondeur. Puis, il glissa la main le long de sa cuisse qu'elle n'arrivait pas à serrer, ses pieds étant attachés au fauteuil. Elle eut une nausée de dégoût mais tenta de se reprendre. Inutile de lui montrer une quelconque répulsion, cela pourrait l'exciter d'avantage et déclencher sa folie. Elle savait qu'il ne fallait pas provoquer ce genre de malade, faire attention au moindre mot qu'on disait et qui pouvait être mal interprété. Elle comprenait que son ego et son orgueil démesurés étaient à l'affût de la plus petite perception de sentiments agressifs envers lui et qu'il pourrait, s'il ressentait ce qu'il prendrait pour une attaque, avoir des réactions disproportionnées.

Elle baissa la tête pour ne pas lui permettre de lire dans ses yeux les sentiments qu'elle éprouvait.

Il se leva subitement et se dirigea vers son bureau sur lequel il farfouilla. La jeune femme suivait le moindre de ses gestes s'attendant à ce qu'il saisisse l'un de ses instruments de torture. Mais, non ! Il se contenta d'ouvrir un très gros cahier scolaire à spirales et de le feuilleter rapidement. Malgré la faible lumière, elle put distinguer que la couverture cartonnée était jaune. Tout en tournant les pages, il revint vers elle en souriant. Bizarrement, quand il eut ce sourire, elle lui trouva un air de ressemblance avec quelqu'un de sa connaissance, mais elle fut incapable de trouver qui. Son esprit était trop perturbé pour qu'elle puisse le faire travailler à autre chose que la situation préoccupante dans laquelle elle se trouvait.

Comme chaque fois que Saül venait vers elle, instinctivement, elle sentit ses membres se rétracter, comme si elle avait voulu se résorber, semblable à un escargot qui entre dans sa coquille. Malheureusement, ses liens, même peu serrés, ne lui laissaient pas la possibilité d'éviter le contact avec le monstre.

Quand il fut à nouveau près d'elle, il s'assit sur le tabouret et feuilleta le cahier à la couverture auréolée de taches rouge sombre.

Bien qu'il fut à l'envers par rapport à elle, elle put voir qu'il y avait des pages écrites d'un tracé fin mais irrégulier, avec des angles pointus, certaines lettres montant beaucoup plus haut que d'autres. Il tournait rapidement les feuillets comme s'il cherchait quelque chose. De temps en temps il s'arrêtait, lisait une ligne ou deux et Ariane pouvait voir les éclairs de colère ou de folie, elle ne savait plus, que distillaient ses yeux.

Vers la fin, les pages étaient pleines de photos que Saül contempla sans se presser. Il passait son index sur sa langue pour l'humecter et les tournait délicatement en faisant attention de ne pas décoller les images. Aux trois quarts du cahier, il s'arrêta plus longuement pour regarder le cliché. Puis, il tourna le cahier vers Ariane pour qu'elle aussi puisse voir ce qu'il semblait tant apprécier.

Pour ne pas le contrarier, Ariane y jeta un coup d'oeil. Elles avaient été probablement prises avec un polaroïd bas de gamme car elles avaient légèrement palies et jaunies, comme des tirages anciens, comme ces photos en noir et blanc, dentées, sur lesquelles elle regardait de temps à autre ses grands-parents.

Il y avait deux grandes personnes : l'une des deux était un homme très grand, au ventre bedonnant, en manche de chemise et le pantalon tombant au dessous de la panse. Il y avait quatre trous sur le tirage. Ils étaient situés aux endroits où logiquement auraient dû se trouver les mains et les pieds de l'homme. L'autre personne était une femme. Elle était plus petite que l'homme d'une bonne tête, avait un air triste malgré un léger sourire forcé et se tenait un peu en retrait.

Il y avait aussi deux garçons. L'un, semblant plus petit que l'autre, s'essayait à une cabriole, la tête déjà posée contre terre et le derrière en l'air ; on voyait son visage à l'envers entre ses pieds. L'autre gamin était collé contre la jambe de ce qui semblait être son père. Le trou à l'emplacement de la main donnait l'impression que celle-ci lui enserrait fortement le bras. C'est ce qu'Ariane avait l'impression qu'elle aurait pu voir si la main avait été présente.

Saül posa son index sur le gamin à la cabriole.

— C'est mon frère, dit-il.

Ariane le regarda attentivement et Saül tourna le cahier pour qu'elle puisse voir le visage du gamin qui était à l'envers. Ensuite, elle fixa l'autre enfant.

— C'est moi, dit Saül en souriant et en retournant une autre fois le cahier pour le remettre à l'endroit.

De nouveau, son sourire rappela quelqu'un à Ariane. Les battements de son cœur s'étaient calmés quand elle avait constaté que le monstre tenait parole. Il semblait ne pas vouloir la torturer. Celui-ci pointa à nouveau son index sur l'enfant.

—Jérémie ! dit-il simplement.

Sur le moment Ariane ne réalisa pas. Elle était trop lasse, fatiguée, épuisée nerveusement pour approfondir quoi que ce soit. Mais, le simple mot lancé par le tueur fit peu à peu son chemin vers le cerveau obscurci de la jeune femme. Lentement, elle fit le rapprochement et, quand la lumière éclata d'un coup dans sa tête, elle ouvrit des yeux horrifiés, incrédules. Cette révélation lui fit l'effet d'un coup de massue. Elle en resta bouche bée. Non, ce n'était pas possible ! Ce n'était pas possible qu'un être aussi immonde que ce tueur, aussi cruel et barbare, ait pour frère le gentil, doux et attentionné Jeremy. Jeremy qui faisait tant attention à ne pas vexer ou blesser dans leur amour-propre les témoins qu'il lui arrivait de questionner. Ce n'était pas possible.

Non, se redit-elle, *ce n'est pas possible. Jeremy n'est pas le frère de ce monstre. Pas lui* ». Elle crut qu'il se moquait d'elle. Puis, les brumes qui enserraient son esprit s'effilochèrent et elle réalisa que c'était peut-être vrai. *C'est pour ça qu'il veut que Jeremy vienne, c'est pour ça que je trouve cette ressemblance. Mon Dieu, mais alors Jeremy est le frère d'un monstre ! Les messages que l'on recevait lui étaient adressés et pas à Gabriel.*

Tout tournait dans sa tête. Elle la secoua comme un chien qui s'ébroue. Elle n'arrivait pas, malgré tout, à y croire. C'était impossible.

—Je veux que mon frère vienne ici, avec moi.

Le monstre s'était mis à parler. Sa voix était monocorde, lente.

— S'il veut te sauver il doit venir te remplacer. Pas pour le torturer, non, c'est mon frère, mais pour agir avec moi. Ensemble, nous devons enquêter, découvrir et tuer tous les marchands du temple. Nous révèlerons au monde entier ce qu'ils font. Avec Jérémie, ça ira deux fois plus vite. Tout seul, je mets trop de temps.

Ariane n'osait rien dire malgré les nombreuses questions qu'elle avait envie de lui poser.

—Je suis certain qu'il viendra. Il sait déjà que tu es entre mes mains. Il sait ce dont je suis capable. Et lui aussi en est capable. Il a subi les mêmes choses que moi. Notre père nous a frappé, il a menti toute sa vie ; ce n'est qu'un marchand du temple qui disait de faire ce que lui ne faisait pas. « Il faut écouter la parole du Christ » disait-il. Mais, lui, ne l'appliquait pas.

Il commençait à s'exciter en parlant de la mission que lui avait confiée LA VOIX. *Sa mission*. Il devait l'exécuter jusqu'au bout et il le ferait. C'était pour ça qu'il avait besoin de Jérémie. Il y avait trop de barbares sur terre. Le travail était trop immense. À deux, ils y arriveraient. LA VOIX le lui avait confirmé.

Il parlait de plus en plus fort et envoyait des postillons qu'Ariane ne pouvait éviter. Les coins de ses lèvres excrétaient une bave blanchâtre. Il se leva et se mit à marcher de long en large en brandissant le cahier comme un trophée. Au passage, il donna un coup de pied dans le tabouret qu'il envoya valser au bout de la pièce.

—Non, il ne l'appliquait pas, la parole du Christ. Il disait : « Jésus a dit ceci, Jésus a dit cela » mais, lui ne le faisait pas. Il faisait tout le contraire, comme ces curés qui violent des enfants. Il y en a de partout. Il y en a aux États-Unis, en Angleterre, en Belgique. Quand nous aurons fini en France, avec Jérémie nous irons dans tous ces pays et nous éliminerons tous ces suppôts du diable.

Au passage, il reprit le tabouret et revint devant Ariane. Peu à peu il reprenait son calme. Il mit le tabouret sur le sol et y posa une fesse, puis, il recommença à feuilleter le cahier jaune. De temps en temps, il le tournait vers la jeune femme pour qu'elle puisse voir les photos.

—Jérémie à six ans, disait-il en appuyant son index dessus. Jérémie à huit ans.

Les photos montraient toujours les parents, l'homme semblant être le sujet principal, la femme ayant l'air toujours contrainte et les enfants s'amusant parfois. Mais, toujours, le père était représenté sans mains ni pieds. Puis, il lui tendit à nouveau le cahier.

—Notre père était mort.

Effectivement, sur le cliché il n'y avait plus que Jeremy tenant la main de sa mère et Saül. La jeune femme souriait, cette fois, de toutes ses dents. Ariane trouva, là encore à Saül, un air de ressemblance avec Jeremy.

—Je l'avais tué, ajouta Saül sur un ton qui fit frissonner Ariane. J'avais treize ans, expliqua-t-il. Je lui ai fait expier tous les crimes qu'il avait commis.

Peu à peu, pour la jeune inspectrice, une partie du voile se levait. Elle découvrait, avec désolation, la tranche de la vie de son amant qu'il lui avait toujours cachée.

Mais, elle se rendait compte qu'il n'aurait pu faire autrement. Comment avouer des choses aussi sordides. Elle pensa poser une question à Saül parmi toutes celles qui se bousculaient à ses lèvres.

—Est-ce… est-ce que… Jeremy est… au cou…

—S'il sait ? coupa le monstre. Bien sûr qu'il le sait ! Il est au courant de tout. Il sait que j'ai tué notre père, que je lui ai coupé les pieds et les mains. Il sait que j'ai tué notre mère, que je l'ai empoisonnée et il n'a rien dit à la police. C'est pour ça qu'il viendra. Nous avons une mission à remplir et il viendra m'aider dans cette grande tâche qui nous est dévolue : assainir la terre de tous les bourreaux d'enfants.

Ce n'est pas possible. Jeremy ne sait pas. Il ne peut pas savoir. Il n'aurait pas couvert ce monstre odieux et caché tous ses crimes. Il va arriver avec Gabriel et ils vont le tuer. Il ne faut pas lui laisser une chance de s'échapper, ce serait trop horrible.

Saül arriva enfin au bout du cahier qu'il feuilletait avec précaution, comme un écolier lors de la rentrée scolaire, et le referma avec bruit sec.

—Voilà, c'est terminé. Maintenant, il reste à Jérémie quelques heures pour trouver où je suis, mais je lui ai donné des indices et il va bientôt en avoir un dernier. Si dimanche soir, il n'est pas là, je te prendrai en mains, ricana Saül avec un regard qui donna la chair de poule à Ariane.

CHAPITRE IX
Samedi 9 mai 2009, 00h15

Gabriel et Jeremy avaient repris leur position sur le site de Rocamadour. Ils n'avaient plus le soutien de la gendarmerie et des CRS.

Jeremy était en faction dans le bas du village. Gabriel s'était octroyé le parking avec une vue sur le début du chemin de croix.

À minuit quinze et après avoir veillé toute la nuit précédente, leurs yeux commençaient à se fermer lourdement. La stridulation des grillons, monotone et lancinante, contribuait à leur somnolence.

Gabriel, sur le siège arrière, avait laissé la vitre avant droite ouverte pour que l'air rafraîchissant de la nuit le fustige et le tienne éveillé. Quand ses paupières étaient trop lourdes, il suçait un bonbon à la menthe forte et le coup de fouet qu'il en ressentait le remettait d'aplomb pour une demi-heure. Il entendit un reniflement contre la portière. Sans faire le moindre bruit, il colla son front à la vitre et aperçut un chien maraudeur qui avait senti sa présence. Son premier geste fut de le chasser mais il se reprit à temps. La fuite du chien risquait d'éveiller l'attention de l'assassin, s'il était sur les lieux en train de guetter. Au bout de trente secondes, le chien leva la patte contre la roue de la 407, envoya quelques jets d'urine puis, il fit demi-tour et s'en alla en trottant.

Gabriel reposa son dos contre le dossier du siège. D'où il était la vue sur le chemin de croix lui permettait de contrôler toutes les éventuelles arrivées d'intrus. Quelques lampadaires envoyaient des auréoles de lumière éclairant parcimonieusement le décor, au delà c'était le noir absolu de la vertigineuse descente de la montagne vers la vallée de l'Alzou.

Jeremy était resté sur un parking, lui aussi, dans sa Laguna. De cette position, il contrôlait l'entrée du village et ne pouvait manquer aucun importun arrivant par la route inférieure. C'était l'accès journalier des riverains et des livreurs pour l'approvisionnement des boutiques et des restaurants.

Il n'en pouvait plus de sommeil. Malgré tout, il gardait les yeux grands ouverts en songeant à Ariane prisonnière de son frère. Sa respiration avait fait naître une légère buée sur les vitres latérales. Avec un mouchoir en papier, il essuya la sienne et ouvrit la vitre opposée pour faire entrer un peu de l'air campagnard chargé d'humidité nocturne. Cette intrusion le fit frissonner. Il remonta le col de sa chemise et en ferma le dernier bouton puis, jeta un coup d'œil rapide à sa montre : minuit trente-cinq. C'était long et pourtant il devait venir cette nuit. Logiquement, quand ils avaient, Gabriel et lui, rejoint Saint Bonnet Tronçais, Saül devait avoir déjà enlevé quelqu'un d'autre et, durant leur première nuit de veille, puisqu'il n'était pas venu, c'est qu'il était en train de le torturer et le tuer. À moins qu'il ne soit venu et ait vu tous les factionnaires l'attendant.

Jeremy passait en revue toutes les hypothèses possibles. Ce dont il était certain, c'est que Saül ne pourrait pas se permettre de garder un cadavre très longtemps. Quoiqu'il arrive, il viendrait le déposer. Cela entrait logiquement dans l'ordre des choses. Les meurtres se rapprochaient et il *fallait* qu'il vienne cette nuit. Tout correspondait : le message trouvé sur la dernière victime, l'ordre dans lequel ce crime était commis et l'endroit qui était exactement le lieu voulu. Quatorzième victime, quatorzième station ! Il *devait* donc passer par là pour la déposer en bas du chemin de croix.

Il regarda à nouveau sa montre : minuit trente-sept. Il se fit la réflexion que le temps ne passerait pas plus vite en regardant sa montre toutes les deux minutes.

Gabriel, lui aussi, commençait à trouver le temps long. Il composa le numéro de son adjoint et attendit la tonalité. Au bout de trois sonneries la réponse se fit entendre. C'était un chuchotement dans l'écouteur mais qui paraissait emplir le silence de la voiture.

—Oui ?

—Rien en vue ?

—Non.

—Ça va ?

—C'est long.

—Il faut tenir, Jeremy.

—Je sais. Il viendra.

—Terminé.

Gabriel ferma son portable. C'était laconique mais tout se passait bien. Il ne leur fallait que de la patience.

1h00

Saül, le cadavre du curé sur son dos, montait l'escalier escaladant la petite pente entre deux maisons accrochées à la paroi. La rue était abrupte et le corps raidi n'était pas commode à porter, mais il grimpait sans s'essouffler. Quand il déboucha sur la Grand'Rue, il s'appuya contre le mur d'une maison pour se soulager du poids mort. Le curé ayant atteint l'état de *rigor mortis*, il ne pouvait le porter sur son épaule. Il l'avait donc placé sur son dos, les deux bras passant de chaque côté de son cou et il avait attaché les poignets devant lui pour pouvoir les tenir plus facilement. Cette technique lui avait rendu la montée un peu plus difficile, mais il n'était pas une mauviette. Le corps du curé, même mort, était léger pour sa force herculéenne.

Il jeta un coup d'œil à droite et à gauche. Personne dans la rue, il pouvait traverser et rejoindre l'escalier qui l'amènerait à la dernière station du chemin de croix.

Il courut pour traverser l'espace à découvert et plongea littéralement dans l'ombre de la devanture d'un magasin de souvenirs. Pas un chat dans l'enfilade de la longue allée piétonne. Il reprit sa marche en rasant les murs et les vitrines, franchit la Porte Basse, la Porte Hugon et put enfin attaquer les premières marches du Grand Escalier qui lui permettrait d'atteindre l'endroit choisi pour déposer le corps.

1h25

Jeremy regarda pour la énième fois sa montre-bracelet. Une heure vingt-cinq. Les minutes lui semblaient des siècles. Elles s'étiraient interminablement et il faisait des efforts surhumains pour ne pas s'endormir. Il avait baissé les quatre vitres de la Laguna et la fraîcheur nocturne entrait à volonté. De temps à autre, une petite brise pénétrait par une ouverture pour sortir par l'autre en le faisant grelotter. Mais, ce froid le maintenait en état de veille. Il frotta ses mains rapidement l'une contre l'autre puis, se tapa les épaules pour activer sa circulation sanguine. Il se dit que s'il avait fumé, il aurait bien allumé une cigarette. Ensuite, il pensa qu'il aurait dû apporter une fiasque de whisky, ça l'aurait aidé à se réchauffer. Ou peut-être un thermos de café.

—Tu te les gèles, hein ?

La voix lui fit faire un bond dans la voiture et le sommet de son crâne heurta le plafond de la Laguna. Il porta la main à son holster et saisit la crosse de son Glock 19. Une vague de chair de poule hérissa sa peau de la tête aux pieds.

—À ta place je n'en ferai rien !

Un long poignard de parachutiste à la lame tranchante et effilée, au dos dentelé, vint se plaquer contre son cou. Il sentit l'acier glacial à deux doigts de faire éclater sa peau.

—Comme on se retrouve, petit frère !

Saül était contre la portière et avait passé son bras gauche, armé du couteau, à l'intérieur. L'avant-bras droit était appuyé sur le toit de la voiture.

Bien qu'il ne l'ait plus vu depuis de nombreuses années, Jeremy reconnut instantanément la voix de son frère.

—Saül ? questionna-t-il d'une voix blanche en tentant en vain de ne pas montrer sa surprise et sa frayeur.

—Qui veux-tu que ce soit ?

Le tueur était simplement vêtu d'un pantalon de survêtement et d'un tee-shirt. Il ne semblait pas craindre la fraîcheur de la nuit printanière. Le bras qui tenait le poignard était long et noueux, les muscles saillaient et roulaient sous la peau.

— Qu'est-ce que tu veux ? demanda Jeremy.

— Qu'est-ce que tu fais ici ? répondit Saül par une question.

— Devine !

Peu à peu le lieutenant de Gabriel reprenait du poil de la bête. Son cerveau, bien éveillé maintenant, tournait à toute allure.

S'il a enlevé Ariane c'est qu'il a une raison et cette raison c'est moi, se disait-il. *S'il m'a envoyé des messages, ce n'est pas pour me tuer cette nuit. Il veut que je le rejoigne dans son repaire.*

— Tu crois que tu vas m'arrêter comme ça, en claquant des doigts ? N'oublie pas que je détiens ta petite amie, la belle Ariane et que…

— Si tu touches à un seul de ses cheveux, je te réduirai en charpie.

— Oh la ! Oh la ! Le Monsieur s'emporte. Pour l'instant je ne l'ai pas touchée, ou alors juste pour l'attacher et lui caresser la cuisse.

À ces mots, Jeremy tenta un geste de révolte mais aussitôt la lame appuya un peu plus fort et un filet de sang suinta tout le long de l'acier brillant.

Saül recula légèrement en tendant le bras tenant le poignard et en se poussant de la main sur le toit poussiéreux de la Laguna.

— Ta, ta, ta ! On ne bouge pas.

Jeremy s'enfonça profondément contre le dossier de son siège pour éviter le contact avec le couteau, mais la lame suivit le mouvement.

— Je veux que tu viennes dans mes appartements, dit ironiquement Saül. Si tu viens, je relâche aussitôt Ariane. Elle est mignonne entre nous soit dit.

Le lieutenant se força à ne pas relever cette remarque.

— Si tu veux que je vienne, dis-moi au moins où tu es. Je ne peux pas le deviner.

— Tu as toutes les indications pour ça. Sache seulement que c'est dans un rayon de cent kilomètres et que là où je suis, les vivants ne craignent rien. Le silence est mon compagnon et la Grande Faux, ma compagne. Quand je suis là, je laisse la Géhenne à l'extérieur. Si avec tout ça, tu ne me trouves pas, c'est que ton chef et toi ne méritez pas d'être dans la police.

Le silence, la Grande Faux, la Géhenne, Jeremy en déduisit rapidement que ce devait être un cimetière.

— Tu es dans un cimetière, c'est ça ?

— Tu n'en es pas loin. Maintenant, je ne te dis plus rien. Démerdez-vous. Une seule chose : si tu veux récupérer Ariane vivante, viens seul. Tu as jusqu'à dimanche soir minuit. Maintenant, je vais m'en aller, n'essaie pas de m'arrêter ou d'avertir ton commissaire. Tu sais très bien que c'est Ariane qui le paierait. Actuellement, c'est une bombe humaine. Si je ne rentre pas à l'heure : boum ! Plus d'Ariane. Fini Ariane !

Tout en maintenant le poignard sous le menton de Jeremy, il envoya sa main droite en l'air en écartant les doigts pour mimer une explosion.

Le policier ne grelottait plus, bien au contraire des bouffées de chaleur l'envahissaient à présent. Il avait des envies de meurtre. Bien que ce fût son propre frère, le besoin le démangeait de saisir la crosse de son Glock 19 et de truffer de balles de 9 mm la tête de ce démon. Avec quel plaisir, il l'aurait vue éclater en mille morceaux et son cerveau se répandre dans la nature.

— Donne-moi ton arme, lâcha sèchement le tueur comme s'il avait lu dans ses pensées. Doucement, ajouta-t-il. Pas besoin de te le préciser, j'espère. Tu étais assez intelligent, si je me souviens bien, quand on était au lycée Simone Veil du Puy en Velay et je pense que tu n'as pas changé.

Ce rappel subit fit défiler en deux secondes des images de leur enfance devant les yeux du jeune homme. Il revit la petite maison avec le jardin en friche, le cabanon au fond, toujours fermé et qui était pour lui un mystère. Il s'était toujours demandé ce que son frère y faisait. À quel genre de manipulations occultes s'y livrait-il ? Tous ces livres qu'il achetait, tous ces petits animaux qui entraient dans ce repaire et n'en sortaient plus…

Il porta la main à son holster.

— Doucement, hein !

Il saisit la crosse et tendit l'arme à Saül.

— Tu n'as qu'à te dire que c'est pour le bien de ta « fiancée », ironisa-t-il en insistant sur le dernier mot.

De sa main droite, il fit tomber le chargeur et lança le pistolet sur le siège à côté du policier.

— Je vais ramasser le chargeur, n'oublie pas que je tiens toujours le couteau sous ta gorge et que je serai en déséquilibre. Un geste malencontreux est vite arrivé.

Tout en se baissant, il maintenait la lame brillante contre son frère. Quand il eut le chargeur en main, il ne se releva même pas.

— Jusqu'à dimanche soir ! dit-il d'une voix sombre et lugubre.

Il retira le couteau et fit un roulé-boulé qui lui permit de descendre le fossé longeant le parking, puis, il se mit debout et partit en courant vers le petit bois sombre à cent mètres de là, où il disparut.

Jeremy eut à peine le temps de voir son ombre se fondre sous la futaie. Il saisit son téléphone et composa le numéro de Gabriel.

— Oui, entendit-il au bout de trois secondes.

— Il est venu !

— Quoi ? Qu'est-ce que tu racontes ?

— Il est venu, je te dis. Je n'ai même pas été capable de le surprendre.

— Mais, com…

— C'est lui qui m'a surpris. Il m'a mis un couteau sous la gorge et…

— J'arrive !

— Eh ! Gabriel, attends.

— Oui ?

— Tu vas descendre par le chemin de croix. Il y a certainement déposé le cadavre. Je ne l'ai même pas vu passer. Je ne sais pas comment il a fait. C'est bien mon frère, j'avais vu juste…

Les mots se bousculaient dans la bouche de Jeremy. Il aurait voulu tout exprimer en même temps.

— C'est bon ! C'est bon ! Calme-toi. Tu m'expliqueras tout à l'heure. Prends le chemin à l'envers, nous nous croiserons. Le premier qui tombe sur un corps attend l'autre.

— OK ! Je monte.

1h35

Ils se rejoignirent, effectivement, au niveau de la quatorzième station. Jeremy était arrivé un peu avant Gabriel et l'attendait. Il avait escaladé deux par deux les 216 marches du Grand Escalier Via Sancta, traversé le parvis des églises, place Saint Amadour cernée de sept sanctuaires. Après avoir parcouru, toujours en courant, l'esplanade reliant le parvis au chemin, il était arrivé au premier tournant qui serait le quatorzième pour Gabriel arrivant par le haut. À cet endroit s'élevait la croix de Jérusalem sur un petit promontoire rocheux en arc de cercle entouré de buissons et de quelques arbres. Elle se détachait nettement sur un ciel sombre aux lueurs bleutées.

À l'intérieur des deux avancées formant les côtés de l'arc, le corps était là.

Jeremy stoppa net et dirigea le faisceau de sa petite torche vers la masse sombre qu'il avait aperçu. Quand il comprit que Saül avait réussi son dernier projet et qu'il en avait sous les yeux le résultat, il s'assit sur une grosse pierre et attendit.

Il vit apparaître, au bout de cinq minutes, un rayon lumineux jouant et zigzaguant entre les arbres. C'était son chef qui arrivait à toute allure.

Essoufflé par sa longue descente, ce dernier vit lui aussi la lumière émise par son lieutenant et s'arrêta.

— Tu l'as trouvé ? demanda-t-il.

— Là-dedans ! Jeremy désignait du doigt l'intérieur des branches rocheuses encadrant la croix de Jérusalem.

Gabriel y dirigea sa torche et un frisson le parcourut des pieds à la tête.

Le corps était là, couché sur le dos, les pieds vers le symbole religieux, les deux bras en croix, chaque main dirigée l'une vers Rocamadour, l'autre vers le sommet de la montée.

Le bref passage de la lumière sur le corps lui avait donné l'impression que la victime n'avait plus visage humain. Ce n'était qu'une masse rougeoyante informe et défigurée.

Il coupa la source lumineuse et porta la main à sa poche pour en extraire son téléphone portable.

— Tu attends depuis longtemps ? s'enquit-il.

— Cinq minutes environ.

— J'appelle la gendarmerie !

— Ça s'impose. Je crois que c'est le pire que nous ayons eu.

— C'est ce qu'il m'a semblé.

Quand il eut appelé les gendarmes, il s'assit lui aussi et attendit.

3h00

Six militaires en tenue bleue étaient arrivés depuis dix minutes. Ils avaient sécurisé le site et recouvert le cadavre d'une bâche en plastique noire, en attendant la scientifique qui avait été prévenue.

Deux grands projecteurs avaient été installés et les deux policiers de Marseille avaient pu examiner le corps et faire les premières constatations.

Le cadavre était presque réduit en charpie. Le tueur s'était acharné à l'écorcher vif à partir du pubis. La peau, découpée, avait été tirée vers le bas laissant à nu les vaisseaux suintants et les muscles. Mais, cela ne suffisant pas, il avait continué à arracher et tirer jusqu'à dépecer le sexe qui, mis à nu, apparaissait comme un doigt de gant retourné, un doigt rouge et sanguinolent.

Les pieds n'étaient plus qu'une masse informe. Il semblait que le monstre avait pris un odieux plaisir à les écraser à coups de masse. Les deux mains n'avaient plus de doigts, coupés net à la base de la première phalange. Les tétons étaient tranchés et toute la poitrine lacérée de coups de couteau.

Le visage n'avait plus d'oreilles ni de lèvres et les dents apparaissaient dans un sourire sanglant figé pour l'éternité. Le plus éprouvant pour les regards était au sommet du crâne. Tout son pourtour, d'une tempe à l'autre, en passant par l'arrière, avait été découpé et la tête se présentait comme une marmite dont le couvercle aurait été relevé laissant apparaître l'intérieur. La calotte crânienne ne tenait plus que par la peau du front, pareil à un cadavre après une autopsie. Gabriel et Jeremy eurent la chair de poule quand ils virent qu'il n'y avait plus de cerveau. Celui-ci avait été enlevé purement et simplement et le fond du crâne était plein d'une substance rougeâtre à l'aspect gluant, à moitié coagulée.

Pour la première fois de sa vie, en présence d'une scène de meurtre, Jeremy eut un haut-le-cœur et se dirigea vers un buisson pour vomir.

Il n'en revenait pas de voir à quel point un être humain pouvait arriver quand rien ne venait freiner son désir de meurtre et de pouvoir sur les autres, un être humain qui était son frère. Il savait ce que Saül avait subi dans son enfance, mais rien ne pouvait justifier cette déchéance. Il voulait jouer au vengeur, faire subir aux autres des souffrances hors du commun, mais pourquoi ? Parce que lui, enfant, avait payé son tribu à l'inceste et la violence paternelle ? Mais, il s'était vengé, il avait tué son propre père et, pour faire bonne mesure, avait supprimé sa mère. Est-ce que ce qu'il avait subi jusqu'à treize ans le disculpait de tels actes ? Non ! Non ! Mille fois non ! Lui aussi avait supporté et enduré les mêmes cruautés, lui aussi avait souffert du silence de leur mère. Il n'en était pas devenu fou et assassin pour autant. Peut-être que Saül était prédestiné, peut-être qu'il était déjà schizophrène à la naissance, qu'il en avait les gènes, peut-être qu'il avait suffit d'un grain de sable pour détraquer la merveilleuse mécanique du cerveau humain. Peut-être que, lui aussi, serait devenu fou si son frère n'avait pas servi de paravent, de bouclier, prenant tous les coups et les évitant, ainsi, à son cadet. Il est vrai que lui aussi avait eu sa part de violence, mais pas comme Saül. Son père n'était jamais allé, avec lui, jusqu'à le délabrer psychologiquement, c'était Saül qui se trouvait toujours sur le chemin avant lui. C'était Saül qui recevait les brimades, les humiliations, les insultes, qui était tout le temps opprimé.

Jeremy se releva. Maintenant, qu'il avait vomi, il se sentait mieux, mais il n'avait aucune réponse à ses interrogations et probablement n'en aurait jamais. Qu'est-ce qui peut à un certain moment de la vie, transformer en bête sauvage un être humain programmé pour s'intégrer dans la société, dans le moule de la vie communautaire, destiné à se fondre dans la masse ? S'il avait voulu se trouver au-dessus du lot, pourquoi avait-il choisi de faire souffrir et de tuer les autres ? Il aurait pu démontrer, au contraire, qu'il ne méritait pas ces injustices, qu'il était plus fort et intelligent que le reste de la terre en devenant quelqu'un de bien, en s'enrichissant, en se hissant au-dessus du commun des mortels.

Il se tourna vers Gabriel qui avait suivi ses cogitations.

— Gabriel, implora Jeremy, quand on le débusquera, laisse-moi le tuer. Ce n'est pas un homme, c'est une bête fauve.

— Jeremy, dit Gabriel d'un ton conciliant, je ne peux pas te laisser faire ça. Comprends-moi. Nous sommes dans la police et nous avons fait le serment d'arrêter les malfaiteurs, de protéger les innocents. Nous devons le remettre à la justice. Il sera jugé par un jury citoyen.

— Tu sais très bien comment ça va se terminer, Gabriel. Le juge va commettre un psychiatre pour l'examiner. S'il est jugé responsable, il sera condamné à perpète mais ne fera que vingt ou vingt-cinq ans. Tu imagines qu'il sortira à cinquante-cinq ans environ ? Il recommencera, c'est certain. D'autres innocents mourront parce que la loi l'aura décidé ainsi.

— On n'y peut rien, Jeremy.

Mais, le jeune lieutenant continua sur sa lancée

— S'il est estimé irresponsable, ce sera pire. Il ira dans un hôpital psychiatrique et là, il bernera tout le monde car il est schizophrène mais pas idiot. Il fera croire aux commissions qu'il est devenu raisonnable, qu'il regrette ses gestes, qu'il est guéri. Tu sais très bien comment ça se passe, tu sais très bien qu'il y a une multitude de fous lâchés dans la nature, des pédophiles récidivistes dont on sait avec certitude qu'ils recommenceront s'ils ne prennent pas leurs castrateurs chimiques. Combien d'enfants ou de jeunes femmes sont tués parce que les médecins ont estimé qu'un cinglé était guéri ?

—Je le sais, Jeremy et ça me désole et me rend malade.

Le lieutenant écarta les bras, paumes des mains vers le ciel.

—Alors ! dit-il, laisse-moi faire.

—Je ne peux pas.

Gabriel était ferme et catégorique. À moins d'être en légitime défense, il ne tuerait pas le frère de Jeremy s'il l'attrapait.

—Il tuera encore ! Il tuera ! s'écria le lieutenant, consterné. Encore et encore…

Quatrième partie

HALALLI

CHAPITRE I
Samedi 9 mai 2009, 11h00

Leur nuit avait été courte. Rentrés à cinq heures du matin à leur hôtel de Gramat, à quelques kilomètres de Rocamadour, ils s'étaient couchés aussitôt, leurs yeux encore emplis des visions d'horreur qu'ils avaient vues.

Réveillés à 10h40, ils prenaient à 11 heures une tasse de café pour tout déjeuner, au bar de l'hôtel.

Jeremy avait eu un sommeil agité, pensant sans cesse à Ariane dans les mains de son frère.

—Tu as les yeux cernés et les traits tirés, dit Gabriel à son lieutenant, avec un discret sourire forcé.

—Je crois que tu n'as rien à m'envier, répondit le jeune homme sur le même ton.

—J'ai mis une bonne heure à m'endormir. Mes pensées revenaient tout le temps vers Ariane. Ton frère t'a donné des indications sur son repaire. Il va falloir qu'on étudie ça de près.

—Nous avons déjà circonscrit la région d'où il tissait sa toile dans toute la France. Il est embusqué quelque part dans le Périgord, or nous sommes à Gramat. Il m'a dit qu'il se trouvait dans un rayon de cent kilomètres de Rocamadour.

—Répète-moi ce qu'il t'a dit exactement.

—Je m'en souviens mot pour mot. Il a dit : « là où je suis, les vivants ne craignent rien. Le silence est mon compagnon et la Grande Faux, ma compagne. Quand je suis là, je laisse la Géhenne à l'extérieur ». Il ne faut pas être bien sorcier pour deviner que c'est dans un cimetière.

—D'autre part, l'interrompit Gabriel, nous savons avec certitude, ou presque, qu'il se terre, après chaque meurtre, dans une champignonnière.

—Il y a également l'indication du Mont Carmel. Rappelle-toi la photo qu'il y avait dans ce message qui disait : « *J'ai remis entre tes mains, Christ comme promis, cette famille chérie, maintenant enterrée à l'intérieur des barrières formées par le Mont Carmel. Qu'il me soit permis, je t'en prie, père, avec le peuple des miens, autrefois au complet, d'aller lui rendre visite pour toujours au ciel* ».

—Il a donc, semble-t-il, exposé les ossements de tes parents dans une champignonnière, dans un rayon de cent kilomètres, proche d'un cimetière et où il y aurait une abbaye ou autre chose en rapport avec le Carmel ou les carmélites.

—Je pense, réfléchissait Jeremy en fronçant les sourcils, qu'on devrait pouvoir trouver ça.

—Je vais remonter dans ma chambre chercher mon ordi portable. Du salon de l'hôtel on peut se connecter à internet par la wifi. J'ai vu ça à l'accueil en arrivant. Il suffit de leur demander le code d'accès.

Un quart d'heure plus tard, Darmon pianotait sur le clavier de son portable. Jeremy était à côté de lui et tendait une tête anxieuse vers l'écran.

Gabriel tapa dans Google tous les mots qui avaient un rapport avec les indices qu'ils avaient. Pendant une demi-heure aucune indication ne leur donna satisfaction. Il indiqua Carmel, puis, carmélites. Ils eurent accès à des milliers de sites pour n'en ouvrir que quelques uns. Il y avait un couvent de carmélites à Bergerac : Le Carmel du Sacré Cœur. Mais, Bergerac était à cent-soixante-dix kilomètres de Rocamadour. Tous les autres étaient encore plus loin. Rien d'autre dans le Lot. Ce qui fit faire une réflexion à Jeremy.

—Décidément, même le département est en rapport avec mon nom : Lot.

—C'est vrai, je n'avais pas fait le rapprochement. En tout cas, je ne trouve rien, dit Gabriel consterné.

—Continue, cherche. Je suis sûr qu'il y a quelque chose. Tape « champignonnière » pour voir.

Gabriel s'exécuta. En un quart de seconde, Google afficha dix-neuf mille deux cents résultats. Malheureusement, il y avait de tout et de rien. Il y avait les adresses de sites de champignonnière en activité, des éleveurs de champignons, des noms de villes, des vidéos, des chambres d'hôtes…

—Attends, dit Gabriel après avoir consulté une dizaine de sites, en vain. Je vais taper : « champignonnière abandonnée ».

Une demi-seconde plus tard, son ordinateur afficha quatre mille sept cents dix résultats. Sur la première page, il n'était pratiquement question que d'un homme qui s'était perdu dans une champignonnière à Madiran dans les Hautes-Pyrénées. Un peu plus loin, un site attira son attention. Il le lut à Jeremy.

—« *Le 13 février 1984, le corps carbonisé d'une jeune-fille de dix-sept ans est retrouvé dans une sordide champignonnière abandonnée située au coin de la rue de la Stratégie et du boulevard du Triomphe. Elle a été torturée et violée* ».[1]

1. Authentique.

Il arrêta sa lecture quand il vit que la ville était Auderghem, en Belgique, donc sans rapport avec leur affaire.

Il continua, malgré tout, sa recherche. Mais, l'impatience commençait à le gagner. Jeremy voulut le remplacer.

—Donne, je vais essayer, dit-il en tapant nerveusement du bout des doigts sur la table basse du salon.

Darmon fit glisser le portable devant son lieutenant qui se mit, lui aussi, à ouvrir des sites. Puis, le commissaire se leva et se mit à aller et venir sur la moquette mauve à petites fleurs jaunes. À la dixième page, Jeremy tomba sur l'affaire Christian Ranucci qui avait défrayé la chronique en 1974. Accusé d'avoir tué une fillette, il avait été condamné et guillotiné. Ce fut la dernière fois que la guillotine entra en action. En 1981, une loi fut votée abrogeant la peine de mort.

—Tiens, dit-il, je ne me souvenais pas que la petite fût de Marseille.

—Oui, elle a été retrouvée dans une champignonnière abandonnée du quartier de la Pomme. J'ai relu les archives de ce dossier. Tu veux que je te dise, je suis persuadé que Ranucci était innocent. D'autant plus qu'un journaliste a retrouvé en 2006 une photo du procès et parmi les spectateurs, il y avait le visage de Michel Fourniret, un autre tueur en série, qui était dans la région à l'époque du meurtre de la petite victime[1].

Pendant que Gabriel parlait, Jeremy tapait et cherchait. Il ouvrait des sites, les fermait. Il tomba sur des pages parlant des troglodytes, de caves viticoles, mais il persévéra. À la quarante-septième page il fit un bond sur le canapé sur lequel ils avaient pris place.

—Je l'ai, Gabriel, je l'ai, nom de Dieu ! C'est ça. Il est là ! Je l'ai trouvé.

1. Authentique.

En face d'eux, un vieux monsieur en train de lire le journal releva la tête et les regarda par-dessus la feuille, d'un air désapprobateur.

Gabriel se retourna d'un coup et en deux enjambées vint s'asseoir à côté de son lieutenant. Jeremy poussa le portable vers lui.

— Là, lis ! fit-il, excité.

Il avait mis le site en surbrillance et les quelques lignes qu'il vit suffirent à convaincre le commissaire qu'enfin ils étaient sur la bonne voie.

« … et dans cette petite ville du Périgord, dans le Lot plus précisément, à Chabagnac-le-Château, nous avons trouvé une atmosphère champêtre et accueillante. L'une des particularités de ce bourg est qu'il possédait autrefois des carrières de gypse qui s'étendaient sous terre. Les tunnels déroulaient leurs longs doigts jusque sous une abbaye de Carmélite, détruite sous la révolution en 1789. Sur l'emplacement et les ruines de cette abbaye un cimetière fut créé en 1811 et existe toujours aujourd'hui. Quant à la carrière, elle fut laissée à l'abandon. En 1919, un paysan demanda l'autorisation de l'exploiter pour la culture de champignons de Paris. Puis, en 1942 elle servit de dépôt de munitions aux allemands avant d'être à nouveau, en 1947, utilisée comme champignonnière par des chinois démobilisés, qui cultivèrent le shiitake, petit champignon noir. De 1961 à 1979 le champignon de Paris fut à nouveau à l'honneur. Actuellement, murée pour éviter les accidents, elle ne sert plus qu'aux chauves-souris qui entrent et sortent par des trous dans la colline… »

— Je crois que tu as raison. Ça doit être là. Comment c'est le nom, déjà ?

— Chabagnac-le-Château. Regardons à combien de kilomètres ça se trouve de Rocamadour.

Il ouvrit rapidement Via Michelin et tapa Rocamadour-Chabagnac. Deux secondes plus tard, le résultat tombait : soixante-douze kilomètres.

—Il n'y a plus de doute, s'exclama Gabriel. Tout correspond, même la distance. Hé ! Ça ne te dit rien, Chabagnac ?

Jeremy n'eut pas à réfléchir longtemps. Les fax lui revinrent instantanément en mémoire.

—Oui, c'est vrai ! C'est là qu'il y a eu le crime sauvage, en ville, le jour de la fête annuelle. On y va ! s'écria-t-il en se levant d'un bond.

—Holà, ho ! Pas si vite Jeremy. Nous devons aller à la gendarmerie demander de l'aide. Il est hors de question que nous y allions seuls.

Déçu, Jeremy se rassit.

—Je crois que Gramat est une des villes de France qui possède une brigade cynophile. Nous pourrons nous faire assister des chiens pour trouver sa trace. Malheureusement, nous n'avons rien qui lui appartienne.

—Si au moins j'avais pu lui arracher un bouton ou un bout de tissu.

—On ne peut pas penser à tout.

—Attends ! Ce n'est pas si sûr. Nous avons peut-être quelque chose.

Gabriel releva la tête, les yeux brillants d'espoir.

—Quoi donc ?

—La voiture. Ma Laguna.

À nouveau déçu, le commissaire haussa les épaules.

—Mais, tu m'as dit qu'il n'était pas entré à l'intérieur.

—Non, mais il s'est appuyé sur le capot et il était bras nus.

—Et c'est maintenant que tu le dis, s'emporta Gabriel. Allons vite voir. Heureusement qu'il n'a pas plu.

La voiture était garée à cent-cinquante mètres de l'hôtel, attendant sagement contre le trottoir.

En courant les deux amis arrivèrent et pilèrent juste devant. Puis, Jeremy se pencha sur le toit et l'observa.

—J'étais à l'arrière, remarqua-t-il, et il tenait son bras gauche à l'intérieur avec le couteau, en s'appuyant de son bras droit sur le toit. Tiens, regarde.

Gabriel suivit des yeux l'index de Jeremy. Le toit de la voiture était poussiéreux, mais à l'endroit indiqué, la poussière était étalée, comme mal effacée. Il y avait même une discrète empreinte de main gravée dans la fine pellicule grisâtre.

—Les Dieux sont avec nous, s'écria Gabriel, soulagé. Allons vite à la Gendarmerie.

16h00

Il avait fallu quelques heures pour obtenir les autorisations nécessaires à la réquisition de deux bergers Belges Malinois. Ils étaient au pied de leur maître-chien, assis, sans broncher, suivant d'un œil curieux les gesticulations des humains.

Gabriel examinait le toit de la voiture qu'ils avaient amenée devant la brigade de gendarmerie.

—Je pense que ça devrait suffire, dit-il au capitaine qui l'accompagnait.

C'était le même officier qui avait mené la planque l'avant-veille.

—Oui, dit-il, l'empreinte de la main devrait suffire. S'il a appuyé aussi son bras, l'odeur restera assez forte pour orienter les animaux. Regardez, ajouta-il en pointant son index, une tache plus sombre.

Jeremy colla presque sa tête dessus, examina un instant et se retourna l'air ravi.

—Vous savez ce que ça doit-être ? Une petite tache de sang. J'ai remarqué que son bras gauche était auréolé de points rouge sombre. Si c'est pareil pour l'autre bras, il ne fait aucun doute qu'avec l'humidité de la nuit sur le toit de la Laguna, le sang se soit un peu dilué à cet endroit.

—Ça peut être, soit le sien, soit celui de la victime, s'interposa Gabriel.

—Dans les deux cas, c'est bon.

Le capitaine de Gendarmerie était péremptoire.

—Si c'est lui, pas de problème, il reste assez d'odeur pour le chien. Si c'est celui de la victime, nous avons deux odeurs différentes : celle du bras et le sang du type qui doit se trouver à l'endroit où il gîte. Les chiens trouveront. N'est-ce pas, Clervois ? ajouta-t-il en se tournant vers un sergent qui attendait, derrière.

Le sergent qui grattait le crâne de son chien de l'index, approuva de la tête, en fermant les yeux.

—C'est sûr ! dit-il laconiquement.

—Alors qu'attendons-nous ? s'impatienta Jeremy.

—La nuit ! répondit Gabriel. Nous allons être huit gendarmes, plus nous et deux chiens. Il ne faut pas attirer l'attention des gens du voisinage, ni *son* attention. En arrivant de nuit, on aura peut-être des chances de le surprendre.

—Ne crois pas ça ! N'oublie-pas qu'il m'a donné des indications pour que j'y aille. Et il m'a dit : *tout seul.*

—Je suis d'accord. Il t'attend, mais il doit bien se douter que je vais venir, non ?

—Probablement, mais pas dix flics plus les chiens. Je crois que nous ne devrions pas tous entrer dans la champignonnière. Gardons à l'esprit qu'il détient Ariane en otage.

—Ne craignez rien, temporisa le capitaine. Quatre hommes resteront dans un 4x4 devant l'entrée murée. Quant à nous, nous continuerons jusqu'au au cimetière avec les maîtres-chiens, puisque vous pensez qu'il entre par là dans sa grotte. Il suffira de trouver par où il y accède.

Il doit y avoir une sortie de galerie non connue des autorités sinon elle aurait été murée elle aussi. Nous verrons là-bas comment nous organiser. Je pense qu'il serait préférable que vous entriez, précédés des chiens qui vous guideront. Après, ce sera à vous d'improviser.

À dix-huit heures, Gabriel reçut un message sur son portable. Le commissariat de Marseille lui faisait part des résultats de l'exhumation des corps des parents de Jeremy : les cercueils étaient vides comme prévu.

CHAPITRE II

19h30

La Laguna démarra en direction de Sarlat la Caneda. Quelques kilomètres plus loin se trouvait Chabagnac-le-Château. Y avaient pris place Gabriel, Jeremy, le capitaine Masson et l'adjudant Auffray. Ces deux derniers, militaires depuis de nombreuses années, étaient des hommes de terrain et d'expérience. Les deux policiers marseillais savaient qu'ils pouvaient compter sur eux.

Quelques dizaines de mètres derrière eux suivait une Peugeot bleue dans laquelle il y avait les deux maîtres-chiens avec leurs compagnons à quatre-pattes couchés à l'arrière ; enfin le 4x4 noir avec quatre gendarmes était dernier, avec mission de se séparer à l'entrée de la champignonnière pour s'y poster.

Dans les trois véhicules, le silence était complet. Chacun était plongé dans ses pensées. Dans la Peugeot, seuls, de temps en temps, quelques halètements indiquaient la présence des chiens.

20h45

À un kilomètre deux-cents de Chabagnac-le-Château, l'entrée de la champignonnière était adossée à une colline. La grande ouverture donnant accès à tous les tunnels avait été murée depuis plus de vingt ans, en pierres sèches dont les joints avaient été envahis par la mousse et la végétation sauvage. Ils ne présentaient plus l'aspect d'un mur construit par l'homme. Ils semblaient être le prolongement naturel du versant rocheux. Juste avant, une grande esplanade, couverte elle aussi par la flore et les arbustes, servait autrefois de parking et de terrain de manœuvres aux camions effectuant leur chargement.

Arrivé au croisement, le 4x4 s'engagea dans le chemin y accédant et disparut aux yeux des autres policiers continuant leur route. Les premiers avaient pour mission de surveiller et voir s'il n'y avait pas de sortie dérobée à flanc de colline. Ils ne devaient pas intervenir sauf en cas de légitime défense ou pour empêcher le tueur de fuir.

Quatre cents mètres plus loin, le cimetière était là, entouré d'un mur de deux mètres de hauteur. L'entrée, close par un portail, était fermée évidemment, mais le capitaine avait obtenu les clés auprès des services municipaux et le cadenas fut ouvert rapidement.

Les deux chiens, dès que la portière de la voiture fut béante, sortirent en jappant et s'ébrouant. Le mâle en profita pour lever la patte contre un poteau électrique et envoyer un jet d'urine. Puis, il se dirigea vers son maître, s'assit et attendit, son museau marron levé vers l'homme, guettant ses moindres gestes. Une mission était là et il ressentait l'excitation des humains.

Gabriel et Jeremy ne parlaient pas. Tout se faisait d'un regard. Leur arme déjà en main, ils avaient franchi l'entrée et attendaient l'arrivée du capitaine, de l'adjudant et des deux maîtres-chiens. Ils devaient se concerter avant d'aller plus avant.

En fin d'après-midi, le caporal Bosquet avait passé un linge propre sur le toit de la Laguna et l'avait enfermé dans un sachet en plastique. Quand tous les six furent réunis, il sortit d'un sac de sport le sachet, en extirpa délicatement le chiffon et appela les chiens. Ceux-ci, qui avaient compris que leur travail commençait, s'approchèrent en silence. Ils ne jappaient plus mais frétillaient de l'arrière train en remuant la queue rapidement. Le caporal Bosquet et le sergent Clervois passèrent le mousqueton d'une laisse dans le collier des chiens, puis, ils firent sentir à chacun le linge imprégné de l'odeur de Saül. Ensuite, ils le posèrent sur le sol et les chiens tournèrent autour en remuant la queue et en poussant de petits gémissements. Puis, la femelle, Vega, releva le museau, huma l'air et partit d'un coup, suivie par le mâle, Pluton.

Les deux animaux entraînaient à leur suite les maîtres—chiens et les autres policiers qui suivirent en petites foulées. Seuls le crissement de leurs chaussures sur le gravier de l'allée, recouvert d'un tapis de feuilles mortes, rompait le silence. Les chiens filaient, Vega menant la troupe. Ils passaient d'une allée à l'autre, s'arrêtaient, levaient le museau pour renifler et repartaient encore plus vivement. Deux ou trois allées furent franchies, des pierres tombales sautées, des groupes de cyprès contournés.

Le cimetière de Chabagnac n'était pas excessivement important en termes de quantité de tombes, mais était très étendu en superficie. Au départ, construit sur les ruines de l'abbaye des Carmélites, il avait été clos d'un mur d'enceinte. Peu à peu, il s'était agrandi, dépassant les limites octroyées par la clôture. La municipalité avait cédé des terrains communaux alentours et les Chabagnais, fiers du lieu de repos de leurs morts, avaient fait édifier des tombes de plus en plus belles, des mausolées importants et luxueux. Maintenant, ils comparaient leur cimetière à celui du Père Lachaise.

Au bout de cinq minutes de course entre les tombes, Vega s'arrêta à l'entrée d'une allée transversale. L'odeur qu'elle reniflait était plus forte et elle s'engagea entre les cyprès, en tirant sur la laisse. Cent mètres plus loin, elle pila devant un mausolée assez grand, mal entretenu, à la porte en fer forgé rouillée et dont les vitraux, derrière les volutes métalliques, étaient cassés. Pluton se mit à japper en regardant son maître puis, les deux chiens s'allongèrent sur le sol, devant la porte, la tête entre les pattes antérieures.

—Je crois bien qu'on y est, dit l'adjudant en regardant Gabriel.

—C'est mon impression, répondit celui-ci en saisissant sa torche pour lire la plaque de marbre gravé posée à gauche de l'entrée.

Jeremy qui était déjà devant, lisait à la lueur de la lampe.

—Il y a un couple de jeunes et une fillette, dit-il en se retournant vers son chef qui s'approchait. Ils y sont depuis 1962.

—Apparemment plus personne ne vient.

—C'est la sensation que ça nous donne, approuva l'adjudant en tournant sur lui-même pour examiner les alentours. Tout autour de nous, ajouta-t-il, les tombes sont bien entretenues, avec beaucoup de marbre, alors que celle-ci paraît abandonnée.

—Oui, dit Gabriel, je crois qu'on va examiner ce mausolée en premier. Tout le désigne, y compris les chiens.

Il s'approcha de la porte rouillée et passa sa torche entre les volutes métalliques pour éclairer l'intérieur. Le faisceau lumineux illumina successivement tous les murs, s'arrêta un instant sur les bougeoirs et une vieille photo, puis, se fixa sur le sol qu'il balaya de gauche à droite. Il y avait une pierre tombale en granit noir recouverte de poussière, d'aiguilles de pins et de boules de cyprès. Sur le sol, le béton était creusé de sillons en arc de cercle indiquant que la pierre était régulièrement déplacée. Au bout de ces traces, le lit d'aiguilles de pins était repoussé et tassé contre la paroi de gauche.

—Il n'y a plus de doute, on y est, confirma Gabriel. Quelqu'un passe régulièrement par là.

Il se retourna et cogna contre Jeremy qui était dans son dos et essayait de voir. Il lui céda sa place que le jeune inspecteur s'empressa de prendre.

—Regarde le sol, dit le commissaire Darmon, les traînées qu'il y a. Je suis certain que Saül passe par là.

—Ouais ! confirma Jeremy. D'autant plus que, d'après ce qu'on a appris sur internet, la champignonnière s'étend assez loin sous le sol. Il a certainement creusé dans la tombe et abouti à une ramification du tunnel.

—Il n'y a qu'un moyen de le savoir. Entrons.

Il tourna la poignée et la porte s'ouvrit silencieusement, sans effort ni grincement. Gabriel entra et se plaqua contre le mur de droite pour laisser la place à son lieutenant. Ce dernier suivit le commissaire et se baissa devant la pierre pour examiner le sol. Les traces étaient nettes.

—Poussons la pierre, dit Jeremy.

—Attends. Avant de faire quoi que ce soit, il faut établir un plan d'action. Nous ne pouvons pas nous lancer à l'aveuglette.

Il sortit du mausolée et demanda au capitaine Masson quelles étaient leurs intentions et s'ils pouvaient prendre des initiatives qui n'entraient pas dans leurs prérogatives. Le capitaine n'hésita pas une seconde.

— Commissaire, dit-il, si vous entrez, nous entrons avec vous. Laissons de côté la guerre des polices. Nous avons l'occasion d'arrêter un tueur en série, faisons-le ensemble.

Après un bref instant de réflexion, Gabriel pinça les lèvres en remuant la tête de droite à gauche.

— Non, dit-il. Nous ne pouvons pas entrer à six là-dedans. Nous ne savons pas ce qui nous attend et nous devons être les plus silencieux possible. J'entrerai avec Jeremy et l'un de vous.

— Alors ce sera moi, dit le capitaine.

— C'est entendu. Est-ce que vos chiens sont silencieux quand il le faut ? ajouta-t-il à l'intention du sergent.

— Vous comptez en prendre un ? s'inquiéta le militaire.

— Avec votre permission, oui.

— Alors c'est le capitaine qui tiendra la laisse. Et vous prendrez Vega, c'est la plus obéissante. Si vous sentez qu'elle s'excite ou qu'elle commence à gronder, vous n'avez qu'à lui faire : chuuut ! et elle s'arrêtera instantanément.

Il s'approcha du capitaine et lui tendit la laisse. La chienne regarda successivement les deux hommes. Son maître s'accroupit et la flatta de la main tout en lui parlant.

— Tu es obéissante, Vega et tu vas nous le montrer. Tu connais le capitaine, tu vas rester avec lui et lui obéir.

Il parlait d'une voix douce, caressante et la chienne suivait le mouvement de ses lèvres, puis, il lui donna une légère tape sur le dos en se relevant. Vega poussa un petit jappement et s'assit aux pieds du capitaine Masson. Elle avait compris les ordres.

— Nous pouvons y aller, dit celui-ci. Clervois et Bosquet, ajouta-t-il aux maîtres-chiens, vous nous attendez sous les ordres de l'adjudant Auffray qui reste avec vous. Vous arrêtez quiconque tente de sortir par là.

Puis, il se retourna vers Gabriel et Jeremy.

—Messieurs, à nous !

—Il faut d'abord pousser la pierre qui n'a pas l'air d'être légère.

—Entrons ! À trois, ce serait bien le diable si nous n'y arrivions pas.

Effectivement, après deux ou trois poussées, la pierre révéla l'entrée du souterrain, au fond de la tombe. Les trois faisceaux lumineux des torches éclairèrent une petite esplanade et le début d'un tunnel. Une odeur de moisi se dégageait de l'orifice.

—Il a même pensé à l'échelle, dit Gabriel. Ça nous facilite la tâche.

Jeremy ne tenait plus en place. Il posa le pied sur le premier barreau. De savoir Ariane dans ce lieu lugubre et pestilentiel le rendait fou. Gabriel mit la main sur son épaule pour l'arrêter. Le jeune inspecteur qui était déjà à mi-chemin releva la tête pour regarder son chef dont le visage était dans l'ombre.

—Jeremy, tu sais ce que je t'ai demandé ?

—Oui ! répondit Jeremy d'un ton sec.

—Alors ? dit Gabriel.

—Tu sais ce que je t'ai répondu. Je ne pourrai pas me retenir. C'est devenu un monstre, une bête fauve.

—Ne tire qu'en cas de légitime défense, c'est un ordre !

L'intonation était péremptoire.

—Je tirerai quoi qu'il fasse.

—Je ne peux pas te laisser faire ça, Jeremy.

—T'as pas le choix, Gabriel, t'as pas le choix… et moi non plus. N'oublie pas qu'Ariane est entre ses mains, là-dedans.

Il désignait le trou noir de sa main en l'agitant frénétiquement. La torche qui l'éclairait montrait un visage désolé mais déterminé. Il finit de descendre les quelques barreaux qui restaient pour arriver sur la petite esplanade, creusée de la main de son frère. Il fut suivi de Gabriel et du capitaine qui descendit en tenant la chienne sur un bras.

—Nous y voilà ! fit Gabriel en suivant des yeux le tour circulaire qu'il fit faire à sa torche. Il arrêta deux secondes son regard sur les trois cercueils empilés.

—Voilà certainement les locataires de la tombe, dit le capitaine.

—Il n'y a pas de doute. Mettons-nous en route en silence.

Ils empruntèrent la galerie qui s'ouvrait devant eux. L'odeur de renfermé était encore plus forte, mêlée à celle du pétrole des lampes qui avaient longtemps servi d'éclairage à Saül. Il faisait nuit noire et seules les torches parvenaient à percer l'obscurité et éclairer de petites zones devant les trois policiers. La chienne marchait en silence, aux pieds du capitaine. De temps à autre, celui-ci l'entendait respirer fort et humer l'air ambiant. Elle ne grognait pas, preuve qu'ils étaient sur la bonne voie, mais pas encore trop proche.

Après deux cents mètres, ils arrivèrent à un carrefour sur lequel s'ouvraient trois galeries. Ils se regroupèrent pour se concerter. Le silence était profond et lourd.

—Laquelle prenons-nous ? chuchota Gabriel.

Mais, Vega tirait le capitaine vers celle de l'extrême gauche.

—Il n'y a qu'à la suivre, dit-il. Je pense qu'il a appliqué la tactique du couloir gauche. Quoiqu'il se présente, il faut toujours prendre celui de gauche. Ainsi, on ne se perd pas à l'aller et pour le retour il faut obligatoirement prendre à droite. C'est le meilleur des fils d'Ariane.

À ce nom, le cœur de Jeremy rata un battement et il envoya machinalement la main à son holster pour vérifier la présence de son arme. Le capitaine entra le premier dans le couloir de gauche, le jeune inspecteur le suivit et Gabriel ferma la marche. La voûte était assez haute et étayée de lourds madriers qui paraissaient neufs. Presque au sommet, à l'angle du mur et de la voussure courait un fil électrique. Une ampoule y était fixée tous les cinquante mètres environ. La galerie fit un tournant accentué vers la droite et continua tout droit.

—J'espère qu'on ne va pas s'enfoncer encore longtemps, s'inquiéta Jeremy.

—Tu sais, de l'entrée de la champignonnière jusqu'au cimetière, il y a environ quatre ou cinq cents mètres. C'est ce à quoi doivent correspondre tous ces tunnels. Si l'on tient compte des tournants et des déviations, dues probablement à la rencontre avec des roches trop dures pour être creusées, on devrait bien avoir six cents mètres à faire.

Gabriel parlait tout bas et malgré tout sa voix résonnait. Il baissa un peu plus le ton.

—D'après ce que j'ai vu sur internet, ces champignonnières s'étendaient parfois assez loin.

—N'oubliez pas, s'interposa le capitaine, qu'il y avait une abbaye à l'endroit du cimetière, et qui dit abbaye, dit souterrains.

—Le tueur n'a certainement pas eu à creuser longtemps pour trouver sa première galerie.

Un léger bruit, vingt mètres devant, les fit stopper net. Les trois faisceaux, dans un ensemble parfait, se dirigèrent vers lui et éclairèrent une petite silhouette courant sur le sol. Elle disparut en un clin d'œil dans un trou du mur.

—Un rat ! dit Jeremy, en continuant sa marche.

Bien dressée, Vega n'avait pas bronché, ni jeté un aboiement.

Après cinquante nouveaux mètres, la galerie rétrécissait mais restait quand même assez large pour que deux hommes puissent marcher de front.

— Vous entendez, chuchota Jeremy. On dirait qu"il y a un ruisseau qui coule.

Les trois hommes arrêtèrent leur marche pour écouter. Dans le silence pesant, angoissant, accentué par l'obscurité profonde et totale, un tintement cristallin se faisait entendre faiblement.

— Il ne doit pas être bien gros, ce ruisseau, dit tout bas Gabriel.

Vega commençait à tirer un peu plus fort sur la laisse tenue par le capitaine Masson. Elle faisait entendre de petits jappements étouffés.

— Chuuut, souffla le capitaine, aussitôt obéi.

La galerie s'ouvrait sur une grotte assez grande d'une trentaine de mètres de longueur et de vingt de largeur. La voûte était à six ou sept mètres de haut. Sur le pourtour, contre les murs, des étals étaient visibles, vestiges du travail qui s'y faisait auparavant. Les torches, aussitôt braquées sur eux, montrèrent qu'ils étaient vides. Il restait juste un fond de terreau, mêlé probablement de fumier parsemé de quelques spores de champignons stériles. Il y en avait une trentaine et ceux du fond ne purent être atteints par le faisceau de lumière.

— Nous devons être à l'entrée de la champignonnière, dit le capitaine.

— Celle qui a été murée ? demanda Gabriel.

— Je pense.

— Donc, dit Jeremy, derrière le mur du fond doivent se trouver vos hommes ?

Le faisceau de la torche peinait à arriver jusqu'au fond. Tous trois firent quelques pas dans la grotte. Le son de l'eau était plus distinct. Effectivement, du plafond et tout le long du mur, ils purent voir un filet de liquide qui paraissait limpide, s'écouler dans une vasque au pied du mur et, de là, s'évanouir dans le sol.

La chienne montrait de plus en plus des signes d'excitation. Elle n'osait plus aboyer mais faisait comprendre au capitaine par ses tractions sur la laisse que l'odeur qu'elle avait sentie sur le chiffon était là, toute proche. L'odeur du monstre planait sur les lieux. Le monstre était là, dans les ténèbres…

CHAPITRE III

Peu avant...

— Ils arrivent, je les entends. Ils sont là.

Malgré le silence, Ariane n'arrivait pas à déceler un seul bruit trahissant l'arrivée de Jeremy. Elle avait beau tendre l'oreille, aucun son ne venait percuter son tympan. Seulement le bruit de l'eau qui s'écoulait sans arrêt derrière la porte de sa prison.

— Ils sont là, répéta Saül. Je les entends.

Il se mit à trembler de satisfaction. Il semblait entrer en transes.

— *Tu vois qu'ils sont venus, hein ? Je te l'avais dis.*

La Voix se manifestait à nouveau. Comme toujours dans les situations intenses pour Saül.

Il se laissa tomber au sol. Autour de lui, la pièce se vida comme par enchantement. Il n'y avait plus rien, Ariane s'était envolée, le bureau, l'ordinateur, le tabouret, le fauteuil, tout avait disparu. Il n'y avait plus que les quatre murs de pierre, le plafond voûté et Saül, à genoux, en extase devant les murs blancs dégageant une lumière blanche, vive et crue, au rayonnement éclatant et éblouissant. Il baissa la tête pour ne pas fixer son maître, La Voix qui lui parlait à nouveau.

—*Tu sais ce qu'il te reste à faire* ?

—Oui, ma Vengeance, les tuer...

—*Les tuer, tous sans exception. Ils approchent, ils ont découvert l'entrée de ton repaire.*

—Oui, je vais les tuer tous, sauf un.

—*Pourquoi veux-tu l'épargner ? Si un seul en réchappe ce n'est pas quelques-uns qui viendront, ce sera une armée et tu ne pourras plus rien.*

Saül se jeta à plat-ventre.

—C'est mon frère, cria-t-il. Si je l'épargne, il m'aidera dans ma tâche. Dans la tâche que tu m'as confiée.

—*Tu sais très bien que c'est faux.*

La Voix sortait maintenant de la bouche de Saül, au paroxysme de la puissance. Il se remit à genoux et contempla le mur lumineux. Deux visages le fixaient. Ils paraissaient émerger de la lumière, être engendrés par elle. Dans son éblouissement, il reconnut son père et sa mère. Tous deux remuaient les lèvres et semblaient lui parler, mais il n'entendait rien, que LA VOIX crachée par sa propre bouche. Ses yeux étincelaient.

—*Tu vois*, disait-elle, *même tes parents te disent de le tuer, pourtant c'est aussi leur fils.*

—Non, ce n'est pas vrai !

Les deux visages bougèrent les lèvres de plus en plus rapidement et avancèrent vers lui, mais il n'entendait toujours rien. Il aurait pu les toucher, à présent, mais il ne fit pas un geste. Ils continuèrent d'avancer jusqu'à être à côté de lui, puis, disparurent derrière sa tête. Alors apparut le visage qu'il avait souvent vu dans les moments critiques. C'était un visage doux. Une petite barbe encadrait sa face et il paraissait calme, comme transparent.

—Jésus conseille-moi, je T'en supplie.

Mais, l'apparition ne lui répondit pas. Un radieux sourire illuminait ses traits figés. Peu à peu, il reculait vers le mur, absorbé par la lumière.

—Non ! Ne T'en vas pas. Dis-moi ce qu'il faut faire.

Pas de réponse. Le visage devint de plus en plus petit et se fondit dans les rayons blancs sortant des murs.

—*Je t'ai dit de tous les tuer*, entendit à nouveau Saül.

—Arrête ! Ça suffit maintenant ! hurla-t-il.

Il se leva subitement et se retrouva d'un seul coup dans la pièce encombrée de tous ses objets hétéroclites. Il retomba sur terre, dans le réel. Le monde qu'il s'était créé était un monde mystique, fugace, qui ne durait que le temps d'une hallucination cauchemardesque.

Il se dirigea rapidement vers Ariane, toujours attachée sur le fauteuil.

—Tu l'as vu, hein, tu l'as vu ? Tu vois que je suis obligé de lui obéir.

Il avait l'air transfiguré, son visage était radieux comme chaque fois que l'apparition se présentait à lui.

—Tu as entendu ce qu'elle m'a dit ? Je dois tous les tuer.

Ariane se recroquevillait sur son siège, ou du moins essayait, car ses liens lui bloquaient tous les membres. Elle ne pouvait éviter de recevoir en pleine figure l'haleine et les postillons crachés par Saül. Il avait approché son visage du sien et hurlait les mots qui lui sortaient de la bouche.

—Je ne peux faire autrement, Elle veut que je les tue.

Subitement sa tension retomba, il parut se calmer et reprendre le contrôle de ses actes.

—Mais, ne t'inquiète pas, je t'ai promis de ne pas le toucher. Pour ça, il faut qu'il m'accorde ce que je vais lui demander.

Ariane ne comprenait pas ce qu'il voulait dire. Pourquoi voulait-il l'épargner ? Parce que c'était son frère ?

Qu'est-ce que Jeremy devait accorder au monstre ? Qu'avait-il à voir avec ce qu'il faisait ? Autant de questions pour lesquelles elle n'avait pas de réponse. Elle ne pouvait pas croire ce qu'il lui avait dit la veille, c'était trop exorbitant. Elle avait bien entendu ce que LA VOIX avait hurlé par la bouche du tueur :... *pourtant c'est aussi leur fils.*

Mais, elle était si fatiguée qu'elle n'était plus en état de réfléchir. Voilà plus de deux jours qu'elle était là. Il lui donnait bien à boire de temps en temps et elle acceptait quelques gorgées malgré la répugnance qu'elle éprouvait à boire dans cette vieille boîte de conserve pleine de traces écœurantes et douteuses. Il lui avait même proposé à manger, chose qu'elle avait refusée catégoriquement.

Le fait de l'avoir vu ingurgiter des morceaux de ses victimes avait failli la faire s'évanouir. Elle ne se serait jamais risquée de porter à sa bouche des portions de viande dont elle ignorait l'origine. Elle avait bien vu qu'il avait pris ces morceaux dans un petit frigo et qu'ils étaient emballés dans du papier de boucherie, mais elle ne savait pas ce qu'il y avait dedans. Il avait pu y mettre n'importe quoi : le cœur du commercial ou les testicules du curé. Chaque fois qu'il lui portait quelque chose à manger, elle refusait énergiquement et était au bord de vomir. Elle ne voulait pas, malgré tout, lui montrer le dégoût qu'il lui inspirait. Ça aurait pu déclencher une crise de démence. Mais, il n'insistait pas.

Elle avait eu aussi des besoins pressants. Malheureusement, il n'avait pas voulu la détacher et elle avait dû se soulager sur elle, comme le représentant et le curé. Elle les avait vu mourir tous deux d'une façon barbare et revoyait sans cesse, devant ses yeux, le sang qui giclait, la peau écorchée, les organes internes extirpés du vivant des victimes et tout cela dans des cris, des hurlements de terreur, de souffrance extrême. Elle en avait encore les oreilles qui bourdonnaient et elle mettrait du temps, si elle s'en sortait, pour oublier tout ça. Elle ne l'oublierait jamais, d'ailleurs. Ce n'étaient pas des choses qui s'oublient. Elle serait marquée à vie.

—Que voulez-vous lui demander, à la fin ? osa-t-elle questionner.

Saül la fixa sombrement d'un regard excédé.

—Je te l'ai déjà dit : son aide. Tu n'as pas encore compris que c'est mon frère ? Et tu vas pouvoir le constater, ajouta Saül, ils seront bientôt là. Ton Jérémie pourra te le confirmer. D'ailleurs, c'est ce que je veux. Et quand il aura compris que son acceptation sera ton salut, il ne pourra pas faire autrement.

—Mais, que lui voulez-vous ?

Saül la regarda avec des yeux fanatiques ; il n'admettait pas qu'on ne puisse pas comprendre ce qu'il voulait.

—Ce que je veux, cracha-t-il, c'est qu'il reste ici, avec moi. C'est mon frère.

Il tournait en rond autour du fauteuil d'Ariane. Il donna un grand coup de poing sur son bureau, au passage. Un scalpel, à la lame brune de sang séché, fit un saut et tomba sur le sol.

—Ce que je veux ? Qu'ensemble nous cherchions tous les marchands du temple, ces êtres hypocrites, menteurs, qui ne pratiquent pas les actes qu'ils préconisent. Comprends-tu qu'un être qui martyrise un enfant et commet des attouchements sexuels, le viole parfois, puisse ensuite lui dire qu'il faut vivre sans mentir, dans la bonté, ne pas faire le mal, dans l'amour de son prochain... ?

Il éclata d'un rire puissant qui fit crisser les dents d'Ariane.

—Ah, oui ! L'amour de son prochain, ça ils le pratiquent. Comme le curé qui est passé ici. Sais-tu ce qu'il faisait aux enfants ? Et après, il leur disait sans doute de pardonner ? Qu'il ne fallait pas faire du mal à son prochain ?

Il continuait de rire tout en parlant. Puis, il se calma jusqu'à devenir complètement silencieux. Il dirigea son regard vers la porte et écouta trente secondes.

— Ils approchent, dit-il. Ils seront bientôt là. Ils ne savent pas ce qui les attend. Il faut que j'y aille.

Il s'empara d'un rouleau de ruban adhésif sur le bureau, en déchira un morceau et revint vers Ariane.

— Désolé, dit-il, j'assure mes arrières.

Il le lui plaqua contre la bouche et en trois enjambées fut devant la porte, tourna la poignée, ouvrit et disparut dans le noir.

CHAPITRE IV

21h15

Les trois hommes étaient regroupés devant les étals, derniers vestiges de ce qu'avait été la champignonnière. Sur ces étals étaient, autrefois, répartis le fumier, le terreau et le mycélium servant à reproduire les champignons de Paris. À présent, il n'y restait plus rien, que quelques traces de terre et une vague odeur de fumier qui stagnait dans la grotte.

Véga se mit à tirer la laisse vers ce qui était, à l'origine, la sortie du site, mais qui était murée. Le capitaine la suivit dans sa quête. Il s'approcha du fond de la grande salle à la suite de la chienne. Elle montrait de plus en plus des signes d'inquiétude. Elle jappait tout doucement et avançait en baissant l'arrière-train, la queue entre les pattes, comme un chien penaud qui a fait une bêtise ou qui a peur. Elle se dirigea vers les derniers étals et s'arrêta enfin devant les deux du fond que le capitaine Masson éclaira de sa torche. Un frémissement le parcourut et il appela ses compagnons.

—Je crois que vous devriez venir voir ça, dit-il en essayant de ne pas trop hausser le ton.

Gabriel et Jeremy, à son appel, firent la dizaine de pas les séparant du capitaine. À leur tour, un frisson les secoua quand ils virent les deux squelettes reconstitués et reposant sur une épaisse couche de terre.

Le commissaire s'approcha du jeune inspecteur pour lui mettre la main sur l'épaule.

— Tes parents ? dit-il

— Oui, je suppose, répondit celui-ci d'une voix blanche. Le voilà, le message qu'il nous a envoyé : « *On tirera de leurs tombeaux les ossements et on les étalera à la face du soleil, de la lune et de tous les astres du ciel. Ils ne seront ni recueillis, ni rendus à la tombe : ils serviront d'engrais à la surface du sol* ». Ils ne sont pas étalés à la face du soleil et de la lune, mais servent bien d'engrais. Il a pris la peine de remettre une sacrée épaisseur de terre. Quel gâchis, réalisa-t-il, désolé. Il les a tués, fait enterrer dans des mausolées pour pouvoir les déterrer tranquillement et voilà… voilà ce qu'il en a fait. Je comprends qu'il ait tué notre père, c'était un monstre, mais notre mère ? Son seul tort est de ne pas nous avoir défendus, d'avoir caché tout ce qu'il faisait. Mais, elle avait peur de lui, peur de ses coups, peur qu'il se déchaîne encore plus sur nous.

Sa voix tremblait. Le commissaire et le capitaine n'osaient pas l'interrompre. Plongé dans ses souvenirs, il se mit devant l'étal où reposait le plus petit des deux squelettes. Il baissa la tête et se recueillit un instant.

Au bout d'une minute, Gabriel estima qu'il devait le faire réagir. Il s'approcha dans son dos et lui enserra la taille dans un geste amical.

— Jeremy, dit-il en chuchotant, il faut se bouger, n'oublie pas Ariane.

Le jeune homme releva la tête en essuyant une larme et fit un sourire triste à son chef.

—Voilà, dit-il, c'est passé. Je ne suis jamais allé au cimetière, mais de me retrouver devant ce qui était son corps, devant ce qu'elle était, m'a bouleversé un instant. C'était ma mère et malgré tous les torts qu'elle a eus... mais ça va. C'est fini. Que faisons-nous ?

—Pour l'instant, intervint le capitaine, je ne sais pas trop. Vega nous a amené ici et a l'air de vouloir rester là-devant. J'ignore ce qui la retient. Elle a déjà découvert des ossements et n'a jamais réagi de cette façon.

—Faisons le tour de la salle, nous verrons bien s'il y a une sortie cachée, proposa Gabriel.

—Allons-y, dit le capitaine en tirant de force la chienne qui le suivit contre son gré et freinant de ses pattes arrières.

Jeremy, avant de partir, jeta un dernier regard sur sa mère, puis, sur le squelette de son père, à droite. La tête de celui-ci semblait tournée vers l'inspecteur et le regarder de ses yeux vides, fixant l'éternité. Jeremy réprima un frisson et reporta son attention vers les ossements de sa mère. Avant de partir, il tenta de cacher à la vue des deux autres un discret signe de croix qu'il fit.

—*Je te ferai enterrer décemment, maman*, pensa-t-il.

Puis, il partit lentement en passant devant le squelette de son père, sans un regard pour lui. Il continua sur trois mètre puis, mu par un bizarre sentiment, se retourna pour le voir une dernière fois. La tête de mort le regardait toujours de ses orbites noires. Sa bouche semblait rire d'un rictus éternel et moqueur, la mâchoire inférieure tombante laissait voir deux rangées de dents plantées dans des os blancs.

Jeremy lui tourna le dos. Ce bizarre sentiment était toujours en lui. Il avait l'impression que le squelette était vivant. Mais, il se raisonna et continua. Malgré tout, une force inconnue le poussa à se retourner une dernière fois.

Son père le regardait toujours, bien qu'il se fût éloigné maintenant de quelques mètres. La torche éclairait une tête de mort inclinée vers l'avant.

Mais, ses deux compagnons étaient à une dizaine de mètres et il se fit violence pour les rejoindre. Il jeta un coup d'œil sur la chienne qui se faisait toujours tirer par la laisse.

—*Pourquoi traîne-t-elle la patte, comme ça ?* se dit-il. *C'est bizarre. Elle a l'air de ne pas vouloir partir de devant les squelettes.*

Il se baissa pour lui caresser la croupe et la pousser à continuer. C'est alors qu'il réalisa d'un seul coup ce qui l'avait choqué et lui donnait ce sentiment d'être surveillé. Les ossements de son père bougeaient. Quand il était devant sa mère, le crâne du père était tourné vers lui, quand il s'était arrêté devant les os du monstre, les yeux morts étaient droit devant et quand il s'était retourné, la tête de mort était inclinée, comme pour le suivre des yeux. Il sentit ses cheveux se dresser sur sa tête et la peau de son crâne le piquer comme si des milliers d'aiguilles essayaient d'y pénétrer. Puis, la chair de poule l'envahit, soulevant tous ses poils en une vague glaciale.

—PUTAIN ! hurla-t-il. Attendez, revenez !

Les deux policiers se retournèrent d'un bloc. Jeremy était déjà devant l'étal pour vérifier si son impression était justifiée. Comme il portait la main pour saisir le tibia, celui-ci eut un léger mouvement de recul, puis, l'ensemble des ossements se mit à frémir et d'un seul coup se relevèrent, entraînant dans ce déplacement toute la terre de l'étal. Jeremy fut recouvert de fumier décomposé et de mycélium en une seconde. Tous les os s'écroulèrent sur le sol, à ses pieds. Il ferma les yeux en se protégeant de la main et quand il les rouvrit, il y avait devant lui, debout sur l'étal, une énorme masse sombre, les deux bras en l'air. La torche éclaira les ossements tombés et se dirigea vers le haut. Elle illumina un visage furieux, halluciné. De longs cheveux noirs l'encadraient et rendaient encore plus livide sa peau blanche.

—Saül, hurla Jeremy, en mettant la main à son holster.

Les deux autres policiers dirigeaient déjà leur arme vers le monstre.

—À votre place je n'en ferai rien. N'oubliez pas Ariane. Vous êtes là pour elle.

Sa voix était forte, caverneuse et résonnait dans l'immense salle.

Gabriel baissa son bras armé, imité par le capitaine. Vega tirait sur sa laisse en aboyant et hurlant à la mort. Elle avait bien senti que quelqu'un était là, sous la terre, mais, trompée par l'odeur du fumier et du mycélium de champignons, elle n'avait rien fait, doutant de son flair.

—Ainsi, vous n'êtes que trois. Je pensais bien que tu ne m'obéirais pas et que vous viendriez à plusieurs, mais seulement trois ! Vous me sous-estimez, messieurs.

Saül sauta d'un bond sur le sol. Les trois torches dirigées vers lui éclairèrent ses mains. Celle de gauche pointait un long couteau effilé et la droite tenait un pistolet braqué sur les policiers.

—Vous voyez que vous avez bien fait de ne pas tirer, dit-il ironiquement. Et faites taire cette sale bête !

Il dominait les trois hommes d'une bonne tête et ses épaules étaient d'une largeur impressionnante.

Le capitaine tapa sur le dos de Véga en lui disant : Chuuut !

Elle s'arrêta instantanément mais continua de tirer sur la laisse au risque de déboîter l'épaule du gendarme qui résistait tant bien que mal.

—Très bien, messieurs. Si vous le voulez bien, je vais éclairer, nous y verrons mieux.

Tout en maintenant son arme braquée vers les policiers, il se dirigea vers un interrupteur fixé dans le mur et alluma. Aussitôt, une faible clarté, fournie par quatre ampoules, éclaira avec peine la vaste salle. Beaucoup d'endroits restaient dans l'ombre et la lueur dégagée par les ampoules donnait à l'ensemble de la grotte un aspect fantasmagorique, allongeant les ombres sur les parois rocheuses.

— Ça va mieux, comme ça. Je vois mieux vos mains. Ne bougez surtout pas. N'oubliez pas qu'Ariane est quelque part avec une petite bombe de ma fabrication. Si vous tentez quoi que ce soit : boum ! Je l'ai réglée sur quarante-cinq minutes. Si je n'ai pas coupé le contact avant ce délai : boum ! répéta-t-il.

Il regarda son poignet.

— Il reste trente-cinq minutes.

— Que voulez-vous ? demanda Gabriel.

— Ce que je veux ?

Il reculait peu à peu, pour s'éloigner du groupe dont il était trop près.

— Restez où vous êtes et jetez vos armes au sol. Doucement.

Les trois hommes obtempérèrent et les pistolets se retrouvèrent par terre. La chienne les renifla et se remit à tirer.

— Ce que je veux ? On va en parler. Pour l'instant vous allez…

À cet instant, Vega réussit à arracher la laisse des mains de Masson et d'un bond se jeta sur Saül. Elle lui attrapa le mollet droit à pleine gueule et mordit en tirant et tordant sa tête pour arracher un morceau. Mais, Saül était vif. En un éclair, avant que les policiers, sidérés, aient eu le temps de réagir, il avait passé son pistolet dans sa ceinture et saisi la chienne par le collier, de sa main droite. Il parvint à lui faire lâcher prise et la souleva sans effort à son niveau, puis, vive comme l'éclair, sa main gauche armée du couteau fendit l'air et se planta dans la poitrine de la chienne qui se mit à couiner. Un jet de sang sortit et gicla sur Saül, le rendant encore plus terrifiant. Il lâcha la chienne qui tomba sur le sol, agitée de soubresauts, mais encore vivante, puis, il se retourna et, en boitant, s'enfuit dans une galerie en laissant une traînée rouge derrière lui.

Ça n'avait pas duré plus de dix secondes.

CHAPITRE V

21h35

Ariane avait entendu tous les bruits, les cris, les aboiements. Elle avait même reconnu la voix de Jeremy et de Gabriel, mais elle ne pouvait rien faire. Le ruban adhésif était parfaitement collé et elle ne pouvait émettre aucun cri. Seule une plainte continue sortait de sa gorge, mais elle n'avait pas l'amplitude nécessaire pour porter assez loin. Les sons restaient confinés dans la pièce qui servait de prison à la jeune femme. Celle-ci ne pouvait que deviner ce qu'il se passait à côté, essayer de comprendre, extrapoler. Elle espérait que tout ce passerait bien et que Jeremy et Gabriel s'en sortirait sans dommages. Elle avait toujours eu confiance en eux. Durant les moments les plus difficiles de son incarcération, elle n'avait jamais eu un seul doute sur la venue de ses compagnons. Elle savait qu'ils viendraient la tirer de là. Et ils étaient là, fidèles au rendez-vous de l'amour et de l'amitié, ponctuels aussi au rendez-vous que le diable leur avait donné. Ils n'allaient pas tarder à pénétrer dans la pièce et la libérer de ses entraves.

Elle sursauta quand elle entendit un coup de feu résonner longuement sous les murs de la grotte.

***

— Il est blessé, s'écria Gabriel en remettant son arme dans le holster. Il y a des traces de sang.

Il venait de tirer sur Saül qui avait bondi et fui dans une galerie, mais il savait qu'il ne l'avait pas touché. La grotte était trop sombre et le fuyard déjà loin. Par contre, le sang indiquait que la malheureuse chienne avait eu le temps de le blesser et que ça l'handicapait pour fuir rapidement. Sa trace se suivait en pointillé, ponctuée par les gouttes de sang marquant sa fuite.

Après un dernier regard vers la pauvre Véga qui les fixait de ses yeux vifs sans pouvoir bouger, le capitaine Masson suivit les deux policiers partis en courant à la poursuite de Saül.

La galerie que ce dernier venait d'emprunter faisait partie de celles que le tueur en série comptait consolider. Les solives soutenant la voûte faisaient entendre de sinistres craquements et le réseau d'ampoules qu'il y avait installé éclairait chichement les parois suintantes. Il y avait tout le long, des madriers qui constituaient la charpente maintenant la faîtière. À la faible lueur des ampoules, Gabriel constata que les poutres étaient sérieusement vermoulues et rongées par l'humidité. Tous trois suivaient deux rails sur lesquels devaient autrefois circuler des wagonnets. Régulièrement, une niche creusée dans la paroi, s'ouvrait sur le tunnel et Gabriel ralentissait en dirigeant sa torche vers le trou noir. Il s'attendait à tout moment à voir un diable sanguinolent surgir de l'orifice et se jeter sur eux dans un moment de folie, poignard à la main.

Ils parcoururent ainsi deux cents mètres. Jeremy courait presque, les yeux fixés sur sa montre : il restait vingt-cinq minutes avant l'explosion. Mais, est-ce que son frère avait bluffé ? Il ne le croyait pas, mais avec un fou il fallait s'attendre à tout.

Une intersection se présenta : deux galeries apparurent sous le faisceau des torches. Machinalement, ils suivirent celle de gauche ainsi que le leur avait conseillé le capitaine. Saül, fidèle à ses habitudes, s'était certainement précipité vers celle-ci. Ils éclairèrent le sol. Les gouttes de sang, toujours aussi nombreuses, leur traçaient la route.

Torches braquées vers le bas, ils avançaient, à présent, beaucoup plus lentement. Méfiants, ils guettaient le moindre bruit, arrosaient de lumière le moindre recoin. Ils firent ainsi dans cette galerie une centaine de mètres avant de rencontrer une niche qui s'enfonçait dans le noir.

— On dirait que ce renfoncement est plus profond que les autres, chuchota Gabriel. Regardez, il est passé par là, les gouttes de sang sont encore visibles. Allons-y prudemment. Il connaît ces labyrinthes comme sa poche.

Ils tournèrent vers la droite et empruntèrent cette nouvelle piste. Il n'y avait plus d'éclairage, Saül n'ayant pas pris la peine de prolonger son réseau électrique dans les galeries secondaires. Les poutres étaient de plus en plus lardées de fissures les fendant dans leur presque totalité. Aucun des trois n'osait prononcer un mot plus haut que l'autre de peur de provoquer des vibrations risquant d'ébranler le fragile édifice. Le silence était aussi profond que la nuit les entourant et seuls se faisaient entendre, de temps à autre, un craquement menaçant, preuve que le bois, gorgé d'humidité, travaillait sans arrêt.

Jeremy éclaira le cadran de sa montre pour la énième fois : vingt et une heures quarante. *Plus que vingt minutes*, se dit-il. *Il faut absolument le trouver et lui faire dire où est Ariane.*

Il lui semblait que le temps passait à une allure folle. Au bout de cinquante mètres, subitement, ils se trouvèrent devant un cul de sac. La galerie se terminait par un mur de roches. Plus aucun passage.

—Par où est-il passé ? s'exclama Gabriel le plus bas possible.

Se disant, il promenait sa torche de tous les côtés et la dirigea finalement vers le haut.

—Là, dit-il. Regardez la galerie reprend au-dessus, mais dans l'autre sens.

Il y avait en effet, au pied de cette nouvelle ouverture, plusieurs gouttes de sang qui prouvaient que Saül était resté quelques secondes sur place ; sans doute pour attraper, en sautant, le plancher du tunnel et opérer un rétablissement.

—Il faut y aller, vite ! cria presque Jeremy. Il prend trop d'avance sur nous.

Il se précipita pour sauter le premier mais Gabriel le retint.

—Non, dit-il. La galerie repart en sens contraire, donc d'où nous venons, mais au-dessus. Je suis certain qu'elle rejoint celle que nous avons quittée. Il faut retourner en arrière.

—Tu en es sûr, demanda Jeremy, inquiet. Nous perdons un temps fou. Il reste vingt minutes.

—Je ne le jurerais pas, mais mon flair me le conseille.

—Alors, allons-y, qu'est-ce qu'on attend ?

Jeremy était de plus en plus fébrile. Il triturait la crosse de son arme et sautait sur place. Sans attendre la réponse, il repartit en courant vers l'endroit d'où ils arrivaient, suivi par les deux autres.

À l'embranchement, il tourna à gauche et continua en éclairant toujours le sol devant lui. Après quelques dizaines de mètres, il s'arrêta pile, imité par Gabriel et Masson.

— Là, fit-il en montrant le sang.

Les gouttes qui étaient déjà présentes à l'aller, avaient à présent séché, absorbées en partie par le sol dur et étaient devenues brunes. À côté d'elles, un autre sillon les doublait : du sang frais, cette fois.

— Ça prouve bien que tu as raison, Gabriel. Il est reparti dans l'autre sens.

Il éclaira aussitôt la voûte et se rendit compte que la galerie qui courait au-dessus d'eux, se terminait juste sur sa tête. L'ouverture, béante et noire, était là. Saül, connaissant bien les moindres recoins, les avait bernés. Il était reparti vers la grotte, vers le sanctuaire où reposaient les ossements de leurs parents.

— Je vous avais dit que le sous-sol devait être truffé de souterrains. Il y avait un monastère, autrefois, dit le capitaine Masson.

Ils bondirent tous les trois et arrivèrent au premier embranchement.

— Il faut prendre à droite, cette fois, dit le capitaine de gendarmerie.

Quand ils arrivèrent à leur point de départ, dans la vaste salle, ils stoppèrent d'un seul coup leur route. Jeremy regarda sa montre une nouvelle fois. Plus qu'un quart d'heure. Ils n'eurent pas à chercher longtemps. Au fond de la grotte, une porte s'ouvrit et la silhouette gigantesque de Saül apparut dans l'encadrement.

— Je suis là, leur lança-t-il, ironiquement.

CHAPITRE VI

21h50

Saül arriva comme un fou, en boitant. La porte claqua violemment contre la paroi rocheuse et fit sursauter Ariane.

— Il m'a bien mordu, le salaud. Mais, on va voir qui aura le dernier mot.

La bouche toujours close d'un ruban adhésif, Ariane fixait le tueur de ses grands yeux, essayant d'y mettre toute l'expression d'une interrogation muette. Saül ne s'y trompa pas.

— Oui, cracha-t-il. Ils sont bien là, mais ils ne sont que trois. J'ai fait son affaire au chien. Un bon coup de couteau, et hop ! parti en enfer.

Il ricana en tendant devant lui le poignard ensanglanté. Dans l'autre main, il brandissait un pistolet.

— Il va falloir que je me débarrasse des deux autres. Je pense qu'une bonne balle de cette arme réglera leur compte.

Il se dirigea rapidement vers Ariane, dont le regard affolé ne savait plus où se diriger. Elle était au bord de la crise de nerfs. Elle avait été témoin de trop de choses horribles en trois jours et son cerveau n'était pas loin de craquer. Malgré tout, elle tenait bon. Il le fallait pour Jeremy et Gabriel. Peut-être craquerait-elle une fois que tout serait terminé, mais pour l'instant, elle faisait des efforts surhumains pour garder la tête froide et sa capacité de réflexion. Malheureusement, avec ce maudit ruban elle ne pouvait rien dire. Elle aurait pu hurler, appeler ses amis au lieu d'être paralysée et muette.

La lucidité effrayante de Saül lui fit deviner les interrogations que la jeune femme se posait.

—Dans cinq minutes, dit-il, tu pourras crier tout ton saoul. Pour l'instant c'est trop tôt. Il faut les laisser tomber dans le piège.

Il se dirigea vers son bureau et saisit un paquet peu volumineux, ainsi qu'une boîte noire.

—Tu vois cette boîte de chaussures ? demanda-t-il à Ariane, je vais la mettre sur tes genoux. Il n'y a rien dedans, mais tu ne pourras pas le dire, n'est-ce pas ? Et ça, ajouta-t-il en brandissant la boîte noire, c'est une télécommande de téléviseur. Mais, personne n'est censé le savoir, à part toi et moi. On peut toujours supposer que c'est la commande d'un explosif et ça, quelques bâtons de dynamite qui n'attendent que l'ordre de ce boîtier pour faire : boum !

Ariane n'y comprenait plus rien. Que comptait-il faire ?

—Nous allons y aller, dit Saül, il est l'heure. Ne t'avise pas de leur faire comprendre quoi que ce soit. Tu as les yeux assez expressifs pour y parvenir.

Il fixa le paquet sur les genoux d'Ariane puis, il mit le couteau et l'arme de poing à sa ceinture. Il prit le détonateur dans sa main gauche et tira le fauteuil de l'autre main en se dirigeant vers la porte qu'il n'avait même pas refermée.

Au moment où les trois hommes débouchaient dans la vaste salle, lui, apparaissait dans l'embrasure de la porte.

—Je suis là ! leur lança-t-il ironiquement.

—Où est Ariane ? hurla Jeremy.

—C'est le grand amour, à ce que je vois.

—Où est-elle ? répéta Jeremy, angoissé.

—Mais... ici, dit Saül en s'écartant pour laisser voir derrière lui.

Ariane était là, toujours ligotée sur le fauteuil, la bouche fermée par le ruban adhésif.

Saül se mit sur le côté et tira le fauteuil vers lui, de façon à le mettre devant lui. Il sortit son immense poignard et le mit sous la gorge d'Ariane.

—Maintenant, nous allons discuter, dit-il d'un ton sinistre.

***

Un quart d'heure plus tôt, les quatre gendarmes en faction dans le 4x4, devant le mur de moellons condamnant l'entrée de la champignonnière avaient, eux aussi, entendu le coup de feu tiré par Gabriel. Ils avaient été à deux doigts d'intervenir, mais le bruit de l'arme ne se renouvelant pas, ils avaient décidé d'attendre. Ils pensaient, à juste titre, que le groupe comportait six hommes plus deux chiens. Ils ne savaient évidemment pas que seuls trois hommes étaient entrés accompagnés d'un seul chien. Après concertation, ils s'étaient dit qu'au prochain coup de feu, ils fonceraient.

***

—Qu'est-ce que tu veux ?

Le ton belliqueux de Jeremy éclata sous la voûte rocheuse. Il avait fait trois pas en avant et se tenait debout entre deux étals vides encadrant l'entrée du tunnel par lequel ils venaient, tous trois, d'arriver. Son pistolet pendait au bout de sa main, dirigé vers le sol.

—Vous allez commencer par jeter vos armes, comme tout à l'heure, dit Saül, d'un ton calme mais néanmoins menaçant. Allez ! Exécution !

Le poignard se fit plus agressif sous le menton d'Ariane.

—N'oubliez pas qu'il n'y a plus de minuterie. C'est moi qui tiens la commande de l'explosif qui fera tout sauter, à commencer par la chère petite.

—Tu te feras sauter aussi, lança le jeune lieutenant.

—Peu importe. J'aurai marqué de mon empreinte l'histoire de ma vengeance dans les annales de la police.

—Qu'est-ce que tu veux marquer ? La police s'en fiche de ta vengeance. Tout ce qu'elle veut c'est que tu meures, peu importe la façon. Tu ne seras même pas jugé.

—J'ai tué quatorze personnes que vous connaissez maintenant, sans compter les autres, celles qui se sont trouvées sur ma route. Personne ne saura combien.

—Dis-moi ce que tu veux et qu'on en finisse. Cette histoire commence à me monter à la tête.

Gabriel, qui sentait que son adjoint, malgré la menace de l'explosif et du couteau sous la gorge d'Ariane, était prêt à faire une bêtise, s'approcha de lui et lui mit une main sur l'épaule.

—Jette ton arme, Jeremy, lui dit-il. Ça ne sert à rien de discuter avec lui. C'est un fou, un illuminé.

—Il faut le tuer, persifla Jeremy entre ses dents serrées. Je peux l'avoir.

—Et Ariane, tu y penses ? Ne te laisse pas aveugler par la haine. Nous y arriverons autrement, il faut l'avoir par la ruse.

—Il est malin. Plus que nous trois réunis.

Saül commençait à donner des signes de nervosité extrême. Il s'agitait sur ses pieds et tenait sa main droite en l'air, secouant le détonateur.

—Jetez vos armes, hurla-t-il, dernier avertissement.

—Nous allons le faire, s'interposa Gabriel en poussant Jeremy sur le côté. Enlevez ce couteau de la gorge d'Ariane et nous les jetterons.

Il y eut trente secondes de silence durant lesquelles Saül examina cette proposition. Il ne risquait rien de toute façon. Nul ne savait que la boîte, fixée sur les genoux de la policière, ne contenait que du vent. Il avait aussi son arme à la ceinture. En cas de manœuvre agressive de la part des trois flics, il se dit qu'il pouvait toujours tirer rapidement.

Il recula de trois mètres en tirant le fauteuil et Ariane avec. Il était ainsi entre les deux étals sur lesquels ne reposaient plus que les ossements de sa mère. Il y jeta un rapide coup d'œil en espérant avoir un message de LA VOIX, mais rien, c'était le silence total. *Tant pis*, se dit-il, *je me débrouillerai bien tout seul.*

—Je vous donne cinq secondes. Après ça, tout explosera. Je n'ai qu'à lâcher le détonateur. J'ai le doigt sur le bouton. Si je l'enlève : boum !

Il retira la main tenant le couteau et fit un nouveau pas en arrière.

Les trois policiers n'hésitèrent plus. Ils jetèrent pour la deuxième fois de la soirée leur arme de service entre leur groupe et le monstre.

Celui-ci eut un ricanement et baissa légèrement la main tenant le boîtier.

—Tu vas nous dire ce que tu veux, à la fin, s'énerva Jeremy.

—Ouais ! Je relâcherai Ariane à une condition, se décida Saül.

— Laquelle ?

— Je fais des rêves, des rêves de grand nettoyage.

— Qu'est-ce que tu veux dire ?

— Je *veux* nettoyer la France de tous les monstres qui y pullulent. De tous les violeurs d'enfants, les incestes et les assassins qui les tuent.

— Et pour cela, tu commets toi aussi des crimes ?

— Ce ne sont pas des crimes, c'est une épuration. Je veux épurer le pays et tous les autres. C'est LA VOIX qui me l'ordonne. Jésus me l'a dit aussi. Il m'est apparu et approuve mes actes.

— Tu n'es qu'un pauvre illuminé. Qu'avons-nous à faire là-dedans ?

— Je ne peux pas le faire tout seul. Le travail est trop immense. Il y en a trop.

Gabriel recula d'un pas. En passant derrière Jeremy, il lui souffla :

— Continue à le faire parler. Détourne son attention.

Jeremy ne voyait pas où son chef voulait en venir. Ils n'avaient plus d'armes et son frère avait la situation en main. Son frère ! Il lui semblait dire une monstruosité.

— Dis-nous ce que tu veux.

— Ce que je veux c'est que tu t'allies à moi. À deux nous ferons plus de travail. Tu feras les recherches et moi j'exécuterai. Tu es mon frère après tout et je suis ton aîné. Tu me dois l'obéissance.

— Tu libèreras Ariane ?

— Je te l'ai promis. Si tu acceptes, je pourrai réaliser mon idéal et vivre mes convictions.

— Idéal, convictions, tout n'est qu'illusion, mais si tu la libères, j'accepte.

Un sourire triomphant éclaira le visage inquiétant de Saül. Il se dandinait de plus en plus sur ses jambes. La droite le faisait souffrir et il perdait du sang qui s'étalait en flaques à ses pieds.

— Tu vas t'approcher et t'attacher avec tes menottes au pied de cet étal. Tu as dû constater qu'il y a les ossements de notre mère. Tes deux comparses s'en iront alors et je les suivrai à cinq mètres derrière. Quand je serai sûr qu'ils sont partis, je reviendrai libérer ton Ariane. N'oublie pas que j'aurai toujours la commande de l'explosif.

— C'est OK !

Jeremy fit un pas en avant pour exécuter les ordres de Saül.

À cet instant, une ombre passa en l'air comme une flèche et se jeta sur le meurtrier. Gabriel se précipita sur le sol et prit son arme.

— À plat-ventre, hurla-t-il à Jeremy.

Le coup de feu partit une demi-seconde plus tard pendant que le capitaine Masson beuglait de toutes ses forces :

— Pas lâcher, Vega ! Pas lâcher !

Saül emporté par le poids de la chienne qui s'était jetée sur lui, tomba au sol, la main qui tenait le détonateur dans la gueule de la chienne.

La balle qu'avait tirée le commissaire atteignit le tueur au cou. Un flot de sang gicla sur Ariane qui était à deux mètres devant.

Agité de soubresauts, la main prisonnière de la gueule de la chienne, Saül lançait des regards de haine vers son frère allongé sur le sol.

À cet instant, un bruit effroyable retentit dans la grotte. Un nuage de poussière envahit l'espace et plongea tout dans le chaos.

CHAPITRE VII

22h05

Au coup de feu, les quatre gendarmes bondirent dans le 4x4. Comme ils se l'étaient promis, ils allaient foncer. L'un d'eux se précipita au volant et mit le contact pendant que les trois autres sautaient sur les sièges.

Ils étaient sur l'esplanade qui servait autrefois aux manœuvres des camions venant charger les caisses de champignons. Laissée à l'abandon, elle avait été envahie par les herbes folles qui couraient en tous sens.

Les phares du 4x4 s'allumèrent, éclairant ainsi le mur de moellons, saturé lui aussi de ronces et d'orties.

L'avant de la voiture avait un large pare-chocs en barres d'acier. Le véhicule fonça droit devant, vers le mur.

Au moment de la collision, le gendarme hurla à ses compagnons :

—Attention au choc ! On arrive !

Ceux-ci avaient déjà leur arme de service à la main, ils rentrèrent la tête dans les épaules et se recroquevillèrent.

Le choc fut terrible. Un bruit épouvantable annonça la chute des moellons et l'avant du 4x4 s'enfonça dans la grotte. Puis, tout le véhicule continua sur sa lancée et il fallut un coup de frein énergique pour le stopper.

La puissance des phares arrivait à percer difficilement le brouillard opaque qui s'était élevé lors du télescopage. L'intérieur était dans une confusion extrême. Les quatre gendarmes sautèrent sur le sol, l'arme au poing et regardèrent autour d'eux.

Ils s'étaient arrêtés à trente centimètres du fauteuil sur lequel Ariane était attachée. Au sol, Jeremy les regardait, l'air ahuri. Gabriel, toujours allongé, tenait encore l'arme fumante qui venait de lui servir et le capitaine Masson, au bruit effrayant qui venait d'exploser sous la voûte, s'était accroupi derrière un étal, la tête cachée dans ses bras.

Tous les trois croyaient que Saül avait lâché le détonateur.

Gabriel et Jeremy se relevèrent d'un bond et se précipitèrent vers la voiture dont le moteur tournait toujours et laissait échapper un bruit de diesel assourdissant dont l'odeur et la fumée se mêlaient à la poussière, rendant l'atmosphère irrespirable.

Leur premier souci était de neutraliser le fou et de lui retirer le boîtier. Gabriel pensait qu'il l'avait touché, mais ne savait pas si la blessure était mortelle sur le coup. Jeremy, lui, pour avoir fixé ses yeux dans ceux de son frère, pleins de haine, savait qu'il était toujours en vie au moment où il avait été projeté sur le sol.

La poussière commençait à retomber et les faisceaux des torches et des phares éclairaient plus vivement la grotte. Gabriel arriva devant le 4x4, pistolet en avant, prêt à tirer. Il s'arrêta net quand il vit Saül, au pied du véhicule.

Il semblait ne pas pouvoir être plus mort. Heurté de plein fouet par le 4x4, il avait été projeté sur le sol. Au bout de son bras droit, Vega avait toujours les mâchoires fermées sur son poing, obéissant par delà la mort à l'ordre de son maître de ne pas lâcher. Elle était morte, elle aussi, tuée par le dernier effort quelle avait fait pour bondir. La main gauche de Saül était sur son cou, comprimant inutilement un sang qui continuait de jaillir avec moins de force.

Gabriel ouvrit la gueule de la chienne en tenant la main de Saül fermée. Jeremy, lui, était déjà devant Ariane couverte de poussière et de gravats. Il lui arracha d'un coup sec le ruban adhésif. Le premier mouvement de la jeune femme fut de gonfler d'air frais ses poumons, envahis par les odeurs qu'elle respirait depuis trois jours. Puis, elle tourna légèrement la tête et s'adressa à Gabriel.

— Il n'y a pas d'explosif ! cria-t-elle d'une voix enrouée. Tu peux lâcher sa main.

Et elle s'évanouit.

22h20

Quand elle ouvrit les yeux, elle ne réalisa pas tout de suite où elle se trouvait. Puis, petit à petit, sa conscience lui revint ; son horizon était limité et son regard ne pouvait aller au-delà d'une surface claire et brillante. Elle bougea la tête et constata qu'elle n'était plus attachée, ses membres étaient libres de leurs mouvements et étaient d'ailleurs envahis de picotements désagréables prouvant que son sang irriguait à nouveau toutes ses veines. Elle avait de la difficulté à bouger ses bras. La lumière était éblouissante et quand elle tenta vainement de s'asseoir, un vertige lui fit tourner la tête.

Elle essaya de garder son calme et, ses idées devenant plus claires, elle se souvint de tout. L'incarcération, les tortures auxquelles elle avait assistées, la soif, la faim, l'arrivée de Jeremy et Gabriel et… le grand bruit et la délivrance.

Elle jeta à nouveau un coup d'œil vers le haut et réalisa qu'elle était allongée sur la banquette arrière d'une voiture et que la surface claire et brillante n'était autre que le plafond de plastique éclairé par le plafonnier.

Un regard à droite et à gauche lui permit de voir qu'elle était seule dans ce qui semblait être un 4x4. Elle essaya encore de s'asseoir et y parvint, cette fois, sans trop d'efforts. Un peu d'air frais venait caresser ses joues et cela lui fit le plus grand bien, les vitres de la voiture ayant été baissées à moitié.

Un bruit de pas la fit frémir de crainte, mais elle se raisonna. Son calvaire était fini et bien fini.

La porte s'ouvrit et une tête joviale apparut.

—Mon amour, ça y est, tu es réveillée ?

—Jeremy, s'écria Ariane, enfin ! Où étais-tu ?

—Dans la pièce où Saül vous détenait tous prisonniers. Je crois qu'il y a pas mal de choses éloquentes. Nous avons trouvé…

—Arrête, je ne veux rien savoir, j'en ai assez vu durant ces trois jours. Ç'a été horrible, l'enfer.

—Ma pauvre chérie. Tu as dû te croire abandonnée.

—Pas une seule seconde, je n'ai songé que vous n'alliez pas venir. J'ai toujours gardé la foi.

Jeremy était entré dans le 4x4 des gendarmes qu'il avait garé à l'extérieur de la champignonnière. Il s'assit à côté de la jeune femme et l'enserra dans ses bras. Puis, il écarta ses cheveux et l'embrassa sur l'oreille et la nuque.

—Je ne dois pas sentir bon, chuchota Ariane, gênée.

Jeremy fit une mimique expressive de sa bouche, en grimaçant une réponse encore plus embarrassée.

—Je n'osais pas te le dire, mais effectivement, ça chlingue.

—Je ne pou…

—Je sais, mon amour, je sais. Tu as dû en baver. C'était un fou furieux. Mais, il est mort et mon seul regret est de ne pas l'avoir tué de mes propres mains.

—Si tu savais ce que je lui ai vu faire. Ça dépasse l'entendement.

—Il a payé, mais sa mort a été trop douce.

—Est-ce que ce qu'il m'a dit est vrai ? Est-ce que tu es vraiment son frère.

—À mon grand regret, oui. Mais, nous parlerons de tout ça plus tard.

Ariane approuva de la tête puis, jeta un regard reconnaissant à Jeremy.

—Merci, dit-elle.

—De quoi ?

—De m'avoir tirée des griffes de l'enfer.

—Tu aurais voulu que je vive avec le remord de ne pas avoir tout fait pour délivrer la femme que j'aime ? Mais, c'est fini, maintenant tu es libre, tu n'as rien eu. Repose-toi, il faut que je retourne dans la grotte. Nous n'avons pas fait tout l'inventaire des monstruosités que l'on a découvertes. Allonge-toi, tu ne risques plus rien.

La jeune femme obtempéra. Elle était fatiguée, épuisée physiquement et moralement et avait besoin de se reposer, de fermer les yeux en tentant de chasser les images qui viendraient la harceler. Le jeune lieutenant se pencha sur elle, lui effleura la bouche de ses lèvres. Ariane dormait déjà. Son visage portait les stigmates des trois jours qu'elle avait passés. Tout le côté droit était rouge du sang qu'elle avait reçu de Saül, elle sentait mauvais. Cette odeur qui régnait en permanence dans la salle des tortures avait imprégné ses habits et sa peau.

Elle a besoin d'une bonne douche et de sombrer dans un sommeil de 48 heures, songea Jeremy

Il sortit de la voiture en fermant doucement la porte pour éviter de la faire claquer et se dirigea vers la grotte où Gabriel, le capitaine Masson et les gendarmes continuaient d'inspecter et de découvrir des horreurs.

CHAPITRE VIII

23h00

L'ambulance venait de partir emmenant Ariane vers un repos salutaire. Le docteur du SAMU lui avait fait une piqûre la plongeant dans un sommeil réparateur.

Jeremy était rassuré. Il savait que les infirmières allaient s'en occuper consciencieusement, allaient la laver, lui mettre une perfusion et la laisser dormir tout son saoul.

Gabriel et lui étaïent retournés dans l'enfer de la grotte, envahie, à présent, par une multitude de gendarmes et d'hommes en blanc, encagoulés, inspectant les moindres recoins.

Une bâche avait été jetée sur le monstre et la chienne à ses côtés. Pluton, le chien qui accompagnait la troupe, était allongé devant la bâche, la gueule entre les pattes antérieures et gémissait. Son maître lui caressait le dessus du crâne.

Il y avait un continuel va-et-vient de policiers en uniforme, des flashes éclairaient subitement la caverne d'une lueur violente. Dans la funèbre pièce où s'étaient déroulées tant de tortures, Gabriel et Jeremy faisaient un dernier tour. Ils étaient complètement anéantis par ce qu'ils avaient trouvé.

— Il ne méritait que la mort, s'exclama Jeremy en découvrant le barbecue sur lequel des morceaux de viande racornis et noirs demeuraient.

— C'est ce que je crois aussi. J'ai bien fait de tirer.

— Tu aurais pu me le laisser ! Avec quel plaisir je lui aurais tiré une balle dans la tête.

Gabriel regarda son adjoint d'un air sévère.

— Tu sais très bien que je ne t'aurais pas laissé faire si tu n'avais pas été en état de légitime défense.

— Parce que tu trouves que tout ce qu'il voulait faire ne constituait pas une agression caractérisée ?

— Peut-être, mais j'ai très bien compris que tu jouais son jeu pour mieux l'avoir. Tu avais certainement jeté ton pistolet, mais tu en as toujours un fixé à ta jambe quand nous faisons une opération importante. Je me trompe ?

Jeremy sourit tout en continuant sa perquisition. Le frigo avait été vidé de tout son contenu. Ils y avaient trouvé des fioles contenant un liquide dans lequel baignaient des organes des victimes. Sur le bureau où trônait l'ordinateur, accaparé par un informaticien de la gendarmerie, les flacons étaient exposés, montrant des doigts coupés, un testicule, un rein... Il y avait quatorze flacons : un par victime.

— Tu te rends compte qu'il a conservé dans du formol un organe de chacune de ses proies.

— Beaucoup de tueurs en série font ça, répondit Gabriel. Ils éprouvent un certain plaisir malsain en les regardant.

Un flash l'éblouit quelques secondes. Un gendarme photographiait le mur sur lequel s'étalaient des dizaines de photos représentant les martyrs, ainsi que des articles de journaux locaux et nationaux.

Ils restèrent encore cinq minutes à tourner dans la pièce pleine de techniciens de la police scientifique.

— Si nous partions ? Tu ne crois pas qu'on en a assez vu ? demanda Jeremy, écœuré par tout cet étalage d'horreur.

— Je crois que tu as raison, nous allons prendre des nouvelles d'Ariane, mais avant j'ai un coup de fil à passer.

— Alors, je te laisse. Je vais voir si une voiture de la gendarmerie ne peut pas nous amener à l'hôpital de Sarlat.

Jeremy s'éloigna pendant que Gabriel sortait son portable. Il composa rapidement un numéro et regarda l'écran lumineux. Apparemment, la communication passait bien malgré la situation. Il n'avait pas besoin de chercher une zone de réception.

Au bout de deux sonneries, le téléphone fut décroché à l'autre bout. Gabriel sourit en entendant la voix mélodieuse de sa femme.

— Allo ! Oui ?

— Chérie, c'est moi.

— Gabriel, où es-tu ? Qu'avez-vous fait ? Je n'ai plus de nouvelles depuis plusieurs heures. Je suis folle d'inquiétude.

— Tout va bien, ma chérie, tout va bien.

— Que c'est-il passé ? Et Ariane ?

— Saine et sauve.

Un soupir de soulagement se fit entendre dans l'écouteur.

— Mon amour ?

— Oui.

— Prépare la valise, nous partons en voyage de noces.

Un autre soupir éclata à l'oreille de Gabriel.

— Enfin ! s'exclama Johanne.

***

Jeremy s'éloigna à grandes enjambées de cette pièce pénible où s'entendaient encore les cris de souffrance des suppliciés. Il ne supportait plus la vision de ces murs et ce sol remplis de sang séché, de ces flacons où baignaient des morceaux d'être humain, de ces instruments de torture qu'ils avaient découverts. La vue de tout ce fatras d'objets immondes lui était devenue intolérable.

Il sortit rapidement de la pièce et arriva devant le tas de gravats au pied duquel était allongé le corps de Saül. La chienne avait été enlevée par son maître, suivie de Pluton qui gémissait sans arrêt.

Au moment où il passa devant la bâche recouvrant le cadavre de son frère, il s'arrêta quelques secondes. Un gendarme était en train de l'enlever.

La tête de Saül apparut, puis, son corps et ses jambes, dont une était complètement tordue, brisée par le choc avec le 4x4.

Avant de mourir, il avait ôté la main de son cou, d'où ne jaillissait plus de sang, pour tenter d'attraper le couteau gisant sur le sol. Elle en était à vingt centimètres, les doigts crispés, tordus comme des ceps de vigne, les ongles plantés dans la terre battue. Son corps en entier était couvert de son propre sang et de celui de ses victimes.

Jeremy regarda le visage de son monstrueux frère, éclairé par l'ampoule pendant au plafond. Ses yeux étaient ouverts, fixes, figés pour l'éternité et dégageaient une impression de surprise.

Le lieutenant fit un pas et commença à s'éloigner. Son frère ne ferait plus de mal à personne.

Au moment où il tournait son regard vers la sortie, ses yeux perçurent une lueur dans ceux du mort. Il pensa que cela venait d'un reflet de lumière. Malgré tout, un frisson le parcourut de la tête aux pieds. Il fut couvert de chair de poule et il sentit ses cheveux se hérisser sur son crâne. Il refit un pas vers le cadavre et regarda fixement ses yeux.

Le mort le regardait… Saül était toujours vivant. Un imperceptible souffle de vie l'animait et ses yeux, remplis de haine, fixaient Jeremy avec une intensité diabolique.

Le policier sortit en un éclair son pistolet et le garda au bout de son bras pendant.

Durant un instant, les deux frères se fixèrent droit dans les yeux avec agressivité, puis, le regard de Jeremy fut attiré par la main qui griffait le sol. Elle avançait lentement, millimètre après millimètre, vers le couteau qui semblait l'attirer irrésistiblement.

— Vas-y, mon salaud, vas-y ! Prends-le ce putain de couteau, qu'on en finisse une bonne fois pour toute.

La main avançait toujours, les ongles se plantant dans le sol comme des piolets et attirant le reste du bras. Bientôt elle atteint le manche et se referma dessus. Un éclair de joie éclata dans la prunelle de Saül. Il attira le poignard vers lui, le posa sur sa poitrine et le saisit par la pointe. Puis, il souleva le bras qui tenait la lame et fit le geste de la lancer.

La balle entra dans son œil gauche et ressortit par le sommet du crâne, emportant la calotte et faisant jaillir de la matière cervicale tout autour, sur les gravats.

Jeremy, à nouveau le bras pendant, jeta un regard méprisant vers le cadavre.

— Tu es bien mort, cette fois ! dit-il.

— Que ce passe-t-il ?

Gabriel arrivait en courant, l'arme au poing.

— Il n'était pas mort, cette charogne. J'ai fini le travail.

— Jeremy ! hurla le commissaire.

Surpris par le coup de feu, tous les gendarmes s'étaient arrêtés dans leur action et fixaient les deux hommes.

Jeremy remit son arme dans son holster et, avant de se retourner pour partir, regarda son chef d'un air provocateur.

— Légitime défense, dit-il. Il allait me lancer le couteau.

ÉPILOGUE

Dimanche 9 août 2009, 15h00,
Saint Amour

La ventilation des consoles fixées au plafond, au-dessus de la porte, bourdonnait faiblement. Un léger air frais était distribué dans la pièce peinte en jaune clair avec une frise verte à mi-mur, représentant des rouleaux de vague.

Allongée sur le lit, bien calée par deux coussins dans le dos, Ariane lisait un roman de fiction de Michel Phal.

Cela faisait trois mois qu'elle ne travaillait plus. Après avoir été hospitalisée et remise en forme à coup de perfusions, elle était tombée en dépression. Elle avait à nouveau été admise dans une clinique, mais psychiatrique cette fois.

Intoxiquée de cachets, de gouttes, de suppositoires, elle était devenue, durant un mois, un véritable zombie. Malgré les calmants, les neuroleptiques et antidépresseurs de tous acabits, toutes les nuits, elle faisait des cauchemars terribles qui la replongeaient dans les heures atroces qu'elle avait vécues.

Puis, insensiblement, elle avait repris le dessus. Les visites de Jeremy, Gabriel et Johanne, quoique rarissimes à cause des ordres du médecin, lui avaient permis de surmonter ce passage difficile. Mais, c'était une battante pleine d'énergie. Après deux mois d'hospitalisation, peu à peu ses cauchemars avaient disparus et elle reprenait rapidement du poil de la bête.

Elle entra dans une maison de repos dans les environs d'Aix en Provence où elle acheva de se requinquer.

Durant ce dernier mois, elle avait longuement songé à son avenir dans la police sans en parler à ses deux amis. Au même titre qu'elle avait tout envoyé promener quand elle était obligée de mettre des contraventions sous les essuie-glaces, elle se remettait en cause à présent. Elle ne se voyait pas arrêter, à longueur d'année, des petits malfrats, des dealers et des voyous de toutes sortes, sortant des cités comme les cafards d'un vide-ordure.

La grande aventure qu'elle venait de vivre lui avait ouvert les yeux. Elle savait ce qu'elle allait faire. Elle avait demandé que Jeremy lui apporte des documents, des livres de psychologie et des romans policiers dans le style de ceux de Maxime Chattam, avait visionné sur son portable des tas de sites parlant de tueurs, comme www.tueursensérie.org. Elle avait tout dévoré sans rien dévoiler de ses intentions.

Aujourd'hui, elle sortait, bien décidée à se renseigner et suivre la nouvelle voie qu'elle avait choisie.

On toqua à la porte.

— Entrez !

Celle-ci s'ouvrit lentement et laissa apparaître en premier un énorme bouquet de fleurs multicolores aux couleurs du soleil.

Derrière le bouquet, le visage hilare de Jeremy se

montra. Il était obligé de tenir les fleurs à deux mains, tellement il y en avait.

— C'est pour ma sortie ? demanda Ariane.

— Non ! répondit Jeremy, mystérieux.

— C'est pour quoi, alors ? Je sors bien aujourd'hui, j'espère, sinon je fais un scandale.

— Ah ! Qui sait ?

— Allez, dis-lui, qu'on en finisse.

Gabriel venait d'apparaître à son tour en poussant Jeremy dans la pièce. Derrière lui, Johanne suivait.

— Dis-lui, Jeremy, ne la fait pas languir, s'interposa-t-elle.

— De toute façon, moi aussi j'ai quelque chose à vous annoncer, dit Ariane en prenant, à son tour, un air énigmatique.

— Quoi ? demanda Jeremy, poussé par la curiosité.

— Aaaah ! Mystère ! D'abord toi.

— Bon, d'accord. Mais, j'ai deux choses à te dire, alors je te dis la première, ensuite, c'est toi et après, c'est moi.

— Vous avez fini, oui, espèce de cabestrons[1].

Si ça continue, je m'en vais.

Gabriel faisait mine d'être furieux et avait déjà la main sur la poignée de porte. Ariane le calma.

— Assieds-toi, Gabriel. Asseyez-vous tous les trois. Voilà, durant ces trois mois, j'ai bien réfléchi. Les évènements passés m'ont ouverts les yeux et fait comprendre que je ne supporterais plus les petites enquêtes minables pour arrêter des petits cons…

Jeremy ouvrit grand les yeux, surpris et sa mâchoire inférieure tomba. Ariane lui lança, ironique :

— Ferme la bouche. Tu vas gober des mouches.

— Tu ne vas pas démissionner, j'espère, demanda

1. Imbéciles.

Gabriel, exprimant l'opinion générale.

— Qui a parlé de démissionner ?

— Toi, répondit Johanne.

— J'ai dit que je ne supporterais plus les enquêtes minables, ça ne veut pas dire que je veux arrêter. Simplement, je vais m'inscrire à l'école de police dans des cours de criminologie et de profilage. Je veux devenir profileuse et contribuer à l'arrestation des tueurs en série. Ce que j'ai vu était trop horrible.

Bouche bée, les trois amis la regardaient avec effarement.

— C'est pas possible ! s'écria Jeremy.

— Pourquoi ? J'ai bien réfléchi. Tu parles, j'ai eu trois mois pour ça. Ma décision est prise.

— C'est pas possible !

— Tu te répètes, mon cœur.

— Dis-moi que c'est pas vrai. Je n'en reviens pas. J'ai pris la même décision, tu te rends compte de la coïncidence. Nous partirons ensemble à l'école. Quel bonheur, mon poussin ! C'est la première chose que je voulais te dire. J'ai pris la même décision que toi.

La joie se lisait sur leur visage. Jeremy se pencha et par-dessus le bouquet embrassa Ariane.

— Et la deuxième chose ? demanda-t-elle.

— Là, c'est moi qui vais le lui dire, tu permets Jeremy ?

— Vas-y.

Gabriel se mit au pied du lit et se tenant au montant métallique, il déclara d'une voix solennelle :

— Jeremy et Ariane, en vertu…

— Poil au cul…

— Tu t'arrêtes, ouais ! dit Gabriel en lançant un regard noir à Jeremy. En vertu, reprit-il, des pouvoirs qui me sont conférés, j'ai l'honneur et l'immense plaisir de vous nommer capitaine tous les deux. Vous aurez vos papiers dans la semaine au bureau.

Un immense cri sortit de la poitrine d'Ariane laissant éclater sa joie.

—J'ai autre chose à dire, annonça Jeremy. Une troisième surprise. Ça, personne ne la connaît !

—On t'écoute, dit Johanne.

—Si tu posais ce bouquet, non ! On ne te voit plus derrière.

—Il est pour toi, ma chérie, dit-il en le tendant à Ariane.

—Je m'en doutais, dit-elle avec un sourire narquois.

—Il est pour toi, car il y a une raison.

—C'est parce que je sors aujourd'hui ?

—Laisse-moi parler, sinon je n'y arriverai jamais.

—Vas-y.

—Aujourd'hui, c'est la Saint Amour, alors j'ai jugé que c'était une fête à souhaiter et voilà le bouquet. Tu sors pour la Saint Amour. C'est mieux que la Saint Valentin.

Ariane se leva et ouvrit ses bras.

—Merci mon chéri. C'est un bouquet magnifique.

—Ce n'est pas tout.

Il se dandinait d'un pied sur l'autre, regardant tour à tour Gabriel et Johanne.

—Oui ?

—Voilà, le bouquet ce n'est pas que pour la Saint Amour. J'ai pensé que ce serait bien pour ce jour-là, de te demander quelque chose.

Ariane fronça les sourcils. Allait-il, oui ou non, se décider à lui dire ce qu'il voulait ?

—Quoi donc ? demanda-t-elle.

—Est-ce que tu veux m'épouser, ma chérie ?

Remerciements

Ce livre, qui représente deux ans de ma vie, n'aurait jamais vu le jour sans la présence de nombreuses personnes m'ayant aidé à porter le projet.

Je tiens à remercier Jean-Christophe Grangé, président du jury, et les membres du comité de lecture qui ont apprécié mon manuscrit et estimé qu'il pouvait continuer l'aventure jusqu'au grand public.

Un remerciement spécial à Jean-Laurent Poitevin pour avoir fondé "Les Nouveaux Auteurs", qui permet à des auteurs débutants d'avoir une chance d'être édités et connus du public.

Merci à Isabelle Humbert pour ses conseils et ses explications durant de longues conversations téléphoniques.

Et surtout je tiens à remercier les personnes qui ont lu ce livre en avant-première et m'ont encouragé à poursuivre l'aventure, entre autre : mes deux filles, Laurence et Chantal qui l'ont lu chapitre par chapitre sur leur PC, Valérie qui a bien voulu s'y plonger malgré toutes les imperfections qu'il comportait encore, Rosette qui l'a lu en faisant abstraction de son rejet de certaines scènes trop dures et Isy de Bruxelles qui a préféré le lire au deuxième degré et m'a donné un avis sans flagornerie.

Enfin un grand merci à ma compagne, Mimi, qui a lu, corrigé pas mal de fautes et supporté vaillamment que notre jardin soit négligé au profit de mon écriture.

Photo couverture : © gringo154 © JPagetRFPhoto - Fotolia.com

Cet ouvrage a été mis en pages par

Studio Ben

à Argenteuil

et composé en ITC Berkeley Old Style

Impression réalisée sur CAMERON par

CPI

BRODARD & TAUPIN

La Flèche

pour le compte des Éditions

Les Nouveaux Auteurs

Dépot légal : Juillet 2012 – N° d'impression : 68111